# EM BUSCA DO PARAÍSO

## Outros livros da autora:

*Tudo por amor*
*Agora e sempre*
*Algo maravilhoso*
*Alguém para amar*
*Até você chegar*
*Whitney, meu amor*
*Um reino de sonhos*
*Todo ar que respiras*
*Doce triunfo*
*Em busca do paraíso*
*Sussurros na noite*
*Dois pesos e duas medidas*

# JUDITH MCNAUGHT

# EM BUSCA DO PARAÍSO

Tradução
Vera Maria Marques Martins

1ª edição

Rio de Janeiro | 2022

*Copyright* © Judith McNaught

Título original: *Paradise*

Imagens de capa: William Reagan/iStock

Texto revisado segundo o novo
Acordo Ortográfico da Língua Portuguesa

---

CIP-BRASIL. CATALOGAÇÃO NA PUBLICAÇÃO
SINDICATO NACIONAL DOS EDITORES DE LIVROS, RJ

M146t   McNaught, Judith, 1944-
        Em busca do paraíso / Judith McNaught; tradução de Vera Maria
        Marques Martins. – 1ª ed. – Rio de Janeiro: Bertrand Brasil, 2022.

        Tradução de: Paradise
        ISBN 978-65-5838-090-0

        1. Romance americano. I. Martins, Vera Maria Marques. II. Título.

                                          CDD: 813
22-77011                                  CDU: 82-31(73)

Gabriela Faray Ferreira Lopes - Bibliotecária - CRB-7/6643

---

Todos os direitos reservados pela:
EDITORA BERTRAND BRASIL LTDA.
Rua Argentina, 171 – 3º andar – São Cristóvão
20921-380 – Rio de Janeiro – RJ
Tel.: (21) 2585-2000

Não é permitida a reprodução total ou parcial desta obra, por
quaisquer meios, sem a prévia autorização por escrito da Editora.

Atendimento e venda direta ao leitor:
sac@record.com.br

# Dedicatória

Qualquer um que se relacione comigo, quando estou trabalhando num livro, pode dizer que isso requer paciência inesgotável e extraordinária tolerância. Além disso, a pessoa deve ser capaz de acreditar que realmente estou trabalhando, mesmo quando fico encarando o vazio.

Este livro é dedicado a minha família e aos meus amigos, que reúnem essas qualidades em abundância e enriquecem minha vida de um modo que nenhuma palavra poderia definir.

A meu marido, Don Smith, que dá alegria e serenidade à minha vida e sabe, realmente, o que significa "compreensão".

A meu filho, Clayton, e minha filha, Whitney, que, com o orgulho que sentem por mim, representam uma grande fonte de prazer. E de alívio.

Àquelas pessoas muito especiais que me ofereceram sua amizade e depois tiveram de carregar o fardo mais pesado desse relacionamento, como Phyllis e Richard Ashley, Debbie e Craig Kiefer, Kathy e Lloyd Stansberry e Cathy e Paul Waldner. Eu não podia ter uma "torcida" melhor do que essa, formada por vocês.

# Agradecimentos

A Robert Hyland, que me tem prestado favores a vida toda.

Ao advogado Lloyd Stansberry, que respondeu às minhas incontáveis dúvidas sobre os procedimentos legais que aparecem neste livro.

Aos extraordinários executivos que dirigem as lojas de departamentos espalhadas pelo país, que dividiram o tempo e os conhecimentos comigo, e sem cuja assistência este livro jamais teria sido escrito.

# 1

## Dezembro, 1973

Sentada na beirada da cama com dossel, com o caderno de colagens a seu lado, Meredith Bancroft recortou cuidadosamente do *Chicago Tribune* a foto que lhe interessava. A legenda dizia: "Filhos de socialites de Chicago, fantasiados de duendes, participam da festa de Natal do Hospital Oakland Memorial." Em seguida, havia uma lista dos nomes e uma foto mostrando os "duendes", cinco meninos e cinco meninas, Meredith inclusive, entregando presentes às crianças internadas na ala pediátrica. Um bonito rapaz de 18 anos, que o artigo esclarecia tratar-se de "Parker Reynolds III, filho do sr. e da sra. Parker Reynolds de Kenilworth", supervisionava a ação, um pouco afastado do grupo, à esquerda da foto.

Com imparcialidade, Meredith comparou-se às outras meninas fantasiadas, perguntando-se como podiam ter pernas tão longas e tantas curvas, enquanto ela...

— Eu sou um lixo! — declarou, com uma expressão de chateação no rosto. — Pareço um monstro, não um duende!

Não era justo que as outras meninas de 14 anos, só um pouquinho mais velhas que ela, fossem tão maravilhosas, e ela tivesse a aparência de um monstrengo despeitado e com aparelho nos dentes. Voltou a olhar para o recorte, lamentando o impulso de vaidade que a fizera tirar os óculos para ser fotografada. Sem eles, ela costumava apertar os olhos, assim como fez quando tiraram aquela fotografia horrível.

— Lentes de contato ajudariam muito — concluiu.

Pousou os olhos na imagem de Parker, e, com um sorriso estampado e uma expressão sonhadora, apertava o recorte de jornal contra o peito, no lugar onde estariam os seios, *se* os tivesse. Mas ainda não os tinha e, com o andar da carruagem, nunca teria.

A porta do quarto se abriu e Meredith apressadamente afastou o recorte do peito, quando a governanta robusta, de 60 anos, entrou para pegar a bandeja do jantar.

— Você não comeu a sobremesa — censurou a mulher.

— Estou acima do peso, sra. Ellis. — Para provar o que dizia, Meredith desceu da cama antiga e foi para a frente do espelho de sua penteadeira. — Olha bem pra mim — pediu, apontando o dedo acusador para seu reflexo. — Eu não tenho cintura!

— Só tem um pouquinho de gordura aí, nada demais.

— Mas eu também não tenho quadril. Pareço uma tábua ambulante. Por isso que eu não tenho amigos...

A sra. Ellis, que estava trabalhando para os Bancroft havia menos de um ano, mostrou-se surpresa.

— Não tem amigos?

— Eu finjo que vai tudo bem na escola, mas é horrível — respondeu Meredith, com uma necessidade desesperadora de compartilhar suas angústias com alguém. — Eu sou excluída. Sempre fui.

— Eu não fazia ideia! Deve ter algo errado com os seus colegas.

— Com eles não. Comigo! Mas eu vou mudar. Eu entrei numa dieta e quero fazer alguma coisa nos meus cabelos. Eles estão horríveis.

— Não estão, não! — negou a sra. Ellis, observando os cabelos loiro-claros que caíam até os ombros de Meredith, e depois os olhos azul-turquesa da menina. — Os seus olhos são lindos, e os seus cabelos, também! E eles são pesados e brilhosos, e...

— Eles não têm cor.

— São loiros.

Meredith continuou a encarar-se no espelho, exagerando os defeitos que via.

— Eu tenho quase 1,70m de altura. Ainda bem que parei de crescer, senão viraria uma giganta. Mas eu ainda tenho esperanças. Percebi isso no sábado.

A sra. Ellis franziu a testa, confusa.

— O que aconteceu no sábado que fez você mudar de ideia?

— Nada extraordinário — respondeu Meredith.

Foi algo extraordinário, sim, pensou. Parker sorriu para mim, na festa de Natal. Ele levou um copo de Coca-Cola para mim, e eu nem tinha pedido! Ele pediu pra última dança ser com ele na festa da Srta. Eppingham, no sábado.

Setenta e cinco anos antes, a família de Parker fundou o grande banco de Chicago, onde os fundos da Bancroft & Company eram depositados, e a amizade entre os Bancroft e os Reynolds perdurou ao longo das gerações.

— Tudo vai mudar agora, e não só a minha aparência — afirmou Meredith, alegremente, afastando-se do espelho. — Vou ter uma amiga, também. Tem uma menina nova na escola, e *ela* não sabe que todo mundo não gosta de mim. É inteligente que nem eu, e ela me ligou hoje à noite pra fazer uma pergunta sobre o dever de casa. Ela me ligou e ficamos falando de várias coisas.

— Eu notei que você nunca traz as suas amigas pra casa — a sra. Ellis observou, juntando nervosamente as mãos. — Mas achei que fosse porque você morava muito longe.

— Não, não é isso — disse Meredith, sentando-se na cama e olhando acanhada para os chinelos feios, mas duráveis, pequenas réplicas daqueles que o pai usava.

Apesar da riqueza da família, o pai tinha muito respeito pelo dinheiro. Comprava roupas da melhor qualidade para Meredith, apenas quando era realmente necessário, e sempre se preocupava com a durabilidade das peças.

— Eu não me encaixo, sabe? — prosseguiu ela.

— Quando eu era menina, a gente sempre desconfiava um pouco dos alunos que tiravam notas boas — contou a sra. Ellis, com um súbito ar de compreensão.

— Não é só isso — resmungou Meredith. — Não é só a minha aparência ou as minhas notas. É... é tudo isso! — Abriu os braços, abrangendo o quarto espaçoso e austero com sua mobília antiga, um cômodo muito parecido com os outros 45 da propriedade dos Bancroft. — Todo mundo me acha esquisita porque papai insiste em mandar Fenwick me levar pra escola.

— Posso saber o que tem de errado nisso?

— Meus colegas vão a pé, ou de ônibus para a escola.

— E daí?

— E daí que eles não chegam lá num Rolls com um motorista particular — explicou Meredith, então acrescentou, quase com tristeza: — Os pais das outras crianças são encanadores, contadores, coisas assim. Um deles trabalha pra gente, na loja.

— E essa menina nova... não acha estranho que você vá com Fenwick para a escola? — perguntou a sra. Ellis, que não queria admitir que a menina estava certa e que não conseguia argumentar contra a lógica da explicação.

— Não. — Meredith deu uma risadinha com ar de culpa, os olhos brilhando com súbita vivacidade por trás das lentes dos óculos. — Ela acha que Fenwick é meu pai! Eu disse que papai trabalha pra algumas pessoas ricas donas de uma grande loja.

— Você não fez isso!

— Fiz, sim, e... eu não me arrependo. Eu devia ter espalhado essa história na escola há muito tempo, mas eu não queria mentir.

— E agora, não se incomoda mais de mentir? — perguntou a sra. Ellis com um olhar reprovador.

— Não é uma mentira, não totalmente — Meredith defendeu-se, em tom de súplica. — Papai me explicou isso há um tempão. Eu não sei se você sabe, mas os donos da Bancroft & Company são os acionistas. Então, como papai é presidente da Bancroft & Company, ele tecnicamente é um empregado dos acionistas. Entendeu?

— Acho que não — respondeu a governanta. — Quem possui as ações?

Meredith lançou-lhe um olhar contrito.

— A gente, majoritariamente.

A sra. Ellis achou confusa a explicação de como funcionava a Bancroft & Company, uma famosa loja de departamento no centro de Chicago, mas Meredith dava a entender que sabia bastante dos negócios da família. Com raiva impotente, a mulher refletiu que não era tão curioso assim, considerando que o sr. Bancroft só demonstrava interesse pela filha quando queria falar-lhe a respeito da loja. Na verdade, a sra. Ellis culpava Philip Bancroft pela incapacidade de Meredith entrosar-se com as outras meninas de sua idade. Ele a tratava como se ela fosse adulta e exigia que falasse e se comportasse como tal o tempo todo. Nas raras ocasiões em que o homem recebia visitas, a filha chegava a fazer o papel de anfitriã. Como resultado, Meredith ficava à vontade entre adultos e completamente perdida no meio de pessoas da sua idade.

— Mas a senhora está certa — reconheceu Meredith. — Não posso continuar mentindo, dizendo pra Lisa Pontini que Fenwick é meu pai. Eu só pensei que, se ela tivesse a chance de me conhecer melhor antes, ela não se importaria quando eu contasse que ele é nosso motorista, na verdade. Ela só não descobriu ainda porque não conhece ninguém na escola e ela vai direto pra casa depois da aula. Ela tem sete irmãos e precisa ajudar em casa.

A sra. Ellis estendeu a mão desajeitadamente, deu alguns tapinhas no braço de Meredith, tentando pensar em algo incentivador para dizer.

— As coisas sempre parecem melhores pela manhã — afirmou, recorrendo, como ela fazia, a um daqueles clichês que considerava tão consoladores. Pegou a bandeja e foi andando até a porta, onde parou de supetão, lembrando-se de outras daquelas frases motivacionais e disse no tom veemente de quem julga um pensamento muito satisfatório: — E lembre-se de uma coisa: a sua hora vai chegar

Meredith não sabia se ria ou se chorava.

— Obrigada, sra. Ellis. Isso é *muito* encorajador.

Num silêncio mortificante, observou a porta fechar-se com a saída da governanta e, então, com movimentos lentos, pegou o caderno. Depois de colar o recorte do *Tribune* numa das páginas, ela ficou encarando-o por um longo tempo e, por fim, tocou de leve a boca sorridente de Parker. A ideia de dançar com ele a fez estremecer de medo e ansiedade. Era quinta-feira, e o baile da Eppingham seria no sábado. Parecia um tempo muito grande de espera.

Com um suspiro, começou a folhear o caderno de colagens de trás para a frente. Nas primeiras páginas, os recortes encontravam-se amarelados pelo tempo, e as fotografias haviam desbotado. Pertencera primeiro à mãe dela, Caroline, e era a única prova tangível de que Caroline Edwards Bancroft existira. Todo o restante que pudesse relacionar-se com ela fora removido da casa por instrução de Philip Bancroft.

Caroline Edwards fora atriz, não especialmente talentosa, de acordo com as críticas, mas possuidora de uma beleza inquestionável. Meredith olhou com atenção as fotos esmaecidas, mas não leu o que os colunistas haviam escrito, porque sabia tudo de cor, palavra por palavra. Cary Grant acompanhara a mãe à entrega do Oscar, em 1955; David Niven dissera que ela era a mulher mais linda que ele já tinha visto, e David Selznick a quisera em um de seus filmes. Meredith sabia que Caroline atuara em três musicais da Broadway, e os críticos elogiaram suas pernas bem torneadas, mas criticaram seu trabalho. As colunas de fofocas insinuaram que houvera romances sérios entre ela e todos os atores principais com quem contracenara. Havia fotos dela, envolvida em peles, numa festa em Roma, e usando um vestido preto, longo e sem alças, jogando na roleta, em Monte Carlo. Numa das fotos, ela vestia um biquíni minúsculo, numa praia de Mônaco, e em outra aparecia esquiando em Gstaad com um medalhista de ouro olímpico suíço. Era óbvio para Meredith que homens bonitos sempre rodeavam Caroline, onde quer que ela estivesse.

O último recorte que a mãe guardara era de seis meses depois do de Gstaad. Estava usando um magnífico vestido de noiva branco, rindo, enquanto descia os degraus da catedral de braços dados com Philip Bancroft, sob uma chuva de arroz. Os colunistas sociais haviam se superado, fazendo descrições extravagantes do casamento. A imprensa fora proibida de assistir à festa, no Hotel Palmer House, mas os colunistas noticiaram fielmente todos os convidados famosos que compareceram, como os Vanderbilt, os Whitney, um juiz do Supremo Tribunal e quatro senadores.

O casamento durou dois anos, tempo suficiente para Caroline engravidar, ter o bebê, envolver-se num caso com um treinador de cavalos e depois fugir para a Europa com um impostor de príncipe italiano que fora hóspede naquela mesma casa onde se encontrava. Fora isso, Meredith sabia pouco da mãe, a não ser que ela nunca sequer lhe enviara um bilhete nem um cartão de aniversário. O pai, que prezava a dignidade e os valores tradicionais, dizia que Caroline era uma vagabunda egoísta, que não tinha a menor noção de fidelidade conjugal ou responsabilidade materna. Quando Meredith estava com um ano, ele pediu o divórcio e a custódia da filha, totalmente preparado para usar a considerável influência política e social da família Bancroft a fim de garantir sua vitória no tribunal. No fim, não tivera de recorrer a isso. De acordo com o que contara a Meredith, a mãe dela nem se deu ao trabalho de esperar pela audiência, e muito menos de tentar se opor à vontade dele.

Tendo conseguido a guarda de Meredith, Philip Bancroft fez de tudo para que a filha não seguisse o exemplo da mãe. Estava determinado a que a filha assumisse o lugar na longa fila de mulheres da família Bancroft, que haviam levado vidas exemplares, dedicando-se a trabalhos beneficentes, como convinha às pessoas de sua posição social, as quais nenhum sopro de escândalo atingia.

Quando Meredith atingiu a idade escolar, Philip descobriu, aborrecido, que os padrões de conduta estavam relaxando-se, mesmo em seu meio social. Muitos de seus conhecidos começando a adotar posturas mais liberais no que dizia respeito ao comportamento infantil e a mandar os filhos para escolas "progressistas", como a Bently e a Ridgeview. Quando ele visitou essas escolas, ouviu frases como "aulas destruturadas" e "onde os alunos se expressam". Aos seus olhos, a educação progressista era indisciplinada e prenunciava um rebaixamento dos padrões e mau comportamento. Após rejeitar essas duas escolas, levou Meredith para ver a St. Stephen's, uma escola particular católica, dirigida por freiras beneditinas, a mesma que a mãe e a tia dele haviam frequentado.

Aprovou tudo o que viu durante a visita à St. Stephen's: 34 garotinhas do primeiro ano, usando vestidos pregados xadrezes, nas cores cinza e azul, e dez meninos de camisas brancas e gravatas azuis, que se levantaram respeitosamente quando a freira lhe mostrara a sala de aulas. Quarenta e quatro vozes infantis entoaram em coro: "Bom dia, Irmã." Além disso, a St. Stephen's ainda adotava métodos de ensino tradicionais, ao contrário da Bently, onde ele tinha visto crianças pintando com os dedos, enquanto outras, que haviam *optado* por aprender, faziam exercícios de matemática. Como benefício adicional, ali Meredith receberia treinamento moral também.

Philip não teve como ignorar o fato de que o bairro onde se situava a St. Stephen's havia piorado, mas estava obcecado pela ideia de dar à filha a mesma educação das mulheres honestas e corretas de sua família, e que haviam sido alunas daquela escola por três gerações. Resolveu o problema apresentado pelo bairro decadente decidindo que seu motorista levaria e buscaria Meredith na escola.

O único detalhe que lhe escapou foi o fato de que as crianças que frequentavam a St. Stephen's não eram os pequenos seres virtuosos que aparentaram ser no dia de sua visita. Eram crianças comuns, da classe média-baixa, e até mesmo da classe mais pobre. Brincavam juntas e iam para a escola juntas, e tinham em comum certa ressalva a respeito de pessoas que vinham de um ambiente completamente diferente, muito mais próspero.

Meredith não sabia daquilo quando chegou a St. Stephen's para cursar a primeira série. Usando o impecável avental xadrez do uniforme e carregando a nova lancheira, ela tremia de nervoso como qualquer criança de 6 anos, enfrentando uma sala cheia de estranhos, e sentiu um pouco de medo. Depois de ter vivido em relativa solidão, na companhia apenas do pai e dos criados, ela estava feliz, imaginando que finalmente teria amigos da sua idade.

O primeiro dia de aula foi bom, mas tudo mudou quando as crianças foram dispensadas e saíram, espalhando-se pelo pátio e pelo estacionamento. Fenwick, com seu uniforme preto de motorista, estava à espera no pátio, ao lado do Rolls Royce. Os alunos mais velhos pararam e ficaram olhando, e depois classificaram Meredith como uma menina rica, portanto "diferente".

Isso foi suficiente para deixá-los arredios e desconfiados, mas no fim da semana já haviam descoberto outras coisas sobre a "menina rica", mais motivos para excluí-la. Meredith Bancroft falava mais como adulta do que como criança, além de não conhecer nenhum dos jogos de que eles brincavam na hora do recreio, e essa falta de familiaridade fazia com que ela parecesse desajeitada. Mas, o pior de tudo é que ela em poucos dias virou a queridinha da professora porque era inteligente.

No fim de um mês, ela já tinha sido julgada pelos colegas e rotulada como intrusa, um ser estranho vindo de outro planeta, que devia ser excluída por todos. Talvez ajudasse se ela fosse bonita o bastante para causar admiração. Mas não era. Um dia, quando tinha 9 anos, apareceu na escola usando óculos. Aos 12, começou a usar aparelho nos dentes, e aos 13, era a garota mais alta da sala.

Uma semana atrás, porém, quando Meredith já tinha perdido as esperanças de ter uma amiga, tudo mudou. Lisa Pontini havia se matriculado na oitava série da St. Stephen's. Quase 3 centímetros mais alta do que Meredith, Lisa andava com a graça de uma modelo e respondia às complicadas questões de álgebra com a displicência de um acadêmico entediado. Naquele dia ao meio-dia, como fazia em todos os outros no recreio, Meredith comia seu lanche com um livro no colo, sentada num muro de pedras baixo. Desenvolvera o hábito de ler naquele horário para fugir da sensação de isolamento e evitar que a notassem. Ao chegar à quinta série, ela já era uma leitora voraz.

Ia virar uma página do livro quando um par de oxfords surrados entrou em seu campo de visão. Ergueu o olhar, e lá estava Lisa Pontini, olhando com curiosidade para Meredith.

Lisa era o oposto de Meredith, com aquela vasta cabeleira de um ruivo vibrante, e, mais ainda, porque emanava um ar de confiança ousada que lhe dava o que a revista *Seventeen* chamava de "estilo". Em vez de levar o suéter cinza com o emblema da escola em volta dos ombros de forma reservada, como Meredith, ela tinha dado um nó frouxo nas mangas ao redor do tórax, acima dos seios.

— Deus, que porcaria! — exclamou, sentando-se ao lado de Meredith e olhando em volta. — Nunca vi tantos garotos baixinhos na minha vida. Devem colocar alguma coisa na água do bebedouro deles aqui na escola pra eles serem tão baixos assim! Qual é sua média de notas?

Na St. Stephen's, as notas eram calculadas por porcentagem, e os décimos, religiosamente respeitados.

— É 97,8.

— A minha é 98,1 — informou Lisa.

Meredith observou as orelhas furadas da menina. Era expressamente proibido usar brincos e batom na escola. Enquanto ela observava a colega, a outra também a examinava.

— Você anda sozinha por opção, ou é uma espécie de excluída pelo grupo? — perguntou Lisa com um sorriso intrigado.

— Nunca parei pra pensar nisso — Meredith mentiu.

— Por quanto tempo vai ter de usar esse aparelho nos dentes?

— Por mais um ano — respondeu Meredith, pensando que não gostava nem um pouquinho de Lisa Pontini.

Fechou o livro e levantou-se, contente porque a campainha anunciando o fim do recreio ia tocar dentro de instantes.

Naquela tarde, como acontecia toda última sexta-feira do mês, os alunos foram para a capela a fim de confessar seus pecados aos padres. Sentindo-se como sempre, uma pecadora infeliz, Meredith ajoelhou-se no confessionário e contou suas transgressões ao padre Vickers, inclusive que não gostava da irmã Mary Lawrence e que ligava demais para a própria aparência. Quando acabou, segurou a porta aberta até que a próxima pessoa entrou, depois se dirigiu a um banco e ajoelhou-se para fazer as orações da penitência que lhe coubera.

Uma vez que os alunos tinham permissão para ir embora após a confissão, ela saiu para esperar por Fenwick. Passados alguns minutos, Lisa desceu a escadaria externa da capela, vestindo o casaco. Ainda irritada com os comentários da colega sobre sua solidão e seu aparelho dentário, Meredith observou-a apreensiva, enquanto ela olhava em volta e depois ia em sua direção.

— Você não vai acreditar! — exclamou Lisa. — O Vickers me mandou rezar um rosário inteiro hoje à noite, como penitência por eu ter trocado algumas carícias com o meu namorado. Imagina o castigo que ele daria por causa de um beijo francês! — exclamou, com um sorriso impudente, sentando-se na mureta ao lado de Meredith.

Meredith não sabia que a nacionalidade das pessoas determinava de que modo elas beijavam, mas deduziu, pelo comentário de Lisa, que os padres não queriam de jeito nenhum que os alunos da St. Stephen's beijassem como os franceses.

— Se você der um beijo desses, o padre Vickers vai mandar você limpar a igreja — declarou, fingindo que entendera o que a colega quisera dizer.

Lisa riu, olhando para ela com curiosidade.

— Seu namorado também usa aparelho nos dentes?

Meredith pensou em Parker e fez que não com a cabeça.

— Ainda bem — disse Lisa, com um sorriso contagiante. — Sempre imaginei como duas pessoas com aparelhos se beijavam sem ficar enganchadas. Meu namorado se chama Mário Campano. É alto, moreno e bonito. E o seu, como é? Qual é o nome dele?

Meredith olhou para a rua, desejando que Fenwick não se lembrasse de que naquele dia a aula acabava mais cedo. Embora o assunto da conversa não a deixasse à vontade, Lisa Pontini a fascinava. Ela sentia que, por algum motivo, a garota queria verdadeiramente fazer amizade.

— Ele tem 18 anos — respondeu. — Ele se parece com o Robert Redford e se chama Parker.

— E o primeiro nome?

— Esse é o primeiro nome. O sobrenome é Reynolds.

— Parker Reynolds — repetiu Lisa, franzindo o nariz.

— Nome de esnobe da sociedade. Ele é bom?

— Bom em quê?

— Em beijar, ué.

— Ah! É... é, sim. Fantástico!

Lisa olhou-a com ar zombeteiro.

— Ele nunca te beijou — declarou. — Seu rosto fica vermelho quando você mente.

Meredith levantou-se abruptamente.

— Olha aqui! — exclamou com raiva. — Eu não pedi pra você vir falar comigo e...

— Ei, não precisa ter vergonha disso. Beijar não é nada tão maravilhoso assim. Tipo, a primeira vez que o Mário me beijou foi o momento mais embaraçoso da minha vida toda.

Assim que percebeu que Lisa ia contar alguma coisa sobre si mesma, Meredith sentiu a raiva evaporar-se e sentou-se de novo.

— Ficou envergonhada porque ele te beijou?

— Não. Porque me inclinei pra trás, contra a porta, e meu ombro apertou a campainha. Meu pai abriu a porta e eu caí de costas nos braços dele. O Mário estava agarrado em mim. A gente levou um *século* para sair um de cima do outro e levantar do chão.

O riso de Meredith foi bruscamente interrompido quando ela viu o Rolls dobrar a esquina.

— A minha carona... chegou.

Lisa olhou de rabo de olho e prendeu o fôlego, admirada.

— Jesus! Aquilo é um Rolls?

Meredith assentiu, um pouco sem graça, e dando de ombros, pegando os livros, disse:

— Eu moro muito longe daqui e meu pai não quer que eu pegue o ônibus.

— Seu pai é motorista, é? — comentou Lisa, andando com ela na direção do carro. — Deve ser o máximo, andar por aí nesse carro, fingindo que é rica. — Sem esperar pela resposta de Meredith, prosseguiu: — O meu pai é encanador. O sindicato dele está em greve e a gente se mudou pra esse bairro porque o aluguel é mais barato. Você sabe como é.

Meredith não sabia por experiência própria, mas fazia ideia de "como é", porque já ouvira muitos comentários furiosos do pai sobre o efeito que as greves tinham sobre os comerciantes, como os Bancroft. Mesmo assim, concordou com um aceno de cabeça.

— É difícil — comentou, então convidou impulsivamente: — Quer uma carona até a sua casa?

— Óbvio que eu quero. Não, espera... Pode ficar para a semana que vem? Tenho sete irmãos e se eu chegar em casa cedo, minha mãe vai me mandar fazer mil coisas. Vou ficar por aqui mais um tempinho e chegar em casa na hora de sempre.

Isso tudo acontecera uma semana antes e a amizade hesitante que se iniciara naquele dia havia crescido e se fortalecido, foi nutrida por novas trocas de confidências e por risadas.

Enquanto continuava sentada na cama, olhando para a foto de Parker no caderno de colagens e pensando no baile de sábado,

Meredith decidiu pedir conselhos a Lisa no dia seguinte, na escola. A amiga sabia tudo sobre penteados e coisas do tipo. Talvez sugerisse algo que a deixasse mais atraente aos olhos de Parker.

Quando as duas estavam lanchando juntas na escola, Meredith pôs seu plano em prática.

— Você acha que dá pra eu fazer alguma coisa pra ficar melhor amanhã à noite? Que fizesse Parker me achar mais velha e mais bonita? Sem ser cirurgia plástica? — perguntou.

Antes de responder, Lisa submeteu-a a um exame longo e minucioso.

— Esses seus óculos e o aparelho definitivamente não inspiram paixão — brincou. — Tira os óculos e levanta.

Meredith obedeceu, depois esperou, se divertindo com tudo, mesmo estando envergonhada, enquanto Lisa andava à sua volta, observando-a.

— Você realmente se esforça pra parecer sem graça — declarou a amiga. — O seu cabelo é lindo, seus olhos, também. Se usasse um pouco de maquiagem, tirasse os óculos e fizesse algo diferente no cabelo, talvez ele te olhe duas vezes amanhã à noite.

— Você acha isso mesmo? — perguntou Meredith, toda esperançosa.

— Eu disse *talvez* — salientou Lisa, com uma sinceridade contundente. — Ele é mais velho, isso pode atrapalhar. Que resposta você deu ao último problema na prova de matemática de hoje de manhã?

Meredith falou a resposta para a amiga. Naquela semana de amizade com Lisa, acostumara-se a seu jeito de mudar rapidamente de assunto. Era como se a amiga fosse inteligente demais para se concentrar num só de cada vez.

— Dei a mesma — contou Lisa, e brincou: — Com dois cérebros como os nossos, é claro que essa é a resposta certa. Você sabia que todo mundo, nessa porcaria de escola, pensa que o Rolls é de seu pai?

— Eu nunca disse que não era — respondeu Meredith, com sinceridade.

Lisa deu uma mordida em sua maçã e assentiu com a cabeça, concordando.

— Pra quê, né? Se são tão burros a ponto de pensar que uma menina rica estudaria numa escola como essa, eu também deixaria que acreditassem nisso.

Naquela tarde, quando a aula terminou, Lisa aceitou novamente que o "pai" de Meredith a levasse em casa, como ele fizera, embora com relutância, a semana toda. Quando o Rolls parou diante do bangalô de tijolos marrons onde os Pontini moravam, Meredith observou a costumeira confusão de crianças e brinquedos no pátio da frente. A mãe de Lisa estava na varanda, usando o avental de sempre.

— Lisa! O Mário está no telefone — gritou a mulher com um carregado sotaque italiano. — Ele quer falar com você. Oi, Meredith! — cumprimentou com um aceno de mão. — Venha jantar quando quiser. E pode passar a noite, também, assim seu pai não precisa vir te buscar.

— Obrigada, sra. Pontini — Meredith gritou de volta, acenando do carro. — Vou vir, sim.

Era o que sempre sonhara, ter uma amiga para compartilhar segredos, e passar a noite na casa uma da outra de vez em quando, e ela estava eufórica.

Lisa fechou a porta do carro e debruçou-se na janela.

— Sua mãe disse que o Mário está no telefone — Meredith lembrou-a.

— É bom deixar o cara esperando — Lisa respondeu. — Aí ele fica imaginando coisas. Não se esquece de me ligar no domingo, e me conta tudo o que acontecer com Parker amanhã à noite. Eu queria que desse pra eu fazer um penteado em você.

— Eu também queria — afirmou Meredith, embora soubesse que seria inevitável que Lisa descobrisse que Fenwick não era seu pai, se fosse à casa dela. Todos os dias ela pretendia contar a verdade, mas acabava enrolando, dizendo a si mesma que, quanto mais Lisa a conhecesse, menos diferença faria quando descobrisse que ela era rica.

— Se você pudesse ir lá pra casa amanhã, passaria a noite lá. Enquanto eu estivesse no baile, você faria o dever pra segunda-feira, e na volta, eu te contaria tudo.

— Mas eu não posso. Vou sair com o Mário — alegou Lisa, distraidamente.

Meredith ficou atônita quando soube que os pais da amiga deixavam que ela saísse com o namorado tendo apenas 14 anos, mas Lisa só riu e disse que o rapaz nunca passaria dos limites, porque sabia que o pai e os tios dela iriam atrás dele, caso o fizesse.

— Não se esquece do que eu disse, tá? — recomendou Lisa, afastando-se do carro. — Flerta com o Parker e olha bem dentro dos olhos dele. E prende os cabelos pra cima, pra parecer mais sofisticada.

Durante todo o percurso até em casa, Meredith tentou imaginar-se flertando com Parker. O aniversário dele era no domingo — ela tinha memorizado a data no ano anterior, quando percebeu que estava se apaixonando por ele. Na semana anterior, Meredith havia passado horas numa papelaria, procurando um cartão para dar a ele no baile, mas ela achou os cartões que exprimiam o que realmente sentia muito piegas. Apesar de ingênua, refletiu que Parker não gostaria de um cartão que na parte da frente proclamasse: "Ao meu grande e único amor." Assim, com pesar, contentara-se com um que dizia: "Feliz aniversário para um amigo muito especial."

Reclinando a cabeça no encosto do banco, fechou os olhos, sorrindo sonhadoramente ao visualizar-se linda como uma modelo, dizendo coisas inteligentes e espirituosas a Parker, que não perdia uma só de suas palavras.

# 2

COMPLETAMENTE ARRASADA, MEREDITH OLHOU-SE no espelho, enquanto a sra. Ellis a observava, acenando a cabeça de modo aprovador. Quando ela e a governanta compraram o vestido de veludo, na semana anterior, o tecido parecera da cor de um topázio cintilante. Naquela noite, sob a luz artificial, tornara-se marrom-metálico, e os sapatos, tingidos para combinar com a roupa, eram iguais aos de uma matrona, com aqueles saltos baixos e grossos. O gosto da sra. Ellis pendia mesmo para esse lado severo, mas ela obedecera às instruções de Philip, que a mandara comprar um vestido que fosse "adequado para a idade e a posição de Meredith". Elas levaram três vestidos para casa a fim de submeter à apreciação dele, e aquele fora o único que ele não achara "decotado" demais, nem muito "soltinho".

Meredith só não podia queixar-se dos cabelos, que normalmente usava divididos e presos de um lado com uma pregadeira acima da orelha, mas Lisa a convenceu de que ela precisava adotar um estilo novo, mais sofisticado. Naquela noite, persuadiu a sra. Ellis a penteá-los para cima, formando uma cascata de cachos, com pequeninas mechas soltas sobre as orelhas, e acabou gostando muito do resultado.

— Meredith — chamou o pai, entrando no quarto dela, folheando um maço grosso de entradas para a ópera. — Park Reynolds precisou de mais duas entradas para a apresentação de *Rigoletto*, e eu disse a ele que podia usar as nossas. Você pode entregar isso ao jovem Parker quando... — Só então Philip encarou-a, franzindo a testa, descontente. — O que você fez com seus cabelos? — vociferou.

— Decidi prender para cima hoje.

— Prefiro o jeito que você sempre usa eles, Meredith. — Lançando um olhar de desagrado na direção da sra. Ellis, disse: — Quando veio trabalhar para mim, acho que concordamos que, além de cumprir seu dever de governanta, supervisionando os trabalhos domésticos, a senhora também orientaria minha filha em assuntos femininos, sempre que necessário. Considera esse penteado...

— Eu mandei a sra. Ellis pentear os meus cabelos dessa maneira, pai — Meredith interveio, enquanto a governanta empalidecia e começava a tremer.

— Nesse caso, em vez de *mandar* que ela fizesse isso, você deveria ter pedido um conselho.

— Claro — respondeu Meredith.

Ela detestava decepcionar ou aborrecer o pai. Ele a fazia sentir-se responsável pelo fracasso de seu dia, ou noite, quando ela estragava seu humor.

— Bem, não faz mal — Philip concedeu, vendo que ela se mostrava devidamente arrependida. — Ainda tem tempo de a sra. Ellis arrumar seus cabelos antes de você sair. Eu trouxe um presente pra você, minha querida. Um colar — acrescentou, tirando uma caixa de veludo verde, estreita e fina, do bolso do paletó. — Pode usá-lo hoje, vai combinar com seu vestido.

Meredith esperou, enquanto ele abria o fecho, imaginando um medalhão de ouro ou...

— Ele pertenceu à sua avó Bancroft — explicou ele, tirando da caixa um longo cordão de pérolas graúdas. — Fique de costas, vamos ver como fica em você.

Meredith escondeu a custo o desapontamento e obedeceu. Vinte minutos depois, voltou a olhar-se no espelho, tentando corajosamente convencer-se de que estava bonita. Os cabelos penteados no velho estilo infantil não a agradavam, mas o colar de pérolas era o pior de tudo. A avó o tinha usado todos os dias de sua vida e morrido com ele no pescoço. A joia pesava como chumbo no peito chato de Meredith.

— Com licença, senhorita. — A voz do mordomo, vinda de fora do quarto, a fez dar meia-volta. — Uma moça chamada srta. Pontini está lá embaixo e diz ser sua amiga.

Sentindo-se encurralada, Meredith sentou-se na beirada da cama, tentando desesperadamente encontrar uma saída para a situação, mas sabia que não havia nenhuma.

— Pode fala pra ela subir, por favor — respondeu.

Um minuto depois, Lisa entrava no quarto, olhando em volta, como alguém que se visse num outro planeta.

— Eu tentei te ligar — explicou —, mas o seu telefone está ocupado há uma hora, então resolvi vir até aqui. — Fez uma pausa, examinando tudo ao redor. — Quem é o dono deste monte de pedras, afinal?

Em qualquer outro momento, aquela descrição irreverente da casa faria Meredith rir.

— Meu pai — foi tudo o que pôde dizer, com voz tensa. O rosto de Lisa fechou-se.

— Logo imaginei, quando o homem que abriu a porta disse seu nome no mesmo tom de voz com que o padre Vickers diz "Virgem Maria". — Virando-se, ela foi em direção da porta.

— Lisa, espera! — Meredith implorou.

— Você já se divertiu bastante. Ah, hoje foi um dia e tanto! — Lisa exclamou com sarcasmo, voltando-se para ela. — Primeiro, o Mário me levou para dar uma volta de carro e tentou arrancar minhas roupas, e agora descubro que a minha "amiga" tem me feito de boba.

— Não é isso! — gritou Meredith. — Deixei que você pensasse que Fenwick, nosso motorista, era meu pai porque achei que a verdade nos separaria.

— Ah, claro — replicou Lisa com irônica incredulidade. — A menina rica queria loucamente fazer amizade com a pobrezinha aqui! Imagino como você riu com os seus amigos ricos quando contou que a minha mãe convidou você pra comer espaguete lá em casa.

— Para com isso! — Meredith explodiu. — Você não entende? Eu gosto do seu pai e da sua mãe e queria que você fosse minha amiga. Você tem irmãos, tias e tios, tudo aquilo que eu sempre quis ter. Você acha que só porque eu moro nessa casa idiota, tudo é maravilhoso pra mim? Olha a sua reação quando soube. Foi só entrar aqui pra não querer nada comigo e é isso o que acontece com todos os alunos daquela escola, desde que entrei lá. E, acredita em mim, eu *adoro* espaguete, *adoro* casas como a sua, onde as pessoas riem e gritam!

Parou de falar quando a expressão de raiva no rosto de Lisa deu lugar a um sorriso sarcástico.

— Você gosta de barulho, é isso? — perguntou a amiga. Meredith sorriu com hesitação.

— Acho que sim.

— E os seus amigos ricos?

— Não tenho amigos. Eu conheço pessoas da minha idade, e me encontro com elas, de vez em quando, mas todas frequentam as mesmas escolas e são amigas há anos. Sou uma intrusa no meio delas, um corpo estranho.

— Por que seu pai mandou você para a St. Stephen's?

— Ele acha que eles formam o caráter dos alunos. Minha avó e a irmã estudaram lá.

— Seu pai é esquisito.

— Acho que é mesmo, mas as intenções dele são boas. — Lisa deu de ombros.

— Então ele é muito parecido com todos os outros pais.

Era uma pequena concessão, uma relutante insinuação de que existia alguma igualdade entre as duas, e o silêncio se instaurou. Separadas por uma cama Luís XIV, com colunas e dossel, e uma gigantesca brecha social, duas adolescentes extraordinariamente inteligentes reconheceram todas as diferenças entre elas e olharam-se com um misto de frágil esperança e cautela.

— Acho melhor eu ir embora — Lisa disse por fim.

Meredith olhou para a bolsa de náilon que a amiga levara, obviamente com a intenção de passar a noite ali. Ergueu a mão num gesto de apelo mudo, depois a deixou cair, sabendo que seria inútil.

— Eu também vou ter que sair daqui a pouco — observou.

— Divirta-se.

— Fenwick pode te levar pra casa, depois que me deixar no hotel.

— Vou de ônibus... — Lisa começou e parou, notando pela primeira vez o vestido de Meredith. Então, perguntou em tom horrorizado: — Quem escolheu? Helen Keller? Não vai com ele ao baile, vai?

— Vou. Você detestou, né?

— Quer a verdade?

— Não, acho que não.

— Bem, como *você* descreveria esse vestido?

Meredith deu de ombros, desolada.

— "Peça de museu" serve?

Mordendo o lábio para conter o riso, Lisa ergueu as sobrancelhas maliciosamente.

— Se você não gostou, por que comprou?

— O meu pai gostou.

— O gosto do seu pai é uma droga, então.

— Você não devia dizer palavras como "droga" — observou Meredith mansamente, mas sabendo que Lisa tinha razão quanto ao vestido. — Isso a faz parecer valentona e grosseira, e você não é nada disso. Não é, mesmo. Eu não sei me vestir, nem arrumar os cabelos, mas sei falar.

Lisa encarou-a boquiaberta e, então, algo começou a acontecer: uma ligação entre dois espíritos totalmente diferentes, que de repente descobriam que tinham algo a oferecer um para o outro. Um sorriso lento iluminou os olhos cor de avelã de Lisa, e ela inclinou a cabeça para um lado, observando cuidadosamente a roupa de Meredith.

— Puxa um pouco os ombros do vestido pros lados. Vamos ver se isso ajuda — instruiu de repente.

Meredith também sorriu e obedeceu.

— O seu cabelo está uma dro... porcaria — comentou Lisa, corrigindo-se rapidamente, antes de olhar em volta e ver um buquê de flores de seda em cima da penteadeira. — Uma flor nos cabelos ou na faixa da cintura poderia ficar bom.

Com o instinto de seus antepassados, Meredith pressentiu que a vitória estava ao alcance de sua mão e que era o momento de tirar vantagem disso.

— Dorme aqui hoje à noite? Eu volto lá pela meia-noite, e ninguém vai se incomodar até que horas a gente vai ficar acordada.

Lisa hesitou por um instante, então sorriu.

— Está bem. — Voltando novamente sua atenção para o problema da aparência de Meredith, perguntou: — Por que escolheu sapatos com saltos tão baixos e grossos?

— Assim parece que eu não fico tão alta.

— Ser alta está na moda, bobinha. E precisa usar esse colar?

— Meu pai quer.

— Você pode tirar quando estiver no carro.

— Ele se sentiria muito mal se soubesse.

— Bem, eu não vou contar. Olha, leva o meu batom — disse, já com a mão dentro da bolsa, em busca do estojo de maquiagem. — E os óculos? Tem mesmo de ficar com eles?

Meredith sufocou uma risadinha.

— Se eu quiser enxergar, tenho.

Quarenta e cinco minutos depois, Meredith saía do quarto. Lisa dissera que tinha talento para decorar qualquer coisa, desde pessoas até casas, e após a recente transformação, Meredith acreditava fielmente nisso. A flor de seda, presa entre os cabelos, atrás da orelha, fazia com que ela se sentisse mais elegante e na moda. O leve toque de blush nas bochechas a tinham deixado com uma aparência mais viva, e o batom, embora Lisa o achasse um pouco forte para sua pele clara, dava-lhe a sensação de ser mais velha e sofisticada.

Com a autoconfiança nas alturas, Meredith parou no vão da porta e virou-se, despedindo-se com um aceno de Lisa e da sra. Ellis. Depois, sorriu para a amiga.

— Redecore meu quarto enquanto eu estiver fora, se quiser.

Lisa ergueu os polegares, concordando.

— Vai logo. Não faça o Parker esperar.

# 3

## Dezembro, 1973

O SOM DAS BADALADAS DOS SINOS NO CÉREBRO DE MATT Farrell foi abafado pelo som das marteladas de seu coração, enquanto ele se enterrava por inteiro no corpo ávido e exigente de Laura, penetrando-a, enquanto ela o montava, movendo os quadris para forçá-lo a ir mais fundo. Ela estava frenética... quase no limite. Os sinos começaram a tocar ritmadamente. Não os sinos melodiosos das torres das igrejas no centro da cidade, ou aqueles espalhafatosos do quartel dos bombeiros, no outro lado da rua.

— Ei, Farrell, você está aí dentro? — Sinos.

Ah, naturalmente que ele estava lá dentro. Dentro dela, perto de explodir. Sinos.

— Que droga, Farrell! — Sinos. — Que coisa, onde — sinos — diabos você está?

Ele compreendeu, por fim. Lá fora, junto às bombas de gasolina, alguém estava pulando por cima da mangueira que corria por dentro do posto, gritando seu nome.

Laura gelou, e um gritinho escapou-lhe da garganta.

— Ai, meu Deus, tem alguém lá fora!

Tarde demais. Ele não podia parar, ele não iria parar. Não quisera fazer aquilo ali, mas ela tinha insistido, provocado, e agora seu corpo já não reagia à ameaça de uma intromissão. Agarrando as nádegas redondas, puxou-a para baixo, afundou-se ainda mais dentro dela e gozou. Descansou por um segundo, então se sentou, livrando-se dela, apressado, mas com delicadeza.

Laura já estava baixando a saia e arrumando o suéter. Ele a empurrou para trás de uma pilha de pneus recapeados e levantou-se bem no instante em que a porta abriu-se e Owen Keenan entrou na área fechada do posto, carrancudo e desconfiado.

— Que droga está acontecendo aqui, Matt? Fiquei te chamando lá embaixo um tempão.

— Eu estava descansando um pouco — respondeu Matt, passando as mãos nos cabelos despenteados pelas carícias sôfregas de Laura. — O que você quer?

— Seu pai está bêbado, lá no Maxine's. O xerife vai pra lá. Se não quer que seu velho passe a noite na cela dos bêbados, é melhor chegar primeiro.

Quando Owen saiu, Matt pegou o casaco de Laura do chão, sobre o qual haviam se deitado, sacudiu-o para tirar a poeira e segurou-o, enquanto ela o vestia. Sabia que uma amiga a levara, então ela precisaria de uma carona.

— Onde você deixou seu carro? — perguntou. Ela informou o local, e ele assentiu.

— Eu te levo lá, antes de ir buscar meu pai.

Luzes de natal estendiam-se por todos os cruzamentos da Main Street, as cores parecendo borradas na neve que caía. Na extremidade norte da cidade, uma guirlanda vermelha de plástico estava acima da placa com os dizeres: BEM-VINDOS A EDMUNTON, INDIANA, POPULAÇÃO 38.124. De um alto-falante, doado pelo Elks Club, derramava-se a melodia *Noite Feliz*, colidindo com as notas de *Jingle Bells* que saíam de um trenó de plástico no telhado da loja de ferragens Horton.

A leve precipitação de neve e as luzes faziam maravilhas por Edmunton, dando a aparência de um quadro de Norman Rockwell ao que era, à luz do dia, uma cidadezinha encarapitada no topo de um vale raso, onde se erguiam as chaminés das usinas de aço, lançando no ar seus jorros de fumaça e vapor. A escuridão escondia tudo aquilo, e também o lado sul da cidade, onde acabavam as casas bonitas e começavam os barracões, tabernas e casas de agiotagem e penhor. Mais além, começavam as terras cultivadas, áridas no inverno.

Matt parou a caminhonete num canto escuro do estacionamento da mercearia Jackson, onde Laura havia deixado o carro, e ela foi para perto dele.

— Não se esquece, hein. Hoje às 7 horas, no pé do morro — recomendou, abraçando-o pelo pescoço. — Aí a gente termina o que começou uma hora atrás. Ah, Matt, cuidado pra não ser visto. Papai viu sua caminhonete aqui na última vez, e começou a fazer perguntas.

Matt encarou-a, de repente enojado com a atração sexual que sentia por ela. Laura era linda, rica, mimada e egoísta, ele sabia disso. E tinha deixado que ela o usasse como um garanhão, concordando com encontros clandestinos e carícias furtivas, rebaixando-se a ponto de ficar rondando perto da ladeira, em vez de ir à casa dela, como os outros pretendentes, os aceitáveis, certamente faziam.

A não ser pela atração física, eles não tinham absolutamente nada em comum. O pai de Laura Frederickson era a pessoa mais rica de Edmunton, e ela estava no primeiro ano de uma faculdade muito cara do Leste. Matt trabalhava numa usina de aço durante o dia, como mecânico nos fins de semana, e estudava à noite, no campus local da Universidade Estadual de Indiana.

Inclinando-se por cima dela, ele abriu a porta da caminhonete.

— Ou eu pego você na porta da sua casa hoje, ou é melhor você fazer outros planos pra hoje à noite — decretou, em tom frio e implacável.

— Mas o que eu vou dizer ao papai quando ele vir sua caminhonete? — perguntou Laura.

— Fala que a minha limusine está na oficina — respondeu Matt, insensível à sua preocupação.

# 4

## Dezembro, 1973

A LONGA FILA DE LIMUSINES ARRASTAVA-SE EM DIREÇÃO à entrada protegida por um toldo do Hotel Drake de Chicago, onde cada veículo parava para que seus jovens ocupantes descessem.

Porteiros iam e vinham, acompanhando os recém-chegados de seus carros até o saguão de entrada. Não revelavam, por palavras, ou mesmo pela expressão do rosto, o menor sinal de divertimento ou condescendência em relação aos jovens que chegavam em smokings feitos sob medida e vestidos longos, porque aqueles não eram adolescentes comuns, vestidos para uma formatura ou um casamento, deslumbrados com o que os rodeava e incertos sobre como deveriam portar-se. Eram filhos das famílias mais importantes de Chicago, seguros de si, e a única evidência de sua juventude talvez fosse o entusiasmo efervescente que demonstravam pela noite que iriam ter.

No fim da fila de carros dirigidos por motoristas particulares, Meredith observava o desembarque dos outros jovens. Assim como ela, todos iriam participar do jantar dançante anual da srta. Eppingham. Naquele dia, os alunos da Sra. Eppingham, que tinham entre 12 e 14 anos, deveriam exibir o traquejo social que haviam adquirido e aperfeiçoado no curso de seis meses de duração. Precisavam desse treinamento para poder mover-se com elegância na rarefeita camada social que, automaticamente, presumiam que habitariam quando adultos. Por essa razão, os cinquenta alunos, usando trajes a rigor, passariam por uma fila de pessoas que os recepcionariam, ocupariam seus lugares para um jantar de 12 pratos e, depois, participariam do baile.

Pelas janelas do carro, Meredith observava os rostos alegres e confiantes dos colegas que se reuniam no saguão. Notou que era a única que chegava sozinha, pois as outras meninas estavam em grupos ou acompanhadas por irmãos mais velhos ou primos, que já haviam feito o curso da Eppingham. Apreensiva, viu os lindos vestidos que as meninas usavam, os cabelos presos por fitas de veludo ou penteados com pedrarias.

A srta. Eppingham reservara o salão principal, de modo que Meredith atravessou o saguão de mármore e subiu a escadaria, sentindo um embrulho no estômago e os joelhos trêmulos, de tanto nervosismo. Chegando ao patamar, logo viu o toalete feminino e dirigiu-se para lá. Entrou e olhou-se no espelho, querendo ter certeza de que estava bonita. De fato, depois de tudo o que Lisa fizera, ela não estava tão mal assim. Os cabelos loiros e lisos, divididos no lado direito e mantidos para trás pela flor de seda, desciam até quase os ombros. A flor lhe dava um ar misterioso e sofisticado, ela refletiu, mais esperançosa do que convicta. Abriu a bolsa, pegou o batom cor de pêssego de Lisa e passou-o nos lábios. Satisfeita, levou as mãos à nuca, tirou o colar e o colocou na bolsa. Também tirou os óculos, pondo-os com a joia.

— Muito melhor — decidiu com novo ânimo.

Se não apertasse os olhos, se o ambiente estivesse com pouca iluminação, haveria uma chance de Parker achá-la bonita.

Do lado de fora do salão, os alunos da Eppingham acenavam uns para os outros, juntando-se em grupos, mas ninguém acenou para ela, nem a chamou para dizer: "Espero que a gente fique na mesma mesa, e você?" Mas não era culpa deles, ela sabia. Em primeiro lugar, aqueles jovens, em sua maioria, se conheciam desde bebês, porque seus pais eram amigos, e tinham ido às festas de aniversário uns dos outros. A alta sociedade de Chicago formava um grupo grande e exclusivo, e os adultos, naturalmente, achavam que era incumbência deles preservar essa exclusividade e, ao mesmo tempo, assegurar que seus filhos fossem admitidos em seu mundo. O pai de Meredith era o único dissidente dessa filosofia. Por um lado, desejava que Meredith assumisse seu lugar na sociedade, mas por outro, não queria que ela fosse corrompida pelos jovens cujos pais eram mais tolerantes do que ele.

Meredith passou pela fila de recepção sem dificuldade, depois seguiu para as mesas. Como os lugares eram marcados por cartões com os nomes, ela tirou disfarçadamente os óculos da bolsa e leu cada um deles. Quando encontrou seu nome, na terceira mesa, descobriu que ficaria com Kimberly Gerrold e Stacey Fitzhugh, duas das garotas que haviam sido "duendes" com ela na festa de Natal.

— Oi, Meredith — elas entoaram em coro, olhando-a com aquela divertida condescendência que sempre a deixava sem jeito e constrangida.

Em seguida, desviaram a atenção para os rapazes entre elas.

A terceira menina era Rosemary, irmã de Parker, que moveu a cabeça na direção de Meredith num cumprimento desinteressado, antes de cochichar alguma coisa com o garoto a seu lado, que riu, enquanto encarava Meredith.

Reprimindo a inquietante impressão de que Rosemary estava falando dela, Meredith olhou em volta, fingindo estar fascinada pelos enfeites vermelhos e brancos de Natal. A cadeira à sua direita estava vazia, e depois ela descobriu que a pessoa que iria ocupá-la tinha pegado gripe, o que a deixou na situação desagradável de não ter companhia durante o jantar.

A refeição foi servida, prato após prato, e Meredith pegava automaticamente o talher correto, entre os 12 arrumados à sua frente. Jantar com toda aquela formalidade era corriqueiro em sua casa, assim como nas dos outros alunos da Eppingham, de modo que ela não tinha nem mesmo a indecisão para fazê-la esquecer a sensação de isolamento que experimentava, enquanto ouvia os outros falarem sobre os filmes atuais.

— Você viu esse, Meredith? — perguntou Steven Mormont, seguindo tardiamente a regra da srta. Eppingham, segundo a qual, *todos*, numa mesa, deviam ser incluídos em uma conversa.

— Não... — Foi poupada da necessidade de dizer mais alguma coisa, porque naquele momento a orquestra começou a tocar, e a parede divisória abriu-se, indicando que os convidados deviam encerrar educadamente a conversa à mesa e seguir para o outro salão.

Parker prometera aparecer para a hora do baile, e com a irmã dele ali, Meredith tinha certeza de que cumpriria a promessa. Além disso, ele já se encontrava no hotel, porque sua turma da faculdade estava fazendo uma festa num dos outros salões. Ficando de pé, ela alisou os cabelos e rumou para o salão de baile, contraindo o abdômen numa postura elegante.

Durante as duas horas seguintes, a srta. Eppingham cumpriu seu dever de anfitriã, circulando entre os convidados e certificando-se de que todos tinham alguém com quem conversar e dançar. Meredith cansou-se de vê-la mandar um garoto atrás do outro ir até ela e convidá-la para dançar.

Por volta das 23 horas, a pequena multidão havia se dividido em vários grupos e a pista de dança ficou quase vazia, devido, sem dúvida, às músicas antiquadas que a orquestra tocava. Entre os quatro pares que ainda dançavam, estavam Meredith e Stuart Whitmore, e ele falava animadamente de sua meta, que era entrar para o escritório de advocacia do pai. Era sério e inteligente, e Meredith decidiu que gostava mais dele do que dos outros garotos de sua turma, principalmente porque Stuart *quisera* dançar com ela.

Enquanto o ouvia falar, Meredith não tirava os olhos da entrada do salão, até que viu Parker materializar-se no vão da porta, acompanhado por três amigos. Sentiu o coração ir até a boca, notando como ele estava bonito no smoking preto, com aqueles bastos cabelos loiros, com mechas clareadas pelo sol, e o rosto queimado. Comparados com Parker, todos os outros jovens, inclusive os que estavam com ele, pareciam insignificantes.

Notando que Meredith ficara tensa, de repente, Stuart interrompeu sua descrição dos requisitos para ingressar na faculdade de direito e olhou na direção que ela estava olhando.

— Ah, o irmão da Rosemary veio — comentou.

— É, eu sei — respondeu Meredith, não se dando conta do tom sonhador de sua voz.

Mas Stuart notou e fez uma careta.

— Por que todas as garotas perdem o fôlego e ficam agitadas quando veem Parker Reynolds? — perguntou em tom aborrecido. — Tipo, vocês preferem Parker a mim, só porque ele é mais velho, mais alto e seis vezes mais gentil?

— Você não devia se menosprezar, Stuart — disse Meredith com sinceridade, mas distraída, com a atenção voltada para Parker atravessando o salão para cumprir o dever de dançar com a irmã. — Você é muito legal e inteligente.

— Você também é legal e inteligente.

— Vai ser um advogado brilhante, que nem o seu pai.

— Quer sair comigo no sábado à noite?

— O quê? — Meredith espantou-se, olhando-o depressa. — Bem... é muita gentileza sua me convidar, mas o meu pai só me deixa sair com meninos quando eu tiver 16 anos.

— Obrigado por me rejeitar com tanta educação.

— Não é isso! — exclamou Meredith, mas logo esqueceu tudo, porque um dos amigos de Rosemary Reynolds a tirara para dançar, antecipando-se a Parker, que se virara e começara a andar na direção da porta. — Desculpa, Stuart — murmurou, um tanto desesperada —, mas preciso entregar uma coisa pro Parker.

Ignorando o fato de que estava chamando a atenção de várias pessoas e divertindo-as, atravessou a pista correndo e alcançou Parker quando ele estava quase saindo com os amigos. Os três rapazes a olharam com curiosidade, como se ela fosse um inseto que os estivesse incomodando, mas Parker sorriu-lhe de modo caloroso e sincero.

— Oi, Meredith. Está gostando da festa?

Ela fez que sim com a cabeça, esperando que ele se lembrasse que lhe prometera uma dança. Sua esperança despencou, chegando a um nível ainda desconhecido, de tão baixo, quando ele continuou à espera de que ela dissesse o que tinha a dizer e que a fizera correr até ele.

Uma onda quente de rubor subiu-lhe às bochechas quando, tarde demais, ela se deu conta de que o olhava fixamente, em silêncio, como se o estivesse adorando.

— Te-tenho uma coisa pra você — gaguejou com voz trêmula e assustada, mexendo dentro da bolsa. — Meu pai pediu para te entregar isto.

Puxou para fora o envelope com as entradas para a ópera e o cartão de aniversário, mas o colar foi junto e caiu no chão. Ela se abaixou para apanhá-lo, ao mesmo tempo que Parker, e suas testas colidiram com força.

— Desculpa! — ela quase gritou.

— Ai! — ele exclamou.

Meredith endireitou-se e o batom de Lisa caiu da bolsa aberta. Jonathan Sommers, um dos amigos de Parker, curvou-se para pegá-lo.

— Por que não vira logo a bolsa no chão, aí a gente pega tudo de uma vez? — brincou, o hálito cheirando a álcool.

Dolorosamente consciente das risadinhas dos alunos da Eppingham que estavam observando a cena, Meredith entregou o envelope a Parker, pôs o colar e o batom na bolsa e virou-se, contendo as lágrimas, com a intenção de sair correndo.

— E a dança que me prometeu? — perguntou Parker em tom gentil, finalmente lembrando-se.

Meredith voltou-se para encará-lo, radiante.

— Ah, isso. Eu tinha me esquecido! Você quer dançar?

— Essa foi a melhor oferta que ouvi hoje — Parker afirmou galantemente.

Assim, quando os músicos começaram a tocar *Bewitched, Bothered e Bewildered*, Meredith foi para os braços dele, vendo seu sonho tornar-se realidade. Sentia sob os dedos a maciez do tecido do paletó do smoking e a firmeza das costas sólidas de Parker. A colônia dele tinha um aroma de especiarias, maravilhoso. E ele era um dançarino magnífico.

— Você dança maravilhosamente bem — ela exprimiu o pensamento em voz alta, dominada pela emoção.

— Obrigado.

— E está muito bonito, de smoking.

Ele riu baixinho, e Meredith inclinou a cabeça para trás, deleitando-se com o sorriso de Parker.

— E você também está muito bonita.

Sentindo que estava enrubescendo, ela apressou-se em olhar fixamente para o ombro dele. Por infelicidade, aquele movimento todo de abaixar-se, levantar-se, inclinar a cabeça para trás e para a frente fizera com que o grampo que segurava a flor em seus cabelos se soltasse, e a rosa de seda ficou solta, segura apenas pela haste de arame.

Tentando desesperadamente dizer algo sofisticado e espirituoso, Meredith tornou a erguer a cabeça.

— Está aproveitando suas férias?

— Muito — respondeu ele, seu olhar direcionando-se para a flor caída. — E você?

— Também — igualou ela, sentindo-se terrivelmente desajeitada. Os braços de Parker soltaram-na no instante em que a música parou e, com um sorriso, ele se despediu. Sabendo que não podia ficar ali parada, observando-o afastar-se, Meredith virou-se depressa e captou sua imagem numa parede espelhada. Viu a flor pendendo grotescamente e arrancou-a, com a esperança de que tivesse acabado de deslizar do grampo.

Enquanto esperava na fila para pegar o casaco, olhava para a flor entre os dedos, horrorizada com a ideia de que ela pudesse ter ficado pendurada no lado de sua cabeça o tempo todo em que ela dançara com Parker. Olhou para a menina a seu lado.

— Estava pendurada, enquanto você dançava com ele — a garota informou, como se estivesse lendo seus pensamentos.

— Eu estava com medo disso.

A outra menina sorriu de modo solidário, e Meredith lembrou-se do nome dela, Brooke Morrison, e de que sempre a achara simpática.

— Pra qual escola você vai no ano que vem? — perguntou Brooke.

— Bensonhurst, em Vermont — respondeu Meredith.

— Bensonhurst? — Brooke repetiu, franzindo o nariz. — Fica no fim do mundo e tem um regulamento de prisão. Minha avó estudou lá.

— A minha também — disse Meredith, com um suspiro desanimado, desejando que o pai não estivesse tão decidido a mandá-la para lá.

Lisa e a sra. Ellis estavam afundadas em poltronas, no quarto de Meredith, quando ela chegou.

— E aí? — Lisa quis saber, levantando-se num salto. — Como foi?

— Foi tudo maravilhoso. — disse Meredith com uma careta. — Se a gente ignorar que tudo caiu da minha bolsa quando fui entregar o cartão de aniversário pro Parker. Ou que fiquei tagarelando, dizendo como ele estava bonito e como dançava bem.

Deixou-se cair na poltrona que Lisa ocupara e, só então, notou que tinha sido mudada de lugar. Na verdade, o quarto todo estava diferente.

— Gostou? — perguntou Lisa com um sorriso maroto, enquanto Meredith olhava em volta, seu rosto refletindo surpresa e prazer.

Além de trocar os móveis de lugar, ela havia desmontado o buquê de flores de seda que ficava num vaso, e agora pequenos ramalhetes enfeitavam as presilhas que seguravam as cortinas da cama. Plantas naturais haviam sido transportadas de outras partes da casa para lá, e o quarto austero adquirira uma atmosfera de jardim, muito feminina.

— Lisa, você é perfeita!

— Sou mesmo, mas a sra. Ellis ajudou.

— Eu só forneci as plantas — protestou a governanta. — Lisa fez todo o resto. Espero que seu pai não faça objeções — observou, preocupada, levantando-se.

Quando saiu do quarto, Lisa virou-se para Meredith com um sorriso.

— Eu estava quase torcendo para que seu pai viesse aqui olhar. Preparei um belo discursinho pra dizer a ele. Quer escutar?

Meredith também sorriu e concordou com a cabeça.

— Boa noite, sr. Bancroft — começou Lisa, radiando boa educação e com pronúncia perfeita. — Sou Lisa Pontini, amiga da Meredith. Pretendo ser decoradora de interiores e estava praticando aqui. Espero que não se importe, senhor.

Falou com tanta perfeição que Meredith riu, antes de comentar:

— Eu não sabia que queria ser decoradora.

Lisa a olhou com ar cínico.

— Terminar o colégio pra mim já é muito. Pensar em ir pra faculdade, pra fazer um curso de design de interiores, pensar é uma coisa muito distante. Não temos dinheiro pra isso. — Então, acrescentou, em tom de reverência: — A sra. Ellis me contou que seu pai é o Bancroft da Bancroft & Company. Ele viajou, ou qualquer coisa assim?

— Não, foi a um jantar com os membros da diretoria — Meredith respondeu e, achando que Lisa ficaria tão encantada quanto ela com o funcionamento da empresa, continuou: — O assunto em pauta é bem interessante. Dois dos executivos-chefes querem expandir os negócios, levando a Bancroft pra outras cidades. O tesoureiro diz que isso é uma irresponsabilidade, do ponto de vista fiscal, mas os executivos que cuidam da parte comercial insistem em que o maior poder aquisitivo que teríamos aumentaria o total de nossos lucros.

— Tudo isso é grego pra mim — declarou Lisa, olhando com atenção para uma planta colocada num canto do quarto. Foi até lá e puxou-a cerca de 60 centímetros para a frente. O efeito da mudança tão simples foi surpreendente.

— Onde vai fazer o ensino médio? — perguntou Meredith, admirando seu quarto transformado e refletindo em como era injusto que Lisa não pudesse ir para a faculdade e desenvolver seu talento.

— Kemmerling — respondeu a amiga.

Meredith estremeceu. Passava por lá todos os dias, no caminho para a St. Stephen's, que, apesar de antiga, tinha uma aparência impecável, enquanto a Kemmerling, uma escola pública frequentada por jovens malvestidos e mal-educados, era feia, além de velha. O pai dela sempre dizia que uma excelente educação só podia ser obtida em excelentes escolas.

Lisa já dormia havia muito tempo quando uma ideia brotou na mente de Meredith, e ela começou a planejar sua estratégia com mais cuidado do que já planejara qualquer outra coisa, com exceção de seus imaginários encontros com Parker.

# 5

⌒⌒ NA MANHÃ SEGUINTE, BEM CEDINHO, FENWICK LEVOU Lisa para casa, e Meredith desceu para a sala de jantar, onde o pai estava lendo o jornal, esperando-a para tomarem o café da manhã juntos. Normalmente ela estaria curiosa para saber o resultado da reunião da noite anterior, mas havia outra coisa ocupando seus pensamentos.

Sentou-se, desejou bom dia ao pai e decidiu lançar sua campanha, enquanto ele ainda prestava atenção ao artigo que lia.

— O senhor sempre disse que uma boa educação é essencial, não é verdade?

Philip concordou sem prestar muita atenção ao que a filha dizia.

— Não disse também que algumas escolas públicas não têm funcionários suficientes e não são boas?

— Sim — afirmou ele, acenando a cabeça novamente.

— E que a família Bancroft tem feito doações à Bensonhurst durante décadas?

— Hum-hum. — Ele continuou, virando a folha do jornal.

— Então... — disse Meredith, tentando controlar a crescente excitação. — Tem uma aluna da St. Stephen's, uma menina maravilhosa, filha de uma família muito devota. Ela é inteligentíssima, talentosa, e quer ser decoradora de interiores, mas vai ter que ir pra Kemmerling porque os pais não têm condições de pagar uma escola melhor. Não é triste?

— Hum-hum — resmungou o pai de novo, franzindo a testa enquanto lia um artigo sobre Richard Daley.

Os democratas não estavam na lista de suas pessoas favoritas.

— Você não acha uma *tragédia* que tanto talento, tanta inteligência e *ambição* sejam desperdiçados? — insistiu ela.

O pai tirou os olhos do jornal e fitou-a com expressão atenta. Aos 42 anos, era um homem bonito, elegante, de maneiras diretas, penetrantes olhos azuis e cabelos castanhos que começavam a ficar prateados nas têmporas.

— O que é que você está sugerindo, Meredith?

— Uma bolsa de estudos. Se a Bensonhurst não conceder bolsas, o senhor poderia pedir que usassem parte do dinheiro que temos doado pra custear uma.

— E eu também deveria especificar que essa bolsa vai para essa garota de quem você está falando, certo?

Philip disse isso como se Meredith tivesse pedido algo que ferisse a ética, mas ela já aprendera que o pai podia usar seu poder e suas conexões em prol de seus objetivos, sempre e onde quer que fosse necessário. Era para isso que o poder servia, ele dissera centenas de vezes.

Ela fez que sim com a cabeça, encarando-o com olhos brilhantes.

— Certo — concordou.

— Entendo.

— O senhor nunca encontrará alguém que mereça mais uma bolsa do que essa menina — insistiu Meredith, ansiosa, então acrescentou, tomada por súbita inspiração: — Se não fizermos nada por Lisa, qualquer dia ela acabará dependendo da assistência social.

Assistência social era um assunto garantido para provocar uma reação profundamente negativa em Philip.

Meredith queria falar mais sobre Lisa e contar como a amizade dela era importante, mas uma espécie de sexto sentido alertou-a para não fazê-lo. No passado, o pai mostrara-se tão superprotetor que criança alguma fora considerada adequada para fazer companhia a ela. Era mais fácil que ele achasse Lisa merecedora de uma bolsa de estudos do que de ser amiga da filha.

— Você me lembra sua avó Bancroft — comentou ele, depois de alguns instantes. — Ela sempre se interessava por pessoas de mérito, mas menos favorecidas.

Meredith sentiu uma pontada de culpa, pois seu interesse em levar Lisa para a Bensonhurst era tão egoísta quanto nobre, mas as palavras seguintes do pai fizeram com que se esquecesse de toda a culpa.

— Ligue para minha secretária amanhã, dê todas as informações que tiver sobre essa menina, e peça para ela me lembrar de telefonar para a Bensonhurst.

No decorrer das três semanas que se seguiram, Meredith esperou com verdadeira aflição, receosa de contar a Lisa o que estava tentando conseguir, porque não queria que ela ficasse chateada caso o plano não desse certo, embora não pudesse acreditar que a Bensonhurst se recusaria a atender um pedido de seu pai. As estudantes americanas estavam sendo enviadas para escolas na Suíça e na França, não para Vermont, e muito menos para a Bensonhurst, com seus dormitórios de pedra, cheios de correntes de ar, o currículo exigente e regras rígidas. Essa escola não ficava mais lotada como antigamente. Era óbvio que não se arriscariam em ofender Philip Bancroft.

Na semana seguinte, chegou uma carta da Bensonhurst, e Meredith ficou rondando o pai, enquanto ele a lia sentado em sua cadeira.

— Aqui diz que vão conceder a única bolsa de estudos da escola à srta. Pontini, levando em conta o notável mérito como estudante dela e o fato de ela ter sido recomendada pela família Bancroft.

Meredith soltou um grito de alegria, nada adequado a uma menina bem-educada, que lhe valeu um olhar gélido do pai.

— A bolsa cobrirá os estudos, o alojamento e a alimentação — ele continuou. — Mas ela terá de ir a Vermont por conta própria e ter dinheiro para as despesas pessoais.

Meredith mordeu o lábio. Ela não havia pensado no preço da passagem aérea para Vermont, nem o dinheiro de que Lisa precisaria para outros gastos, mas, como já havia conseguido a bolsa, estava quase certa de que pensaria em como resolver essas questões. Talvez convencesse o pai de que deveriam ir de carro, e aí Lisa iria com eles.

No dia seguinte, Meredith levou para a escola todo o material que tinha sobre a Bensonhurst e a carta a respeito da bolsa de estudos. As horas pareceram durar uma semana, mas por fim ela se viu sentada à mesa da cozinha dos Pontini, enquanto a mãe de Lisa, toda agitada, oferecia-lhe biscoitos italianos, leves como o ar, e *cannoli* caseiros.

— Você está ficando muito magrinha, igual à Lisa — observou a sra. Pontini, e Meredith obedientemente mordiscou um biscoito, tirando da bolsa as brochuras da Bensonhurst.

Apesar de um pouco constrangida em seu papel de filantropa, falou com entusiasmo da Bensonhurst, de Vermont e de como seria empolgante viajar para lá. Depois, anunciou que Lisa havia ganho uma bolsa de estudos para estudar lá. Por um momento, houve completo silêncio, enquanto a sra. Pontini e Lisa pareciam incapazes de entender o que ela dissera. Então, Lisa levantou-se vagarosamente.

— O que você acha que eu sou, hein? — explodiu, furiosa. — Seu mais recente objeto de caridade? Quem, diabos, você pensa que é?

Saiu correndo pela porta dos fundos, e Meredith foi atrás.

— Lisa, eu só estava tentando ajudar!

— Ajudar? — A amiga virou-se para encará-la. — O que fez você pensar que eu gostaria de estudar com um bando de ricas esnobes como você, onde pareceria que vocês fariam caridade comigo? Eu consigo até ver! Uma escola cheia de cadelinhas mimadas, daquelas que reclamam porque têm de passar o mês com a mesada de 1.000 dólares que os papais mandam.

— Ninguém vai saber que você tem uma bolsa de estudos. Só vão saber se você contar — começou Meredith, então se sentiu invadida por mágoa e raiva. — Eu não sabia que você me considerava uma "rica esnobe", ou uma... uma "cadelinha mimada".

— Olha isso! Você nem consegue dizer "cadelinha" sem gaguejar. Você é tão comportadinha, tão metida a superior!

— Esnobe é você, Lisa, não eu — Meredith interrompeu-a baixinho, sentindo-se derrotada. — Você enxerga tudo em termos de dinheiro. Não precisava se preocupar em se encaixar na Bensonhurst. Eu é que não me encaixo em nenhum lugar, não você.

Disse tudo isso com tanto decoro que teria deixado seu pai muito satisfeito, depois se virou e foi embora.

Fenwick encontrava-se à espera de Meredith diante da casa dos Pontini. A menina acomodou-se no banco traseiro do carro. Havia algo errado com ela, pensou. Algo que não deixava as pessoas sentirem-se bem em sua companhia, independente da classe social a que pertencessem. Não lhe ocorreu que pudesse ser uma pessoa especial, que tivesse uma delicadeza e uma sensibilidade que faziam com que os outros jovens quisessem deixá-la para baixo ou ficar longe dela.

Mas isso ocorreu a Lisa, que ficou olhando o carro afastar-se, odiando Meredith Bancroft porque ela podia fazer o papel de uma fada madrinha adolescente, e desprezando-se por ser capaz de ter sentimentos tão feios e injustos.

Na hora do recreio, no dia seguinte, Meredith estava sentada em seu lugar de costume, enrolada no casaco, comendo uma maçã e lendo um livro, quando viu, de soslaio, que Lisa estava vindo em sua direção.

Tentou concentrar-se ainda mais na leitura.

— Meredith, desculpa pelo que aconteceu ontem.

— Tudo bem — respondeu Meredith, sem tirar os olhos do livro.

— Esquece isso.

— É muito difícil esquecer como eu fui podre com a melhor pessoa que eu já conheci.

Meredith olhou para Lisa depois voltou-se de novo para o livro.

— Não precisa se preocupar com isso — declarou em tom gentil, mas decidido.

Lisa sentou-se a seu lado na mureta de pedras, determinada a fazer com que Meredith a escutasse.

— Fui uma verdadeira cobra ontem, por um bando de motivo egoísta e idiota. Fiquei com pena de mim mesma porque você estava me oferecendo aquela oportunidade incrível de ir pra uma escola especial, de me *sentir* especial, e eu sabia que não podia aceitar. Tipo, a minha mãe precisa de ajuda com as crianças e com a casa, mas, mesmo que não precisasse, eu não teria dinheiro pra ir pra Vermont e depois pras outras coisas, quando a gente estivesse lá.

Meredith nunca pensou que a sra. Pontini não pudesse ou não quisesse ficar sem Lisa, e pareceu-lhe tremendamente injusto que, pelo fato de uma mãe ter tido oito filhos, a filha fosse obrigada a ajudar a criar os irmãos.

— Eu não pensei na possibilidade dos seus pais não te deixarem ir — admitiu, encarando a amiga pela primeira vez. — Achei que... bem, que todos os pais quisessem que seus filhos recebessem uma boa educação.

— Você está mais ou menos certa — disse Lisa, e Meredith, então, notou que ela parecia ter muitas novidades para contar. — A minha mãe quer. Ela brigou feio com o meu pai ontem, depois que você foi embora. Ele disse que meninas não precisam ir pra escolas caras. Só têm que casar e ter filhos. Mamãe começou a sacudir aquela colher grandona na direção dele, gritando que eu podia ter mais coisas nessa vida, então tudo começou a acontecer. Mamãe chamou vovó, que chamou os meus tios e as minhas tias, e todo mundo foi lá pra casa e começou a me dar dinheiro; tipo um empréstimo. Acho que, se eu estudar bastante na Bensonhurst, talvez consiga uma bolsa em alguma faculdade. E daí eu consigo arrumar um ótimo emprego pra pagar todo mundo.

Os olhos cor de avelã brilhavam, quando ela estendeu a mão e apertou a de Meredith.

— Como se sente, sabendo que está mudando completamente a vida de uma pessoa? — perguntou. — Que está realizando meu sonho, o da minha mãe e o das minhas tias?

De modo inesperado, Meredith sentiu nos olhos o ardor das lágrimas.

— Eu me sinto muito bem.

— Acha que a gente consegue ficar no mesmo quarto?

Meredith fez um gesto afirmativo com a cabeça, abrindo um sorriso.

A alguns metros de distância, várias garotas que lanchavam juntas ficaram olhando para as duas. Lisa Pontini, a aluna nova, e Meredith Bancroft, a menina mais esquisita da escola, levantaram-se de repente e, abraçadas, riam, choravam e pulavam.

# 6

## Junho de 1978

⌐⌐ O QUARTO DA BENSONHURST QUE MEREDITH DIVIDIRA com Lisa por quatro anos estava entulhado de caixas e malas que ainda podiam ser enchidas. Os capelos e becas azuis que elas haviam usado na cerimônia de formatura na noite anterior encontravam-se pendurados na porta do closet, junto com as borlas douradas que indicavam que as duas formaram-se com honras. Lisa estava no closet, guardando suéteres numa caixa, e pela porta aberta do quarto chegava do corredor o som estranho de vozes masculinas. Pais, irmãos e namorados das garotas que iam partir carregavam malas e caixas para o andar de baixo. O pai de Meredith passara a noite numa pousada ali perto e devia chegar à escola dentro de uma hora, mas Meredith perdera a noção do tempo. Dominada por uma onda de nostalgia, tinha começado a ver as fotos reunidas num montinho alto, que tirara da gaveta da escrivaninha, sorrindo diante das lembranças que cada uma delas trazia.

Os anos que Lisa e ela passaram em Vermont foram maravilhosos para as duas. O receio de Lisa, achar que seria excluída por todos em Bensonhurst, revelou-se infundado. Rapidamente, ela se destacou como aquela que lançava as novas modas, e as outras a consideravam ousada e original. No primeiro ano, foi Lisa quem organizou e liderou um ataque bem-sucedido aos rapazes da escola Litchfield, que haviam tentado invadir a Bensonhurst para roubar calcinhas, que guardariam como troféus. No segundo ano, projetou os cenários para a peça anual da escola, e o resultado foi espetacular, rendendo fotos nos jornais de várias cidades.

No penúltimo ano, Bill Fletcher convidou-a para o baile de primavera da Litchfield. Além de ser capitão do time de futebol, Bill era extremamente bonito e inteligente. Um dia antes do baile, marcou dois gols num jogo e outro num motel das redondezas, onde Lisa entregou-lhe sua virgindade.

Depois desse acontecimento tão importante, ela voltou ao quarto da Bensonhurst e, toda boba, deu a notícia a Meredith e às quatro garotas que se haviam reunido lá.

— Eu não sou mais virgem — declarou, deixando-se cair na cama. — De agora em diante, sintam-se livres pra me fazer perguntas e pedir conselhos.

As demais moças obviamente viram aquilo como outra demonstração da intrépida independência de Lisa, porque riram e aplaudiram, mas Meredith ficou preocupada e até um pouco assustada. Naquela noite, depois que as amigas foram embora, as duas tiveram a primeira briga de verdade, desde que tinham ido para Bensonhurst.

— Não consigo acreditar que você fez isso! — Meredith explodiu. — E se você tivesse engravidado? E se as garotas espalharem isso por aí? E se seus pais ficarem sabendo?

Lisa reagiu com a mesma energia.

— Você não é minha babá nem responsável por mim, então para de agir como se fosse minha mãe! — exclamou. — Se você prefere esperar que Parker, ou outro príncipe num cavalo branco venha, a tome nos braços e a leve para a cama, pode esperar, mas nem todo mundo é igual a você! As freiras da St. Stephen's não me convenceram, com aquelas besteiras sobre pureza — continuou, jogando o blazer no closet. — Se você foi boba pra engolir aquilo tudo, vai fundo e seja uma virgem pra sempre, mas eu não quero isso, não. E não sou tão desleixada pra engravidar. Bill usou preservativo. E as outras garotas não vão abrir a boca pra dizer o que eu fiz, porque elas também já fizeram. A única virgenzinha chocada nesse quarto era você!

— Chega. — Meredith interrompeu-a em tom calmo, dirigindo-se à escrivaninha. Apesar de sua aparente tranquilidade, estava dominada pelo sentimento de culpa e vergonha. Sentia-se responsável por

Lisa, porque fora ela quem a levara para Bensonhurst. Mas já tinha entendido que era moralmente arcaica e que não tinha o direito de impor restrições a Lisa, só porque as impunha a si mesma. — Não quis te julgar, Lisa. Só fiquei preocupada com você.

Depois de um momento de silêncio cheio de tensão, Lisa virou-se para ela:

— Desculpa, Meredith.

— Tudo bem, você está certa.

— Não estou, não — Lisa negou, olhando-a com ar suplicante e até desesperado. — É que não sou igual a você e não posso ser. Não que eu já não tenha tentado...

Essa declaração arrancou de Meredith uma risadinha amarga.

— E por que gostaria de ser igual a mim?

Lisa sorriu, em meio a uma careta.

— Porque você tem classe, querida — respondeu, imitando Humphrey Bogart. — "Classe" com letra maiúscula.

A briga acabou com uma trégua que foi declarada naquela mesma noite, enquanto as duas tomavam milk-shake na sorveteria Paulson's.

Meridith lembrou-se desse dia enquanto olhava as fotografias, mas suas memórias foram interrompidas abruptamente por Lynn McLaughlin, que colocou a cabeça na porta e informou:

— Nick Tierney ligou para o telefone público do saguão, hoje de manhã, e disse que fez isso porque o telefone particular de vocês já foi desligado. Mandou avisar que vai dar uma passadinha por aqui.

— Para qual de nós duas ele telefonou? — Lisa quis saber. Lynn respondeu que tinha sido para Meredith. Assim que a moça foi embora, Lisa colocou as mãos na cintura e virou-se para a amiga com ar zombeteiro. — Eu sabia! Ele não conseguia tirar os olhos de você ontem à noite, por mais que eu estivesse quase plantando uma bananeira pra chamar a atenção dele. Eu nunca devia ter te ensinado a se vestir e a se maquiar.

— Lá vem você de novo! — exclamou Meredith, sorrindo. — Acha que minha mísera popularidade entre uns poucos meninos é mérito todo seu, não é?

Nick Tierney era estudante de Yale e havia ido à Bensonhurst para assistir à formatura da irmã. Encantara todas as moças com seu rosto bonito e porte atlético. Depois de pousar os olhos em Meredith, porém, foi ele quem ficou fascinado e não fez a menor questão de esconder isso.

— *Mísera* popularidade com uns poucos meninos? — Lisa ecoou. Estava fantástica, mesmo com os cabelos avermelhados presos num coque displicente no alto da cabeça. — Se você saísse com metade dos rapazes que te chamaram pra sair nos dois últimos anos, quebraria meu recorde!

Meredith ia dizer mais alguma coisa, mas naquele momento a irmã de Nick Tierney bateu à porta, que continuava aberta. — Meredith, Nick está lá embaixo com dois amigos que vieram de New Haven pra cá, hoje de manhã — informou a moça com um sorriso conformado. — Disse que quer ajudar você a arrumar as malas e te fazer uma proposta.

— Manda o pobre homem apaixonado e os amigos dele subirem — Lisa pediu, rindo.

Quando Trish Tierney afastou-se, Lisa e Meredith encararam-se em silêncio, com expressão divertida, eram opostas em todos os sentidos, mas estavam completamente de acordo.

Os quatro últimos anos haviam transformado muito as duas, mas principalmente Meredith. Lisa sempre foi atraente, nunca teve a desvantagem de precisar de óculos, nem tinha sofrido por causa de excesso de peso. As lentes de contato que Meredith comprou dois anos antes, com o dinheiro de sua mesada, além de livrá-la dos óculos, haviam revelado a beleza de seus olhos. A natureza e o tempo cuidaram do resto, dando ênfase às feições aprimoradas, aumentando o volume dos cabelos loiro-claros, arredondando e afinando o corpo nos lugares certos.

Lisa, com os cabelos flamejantes e modos extrovertidos, era sensual e glamorosa já aos 18 anos. Meredith, em comparação, tinha maneiras elegantes e uma beleza serena. A vivacidade de Lisa atraía os homens, enquanto o sorriso reservado de Meredith os desafiava. Aonde quer que as duas fossem juntas, os homens viravam-se para olhá-las. Lisa adorava essa atenção, a emoção dos encontros e a excitação causada por um novo namorado. Meredith, por sua vez, achava tediosa sua recente popularidade com o sexo oposto. Gostava de sair com homens que a levavam para esquiar, dançar e a convidavam para suas festas, mas a novidade de ser procurada acabara, e estar com jovens por quem sentia apenas amizade tornara-se algo agradável, mas não tão excitante quanto seria de esperar. Sentia-se da mesma forma a respeito de ser beijada. Lisa explicava isso, dizendo que ela idealizara Parker exageradamente e que comparava todos os homens com ele. Isso, sem dúvida, era responsável pela falta de entusiasmo de Meredith, mas apenas em parte. O maior causador dessa atitude era, talvez, o fato de ela ter crescido entre adultos, numa casa dominada por um empresário forte e dinâmico. E, embora a companhia dos rapazes da escola Litchfield fosse agradável, Meredith normalmente sentia-se muito mais velha do que eles.

Ela sempre soube, desde a infância, que queria conseguir um diploma universitário e ocupar o lugar a que tinha direito na Bancroft & Company. Os rapazes da Litchfield, e mesmo os irmãos deles, mais velhos, que já estavam na universidade, não demonstravam interesse em outras coisas que não fossem esportes, sexo e bebida. Para ela, Meredith, a ideia de entregar sua virgindade a um rapaz cujo maior objetivo era colocar o nome dela na lista de jovens da Bensonhurst defloradas por alunos da Litchfield — uma lista que ficava ostensivamente pendurada no salão Crown da Litchfield — não era apenas insensata, mas também humilhante e sórdida.

Quando ela tivesse relações íntimas com um homem, queria que ele fosse uma pessoa digna de admiração e confiança. Desejava ternura e compreensão, e também romance. Sempre que pensava em ter um relacionamento sexual, via mais do que o simples ato de fazer amor. Visualizava os dois dando longos passeios na praia, de mãos dadas, conversando, ou diante da lareira, à noite, observando as chamas... e conversando. Depois de tentar durante anos, sem êxito, ter uma comunicação de verdade com o pai, queria que seu amante, quando tivesse um, fosse um homem com quem pudesse conversar e que dividisse seus pensamentos com ela. E sempre que imaginava esse amante, via Parker.

Durante os anos que passara na Bensonhurst, ela conseguiu vê-lo com bastante frequência, quando ia para casa, nas férias. Algo fácil, porque tanto a família de Parker quanto a sua pertenciam ao Glenmoor Country Club. Nesse clube, era uma tradição os sócios comparecerem em massa aos principais bailes e eventos esportivos. Até alguns meses atrás, quando completara 18 anos, Meredith não tinha permissão para participar das atividades dos adultos, mas havia aproveitado bem as outras oportunidades oferecidas pelo Glenmoor. Todos os verões, ela convidava Parker para ser seu parceiro em partidas de tênis para duplas, e ele sempre aceitava. Eles nunca ganharam um jogo, principalmente por causa do nervosismo que Meredith sentia ao jogar com ele.

Ela usara outros ardis, também, como o de convencer o pai a oferecer vários jantares, todo verão, para os quais Parker e sua família sempre eram convidados. Como os Reynolds eram proprietários do banco onde a Bancroft & Company depositava seu dinheiro, e como Parker já trabalhava lá, ele era quase obrigado a comparecer aos jantares, tanto por razões profissionais, quanto para ser o acompanhante de Meredith.

Por duas vezes, na época do Natal, ela dera um jeito de ficar embaixo do ramo de visco que pendurara no hall de entrada, quando Parker e sua família chegaram para fazer a visita natalina aos Bancroft, e ele tivera de beijá-la. E nunca deixara de acompanhar o pai nas visitas aos Reynolds.

Como resultado do truque do ramo de visco, Parker foi o primeiro beijo dela, quando ainda era caloura na Bensonhurst. Meredith acalentou essa lembrança até o Natal seguinte, recordando o contato, o cheiro de Parker, o sorriso que ele lhe dera antes de beijá-la.

Adorava ouvi-lo falar dos negócios do banco, quando ele ia jantar em sua casa, e, mais ainda, as caminhadas que começaram a dar após as refeições, enquanto os pais ficavam tomando conhaque e conversavam. Foi durante uma dessas caminhadas, no verão anterior, que Meredith descobriu que Parker sabia de sua paixão; ela ficou mortificada.

Ele perguntou como tinha sido a temporada de esqui no inverno de Vermont, e ela lhe contou a história engraçada de quando foi esquiar com o capitão da equipe de esqui de Litchfield. Quando Parker parou de rir, depois de Meredith relatar que seu acompanhante tinha deslizado encosta abaixo atrás do esqui que ela perdera, disse, sorrindo, mas em tom solene:

— Toda vez que eu vejo você, está mais bonita do que da última vez. Devia ter adivinhado que, um dia, alguém ocuparia meu lugar no seu coração, mas nunca imaginei que seria um bobo que sai correndo atrás de esquis. Na verdade, estava me acostumando com a ideia de ser seu herói romântico favorito.

Orgulho e bom senso fizeram com que Meredith ficasse de boca fechada e não revelasse que *ninguém* tinha tomado seu lugar, e a maturidade não a deixou fingir que ele nunca ocupara um espaço em seu coração. Como, obviamente, ele não ficou arrasado com sua "traição", ela fez a única coisa que poderia fazer, que era tentar salvar a amizade e, ao mesmo tempo, referir-se à sua paixão por ele como um episódio divertido da adolescência.

— Você sabia? — perguntou, conseguindo sorrir.

— Sabia — afirmou ele, retribuindo o sorriso. — Costumava me perguntar se seu pai descobriria e iria atrás de mim com uma arma. Ele é superprotetor.

— Também já notei isso — brincou Meredith, embora, para ela, aquele assunto nunca tivesse sido motivo para gracejos.

Parker riu baixinho, mas logo voltou a ficar sério.

— Embora seu coração pertença a um esquiador, espero que isso não signifique o fim de nossos jantares, caminhadas e partidas de tênis — declarou. — Sempre gostei de tudo isso, de verdade.

Acabaram falando dos planos de Meredith para a universidade e de sua intenção de seguir os passos dos antepassados, trabalhando na Bancroft & Company até chegar à presidência. Parker parecia entender sua vontade de ocupar o lugar que lhe era devido e acreditava sinceramente que isso aconteceria, se era isso o que ela realmente desejava.

Ali, no quarto da Bensonhurst, quase pronta para ir embora, Meredith pensou que logo o veria novamente, depois de um ano inteiro, durante o qual não deixou de preparar-se para a possibilidade de Parker ser sempre apenas um amigo. A ideia podia ser desanimadora, mas a amizade de Parker era uma certeza, e isso significava muito para ela.

Lisa saiu do closet com uma braçada de roupas, que jogou na cama, ao lado de uma mala aberta.

— Você está pensando no Parker! Sempre fica com esse ar sonhador, quando...

A amiga parou de falar quando Nick Tierney surgiu à porta, ocultando com o corpo os dois amigos atrás dele.

— Disse a esses sujeitos que eles veriam mais beleza num quarto do que no estado de Connecticut inteiro — contou, inclinando a cabeça na direção dos amigos que não podiam ser vistos. — Mas avisei que tenho o direito de escolher primeiro, porque cheguei aqui antes, e que já escolhi a Meredith. — Piscou para Lisa e deu um passo para o lado, fazendo um gesto amplo com a mão. — Cavalheiros, deixem-me apresentá-los à minha "segunda opção".

Os outros entraram com ar entediado, arrogante, dois perfeitos universitários, modelos da Ivy League. Lançaram um olhar para Lisa e pararam, como que petrificados.

O loiro musculoso que entrara na frente recuperou-se primeiro.

— Você deve ser Meredith — observou, sua expressão deixando claro que ele achava que Nick pegara o melhor pedaço para si mesmo. — Sou Craig Huxford e esse é Chase Vauthier. — Fez um gesto de cabeça na direção do jovem de cabelos escuros, que examinava Lisa como um homem que finalmente deparava-se com a perfeição.

Lisa cruzou os braços no peito, olhando para os dois com ar divertido.

— Eu não sou a Meredith.

Eles se viraram para o canto oposto do quarto, onde Meredith encontrava-se de pé.

— Deus... — Craig Huxford murmurou em tom reverente.

— Deus! — ecoou Chase Vauthier, enquanto os dois olhavam alternadamente para Lisa e Meredith.

Meredith mordeu o lábio para não rir daquela reação absurda.

— Quando vocês terminarem de rezar, a gente oferece uma Coca pra vocês — disse Lisa secamente, erguendo as sobrancelhas, irritada. — Será o pagamento por nos ajudarem a empilhar essas caixas, deixando-as prontas para os carregadores.

Eles deram alguns passos à frente, sorrindo. Foi então que Philip Bancroft, meia hora adiantado, entrou e parou, obviamente furioso ao ver os três rapazes.

— Que diabos está acontecendo aqui?

Os cinco jovens ficaram imóveis, até que Meredith recuperou-se e tentou remediar a situação, apressando-se em apresentar os rapazes ao pai. Ignorando-a, Philip fez um gesto brusco com a cabeça, indicando a porta.

— Fora! — rosnou. Quando os rapazes saíram, ele se virou para as moças: — Achei que o regulamento da escola proibisse a entrada de homens, com exceção dos pais, nesse maldito prédio.

Ele não achava, simplesmente. Sabia. Dois anos atrás, quando fora fazer uma visita à filha, de surpresa, chegara às 16 horas de um sábado e vira rapazes sentados no salão, no andar de baixo do prédio dos dormitórios. Antes daquele dia, visitantes masculinos podiam ficar no salão, nas tardes de sábado e domingo. Depois, isso fora proibido, porque Philip conseguira fazer com que o regulamento fosse mudado. Entrara como um furacão no escritório da diretora, acusando-a de negligência e de estar contribuindo para a delinquência juvenil. Então, ameaçara levar o fato ao conhecimento de todos os pais e de cancelar a grande doação anual que a família Bancroft fazia à Bensonhurst.

Meredith lutava para controlar a raiva e a humilhação causadas pelo comportamento dele em relação aos três rapazes, que não tinham feito nada para suscitar sua ira.

— Em primeiro lugar, o ano letivo acabou ontem — ela começou. — Por isso, as regras não estão vigorando. Em segundo, eles só estavam querendo ajudar a gente com as malas, pra gente ir embora...

— Eu achei que *eu* viria aqui para fazer isso — interrompeu-a o pai. — Foi por esse motivo que me levantei às...

Parou de falar quando a diretora apareceu à porta.

— Com licença, sr. Bancroft. Alguém quer falar com o senhor ao telefone — ela anunciou. — É urgente.

Ele saiu, e Meredith deixou-se cair sentada na cama.

— Não entendo o seu pai! — exclamou Lisa, furiosa, pousando com força a garrafa de Coca-Cola na escrivaninha. — Que homem impossível! Não deixa você sair com um rapaz que não conheça desde o nascimento e põe todos os outros para correr. Te deu um carro, quando você fez 16 anos, mas não te deixa dirigir! Tenho quatro irmãos que são *italianos*, caramba, e eles juntos não são tão sufocantes quanto ele.

Sem perceber que só estava aumentando a raiva e a frustração de Meredith, sentou-se na cama ao lado dela.

— Você precisa fazer alguma coisa, senão essas férias vão ser ainda piores do que as últimas — continuou. — Vou ficar fora um mês e meio, ou seja, você não vai ter nem a mim pra te fazer companhia.

O corpo docente da Bensonhurst, impressionado com as notas e o talento artístico de Lisa, haviam conseguido uma bolsa de estudos na Europa de seis semanas para ela. Os estudantes premiados podiam escolher a cidade que melhor servisse para o desenvolvimento de seus planos futuros, e Lisa optara por Roma, onde faria um curso de decoração de interiores.

Meredith recuou na cama até encostar-se na parede.

— Não estou tão preocupada com o verão como com o que vai acontecer daqui a três meses — confidenciou.

Lisa sabia que a amiga referia-se à batalha que vinha travando com o pai a respeito da universidade para a qual deveria ir. Meredith queria ir para a Northwestern, entre todas as que lhe haviam oferecido bolsas de estudo integrais. Philip Bancroft, porém, insistia para que a filha frequentasse a faculdade Maryville, que era nada mais do que uma escola de aperfeiçoamento num subúrbio de Chicago. Meredith concordou em candidatar-se a uma vaga nas duas, e foi aceita tanto por uma como pela outra. E assim criara-se o impasse.

— Acha mesmo que vai fazer o seu pai desistir da ideia de mandar você para Maryville? — perguntou Lisa.

— Pra lá eu não vou!

— Nós duas sabemos disso, mas é seu pai quem vai pagar as mensalidades.

Meredith suspirou.

— Ele vai ceder. Ele é superprotetor ao extremo, mas quer o melhor pra mim, e a faculdade de administração da Northwestern é a melhor. Um diploma da Maryville não vale o papel em que é escrito.

A raiva de Lisa deu lugar à perplexidade quando ela refletiu que conhecia Philip Bancroft, mas que não o compreendia.

— Sei que ele quer o melhor pra você — ela concordou. — E também que não é igual à maioria dos pais que mandam as filhas pra cá. Pelo menos, ele se importa com você! Telefona toda semana e nunca faltou a um evento escolar importante.

Lisa ficara chocada, no primeiro ano que passara em Bensonhurst, ao perceber que os pais, em sua maioria, pareciam levar uma vida à parte, longe das filhas, e que os presentes caros que enviavam pelo correio geralmente eram uma forma de compensar a falta de visitas, de telefonemas e cartas.

— Eu poderia falar com ele em particular e tentar convencer ele a deixar você ir pra Northwestern — sugeriu.

Meredith lançou-lhe um olhar de viés.

— E o que você acha que iria conseguir com isso?

Curvando-se, Lisa puxou a meia esquerda para cima e deu um laço no cordão desamarrado do sapato, com movimentos bruscos que revelavam sua frustração.

— A mesma coisa que consegui daquela vez em que fiquei do seu lado e o enfrentei, isto é, ele diria que eu sou má influência pra você.

Fora para evitar justamente isso que Lisa, com exceção de uma única vez, sempre tratara Philip Bancroft com todo o respeito que ele merecia como o benfeitor bem-amado que lhe dera a oportunidade de estudar na Bensonhurst. Quando estava perto dele, ela era a personificação da cortesia e do decoro feminino, um papel tão oposto à sua personalidade ousada e extrovertida que às vezes a irritava e fazia Meredith rir.

A princípio, Philip parecera considerar Lisa uma espécie de enjeitada que ele tomara sob sua proteção e que o surpreendera ao dar-se tão bem na Bensonhurst. À medida que o tempo passava, porém, ele começou a demonstrar, naquele seu jeito áspero de pessoa fechada, que estava orgulhoso dela e que até lhe devotava alguma afeição. Os pais de Lisa não podiam se dar ao luxo de comparecer a qualquer evento da escola, de maneira que Philip assumira o papel deles. Quando ia a Vermont, levava-a para jantar fora, com ele e Meredith, e demonstrava interesse por suas atividades acadêmicas.

Na primavera do primeiro ano que as meninas passaram na Bensonhurst, Philip chegou a pedir à sua secretária que ligasse para a sra.

Pontini e perguntasse se ela queria que ele levasse alguma coisa para Lisa quando fosse para Vermont passar o Fim de Semana dos Pais. A sra. Pontini aceitou prontamente a oferta e combinou de encontrá-lo no aeroporto. Lá, entregou-lhe uma caixa branca repleta de *cannoli* e outras guloseimas italianas e um saco de papel pardo com longos salames de odor pungente. Embora irritado por ter de embarcar parecendo, como ele mais tarde comentou com Meredith, um caipira subindo num ônibus da Greyhound, carregando o lanche de viagem, Philip levou a encomenda, entregou-a a Lisa e continuou a representar o papel de pai substituto.

Como presente de formatura, deu a Meredith um pingente de topázio rosado pendurado numa pesada corrente de ouro, da Tiffany's. Para Lisa, comprou, também na Tiffany's, uma pulseira de ouro com as iniciais dela e a data da formatura artisticamente gravadas entre os arabescos. Um presente muito mais barato, mas igualmente lindo.

No começo, Lisa não sabia muito bem com tratá-lo, pois, embora Philip fosse perfeitamente cortês com ela, parecia sempre distante e reservado, um comportamento que demonstrava também em relação a Meredith. Com o tempo, ponderando suas ações e ignorando as atitudes superficiais, Lisa, cheia de entusiasmo, disse a Meredith que Philip Bancroft era na verdade um filhotinho de cachorro de coração mole, que só latia e não mordia.

Essa conclusão totalmente equivocada levou-a a tentar interceder por Meredith no verão que se seguiu ao segundo ano delas na escola. Nessa ocasião, Lisa disse a Philip, *muito* educadamente, com seu sorriso mais doce, que realmente acreditava que Meredith merecia ter um pouco mais de liberdade durante as férias. A reação de Philip, ao que ele rotulou de "ingratidão" e "interferência indesejável", foi explosiva, e apenas o humilde e instantâneo pedido de desculpas de Lisa impediu-o de cumprir a ameaça de proibir sua amizade com Meredith e de sugerir à Bensonhurst que desse sua bolsa de estudos a uma jovem "mais merecedora". O confronto deixou Lisa abalada, tanto pela reação de Philip, incrivelmente violenta, como também porque ela percebeu que, além de ele ter sugerido que a bolsa fosse concedida a ela, o dinheiro para isso vinha do patrimônio da família Bancroft. A descoberta fez com que ela se sentisse uma ingrata completa, e a explosão de Philip a deixou furiosa e frustrada.

Agora, confusa, Lisa sentia a mesma raiva impotente diante das rígidas restrições que Philip Bancroft impunha a Meredith.

— Você realmente acredita que ele age com você como se fosse seu cão de guarda porque sua mãe traiu ele? — perguntou.

— Ela não o traiu só uma vez — respondeu Meredith. — Ela era uma vagabunda que dormia com todo mundo, dos treinadores de cavalos até motoristas de caminhão, depois de casada. Transformou meu pai em motivo de piada, envolvendo-se, nada discretamente, com qualquer joão-ninguém. No ano passado, Parker me contou, porque pedi, tudo o que os pais dele sabem sobre ela. O que todo mundo sabe, aliás.

— Você já me disse tudo isso, mas o que eu não entendo é por que seu pai age como se essa falta de moral fosse uma espécie de defeito genético que você pudesse ter herdado — Lisa comentou em um tom que beirava a amargura.

— Ele age assim porque em parte *acredita* nisso.

As duas ergueram os olhares com ar de culpa quando Philip Bancroft tornou a entrar no quarto. Bastou ver sua expressão sombria para que Meredith esquecesse os próprios problemas.

— O que aconteceu?

— Seu avô morreu hoje de manhã — ele comunicou, parecendo entorpecido. — De ataque cardíaco. Vou ao hotel pagar a conta e pegar minhas coisas. Nós dois partiremos num voo que sai daqui a uma hora. — Virou-se para Lisa: — Vou confiar em você e deixar que dirija meu carro de volta pra casa.

Ele tinha ido para Vermont de carro, em vez de viajar de avião, porque Meredith o induzira a isso, de modo que Lisa pudesse ir com eles.

— É claro que farei isso, sr. Bancroft — Lisa respondeu depressa. — E sinto muito por seu pai. — Quando ele saiu, ela voltou-se para Meredith, que fixara o olhar no vão da porta, parecendo nada ver, e indagou: — Você está bem?

— Acho que sim.

— Esse avô é aquele sujeito que casou com a secretária, há alguns anos?

— É. Ele e meu pai não se davam muito bem. Eu tinha 11 anos quando encontrei ele pela última vez. Mas ele ligava pra conversar com meu pai sobre a loja e falava comigo também. Ele era... era... Eu gostava dele — declarou, em tom desolado. — Ele também gostava de mim. — Fez uma pausa e olhou para Lisa, os olhos nublados de tristeza. — Além do meu pai, era meu único parente próximo — continuou. — Agora só tenho alguns primos de quinto grau, e até de sexto, e eu nem os conheço.

# 7

JONATHAN SOMMERS ENTROU NO HALL DE ENTRADA da casa de Philip Bancroft e hesitou, olhando, um tanto ansioso, o grupo de pessoas que, como ele, estavam lá para apresentar suas condolências após o enterro de Cyril Bancroft. Parou um dos garçons que servia bebidas e pegou dois copos que eram para outras pessoas. Depois de entornar a vodca com tônica, depositou o copo vazio no vaso de uma samambaia e tomou um gole do uísque contido no segundo copo, franzindo o nariz, porque não era Chivas Regal. A vodca, misturada com o gim que ele já tomara do lado de fora, no carro, começava a fazê-lo sentir-se um pouco mais preparado para cumprir as obrigações sociais. A seu lado, uma velhinha miúda, apoiada numa bengala, olhava-o com curiosidade. Como as regras de boas maneiras exigiam que ele falasse com ela, Jon achou por bem iniciar uma conversa de acordo com a ocasião.

— Odeio funerais — declarou. — E a senhora?

— Eu gosto — ela respondeu, presunçosamente. — Na minha idade, encaro cada enterro a que vou como um triunfo pessoal, porque eu não sou a convidada de honra.

Ele conteve uma gargalhada, porque rir alto numa situação tão austera como aquela seria uma infração da etiqueta que fora ensinado a respeitar. Pedindo licença, pousou o copo de uísque ainda cheio numa mesinha ao seu lado e saiu à procura de uma bebida melhor. Atrás dele, a velhinha pegou o copo e tomou um gole.

— Uísque fajuto! — exclamou com desgosto, recolocando o copo no lugar.

Minutos mais tarde, Jon viu Parker Reynolds num tipo de alcova, perto da entrada da sala de estar, conversando com duas moças e outro homem. Depois de parar na mesa de serviço de bebidas para pegar oura bebida, foi na direção do grupo.

— Festona, né? — comentou com um sorriso sarcástico.

— Achei que você detestasse funerais e nunca fosse a nenhum — replicou Parker, quando a troca de cumprimentos terminou.

— De fato, eu detesto. Mas não vim aqui pra lamentar a morte de Cyril Bancroft, e sim pra proteger minha herança. — Jon tomou um gole da bebida, tentando limpar o gosto amargo provocado pelo que ia dizer. — Meu pai está tentando me deserdar de novo, só que dessa vez acho que o miserável não vai desistir da ideia.

Leigh Ackerman, uma bonita morena de corpo esbelto, olhou-o, divertida e incrédula.

— Seu pai vai te deserdar se você não começar a frequentar funerais?

— Não, meu bem. Meu pai vai me deserdar se eu não me "endireitar" e me "tornar alguém" imediatamente. Traduzindo, isso significa que preciso ir a enterros de velhos amigos da família, como esse, e participar do nosso mais novo negócio. Do contrário, não herdarei nada daquele delicioso dinheiro que os Sommers têm.

— Parece justo — observou Parker, com um sorriso frio. — Que novo negócio é esse de que você precisa participar?

— Poços de petróleo — respondeu Jon. — Dessa vez, meu velho fez um contrato com o governo venezuelano e adquiriu o direito de exploração.

Por cima do ombro dele, Shelly Fillmore olhou para o espelho dourado na parede e passou a ponta de um dedo no canto da boca, tirando um pequeno borrão do batom vermelho.

— Não me diga que ele quer mandar você pra América do Sul!

— Nada tão drástico assim — Jon respondeu em tom de amarga zombaria. — Meu pai me transformou num digno entrevistador de prováveis empregados. Encarregou-me de contratar o pessoal que irá para lá. E querem saber o que o velho miserável fez?

Os amigos dele estavam acostumados com suas tiradas contra o pai e com suas bebedeiras, mas não se recusaram a ouvir novas queixas.

— O que foi que ele fez? — perguntou Doug Chalfont.

— Examinou meu trabalho. Depois que, numa primeira escolha, separei os 15 primeiros homens, todos capazes e experientes, o velho insistiu em falar com eles pra avaliar minha capacidade de escolha. Rejeitou quase metade. O único de quem ele realmente gostou foi um sujeito chamado Farrell, empregado de uma usina de aço, e a quem eu não ia contratar. O mais próximo que Farrell já chegou de poços de petróleo foi quando trabalhou em alguns pequenos, nos campos de milho de Indiana, dois anos atrás. Nunca viu de perto um dos grandes, como os que teremos na Venezuela. Se isso não bastasse, Farrell não tem o mínimo interesse em exploração de petróleo. Só quer saber do bônus de 150 mil dólares que receberá, se ficar por lá durante dois anos. Disse isso na cara do meu pai.

— E por que seu pai o contratou?

— Alegou que o estilo de Farrell o agradou — Jon explicou com ar de zombaria, terminando a bebida. — Gostou das ideias de Farrell de como empregar o dinheiro quando o receber. Merda, achei que o meu pai ia desistir de mandar Farrell pra Venezuela e dar meu escritório na empresa pra ele. Isso não aconteceu, mas fui encarregado de trazer Farrell pra cá no mês que vem e apresentá-lo a todos e mostrar a ele como operamos.

— Jon, você está ficando bêbado e falando muito alto — Leigh avisou com delicadeza.

— Desculpa, mas tive de ouvir meu pai tecendo elogios a esse cara durante dois dias seguidos. O Farrell, pra mim, não passa de um filho da puta arrogante e ambicioso. Não tem classe, não tem dinheiro, não tem nada!

— Ele me parece maravilhoso! — Leigh o provocou.

— Se vocês acham que estou exagerando, posso levá-lo ao jantar dançante do Dia da Independência, no clube, e verão por si mesmos que tipo de pessoa meu pai gostaria que eu fosse — Jon disse, em tom defensivo, quando os outros três permaneceram em silêncio.

— Deixa de ser bobo! — Shelly repreendeu-o. — Seu pai pode gostar de Farrell como empregado, mas com certeza vai te castrar se levá-lo ao Glenmoor.

— Eu sei — concordou Jon com um sorrisinho. — Mas valeria a pena.

— Não tente jogá-lo pra cima de nós se o levar — Shelly o alertou, trocando um olhar com Leigh. — Não vamos ficar conversando com um operário, pra que você possa se vingar de seu pai.

— Tudo bem. Deixarei Farrell sozinho, para que meu pai o veja atrapalhar-se todo, sem saber que garfo usar. E o velho não poderá me dizer uma única palavra, pois foi ele quem me mandou "cuidar de Farrell e mostrar-lhe tudo" aqui em Chicago.

Parker riu da expressão furiosa de Jon.

— Deve ter um modo mais fácil de resolver seu problema — ponderou.

— Claro que tem — concordou Jon. — Arranjar uma esposa rica, que possa me manter do jeito a que estou acostumado e, então, mandar meu pai se foder.

Olhou por cima do ombro e fez sinal para uma bonita moça com o uniforme do bufê que passava com uma bandeja de bebidas. Quando ela se aproximou, ele colocou o copo vazio na bandeja e pegou um cheio.

— Você não é apenas bonita. É também uma salva-vidas. — Pelo modo acanhado como a jovem sorriu e corou, ficou óbvio, tanto para Jon como para o restante do grupo, que ela não ficara imune ao corpo atlético daquele homem de 1,80m de altura com um belo rosto.

Inclinando-se, ele cochichou-lhe ao ouvido, alto o bastante para que os outros o ouvissem:

— Acho que você trabalha como garçonete pra se divertir, mas que, na verdade, seu pai é banqueiro ou ocupa um lugar na Bolsa.

— O quê?! Não! — ela respondeu, atrapalhando-se de modo encantador.

O sorriso de Jon tornou-se provocante e sensual.

— Nada de Bolsa? Ele é industrial? Tem poços de petróleo?

— Meu pai é encanador — ela informou.

O sorriso de Jon desapareceu, e ele suspirou.

— Casamento, então, está fora de cogitação. Só vencerá a candidata a ser minha esposa que preencher certos requisitos de ordem social e financeira. No entanto, podemos ter um caso. Por que não se encontra comigo no meu carro, dentro de meia hora? É uma Ferrari vermelha.

A moça afastou-se, parecendo irritada e confusa.

— Isso foi nojento! — Shelly exclamou.

Doug Chalfont, porém, riu e deu uma cotovelada em Jon.

— Aposto 50 dólares que a garota vai estar esperando por você no carro.

Jon ia replicar, mas uma linda jovem loira, de tirar o fôlego, usando um vestido preto de gola alta e mangas curtas, chamou-lhe a atenção. Ela descia a escadaria e, quando chegou embaixo, dirigiu-se à sala de estar. Ele ficou perplexo, olhando para a moça de queixo caído, enquanto ela parava para falar com um casal idoso, e inclinou-se para o lado para continuar a vê-la, quando um grupo rodeou-a, bloqueando-lhe a visão.

— Quem você está olhando? — perguntou Doug, seguindo-lhe o olhar.

— Não sei quem ela é, mas gostaria de descobrir.

— Onde está essa mulher? — Shelly quis saber, e todos se viraram, seguindo o olhar de Jon.

— Lá! — Jon informou, apontando com o copo, quando o grupo ao redor da loira dispersou-se, permitindo-lhe vê-la outra vez.

Parker reconheceu-a e sorriu.

— Faz anos que vocês a conhecem, só que não a veem há algum tempo. — Quatro rostos confusos viraram-se para ele, que tornou a sorrir. — Aquela, meus amigos, é Meredith Bancroft.

— Você está louco! — Jon declarou.

Olhou para Meredith fixamente, mas viu pouca semelhança entre a garota desajeitada e feiosa de quem se lembrava e aquela jovem linda e elegante. Os óculos haviam desaparecido, não havia mais excesso de gordura, nem aparelho nos dentes, muito menos a eterna pregadeira que ela usava para manter os cabelos lisos para trás, e que agora estavam presos num coque frouxo, que deixava escapar algumas pequenas mechas que emolduravam o rosto de lindas feições clássicas. Ela ergueu o olhar na direção de alguém e moveu a cabeça num cumprimento. Jon, então, viu-lhe os olhos, grandes e azuis-turquesa, e, de repente, lembrou-se de tê-los visto voltados para ele, muito tempo atrás.

Estranhamente exausta, Meredith continuava em silêncio, ouvindo o que as pessoas lhe diziam, sorrindo quando elas sorriam, mas incapaz de absorver a ideia de que seu avô estava morto e que as centenas de pessoas, que pareciam invadir todas as salas, estavam ali por causa disso. O fato de ela não tê-lo conhecido bem amenizara o sofrimento agudo dos últimos dias, reduzindo-o a uma dor crônica.

Ela vira Parker de relance, durante a cerimônia religiosa junto ao túmulo, e sabia que ele devia estar em algum lugar da casa, mas, numa circunstância tão triste, parecia-lhe errado e desrespeitoso ir procurá--lo na esperança de estabelecer um relacionamento romântico. Além disso, estava começando a ficar cansada de ter sempre de procurá-lo e achava que era a vez dele de tomar a iniciativa.

Então, como se seu pensamento o chamasse, ela ouviu a voz máscula, dolorosamente familiar em seu ouvido:

— Tem um homem ali naquela sala que ameaçou me matar se eu não te levar até lá pra ele te conhecer.

Sorrindo, Meredith virou-se e pousou as mãos nas de Parker, espalmadas à espera das suas, sentindo-se fraca quando ele a puxou e beijou-a no rosto.

— Você está linda, mas parece cansada — ele murmurou. — O que acha de darmos uma caminhada quando isso tudo aqui acabar?

— Está bem — Meredith respondeu, surpresa e aliviada ao notar que sua voz soara firme.

Quando chegaram na alcova, Meredith se viu na estranha situação de ser apresentada a quatro pessoas que já conhecia, e que haviam agido como se ela fosse invisível na última vez que os encontrara, vários anos atrás. No momento, mostravam-se ansiosas para fazer amizade e incluí-la em suas atividades. Shelly convidou-a para uma festa na semana seguinte, e Leigh exigiu que ela se sentasse com eles no jantar dançante do Dia da Independência, no Glenmoor.

Parker apresentou-a a Jon por último, deliberadamente.

— Não posso acreditar que seja você, srta. Bancroft — declarou Jon, com seu mais encantador sorriso, a voz um pouco arrastada por conta do álcool. — Eu estava explicando aos nossos amigos que preciso urgentemente de uma esposa linda e rica. Quer se casar comigo fim de semana que vem?

Philip Bancroft já falara a Meredith a respeito das frequentes brigas de Jonathan com seus desapontados pais, então ela deduziu que aquela declaração era resultado de uma delas, o que não deixava de ser engraçado.

— Fim de semana que vem é bom pra mim. Mas meu pai não quer que eu me case antes de terminar a faculdade, e por isso vai me deserdar. Teremos de morar com seus pais.

— Deus me livre! — exclamou Jonathan, estremecendo, e todo mundo riu, inclusive ele mesmo.

Parker pegou Meredith pelo cotovelo, decidido a evitar que ela ouvisse mais bobagens.

— Estamos precisando de um pouco de ar fresco, vamos dar uma caminhada — disse.

Os dois saíram, atravessaram o gramado e começaram a andar pela alameda de entrada.

— Como você está? — ele perguntou.

— Bem. Só um pouco cansada. — No silêncio que se seguiu, ela tentou encontrar algo espirituoso e sofisticado para dizer, acabando por optar pela simplicidade. Então, comentou com interesse sincero: — Muita coisa deve ter acontecido com você nesse ano.

Ele concordou com um gesto de cabeça, antes de dizer a última coisa que Meredith gostaria de ouvir:

— Se quiser, vai ser uma das primeiras a me dar os parabéns. Sarah Ross e eu vamos nos casar. O anúncio oficial do noivado será feito numa festa, sábado à noite.

Meredith teve a impressão de que o mundo inclinava-se de modo nauseante. Sarah Ross! Conhecia Sarah Ross e não gostava dela, pois, embora a moça fosse extremamente bonita e alegre, sempre parecera vazia e fútil.

— Espero que vocês sejam muito felizes — disse, disfarçando as dúvidas e o desapontamento.

— Eu também.

Durante meia hora, andaram pela propriedade, falando dos planos de ambos para o futuro. Era maravilhoso conversar com Parker, pensou Meredith, com uma triste sensação de perda. Ele incentivava, compreendia, e apoiou-a completamente quando ela disse que desejava ir para a Northwestern, e não para a Maryville.

Chegavam novamente diante da casa no momento que uma limusine parou na alameda e uma morena atraente desceu, seguida por dois jovens de 20 e poucos anos.

— A inconsolável viúva resolveu aparecer, finalmente — comentou Parker, com deliberado sarcasmo, olhando para Charlotte Bancroft.

Ela usava grandes brincos de brilhantes e, apesar do simples conjunto cinza que vestia, ficava difícil não notar que tinha um corpo curvilíneo e sedutor.

— Notou que ela não derramou uma lágrima no enterro? — Parker perguntou. — Algo nessa mulher me faz pensar em Lucrécia Borgia.

Meredith intimamente aprovou a analogia.

— Charlotte não veio aqui pra receber condolências — comentou. — Quer que o testamento seja lido hoje à tarde, quando as visitas forem embora, pra à noite já estar de volta a Palm Beach.

— Por falar em "ir embora"... — Parker resmungou, olhando para o relógio, antes de beijar Meredith fraternalmente numa das faces. — Tenho um compromisso dentro de uma hora. Despeça de seu pai por mim, por favor.

Meredith observou-o afastar-se, levando com ele todos os seus sonhos de adolescente. A brisa de verão arrepiava-lhe os cabelos loiros, com aquelas mechas clareadas pelo sol, e suas passadas largas e firmes. Ele abriu a porta do carro, tirou o paletó do terno escuro e o colocou no encosto do banco do passageiro. Então, olhou para ela e acenou.

Tentando desesperadamente não se deixar dominar pela sensação de perda, Meredith forçou-se a caminhar até Charlotte para cumprimentá-la. Nenhuma vez, durante o funeral, a esposa do avô falara com ela ou com Philip. Ficara entre os dois filhos, com o rosto impassível.

— Como está se sentindo? — perguntou Meredith com delicadeza.

— Impaciente para voltar para casa — respondeu a mulher gelidamente. — Quando poderemos começar a tratar de negócios?

— A casa ainda está cheia de gente — Meredith informou, chocada com aquela atitude. — Você vai ter que perguntar a meu pai a respeito da leitura do testamento.

Charlotte, que começara a subir a escadaria, parou e olhou para trás.

— Não falei mais com seu pai desde aquele dia em Palm Beach. E só falarei com Philip Bancroft quando *eu* estiver no comando, e ele me implorar para que fale. Até lá, você terá de atuar como intermediária, Meredith.

Acabou de subir os degraus e entrou na casa com um filho de cada lado, como guardas de honra.

Meredith acompanhou-a com os olhos, sentindo-se gelar sob o impacto de suas emanações de ódio. O dia em Palm Beach a que a mulher se referira continuava vívido em sua lembrança. Sete anos antes, ela e o pai haviam ido à Califórnia, a convite do avô, que se mudara para lá depois de sofrer um ataque cardíaco. Quando chegaram, descobriram que o convite não era apenas para passarem os feriados da Páscoa, mas também para assistirem ao casamento de Cyril com Charlotte, secretária dele durante vinte anos. Com 38, ela era trinta anos mais jovem do que ele, viúva e mãe de dois meninos mais velhos do que Meredith.

O motivo pelo qual Philip e Charlotte detestavam-se nunca ficou claro para Meredith, mas, pelo pouco que ela ouviu da discussão explosiva entre o pai e o avô naquele dia, a animosidade começara muito tempo antes, quando Cyril ainda morava em Chicago. Sem se importar com o fato de que Charlotte podia ouvi-lo, Philip xingou-a de "ardilosa" e "vagabunda ambiciosa", além de chamar o pai de "velho burro", que estava sendo induzido ao casamento para que os filhos dela pegassem uma parte de seu dinheiro.

Foi a última vez que Meredith viu o avô, mas Philip continuou a dirigir tudo na Bancroft & Company, como ficara estabelecido quando Cyril mudara-se para Palm Beach. Embora a loja de departamentos representasse menos de um quarto do patrimônio líquido da família, a natureza do negócio exigia que Philip lhe dispensasse total atenção. Ao contrário dos outros bens dos Bancroft, a loja significava muito mais do que ações que rendiam dividendos. Era a base da riqueza da família e uma fonte de orgulho.

— Este é o último testamento de Cyril Bancroft — começou o advogado do avô de Meredith, depois que ela e o pai acomodaram-se na biblioteca, assim como Charlotte e os filhos.

As primeiras grandes doações estavam destinadas a casas de caridade, e as seguintes, no valor de 15 mil dólares cada, beneficiavam quatro empregados de Cyril: o motorista particular, a governanta, o jardineiro e o zelador.

Como o advogado pedira a presença de Meredith, ela presumira que receberia uma pequena doação, mas, a despeito disso, sobressaltou-se quando Wilson Riley leu seu nome:

— Para minha neta Meredith Bancroft, deixo a quantia de 4 milhões de dólares. — Ela ficou de queixo caído, chocada e incrédula com a quantia que recebera, e precisou concentrar-se para entender o que o advogado continuou a ler: — Embora à distância e as circunstâncias me tenham impedido de conhecê-la bem, notei, quando a vi pela última vez, que é uma menina carinhosa e inteligente, que usará o dinheiro com sabedoria. Para ter certeza de que o fará, estipulo que essa quantia fique sob custódia, assim como os juros e dividendos, até que ela complete 30 anos. Para seu curador, nomeio meu filho, Philip Edward Bancroft, que dispensará todos os cuidados aos referidos fundos.

Riley fez uma pausa para limpar a garganta, olhando para Philip, Charlotte e os dois jovens, Jason e Joel.

— Por uma questão de justiça, dividi o restante de meu patrimônio entre meus outros herdeiros — recomeçou a ler. — Para meu filho, Philip Edward Bancroft, deixo todas as minhas ações da Bancroft & Company, uma loja de departamentos que representa cerca de um quarto de meu patrimônio. — Meredith ouvia, mas não conseguia apreender o sentido. "Por uma questão de justiça", o avô deixara ao filho único um quarto de seus bens? Se fosse uma divisão justa, Charlotte deveria ficar apenas com a metade, não com três quartos. Então, ela tornou a ouvir a voz do advogado, como que vinda de muito longe: — Para minha esposa, Charlotte, e meus filhos, legalmente adotados, Jason e Joel, deixo os restantes três quartos de meu patrimônio, divididos igualmente entre eles. Também estipulo que Charlotte seja curadora dos bens de Jason e Joel, até que eles completem 30 anos.

As palavras "legalmente adotados" pareceram perfurar o coração de Meredith quando ela viu a expressão de pessoa traída que passou pelo rosto lívido do pai. Lentamente, ele virou a cabeça e fitou Charlotte. Ela sustentou-lhe o olhar, enquanto abria um sorriso de triunfo.

— Sua cadela conspiradora! — Philip sibilou por entre dentes. — Você disse que faria meu pai adotar seus filhos e conseguiu!

— Eu avisei, anos atrás, que isso aconteceria. E estou avisando agora que ainda não ajustamos nossas contas completamente — declarou ela, alargando o sorriso, como se a fúria dele a enchesse de prazer. — Pense nisso, Philip. Fique acordado, à noite, imaginando onde o atingirei da próxima vez, e o que tirarei de você. Fique acordado, preocupando-se, da mesma maneira que me fez ficar, 18 anos atrás.

Os ossos do rosto de Philip esticaram a pele quando ele apertou os maxilares para impedir-se de responder. Meredith desviou sua atenção dos dois para observar os jovens. O rosto de Jason era uma cópia do da mãe, com aquela expressão triunfante e maliciosa. Joel, de testa franzida, olhava para os próprios sapatos. "Joel é mole", dissera Philip, anos atrás. "Charlotte e Jason são pessoas gananciosas, mas já se sabe o que esperar dos dois. O mais novo, Joel, me dá arrepios. Existe alguma coisa estranha nele."

Como se sentisse que Meredith o examinava, Joel ergueu o olhar, fitando-a com uma expressão neutra. Ela não o achava estranho, nem ameaçador. Na verdade, por ocasião do casamento, Joel a tratara com muita gentileza, e Meredith ficara com pena dele, porque Charlotte não escondia a preferência pelo outro filho. Por sua vez, Jason, dois anos mais velho, parecia sentir apenas desprezo pela mãe.

De súbito, Meredith não pôde mais suportar a atmosfera opressiva.

— Se me der licença, esperarei lá fora — disse ao advogado, que espalhava papéis na escrivaninha.

— Precisa assinar alguns papéis, srta. Bancroft.

— Assinarei antes de o senhor ir embora, depois que meu pai os ler — ela respondeu.

Em vez de subir para o quarto, decidiu sair. Estava escurecendo, e ela desceu os degraus para o jardim, deixando a brisa do entardecer refrescar-lhe o rosto. A porta principal atrás dela abriu-se, e ela se virou, pensando que o advogado saíra para chamá-la de volta. Era Joel, que parou, parecendo tão surpreso quanto ela com o encontro. Ele hesitava, como se quisesse ficar, mas incerto sobre se isso a agradaria.

Meredith aprendera desde cedo que uma pessoa devia ser sempre gentil com as visitas, de modo que tentou sorrir.

— É bonito aqui fora, não?

Joel concordou com um gesto de cabeça e desceu os degraus, aceitando o convite implícito para juntar-se a ela. Com 23 anos, era vários centímetros mais baixo do que o irmão, e não tão bonito.

— Você mudou — comentou ele finalmente.

— Acho que sim. Eu tinha 11 anos quando nos vimos pela última vez — lembrou-lhe ela.

— Depois do que aconteceu lá dentro, você deve estar desejando nunca ter visto nenhum de nós.

Ainda um pouco confusa com os termos do testamento do avô e incapaz de imaginar o que representariam no futuro, Meredith deu de ombros.

— Amanhã talvez eu deseje isso, mas hoje só me sinto... entorpecida.

— Quero que saiba que... não fiz nada para roubar de seu pai o afeto e o dinheiro de seu avô — Joel declarou, hesitante.

Incapaz de odiá-lo ou perdoá-lo por ser um dos que haviam lesado Philip, tirando-lhe parte da herança, Meredith suspirou e olhou para o céu.

— O que sua mãe quis dizer com aquilo de ela e meu pai não terem ajustado as contas ainda?

— Tudo o que sei é que os dois se odeiam desde que me entendo por gente. Não faço ideia de como isso começou, mas conheço minha mãe e sei que não desistirá, até ficar satisfeita com a vingança.

— Meu Deus, que confusão!

— Moça, a confusão só está começando — ele afirmou, convicto.

Diante de tal profecia, um arrepio percorreu a espinha de Meredith, e ela parou de olhar para o céu e fitou Joel com ar intrigado. Ele, porém, simplesmente ergueu as sobrancelhas e recusou-se a dar mais explicações.

# 8

MEREDITH TIROU DO ARMÁRIO O VESTIDO QUE USARIA para a festa do Dia da Independência no clube, jogou-o na cama e despiu o roupão. Aquele verão, que começara mal, com a morte de Cyril, degenerara numa batalha de cinco semanas com o pai, por causa da faculdade que ela devia escolher. Uma batalha que evoluíra para uma guerra acirrada no dia anterior. No passado, Meredith sempre fez de tudo para atender às vontades dele, para não desgostá-lo. Mesmo quando Philip usava de rigidez desnecessária, ela o desculpava, refletindo que ele fazia isso porque a amava e não queria que nada de ruim lhe acontecesse. Quando era brusco, ela dizia a si mesma que suas responsabilidades eram grandes e deixavam-no exausto. Mas agora, depois que descobrira que o pai tinha planos que colidiam frontalmente com os dela, não estava disposta a desistir de seus sonhos apenas para apaziguá-lo.

Ainda muito pequena, compreendera que um dia teria a chance de seguir os passos de seus antepassados, ocupando a presidência da Bancroft & Company. Em todas as gerações, os Bancroft haviam chegado ao topo, na empresa, subindo todos os degraus da hierarquia. Começavam como chefes de departamentos e seguiam para cima, chegando a vice-presidentes e finalmente a presidentes executivos. Por fim, quando estavam prontos para entregar a direção da loja aos filhos, tornavam-se presidentes da mesa da diretoria. Nem uma única vez, em quase cem anos, um Bancroft deixara de fazer isso, e nenhum, durante todo aquele tempo, fora ridicularizado pela imprensa ou pelos empregados por se mostrar incompetente ou sem mérito para os cargos que ocupavam. Meredith acreditava, *sabia*, que também poderia provar seu valor, se tivesse oportunidade, que era tudo o que queria. E a única razão para o pai não querer dar-lhe essa oportunidade era o fato de ela não ter sido bastante previdente para ser *filho*, em vez de filha!

À beira das lágrimas, de tão frustrada, ela vestiu o vestido pelos pés e puxou-o para cima. Pondo as mãos para trás, lutou para fechar o zíper, enquanto andava até a penteadeira para olhar-se no espelho. Com total desinteresse, analisou o vestido sem alças que comprara semanas antes para aquela ocasião. O corpete era formado por duas partes que se entrecruzavam sobre os seios, no estilo de um sarongue, e cingiam a cintura, antes de o tecido multicolorido, nos tons pastel do arco-íris, descer numa saia esvoaçante até um pouco abaixo dos joelhos.

Pegando uma escova, passou-a pelos longos cabelos, mas não se esforçou para penteá-los de maneira diferente, preferindo prendê-los num coque, deixando caídas algumas mechas delicadas para suavizar o efeito. O cordão de ouro com o pingente de topázio rosado seria o complemento perfeito para aquele vestido, mas o pai também iria ao jantar dançante do clube, e ela se recusava a dar-lhe o prazer de vê--la usando a joia. Optou por um par de brincos de ouro com pedras rosadas incrustadas, que dançavam na luz devido ao brilho, desistindo de usar qualquer joia no pescoço. O penteado dava-lhe um ar sofisticado, e a pele dourada, com o leve bronzeado que ela adquirira, produzia um efeito adorável com aquele vestido que mostrava seus ombros nus. Mesmo que não fosse assim, ela não teria se importado, nem trocaria de roupa. Sentia-se completamente indiferente ao que se referia à aparência, pois o único motivo de ela ir à festa era que não podia suportar a ideia de ficar em casa sozinha e deixar que a frustração a enlouquecesse. Além disso, prometera a Shelly e seus amigos que ficaria com eles.

Sentando-se na banqueta da penteadeira, calçou os sapatos de cetim cor-de-rosa que comprara para usar com o vestido. Quando se endireitou, seus olhos pousaram sobre um exemplar emoldurado da revista *BusinessWeek* que pendia da parede. A foto mostrava a imponente fachada da Bancroft & Company com os porteiros uniformizados ladeando a porta principal. O prédio de 14 andares era um marco no centro de Chicago, e os porteiros, um símbolo histórico da persistência dos Bancroft em fornecer o melhor tratamento possível aos clientes. Dentro da revista havia um artigo longo e lisonjeador a respeito da loja, que dizia que a etiqueta dos Bancroft era um sinal de status, e o "B" ornamentado que aparecia nas sacolas, a marca do consumidor exigente. O artigo também elogiava a competência de todos os herdeiros da Bancroft & Company na direção dos negócios. Dizia que o talento para as vendas e o amor pela loja pareciam estar nos genes dos Bancroft, desde o fundador do estabelecimento, James D. Bancroft.

Quando o jornalista entrevistara o avô de Meredith e lhe perguntara sobre isso, Cyril deu uma gargalhada e respondeu que talvez fosse verdade. Acrescentou, porém, que James D. Bancroft tinha iniciado uma tradição que passara de pai para filho e que incluía o treinamento do herdeiro desde a época em que ele deixava de ser cuidado por uma babá e passava a jantar com os pais. Era à mesa que o pai contava ao filho tudo o que acontecia na loja. Para a criança, aqueles relatos sobre o funcionamento do negócio funcionavam como as histórias contadas na hora de dormir, que prendiam a atenção e deixavam as crianças animadas e com vontade de saber mais, ao mesmo tempo que passavam informações sutis. Depois, quando o herdeiro atingia a adolescência, os problemas eram apresentados de forma simplificada, incentivando a participação do jovenzinho na discussão. O pai pedia-lhe soluções e ouvia as respostas, embora raramente aparecesse alguma aproveitável. Encontrar soluções, porém, não era o verdadeiro objetivo, pois o pai desejava, principalmente, ensinar, estimular e despertar o interesse do filho.

No fim da entrevista, o jornalista perguntara a Cyril sobre seus sucessores e, pensando na resposta do avô, Meredith sentiu um nó na garganta: "Meu filho já me sucedeu na presidência. Ele tem apenas uma filha e, quando chegar a hora de Meredith assumir esse posto na Bancroft & Company, tenho certeza de que ela se sairá maravilhosamente bem. Só espero estar vivo para ver isso acontecer."

Mas Meredith sabia que nunca seria presidente da Bancroft & Company se deixasse o pai fazer as coisas a seu modo. Embora Philip sempre tivesse discutido as operações da loja com ela, como Cyril fizera com ele, opunha-se terminantemente à ideia de vê-la trabalhando lá. Ela descobrira isso uma noite, enquanto jantavam, logo depois da morte do avô. No correr dos anos, nunca escondera seu desejo de seguir a tradição e ocupar seu lugar na Bancroft & Company, mas ou ele não a ouvia, ou não acreditava nela. Naquela noite, levara-a a sério e informara com brutal franqueza que não esperava que ela o sucedesse e que nem *queria* isso. Era um privilégio que pretendia reservar para um neto. Então, friamente, falara de outra tradição, uma que ele realmente desejava que ela seguisse: mulheres da família Bancroft não trabalhavam na loja, nem em nenhum outro lugar. Cumpriam seu dever, como mães e esposas exemplares, e dedicando qualquer talento que tivessem a obras de caridade e atividades cívicas.

Meredith recusava-se a aceitar isso, nem poderia, mesmo que quisesse. Era tarde demais. Muito antes de apaixonar-se por Parker, ou de pensar que estava apaixonada, já amava "sua" loja. Com verdadeira paixão. Aos 6 anos de idade, já tratava pelo primeiro nome todos os porteiros e funcionários da segurança. Aos 12, sabia os nomes de todos os vice-presidentes e quais eram suas responsabilidades. Aos 13, pedira para ir com o pai a Nova York e passara uma tarde inteira na Bloomingdale's, onde lhe mostraram toda a loja, enquanto Philip participava de uma reunião no auditório. Ao voltar de Nova York, ela já formara a própria opinião, não totalmente correta, sobre por que a Bancroft & Company era superior à Bloomingdale's.

Agora, aos 18, já tinha um conhecimento geral dos problemas, como remuneração dos empregados, margens de lucros e técnicas de compra e venda, entre outros. Esses assuntos a fascinavam, e *desejava* estudá-los, e não iria passar os próximos quatro anos de sua vida tendo aulas sobre línguas mortas e arte renascentista!

Quando disse isso ao pai, naquela noite, ele bateu com a mão na mesa com tanta força que os pratos saltaram.

— Você vai para Maryville, onde suas duas avós estudaram, e continuará a morar em casa. Em casa, Meredith! Fui claro? Assunto encerrado! — decretou, levantando-se e saindo da sala.

Nos tempos de menina, ela fizera de tudo para agradá-lo e conseguira, com notas excelentes, maneiras educadas e bom comportamento. Na verdade, Meredith sempre foi um exemplo de filha. Agora, entretanto, estava finalmente percebendo que o preço de deixar Philip satisfeito e manter a paz entre eles ficava cada vez mais alto. Significava anular sua individualidade e desistir de todos os sonhos para o futuro, para não mencionar o sacrifício de sua vida social!

A atitude absurda do pai no que dizia respeito a namoros e festas não era o principal problema no momento, mas chegara a um ponto crítico, pois as restrições haviam aumentado, em vez de diminuir, quando Meredith completou 18 anos de idade. Se ela ia sair com um rapaz, era Philip quem o recebia à porta, submetendo-o a um exame minucioso, tratando-o com desprezo insultuoso, cujo objetivo era intimidá-lo e fazê-lo desistir de voltar a convidá-la. E depois, ridiculamente, estabelecia um horário para a volta: meia-noite. Se ela ia passar a noite em casa de Lisa, ele arrumava uma desculpa para telefonar e verificar se de fato estava lá. Se saía de carro, à noite, ele exigia o itinerário do passeio e crivava-a de perguntas, na volta, querendo saber tudo o que ela fizera. Depois de tantos anos em escolas particulares regidas por regras severas, Meredith queria sentir o gosto da completa liberdade. *Merecia* isso. A ideia de morar em casa durante quatro anos, sob os olhos cada vez mais vigilantes do pai, era insuportável.

Até então, ela nunca havia se rebelado, pois isso apenas atiçava o mau gênio de Philip. Ele odiava quando o contrariavam, e podia permanecer frio e irritado durante semanas, se irritado. Mas não foi apenas o medo de sua ira que a induzira a ceder sempre no passado. Em primeiro lugar, ela sempre quis a aprovação do pai e, em segundo, compreendia que ele devia ser daquele jeito porque havia sido muito humilhado pelo comportamento da esposa. Quando Parker contou-lhe tudo o que sabia sobre o caso, ele também disse que Philip devia ser tão superprotetor por ter receio de perder a filha, que era tudo o que ele tinha, e também por medo de que ela fizesse qualquer coisa que reavivasse os falatórios sobre o escândalo da mãe. Meredith não gostou dessa última ideia, mas aceitou-a como uma possibilidade, e tentou, durante cinco semanas, fazer o pai pensar sobre a ideia. Quando isso não deu certo, ela passou para as discussões.

No dia anterior, a hostilidade entre eles explodira numa verdadeira guerra. O formulário para o depósito do pagamento da anuidade de Meredith na universidade Northwestern chegou, e ela foi levá-lo ao pai no escritório.

— Não vou pra Maryville — declarou calmamente. — Vou pra Northwestern e então conseguir um diploma que valha alguma coisa.

Entregou-lhe o formulário, que Philip colocou de lado, olhando-a com uma expressão que a fez sentir-se mal do estômago.

— É mesmo? — ele zombou. — E como pretende pagar a anuidade? Eu já lhe disse que não vou pagar, e você não pode usar um centavo sequer de sua herança, até completar 30 anos. Agora é tarde demais para se candidatar a uma bolsa de estudos, e você nunca preencheria os requisitos para pedir um empréstimo para estudantes, então pode esquecer. Vai continuar morando aqui em casa e estudar na Maryville. Entendeu?

Anos de ressentimento reprimido explodiram, arrebentando a represa do autocontrole de Meredith.

— Você é completamente irracional! — ela gritou. — Por que você não consegue entender...

Ele se levantou lentamente, o olhar fustigando-a com furioso desdém.

— Eu entendo muito bem — afirmou em tom sarcástico. — Sei que você quer fazer certas coisas, que outras pessoas também gostarão de fazer com você, e que sabe muito bem que eu não aprovo! E que *por isso* você quer estudar numa grande universidade e morar num campus. O que a atrai mais, Meredith? Morar em alojamentos mistos, com homens enchendo os corredores, prontos para ir para a cama com você, ou...

— Você é doente! — ela retrucou.

— E você é igualzinha à sua mãe. Sempre teve o melhor de tudo e agora quer pular na cama com a escória do mundo.

— Vai pro inferno! — Meredith gritou, atônita com a força de sua própria ira. — Eu nunca vou te perdoar por isso. Nunca! — Girou nos calcanhares e dirigiu-se para a porta.

— Aonde você pensa que vai? — A voz dele explodiu atrás dela como um trovão.

— Vou sair — ela respondeu por cima do ombro. — E não pretendo voltar à meia-noite. Estou cansada de horários!

— Volte aqui! — Philip ordenou.

Meredith o ignorou, atravessou o vestíbulo e saiu de casa. Sua fúria cresceu, em vez de diminuir, quando ela atirou-se no banco do Porsche branco que o pai dera-lhe em seu décimo sexto aniversário. Philip Bancroft era um demente!

Foi para a casa de Lisa e só voltou quando já eram quase 3 horas da madrugada. O pai estava à sua espera, andando de um lado para o outro no hall. Começou a gritar e a xingá-la de nomes que cortaram o coração de Meredith, mas, pela primeira vez na vida, ela não se intimidou diante de sua ira. Suportou o terrível ataque verbal e, a cada palavra cruel que ele proferia, sua resolução de desafiá-lo aumentava.

Protegido de invasores e curiosos por uma alta cerca de ferro e um guarda na guarita, o clube Glenmoor espalhava-se por uma grande extensão de terra coberta por gramados e pontilhada de flores e arbustos. Uma alameda comprida, iluminada por lampiões ornamentais, serpenteava entre enormes carvalhos e bordos até a porta principal do clube, depois descia pelo outro lado, de volta à estrada. A sede, um prédio branco de três andares, com largos pilares perfilados ao longo da majestosa fachada, era cercada por dois campos de golfe, e quadras de tênis que se estendiam em um dos lados, um pouco para trás. Portas francesas abriam-se para grandes terraços em degraus, onde havia mesas protegidas por guarda-sóis e arbustos plantados em vasos. Uma escadaria de pedra descia do terraço mais baixo, levando às duas piscinas olímpicas. As piscinas não estavam abertas naquela noite, mas as almofadas de um amarelo vibrante tinham sido deixadas nas cadeiras longas para uso dos sócios que quisessem assistir dali à queima de fogos de artifício e descansar entre duas danças, quando a orquestra fosse tocar lá fora, depois do espetáculo.

Começava a escurecer quando Meredith passou de carro na frente da porta principal, onde empregados ajudavam os sócios a sair de seus veículos. Parou no estacionamento, já quase todo lotado, e deixou o Porsche entre um Rolls Royce cintilante novo, que pertencia ao rico proprietário de uma indústria têxtil, e um Chevrolet de 8 anos de idade, cujo dono era um financista muito mais rico do que o industrial.

Geralmente, existia algo no entardecer que a animava, mas, saindo do carro, ela estava se sentindo deprimida e preocupada. Além das roupas, não tinha nada que pudesse vender para conseguir o dinheiro de que necessitava para custear seus estudos. O carro estava no nome do pai, e a herança, sob o controle dele. Ela tinha exatamente 700 dólares em sua conta bancária, 700 dólares em seu nome. Tentando imaginar um modo de pagar as mensalidades da universidade, começou a andar lentamente na direção da entrada do clube.

Em noites especiais como aquela, os salva-vidas do clube trabalhavam como atendentes. Um deles correu para abrir a porta para ela.

— Boa noite, srta. Bancroft — cumprimentou-a com um sorriso sedutor.

Era musculoso, bonito e estudava medicina na universidade de Illinois. Meredith sabia de tudo isso, porque ele mesmo contara, na semana anterior, enquanto ela tomava banho de sol na piscina.

— Oi, Chris — respondeu, distraída.

Além de ser o Dia da Independência, no dia 4 de julho também se comemorava a fundação do Glenmoor, e o clube ressoava com os risos e conversas dos sócios, que, com suas bebidas nas mãos, andavam de sala em sala, usando smokings e vestidos elegantes, trajes obrigatórios para a dupla comemoração. Por dentro, o Glenmoor era muito menos luxuoso e elegante do que outros country clubs mais novos, que haviam sido construídos ao redor de Chicago. Os tapetes orientais que cobriam o piso de madeira encerada começavam a desbotar e a robusta mobília antiga espalhada pelas diversas salas criavam uma atmosfera mais de esnobe complacência do que de luxo. Nesse aspecto, o clube era igual aos outros de sua categoria, existentes em toda a nação. Antigo e extremamente exclusivo, seu prestígio não vinha do mobiliário e da decoração, nem mesmo do que era oferecido em suas instalações, mas da posição social de seus sócios. Dinheiro somente não permitia que alguém conseguisse um título. A riqueza precisava estar acompanhada de suficiente destaque social. Nas raras ocasiões em que um candidato a sócio satisfazia essas duas condições, ele ainda precisava receber a aprovação unânime dos 14 representantes do Conselho encarregado de examinar todas as propostas, antes de ser apresentado ao restante dos sócios, que tinham o direito de dar sua opinião. Esses requisitos rígidos haviam frustrado as aspirações de vários empresários de sucesso recente, incontáveis médicos, inúmeros políticos, jogadores do White Sox e do Bears, e até de um juiz do Supremo Tribunal.

Meredith não se impressionava com toda essa exclusividade do clube nem com os sócios. Eram apenas pessoas que sempre via, algumas das quais ela conhecia bem, outras, nem tanto. Andando pelo corredor do primeiro andar, cumprimentava e sorria automaticamente, enquanto olhava para dentro das diversas salas à procura do grupo ao qual iria juntar-se. Um dos salões de jantar havia sido transformado numa imitação de cassino para aquela noite, e o outro oferecia o mais completo dos bufês. Todas as salas estavam lotadas. No andar térreo, os componentes da orquestra afinavam seus instrumentos no salão principal do clube e, a julgar pelo barulho que Meredith ouviu ao passar pela escadaria, havia uma verdadeira multidão lá embaixo também. Passando pela sala de jogos de cartas, olhou de modo apreensivo para dentro. O pai era um jogador inveterado, mas ele não se encontrava lá, e tampouco o grupo de Jon. Por fim, chegou ao salão de estar.

Apesar de suas enormes proporções, o recinto fora decorado para criar uma atmosfera aconchegante. Sofás e poltronas estofados agrupavam-se ao redor de mesas baixas, e as lâmpadas das arandelas de bronze emitiam luz fraca, lançando um brilho amarelado nos painéis de carvalho das paredes.

Quase sempre as pesadas cortinas de veludo mantinham-se fechadas, escondendo as portas francesas, mas naquela noite haviam sido abertas para permitir que as pessoas fossem ao terraço, onde um conjunto tocava música baixinha. À esquerda, um bar ocupava toda a parede, e os garçons moviam-se incessantemente dos sócios sentados diante do balcão até a parede espelhada na parte de trás, onde centenas de garrafas se alinhavam em prateleiras iluminadas por focos de luz branda.

Naquela noite, o salão também estava cheio, e Meredith ia virar-se para dirigir-se ao andar de baixo quando viu Shelly Fillmore e Leigh

Ackerman. Ambas haviam ligado para lembrá-la de que esperavam sua companhia. Encontravam-se de pé na extremidade mais distante do bar, acompanhadas por vários amigos e um casal mais velho, que Meredith finalmente identificou como os Sommers, tios de Jonathan. Sorriso no rosto, ela foi até eles, gelando por dentro ao ver o pai num grupo próximo.

— Meredith, eu adorei seu vestido — declarou a sra. Sommers, depois dos cumprimentos formais. — Onde o comprou?

Meredith precisou olhar-se para lembrar o que estava usando.

— É da nossa loja.

— De onde mais! — Leigh exclamou.

O sr. e a sra. Sommers viraram-se para falar com amigos, e Meredith ficou olhando para o pai, esperando que ele se mantivesse afastado dela. Ficou imóvel durante vários instantes, deixando que a presença dele a perturbasse completamente, antes de refletir que Philip iria conseguir estragar sua noite! Furiosa, tomou a decisão de mostrar que ele não seria capaz disso e que ela ainda não tinha sido derrotada. Virou-se para o balcão e pediu um coquetel de champanhe, então colocou o maior sorriso no rosto para Doug Chalfont, fingindo muito bem seu fascínio pelo que ele dizia.

Do lado de fora já estava completamente escuro, e ali dentro as conversas tornavam-se mais altas e animadas, à medida que aumentava a quantidade de bebida ingerida. Meredith bebericou seu segundo coquetel de champanhe, perguntando-se se devia arrumar um emprego e, assim, dar ao pai prova concreta de sua decisão de ir para uma boa faculdade. Pelo espelho do bar, pegou-o fitando-a com frio desagrado. Imaginou o que ele estaria desaprovando. O vestido que lhe deixava os ombros nus, talvez, ou mais provavelmente a atenção que Doug lhe dedicava. Não podia ser a taça de bebida que ela estava segurando. Assim como o pai a obrigara a falar e comportar-se como adulta, desde muito cedo, também permitira, quando ela completara 12 anos, que se sentasse à mesa quando recebiam pessoas para jantar e que, aos 16, começasse a tomar vinho com os convidados. Com moderação, é óbvio.

Shelly Fillmore comentou que talvez devessem se dirigir ao salão de jantar, para não correrem o risco de perder a mesa reservada a eles. Meredith obrigou-se a parar de pensar no pai, dizendo a si mesma que pretendia se divertir.

— Jonathan disse que encontraria a gente aqui — Shelly acrescentou. — Alguém o viu? — Virou a cabeça para olhar em volta do salão, que se esvaziava, pois muita gente dirigia-se ao salão de jantar. Então, exclamou: — Meu Deus! Quem é aquele? Ele é maravilhoso.

Acabou falando mais alto do que pretendia, provocando uma onda de interesse não apenas entre seu grupo como também nos outros, e as pessoas viraram-se para olhar.

— De quem você está falando? — perguntou Leigh, olhando ao redor. Meredith, de frente para a porta de entrada, ergueu o olhar e soube exatamente quem havia causado aquela expressão admirada e cobiçosa no rosto de Shelly. Parado no vão da porta, a mão direita no bolso da calça, estava um homem de no mínimo 1,85m de altura, cabelo quase tão preto como o smoking que vestia e cujo paletó agarrava-se aos ombros largos. No rosto queimado pelo sol, brilhavam olhos claros. Meredith perguntou-se como Shelly pudera chamá-lo de "lindo". As feições pareciam esculpidas em granito por um escultor que tinha a intenção de retratar força bruta e virilidade primitiva, não beleza masculina. O queixo era quadrado, o nariz, reto, os maxilares fortes demonstravam determinação férrea. Meredith o achou arrogante e orgulhoso. Mas também ela nunca se sentira atraída por homens morenos e másculos demais.

— Olha aqueles ombros! — Shelly deslumbrou-se. — Aquele rosto! — Virou-se para Doug com ar travesso e provocou: — Aquilo, sim, é erotismo, puro e completo!

Doug observou o homem e deu de ombros, sorrindo.

— Não me sinto nada excitado. — Dirigiu-se a um homem que Meredith conhecera naquela noite: — E você, Rick? Está excitado?

— Não posso dizer nada, até ver as pernas dele — brincou o outro.

— Sou louco por pernas, e é por isso que *Meredith* me excita.

Naquele instante, Jonathan surgiu à porta, parecendo pouco firme sobre os pés, e passou um braço pelos ombros do desconhecido, enquanto olhava para dentro do salão. Meredith viu o sorriso triunfante que ele dirigiu ao amigo quando descobriu o grupo na extremidade do bar. Percebeu que estava meio embriagado, mas ficou surpresa com os gemidos de decepção e o riso de Shelly e Leigh.

— Ah, não! — Leigh disse, olhando de Shelly para Meredith com expressão de cômico espanto. — Não me digam que aquele maravilhoso espécime masculino é o operário que o pai de Jonathan o forçou a contratar para trabalhar nos poços de petróleo!

A gargalhada de Doug Chalfont abafou metade das palavras de Leigh, de modo que Meredith inclinou-se na direção da outra moça.

— Desculpa, o que você disse?

Falando depressa, para terminar antes que os dois recém-chegados alcançassem o grupo, Leigh explicou:

— Aquele homem é um metalúrgico de Indiana. Trabalha numa usina de aço, e Jonathan foi obrigado pelo pai a contratá-lo pra trabalhar em seus poços de petróleo na Venezuela.

— Por que Jonathan o trouxe aqui? — perguntou Meredith, confusa com os olhares zombeteiros trocados pelos outros e com a explicação de Leigh.

— É brincadeira, Meredith! Jon está furioso com o pai por ter que contratar esse homem e por ter usado o sujeito como exemplo do que ele, seu filho, deveria ser. Fez isso pra provocar o velho, obrigá-lo a encontrar-se com o empregado numa atividade social. E sabe o que é muito engraçado nisso tudo? — cochichou Leigh, no momento em que os dois aproximavam-se. — Os tios de Jon disseram que os pais dele decidiram, na última hora, que preferiam passar o fim de semana em sua casa de veraneio a vir à festa.

Os cumprimentos de Jonathan, com voz muito alta e arrastada, fizeram quem estava em volta virar-se para olhá-lo, inclusive os tios dele e o pai de Meredith.

— Oi, todos vocês! — Jon gritou e fez um gesto largo que abrangia o grupo e as outras pessoas. — Oi, tia Harriet e tio Russell! — Esperou até ganhar total atenção. — Gostaria de apresentar-lhes meu amigo, Matt Tarrell, não, Fa-Farrell — gaguejou entre soluços de bêbado. — Tia Harriet, tio Russell, digam "oi" a Matt. É o último exemplo que meu pai arrumou pra me mostrar como devo ser quando crescer!

— Muito prazer — disse a tia, civilizadamente. Desviando o olhar gélido do sobrinho embriagado, esforçou-se para ser cortês com o homem que o acompanhava. — De onde você é, sr. Farrell?

— De Indiana — ele respondeu com voz calma e segura.

— De Indianápolis? — A tia de Jonathan franziu a testa. — Acho que não conhecemos nenhuma família Farrell de lá.

— Não sou de Indianápolis e tenho certeza de que não conhece minha família — declarou Matt.

— De onde é, então? — intrometeu-se o pai de Meredith, pronto, como sempre, para interrogar e intimidar qualquer homem que se aproximasse da filha.

Matt Farrell virou-se, enquanto Meredith observava com secreta admiração o modo impávido com que ele encarava Philip.

— Edmunton, ao sul de Gary.

— O que você faz? — perguntou Philip Bancroft de modo grosseiro.

— Trabalho numa usina de aço — respondeu Matt, conseguindo mostrar-se tão severo e frio quanto o outro homem.

Um silêncio atônito seguiu-se a essa revelação. Vários casais de meia-idade, mais afastados, à espera dos tios de Jonathan, entreolharam-se constrangidos e foram embora.

A sra. Sommers, obviamente, decidiu-se por uma rápida retirada.

— Espero que tenha uma noite agradável, sr. Farrell — disse em tom seco e afastou-se com o marido. De repente, todos começaram a movimentar-se.

— Bem, vamos comer — sugeriu Leigh Ackerman, olhando para todos os companheiros, exceto para Matt, que se mantivera um pouco atrás. — Passou o braço pelo de Jonathan e começou a guiá-lo na direção da porta, acrescentando: — Reservei uma mesa para nove pessoas.

Meredith fez um cálculo rápido. Havia nove pessoas no grupo, excluindo Matt Farrell. Paralisada pelo desgosto que sentiu por Jonathan e os outros, ficou no mesmo lugar por um instante. O pai, que ia sair com seus próprios amigos, viu isso e parou junto dela, lançando um olhar de antagonismo na direção de Matt Farrell.

— Livre-se dele — ordenou com um tom de voz bastante alto, para que Farrell o ouvisse. Então, afastou-se.

Num estado de furiosa e desafiadora rebelião, Meredith o observou sair do salão antes de olhar para Matt Farrell, sem saber o que faria a seguir. Ele se virara para as portas francesas e olhava para as pessoas no terraço com a indiferença de quem sabia que era um intruso indesejável, pretendendo dar a impressão de que preferia que o considerassem assim.

Mesmo que ele não tivesse dito que trabalhava numa usina de aço, Meredith logo teria percebido que ele não pertencia a seu meio. O paletó do smoking não acomodava direito os ombros largos, como aconteceria se o traje fosse feito sob medida, o que significava que provavelmente fora alugado. E Matt Farrell não falava com a arraigada segurança de um socialite que espera ser bem-vindo e querido aonde quer vá. Havia falta de polimento em suas maneiras, uma sutil aspereza que a intrigava e repelia ao mesmo tempo.

Por isso tudo, foi espantoso para Meredith descobrir que podia ver nele um pouco de si mesma. Olhou-o ali parado, completamente sozinho, como se não se importasse de ter sido excluído, e reviu-se nos tempos da St. Stephen's, quando ficava lendo um livro durante o recreio, fingindo que a solidão não a incomodava.

— Sr. Farrell, gostaria de uma bebida? — perguntou, no tom mais casual que conseguiu.

Ele se virou, surpreso, hesitou por um momento, então fez que sim com a cabeça.

— Uísque com água.

Meredith acenou para um garçom, que correu para junto dela.

— Jimmy, o sr. Farrell gostaria de um uísque com água.

Quando se voltou para Matt, viu-o examinando-a com ar meio carrancudo. O olhar dele deslizou do rosto dela para os seios e depois para a cintura, antes de voltar a subir e fixar-se nos olhos. Sua expressão era desconfiada, como se ele se perguntasse por que ela se dava ao trabalho de dedicar-lhe atenção.

— Quem é aquele homem que mandou você livrar-se de mim? — Matt perguntou abruptamente.

— Meu pai — ela respondeu, odiando ter de alarmá-lo com a verdade.

— Aceite minhas mais sinceras condolências — ele brincou gravemente. Meredith deu uma risada, porque ninguém jamais ousara criticar seu pai, nem mesmo indiretamente, e porque adivinhou que Matt Farrell era um rebelde, algo que ela também decidira ser. Eram almas afins e, então, em vez de sentir pena dele, viu-o como um corajoso cachorro vira-lata, injustamente atirado no meio de altivos cães com pedigree.

— Quer dançar? — perguntou, sorrindo para Matt, como se ele fosse um velho amigo.

Ele dirigiu-lhe um olhar divertido.

— O que a leva a crer que um metalúrgico de Edmunton, Indiana, sabe dançar, princesa?

— Você sabe?

— Acho que consigo me virar.

Minutos depois, enquanto dançavam no terraço ao som de uma música lenta tocada pelo conjunto, Meredith descobriu que ele havia sido modesto. Era um dançarino bastante competente, embora não conseguisse relaxar e tivesse um estilo conservador.

— Como estou me saindo? — Matt perguntou.

— Você tem bom ritmo e se movimenta bem — ela respondeu, sem se dar conta do duplo sentido que ele poderia dar a sua avaliação. — E isso é o que importa, afinal. — Olhando-o nos olhos e sorrindo para afastar qualquer tom de crítica no que ia dizer, acrescentou: — Você só precisa praticar um pouco.

— Quanto?

— Não muito. Uma noite seria suficiente pra você aprender novos movimentos.

— Eu não sabia que existiam "novos movimentos".

— Existem, mas primeiro você precisa aprender a relaxar.

— Primeiro? — ele repetiu. — Sempre tive a impressão de que se relaxava *depois*.

Ela compreendeu instantaneamente o que ele estava pensando.

— Estamos falando de dança, certo, sr. Farrell?

Ele obviamente percebeu a inconfundível reprimenda em sua voz, pois, por um instante, observou-a com novo interesse, a reavaliando. Os olhos dele não eram azul-claros, como ela julgara a princípio, mas de um tom metálico de cinza, e os cabelos, que ela pensara serem pretos, tinham um tom castanho-escuro.

— Agora estamos — ele respondeu, e havia um pedido de desculpas em sua voz grave. Então, explicou o motivo da limitação que ela percebera em seus movimentos: — Rompi um ligamento da perna direita, semanas atrás.

— Desculpa — ela murmurou, arrependida de tê-lo convidado para dançar. — Dói?

Um sorriso emoldurado por branco apareceu no rosto bronzeado.

— Só quando danço.

Meredith riu, percebendo que suas próprias preocupações dissolviam-se. Ficaram no terraço para dançar mais uma vez, falando sobre nada mais importante do que a música ruim e o tempo excelente. Quando voltaram para o salão, Jimmy colocou seus drinques sobre o balcão.

Levada por um impulso travesso e pelo ressentimento contra Jonathan, que tanto a desagradara, Meredith disse ao garçom:

— Coloque as bebidas na conta de Jonathan Sommers, por favor.

Olhou para Matt e viu sua surpresa.

— Você não é sócia? — ele perguntou.

— Sou — ela respondeu com um sorriso desanimado.

— Fiz isso por vingança.

— Vingança pelo quê?

— Por ele ter... — Ela se calou, percebendo que qualquer coisa que dissesse poderia parecer piedade, ou, então, deixar Matt envergonhado. Depois de um instante, declarou: — Não gosto muito de Jonathan Sommers.

Ele a olhou de modo estranho, depois pegou o copo e tomou metade do drinque numa golada só.

— Você deve estar com fome. Vou deixar você voltar para os seus amigos.

Era um jeito delicado de deixá-la à vontade, mas Meredith já não queria mais ficar com o grupo de Jonathan e, além disso, se deixasse Matt sozinho, ninguém mais no salão se aproximaria dele para conversar.

Na verdade, todos os que ainda se encontravam ali estavam ignorando os dois.

— A comida daqui não é tão boa como dizem — comentou. Matt olhou em volta e pousou o copo no balcão com uma brusquidão que deixou claro que pretendia ir embora.

— Nem as pessoas.

— Não é por maldade ou arrogância que se afastam — ela lhe assegurou. — Não, mesmo.

— Então, por quê? — perguntou Matt, lançando-lhe um olhar desinteressado.

Meredith olhou para os homens e mulheres de meia-idade, todos amigos de seu pai, pessoas boas.

— Um motivo é que ficaram envergonhadas pelo modo como Jonathan se comportou — começou a explicar. — Outro, é que, sabendo onde você mora e no que trabalha, acham que não há nada em comum entre...

— Está na hora de eu ir — ele a interrompeu com um sorriso educado, naturalmente achando que ela estava sendo condescendente.

A ideia de deixá-lo partir, levando só humilhação como lembrança daquela noite, pareceu muito injusta para Meredith. Na verdade, era algo desnecessário e... impensável!

— Não pode ir, ainda — declarou com um sorriso determinado. — Venha comigo e traga seu drinque.

Ele semicerrou os olhos.

— Por quê?

— Porque ajuda fazer isso com um copo na mão — ela respondeu com maliciosa teimosia.

— Fazer o quê? — ele insistiu.

— Nós vamos socializar — ela anunciou.

— De jeito nenhum! — ele protestou, segurando-a pelo pulso. Mas era tarde demais. Meredith já decidira que obrigaria toda aquela gente a engoli-lo e ainda gostar disso.

— Por favor, vamos — ela pediu, olhando-o com ar suplicante.

Ele sorriu com relutância.

— Você tem os olhos mais incríveis que eu...

— Na verdade, sou muito míope. Já entrei muito em paredes — ela informou em tom brincalhão, com seu sorriso mais encantador. — É triste de ver. Por que não me dá o braço e me guia pra que eu não tropece?

Ele não ficou imune ao bom humor e ao sorriso dela.

— Além de míope, é muito decidida — comentou, mas deu uma risadinha e ofereceu-lhe o braço, pronto para satisfazê-la.

Deram alguns passos pelo corredor quando Meredith viu um casal idoso, que ela conhecia.

— Oi, sr. e sra. Foster! — cumprimentou alegremente, quando eles iam passar sem vê-la.

Os dois pararam no mesmo instante.

— Ah, oi, Meredith — respondeu a sra. Foster.

Ela e o marido sorriram para Matt com delicada curiosidade.

— Gostaria que conhecessem um amigo de meu pai — disse Meredith, reprimindo o riso, enquanto Matt olhava-a, incrédulo. — Este é Matt Farrell, de Indiana. Ele está no negócio do aço.

— É um prazer — afirmou o sr. Foster com um sorriso simpático, apertando a mão de Matt. — Meredith e o pai não jogam golfe, mas acho que lhe disseram que temos dois campeonatos aqui no Glenmoor. Vai ficar tempo suficiente para jogar algumas partidas?

— Nem sei se vou ficar tempo suficiente pra terminar essa bebida — respondeu Matt, obviamente esperando estar isento de culpa quando o pai de Meredith descobrisse que fora apresentado como seu amigo.

O sr. Foster concordou, acenando com a cabeça, compreendendo a resposta de modo totalmente equivocado.

— Os negócios parecem estar sempre interferindo em nosso prazer — lamentou. — Mas ficará pelo menos para ver a queima de fogos. É o melhor espetáculo da cidade.

— Você vai mesmo ver fogos! — avisou Matt, olhando com seriedade para o rosto falsamente inocente de Meredith.

O sr. Foster voltou a falar de golfe, seu assunto predileto, enquanto Meredith lutava para não começar a rir.

— Qual é seu *handicap*? — perguntou a Matt.

— Esta noite, acho que o *handicap* dele sou eu — interferiu Meredith, olhando para Matt com um olhar sorridente e provocante.

— O quê? — murmurou o sr. Foster, piscando confuso.

Mas Matt não respondeu. Nem Meredith, porque os olhos cinzentos estavam fixos em seus lábios e, quando se ergueram para os dela, mostraram algo diferente em suas profundezas.

— Vamos, querido — a sra. Foster chamou, vendo a expressão distraída dos dois. — Esses jovens não vão querer passar a noite discutindo golfe.

Tarde demais, Meredith recuperou a compostura e repreendeu-se por ter tomado champanhe em excesso. Depois, colocou a mão no braço de Matt.

— Venha comigo — convidou, já começando a descer as escadas para ir ao salão onde estava a comida, e a orquestra estava tocando.

Por quase uma hora, levou-o de grupo em grupo, os olhos cintilando quando o fitava, compartilhando o prazer de dizer desavergonhadas meias verdades sobre ele e seu trabalho. Matt ficava a seu lado, não propriamente ajudando-a, mas observando sua ingenuidade com franco divertimento.

— Viu? O que conta não é o que se diz, mas o que *não* se diz — ela o instruiu, quando finalmente haviam deixado o barulho e a música para trás, passando pela porta principal e começando a atravessar o gramado.

— Uma teoria interessante — ele aprovou, em tom de provocação. — Tem mais alguma igual a essa?

Meredith fez que não com a cabeça, distraída ao pensar em algo que subconscientemente notara o tempo todo.

— Você não fala como um homem que trabalha numa usina de aço — observou.

— Quantos deles conhece?

— Só você — ela admitiu.

— Vem sempre aqui? — ele indagou inesperadamente, em tom sério. Haviam passado a primeira parte da noite participando de um jogo idiota, mas Meredith pressentiu que ele não queria mais jogar. Nem ela, e aquele momento marcou uma mudança distinta na atmosfera entre os dois. Enquanto andavam entre canteiros de rosas e de outras flores, Matt começou a fazer perguntas sobre ela, e Meredith contou que estivera estudando fora e acabara de formar-se. A próxima pergunta foi sobre seus planos profissionais, deixando óbvio que Matt achara que ela concluíra um curso universitário. Em vez de corrigi-lo e arriscar-se a provocar uma reação assustada quando dissesse que só tinha 18 anos, não 22, fugiu do assunto, pedindo a Matt que falasse sobre si mesmo.

Ele disse que partiria para a Venezuela dentro de um mês e meio e contou o que iria fazer lá. Dali por diante, a conversa deles fluiu com surpreendente facilidade, saltando de um assunto para outro, até que pararam para poder concentrar-se melhor no que estavam dizendo.

De pé sob uma velha árvore no gramado, ignorando o vento frio em suas costas nuas, Meredith ouviu-o, completamente enlevada. Descobriu que Matt tinha 26 anos e que, além de ser espirituoso e falar extremamente bem, tinha uma maneira cativante de ouvir o que ela dizia, como se mais nada no mundo importasse. Era algo lisonjeiro, mas também um tanto desconcertante, porque criava uma atmosfera falsa de intimidade.

Tinha acabado de rir de uma piada que ele havia contado quando um robusto besouro mergulhou no ar, passando perto de seu rosto e zumbindo em seu ouvido. Ela saltou para o lado com uma careta, tentando ver para onde fora o inseto.

— Está no meu cabelo? — perguntou, inclinando a cabeça.

— Não — Matt garantiu. — E era só um besouro de verão.

— Detesto qualquer besouro, e esse era do tamanho de um beija--flor! — ela exagerou e, quando ele riu, dirigiu-lhe um sorrisinho perverso.

— Não vai rir, daqui a seis semanas, quando não puder sair de casa sem pisar em cobras!

— É assim lá? — ele perguntou, mas sua atenção prendera-se à boca de Meredith.

Pôs as mãos no pescoço dela e subiu-as lentamente até aninhar o rosto entre as palmas.

— O que está fazendo? — murmurou Meredith, quando ele começou a passar o polegar em seu lábio inferior.

— Estou tentando decidir se quero me divertir com os fogos de artifício.

— Ainda falta meia hora para os fogos — ela comentou tremulamente, sabendo que seria beijada.

— Tenho o pressentimento de que vão começar agora — ele sussurrou, baixando a cabeça.

E começaram. A boca máscula cobriu a dela num beijo de sedução eletrizante, que fez centelhas explodirem por todo o corpo de Meredith. A princípio, o beijo foi leve, persuasivo, com Matt explorando delicadamente o contorno dos lábios dela. Meredith já fora beijada antes, mas sempre por rapazes relativamente inexperientes e ansiosos demais. Nenhum jamais a beijara com a lentidão e a firmeza com que Matthew Farrell a estava beijando. Ele moveu as mãos, descendo uma pelas costas de Meredith, puxando-a para mais perto, e deslizando a outra para a nuca, enquanto abria a boca vagarosamente sobre a dela. Perdida no encantamento produzido pelo beijo, ela colocou as mãos sob o paletó do smoking, deixando-as subir pelo peito amplo até os ombros largos. Então, enlaçou Matt pelo pescoço.

No instante em que ela comprimiu-se contra ele, Matt começou a passar a língua por seus lábios, induzindo-os a se abrirem, depois exigindo. Quando isso aconteceu, ele invadiu a boca úmida com a língua, e o beijo explodiu. Com uma das mãos, ele acariciou um seio coberto pelo tecido do vestido, e então, ansioso, pegou Meredith pelas nádegas, apertando-a de encontro ao corpo, mostrando-lhe sua excitação.

Ela ficou um pouco tensa com essa intimidade forçada, mas, por uma razão que nada no mundo poderia explicar, entrelaçou os dedos nos cabelos dele e comprimiu ainda mais os lábios entreabertos na boca firme e ávida.

Parecia que horas haviam se passado quando Matt finalmente interrompeu o beijo. Com o coração martelando loucamente, ela ficou nos braços dele, o rosto em seu peito, enquanto tentava lidar com as turbulentas sensações que experimentava.

Em algum ponto de sua mente anuviada, começou a formar-se o pensamento de que ele iria achar que ela estava comportando-se de modo muito estranho por causa de algo que, na verdade, não passara de um simples beijo. Essa possibilidade foi o que a ajudou a erguer a cabeça. Esperando vê-lo observando-a com ar divertido e intrigado, olhou para o rosto cinzelado e o que viu não foi menosprezo. Os olhos cinzentos tinham um brilho quente, e as feições duras estavam transformadas pelo desejo. Matt apertou-a nos braços, como se não a quisesse soltar nunca mais.

Meredith percebeu que o corpo dele continuava com a rigidez da excitação e sentiu prazer e orgulho, porque ele fora tão afetado pelo beijo quanto ela. Sem pensar no que fazia, fixou o olhar nos lábios dele. Havia uma ousada sensualidade naquela boca firme, mas alguns dos beijos haviam sido ternos, de uma gentileza torturante. Ansiando por sentir aqueles lábios novamente nos seus, ergueu os olhos para os dele com uma expressão inconsciente de súplica.

Matt compreendeu, e um som, entre um gemido e uma risada, escapou de seu peito.

— Está bem — ele disse em tom rouco, e apossou-se dos lábios dela num beijo violento e devorador, que a deixou sem fôlego e meio louca de prazer.

Algum tempo depois, ouviram risos, e Meredith arrancou-se dos braços dele, girando nos calcanhares, alarmada. As pessoas estavam saindo do clube para assistir à queima de fogos, e bem à frente de todas vinha o pai dela, caminhando em sua direção, a ira evidente em seus passos largos e apressados.

— Ai, meu Deus! — ela murmurou. — Matt, você precisa ir embora. Agora.

— Não.

— Por favor! — ela quase gritou. — Vai ficar tudo bem, ele não vai falar nada aqui. Vai esperar até a gente ficar sozinho, mas não sei o que poderia fazer com você.

No momento seguinte, ela soube.

— Dois homens vão levá-lo para fora do clube, Farrell — declarou o pai dela, o rosto retorcido de fúria. Voltou-se para Meredith e agarrou-lhe o braço com força. — Você vem comigo.

Dois dos garçons já se aproximavam pela alameda. Meredith olhou para Matt por cima do ombro, enquanto o pai a puxava para afastá-la.

— Por favor, vá embora. Não faça uma cena.

Philip Bancroft obrigou-a a dar dois passos, e Meredith, que não tinha outra escolha a não ser andar para não ser arrastada, sentiu um alívio que lhe provocou lágrimas quando viu os dois garçons pararem. Matt devia ter tomado o rumo da estrada para sair do clube. O pai obviamente chegou à mesma conclusão, porque, quando os garçons olharam para ele, em dúvida, disse:

— Deixem o miserável, mas falem com a portaria pra termos certeza de que ele não vai voltar aqui de novo.

Chegando à porta principal, virou-se para Meredith com o rosto lívido:

— Sua mãe transformou-se no centro dos mexericos deste clube, e você está maluca se acha que eu vou deixar que você aja da mesma forma. Ouviu bem? — Soltou o braço dela como se temesse ser contaminado, depois de Matt tê-la tocado. Então, acrescentou em voz baixa, porque um Bancroft jamais deixava transparecer problemas familiares em público. — Vai pra casa. Levará 20 minutos. Daqui a 25 vou telefonar, e Deus que a ajude se você não estiver lá.

Em seguida, girou e entrou no prédio. Sentindo-se humilhada, Meredith observou-o afastar-se, antes de entrar também para ir buscar a bolsa. Momentos depois, caminhando para o estacionamento, viu três casais à sombra das árvores, e todos estavam se beijando.

Dirigindo pela alameda que levava à estrada, com a visão prejudicada pelas lágrimas, ultrapassou um homem, que levava o paletó de smoking no ombro, antes de perceber que se tratava de Matt. Parou, achando que não conseguiria encará-lo, cheia de culpa pela humilhação que lhe causara.

Ele se aproximou e inclinou-se para olhá-la pela janela do motorista.

— Você está bem? — perguntou.

— Estou. — Numa tentativa de fazer graça, olhou-o, acrescentando: — Meu pai é um Bancroft, e os Bancroft jamais brigam em público.

Ele viu lágrimas represadas nos olhos dela. Estendendo a mão, acariciou-lhe o rosto com os dedos calejados.

— E também não choram em público, certo?

— Certo — Meredith admitiu, tentando absorver um pouco da indiferença que ele sentia por Philip Bancroft e suas atitudes. — Estou indo pra casa. Quer que te deixe em algum lugar?

Ele desviou o olhar do rosto dela para as mãos contraídas de tensão que seguravam o volante.

— Quero, mas só se me deixar dirigir esse carro — sugeriu, como se apenas desejasse uma chance de experimentar um carro daqueles, mas as palavras seguintes deixaram claro que ele não a achava em condições de guiar. — Posso levá-la até sua casa e de lá chamar um táxi.

— Fique à vontade — ela concordou alegremente, determinada a preservar o orgulho que lhe restava.

Desceu e deu a volta no veículo, tornando a entrar pela porta do passageiro.

Matt não teve dificuldade em manejar o câmbio, e um minuto depois saíam das dependências do clube, entrando na estrada. A luz de outros faróis voava na escuridão, e a brisa entrava pelas janelas abertas, enquanto os dois viajavam em silêncio. Na distância, alguma outra exibição de fogos de artifício chegava ao *grand finale*, numa espetacular cascata de luzes vermelhas, brancas e azuis. Meredith ficou olhando as centelhas brilharem e depois apagarem-se lentamente, caindo para o chão.

— Me desculpa pelo que aconteceu — disse por fim, lembrando-se das boas maneiras. — Por meu pai.

Matt lançou-lhe um malicioso olhar de viés.

— Ele é quem devia pedir desculpas, não você. Feriu meu orgulho quando mandou aqueles dois caras de meia-idade me expulsar. Podia ter mandado quatro, pelo menos, para poupar meu ego.

Meredith olhou-o com espanto, pois era evidente que ele não se sentira nem um pouco intimidado com a fúria do pai dela. Depois sorriu, porque era maravilhoso estar com alguém que não tinha medo de Philip Bancroft.

— Se ele quisesse mesmo tirar você de lá contra sua vontade, teria de mandar no mínimo seis — comentou, olhando para os ombros fortes dele.

— Meu ego e eu agradecemos — Matt respondeu com um sorriso lento, e Meredith, que minutos atrás achara que nunca mais sequer sorriria, deu uma gargalhada. — Você tem um riso delicioso — ele observou.

— Obrigada — ela murmurou, incrivelmente feliz com o elogio.

À luz fraca do painel, examinou o perfil sombreado de Matt, vendo o vento alvoroçar-lhe os cabelos, imaginando como ele podia fazer com que algumas simples palavras parecessem carícias físicas.

Pensou no que Shelly Fillmore dissera: "Aquilo, sim, é erotismo, puro e completo." Horas antes, não achara Matt assim tão extraordinariamente atraente. Mas agora achava. Tinha certeza de que ele vivia rodeado de mulheres, e que esse era o motivo de saber beijar tão bem.

— Vire aqui — instruiu 15 minutos depois, quando se aproximaram do portão duplo de ferro forjado de sua casa.

Estendeu a mão e apertou um botão no painel. O portão abriu-se, dando passagem para a alameda de entrada.

# 9

⌒ — ESTA É MINHA CASA — INFORMOU MEREDITH quando Matt parou o Porsche diante da mansão.

Desceram do carro, e ele olhou para a majestosa construção de pedras, com janelas que exibiam vidraças cor de chumbo, enquanto Meredith abria a porta.

— Parece um museu — comentou.

— Pelo menos você não disse "mausoléu" — ela respondeu, sorrindo por cima do ombro.

— Não disse, mas pensei.

Meredith ainda sorria de seus comentários irreverentes quando o levou para a biblioteca às escuras e acendeu a luz do abajur sobre a mesa. Mas, quando ele foi direto ao telefone e ergueu-o do gancho, sentiu-se decepcionada e triste. Queria que ele ficasse, queria conversar, queria fazer qualquer coisa que afastasse o desespero que certamente a dominaria, quando ficasse sozinha.

— Não precisa ir tão cedo. Meu pai ficará jogando cartas até o clube fechar, às 2 horas.

Ele se virou, naturalmente percebendo o tom desesperado de sua voz.

— Meredith, não é comigo que me preocupo, mas com você, que mora com ele. Se seu pai chegar e me encontrar aqui...

— Ele não vai chegar. Não deixaria nem a morte interromper seu jogo de cartas. É um jogador obcecado.

— É obcecado por você também — Matt declarou.

Meredith prendeu o fôlego, enquanto ele hesitava e, por fim, recolocava o telefone no gancho. Aquela provavelmente seria a última noite agradável que teria em muitos meses, e estava determinada a fazê-la durar.

— Quer conhaque? — perguntou. — Não vou oferecer nada pra comer porque os empregados já foram dormir.

— Conhaque está ótimo. — Meredith foi até o armário de bebidas e tirou uma garrafa. — Os empregados trancam a geladeira antes de ir dormir? — ele indagou.

Ela hesitou por um momento, com um copo bojudo na mão.

— Mais ou menos isso — respondeu, evasiva.

Percebeu que Matt não se deixara enganar quando lhe levou o copo e viu um brilho divertido em seus olhos.

— Você não sabe cozinhar, não é, princesa?

— Acredito que poderia se alguém me dissesse onde fica a cozinha e me mostrasse a geladeira e o fogão.

Matt sorriu em resposta, inclinando-se para pôr o copo na mesa. Meredith adivinhou o que iria acontecer, mesmo antes de ele pegá-la pelos pulsos e puxá-la para si.

— Tenho certeza de que saberia — afirmou, erguendo-lhe o queixo.

— Como pode estar tão certo?

— Você me colocou no fogo, menos de uma hora atrás.

A boca firme estava a poucos milímetros da dela quando o toque estridente do telefone a fez sair dos braços dele num movimento brusco. Foi atender e ouviu a voz do pai, gelada como o vento do inverno.

— Estou satisfeito em saber que teve bastante juízo para fazer o que mandei, Meredith — ele declarou. — Ah, eu estava quase permitindo que você fosse para a Northwestern, mas agora pode esquecer. Seu comportamento foi prova suficiente de que não merece confiança.

Desligou, e ela pousou o telefone, sentindo a mão trêmula. Então foram os braços que tremeram, depois as pernas, até que todo seu corpo começou a sacudir-se numa reação de raiva impotente, obrigando-a a segurar-se na mesa para não cair.

Matt aproximou-se por trás e colocou as mãos em seus ombros.

— Meredith? — chamou em tom preocupado. — O que foi? O que aconteceu?

— Era meu pai, garantindo de que vim direto pra casa, como ele mandou — ela respondeu, notando que até a voz tremia.

Ele ficou em silêncio por um instante.

— O que fez para que ele desconfiasse tanto de você? — perguntou por fim.

A mal velada acusação feriu o coração de Meredith, levando o que lhe restava de autocontrole.

— O que eu fiz? — gritou à beira da histeria. — O que *eu* fiz?

— Deve ter dado algum motivo para seu pai achar que deve vigiá-la.

Um ressentimento selvagem ferveu no íntimo de Meredith e entrou em erupção. Com lágrimas nos olhos, movida por um objetivo meio inconsciente, girou e colocou as mãos no peito dele.

— Minha mãe era promíscua. Não conseguia ficar longe de outros homens. Meu pai me vigia porque pensa que sou igual a ela.

Matt apertou os olhos, enquanto ela o abraçava ferozmente pelo pescoço.

— Que diabo você acha que está fazendo?

— Eu sei o que estou fazendo — ela murmurou e, antes que Matt pudesse responder, pressionou-se contra ele e beijou-o longamente.

Soube que era desejada, no momento em que ele apertou-a nos braços, deixando-a sentir o princípio de sua ereção. Matt a queria. Uniram-se num beijo faminto e consumidor, e ela tentou fazer o melhor que podia para impedi-lo de mudar de ideia. Com gestos desajeitados mas urgentes, desabotoou a camisa dele e abriu-a, acariciando o peito musculoso, coberto de pelos escuros. Depois, fechando os olhos, pôs as mãos para trás e começou a puxar o zíper do vestido.

Eu quero, eu *mereço*, afirmou mentalmente.

— Meredith?

A voz calma obrigou-a a erguer a cabeça, mas ela não teve coragem de fixar os olhos nos dele.

— Estou lisonjeado — ele prosseguiu. — Mas nunca vi uma mulher começar a arrancar as roupas, levada pelo desejo, ainda mais depois de um único beijo.

Derrotada, ela pousou o rosto no peito dele. Matt afagou-lhe o ombro, fechou os dedos longos ao redor de sua nuca, enquanto com o outro braço a enlaçava pela cintura. Então, desceu a mão para o zíper, puxou-o, e o corpete do vestido afrouxou-se.

Engolindo em seco, ela ergueu os braços para esconder os seios, hesitante.

— Não... não sou muito boa nisso — confessou, fitando-o nos olhos.

— Não é? — ele perguntou roucamente, curvando a cabeça. Meredith queria atingir o nirvana e procurou-o no próximo beijo.

E o atingiu. Apertando os músculos rijos das costas dele, beijou-o com desejo cego, deixando-o invadir-lhe a boca com a língua. Quando o imitou, ele gemeu e apertou-a com mais força. Então, de repente, ela não estava mais no controle de si mesma, não percebia nada, além de sensações. Sentiu o vestido descer, o ar frio bater-lhe na pele. Os cabelos soltaram-se, tombando nos ombros, e a sala girou, quando ela se viu deitada no sofá, comprimida contra um corpo masculino, nu e exigente.

A vertigem passou, e Meredith encontrou-se num mundo escuro, mas agradável, onde só existiam a boca e as mãos de Matt correndo por seu corpo. Então, ele parou. Ela abriu os olhos e viu-o apoiado num cotovelo, observando seu rosto à luz suave do abajur.

— O que está fazendo? — perguntou com uma voz que não parecia a dela.

— Olhando para você — ele respondeu, deixando o olhar descer para os seios, a cintura, as coxas e as pernas femininas.

Envergonhada, Meredith impediu-o de continuar o exame, encostando os lábios em seu peito. Os músculos rijos estremeceram sob o toque, e Matt enterrou os dedos em seus cabelos, pegando-a pela nuca. Daquela vez, quando ela ergueu os olhos, ele inclinou a cabeça e capturou-lhe a boca quase com rudeza num beijo erótico que a deixou em chamas, a língua forçando os lábios a abrirem-se, penetrando, explorando.

Meio deitado sobre ela, Matt beijou-a até ouvi-la gemer baixinho, então lhe sugou os seios, provocando um prazer que era quase uma dor, enquanto as mãos corriam, atormentando-a, fazendo-a arquear o corpo num oferecimento. Ele se moveu, deitou-se em cima dela, pressionando-a com os quadris, beijando-a com ardor nas faces e no pescoço. Beijou-a novamente na boca, pondo as pernas entre as dela, obrigando-a a abrir as coxas, o tempo todo movendo a língua, retirando-a, introduzindo-a. Então, tornou a parar.

— Olha pra mim — ordenou, aninhando o rosto de Meredith entre as mãos.

Ela conseguiu sair do nevoeiro sensual em que se encontrava e abriu os olhos, fitando os dele, cinzentos e ardentes. Nesse momento, Matt penetrou-a com uma força que a obrigou a soltar um grito abafado e arquear o corpo. Ela percebeu que ele tirara-lhe a virgindade num átimo de segundo, mas a reação de Matt foi mais violenta que a sua.

Ele ficou imóvel. Com os olhos fechados, os ombros e braços tensos, permaneceu dentro dela.

— Por quê? — perguntou num cochicho áspero. Ela estremeceu ao imaginar que ele a acusava.

— Porque eu nunca fiz isso antes — respondeu, compreendendo mal a pergunta.

Matt abriu os olhos, então, e o que ela viu neles não foi acusação nem desapontamento, mas ternura e tristeza.

— Por que não me disse, Meredith? Eu teria facilitado as coisas pra você.

— Mas foi fácil. E perfeito — ela afirmou, sorrindo e passando os dedos no rosto dele.

Ouviu Matt gemer, antes de beijar-lhe novamente a boca, com infinita gentileza, enquanto começava a mover-se dentro dela, saindo quase completamente, tornando a penetrá-la, profundamente, aumentando o ritmo das investidas, até que Meredith julgou enlouquecer. Ela cravou as unhas nas costas e nos quadris dele, puxando-o, quando o furor em seu íntimo cresceu, transformando-se num holocausto, mas aumentando mais até finalmente explodir em longas erupções de intenso prazer que pareciam destroçar-lhe a alma. Envolvendo-a nos braços, Matt afundou os dedos em seus cabelos, beijando-a com fogosa urgência, e mergulhou dentro dela mais uma vez. A profunda e feroz fome de seu beijo, o líquido que escorria do corpo musculoso para o dela fizeram Meredith agarrar-se a ele e gemer, dominada por deliciosa sensação.

Com o coração batendo freneticamente, virou-se para Matt, que rolara para o lado, abraçada a ele, encostando o rosto em seu peito.

— Faz ideia de como você é excitante, de como reage prontamente? — ele murmurou com voz trêmula e rouca, colando os lábios no rosto dela.

Meredith não respondeu, porque começava a tomar consciência do que fizera e não queria enfrentar a realidade. Ainda não. Nada devia estragar aquele momento. Fechou os olhos e continuou a ouvir as coisas deliciosas que Matt dizia, afagando-lhe o rosto com o polegar.

Então, ele fez uma pergunta que necessitava de resposta, e a magia esvaneceu-se, fugindo dela.

— Por que fez isso hoje, e comigo, Meredith?

Ela ficou tensa, pois era uma pergunta difícil, suspirou sob o peso de uma sensação de perda e saiu dos braços dele, envolvendo-se numa manta leve que estivera na ponta do sofá. Ela já aprendera teoricamente sobre a intimidade física do sexo, mas ninguém lhe falara daquele "depois" estranho e desconfortável. Sentiu-se emocionalmente nua, exposta, indefesa, sem saber o que fazer.

— Acho melhor nos vestirmos — sugeriu, nervosa. — Depois te conto o que você quiser. Já volto.

Subiu para seu quarto, vestiu um roupão azul-marinho e branco e voltou para baixo, descalça. Passando pelo grande relógio do hall, viu que faltava cerca de uma hora para o pai chegar.

Matt estava ao telefone, completamente vestido, mas pusera a gravata no bolso do paletó.

— Qual é o endereço daqui? — indagou. Meredith disse e ele passou-o ao serviço de táxi para o qual ligara. — Pedi que viessem me buscar dentro de meia hora.

Voltando para o sofá, pegou o copo de conhaque que deixara na mesa.

— Quer mais alguma coisa? — Meredith perguntou, porque lhe parecia que era isso que uma boa anfitriã normalmente fazia quando uma reunião chegava ao fim.

Ou será que são os garçons e garçonetes que fazem essa pergunta?, imaginou, dominada pelo nervosismo.

— Gostaria apenas que me desse a resposta que prometeu. — Matt fez uma pausa. — Por que tomou a decisão de fazer o que fez? Por que hoje?

Ela achou que havia tensão na voz dele, mas o rosto estava completamente inexpressivo. Suspirou e desviou o olhar, desenhando com a ponta de um dedo um quadrado no tampo da mesa.

— Por anos, meu pai me tratou como se eu fosse uma... uma ninfomaníaca potencial, e nunca fiz nada pra merecer isso. Hoje, quando você insistiu em dizer que ele devia ter alguma razão pra me vigiar, eu surtei. Acho que decidi que podia ter a experiência de ir para a cama com um homem, já que sempre seria tratada como uma vagabunda. E, ao mesmo tempo, tive a ideia insana de que assim puniria meu pai. E puniria você também, mostrando que estava errado.

Seguiram-se longos momentos de silêncio incômodo.

— Você poderia provar que eu estava errado me contando que seu pai é um tirano, um filho da mãe desconfiado. Eu teria acreditado.

No fundo do coração, Meredith sabia que isso era verdade. Olhou para ele, imaginando se a raiva tinha sido a única razão que a instigara a fazer o que fizera, ou se ela usara essa raiva como desculpa para conhecer intimamente o magnetismo sexual que sentira emanar de Matt o tempo todo. O fato era que, de uma maneira estranha, ela se sentia culpada por ter usado um homem de quem gostara tanto como instrumento de retaliação contra o pai.

No prolongado silêncio, Matt pareceu estar avaliando o que ela dissera e também o que não dissera, tentando adivinhar seus pensamentos. Fosse qual fosse a conclusão a que chegou, era óbvio que não o agradou muito, porque ele pousou o copo bruscamente e olhou para o relógio.

— Vou esperar o táxi no portão.

— Acompanho você até a porta.

Frases educadas, trocadas entre dois estranhos que haviam compartilhado a máxima intimidade possível, menos de uma hora antes. Meredith captou essa incoerência e o fitou. Ele olhou seus pés nus, depois o rosto e finalmente os cabelos soltos, caídos nos ombros. Descalça, despenteada, num roupão comprido, Meredith tinha consciência de que não estava com a mesma aparência de quando usara o vestido de noite, os cabelos presos num coque elegante. Soube qual seria a próxima pergunta, antes mesmo de ele começar a formulá-la.

— Quantos anos você tem?

— Não tantos quanto você pensou.

— Quantos?

— Tenho 18 — ela respondeu, esperando algum tipo de reação. Matt apenas olhou-a por um longo instante e, então, fez algo que para Meredith não tinha sentido. Ele foi até a escrivaninha e escreveu alguma coisa num pedaço de papel.

— Esse é o número do meu telefone em Edmunton — explicou calmamente, entregando-lhe o papel. — Estarei lá nas próximas seis semanas. Depois Sommers saberá dizer como falar comigo.

Quando ele foi embora, ela subiu as escadas, olhando para o papel em sua mão. Se aquele fora o jeito de Matt sugerir que ela lhe telefonasse um dia, tratava-se de uma atitude arrogante, rude, completamente repulsiva e humilhante.

Nos primeiros dias da semana seguinte, Meredith sobressaltava-se cada vez que o telefone tocava, receosa de que pudesse ser Matt. Só de lembrar as coisas que fizera, sentia o rosto queimar de vergonha. Queria esquecer tudo. Mas não esqueceu. Assim que a culpa e o medo diminuíram, ela começou a pensar nele constantemente, revivendo os momentos que antes se esforçara para esquecer. Deitada na cama, à noite, sentia os lábios dele no seu rosto, no pescoço, e recordava cada palavra sensual ou terna que ouvira. Mas lembrava outras coisas também, como o prazer que experimentara, conversando com ele no jardim do Glenmoor, o riso de Matt ao ouvir certas coisas que ela dissera. Perguntava-se se ele pensava nela, e, se pensava, por que não telefonava.

Na semana seguinte, quando Matt não ligou, Meredith concluiu que havia sido esquecida. Que não era tão excitante como ele afirmara. Pensou e repensou nas coisas que lhe dissera "depois", tentando descobrir se o ofendera de alguma maneira, sendo essa a razão de seu silêncio. Considerou a possibilidade de tê-lo ferido no orgulho ao contar o que a levara a fazer amor com ele, mas descartou-a.

Matthew Farrell não era nem um pouco inseguro no que dizia respeito a seu poder de atração sexual. Gracejara sobre sexo, minutos após conhecê-la, quando haviam dançado pela primeira vez. Era mais provável que tivesse decidido não telefonar por considerá-la jovem demais, uma garota com quem não valia a pena perder tempo.

No fim da terceira semana, Meredith já não queria que ele ligasse. Sua menstruação estava 15 dias atrasada e ela pedia a Deus que nunca mais se encontrasse com Matt Farrell. Os dias arrastavam-se, e só o pensamento aterrorizante de que podia estar grávida ocupava sua mente. Lisa encontrava-se na Europa, de modo que não havia ninguém que pudesse ajudá-la ou fazer-lhe companhia para que o tempo passasse mais depressa. Esperava e rezava, prometendo que, se não estivesse grávida, nunca mais teria uma relação sexual antes de se casar.

Mas, ou Deus não escutou suas preces, ou era imune a tentativas de suborno. Na verdade, o único que notou que ela se consumia numa agonia silenciosa foi o pai, que sempre perguntava o que estava acontecendo. E ela sempre respondia que não era nada. No começo, tinha ficado preocupada demais para falar com ele sobre o incidente no Glenmoor, depois aparecera essa outra preocupação maior, que ela nem se lembrou de travar novas batalhas por causa da faculdade.

Pouco tempo atrás, seu único problema era não poder ir para a escola de sua escolha. Um problema que parecia ínfimo diante do que enfrentava no momento.

Seis semanas após seu encontro com Matt, sua menstruação atrasou pela secunda vez. O medo que ela sentia transformou-se em terror. Tentando consolar-se com o fato de que não sentia náuseas pela manhã, nem em nenhum outro período do dia, o que poderia significar alarme falso, ela resolveu fazer um teste de gravidez.

Fazia cinco minutos que desligara o telefone quando o pai a chamou, batendo à porta do quarto.

— Pode entrar — ela respondeu.

Ele entrou e entregou-lhe um grande envelope. O remetente informava que vinha da Universidade Northwestern.

— Você venceu, Meredith. Não aguento mais ver você nesse desânimo. Vai para a Northwestern, se isso é tão importante assim. Mas quero que venha pra casa todos os fins de semana, e isso não está aberto a negociações.

Meredith abriu o envelope e tirou uma carta, que dizia que ela havia sido matriculada no primeiro semestre, a começar no outono. Conseguiu sorrir, embora sem entusiasmo.

Não foi a seu próprio médico, que era amigo do pai, preferindo uma clínica qualquer de "planejamento familiar", perto da zona sul de Chicago, onde tinha certeza de que ninguém a conheceria. O médico a examinou e confirmou o que temia: ela estava grávida.

Meredith ouviu a notícia com extrema calma, mas, quando chegou em casa, seu entorpecimento deu lugar a um pânico louco e torturante. Ela não conseguiria fazer um aborto, não podia imaginar-se entregando o bebê para adoção, nem contando ao pai que seria mãe solteira, o que traria escândalo para a família Bancroft. Havia apenas mais uma alternativa, e ela a escolheu. Telefonou para o número que Matt lhe dera e, quando ninguém atendeu, ligou para Jonathan Sommers e mentiu que desejava mandar para Matthew Farrell uma coisa que ele perdera e ela encontrara. Jonathan deu-lhe o endereço de Matt e também a informação de que ele ainda não partira para a Venezuela. O pai dela viajara, de modo que foi fácil colocar algumas roupas numa mala, escrever um bilhete dizendo a ele que tinha ido visitar amigas, entrar no carro e ir em direção a Indiana.

Em seu abatido estado de espírito, viu Edmunton como uma cidadezinha deprimente, cheia de chaminés, fábricas e usinas de aço. Matt morava numa zona rural distante, que ela também achou deprimente. Depois de rodar meia hora, entrando numa estrada, depois em outra, sem encontrar a certa, desistiu e parou num posto de gasolina para pedir informação.

Um mecânico gordo, de meia-idade, saiu, correndo os olhos pelo Porsche e depois olhando para Meredith de um jeito que a fez arrepiar-se. Ela mostrou-lhe o papel onde anotara o endereço.

— Ei, Matt! — ele chamou por cima do ombro. — Não é nessa estrada que você mora?

Meredith arregalou os olhos quando um homem, que estava com a cabeça sob o capô de um velho caminhão, endireitou o corpo e virou-se. Era Matt, com as mãos sujas de graxa, jeans velho e desbotado, como qualquer mecânico de cidadezinha localizada no fim do mundo. Ela ficou atônita ao notar como ele estava diferente e não conseguiu esconder sua reação, dominada pelo nervosismo causado pelo problema da gravidez.

Matt obviamente percebeu, porque o sorriso surpreso desapareceu de seu rosto, enquanto ele se aproximava do carro, e as feições cinzeladas endureceram.

— O que trouxe você aqui, Meredith? — perguntou, sem nenhuma emoção na voz.

Em vez de olhar para ela, fixava a atenção nas mãos, que limpava num trapo que tirara do bolso traseiro do jeans, e Meredith teve a sensação angustiante de que ele sabia o motivo de sua visita e por isso mostrava-se tão frio. Ela desejou ardentemente estar morta e, com o mesmo fervor, nunca ter ido procurá-lo. Matt não iria querer ajudar, e ela não iria querer nada se ele sentisse obrigação.

— Nada — mentiu com uma risada falsa, a mão já segurando o câmbio. — Eu decidi passear e me peguei vindo pra cá. Mas acho melhor eu ir embora e...

Ele ergueu os olhos do trapo e a fitou. Ela se calou quando os olhos cinzentos cravaram-se nos dela, penetrantes, frios e indagadores. Olhos perceptivos.

— Eu dirijo — Matt declarou, abrindo a porta. Em sua perturbação, Meredith obedeceu prontamente, descendo do carro, dando a volta por fora e sentando-se no banco do carona. Matt virou-se e olhou para o homem gordo, que se agitava em volta do Porsche, observando a cena com maldosa fascinação. — Eu volto em uma hora.

— Já são três e meia, Matt — respondeu o outro com um sorriso que mostrou a falha de um dente na frente. — Não precisa voltar mais por hoje. Uma coisinha cheia de classe como essa merece mais do que uma hora com você.

A humilhação de Meredith foi completa e, para aumentar sua agonia, Matt parecia absolutamente furioso quando pôs o Porsche em movimento e entrou velozmente na estradinha tortuosa, os pneus espalhando cascalho.

— Você pode ir um pouco mais devagar? — ela pediu, temerosa, e ficou surpresa e aliviada quando ele aliviou o pé do acelerador. Achando que devia iniciar uma conversa, disse a primeira coisa que lhe passou pela cabeça: — Achava que você trabalhasse numa usina de aço.

— Trabalho lá cinco dias por semana, e nos outros dois, no posto, como mecânico.

— Ah... — murmurou ela.

Alguns minutos mais tarde, fizeram uma curva, entrando numa pequena clareira entre árvores, onde havia uma velha e rústica mesa de piquenique. Na grama, perto de uma desgastada churrasqueira de tijolos, uma placa de madeira com letras entalhadas dizia: ÁREA

DE DESCANSO PARA MOTORISTAS. CORTESIA DO LIONS CLUBE DE EDMUNTON.

Matt desligou o motor. No silêncio que se seguiu, era possível escutar o sangue pulsando freneticamente nos ouvidos de Meredith, enquanto olhava fixamente para a frente, tentando acostumar-se à ideia de que aquele homem impassível a seu lado era o mesmo com quem rira e fizera amor, um mês e meio antes. O problema que a fizera procurá-lo pesava sobre ela como uma mortalha sufocante, a indecisão a machucava, e lágrimas que se recusava a derramar queimavam-lhe os olhos. Sobressaltou-se quando Matt fez um movimento, mas ele estava apenas saindo do carro. Viu-o dar a volta e abrir a porta do carona para ela descer.

— É bonito aqui — ela disse, olhando em volta, fingindo interesse e notando que sua voz soara tensa até mesmo para os próprios ouvidos. — Mas eu preciso mesmo ir embora.

Em vez de retrucar, ele encostou-se na mesa de piquenique, apoiando o peso do corpo num dos pés, e encarou-a com uma sobrancelha erguida, esperando, Meredith imaginou, uma explicação mais completa a respeito daquela visita. Seu longo silêncio e o olhar perscrutador minavam o controle que ela lutava para manter. Os pensamentos que a haviam perseguido durante o dia todo recomeçaram sua ladainha aterrorizante. Estava grávida, seria mãe solteira, e seu pai ficaria louco de raiva e dor. Estava grávida! *Grávida!* E o homem que também era responsável por aquele sofrimento continuava lá, observando-a debater-se, com o frio interesse de um cientista examinando um inseto contorcendo-se sob o microscópio.

De súbito, Meredith sentiu-se irracionalmente furiosa.

— Está irritado com alguma coisa, ou recusando-se a falar por simples perversidade? — atacou.

— Na verdade, estou esperando você começar — respondeu ele, em tom calmo.

— Ah... — A raiva de Meredith cedeu, a angústia e a incerteza voltaram, enquanto ela o olhava. Pediria conselho a ele, decidiu, contrariando a decisão de ir embora. Só conselho, nada mais. Só Deus sabia como precisava conversar com alguém! Cruzando os braços, como que para proteger-se da reação de Matt, ergueu a cabeça, engolindo penosamente, enquanto fingia admirar a copa exuberante da árvore sob a qual se encontravam.

— Tive uma razão específica pra vir aqui — começou. — Foi o que eu imaginei.

Ela o olhou rapidamente, tentando adivinhar se ele imaginava mais alguma coisa, mas sua expressão era indecifrável. Voltou a olhar para a copa da árvore e viu tudo borrado, quando lágrimas escaldantes encheram-lhe os olhos.

— Vim aqui porque... — Calou-se, incapaz de proferir as palavras feias e vergonhosas.

— Porque está grávida — concluiu ele por ela, sem emoção.

— Como adivinhou?

— Apenas duas coisas poderiam ter feito você vir até aqui. Essa é uma delas.

Afogando-se em solitária agonia, ela perguntou:

— Qual é a outra?

— Meu jeito soberbo de dançar?

Ele estava brincando, e essa reação inesperada foi o que fez Meredith desmoronar. As lágrimas irromperam, e ela cobriu o rosto com as mãos, enquanto soluços sacudiam-lhe o corpo. Sentiu as mãos de Matt fecharem-se em seus ombros e deixou que ele a puxasse para o meio de suas pernas, abraçando-a.

— Como pode brincar numa hora dessas? — perguntou, chorando, mas sentia-se agradecida pelo silencioso conforto daquele abraço.

Matt entregou-lhe um lenço, e ela tentou desesperadamente controlar-se.

— Vai em frente, pode falar que eu fui uma burra de deixar isso acontecer — choramingou, enxugando os olhos.

— Desiste. Não vai conseguir começar nenhuma discussão comigo — ele declarou.

— Obrigada — ela replicou em tom sarcástico, apertando o lenço contra o nariz. — Estou me sentindo muito melhor.

Então, percebeu que Matt estava reagindo com calma admirável, enquanto sua atitude só piorava a situação.

— Você tem certeza absoluta de que está grávida?

— Tenho. Fui a uma clínica, hoje de manhã, e disseram que estou grávida há seis semanas. Também tenho certeza de que o bebê é seu, caso esteja se perguntando e por educação não queira perguntar.

— Não sou tão educado assim — ele disse, ironicamente. Meredith olhou para ele, lacrimejando, afrontada pelo que entendera como um desafio, e Matt fez que não com a cabeça para silenciar sua explosão.

— Não foi por cortesia que eu não perguntei, mas porque tenho um conhecimento básico de biologia. Não duvido que eu seja o pai.

Ela tinha ficado receosa de que Matt ficasse chocado, desgostoso, que fizesse recriminações, e o fato de ele estar reagindo com lógica calculada era incrivelmente reconfortante e surpreendente. Olhando para um dos botões da camisa azul que ele vestia, enxugou uma lágrima com as costas da mão.

— O que você quer fazer, Meredith?

Aquela era a pergunta que a vinha torturando sem cessar.

— Me matar — respondeu, desanimada.

— Qual é sua segunda opção?

Ela levantou a cabeça rapidamente, percebendo, pela voz dele, que Matt sorria. Encarou-o de testa franzida, confusa, admirada com a força inquebrantável que viu em seu rosto, confortada pela inesperada compreensão que brilhava no olhar firme. Recuou ligeiramente, precisando pensar, e ficou um pouco decepcionada quando Matt soltou-a de imediato. No entanto, ele ter aceitado tudo com tanta calma fez com que ela ficasse calma e se sentisse muito mais capaz de raciocinar.

— Todas as minhas opções são horríveis. O pessoal da clínica disse que a melhor solução seria o aborto. — Fez uma pausa, à espera da reação de Matt. Se não captasse o modo como ele enrijeceu os maxilares, teria achado que ficara indiferente, ou que aprovara a ideia. Mas, de toda forma, ficou sem saber o que ele pensava. — Mas acho que eu não conseguiria passar por isso, pelo menos não sozinha — continuou, com a voz embargada, desviando o olhar. — Mesmo que fosse, acredito que depois sentiria desprezo por mim mesma. — Respirou fundo, tentando falar com mais firmeza. — Eu podia ter o bebê e dar para adoção, mas isso não resolveria o problema. Não pra mim. Ainda teria de contar a meu pai que vou ser mãe solteira; ele ficaria arrasado e nunca me perdoaria. Fico pensando em como a criança se sentiria, quando crescesse, imaginando por que sua mãe teria se livrado dela. Sei que passaria o resto da minha vida olhando pra todas as crianças, perguntando-me se uma delas era a minha, se pensava em mim e se me procurava. Acho que não conseguiria viver com as dúvidas e com o sentimento de culpa. — Enxugou outra lágrima, erguendo o olhar para o rosto impassível de Matt. — O que tem a dizer sobre tudo isso?

— Se você disser algo com que eu não concordo, eu te aviso — respondeu ele num tom autoritário que nunca usara com ela antes.

Meredith ficou surpresa, mas encorajada com aquelas palavras. Passou as palmas das mãos pelas pernas da calça cáqui, num gesto de nervosismo.

— Meu pai se divorciou da minha mãe porque ela era promíscua. Se eu voltar pra casa e contar pra ele que estou grávida, ele vai me expulsar. Não tenho dinheiro, mas quando eu completar 30 anos, vou herdar uma boa quantia. Poderia dar um jeito de criar meu bebê até esse dia chegar, e até lá...

— *Nosso* bebê — Matt corrigiu-a laconicamente.

Ela fez que sim com a cabeça, concordando, tão aliviada pelo fato de ele encarar as coisas daquela maneira que voltou a chorar.

— A última opção é uma de que você não vai gostar — anunciou.

— Eu também não gosto. É obscena e... — Ela parou de falar, cheia de angústia e humilhação, então reuniu o que lhe restava de coragem e prosseguiu apressadamente: — Matt, você concordaria em me ajudar a convencer meu pai de que nos apaixonamos e decidimos casar imediatamente? Claro que, depois que o bebê nascer, a gente pediria o divórcio. Você concordaria com um acordo como esse?

— Com grande relutância — ele respondeu em tom seco, depois de uma longa pausa.

Humilhada por sua hesitação, Meredith virou o rosto.

— Obrigada por ser tão nobre — retrucou com sarcasmo. — Estou disposta a declarar por escrito que não quero nada de você e que te darei o divórcio assim que o bebê nascer. Tenho uma caneta na bolsa — acrescentou, começando a andar na direção do carro, decidida a redigir o contrato ali mesmo, naquele momento.

Matt segurou-a pelo braço, obrigando-a a parar, e virou-a para que o encarasse.

— Como você queria que eu reagisse? — perguntou em tom agressivo. Não acha pouco romântico de sua parte dizer que acha a ideia de se casar comigo obscena e começar a falar em divórcio no mesmo instante em que falou em casamento?

— Pouco romântico? — repetiu Meredith, encarando-o atônita, sentindo o impulso de começar a rir histericamente daquela observação ridícula, mas alarmada com a raiva que ele deixara transparecer.

Então, foi atingida pelo significado das outras coisas que ele dissera, e o desejo de rir desapareceu.

— Desculpa — murmurou, fitando os enigmáticos olhos cinzentos. — Sinto muito. Não quis dizer que seria obsceno nós nos casarmos. O motivo desse casamento foi que me pareceu obsceno, porque as pessoas geralmente se casam porque se amam.

O alívio que sentiu ao ver a expressão dele suavizar-se a deixou enfraquecida.

— Se pudermos chegar ao fórum antes das 17 horas, tiraremos a licença hoje e nos casaremos no sábado — ele disse, endireitando-se, já no comando da situação.

Tirar uma licença de casamento pareceu a Meredith algo espantosamente fácil, e inexpressivo. Ela ficou ao lado de Matt e apresentou os documentos que provavam sua identidade e atestavam sua maioridade. Depois, ele assinou, e ela assinou embaixo. Saíram do fórum localizado no centro da cidade, e o atendente, extremamente impaciente, fechou depressa a porta. Estavam comprometidos. Simples assim.

— Por pouco que a gente não assina tudo hoje — ela comentou com um sorriso alegre e incerto ao mesmo tempo, sentindo o estômago se embrulhar. — Para onde vamos agora? — perguntou, entrando no carro, automaticamente deixando Matt dirigir.

— Vou te levar pra casa.

— Pra casa? — Meredith ecoou, notando que ele não ficara mais feliz do que ela pelo que acabara de acontecer. — Não posso ir pra casa antes de a gente se casar.

— Não me referi àquela fortaleza de pedra em Chicago — ele explicou, ocupando o banco do motorista. — Estava falando da minha casa.

Embora cansada e confusa, ela sorriu ao ouvir a descrição que ele fizera da casa dos Bancroft. Começava a descobrir que Matthew Farrell não se deixava impressionar ou intimidar por coisa alguma.

Virando-se, ele passou um braço pelo encosto do banco dela.

— Tiramos a licença, mas, antes de darmos o passo final, precisamos discutir algumas coisas e entrar num acordo.

— Que coisas?

— Ainda não sei. A gente conversa melhor em casa.

Quarenta e cinco minutos depois, saíram de uma estrada ladeada por bonitos campos de milho e entraram num caminho marcado por sulcos profundos. O carro sacudiu-se ao passar sobre as pranchas de uma pequena ponte embaixo da qual passava um riacho. Depois de uma curva, Meredith teve a primeira visão da casa de Matt. Em flagrante contraste com os campos de milho bem tratados, a antiga casa de madeira, precisando urgentemente de pintura, parecia abandonada. No quintal, o mato vencia a luta por espaço travada contra o gramado, e a porta do celeiro, à esquerda da casa, estava meio tombada, presa apenas por uma dobradiça. A despeito disso tudo, havia sinais de que um dia alguém amara aquele lugar e cuidara dele. Roseiras floridas subiam por uma treliça ao lado do alpendre, e um velho balanço pendia de um dos galhos de um carvalho enorme.

No caminho, Matt contara-lhe que a mãe falecera sete anos antes, depois de uma longa batalha contra o câncer, e que ele morava na casa com o pai e a irmã de 16 anos. Dominada pelo nervosismo que a ideia de conhecer a família dele lhe causava, Meredith apontou para a direita, onde um homem dirigia um trator através de um campo.

— Aquele é seu pai?

Matt, que se preparava para abrir a porta do carro para ela, parou e olhou na direção indicada.

— Não. É um vizinho. Vendemos a maior parte de nossas terras, anos atrás, e arrendamos o resto. Meu pai perdeu o pouco interesse que tinha pela lavoura depois que a minha mãe morreu.

Quando subiam os degraus para o alpendre, ele percebeu a tensão de Meredith, porque a pegou com delicadeza pelo braço e perguntou:

— O que é?

— Estou morrendo de medo de encarar a sua família. — Não precisa ter medo — declarou Matt. — Minha irmã vai achar você interessante e sofisticada, porque é da cidade grande. — Depois de uma breve hesitação, acrescentou: — Meu pai bebe, Meredith. Começou quando falaram que a doença da minha mãe era terminal. Mas ele tem emprego fixo e nunca fica violento. Estou te contando isso pra que entenda e consiga relevar o fato. Faz dois meses que ele se mantém sóbrio, mas isso pode acabar a qualquer momento.

— Eu entendo — ela afirmou, embora nunca houvesse convivido com um alcoólatra e não fizesse a mínima ideia de como isso devia ser.

Não teve tempo de pensar mais sobre o assunto porque naquele momento a porta de tela abriu-se impetuosamente e uma garota esbelta, com os mesmos cabelos escuros e olhos cinzentos de Matt, correu para a varanda, fixando o olhar no carro.

— Ai, meu Deus, Matt! É um Porsche! — exclamou a mocinha bonita, de cabelos quase tão curtos quanto os dele, antes de virar-se para Meredith: — É seu?

— É — respondeu Meredith, espantada ao perceber que gostara instantaneamente da garota que se parecia tanto com Matt, embora não tivesse nada de sua reserva.

— Você deve ser muito, muito rica! A Laura Frederickson é muito rica, mas nunca teve um Porsche.

Meredith ficou espantada com tantas referências a dinheiro e curiosa a respeito de Laura Frederickson, e Matt mostrou-se aborrecido com a tagarelice da irmã.

— Chega, Julie — ordenou.

— Desculpe — disse ela, sorrindo para ele, antes de dirigir-se a Meredith: — Oi, sou Julie, a irmã mal-educada de Matt. Vocês vão entrar? — Abriu a porta de tela, que se fechara, e olhou para o irmão, informando: — Papai acabou de levantar. Ele está no turno das onze da noite, então o jantar vai ser às sete e meia. Está bem assim?

— Está ótimo — respondeu Matt, pondo a mão nas costas de Meredith e guiando-a para dentro.

Ela olhou em volta, com o coração aos saltos, preparando-se para conhecer o sr. Farrell. A casa, por dentro, era quase tão esquisita como por fora, com sinais de negligência que anulavam o encanto que poderia ter uma residência naquele estilo colonial. As tábuas do piso estavam bem arranhadas, e os tapetes de retalhos trançados, puídos e desbotados. Diante da lareira de tijolos, ladeada por estantes de livros embutidas na parede, havia duas poltronas verdes e um sofá cujo tecido estampado um dia exibira coloridas folhas de outono. Na sala de jantar, logo depois da de estar, a mobília era de madeira boa, e dali via-se a cozinha por uma porta aberta. À direita da sala de jantar, ficava a escada para o segundo andar, e um homem muito alto e magro, de cabelos grisalhos e rosto enrugado, vinha descendo os degraus. Tinha um jornal dobrado em uma das mãos e um copo cheio de um líquido cor de âmbar na outra. Meredith viu-o de repente e não conseguiu esconder o constrangimento que sentiu quando ela olhou para o copo.

— O que está acontecendo? — ele perguntou, olhando para cada um ao passar para a sala de estar.

Julie não lhe deu atenção, disfarçadamente admirando a calça de pregas de Meredith, as sandálias italianas e a blusa cáqui de modelo safári. Matt então apresentou Meredith a ele e à irmã.

— Eu e Meredith nos conhecemos quando eu estive em Chicago — explicou. — Vamos nos casar no sábado — completou.

— Vocês vão o queeê? — o pai perguntou.

— Que legal! — Julie gritou, animada, chamando a atenção dos três. — Eu sempre quis ter uma irmã mais velha, mas nunca imaginei que ela fosse chegar no seu próprio Porsche!

— Seu próprio o quê? — indagou Patrick Farrell, olhando para sua exuberante filha.

— Porsche — repetiu Julie, parecendo em êxtase, correndo até a janela e abrindo a cortina para que ele o visse.

O carro brilhava ao sol, elegante, branco, muito caro, completamente deslocado, como ela. Patrick Farrell obviamente também pensava assim, porque olhou do carro para Meredith, franzindo tanto as sobrancelhas abundantes que as rugas da testa e ao redor dos olhos azuis transformaram-se em sulcos profundos.

— Vocês se conheceram em Chicago? — Olhou para Matt. — Mas você só esteve lá durante por alguns dias!

— Amor à primeira vista! — cantarolou Julie, evitando um desconfortável silêncio. — Que romântico!

Patrick Farrell olhou mais uma vez para o carro e de novo para Meredith, que se mantinha imóvel.

— Amor à primeira vista... — repetiu, com indisfarçável dúvida. — Foi isso mesmo?

— Obviamente — respondeu Matt, num tom que indicava para mudarem de assunto.

Depois ele salvou Meredith, perguntando-lhe se gostaria de descansar um pouco antes do jantar. Ela aceitou a sugestão; ela teria se agarrado a arame farpado para escapar daquela situação. O confronto com Matt para contar-lhe que estava grávida tinha sido o mais humilhante em sua vida, mas aquele, com o pai dele, já estava em segundo lugar. Julie disse que ela podia usar seu quarto, e Matt saiu para buscar a mala no carro. Pouco depois, Meredith sentava-se na cama de quatro colunas.

— O pior já passou — Matt comentou, pondo a bagagem numa cadeira.

Ela não olhou para ele, torcendo as mãos no colo.

— Acho que não — respondeu. — Acho que está só começando. Seu pai me odiou assim que me viu — declarou, falando do menor de seus problemas.

— Teria ajudado se você não olhasse pro copo de chá gelado como se estivesse vendo uma cobra armando o bote — ele observou em tom de riso.

Caindo de costas na cama, Meredith olhou para o teto, confusa e envergonhada.

— Eu fiz isso? — gemeu, fechando os olhos como que para afastar a imagem desagradável.

Matt olhou-a. Estendida na cama e completamente deprimida, parecia uma flor murcha. Ele se lembrou de como a vira no clube, seis semanas antes, risonha e cheia de malicia, fazendo tudo o que podia para diverti-lo. Notou as mudanças que haviam ocorrido, e algo estranho, que nunca sentira antes, apertou-lhe o coração, enquanto a mente apontava para os absurdos do drama enfrentado pelos dois.

Eles não se conheciam, mas se conheciam intimamente.

Em comparação com todas as outras mulheres com quem ele fizera sexo, Meredith era inocente, mas estava grávida de um filho seu.

O abismo social entre os dois tinha quilômetros de altura, e eles iriam construir uma ponte por intermédio do casamento. Depois, destruiriam a ponte, divorciando-se.

Não tinham nada, absolutamente nada em comum, a não ser uma inesperada noite de amor, durante a qual a virgem mostrara-se uma insistente sedutora, uma amante deliciosa. Uma inesquecível noite de amor, cuja lembrança o perseguira sem cessar, uma noite em que se deixara seduzir e seduzira, ansioso como nunca estivera na vida, com mulher alguma, para dar a ambos um clímax que jamais esqueceriam.

E ele havia conseguido isso. E, graças à sua determinação de alcançar seu objetivo, transformara-se em pai.

Uma mulher e um filho não faziam parte de seus planos, mas ele sempre soubera, desde quando os traçara e começara a colocá-los em prática, dez longos anos atrás, que algo aconteceria, e que ele seria obrigado a fazer modificações para adaptá-los a novos requisitos. Aquela responsabilidade por Meredith e pelo bebê chegara num momento inoportuno, mas ele estava acostumado a cumprir obrigações pesadíssimas. Não, a responsabilidade não o perturbava tanto quanto outras coisas, uma das quais era a ausência de esperança e alegria no rosto de Meredith. Ele achou que seria horrível se, por causa do que acontecera um mês e meio atrás, Meredith nunca mais voltasse a rir.

Foi por isso que se debruçou sobre ela, apoiando as mãos na cama.

— Anime-se, bela adormecida! — ordenou em tom de brincadeira. Ela abriu os olhos e os semicerrou, fixando-os no sorriso dele, depois nos olhos cinzentos, aflita e confusa.

— Não consigo — murmurou com voz rouca. — Tudo isso parece uma loucura. As coisas só vão piorar, pra gente e pro bebê, se a gente se casar.

— Por que diz isso?

— Por quê? — ela repetiu, corando de humilhação. — Como pode perguntar por quê? Meu Deus, você não me convidou pra sair depois daquela noite. Não telefonou! Como...

— Eu pretendia convidá-la — ele a interrompeu. — Daqui a um ano ou dois, quando voltasse da América do Sul.

Meredith teria rido com desprezo se não estivesse tão infeliz, mas as palavras que ele disse a seguir deixaram-na perplexa.

— Se eu tivesse imaginado, por um instante, que você realmente queria falar comigo, teria ligado há muito tempo.

Dividida entre a descrença e uma dolorosa esperança, ela fechou os olhos, tentando inutilmente entender suas violentas e emaranhadas emoções. Tudo o que sentia era exagerado: desespero, alívio, esperança, alegria.

— Anime-se! — ele tornou a ordenar, estranhamente contente por saber que Meredith teria gostado de tê-lo visto outra vez.

Presumira que ela, à luz do dia, avaliaria a situação, concluindo que, pelo fato de ele não ter dinheiro, nem posição de destaque na sociedade, qualquer relacionamento entre os dois seria impossível. Mas era evidente que isso não havia acontecido.

Meredith respirou fundo.

— Você vai ficar implicante, é? — perguntou, com um sorriso trêmulo, e só então Matt percebeu que ela estava lutando bravamente para sair da apatia.

— Acho que essa fala é minha — replicou ele.

— É? Por quê?

— Esposas é que implicam.

— E maridos?

— Maridos dão ordens — respondeu ele, assumindo um ar de superioridade.

— Quer fazer uma aposta? — ela propôs com um sorriso angelical e a voz doce.

Matt desviou o olhar dos lábios dela e fitou os olhos azuis, que brilhavam como joias.

— Não — respondeu com honestidade.

Matt podia esperar tudo, menos o que aconteceu. Culpou-se, quando viu que, em vez de se animar, Meredith começava a chorar, abraçando-o e puxando-o para baixo. Deitou-se também, deixando-a virar-se e aninhar-se em seus braços, chorando tanto que seus ombros tremiam.

— Uma esposa de fazendeiro precisa preparar conservas de legumes e fazer picles? — perguntou ela alguns minutos depois, de modo quase incompreensível por causa das lágrimas.

Matt reprimiu uma risada de surpresa, acariciando-lhe os cabelos.

— Não.

— Que bom, porque não sei fazer essas coisas!

— Eu não sou fazendeiro, e você sabe disso.

— Eu ia começar o curso na universidade no mês que vem. — A causa real da angústia que ela sentia escapou entre soluços de profundo sofrimento. — *Preciso* estudar! Decidi que vou ser presidente, um dia.

Atônito, Matt baixou a cabeça, tentando ver o rosto dela.

— Um objetivo difícil pra caramba — comentou. — Ser presidente dos Estados Unidos é...

Uma risadinha chorosa interrompeu o que ele ia dizer.

— Não dos Estados Unidos! — Meredith o corrigiu, erguendo para ele os lindos olhos, onde havia riso, não mais desespero. — De uma empresa!

— Graças a Deus! — Matt exclamou, tão ansioso por mantê-la alegre que nem se deu conta das implicações de sua brincadeira. — Pretendo ser um homem rico, daqui a alguns anos, mas comprar-lhe a presidência da nação talvez não esteja a meu alcance.

— Obrigada — ela murmurou.

— Pelo quê?

— Por me fazer rir. Eu nunca tinha chorado tanto, desde que era pequenininha. Agora, parece que eu nunca mais vou conseguir parar.

— Espero que não tenha achado engraçado meu plano de enriquecer.

A despeito de seu tom brincalhão, Meredith sentiu que ele estava falando sério. Viu determinação no maxilar quadrado, inteligência e experiência arduamente adquirida nos olhos cinzentos. A vida não havia dado a Matt nenhuma das vantagens que oferecia aos homens da classe dela, mas era evidente que ele possuía uma espécie rara de força combinada com um indomável desejo de vencer. E havia mais. Apesar do jeito arbitrário e do leve cinismo que ela percebera nele, Matt era capaz de ser gentil. Seu comportamento naquele dia era prova disso. A gravidez e o casamento apressado deviam ser tão desastrosos para a vida dele como eram para a dela. No entanto, em nenhum momento ele a criticara por ter sido estúpida e descuidada, nem a mandara para o inferno, quando ouvira sua proposta de casamento, como seria de esperar.

Vendo o modo como Meredith o observava, Matt soube que ela estava avaliando suas chances de concretizar seu projeto de se tornar rico, e com certeza achava seus planos absurdos, considerando sua verdadeira situação. Na noite em que se haviam conhecido, ele tinha a aparência de um homem próspero, mas agora ela o via como realmente era. Encontrara-o com a cabeça embaixo de um capô de caminhão, sujo de graxa, e ele notara sua rápida expressão de choque e repugnância.

Ali na cama, olhando o lindo rosto, ficou esperando que ela começasse a rir de sua pretensão. Talvez não fizesse isso, porque sua esmerada educação não lhe permitiria rir na sua frente, mas diria algo condescendente, e os magníficos olhos azuis revelariam seus verdadeiros pensamentos.

— Está planejando pôr fogo no mundo, é? — desse Meredith por fim, em tom suave e pensativo, sorrindo.

— Usando uma tocha — ele complementou.

Para total surpresa de Matt, ela levantou a mão e pousou-a em seu queixo tenso, estendendo os dedos para afagar-lhe o rosto. O sorriso que havia em seus lábios brilhava nos olhos também.

— Tenho certeza de que você vai conseguir, Matt.

Ele abriu a boca para dizer alguma coisa, mas não conseguiu falar. O contato da mão dela, a proximidade do corpo esbelto e a expressão dos olhos azuis pareciam estar drogando-o, anuviando-lhe a mente. A louca atração que sentira por Meredith, seis semanas antes, voltou a explodir de maneira irresistível, obrigando-o a inclinar-se e apossar-se da boca tentadora com sofreguidão. Ele devorou a doçura daqueles lábios, perplexo com a própria ânsia e também de ver que ela não o repelia. Quando Meredith entreabriu a boca para deixá-lo aprofundar o beijo e começou a movê-la em retribuição, Matt assustou-se com a sensação de triunfo que experimentou. O bom senso desapareceu, e ele desceu o corpo já rijo de desejo sobre o dela. Quase gemeu de frustração quando as mãos delicadas pousaram em seu peito, empurrando-o.

— Seu pai e sua irmã estão lá embaixo — ela murmurou, ofegante.

Com relutância, Matt retirou a mão do seio que desnudara. Havia se esquecido de onde estavam, da família, de tudo. No primeiro andar, certamente o pai já tinha entendido o motivo do casamento precipitado e tirara conclusões equivocadas sobre Meredith, julgando-a uma vagabunda rica. Matt precisava descer e esclarecer as coisas. Não precisava reforçar a opinião do pai ao ficar no quarto sozinho com ela. Estava chocado com sua falta de controle no que se referia a Meredith. Ele não tinha pensado numa lenta e deliciosa troca de carícias, mas em possuí-la de forma completa e rápida. Isso era inédito.

Erguendo a cabeça, respirou fundo e pulou fora da cama, afastando-se da tentação. Encostado numa das colunas, ficou olhando Meredith sentar-se, olhar nervosamente para ele e arrumar as roupas. Sorriu quando ela castamente cobriu o seio.

— Correndo o risco de parecer impulsivo demais, estou começando a acreditar que um casamento de aparência vai ser impraticável — comentou em tom casual. — É evidente que sentimos forte atração sexual um pelo outro. Até já fizemos um bebê! Talvez devamos levar em consideração a hipótese de vivermos realmente como casados. — Deu de ombros, com um leve sorriso. — Talvez possamos gostar.

Meredith não ficaria mais surpresa se ele criasse asas e começasse a voar pelo quarto. Então, percebeu que fora apenas uma ideia, não uma sugestão. Ficou entre o ressentimento, a gratidão e um tipo estranho de prazer, refletindo que pelo menos ele externara essa ideia.

— Não temos pressa — continuou Matt com um sorriso travesso, desencostando-se da coluna da cama. — Temos alguns dias pra pensar e tomar uma decisão.

Quando ele saiu, Meredith ficou olhando para a porta fechada, incrédula com a rapidez com que aquele homem tirava conclusões, dava ordens e mudava o rumo das coisas. Matt Farrell tinha muitas facetas diferentes e surpreendentes, ficava difícil distinguir o que realmente era. Na noite em que o conheceu, ela percebeu sua aspereza, mas na mesma noite ele riu de suas brincadeiras, falou de si mesmo, beijou-a até deixá-la tonta e fez amor com ela, apaixonadamente e com ternura. Mesmo assim, parecia que a gentileza com que a tratava quase sempre não era um costume, e que ele não devia ser subestimado. Com mais intensidade ainda, Meredith sentia que, independente do que ele escolhesse fazer no resto de sua vida, algum dia teria um poder que não poderia ser ignorado. Adormeceu imaginando que esse dia já chegara.

Meredith não sabia o que Matt dissera ao pai, antes de ela descer para o jantar, mas o fato era que Patrick Farrell parecia ter aceitado que os dois iriam se casar. Apesar disso, foi a tagarelice incessante de Julie que impediu a refeição de tornar-se uma provação para ela. Matt ficou silencioso e pensativo durante a maior parte do tempo, embora parecesse dominar a sala e a conversação, simplesmente por estar presente e ouvir o que era dito.

Patrick Farrell, que devia ser o chefe da casa, obviamente abdicara em favor do filho. O homem magro, calado, que trazia no rosto as marcas da tragédia e do desregramento, passava para Matt a tarefa de responder, sempre que surgia uma pergunta sobre quem deveria fazer o quê. Meredith achava-o digno de pena e também um tanto assustador quando lembrava que ele não gostava dela.

Julie, que aparentemente havia aceitado de boa vontade o papel de cozinheira e governanta dos dois homens, era esfuziante. Cada um de seus pensamentos saía-lhe dos lábios numa torrente de palavras entusiasmadas. Sua adoração por Matt era evidente e irrestrita. Ela se levantava para ir buscar café para ele, fazia-lhe perguntas e ouvia suas respostas como se fosse o próprio Deus que estivesse dando uma opinião. Meredith, que tentava desesperadamente não pensar nos próprios problemas, se perguntava como a garota conseguia manter o entusiasmo e o otimismo num lugar como aquele. Dava a impressão de ser muito inteligente, e era estranho pensar que talvez preferisse cuidar do pai e de Matt a preparar-se para ter uma profissão. Imersa em seus pensamentos, Meredith demorou para perceber que Julie falava com ela.

— Tem uma loja de departamento chamada Bancroft's, em Chicago — comentou a mocinha. — Eu vejo anúncios na *Seventeen*, às vezes, mas mais na *Vogue*. Foi nessa loja, que tem coisas maravilhosas, que o Matt comprou uma echarpe de seda pra mim. Você faz compras lá?

Meredith fez que sim com a cabeça, seu sorriso aquecendo-se à menção do estabelecimento de sua família, mas não disse nada. Não tivera tempo de contar a Matt que seu pai era presidente da Bancroft & Company, e Patrick já reagira tão mal a ela que ela preferia não fazer isso ali. Infelizmente, Julie não lhe deixou escolha.

— Você é parenta dos Bancroft da loja?

— Sou.

— Parentesco próximo?

— Muito próximo — respondeu Meredith, sem poder deixar de achar graça no brilho de excitação que viu nos grandes olhos cinzentos de Julie.

— Como assim? — insistiu ela, pousando o garfo. Meredith viu Matt parar o movimento de levar a xícara de café à boca, a encarando, e Patrick reclinar-se na cadeira, olhando-a carrancudo. Suspirou, admitindo a derrota.

— Meu trisavô fundou a loja.

— Sério?! Que irado! — exclamou Julie. — Sabe o que meu tataravô fez?

— Não. O quê? — perguntou Meredith, tão contagiada pela animação da jovem que nem olhou para Matt para ver sua reação.

— Ele era da Irlanda, veio pra cá como imigrante e começou uma criação de gado — Julie contou, levantando-se e começando a tirar a louça da mesa.

Meredith sorriu e também se levantou para ajudá-la.

— O meu foi ladrão de cavalos — informou.

Os dois homens pegaram suas xícaras de café e dirigiram-se à sala de estar.

— Seu tataravô foi mesmo ladrão de cavalos? — perguntou Julie, enchendo a pia com água. — Tem certeza?

— Absoluta. Foi enforcado por isso — assegurou-lhe Meredith, recusando-se a olhar para trás e ver Matt afastar-se.

Começou a trabalhar junto com Julie num silêncio amigável.

— Papai está fazendo turnos duplos essa semana — Julie informou, depois de alguns minutos. — Vou estudar na casa de uma amiga e passar a noite lá, mas estarei aqui de manhã, a tempo de preparar o café.

Pensando no que a garota dissera sobre estudar, Meredith não se deu conta de que ela e Matt passariam a noite sozinhos.

— Você vai estudar? Mas estamos nas férias de verão! — comentou.

— Estou frequentando o curso de férias para poder me formar em dezembro, dois dias depois de completar 17 anos.

— Muito jovem para acabar o colegial.

— Matt tinha 16.

— É? — Meredith imaginou qual seria a qualidade de ensino numa escola rural que deixava os alunos formarem-se tão cedo. — O que você vai fazer depois?

— Vou pra universidade. Quero me formar em uma das ciências, mas ainda não decidi qual. Talvez biologia.

— É?

— É — confirmou Julie com orgulho. — Ganhei uma bolsa de estudos integral. Matt ainda não foi embora de casa porque queria ter certeza de que eu ficaria bem sozinha. Foi bom, porque assim, enquanto esperava que eu crescesse, fez mestrado em administração de empresas. Teria de continuar em Edmunton do mesmo jeito, trabalhando pra pagar as dívidas que fizemos durante o tempo que a mamãe ficou no hospital.

Meredith voltou para encará-la.

— Matt fez o quê, enquanto esperava você crescer?

— Mestrado, pós-graduação, sacou? Em administração de empresas — Julie explicou. — Matt tirou dois diplomas universitários: economia e administração de empresas. Inteligência é uma marca de família — acrescentou, depois observou o espanto de Meredith e parou de falar por um instante, antes de continuar de modo hesitante: — Você não sabe nada a respeito de Matt, não é?

Só sei como ele beija e como faz amor, pensou Meredith, envergonhada.

— Quase nada — confessou num fio de voz.

— Não culpo você. A maioria das pessoas acha difícil conhecer o Matt direito, e vocês dois passaram só dois dias juntos, não é?

Aquilo soou tão frívolo aos ouvidos de Meredith que ela virou o rosto, incapaz de encarar a outra jovem. Pegou uma caneca e começou a enxugá-la.

— Não é motivo pra se envergonhar — declarou Julie. — Você estar grávida não faz nenhuma diferença pra mim.

Meredith deixou cair a caneca, que bateu na bancada e rolou para baixo da pia.

— Não faz não — insistiu Julie, curvando-se e pegando a caneca.

— Matt disse que estou grávida, ou você adivinhou?

— Eu já tinha meio que sacado, mas escutei quando ele contou pro papai.

— Que ótimo! — ironizou Meredith, querendo se enfiar num buraco.

— Achei muito bom. Até eu ouvir o Matt contar a papai tudo a seu respeito, eu achava que era a última garota ainda virgem aos 16 anos.

Meredith fechou os olhos, um pouco tonta com aquela conversa reveladora e a raiva que sentia por Matt ter feito tantas confidências ao pai.

— Os dois tiveram uma grande sessão de fofocas — comentou com amargura.

— Não foram fofocas! — protestou Julie. — Matt só acertou as coisas, fazendo papai ver que tipo de moça você é — continuou, e Meredith sentiu-se infinitamente melhor. — Trinta e oito garotas, das duzentas da minha série na escola, estão grávidas. Nunca precisei me preocupar com isso, porque os rapazes têm medo até de me beijar.

— Por quê?

— Todos os rapazes de Edmunton sabem que Matt é meu irmão e o que faria com eles se tentassem alguma coisa comigo. — Então, acrescentou com um suspiro engraçado: — Quando se trata de proteger a "virtude" de uma mulher, Matt funciona como um cinto de castidade.

— Não sei por quê, mas não concordo — observou Meredith, antes de poder conter-se.

Pegou-se rindo quando Julie deu uma gargalhada.

Foram para a sala de estar, e Meredith preparou-se para duas horas constrangedoras diante da televisão, mas Julie, mais uma vez, mudou a situação.

— O que vamos fazer? — perguntou, olhando para Matt e depois para Meredith. — Querem jogar alguma coisa? Cartas? Não. O que acham de algo bem idiota? — Virou-se para uma das estantes e correu o dedo por uma pilha de caixas de jogos. — Já sei! Banco Imobiliário!

— Não quero jogar — declarou Patrick. — Prefiro assistir a esse filme.

Matt não estava com vontade de jogar nada, muito menos Banco Imobiliário, e ia convidar Meredith para uma caminhada quando lhe ocorreu que ela talvez não suportasse mais tanta tensão, que era o que uma conversa a sós indubitavelmente acarretaria. Além disso, ela parecia ficar bastante à vontade com Julie. Pensando assim, optou pelo jogo, tentando ficar animado, e olhou para Meredith, que não dava a impressão de estar muito animada, mas que também aceitou a sugestão.

Duas horas depois, foi obrigado a admitir que estava se divertindo muito. O jogo havia se transformado numa verdadeira pantomima, na qual as duas moças faziam de tudo para derrotá-lo, recorrendo até à trapaça, e a irmã chegara até a roubar um pouco do dinheiro que ele ganhara. Meredith, por sua vez, começara a apresentar razões absurdas para não pagar o que lhe devia.

— Nem vem — ele avisou, quando a viu pôr uma ficha numa das propriedades que ele comprara. — Você está me devendo 1.400 dólares por essa.

— Não estou, não — ela negou com um sorriso maldoso, apontando para os hotéis de plástico que ele tinha colocado numa parte do tabuleiro, afastando um deles com a ponta do dedo. — Isso é invasão de propriedade. Você construiu no meu território, então você está me devendo.

— Você vai ver o que é "invasão de propriedade" se não me pagar o que deve — ele ameaçou com uma risada. Rindo também, Meredith virou-se para Julie:

— Tenho só mil dólares. Pode me emprestar o resto?

— Posso! — respondeu a garota, embora já houvesse gasto todo seu dinheiro.

Pegou várias "notas" de 500 da pilha de Matt e entregou-as a Meredith, que, mesmo assim, foi obrigada a admitir a derrota, minutos mais tarde.

Julie foi pegar os livros, e Meredith guardou as peças do jogo na caixa, pondo-a na estante.

Patrick levantou-se da poltrona.

— Deixou a caminhonete na oficina? — perguntou ao filho.

Matt respondeu que deixara, mas que iria buscá-la pela manhã, e Patrick, que durante todo o jogo ficara observando Meredith, virou-se para ela com um sorriso incerto.

— Boa noite, Meredith.

Matt levantou-se também e perguntou a ela se gostaria de dar um passeio.

— Gostaria, sim — Meredith aceitou, contente com a oportunidade de escapar da provação de ficar deitada na cama, sem dormir, preocupando-se.

Lá fora, a brisa noturna estava agradável, e o luar traçava uma trilha luminosa no pátio. Haviam descido as escadas do alpendre quando Julie saiu da casa, com um suéter nos ombros e os livros debaixo do braço.

— Até amanhã — ela se despediu, acrescentando: — Joelle vai me pegar na entrada da alameda. Vou estudar na casa dela.

Matt olhou para a irmã, franzindo o cenho.

— Vai lá às 10 da noite?

A menina parou, apoiando a mão livre no corrimão da escada, e fitou-o com um sorriso exasperado.

— Ah, Matt! — exclamou, revirando os olhos.

— Mande lembranças a Joelle — disse ele, por fim.

Julie desceu os degraus e correu na direção da luz dos faróis de um carro no fim da alameda de cascalho, e Matt voltou-se para Meredith:

— Como você sabe de coisas como invasão de propriedade e violação de território? — indagou.

Inclinando a cabeça para trás, ela olhou para a lua, que parecia um disco de metal no céu.

— Meu pai sempre conversou comigo sobre negócios. Quando construímos nossa filial no subúrbio, tivemos uma questão de território e outro envolvendo invasão de propriedade, quando o construtor pavimentou o pátio de um estacionamento.

Ela fez uma pausa e arrancou uma folha da árvore, sob a qual estavam parados, decidindo fazer a pergunta que a vinha perturbando havia mais de duas horas.

— Julie me disse que você fez mestrado em administração de empresas. Por que deixou que eu pensasse que era um metalúrgico comum e que ia para a Venezuela tentar a sorte no trabalho com petróleo?

— O que te faz pensar que metalúrgicos são pessoas comuns, e que mestres em alguma área são especiais?

Meredith percebeu a leve censura em sua voz e ressentiu-se.

— Acha que sou esnobe? — quis saber, encostando-se no tronco da árvore.

— Você é? — ele perguntou, pondo as mãos nos bolsos e a encarando.

— Eu... — Ela hesitou, observando as feições fortes onde as sombras brincavam, tentada a dizer tudo o que achava que Matt desejava ouvir, mas se conteve. — Talvez eu seja.

Ele devia ter captado o tom de desgosto em sua voz, porque sorriu de um modo que fez seu coração bater mais forte.

— Duvido, Meredith.

Duas simples palavras, mas que tiveram o poder de deixá-la imensamente satisfeita.

— Duvida, por quê?

— Porque quem é esnobe não se preocupa em saber se é, ou não. Agora, respondendo à sua pergunta, não falei nada sobre a minha pós-graduação porque isso não significa nada, pelo menos, não até que eu coloque em prática o que eu aprendi. Tudo o que tenho é uma porção de ideias e projetos que podem não funcionar do jeito que espero.

Julie havia dito que muitas pessoas achavam difícil conhecer Matt, e Meredith só podia concordar. No entanto, havia momentos, como aquele, em que ela se sentia tão sintonizada com ele que era quase possível ler sua a mente.

— Eu também acho que você me deixou pensar que era só um metalúrgico porque desejava ver se isso fazia diferença pra mim. Foi um... um teste, não?

Ele deu uma risadinha surpresa.

— Acho que foi, sim. Mas pode ser que eu nunca venha a ser outra coisa.

— Mas você trocou as usinas de aço por poços de petróleo — ela o provocou, rindo. — Porque queria um trabalho mais charmoso, talvez.

Com esforço, Matt venceu o impulso de tomá-la nos braços e abafar sua risada com um beijo. Meredith era jovem demais e mimada, e ele iria para um país estrangeiro, onde muitas necessidades básicas seriam consideradas luxo. O desejo repentino de levá-la com ele para a Venezuela era simplesmente insano. Por outro lado, ela havia se mostrado corajosa, meiga, e estava grávida de um filho dele. Talvez a ideia não fosse tão doida, no fim das contas. Matt olhou a lua, tentando ignorar esse pensamento, mas viu que era incapaz.

— Meredith, muitos casais levam meses se conhecendo, antes de casar — começou, decidido a fazer uma sugestão que talvez o ajudasse a decidir. — Nós dois temos apenas dias até nosso casamento, e em menos de uma semana eu vou para outro país. Acha que podemos fazer caber alguns meses em poucos dias?

— Acho que sim — ela respondeu, surpresa com o tom intenso da voz dele.

— Ótimo — Matt murmurou, confuso, não sabendo como continuar, como se não estivesse esperando aquela resposta positiva. — O que você gostaria de saber sobre mim?

Engolindo uma risada de surpresa e constrangimento, ela o olhou, hesitante, até que lhe ocorreu que ele poderia estar se referindo a perguntas sobre genética, já que era o pai de seu bebê.

— Está se perguntando se quero saber se tem casos de insanidade mental em sua família, se você tem ficha na polícia, coisas assim?

Matt reprimiu uma gargalhada diante daquilo.

— Nunca houve loucos na família, e não tenho ficha na polícia — informou com forçada gravidade. — E você?

— Digo o mesmo — ela respondeu solenemente.

Então, ele viu riso nos olhos dela e, pela segunda vez, precisou conter-se para não abraçá-la.

— Agora é sua vez de perguntar — Meredith concedeu. — O que deseja saber?

— Só uma coisa. Você é tão meiga quanto eu acho que é?

— Talvez não.

Ele sorriu, porque estava quase certo de que ela mentiu na resposta.

— Vamos andar, antes que eu me esqueça o que foi que viemos fazer aqui fora. E, em nome da honestidade, devo dizer que acabei de me lembrar que já passei pela polícia, sim.

Haviam começado a caminhar pela alameda que se encurvava na direção da estrada, e Meredith parou e virou-se para fitá-lo.

— Fui preso duas vezes, quando tinha 19 anos — ele contou.

— Por quê?

— Por brigas. "Arruaças" talvez fosse uma palavra melhor. Antes da minha mãe morrer, enfiei na cabeça que, se ela tivesse os melhores médicos, os melhores hospitais, talvez se curasse. Conseguimos o melhor pra ela, meu pai e eu. Quando o seguro expirou, vendemos o equipamento agrícola e tudo o mais de que podíamos abrir mão, pra pagar as contas. Ela morreu, apesar de todos nossos esforços — Matt explicou, não deixando transparecer emoção. — Meu pai agarrou--se à bebida, e eu procurei alguma outra coisa. Durante meses, senti necessidade de brigar e, como não podia pôr as mãos em Deus, em quem minha mãe tinha tanta fé, contentei em pegar os mortais que me desafiassem. Em Edmunton, não é difícil arranjar uma briga.

Fez uma pausa, sorrindo, e só então percebeu que estava contando a uma garota de 18 anos o que nunca contara a ninguém, admitindo fatos que nunca admitira. E a garota de 18 anos olhava para ele com tranquila compreensão, própria de uma pessoa mais amadurecida.

— Os tiras interromperam duas dessas brigas e prenderam todos os envolvidos — prosseguiu. — Não foi nada grave e não tem registro em lugar nenhum, a não ser na delegacia de Edmunton.

— Você devia amar muito a sua mãe — comentou Meredith, emocionada. Mas, percebendo que pisava em terreno perigoso, acrescentou:

— Não conheci a minha. Ela foi para a Itália depois que se divorciou de meu pai. Acho que tive sorte, não acha? Seria pior se convivesse com ela durante anos e depois a perdesse.

Matt captou-lhe a intenção e não ridicularizou seu esforço.

— Você é muito fofa — declarou. Então, livrou-se do estado de ânimo sombrio e disse: — Tenho um gosto excelente, no que se refere a mulheres.

Meredith riu e amou quando ele rodeou-lhe a cintura com um braço, no momento em que recomeçaram a andar.

— Você já foi casado?

— Não. E você? — Matt brincou.

— Sabe muito bem que não e que nunca... — Ela parou de falar, acanhada.

— Sei, sim — ele confirmou. — O que eu não entendo é como você, tão bonita, pôde chegar aos 18 anos sem entregar sua virgindade a algum mauricinho do curso colegial.

— Não gosto de mauricinhos — Meredith informou, olhando para ele com surpresa. — Mas sabia que eu nunca havia percebido isso?

Matt sentiu-se imensamente satisfeito, pois de forma alguma ele se encaixava naquela categoria. Esperou que Meredith dissesse mais alguma coisa, mas ela continuou calada.

— E essa é sua resposta?

— É. Uma parte. A verdade é que eu era tão feia, até os 16 anos, que garoto nenhum queria se aproximar de mim. Quando fiquei menos feia, estava com tanta raiva deles por terem me ignorado que formei uma opinião nada favorável a respeito deles.

Matt observou o rosto lindo, a boca tentadora, os olhos brilhantes, e sorriu.

— Você era mesmo feia?

— Se tivermos uma menina, seria muito melhor se ela se parecesse mais com você, quando for adolescente.

A gargalhada de Matt explodiu no ar silencioso, e ele a puxou para seus braços. Rindo, afundou o rosto nos cabelos perfumados, surpreso com a ternura que o invadia ao pensar que ela fora ou se julgara feia, emocionado porque ela havia confiado nele, e enlevado porque... Recusou-se a tentar descobrir o motivo. Tudo o que importava era que Meredith também estava rindo e que o abraçara pela cintura.

— Tenho um gosto *raro* no que diz respeito a mulheres — cochichou, esfregando o queixo no alto da cabeça de Meredith.

— Não pensaria assim se me visse há dois anos — ela comentou, rindo outra vez e inclinando-se para trás a fim de encará-lo.

— Sou um homem de visão — ele afirmou. — Pensaria do mesmo jeito, mesmo naquela época.

Passada uma hora, os dois estavam sentados nas escadas do alpendre, virados de frente um para o outro, as costas apoiadas nas bases do corrimão. Matt, um degrau acima, estendera as pernas à sua frente, e Meredith puxara os joelhos para cima, abraçando-os contra o peito. Não estavam mais fazendo um esforço consciente para se conhecerem só porque Meredith estava grávida e precisavam se casar. Eram apenas um casal sentado fora de casa numa noite de fim de verão, apreciando o fato de estarem juntos.

Recostando a cabeça no corrimão, Meredith semicerrou os olhos e ficou ouvindo um grilo que cricrilava ali perto.

— No que você está pensando? — Matt quis saber.

— Que logo estaremos no outono — ela respondeu, olhando para ele. — Minha estação favorita. Superestimam a primavera, quando chove muito e as árvores ainda estão despidas. O inverno se arrasta, o verão é agradável, mas é sempre a mesma coisa. O outono é diferente. Me diz, tem algum perfume que se compare ao cheiro de folhas queimando? O outono é maravilhoso, porque as coisas estão mudando. É como o crepúsculo.

— O crepúsculo?

— A hora do dia de que mais gosto, pela mesma razão. Quando eu era menina, costumava descer a alameda de nossa casa, ao entardecer, e ficava parada perto da cerca, observando os veículos passarem com os faróis acesos. Todo mundo tinha um lugar pra ir, alguma coisa pra fazer. A noite estava apenas começando... — Ela fez uma pausa, embaraçada. — Nossa, você deve achar que eu era boba demais.

— Não — ele negou. — Solitária demais.

— Eu não me sentia solitária. Gostava de devanear, só isso. Sei que você teve uma péssima impressão de meu pai, no Glenmoor, mas ele não é o monstro que você acha. Meu pai me ama e sempre tentou me proteger e me dar o melhor de tudo. — Sem aviso, o suave estado de espírito de Meredith desapareceu, e a realidade caiu sobre ela com força esmagadora. — Em troca, vou chegar em casa daqui a alguns dias, grávida e...

— Combinamos que não íamos pensar em nada disso hoje — ele a lembrou.

Meredith concordou com um gesto de cabeça e tentou sorrir, mas não conseguia controlar os pensamentos tão bem quanto Matt aparentava ser capaz. Visualizou seu bebê de pé, junto de uma cerca, em algum lugar de Chicago, vendo os carros passarem, sem família, sem irmãos, sem pai. Ela não tinha certeza de poder suprir todas essas faltas.

— O outono é a coisa de que você mais gosta. O que é que você menos gosta? — perguntou Matt, numa tentativa de distraí-la.

Ela refletiu por um momento.

— Floriculturas que vendem árvores de Natal um dia depois do Natal — respondeu. — Tem alguma coisa muito triste naquelas belas árvores que ninguém comprou. São como órfãos que ninguém quer.

— Já passa de meia-noite — avisou ele, levantando-se. Notara que não havia mais como melhorar o ânimo de Meredith. — Por que não vamos para a cama?

Era como se ele tivesse como certo que dormiriam juntos, e Meredith experimentou uma onda de pânico. Matt iria casar-se com ela porque se sentia obrigado. A situação toda já era sórdida demais, fazendo-a sentir-se vulgar e humilhada.

Em silêncio, entraram, apagaram as luzes da sala de estar e subiram as escadas. O quarto de Matt ficava à esquerda, ao lado do patamar, e o de Julie, logo depois, mas havia um banheiro entre os dois.

— Boa noite, Matt — Meredith despediu-se quando chegaram diante da porta do quarto dele.

Afastou-se, dirigindo-lhe um sorriso por cima do ombro. Quando ele não fez menção de impedi-la, suas emoções penderam contraditoriamente entre o alívio e o desapontamento. Talvez uma mulher grávida não seja sexualmente atraente, pensou, abrindo a porta do quarto de Julie, nem mesmo para o homem que enlouquecera nos braços dela poucos dias antes.

Empurrou a porta e deu um passo para dentro, virando-se para ver se Matt ainda estava no corredor. Estava. Apoiara-se no batente e cruzara os braços.

— Sabe do que eu menos gosto, Meredith?

— Não.

— Dormir sozinho quando sei que no outro quarto tem alguém que deveria estar dormindo comigo — Matt esclareceu.

Ele pretendera fazer um convite, não uma seca observação, e surpreendeu-se com sua falta de tato. Várias expressões sucederam-se no rostinho adorável, e ele reconheceu embaraço, inquietação, incerteza.

— Boa noite — ela disse por fim, com um sorriso hesitante.

Matt viu-a entrar e fechar a porta, mas ficou parado, embora soubesse que, se fosse atrás dela e tentasse persuadi-la com ternura, ela acabaria indo para a cama com ele. Todavia, por alguma razão, não teve vontade de fazer isso. Entrou no quarto, mas deixou a porta aberta, ainda convencido de que ela queria ficar com ele e que voltaria, quando estivesse vestida para dormir.

Teve de revirar as gavetas para encontrar um pijama, mas vestiu só a calça, antes de ir até a janela e ficar admirando o gramado banhado pela lua. Ouviu Meredith sair do banheiro depois de tomar uma ducha e ficou tenso, prestando atenção nos passos dela, que se afastaram pelo corredor. A porta do quarto de Julie abriu-se e tornou a fechar-se. Ele se sentiu surpreso, aborrecido e decepcionado, e sabia que não era uma reação gerada pela frustração do desejo sexual, mas por algo muito mais profundo. Queria um sinal de que Meredith estava preparada para um verdadeiro relacionamento com ele, mas isso devia partir apenas dela, sem que ele tentasse pressioná-la. Devia ser uma livre escolha. E ela escolhera, deixando-o sozinho no corredor. Talvez tivesse ficado em dúvida sobre o que ele desejava, mas ouvira-o dizer o que achava de dormir sozinho, estando ela no outro quarto, tão perto.

Afastando-se da janela com um suspiro, Matt refletiu que talvez estivesse exigindo demais de uma garota de 18 anos. Mas era muito difícil lembrar como Meredith era jovem. Deitou-se sob os lençóis, cruzando as mãos sob a cabeça, continuando a pensar nela. Naquela noite, ele a ouvira falar de Lisa Pontini e de como se haviam tornado amigas, concluindo que ela não só sentia-se à vontade em clubes de campo e mansões, como também na casa de uma família como a daqueles italianos. Meredith era completamente despojada de artifícios, não era nem um pouco afetada, e, no entanto, possuía uma educação indisfarçável, uma elegância inerente que o atraíam tanto quanto seu rosto bonito e seu sorriso enfeitiçador.

O cansaço finalmente o atingiu, e ele fechou os olhos. Infelizmente, nenhum desses atributos a ajudaria, nem a levaria a achar sedutora a sugestão de ir para a Venezuela em sua companhia, a menos que sentisse algo por ele. A ideia de tentar convencer uma jovem relutante e mimada a partir para um lugar daqueles, quando ela não tivera coragem ou vontade de percorrer o corredor e entrar em seu quarto, não parecia apenas repugnante, como também inútil.

Meredith ficou de pé ao lado da cama de Julie, sentindo-se dilacerada por anseios e apreensões que não podia controlar ou prever. A gravidez ainda não estava causando nenhum efeito físico, porém era claro que causara um terremoto em suas emoções. Menos de uma hora antes, não quisera ir para a cama com Matt, mas naquele momento queria. O bom senso alertava-a de que seu futuro já era tremendamente incerto e que render-se à atração que sentia por ele só complicaria ainda mais as coisas. Com 26 anos, Matt, além de bem mais velho, era também muito mais experiente e levava uma vida totalmente estranha para ela. Seis semanas atrás, quando o conhecera, Matt usava smoking, e ela se encontrava em seu próprio meio, onde estava familiarizada com tudo o que a rodeava. Ele, então, parecera-lhe igual a todos os homens que conhecia. Mas ali, usando camisa e jeans, parecia vulgar, algo que a atraía, mas que ao mesmo tempo a assustava. Momentos antes, deixara claro que desejava que dormissem juntos. No que se referia a mulheres e sexo, Matt era tão seguro de si que podia ficar parado na porta do quarto e dizer o que desejava que ela fizesse. Não pedira, nem tentara persuadi-la, dera uma ordem! Sem dúvida, era considerado um garanhão em Edmunton. Em sua única noite de amor, ele a fizera contorcer-se de desejo, embora ela estivesse quase doente de medo. Soubera que partes de seu corpo tocar, como movimentar--se, para fazê-la perder a cabeça, e não adquirira toda aquela perícia lendo livros. Devia ter feito amor centenas de vezes, com centenas de mulheres, sempre de modo diferente.

Contudo, mesmo pensando assim, Meredith recusava-se a acreditar que a atração que Matt sentia por ela fosse meramente sexual. Tudo bem, ele não havia ligado depois do encontro em Chicago, e ela ficou tão perturbada que não o deixaria perceber que gostaria disso. A alegação dele, de que pretendia telefonar quando voltasse da América do Sul, dois anos depois, parecera grotesca, naquele momento. Mas ali, na escuridão silenciosa, depois de ouvi-lo contar seus planos para o futuro, ela compreendera que Matt pretendera procurá-la apenas quando "fosse alguém". Pensou no que ele contara sobre a doença e a morte da mãe, refletindo que um garoto que sofrera e se revoltara tanto não podia ter se transformado num homem irresponsável, que só se interessava pelas mulheres para...

Ela interrompeu o pensamento. Ele estava longe de ser irresponsável. Nenhuma vez, desde o instante em que ela chegara, tentara fugir da responsabilidade em assumir o bebê. Além disso, por algumas coisas que o próprio Matt dissera e por observações de Julie, era óbvio que fazia anos que ele arcava com a maior parte das responsabilidades familiares.

Se sexo fosse sua única intenção, por que não havia tentado persuadi-la a ir para a cama com ele, se estava claro que era isso o que desejava? Mas ela viu ternura nos olhos cinzentos quando Matt perguntou se era meiga como parecia, e também em vários momentos, enquanto conversavam no alpendre.

De repente, ela entendeu, sem saber como, por que ele não insistira para que dormissem juntos, sentindo-se imensamente aliviada e de certo modo assustada. Matt queria fazer amor e poderia tê-la convencido, mas se recusara. Naquela noite, ele queria algo mais, não apenas o corpo dela.

Talvez fosse uma conclusão correta, mas também podia ser que ela estivesse emotiva demais nos últimos dias e inclinada a fantasiar.

Endireitou-se, trêmula de incerteza, passando a mão no ventre ainda chato num gesto inconsciente. Estava com medo, confusa e fortemente atraída por um homem que não conhecia e não compreendia. Com o coração na boca, foi até a porta e abriu-a. Ao sair do banheiro, vira que Matt deixara a porta do quarto dele aberta. Ela iria olhar para dentro e, se ele estivesse dormindo, voltaria. Deixaria tudo nas mãos do destino.

Ele estava adormecido, e ela ficou observando-o à luz do luar que passava pela cortina fina. As batidas do coração normalizaram-se, enquanto ela continuava parada na porta, maravilhada com a força do impulso emocional que a levara até lá.

Matt não sabia o que o acordara, até ver Meredith, que se virava para ir embora.

— Não faça isso! — Ele disse as primeiras palavras que lhe passaram pela cabeça para impedi-la de ir embora.

Ao escutar a ordem autoritária, Meredith girou nos calcanhares, os cabelos flutuando à sua volta. Incerta sobre o que ele quisera dizer, tentou decifrar a expressão de seu rosto na escuridão, mas não conseguiu. Então, aproximou-se da cama.

Matt observou-a andar em sua direção. Ela usava uma camisola curta de seda que mal cobria as coxas bem torneadas. Ele afastou-se para o lado e levantou o lençol num convite mudo.

Meredith hesitou e acabou sentando-se na beirada da cama, fitando-o com evidente confusão e receio.

— Não sei por que, mas dessa vez estou com mais medo do que da primeira — confessou, com voz baixa e meio trêmula.

Matt sorriu, levantando a mão e pegando-a pela nuca.

— Eu também estou — murmurou.

No longo silêncio que se seguiu, ficaram imóveis, o único movimento sendo o dos dedos de Matt acariciando o pescoço dela, os dois percebendo que estavam para dar o primeiro passo numa trilha desconhecida. Meredith sentia isso de modo subconsciente, e Matt via o fato com clareza, embora achando que o que iriam fazer era totalmente certo. Ela não era mais uma herdeira de outro mundo, mas a mulher que ele desejara possuir no instante em que a vira, que estava sentada junto dele, os cabelos tombando em seu braço como uma cascata de seda.

— Acho que eu devia falar que podemos estar correndo um risco muito maior do que aquele de seis semanas atrás — ele disse, começando a puxá-la para baixo para que seus lábios se aproximassem.

Meredith fitou os olhos ardentes de desejo, sabendo que ele estava se referindo à possibilidade de um profundo envolvimento emocional.

— E aí? — murmurou Matt em tom rouco.

Ela hesitou, olhando para a boca firme. Teve a impressão de que o coração ia parar, recuou bruscamente e sentiu que Matt a soltava.

— Eu... — começou, fazendo que não com a cabeça, pronta para levantar-se.

Algo, porém, impediu-a. Com um gemido suave, inclinou-se e beijou-o, esmagando a boca contra a dele. Matt abraçou-a, deitando-a a seu lado, beijando-a com avidez.

A mesma magia de seis semanas antes reapareceu, um pouco diferente, porque era mais quente, mais deliciosa e turbulenta. E mil vezes mais significativa.

Quando tudo acabou, Meredith virou-se de lado, lânguida, úmida e saciada, sentindo as pernas dele comprimidas na parte de trás das dela. Deixou-se levar num cochilo, enquanto Matt passava o braço por cima de seu corpo e pousava a mão num dos seios, num gesto possessivo e provocante. Seu último pensamento, antes de adormecer sorrindo, foi que ele estava reclamando um direito que não exigira e que ela não concedera. Era bem a cara de Matt fazer algo assim.

— Dormiu bem? — perguntou Julie na manhã seguinte, enquanto passava manteiga nas torradas na bancada da cozinha.

— Muito bem — afirmou Meredith. — Posso ajudar em alguma coisa?

— Não. Papai chega daqui a pouco, mas voltará para trabalhar às três horas e sairá amanhã, às sete horas. Quando chegar, tudo o que vai querer é comer e ir pra cama, e já deixei tudo pronto. Matt não come nada de manhã. Quer levar uma xícara de café pra ele? Sempre faço isso, um pouco antes do despertador tocar. — Julie olhou para o relógio de plástico no formato de uma chaleira, pendurado na parede.

— E isso vai acontecer dentro de dez minutos.

Satisfeita com a ideia de fazer algo tão doméstico como ir acordar Matt levando-lhe café, Meredith concordou e verteu um pouco do líquido quente numa caneca. Depois, olhou para o açucareiro, indecisa.

— Ele toma puro — Julie disse, sorrindo para ela. — Ah, meu irmão é um verdadeiro urso, pela manhã. Não vá esperando muita conversa.

— É mesmo? — perguntou Meredith, analisando melhor aquela informação.

— Ele não fica zangado, mas não fala muito.

A garota estava certa, pelo menos em parte. Quando Meredith entrou, Matt virou-se de costas e abriu os olhos, parecendo completamente desorientado. Seu único cumprimento foi um leve sorriso de agradecimento, enquanto ele se sentava, estendendo a mão para a caneca. Ela ficou perto da cama, observando-o tomar o café como se precisasse dele para sobreviver aos minutos seguintes, então se virou para sair, sentindo-se uma intrusa. Matt segurou-a pelo pulso, e ela, docilmente, sentou-se na cama.

— Por que só eu estou exausto hoje de manhã? — Ele indagou por fim, a voz ainda um pouco sonolenta.

— Gosto de levantar cedo — Meredith informou. — Mas acho que à tarde estarei acabada.

Ele olhou para a blusa xadrez de Julie, cujas pontas Meredith amarrara na cintura, e depois para o short branco, também da irmã.

— Em você, essas roupas parecem aquelas que a gente vê em anúncios.

Aquele era o primeiro elogio que Meredith ouvia dele, a não ser pelas coisas que cochichava quando faziam amor. Ela, que nunca prestava muita atenção a galanteios, guardou aquele no coração. Não tanto pelas palavras, mas pela ternura com que Matt as pronunciara.

Patrick chegou, comeu e foi para a cama. Julie saiu para a escola às 8:30, acenando alegremente um tchauzinho e avisando que iria para a casa da amiga depois das aulas e talvez dormisse lá outra vez. Às 9:30, Meredith decidiu ligar para casa e falar com o mordomo, deixando um recado para o pai. Albert atendeu e passou-lhe um recado de Philip, que mandara dizer que era para ela voltar para casa imediatamente com uma explicação bastante convincente para aquela ausência. Meredith pediu para Albert dizer-lhe que voltaria no domingo e que tivera um motivo maravilhoso para ela não estar em casa.

Depois disso, o tempo pareceu arrastar-se. Andando com cuidado para não acordar Patrick, ela começou a procurar algo para ler, na sala de estar. Havia muitos livros, mas sua inquietação não a deixaria concentrar-se numa leitura longa. Entre as revistas na prateleira de cima, encontrou um folheto antigo sobre crochê e, interessada, começou a imaginar artísticos sapatinhos de bebê.

Decidiu, então, que tentaria aprender a fazer crochê e, com a intenção de comprar o material necessário, foi à cidade. Na mercearia Jackson's, comprou uma revista dedicada a essa arte, alguns novelos de fio espesso e uma agulha de madeira tão grossa quanto seu dedo, que o vendedor assegurou ser a melhor para principiantes.

Estava abrindo a porta do Porsche, que deixara estacionado diante da casa de ferragens True Value, quando lhe ocorreu que era responsável pelo jantar daquela noite. Jogando a sacola com o material dentro do carro, voltou a atravessar a rua e entrou no mercado local. Vagueou entre as prateleiras por vários minutos, assaltada por dúvidas bastante justificadas sobre sua habilidade como cozinheira.

No balcão de carnes, ficou olhando os pacotes, mordendo o lábio, indecisa. Na noite anterior, havia comido um delicioso bolo de carne moída preparado por Julie, mas Meredith só se achava capaz de preparar algo bem simples. Examinou os bifes, as costeletas de porco, o fígado de vitela e, quando viu as salsichas, teve uma inspiração. Com um pouco de sorte, evitaria uma catástrofe culinária e transformaria o jantar numa aventura nostálgica. Comprou salsichas, pães para cachorros-quentes e um pacote de marshmallows enorme.

Ao chegar em casa, guardou as compras e sentou-se no sofá com a revista de crochê, que exibia instruções ilustradas, a agulha e um dos novelos de fio. Aprendeu que a base de todos os pontos era uma correntinha, e que uma principiante não devia tentar fazer outra coisa antes de ser capaz de fazer uma corrente de, no mínimo, cem elos perfeitamente uniformes. Ela começou a formar os elos, que ficavam com mais de 1 centímetro de comprimento, devido à exagerada espessura da agulha e do fio.

À tarde, as preocupações das quais vinha fugindo voltaram a incomodá-la, de modo que ela se dedicou com mais afinco ao crochê para distrair-se. Não queria pensar que bebês precisavam de pediatras, nem imaginar como seria o trabalho de parto. Será que Matt iria querer o direito de visitar a criança? Estaria mesmo pensando que poderiam ser marido e mulher de verdade?

Os elos da corrente fluíam da agulha, grandes e uniformes, formando um macio cordão creme que se amontoava a seus pés. Ela sabia que já podia passar para a segunda etapa do aprendizado, mas não estava com vontade de enfrentar o desafio e, além disso, a tarefa repetitiva dava-lhe certa satisfação, uma sensação de controle. Às 14 horas, a gravidez, que ainda não parecia real, manifestou-se sob a forma de um sono incontrolável, obrigando-a a deixar o crochê. Enrodilhando-se no sofá, ela olhou para o relógio. Teria tempo de dormir um pouco e ainda estar preparada para receber Matt quando ele chegasse. Quando Matt chegasse... A ideia de vê-lo voltando para ela depois de um dia de trabalho encheu-a de alegria. Apoiando o rosto nas mãos, lembrou-se do modo como haviam feito amor e teve de obrigar-se a pensar em outra coisa, pois começou a desejá-lo intensamente. Sabia que corria o grave risco de apaixonar-se pelo pai de seu filho. Grave risco?, refletiu com um sorriso. Nada poderia ser mais delicioso, desde, é claro, que Matt também se apaixonasse por ela. E era nisso que desejava acreditar.

O barulho de pneus no cascalho entrou pela janela aberta, e Meredith abriu os olhos, voltando-os para o relógio. Eram 16:30. Sentou-se no sofá e passou as mãos nos cabelos, afastando-os do rosto. Levantou--se e, no momento em que estendia a mão para a mesinha de centro para pegar o novelo com a agulha e a corrente, pretendendo esconder o trabalho, a porta se abriu e Matt entrou. Sentiu o coração saltar de alegria quando o viu.

— Oi — cumprimentou-o, visualizando outras tardes, iguais àquela, em que o veria voltar para sua companhia. Imaginou se ele teria pensado nela, depois concluiu que não passava de uma boba, era óbvio que Matt estivera ocupado o tempo todo. — Como foi seu dia?

Ele a olhou, e imagens de outros dias iguais àquele, quando voltaria para junto de uma deusa loira, passaram por sua cabeça. Para junto de uma linda mulher, cujo sorriso lhe dava a sensação de ser um herói capaz de matar um dragão, de curar resfriados e promover a paz mundial.

— Eu tive um dia bom — respondeu, sorrindo. — E você?

Ela não podia dizer que passara quase o tempo todo pensando nele, sonhando e se preocupando.

— Decidi aprender a fazer crochê — respondeu, pegando o trabalho para provar o que afirmava.

— Muito doméstico — ele brincou, olhando para a corrente que descia do novelo e amontoava-se sob a mesinha de centro. Então, pareceu espantado e perguntou: — O que está fazendo?

Meredith conteve uma risadinha acanhada. Não tinha a mínima ideia do que resultaria dali.

— Adivinha — desafiou-o, tentando disfarçar a verdade.

Matt aproximou-se da mesinha, pegou a corrente e, ao estendê-la, andando até a outra extremidade da sala, viu que devia medir uns 3,5 metros de comprimento.

— Um tapete? — arriscou, em tom zombeteiro.

Ela conseguiu não rir e fingiu-se de magoada.

— É claro que não!

Ele foi para junto dela, mostrando-se contrito.

— Me dá uma pista — pediu com gentileza.

— Pra que pistas? Dá pra perceber perfeitamente o que vai sair daí — ela declarou, prendendo o riso. — Vou fazer várias carreiras, para que fique com uma boa largura, e depois engomar. Aí você pode usar a tira como cerca em volta de sua propriedade!

Rindo, Matt abraçou-a, ignorando a agulha pressionada contra seu peito.

— Comprei algumas coisas pro jantar — ela contou, inclinando-se para trás.

Matt, que pretendia levá-la para jantar fora, olhou-a com um sorriso surpreso.

— Você não disse que não sabia cozinhar?

— Você vai entender quando vir o que comprei.

Foram para a cozinha, com Matt apoiando os braços em seus ombros.

Ela mostrou-lhe as salsichas e os marshmallows.

— Muito esperta — ele comentou, sorrindo. — Deu um jeito de fazer com que *eu* cozinhe.

— É mais seguro assim, vai por mim.

Não fazia mais do que dez minutos que Matt estava em casa, e por duas vezes já sentira que sua vida havia se enchido de alegria e risos.

Ela levou um cobertor e a comida para fora, enquanto ele acendia uma fogueira. Jantaram no quintal dos fundos, comendo, satisfeitos, as salsichas que haviam passado do ponto, pães meio crus e marshmallows que derretiam, pingando no fogo. Falaram de tudo: da topografia da América do Sul, da notável falta de sintomas da gravidez de Meredith e até discutiram qual seria o ponto ideal de cozimento dos marshmallows. Quando começou a escurecer, já haviam terminado de comer, e ela recolheu os pratos, que levou até a cozinha para lavar. Matt ficou à espera de que ela voltasse, olhando ora para o céu, ora para as folhas que empilhara no fogo para surpreendê-la.

Quando Meredith retornou, o ar estava impregnado do cheiro pungente do outono, e Matt encontrava-se sentado no cobertor, fingindo que não era nada de estranho aquele aroma de folhas queimando em pleno agosto. Ela se ajoelhou no cobertor, olhou para o fogo e depois para ele, que, mesmo na obscuridade, viu o brilho nos olhos azuis.

— Obrigada, Matt.

— De nada — ele respondeu, achando a própria voz estranhamente rouca. Estendeu a mão para ela e teve de lutar contra uma onda de desejo quando Meredith foi sentar-se entre suas pernas, apoiando as costas em seu peito.

— Esta é a noite mais linda que já tive — ela declarou baixinho, e o desejo que ele sentia transformou-se numa deliciosa satisfação.

Abraçando-a pela cintura, acariciou-lhe a barriga, tentando não mostrar como estava emocionado. Com a mão livre, afastou os cabelos espessos e beijou-a na nuca.

— E o que me diz da noite passada?

Ela inclinou a cabeça para a frente, expondo mais o pescoço.

— Tudo bem, é a segunda noite mais linda — corrigiu.

Matt sorriu e mordiscou uma das orelhas delicadas, o desejo correndo por seu corpo, espalhando-se pelas veias como fogo, recusando-se a ser contido. Abalado por essa força, ele virou o rosto dela e capturou-lhe a boca num beijo. Ela correspondeu, suavemente a princípio, depois de modo provocante, quando ele introduziu a língua entre seus lábios.

Matt perdeu o controle. Deslizou a mão sob a blusa dela e segurou um seio, provocando um gemido de prazer que anulou tudo o que lhe restava de hesitação. Virando-a, deitou-a no cobertor e tornou a beijá-la. A sintonia entre os dois era tão perfeita que ele sentiu quando ela hesitou, atônita com a voracidade de seu beijo. Aquela necessidade desesperada de possuí-la, que só era abrandada com muito esforço, deixava-o perplexo também. Dominar-se para prolongar os momentos de amor era quase impossível, mas ele obrigou-se a despi-la lentamente e acariciá-la até que ela começou a contorcer-se embaixo dele, correndo as mãos por sua pele aquecida. O toque das mãos e da boca de Meredith o incendiava, e cada gemido que ela deixava escapar acelerava o fluxo de seu sangue, enquanto ele a levava de um grau de prazer a outro mais intenso, murmurando palavras loucas que exprimiam seu êxtase. E ela o acompanhou, alcançou-o e finalmente gritou, o corpo sacudido por tremores, enquanto ele derramava o líquido quente em seu corpo.

Em seguida, Matt cobriu os dois no cobertor e ficaram ali deitados, olhando o céu pontilhado de estrelas, aspirando o aroma nostálgico de uma noite de outono. Para Matt, fazer amor com outras mulheres sempre foi apenas um ato para o prazer mútuo. Com Meredith, porém, era um ato de encantadora beleza. Uma beleza rara, atormentadora e mágica. Pela primeira vez na vida, ele estava contente de verdade, em completa paz. E certo de que seria capaz de encarar o futuro, que se apresentava mais complicado do que nunca, adaptando-o para acomodar os dois. Conseguiria, se Meredith lhe desse uma chance e um pouco de tempo.

Mais tempo com ela. Era do que precisava desesperadamente para fortalecer os laços frágeis que se apertavam mais a cada hora que passavam juntos, unindo os dois. Se ela concordasse em ir para a Venezuela com ele, haveria tempo para isso, e permaneceriam casados. No dia seguinte, ligaria para Jonathan Sommers e, sem explicar o motivo, perguntaria sobre as acomodações e a assistência médica naquela região. Para ele, qualquer coisa serviria, mas Meredith e o bebê eram uma história completamente diferente.

E se ele não pudesse levá-la? Esse seria um grande problema. Não podia desistir de ir para a América do Sul, primeiro porque assinara um contrato, depois porque precisava do bônus de 150 mil dólares que receberia no fim de dois anos e que pretendia investir. Como o alicerce de um arranha-céu, aquele dinheiro seria a base de seus planos. Não era uma quantia tão grande quanto ele desejava, mas seria algo para começar.

Deitado ao lado de Meredith, considerou a hipótese de abandonar tudo e ficar nos Estados Unidos com ela, mas isso também era impossível. Meredith estava acostumada ao que havia de melhor, merecia o melhor, e era o que ele queria dar-lhe. Mas isso não seria possível se ele abrisse mão do emprego na Venezuela, sua única esperança de subir na vida.

Matt sabia que ela poderia cansar-se de esperar por ele, se não fosse junto, ou perder a fé em sua capacidade de progredir, e essa ideia era perturbadora. Mas havia o bebê. A criança daria a Meredith uma forte razão para esperar e confiar.

A gravidez, que ela encarara como uma calamidade, representara para ele um presente inesperado do destino. Quando a deixara, naquela noite em Chicago, pensara que só após dois anos poderia voltar e tentar namorá-la, seguindo todas as regras, desde que ela não estivesse comprometida com outro homem. Mas era tão linda e cativante que seria assediada por centenas de pretendentes, e um deles certamente a conquistaria.

Mas o destino decidira agir e entregara o mundo em suas mãos. O fato de esse destino nunca ter sido muito generoso com a família Farrell não o desanimava. Ele estava finalmente pronto para acreditar em Deus e na benevolência do universo, tudo por causa de Meredith e do bebê.

A única coisa que achava um pouco difícil de acreditar era que aquela jovem e sofisticada herdeira, a loira encantadora que tomava coquetéis de champanhe e portava-se com tanta elegância, estava deitada a seu lado, adormecida em seus braços, carregando seu bebê no ventre.

Matt espalmou a mão sobre a barriga dela e sorriu, porque Meredith não fazia ideia do que ele sentia em relação à criança. Nem como havia ficado feliz por ela não ter tentado livrar-se do bebê, ou dele. No primeiro dia, quando ela enumerara suas opções e falara em aborto, ele chegou a quase passar mal.

Queria conversar com ela sobre a criança e dizer-lhe tudo o que sentia, mas continha-se, porque sabia que estava agindo como um egoísta miserável, experimentando uma alegria tão grande a respeito de algo que a angustiava tanto. Além disso, Meredith ficava apavorada cada vez que pensava no conversa com o pai, e qualquer menção à gravidez lembrava-a do que a esperava.

O confronto com o pai... Matt refletiu que o homem era um filho da mãe, mas fora ele quem criara aquela mulher incrível e, por isso, merecia sua gratidão. Sentia-se tão grato, na verdade, que estava disposto a fazer tudo a seu alcance para facilitar as coisas entre ela e o pai, quando a levasse de volta a Chicago, no domingo. Tentaria não esquecer que Meredith era filha de Philip Bancroft, a única, e que amava o desgraçado arrogante por razões que só ela poderia entender.

# 10

— CADÊ A MEREDITH? — MATT PERGUNTOU A JULIE, quando voltou do trabalho, na tarde seguinte.

A garota tirou os olhos do dever de casa, que fazia na mesa da cozinha.

— Foi andar a cavalo. Disse que estaria de volta antes de você chegar, mas você chegou duas horas mais cedo. — Sorriu, e acrescentou: — Me pergunto o motivo disso...

— Sua pirralha... — Matt murmurou, bagunçando os cabelos da irmã, antes de dirigir-se para a porta dos fundos.

No dia anterior, depois que Meredith tinha dito que gostava de cavalgar, ele falara com Dale, o vizinho, e pedira-lhe emprestado um de seus cavalos.

Atravessou o pátio dos fundos e depois o pedaço de terra coberto de mato, onde um dia sua mãe cultivara uma horta, olhando para o campo, na esperança de ver Meredith. Estava chegando perto da cerca quando a viu, e um arrepio de medo percorreu-lhe a espinha. O cavalo castanho galopava velozmente ao longo da cerca e ela estava inclinada sobre o pescoço do animal, os longos cabelos esvoaçando ao vento. Quando Meredith chegou mais perto, Matt percebeu que ela ia entrar e levar o cavalo na direção do celeiro. Mudando de rumo, ele começou a andar para lá, observando-a e notando que o medo diminuíra e que o coração já não batia de modo descontrolado. Meredith Bancroft cavalgava como a aristocrata que era, leve e linda sobre a sela, com total controle da montaria.

— Oi! — ela o cumprimentou, corada e radiante, levando o cavalo para dentro do celeiro e fazendo-o parar junto de um fardo de feno.

— Agora, preciso andar com ele até ele esfriar.

Matt ergueu a mão para pegar o cabresto, mas pisou num ancinho jogado no chão, no momento em que Meredith começava a descer. O cabo do ancinho levantou-se e bateu no focinho do cavalo, que, com um relincho de ultraje, recuou, corcoveando. Matt fez uma tentativa inútil de segurar Meredith, e ela tombou para trás, caindo sentada no feno e deslizando para o chão.

— Merda! — ele praguejou, agachando-se e pegando-a pelos ombros. — Você se machucou?

O fardo amortecera a queda, e ela não se ferira, mas estava morrendo de vergonha.

— Se eu me machuquei? — ecoou, levantando-se. — Mais do que isso! Meu orgulho foi destruído!

Ele a observou, franzindo a testa preocupado.

— E o bebê?

Meredith parou de tirar o feno e a terra grudados na parte de trás do jeans que Julie emprestara-lhe.

— Matt, nosso bebê não está aqui! — informou com ar de superioridade, pondo as mãos nas nádegas.

Ele, finalmente, entendeu o gesto e viu o lugar onde ela caíra, sentindo-se invadido por uma onda de alívio.

Fingiu espanto, já achando graça da situação.

— Não é?!

Por vários minutos, ela ficou observando-o com satisfação, enquanto ele puxava o cavalo lentamente de um lado para o outro. Então, sorriu, lembrando-se de algo.

— Eu acabei um suéter de crochê hoje. É pra você.

Ele parou e encarou-a, incrédulo.

— Transformou aquela tripa num suéter para mim?

— Claro que não! — ela exclamou, fingindo estar irritada. — Aquela "tripa" foi só um exercício. Hoje fiz um suéter. Bem, na verdade é um colete. Quer ver?

Ele respondeu que queria, mas parecia tão constrangido que Meredith precisou morder o lábio para não rir. Momentos depois, quando voltou, ela trazia o suéter enrolado, a agulha de crochê espetada nele, e um novelo de fio bege.

Matt ia saindo do celeiro, e os dois encontraram-se junto de vários fardos de feno empilhados do lado de fora.

— Aqui está. — Ela retirou a agulha e abriu o suéter. — O que acha?

Ele olhou com indisfarçável receio para a peça e depois fitou o rosto de Meredith, parecendo atônito e impressionado. E também comovido. Ela não esperara por isso e sentiu-se um pouco desconfortável.

— Eu amei — ele comentou por fim. — Acha que vai caber em mim?

Meredith tinha certeza de que serviria. Antes de comprar o suéter, certificara-se do tamanho, olhando o número dos suéteres dele. Quando chegara em casa, tivera o cuidado de tirar a etiqueta que a denunciaria.

— Acho que vai servir, sim — respondeu.

— Quero experimentar.

— Aqui? — ela perguntou, lutando contra o repentino remorso por ter feito aquela brincadeira.

— Aqui.

Matt pegou o suéter e vestiu-o com infinito cuidado, alisando-
-o no corpo e ajeitando o colarinho da camisa listrada para fora do
decote em "V".

— Como estou? — perguntou, pondo as mãos na cintura e afastando as pernas.

Meredith achou-o simplesmente maravilhoso, com aqueles ombros
largos, os quadris estreitos, aquele rosto de beleza bruta. Extremamente
sensual, apesar do jeans desbotado e do suéter barato.

— Gostei — ele declarou. — Principalmente porque você o fez
com as próprias mãos.

— Matt... — ela começou, pronta para confessar o embuste.

— O quê?

— O suéter...

— Não, meu bem, não se desculpe por ter feito apenas um. Poderá
fazer muitos outros amanhã.

Ela ainda gozava o prazer de ter ouvido Matt chamá-la de "meu
bem" quando o sentido das palavras atingiu-a em cheio. Olhou-o e
viu um brilho divertido nos olhos cinzentos.

Numa atitude deliberadamente ameaçadora, ele abaixou-se e pegou
uma varinha do chão. Avançou na direção de Meredith, que começou
a recuar, rindo às gargalhadas.

— Não se atreva, Matt! — ela gritava, correndo entre os fardos,
recuando na direção da porta do celeiro.

Colidiu com a parede e saltou agilmente para o lado, mas Matt
agarrou-a pelo pulso e puxou-a, apertando-a contra o corpo. Rindo,
ela fitou-lhe o rosto sorridente.

— Agora que me pegou, o que vai fazer? — desafiou-o.

— Que pergunta! — disse ele com voz rouca.

Inclinou a cabeça e beijou-a com uma lentidão sensual, até que ela
reagiu, entreabrindo os lábios, deixando-o aprofundar o beijo.

Meredith esqueceu que estavam em plena luz do dia, e que da casa
poderiam vê-los. Abraçou Matt pelo pescoço, alimentando a fome
dele com a sua, seguindo o ritmo sugestivo da língua que invadira

sua boca. Quando finalmente interromperam o beijo, ofegavam, e o corpo excitado dele deixara uma marca invisível no dela.

Matt respirou fundo e olhou para o céu, sentindo instintivamente que aquele era o momento certo para pedir a Meredith que fosse com ele para a Venezuela. Pensando numa forma de fazer isso, dominado pelo medo de que ela dissesse não, decidiu exercer certa coerção.

— Acho que chegou o momento de termos uma conversa séria — declarou, encarando-a. — Eu te disse, quando decidimos casar, que provavelmente teríamos de entrar em acordo sobre algumas coisas. Eu não sabia o que seria, exatamente, mas agora sei.

— Fale, então.

— Quero que você vá comigo pra Venezuela. — Dito isso, ele aguardou a reação de Meredith. Ela sentiu-se dividida entre o choque e o prazer causados por aquela declaração, e a exasperação pelo tom autoritário que Matt usara.

— Preciso saber de uma coisa antes — disse. — Você está dizendo que se eu não concordar em ir, não vai ter casamento?

— Prefiro que responda à minha pergunta antes de eu responder à sua.

Meredith levou vários segundos para entender que, depois de pressioná-la com a implicação de que talvez não se casassem, Matt desejava ver se ela concordava, sem a necessidade de uma ameaça real. Com um sorriso íntimo, provocado pelo modo desnecessariamente arbitrário que ele usara para atingir seu objetivo, Meredith fingiu estar considerando a proposta com muito cuidado.

— Você quer que eu vá com você? — perguntou.

— Quero. Falei com o Sommers, hoje, e ele disse que as moradias e a assistência médica lá são boas, mas prefiro ver pessoalmente e me certificar. Se as condições forem aceitáveis, gostaria que você fosse se encontrar comigo lá.

— Não me parece uma proposta muito justa — ela comentou, mantendo-se séria, vingando-se dos métodos dele, fazendo-o esperar por sua resposta.

— É a melhor que posso fazer no momento — Matt replicou, parecendo tenso.

Meredith soltou-se dos braços dele e começou a andar na direção da casa para esconder um sorriso.

— Não vejo benefícios pra você — declarou. — Veja bem. Fico com um marido e um bebê, além da excitação de ir para a América do Sul, onde serei dona de minha própria casa. Você, no entanto, ficará com uma esposa que provavelmente vai cozinhar suas camisas, engomar sua comida e desarrumar suas...

Soltou um gritinho de susto quando Matt segurou-a por trás. Girou nos calcanhares e encarou-o. Matt estava sorrindo, olhando-a com uma expressão indefinível, quando a apertou contra o peito.

Da cozinha, Julie ficou olhando Matt beijar Meredith e depois soltá-la com relutância.

— Papai! — chamou por cima do ombro, sorrindo enlevada. — O Matt está se apaixonando!

— Deus o ajude, se isso for verdade!

Julie virou-se, surpresa.

— Por quê? Você não gosta de Meredith?

— Vi o jeito como ela olhou nossa casa, na primeira vez que entrou aqui. Com ar de superioridade.

— Ela estava apavorada, papai. Notei isso logo que a vi.

— Matt é quem deveria estar apavorado. Se não alcançar o sucesso que deseja, ela vai largar ele por algum desgraçado rico, e ele não vai ficar com nada, nem mesmo com o direito de visitar o filho.

— Não acredito que ela faça isso.

— Matt tem uma chance em um milhão de ser feliz com essa moça — prosseguiu Patrick asperamente. — Sabe o que significa um homem casar com a mulher que ama, querer dar tudo a ela, pelo menos algo melhor do que ela possuía antes de casar, e depois não poder realizar esse desejo? Consegue imaginar o que ele sente todos os dias, ao se encarar no espelho e ver que é um fracasso?

— Você está falando de você e mamãe — Julie observou, examinando o rosto enrugado. — Mas ela nunca te viu como um fracasso. Disse a mim e a Matt, mais de duzentas vezes, como era feliz com você.

— Eu devia tê-la feito menos feliz e mantê-la mais tempo viva — o pai declarou com tristeza, virando-se para sair da cozinha.

Aquele comentário era absurdo, e os sinais de depressão não escaparam a Julie. Trabalhar em turnos duplos estava acabando com seu pai. E ela sabia que, mais cedo ou mais tarde, talvez no dia seguinte mesmo, ele se embebedaria até ficar inconsciente.

— Mamãe viveu cinco anos além do prazo previsto pelos médicos — lembrou-o, antes de comentar: — E se Matt quer ficar com Meredith, ele vai dar um jeito de fazer com que isso aconteça. Ele é como a mamãe. É batalhador.

Patrick virou-se e encarou-a com um sorriso triste.

— Isso foi para me lembrar de que devo lutar contra a tentação?

— Não. Foi minha maneira de implorar que pare de se culpar porque não pôde fazer mais do que fez. Mamãe lutou muito, e você e Matt lutaram junto com ela. Vocês dois finalmente conseguiram acabar de pagar as contas do hospital. Não acha que já está na hora de esquecer?

O pai aproximou-se e ergueu-lhe o queixo.

— Algumas pessoas sentem o amor no coração, Julie. Outras, como eu, deixam o amor invadir a alma e nunca conseguem esquecer. — Retirou a mão do rosto da filha e olhou pela janela, os olhos assumindo uma expressão dura. — Pela felicidade de Matt, espero que ele não seja uma dessas pessoas. Seu irmão tem grandes planos pro futuro, e isso significa que vai ter que fazer sacrifícios. Aquela moça nunca fez um sacrifício na vida e não terá coragem suficiente pra ficar ao lado dele quando as coisas ficarem difíceis.

Meredith, que chegara momentos antes, ficou parada na porta, chocada com o que acabara de ouvir. Patrick virou-se, e os dois viram-se frente a frente.

— Você ouviu o que eu disse, Meredith, e eu sinto muito — ele declarou, mostrando-se ligeiramente envergonhado. — Mas é isso o que penso.

Mesmo magoada, ela continuou a olhá-lo nos olhos.

— Espero que também não hesite em confessar que se enganou a meu respeito quando isso ficar claro, sr. Farrell — ela disse com dignidade.

Virou-se e foi em direção à escada, enquanto Patrick seguia-a com os olhos, perplexo.

— Realmente, pai. Ela ficou morrendo de medo — Julie zombou.

— Entendi agora quando você disse que ela não tem coragem.

O pai olhou-a, carrancudo, e saiu da cozinha, pronto para ir para o trabalho. Ao atravessar a sala de jantar, parou e olhou para a escada, vendo que Meredith estava descendo com um suéter na mão.

— Se você provar que estou enganado, Meredith, ficarei muito feliz — declarou.

Era uma tentativa de promover uma trégua, que ela aceitou, fazendo um gesto de cabeça.

— Você vai ser mãe do meu neto — Patrick continuou. — Eu gostaria que esse bebê fosse criado por pais que ainda estivessem juntos, quando ele saísse da universidade.

— Eu também gostaria, sr. Farrell — ela respondeu, quase arrancando um sorriso dele.

# 11

A LUZ DO SOL ENTRAVA PELAS JANELAS DO CARRO; Meredith olhou para a aliança de ouro que Matt pusera em seu dedo no dia anterior, na simples cerimônia civil oficiada pelo juiz local e na presença de apenas Julie e Patrick. Em comparação com os luxuosos casamentos religiosos a que ela comparecera, o seu fora rápido e mais parecido com uma transação comercial. A noite de núpcias, porém, foi tudo, menos isso. Com a casa só para eles, Matt só a deixou dormir quando estava perto do amanhecer, e haviam feito amor várias vezes. Talvez ele a quisesse compensar por não poder lhe dar uma verdadeira lua de mel.

Pensou em todas essas coisas enquanto esfregava a aliança no corpete do vestido que tomara emprestado de Julie. Na cama, Matt dava amor, mas não parecia querer ou precisar que ela, em troca, fizesse algo para agradá-lo. Às vezes, quando faziam amor, ela desejava oferecer a ele o mesmo prazer avassalador que recebia, mas hesitava em tomar a iniciativa, e Matt não a encorajava. Ficava aborrecida, refletindo que ganhava mais do que dava, mas, quando ele a penetrava, aprofundando-se em seu corpo, esquecia tudo. Esquecia o mundo.

Naquela manhã, Matt levantara-se primeiro e havia levado o café da manhã na cama. Pôs a bandeja na mesinha de cabeceira e sentou-se na beirada da cama.

— Vamos acordar, bela adormecida, e dar um beijo nesse sapo — murmurara, acordando-a.

Ela abriu os olhos e viu um sorriso infantil em seu rosto, um sorriso de que nunca se esqueceria enquanto vivesse.

Agora, observando-o, notou que não tinha nada de infantil naqueles maxilares quadrados e no queixo forte, mas havia momentos, quando ele ria, ou quando adormecia, que suas feições suavizavam-se de modo delicioso. E aqueles cílios! Ela gostava de admirar os cílios longos e espessos, quando ele estava dormindo, e sentia o impulso de inclinar-se e ajeitar as cobertas a seu redor, porque ele parecia um garotinho.

Matt virou-se para ela e pegou-a examinando-o.

— Esqueci de fazer a barba? — brincou.

Ela riu, porque a pergunta contrariava seus pensamentos.

— Na verdade, estava pensando que qualquer mulher daria tudo para ter cílios iguais aos seus.

— Cuidado, moça — ele avisou, olhando-a com uma carranca cômica. — Na sexta série, soquei um garoto porque ele disse que eu tinha cílios de menina.

Meredith riu outra vez, mas, como se aproximavam de sua casa e do confronto com o pai, o bom humor que ambos haviam tentado preservar começou a desintegrar-se. Além disso, Matt partiria para a Venezuela dali a dois dias, de modo que o tempo que ainda tinham para ficar juntos passava rapidamente. Ele, embora tivesse concordado em não contar ao pai dela sobre a gravidez, era contra essa ideia.

Meredith também gostaria de contar, pois esconder o fato aumentava sua sensação de ser uma daquelas esposas adolescentes, que só se casavam por estarem grávidas, e ela não gostava disso. Decidira que, enquanto estivesse esperando pelo momento de ir ao encontro de Matt, aprenderia a cozinhar. Nos últimos dias, a perspectiva de ser uma esposa de verdade, com um marido e uma casa para cuidar, havia se tornado extremamente atraente, apesar das conjeturas desanimadoras de Matt a respeito de como poderia ser essa casa.

— Chegamos — ela murmurou instantes depois, quando entraram na alameda da mansão. — Lar, doce lar.

— Se seu pai ama você tanto quanto você pensa, ele vai tentar lidar com isso da melhor forma possível, depois de ter superado o choque — Matt afirmou, ajudando-a a sair do carro.

Meredith queria muito que ele estivesse certo, porque, caso contrário, ela teria de morar na fazenda dos Farrell, enquanto não chegasse o dia de partir para a Venezuela. E não queria isso, sabendo como Patrick sentia-se a seu respeito.

— Aqui vamos nós — disse, respirando fundo, quando subiam as escadas para a porta principal.

Como havia ligado pela manhã e pedido a Albert para avisar seu pai de que chegaria no começo da tarde, tinha quase certeza de que Philip encontrava-se à sua espera.

E não estava enganada. No momento em que abriu a porta, ele saiu da sala de estar, com a aparência de quem não dormira uma semana inteira.

— Onde, pelos diabos, você esteve? — Philip gritou, parecendo querer agarrá-la e sacudi-la. Sem notar a presença de Matt, parado alguns passos atrás dela, esbravejou: — Está tentando me deixar louco, Meredith?

— Calma, deixa eu explicar — ela pediu, indicando Matt com um gesto.

— Filho da puta! — explodiu o pai ao notar quem a acompanhava.

— Não é o que o senhor está pensando! — ela gritou.

— Nós nos casamos!

— Vocês o quê?!

— Casamos — respondeu Matt, em tom calmo.

Philip Bancroft levou apenas três segundos para concluir que só existia uma razão pela qual Meredith se casaria com um homem que mal conhecia. Ela estava grávida.

— Meu Deus! — exclamou, e a expressão devastada de seu rosto e a angústia profunda em sua voz magoaram Meredith mais do que qualquer coisa que ele pudesse dizer ou fazer.

Mas, quando ela imaginou que o pior já tinha passado, descobriu que estava apenas começando.

Não mais chocado ou aflito, o pai estava furioso. Girando nos calcanhares, ordenou que os dois o seguissem até o escritório. Esperou que entrassem e fechou a porta, batendo-a com violência.

Ignorando Meredith completamente, começou a andar de um lado para o outro como uma pantera enlouquecida e, cada vez que olhava para Matt, seus olhos cintilavam com um brilho de ódio que revelava desejo de matá-lo. Por momentos que pareceram horas, dirigiu todos os impropérios possíveis a Matt, chamando-o até de estuprador, tornando-se ainda mais irado porque suas tiradas não recebiam mais do que o silêncio como resposta.

Tremendo de nervosismo e vergonha, Meredith sentou-se ao lado de Matt no sofá onde haviam feito amor pela primeira vez. Abalada como estava, levou vários minutos para perceber que o pai ficara menos furioso por causa da gravidez do que pelo fato de ela se casar com um "degenerado ambicioso de classe baixa". Quando ele finalmente esgotou o repertório de insultos, deixou-se cair na poltrona atrás da escrivaninha e ficou calado, batendo com um abridor de cartas no tampo, os olhos fixos em Matt.

As lágrimas não derramadas formavam um nó doloroso na garganta de Meredith. Matt enganara-se. O pai não aceitaria o que eles haviam feito. Ela seria expulsa da vida de Philip, como sua mãe fora, e, a despeito de todas as divergências que tivera com ele, sentia-se arrasada. Matt ainda era um estranho e, a partir daquele dia, o pai seria um estranho também. Não adiantaria tentar explicar o que acontecera, nem defender Matt, porque, de todas as vezes que ousara interromper a enxurrada de ofensas de Philip, ele a ignorara ou ficara ainda mais furioso.

Ela se levantou.

— Eu ia ficar aqui, até que pudesse ir pra Venezuela — declarou com toda a dignidade que conseguiu demonstrar. — Mas é óbvio que isso não será possível. Vou ao meu quarto pegar algumas coisas.

Virou-se para sugerir que Matt a esperasse no carro, mas não teve tempo.

— Essa é sua casa, Meredith — o pai interrompeu-a com voz tensa. — Seu lugar é aqui. Agora, gostaria de falar em particular com Farrell.

Meredith não gostou da ideia de deixar os dois homens a sós, mas Matt fez um gesto de cabeça, pedindo-lhe para sair.

Quando a porta fechou-se, ele esperou uma nova onda de insultos, mas Philip Bancroft parecia ter recuperado o autocontrole. Com as mãos unidas no tampo da mesa, ficou olhando para Matt, provavelmente planejando o próximo ataque. Não tinha conseguido nada com sua demonstração de fúria, de modo que talvez usasse outra tática.

Matt não esperava, porém, que Philip Bancroft fosse tão perspicaz e conseguisse atingi-lo no único ponto fraco no que se referia a Meredith: o sentimento de culpa. E muito menos que sua eficiência nisso fosse tão letal.

— Parabéns, Farrell — Philip escarneceu com amargura na voz. — Você engravidou uma inocente, uma menina de apenas 18 anos, com uma vida promissora pela frente, e que teria o melhor de tudo:

formação universitária, viagens, tudo. — Lançando um olhar de desprezo para Matt, prosseguiu: — Sabe por que existem clubes como o Glenmoor? Para proteger nossas famílias, nossas *filhas*, de gente imunda como você.

Pareceu sentir que arrancara sangue com aquelas palavras e, com os instintos de um vampiro, continuou, depois de uma breve pausa:

— Meredith tem 18 anos, e você roubou-lhe a juventude, engravidando-a e transformando-a numa mulher casada. E agora você quer levar ela para os confins do mundo, pra viver como sua empregada. Já estive na Venezuela e conheço Sommers. Sei exatamente como ele vai dirigir as operações, onde, e como são as coisas por lá. Vocês terão de abrir trilhas na mata entre o que aquela gente chama de civilização e o lugar onde os poços serão perfurados. A primeira chuva que cair vai acabar com as trilhas, os suprimentos terão de ser transportados por helicópteros, não tem telefone, ar-condicionado, nada! E é pra aquele buraco úmido e quente que você quer levar a minha filha?

Apesar de Matt saber que o bônus de 150 mil dólares oferecido pela empresa era para compensar certas privações que os trabalhadores sofreriam, tivera a esperança de poder acomodar Meredith com um pouco de conforto. E, a despeito do antagonismo que sentia por Philip Bancroft, reconhecia que tinha a obrigação de tranquilizá-lo quanto ao bem-estar da filha.

— Tem uma cidadezinha a noventa quilômetros de distância — informou com voz firme, falando pela primeira vez, desde que chegara.

— Uau! Naquele lugar, noventa quilômetros viram uma viagem de jipe de oito horas; isso se a mata já não tiver engolido as trilhas abertas anteriormente. É naquela vila que você pretende manter a minha filha durante um ano e meio? E quando irá vê-la? Estará trabalhando em turnos de 12 horas, se não me engano.

— Existem casas no local da perfuração — Matt observou.

Isso era verdade, mas ele não podia ter certeza de que as moradias satisfariam seus padrões, apesar de Sommers ter afirmado que eram boas. E Philip Bancroft estava certo a respeito das trilhas e das inconveniências daí decorrentes. Matt contava com a possibilidade de Meredith achar o lugar bonito e considerar sua permanência lá uma espécie de aventura.

— Que grande vida você pretende dar à sua mulher! — zombou Philip. — Um barraco no local de trabalho, ou uma cabana numa vila perdida no fim do mundo! — Então, virou abruptamente o ângulo da próxima facada verbal: — Você não é burro, Farrell, isso tenho de reconhecer. Mas também tem consciência? Tomou tudo o que eu tinha num piscar de olhos. Vendeu seus sonhos à minha filha, e ela pagou com a vida inteira dela. Ela também tinha sonhos, sabe, seu desgraçado. Queria ir pra universidade. Esteve apaixonada pelo mesmo homem desde o início da adolescência, o filho de um banqueiro, que poderia ter dado o mundo a ela. Ela acha que não sei disso, mas sei. Você sabia?

Matt cerrou os dentes com força e não disse nada.

— Diga-me uma coisa, Farrell. De onde Meredith tirou a roupa que está usando? — Sem esperar pela resposta, Philip Bancroft continuou: — Faz poucos dias que ela está com você e já nem parece a mesma. Aquele vestido deve ter sido comprado na K Mart. Isso nos leva a um assunto que imagino seja de vital importância para você: dinheiro. Não vai ver um centavo sequer do dinheiro de Meredith! Fui claro?

Fez uma pausa e inclinou-se para a frente.

— Você já roubou a vida e os sonhos de minha filha — declarou. — Mas não vai pôr a mão num centavo sequer do dinheiro dela. Estarei no controle da herança por mais 12 anos. Se, por acaso, Meredith ainda estiver com você daqui a 12 anos, investirei tudo em coisas que não possam ser vendidas, nem trocadas, durante 25 anos.

Matt permaneceu num silêncio gélido.

— Se acha que vou ter pena quando souber da vida que Meredith está levando com você, e que começarei a dar dinheiro pra facilitar as coisas, você está enganado — Philip informou. — Você não me conhece. Acha que é durão, Farrell, mas ainda não sabe o que significa dureza. Não vou parar até ver minha filha longe de você e, se pra isso for preciso vê-la maltrapilha, descalça e grávida, assim será. Estou sendo claro? — perguntou em tom ríspido, seu autocontrole ligeiramente abalado pela falta de reação de Matt.

— Perfeitamente. Agora, deixe-me lembrá-lo de uma coisa — Matt disse. — Tem uma criança envolvida nessa história. Meredith já está grávida, então a maior parte do que o senhor disse não tem importância.

— Ela ia pra universidade e todo mundo sabe disso — retrucou Philip. — É fácil mandar Meredith pra longe pra ela ter o bebê. Também ainda está em tempo de considerar uma alternativa...

Uma fúria quase incontrolável acendeu-se em Matt.

— Ninguém vai machucar o bebê! — ele declarou em tom baixo e irado.

— Ótimo. Se quer a criança, fique com ela.

No caos da semana anterior, Matt e Meredith não haviam comentado essa opção. Não fora necessário devido ao rumo que as coisas tomaram.

— Isso é totalmente irrelevante, porque Meredith quer ficar comigo — Matt esclareceu com mais convicção do que sentia no momento.

— É claro que quer! — Philip concordou com escárnio. — Sexo é uma experiência nova pra ela. — Olhou para Matt com expressão sugestiva e desdenhosa. — Pra você não é tão nova assim, é?

Como dois esgrimistas, eles rodeavam-se numa luta mental, em que o ataque rápido era o de Philip, enquanto Matt ficava apenas na defensiva.

— Quando você se for, levando a fascinação do sexo, Meredith pensará com mais clareza — Philip afirmou com absoluta confiança. — Ela quer realizar os próprios sonhos, não os seus. Quer ir pra universidade e sair com amigos. Assim, vou pedir que você faça uma concessão, pela qual estou disposto a pagar muito bem. Se Meredith for igual à mãe, a gravidez só será notada depois dos seis meses. Pra que ela tenha tempo de refletir, quero que você a convença a manter o casamento e a gravidez em segredo.

— Meredith já decidiu que vai fazer isso, pelo menos até se encontrar comigo na Venezuela — Matt informou.

O ar de satisfação no rosto de Philip fez Matt apertar os dentes com força.

— Ótimo. Se ninguém souber que estão casados, ninguém saberá do divórcio. Tudo limpo e em ordem. O que lhe ofereço por abrir mão de minha filha, Farrell, é o seguinte: uma polpuda quantia, que lhe permitirá financiar qualquer empreendimento louco, depois que voltar da América do Sul.

Em silêncio, Matt viu o sogro tirar um talão de cheques da gaveta. Por puro desejo de vingança, deixou que ele preenchesse um deles, embora não fosse aceitá-lo. Era uma pequena desforra pelo tormento íntimo que aquele homem lhe causara.

Por fim, Philip pousou a caneta, ergueu-se e foi em direção a Matt, que se levantou lentamente.

— Assim que você sair daqui, vou falar com o banqueiro e dizer que este cheque não deve ser pago até segunda ordem — Philip Bancroft avisou. — Quando você convencer Meredith a desistir desse casamento e a deixar a criança a seus cuidados, o pagamento será liberado. É uma recompensa de 150 mil dólares, por você não destruir a vida de uma garota de 18 anos. Pegue!

Matt ignorou a ordem.

— Pegue o cheque, porque será o único dinheiro meu em que porá as mãos — insistiu o sogro.

— Não estou interessado no seu dinheiro!

— Estou avisando, Farrell. Pegue o cheque!

— Enfie no...

O pai de Meredith fechou a mão, preparando-se para desferir um soco. Matt desviou-se quando o punho veio em sua direção e agarrou o braço de Philip, torcendo-o para trás.

— Ouça bem o que vou dizer, Bancroft — recomendou, em tom zombeteiro. — Dentro de alguns anos, terei dinheiro pra comprar você e depois revendê-lo, mas, se tentar interferir no meu casamento, eu o *matarei*. Estamos entendidos?

— Solta o meu braço, seu filho da puta!

Matt empurrou-o para longe e caminhou na direção da porta.

— Aos domingos, almoçamos às 3 horas — Philip informou, recuperando a compostura com rapidez espantosa. — Espero que não perturbe Meredith, contando-lhe o que aconteceu aqui. Afinal, ela está grávida.

Surpreso, Matt parou, já com a mão na maçaneta, e virou-se, olhando-o em tácito acordo. A ira de Philip Bancroft parecia ter-se esvaído, e o homem dava a impressão de estar começando, embora com alguma relutância, a aceitar o fato de que não podia desfazer o casamento, e que insistir nessa tentativa abriria uma brecha talvez intransponível entre ele e Meredith.

— Não quero perder minha filha, Farrell. É evidente que você e eu nunca chegaremos a gostar um do outro, mas, pelo bem de Meredith, acho que poderíamos tentar viver em paz.

Matt examinou o rosto transtornado, mas não viu sinal de duplicidade em sua expressão. E o que Philip propunha era algo lógico, sensato, que interessava tanto a ele próprio quanto à filha.

— Podemos tentar, sim.

Philip Bancroft observou-o sair e fechar a porta. Então, picou o cheque em pedacinhos, sorrindo maldosamente.

— Farrell, você cometeu dois erros: recusou o cheque e subestimou o seu adversário.

Deitada ao lado de Matt, Meredith olhava para o dossel escuro acima de sua cama, alarmada com a mudança que tinha notado nele após aquela conversa em particular com seu pai. Quando perguntou sobre o que haviam falado, Matt apenas disse que Philip havia tentado convencê-lo a sair da vida dela. Como depois os dois trataram-se com educação, ela assumira que fora declarada uma trégua, e, brincando, perguntara se o pai o tinha convencido a deixá-la. Matt respondeu que não, e ela acreditou, mas naquela noite ele a amara com fúria, como se quisesse deixar uma marca indelével em seu corpo. Ou como se estivesse se despedindo.

Desviando o olhar do dossel, ela olhou para Matt, que, completamente desperto, parecia perdido em pensamentos, o rosto indecifrável. Não saberia dizer se ele estava com raiva, triste ou simplesmente preocupado. Fazia apenas seis dias que viviam juntos e um tempo tão curto era uma desvantagem, pois ela não conseguia, de modo algum, avaliar o estado de espírito de seu marido.

— Está pensando em quê? — perguntou ele de repente.

— Que estamos juntos há apenas seis dias.

Matthew sorriu, como se fosse exatamente aquela a resposta que ele esperara.

— Uma ótima razão pra desistir da ideia de levar o casamento adiante, não?

A inquietação de Meredith transformou-se num grande receio diante dessas palavras, e ela entendeu o motivo dessa violenta reação. Estava apaixonada por Matt. Perdidamente. E isso a deixava vulnerável. Querendo aparentar naturalidade, virou-se de bruços, apoiando o corpo nos cotovelos, sem saber definir se ele fizera uma observação ou se tentava adivinhar o que ela pensava a respeito. Seu primeiro impulso foi achar que Matt apenas expusera sua opinião e, para salvar o orgulho, ela teria de concordar ou aparentar indiferença. Mas, se fizesse isso, jamais saberia com certeza o que se passava pela cabeça dele, e incerteza era algo que quase a enlouquecia. Além disso, não lhe parecia uma atitude madura tirar conclusões sem discutir o assunto, especialmente naquela situação, em que havia tanta coisa em jogo. Decidiu, então, procurar descobrir o que ele quisera dizer.

— Você pediu a minha opinião, ou deu a sua? — indagou.

— Perguntei se era isso o que você estava pensando.

Meredith foi invadida por uma onda de alívio.

— Não, só pensei que é difícil te entender, porque faz apenas seis dias que estamos juntos — ela explicou, esperando que Matt dissesse alguma coisa, mas ele permaneceu calado, ainda com aquela expressão fechada. Então, com um sorriso nervoso, pressionou: — Em que *você* está pensando?

— Que nos casamos só porque você deseja que o bebê seja filho legítimo e porque não queria que seu pai soubesse da gravidez. Mas ele já sabe. E a criança vai nascer legitimada. Assim, em vez de tentarmos fazer o casamento funcionar, podemos optar por outra solução, que não nos ocorreu antes: o bebê ficar comigo.

A resolução de Meredith, de reagir com calma e maturidade, desabou, e ela chegou a uma conclusão óbvia.

— Isso o livraria do fardo de uma esposa indesejável, não é?

— Não fiz a sugestão por esse motivo.

— Não? — ela duvidou, em tom de escárnio.

— Não — ele lhe assegurou, virando-se de lado e começando a acariciar-lhe o braço.

O temperamento forte de Meredith, então, explodiu.

— Não ouse querer fazer amor comigo outra vez! Nunca mais! — gritou, puxando o braço. — Posso ser muito nova, ainda, mas tenho o direito de saber o que está acontecendo, e não quero ser usada, noite após a noite, como se fosse apenas um... corpo sem cérebro pra pensar! Se quer acabar com o casamento, é só dizer!

— Meredith! Não estou querendo acabar com nada! — ele retrucou, também exasperado. — Mas estou me afundando em sentimento de culpa! Culpa, Meredith, não covardia! Você ficou grávida e me procurou, apavorada, e eu te transformei numa mulher casada, para usar as palavras de seu pai. Roubei sua juventude, seus sonhos, e a fiz comprar os meus.

Cheia de alegria por saber que era por se sentir culpado, e não arrependido, que Matt ficara tão diferente, Meredith soltou um longo suspiro e abriu a boca para dizer algo, mas ele a impediu com um gesto.

— Você disse que não quer morar na fazenda enquanto eu estiver fora, mas a casa de minha família é um lugar mil vezes melhor do que meu local de trabalho na Venezuela. Tem a ilusão infantil de que levará uma vida igual a essa na América do Sul, ou aqui, depois de voltarmos? Se tem, vai ficar decepcionada. Mesmo que as coisas saiam como espero, anos se passarão antes que eu consiga lhe dar a vida a que está acostumada. Talvez eu *nunca* possa comprar uma casa igual a esta.

— Uma casa igual a essa... — Meredith repetiu, enterrando o rosto no travesseiro e desatando em riso.

— Não acho nada engraçado — Matt informou, parecendo zangado e surpreso.

— É engraçado, sim — ela afirmou, continuando a rir. — Esta casa é horrível, não tem nada de aconchegante, e eu nunca gostei dela. — Como Matt se silenciou, ela ergueu a cabeça, afastou os cabelos que lhe caíram no rosto e fitou-o, ainda rindo. — E quer saber de uma coisa?

Determinado a fazê-la compreender os sacrifícios que teria de fazer por causa dele, Matt resistiu ao impulso de mergulhar os dedos na cascata brilhante de cabelos loiros.

— O quê? — perguntou em tom suave, quase divertido. — Também não gosto de ser tão jovem! — ela declarou.

Como resposta, Matt tomou-lhe o rosto entre as mãos e beijou-a sofregamente, deixando-a sem fôlego e incapaz de pensar.

— Promete uma coisa pra mim, Meredith — pediu, quando o beijo acabou. — Se mudar de ideia sobre nosso casamento, enquanto eu estiver longe, me promete que não fará um aborto. Eu vou dar um jeito de criar nosso bebê.

— Não vou mudar de...

— Prometa que não se livrará da criança!

Percebendo que era inútil argumentar, ela fez que sim com a cabeça, fitando os magníficos olhos cinzentos.

— Prometo — murmurou com um sorriso meigo.

Sua recompensa por aquela promessa foi mais uma hora de prazer, e daquela vez Matt voltou a ser o homem que ela conhecia.

Parada com Matt na entrada de carros da mansão, Meredith beijou-o em despedida pela terceira vez. O dia havia começado bem. No café da manhã, uma hora antes, o pai tinha perguntado se mais alguém sabia do casamento, e Meredith lembrou-se de que telefonara para Jonathan Sommers na semana anterior, depois que ligara para a casa de Matt e ninguém atendera.

Para disfarçar a verdade, disse a Jonathan que havia encontrado no carro um cartão de crédito de Matt, a quem dera carona na saída do Glenmoor, e que queria devolver. Ficara sabendo que Matt continuava em Edmunton. Contou isso ao pai, que comentou que seria ridículo anunciar que os dois haviam se casado poucos dias após ela telefonar para Jonathan à procura de Matt. Philip sugeriu que fossem para a Venezuela e deixassem que todos pensassem que o casamento acontecera lá. Não deixava de ter razão, mas Meredith nunca soube dissimular a verdade, e estava zangada por ter criado uma situação que exigia tantas mentiras.

Então, o momento da despedida havia chegado, e a partida de Matt pairava sobre ela como uma nuvem negra.

— Eu ligo do aeroporto — ele prometeu. — E falarei com você também da Venezuela, assim que eu me instalar lá. Vou me comunicar de lá, mas por ondas de rádio, e a ligação não vai ser muito boa. O equipamento não fica à disposição dos empregados, mas podemos usá-lo em casos de emergência. Vou convencê-los de que ligar pra você, pra dizer que cheguei bem, é uma. Mas eu não vou poder ficar fazendo isso sempre.

— Me escreva, então — ela pediu, tentando sorrir.

— Vou escrever. O serviço postal de lá talvez seja ruim, não fique mal se não receber nenhuma carta por dias, e, de repente, chegar uma porção delas de uma vez.

Ela ficou parada na alameda, observando-o partir, então voltou lentamente para casa, forçando-se a pensar que, se tivessem sorte, dentro de poucas semanas estariam juntos outra vez.

O pai a esperava no hall de entrada, e olhou-a com ar de compaixão.

— Farrell é o tipo de homem que precisa de novas mulheres, novos lugares e novos desafios, o tempo todo. Você vai se machucar se insistir em ficar com ele.

— Para com isso — Meredith exigiu, recusando-se a ficar perturbada. — O senhor está enganado e vai constatar isso.

Matt cumprira o que prometera e ligara do aeroporto. Mas ainda não se comunicara da Venezuela, e, para passar o tempo nos dois dias seguintes, Meredith dedicou-se a arrumar suas coisas. No terceiro dia, ele telefonou, mas Meredith tinha ido ao ginecologista; havia percebido um ligeiro sangramento e achou que estava abortando.

— Pequenos sangramentos nos três primeiros meses não são muito raros — explicou o dr. Arledge, depois que ela se vestiu. — Por outro lado, a maioria dos abortos também acontece nesse período.

Disse aquilo como se esperasse que Meredith ficasse aliviada. O médico era amigo de Philip e a conhecia desde que ela era menina. Com certeza, também adivinhara que o casamento acontecera apenas por causa da gravidez.

— Mas não tem motivo algum para achar que você está abortando — acrescentou ele.

Quando ela perguntou sua opinião a respeito de sua ida para a Venezuela, ele franziu a testa.

— Eu não recomendo, a menos que você tenha certeza da boa qualidade da assistência médica de lá.

Meredith passara quase um mês rezando para não estar grávida e, no caso de estar, para que acontecesse um aborto. Agora, sentia um alívio imenso em saber que não iria perder o filho de Matt. O bebê dos dois.

Fez o percurso todo de volta para casa sorrindo.

— Farrell telefonou — informou o pai com desdém. — Disse que tentaria ligar de novo à noite.

Ela ficou sentada ao lado do telefone e atendeu ao primeiro toque. Matt não exagerara. A ligação era péssima.

— Sommers não sabe o que significa "lugar adequado" — ele criticou. — Você não vai poder vir pra cá, pelo menos não por enquanto. Isso aqui parece mais um acampamento de exército. Mas a boa notícia é que uma das casas vai desocupar dentro de alguns meses.

— Está bem — ela disse, tentando mostrar-se alegre.

— Parece que não ficou muito desapontada por ter de esperar.

— Fiquei! — ela respondeu enfaticamente. — Mas o médico disse que os abortos geralmente ocorrem nos três primeiros meses, então será melhor eu continuar aqui por mais um tempo.

— Você se preocupou com um aborto? Por quê? — ele perguntou, quando os zumbidos e estalidos de estática permitiram.

Meredith conseguiu dizer que estava tudo bem. Ficou triste quando ele dissera que não poderia telefonar mais depois daquela primeira vez, mas isso já não tinha importância. Conversar daquele jeito, gritando para se fazer ouvir acima dos ruídos e das vozes dos homens que falavam ao redor de Matt, era horrível. Seria muito melhor escrever cartas.

Lisa voltou da Europa duas semanas após a partida de Matt, e sua reação, quando soube de tudo, foi quase cômica.

— Eu não acredito! Não acredito! — repetia, tomada de pasmo, até que argumentou: — Tem alguma coisa errada nessa história. *Eu* era a ovelha negra da Bensonhurst, e você, a própria Mary Poppins, sem dizer que nunca conheci pessoa mais cautelosa. Se alguém tinha de apaixonar-se à primeira vista por um homem, ficar grávida e casar, esse alguém era eu!

Meredith sorriu, contagiada por sua animação.

— Já estava na hora de eu ser a primeira a fazer alguma coisa.

— Ele deve ser maravilhoso, né, Meredith? Se não for, não serve pra você — declarou a amiga, olhando com ar sério para Meredith, sentada a seu lado na cama.

Falar de Matt e de seus sentimentos por ele era uma experiência nova e complicada, porque Meredith sabia que pareceria estranho ela afirmar que o amava, depois de apenas seis dias de convivência.

— Matt é maravilhoso, sim — disse, pretendendo parar por aí. Mas era difícil, porque precisava falar dele. — Lisa, você já sentiu, cinco minutos depois de conhecer um homem, que ele seria a pessoa mais importante de toda a sua vida?

— Geralmente sinto isso em relação a todos os homens que conheço. Estou brincando! — Lisa riu, e Meredith jogou um travesseiro em cima dela.

— Matt é especial. Tem uma inteligência brilhante, é forte, um pouco autoritário, às vezes, mas gentil, bom e...

— Por acaso tem uma foto desse modelo de perfeição? — Lisa a interrompeu.

Meredith pegou uma foto da gaveta da mesa de cabeceira.

— Encontrei essa foto num álbum que a irmã dele, Julie, me mostrou, e ela disse que eu podia trazer. Foi tirada um ano atrás e, embora não seja muito boa, não me faz lembrar apenas o rosto de Matt, mas um pouco de sua personalidade também.

Lisa pegou a fotografia e olhou-a. Matt estava com as mãos nos bolsos do jeans e sorria para Julie, que tirara a foto. Seus olhos estavam fechados por causa do sol.

— Meu Deus! — Lisa exclamou baixinho. — Isso é que é magnetismo animal, carisma masculino...

Rindo, Meredith tirou a foto da mão da amiga.

— Pare de babar em cima do meu marido — ordenou. A amiga a fitou, intrigada.

— Mas você sempre gostou de rapazes loiros, esguios, do tipo bem americano.

— Na verdade, não achei Matt muito bonito no nosso primeiro contato. Mas meu gosto melhorou desde então.

— Acha que está apaixonada por ele, Meredith?

— Adoro estar com ele.

— E não é a mesma coisa?

Meredith sorriu.

— É, mas parece tolice dizer que me apaixonei por um homem que eu nem conheço direito.

Lisa se levantou.

— Vamos sair pra comemorar — sugeriu. — O jantar é por sua conta.

— Vamos! — concordou Meredith, descendo da cama e indo na direção do armário para escolher uma roupa.

O serviço de correios na Venezuela era muito pior do que Matt imaginara. Nos dois meses seguintes, Meredith escreveu-lhe três ou quatro cartas por semana, mas recebeu apenas cinco em todo o período. Philip não deixava de salientar esse fato, e ela sempre replicava, dizendo que as cartas de Matt eram muito longas, chegando a ocupar dez páginas, e que ele estava trabalhando 12 horas por dia. O que nunca disse foi que as duas últimas cartas haviam sido bem menos calorosas que as anteriores. Ele, que nunca deixara de afirmar que sentia falta dela e de falar de seus planos, começara a dedicar mais páginas à descrição do local de trabalho e dos arredores do que a qualquer outra coisa. Meredith explicava a si mesma que ele fazia isso não porque perdera o interesse por ela, mas porque desejava animá-la a respeito do país para onde ela iria em breve.

Para se manter ocupada e ajudar o tempo a passar mais depressa, lia livros sobre gravidez e puericultura, comprava roupinhas e artigos de bebê, planejava e sonhava acordada. A criança, que a princípio não parecera real, começou a manifestar-se, provocando as famosas náuseas, que deveriam ter ocorrido mais cedo, e dores de cabeça tão fortes que obrigavam Meredith a ficar no escuro, deitada. Ela encarava tudo com bom humor e tinha certeza de que estava passando por uma experiência muito especial. E desenvolvera o hábito de falar com o bebê, pondo a mão na barriga que ainda não havia crescido.

— Espero que esteja se divertindo aí dentro — disse um dia, reclinada contra os travesseiros, quando a dor de cabeça diminuiu. — Porque está me fazendo comer o pão que o diabo amassou, mocinha.

Em respeito à imparcialidade, às vezes chamava o bebê de "mocinha", e em outras, de "rapazinho", mas não tinha realmente nenhuma preferência.

No fim de outubro, no quarto mês de gestação e com a cintura mais grossa, ela estava preocupada com a falta de cartas de Matt. E foi então que os comentários constantes do pai sobre seu marido "querer cair fora" começaram a surtir efeito.

— Foi ótimo você não ter dito a ninguém, só pra Lisa, que se casou com ele — Philip observou, alguns dias antes do Dia das Bruxas. — Você ainda tem opções, Meredith — acrescentou com surpreendente gentileza. — Quando a gravidez ficar evidente, diremos que você foi pra universidade para começar o primeiro semestre.

— Pare de falar desse jeito, droga! — explodiu ela e subiu para o quarto.

Decidira castigar Matt pela falta de cartas, reduzindo a quantidade das que escrevia para ele. Começou a sentir-se uma idiota, por escrever com tanta frequência, quando não recebia sequer um cartão-postal.

Lisa ligou ao entardecer e não levou dois minutos para sentir a tensão de Meredith e adivinhar a causa.

— Nenhuma carta de Matt, não é? E seu pai continua assobiando a mesma música de sempre em seu ouvido?

— Certo. Faz 15 dias que a última carta chegou.

— Vamos sair — decidiu Lisa. — A gente vai se arrumar, porque isso sempre te anima, e vamos escolher um lugar bem legal.

— O que acha de jantar no Glenmoor? — Meredith propôs, pondo em movimento as engrenagens de um plano que acalentava havia várias semanas. — Talvez Jonathan Sommers esteja lá, e se você começar a fazer muitas perguntas sobre a extração de petróleo, pode ser que ele faça algum comentário sobre Matt.

— Por mim, tudo bem — Lisa concordou.

Meredith, porém, sabia que a opinião da amiga sobre Matt piorava cada vez mais, enquanto os dias passavam e não chegava carta alguma.

Jonathan encontrava-se no salão com vários outros homens, bebendo. Quando as duas entraram, causaram evidente agitação e logo foram convidadas para juntar-se ao grupo no jantar.

Por quase uma hora, Meredith ficou sentada ao balcão do bar, bem perto do lugar onde estivera com Matt quatro meses antes, enquanto Lisa desempenhava seu papel numa atuação merecedora de um Oscar, mentindo a Jonathan que estava pensando em estudar geologia e dedicar-se à exploração de petróleo, crivando-o de perguntas. Isso fez com que Meredith aprendesse muito sobre o assunto, que absolutamente não lhe interessava, mas Jonathan não tocou no nome de Matt.

Duas semanas depois, o dr. Arledge não estava mais sorridente e confiante quando falou com Meredith após o exame. O sangramento havia voltado, mais sério, e o médico recomendou repouso. Ela, então, mais do que nunca, desejou que Matt estivesse por perto. Quando chegou em casa, ligou para Julie, só para conversar com uma pessoa ligada a ele. Já telefonara duas vezes para a mocinha, pelo mesmo motivo, e em ambas as ocasiões soubera que os Farrell haviam recebido cartas de Matt.

Na cama, naquela noite, ficou acordada durante muito tempo, desejando que o bebê estivesse bem e que o pai dele escrevesse. Fazia um mês que chegara a última carta, na qual ele explicara que se encontrava extremamente ocupado e que à noite sentia-se cansado demais. Isso Meredith podia compreender, mas não entendia por que ele achava tempo para escrever para a família, e para ela, não.

— Seu papai vai receber uma carta bem malcriada da mamãe por causa disso — confidenciou ao bebê, afagando a barriga.

Esse pensamento deve ter tido efeito, porque Matt fez uma viagem de oito horas de jipe para telefonar para ela. A alegria de Meredith foi enorme, mas ele parecia um tanto frio.

— A casa no local de trabalho ainda não está desocupada — Matt lhe contou. — Encontrei uma, na vila próxima, mas só poderei ir até lá para vê-la no fim de semana.

Meredith não poderia ir, mesmo que quisesse, porque o médico desejava vê-la a cada sete dias, e a proibira de qualquer atividade física, limitando até suas caminhadas. Não seria possível ir para junto de Matt, nem ela desejava contar-lhe que corria o risco de perder o bebê. No entanto, estava tão zangada por ele não escrever, e tão preocupada com a criança, que decidiu assustá-lo um pouco.

— Não posso ir, Matt. O médico quer que eu fique em casa, sem me movimentar muito.

— Que estranho — ele comentou. — Sommers esteve aqui e disse que na semana passada você e sua amiga Lisa estiveram no Glenmoor, fascinando todos os homens presentes.

— Isso foi *antes* de o médico me mandar não sair de casa.

— Entendi.

— O que esperava que eu fizesse? Que ficasse trancada, no aguardo de uma carta sua? — perguntou, exasperada.

— Podia tentar — ele retrucou. — Por falar nisso, você também não é uma correspondente muito boa.

Tomando aquilo como uma crítica a seu jeito de escrever, ela ficou tão furiosa que quase repôs o telefone no gancho.

— Não tem mais nada a dizer? — indagou.

— Pouca coisa.

Quando desligaram, Matt apoiou a cabeça na parede onde ficava o telefone público e fechou os olhos, tentando livrar-se da agonia causada pela conversa. Fazia três meses que ele partira, e Meredith já não queria ir a seu encontro, nem mesmo escrevia mais. Ela mentira. Dissera que o médico a proibira de sair de casa, mas tinha ido ao clube. No entanto, só tinha 18 anos, e era natural que desejasse divertir-se.

— Droga! — ele murmurou por entre dentes.

Depois de alguns instantes, endireitou-se, sabendo o que deveria fazer. Dentro de poucos meses, a situação no local das perfurações estaria mais estabilizada, e ele pediria quatro dias de folga para ir a Chicago ver Meredith. Apesar de tudo, sabia, no fundo do coração, que ela o queria e que gostaria de continuar casada. Ele pegaria um avião, iria visitá-la e faria de tudo para levá-la para a Venezuela.

Depois de pousar o telefone no gancho, Meredith jogou-se na cama e chorou até ficar com os olhos inchados. Quando Matt falara da casa, não se esforçara para pintar um quadro atraente, nem se mostrara ansioso para que ela fosse para junto dele. Quando conseguiu parar de chorar, escreveu-lhe uma longa carta, pedindo desculpas por não ser "uma correspondente muito boa" e por ter perdido a calma. Abrindo mão de todo o orgulho, confessou que as cartas dele eram muito importantes para ela e descreveu detalhadamente a conversa que tivera com o médico.

Quando terminou, levou a carta para baixo com a intenção de pedir a Albert para postá-la no correio. Não tardou muito para encontrar o homem, que desempenhava as tarefas de mordomo, motorista e zelador, e que no momento tirava o pó dos móveis da sala de estar. Como a sra. Ellis tinha tirado férias de três meses, o primeiro período de descanso em tantos anos de trabalho, ele estava fazendo também o serviço dela.

— Albert, você pode postar essa carta pra mim no correio?

— Mas é claro — ele respondeu.

Mas, assim que viu Meredith subir as escadas, Albert foi ao escritório de Philip, destrancou uma gaveta da escrivaninha antiga e colocou a carta numa pilha formada por muitas outras, quase todas com selos e carimbos da Venezuela.

Meredith entrou no quarto, estava voltando à escrivaninha quando a hemorragia começou.

Passou dois dias no Hospital Cedar Hills, na ala Bancroft, cujo nome foi em agradecimento à família de Meredith, por suas doações generosas. Ela rezou quase que o tempo todo para que a hemorragia não recomeçasse e que Matt, miraculosamente, aparecesse para vê-la. Queria o bebê e também o marido, mas tinha o horrível pressentimento de que estava perdendo os dois.

Quando o dr. Arledge deu-lhe alta, foi sob a condição de que ficasse em repouso absoluto, na cama, até o fim da gravidez. Assim que chegou em casa, ela escreveu a Matt e, com o objetivo de assustá-lo e obrigá-lo a preocupar-se, contou-lhe em detalhes tudo o que acontecera. Decidira fazer qualquer coisa para não deixar que ele a esquecesse.

O repouso pareceu afastar o risco de um aborto imediato, mas sem nada para fazer, além de ler e assistir à televisão, ela ficou com tempo de sobra para pensar na dura realidade: Matt gostava dela como parceira de cama, mas já tinha seguido em frente, e ela precisava planejar o que faria para criar a criança sozinha.

Esse era um problema com o qual se preocupou sem necessidade. No quinto mês de gestação, repentinamente no meio da noite, aconteceu nova hemorragia. Todos os recursos médicos usados não foram suficientes para salvar o bebê, uma menina, que Meredith chamou de Elizabeth, em homenagem à mãe de Matt. E quase não puderam salvar Meredith, cujo estado permaneceu crítico durante três dias.

Na primeira semana que passou no hospital, imobilizada, com tubos ligados a seu corpo, ela continuou sempre atenta aos ruídos no corredor, esperando ouvir os passos rápidos e largos de Matt. O pai dela tentou falar com ele por telefone, mas sem sucesso, então enviou um telegrama.

Matt não apareceu. Nem telefonou.

No meio da segunda semana, entretanto, ele enviou um telegrama em resposta. Curto, direto, mortal: "O divórcio é uma excelente ideia. Peça o nosso."

Ela se recusou a acreditar que Matt tivesse sido capaz de enviar um telegrama daqueles, estando ela no hospital.

— Lisa, pra fazer isso, ele deve me odiar — comentou, chorando histericamente. — Não fiz nada pra merecer o ódio do Matt! Não foi ele quem enviou o telegrama. Não foi!

Pediu à amiga para ir à Western Union descobrir quem havia postado o telegrama. Com alguma relutância, um funcionário confirmou que o telegrama tinha sido enviado da Venezuela por Matthew Farrell, que o pagara usando um cartão de crédito.

Meredith saiu do hospital num dia frio de dezembro, amparada por Lisa e pelo pai. Olhou para o céu azul vibrante, mas ele parecia diferente, estranho. Tudo parecia estranho demais.

Por insistência de Philip, concordou em começar o primeiro semestre na Universidade Northwestern, onde ela e Lisa ficariam no mesmo quarto. Fez isso sem nenhum entusiasmo, esquecida de que um dia desejara ardentemente estudar lá. Mas, com o tempo, lembrou-se dos planos que tecera, reaprendeu a sorrir e, depois, a rir. O médico avisara que uma futura gravidez seria ainda mais perigosa, para o bebê e para ela, mas Meredith conseguiu lidar com isso também.

A vida desferira-lhe grandes golpes, mas ela conseguiu sobreviver e descobriu uma força interior cuja existência ela desconhecia.

Philip contratou um advogado, que fez o divórcio. Ela não teve notícias de Matt, mas superara tudo tão bem que podia pensar nele sem sofrimento ou animosidade. Depois de um tempo ficou óbvio que ele concordara com o casamento somente por causa da gravidez e do dinheiro de Meredith. Quando soube que Philip ficaria responsável pela herança da filha até seus 30 anos, não viu mais utilidade nela. Com o tempo, Meredith parou de culpá-lo, reconhecendo que também se casara por motivos egoístas, pois ficara grávida e tivera medo de enfrentar as consequências sozinha. E Matt nunca a enganara, nunca dissera que a amava. Haviam se casado por todas as razões equivocadas, e o casamento estava fadado ao fracasso desde o início.

Estava cursando o primeiro ano na universidade quando, um dia, encontrou-se com Jonathan no Glenmoor, e ficou sabendo que o pai dele gostara tanto de uma ideia de Matt que acabou fazendo uma sociedade limitada com ele, fornecendo o capital para a execução do projeto.

O empreendimento deu certo. Nos 11 anos que se seguiram, muitos outros negócios de Matt também deram. Ele começou a aparecer em revistas e jornais. Meredith lia os artigos, via as fotos, mas estava ocupada demais com a própria carreira para prestar muita atenção ao que ele fazia. A imprensa, por outro lado, prestava, e muita. Noticiar seu exuberante sucesso e casos com mulheres, inclusive várias estrelas do cinema, tornou-se uma obsessão para os jornalistas. Para as pessoas comuns, ele devia representar o sonho americano do rapaz pobre que subira na vida. Para Meredith, não passava de um estranho, cujo nome ela jamais mencionava, com quem um dia tivera um relacionamento íntimo. Como apenas o pai e Lisa soubessem que os dois haviam sido casados, os casos românticos de Matt, cercados por ruidosa publicidade, não lhe causavam constrangimento algum.

# 12

## Novembro, 1989

⌒⌒ O VENTO FORMAVA AS CRISTAS ESPUMOSAS NO MAR, e depois as fazia ficarem cheias de bolhinhas na areia, 6 metros abaixo da plataforma rochosa onde Barbara Walters caminhava ao lado de Matthew Farrell. Uma câmera os seguia, observando-os com sua lente escura, emoldurando-os entre a propriedade palaciana de Farrell, na Califórnia, à direita, e o turbulento oceano Pacífico, à esquerda.

O nevoeiro parecia um cobertor grosso que se desdobrava, ondulante, impulsionado para a frente pelas mesmas rajadas impiedosas de vento que despenteavam os cabelos de Barbara e jogavam areia na lente da câmera. No ponto marcado, a mulher parou, virou-se para Farrell e começou a fazer uma pergunta a ele. A câmera moveu-se também, focalizando os dois no meio do nevoeiro cinzento.

— Corta! — gritou ela, afastando os cabelos do rosto com impaciência, puxando algumas mechas grudadas no batom em seus lábios. Virando-se para a maquiadora, perguntou: — Tracy, você tem alguma coisa que prenda meu cabelo nessa ventania?

— Super Bonder? — sugeriu Tracy, numa tentativa desajeitada de fazer graça.

Pedindo licença a Farrell, Barbara Walters seguiu a jovem maquiadora na direção da van estacionada entre alguns ciprestes, no jardim da propriedade.

— Eu odeio nevoeiro! — exclamou o operador de câmera, olhando carrancudo para a bruma espessa que amortalhava a linha costeira, obstruindo a vista panorâmica da baía Half Moon, que ele planejara usar como cenário naquela entrevista. — Odeio — repetiu, erguendo o rosto furioso para o céu. — E odeio vento!

Ele havia se queixado ao Todo-Poderoso e, em resposta, um punhado de areia rodopiou a seus pés e subiu, atingindo-o no peito e no rosto.

— Parece que Deus também não gosta muito de você — comentou seu assistente, rindo. Esperou que o irado companheiro removesse a areia das sobrancelhas e estendeu-lhe uma xícara de café fumegante.

— Como se sente a respeito de café?

— Também odeio — respondeu o operador de câmera, mas pegou a xícara.

O assistente indicou com um gesto de cabeça o homem alto que, parado a alguns metros de distância, estava encarando o oceano.

— Por que não pede a Farrell pra fazer parar o vento e acabar com o nevoeiro? Pelo que eu ouvi falar, ele dá ordens a Deus.

Alice Champion, que cuidava do roteiro, juntou-se aos dois, bebericando o próprio café.

— Pra mim, Matthew Farrell *é* Deus — declarou com uma risadinha.

Ambos os homens lançaram-lhe um olhar irônico, mas não disseram nada, e Alice tomou seu silêncio como prova da admiração, embora relutante, que sentiam por aquele homem.

Olhando por cima da xícara, ela observou Farrell, que continuava olhando o mar. Ele era presidente de um império financeiro chamado Intercorp, que criara com o suor do próprio trabalho e muita ousadia. Aquele monarca urbano, que saíra das usinas de aço de Indiana, expurgara de sua personalidade qualquer traço que pudesse lembrar sua origem humilde.

Ali, no cume, esperando que a entrevista continuasse, ele emanava sucesso, autoconfiança e virilidade, refletiu Alice. E poder. Acima de tudo, Matthew Farrell irradiava poder rudimentar e intenso. Bronzeado pelo sol, educado, impecavelmente vestido, deixava transparecer algo perigoso e implacável, que o sorriso gentil e as roupas perfeitas não conseguiam disfarçar. As pessoas sentiam, só de olhar para ele, que não deviam mexer com ele.

Barbara Walters saiu da van usando as duas mãos para segurar os cabelos esvoaçantes contra o rosto.

— Sr. Farrell, o tempo está impossível. Vamos ter de continuar a entrevista dentro de casa. Podemos usar a sala de estar? Não levaremos meia hora para arrumar tudo.

— Tudo bem — Matt concordou, disfarçando com um sorriso a irritação causada por aquela demora.

Não gostava de repórteres de nenhum meio de comunicação. Mas concedera aquela entrevista a Barbara Walters porque, nos últimos tempos, houvera uma enxurrada de publicidade sobre sua vida particular e seus casos amorosos, e ele achara que a Intercorp se beneficiaria se ele, o chefe-executivo, mostrasse sua faceta de homem de negócios. No que se referia à empresa, Matt não media sacrifícios.

Nove anos antes, ao voltar da Venezuela, comprara uma fábrica de peças automotivas, que estava à beira da falência, usando o dinheiro do bônus e o que Sommers quis investir no negócio. Um ano depois, vendeu-a pelo dobro do preço que havia pago. Com sua parte dos lucros, mais o dinheiro dos empréstimos de bancos e investidores particulares, criou a Intercorp e continuou a comprar empresas que corriam o risco de falir, não por serem mal administradas, mas por não terem capital para investir. Escorava essas empresas com o capital da Intercorp, até aparecer um comprador.

Depois, em vez de vender as empresas, começou um programa de aquisição cuidadosamente planejado. Como resultado, construiu, em uma década, o império financeiro que imaginara enquanto ainda suava nas usinas de aço e nos poços de petróleo da Venezuela. A Intercorp, sediada em Los Angeles, passou a ser uma empresa enorme e responsável por negócios diversificados, que iam de laboratórios farmacêuticos a indústrias têxteis.

No ano anterior, entrara em negociações para a compra de uma corporação com sede em Chicago que fabricava produtos eletrônicos. Essa empresa, que valia muitos bilhões de dólares, havia procurado Matt, com uma proposta para que a Intercorp a comprasse. Ele gostou da ideia, mas, depois de um longo trabalho de muitos meses para concluir o negócio, os diretores da Haskell Electronics recusaram-se, de repente, a aceitar os termos combinados anteriormente. Irritado por ter perdido tempo e dinheiro, Matt decidiu comprar a Haskell, nem que fosse à força. Como resultado, iniciou-se um conflito que rendeu muito assunto à imprensa. No final, os dirigentes da Haskell saíram mutilados do campo de batalha, enquanto a Intercorp ganhava uma lucrativa fábrica de produtos eletrônicos.

No entanto, essa vitória deu a Matt a fama de invasor coorporativo implacável. Isso não o aborreceu, assim como também não o aborrecia sua reputação de playboy internacional, criada pela imprensa. Publicidade danosa e perda da privacidade faziam parte do preço a pagar pelo sucesso, e ele aceitava isso com a mesma indiferença filosófica com que encarava tanto a adulação e a hipocrisia da sociedade que o cercava, como os procedimentos traiçoeiros de seus adversários nos negócios. Bajuladores e inimigos sempre iam atrás de sucesso extraordinário, e Matt, lidando com eles, tornara-se extremamente cínico e desconfiado, mas isso também foi o preço que teve de pagar.

Essas coisas não o aborreciam. O que o aborrecia era perceber que o sucesso já não lhe trazia tanta satisfação. Fazia anos que não sentia o entusiasmo arrebatador que um dia havia sentido ao conduzir um negócio difícil. Não precisava mais enfrentar desafios porque sairia vitorioso da terrível luta pelo sucesso.

Mas quando comprou a Haskell Electronics, o desafio voltou. Ele executou a operação, e, pela primeira vez em anos, voltou a sentir um pouco da antiga adrenalina. A corporação precisava ser totalmente reestruturada, pois suas fábricas eram antiquadas, e as estratégias de mercado, desatualizadas. Tudo isso precisaria ser modificado, antes que Matt pudesse avaliar o potencial de lucro, e ele estava ansioso para ir a Chicago e começar a trabalhar.

Sempre que comprava uma nova empresa, colocava-a nas mãos de seis homens, que a *BusinessWeek* apelidara de "comissão de posse", que tinham a incumbência de avaliar a situação da empresa e fazer recomendações. Fazia 15 dias que eles estavam na Haskell, trabalhando no arranha-céu de sessenta andares que a empresa possuía e ocupava, esperando pela chegada de Matt. Como provavelmente iria passar grande parte do ano na cidade, ele comprou uma cobertura, para quando precisasse. Tudo estava nos conformes e Matt estava ávido por começar. Na noite anterior, ele havia chegado da Grécia, onde as negociações para a compra de uma frota de navios foram concluídas depois de quatro longas semanas, em vez de duas, como ele julgara. A única coisa que o estava impedindo de partir para Chicago era aquela maldita entrevista.

Praguejando silenciosamente, começou a andar na direção da casa. Do lado direito do gramado, seu helicóptero já o aguardava para levá-lo ao aeroporto, onde o jato Lear de sua propriedade estava pronto para voar até Chicago.

O piloto do helicóptero retribuiu o aceno de Matt, depois ergueu os polegares, anunciando que a aeronave já havia sido abastecida e vistoriada, podendo decolar a qualquer instante, mas olhou com ar de preocupação para o manto de nevoeiro que se fechava sobre eles. Matt percebeu que o homem estava tão ansioso por partir quanto ele.

Atravessou o terraço e entrou na casa pela porta francesa que levava a seu escritório. Ia pegar o telefone para ligar para a sede da Intercorp, em Los Angeles, quando a porta do outro lado do cômodo abriu-se impetuosamente.

— Oi, Matt! — Joe O'Hara o cumprimentou, sem entrar.

O tom áspero, de pessoa sem cultura, e a aparência desleixada do homem criavam um contraste gritante com o ambiente luxuoso, onde um tapete felpudo, cor de creme, estendia-se no piso de mármore, sob a escrivaninha de tampo de vidro. Oficialmente, Joe era motorista de Matt, e não oficialmente, seu guarda-costas, uma função na qual se saía muito melhor do que na de chofer, porque quando dirigia um carro parecia que estava brigando pelo primeiro lugar no Grand Prix.

— Quando vai partir para Chicago, Matt?

— Assim que essa droga de entrevista acabar.

— Ok. Já telefonei para Los Angeles, e a limusine estará à sua espera na pista de decolagem do aeroporto Midway. Mas não foi pra dizer isso que vim aqui — Joe O'Hara explicou, andando até uma das janelas e afastando a cortina para o lado.

Fez um gesto para Matt, chamando-o, e apontou na direção da larga alameda sinuosa que corria entre os ciprestes na frente da casa.

— Olha aquela coisinha linda ali — disse em tom sonhador quando Matt juntou-se a ele. Quem não o conhecesse poderia julgar que se referia a uma mulher, mas Matt sabia que não era isso. Depois que a esposa de Joe falecera, os carros haviam se tornado seu único amor.

— É de um dos câmeras que vieram com a Walters.

A "coisinha linda" era um Cadillac vermelho, conversível, de 1959, em perfeitas condições.

— Olha aquelas bolas — Joe murmurou, falando dos faróis no tom lascivo de um adolescente olhando para um pôster da *Playboy*. — Que curvas! Dá vontade de passar a mão, não dá? — Cutucou Matt com o cotovelo. — Já viu coisa mais linda?

Matt foi poupado da obrigação de dar uma resposta, pois a moça do roteiro apareceu à porta, avisando que tudo estava pronto na sala de estar.

A entrevista seguiu de maneira previsível por quase uma hora, quando a porta abriu-se, e uma mulher entrou, o lindo rosto iluminado de alegria.

— Matt, querido! Você voltou!

Todos os que se encontravam na sala viraram-se para ela. Os membros da equipe da ABC ficaram embasbacados, esquecendo de tudo, olhando para Meryl Saunders, que corria para Matt, usando apenas um penhoar vermelho, sensualmente transparente.

Mas não era para o corpo de Meryl que as pessoas olhavam, e sim para seu lindo rosto, que aparecia nas telas de cinema e televisão do mundo todo. A beleza juvenil, aliada à firme crença religiosa que ela afirmava ter, havia feito daquela moça a queridinha da América. Os adolescentes a amavam, porque ela era linda e parecia muito jovem, e os pais dos adolescentes também, porque achavam que ela representava um modelo saudável para seus filhos. Os produtores adoravam-na porque ela era uma atriz de grande talento, e qualquer filme de que participava virava sucesso de bilheteria.

Naquele momento, pouco importava que ela tivesse 23 anos e um apetite sexual voraz, porque, no silêncio chocado causado por sua aparição, Matt sentiu-se como se tivesse sido pego no flagra, seduzido Alice, a menina do País das Maravilhas.

Com o mesmo comportamento de valente bandeirante que exibia durante as filmagens, Meryl sorriu educadamente para o grupo, pediu desculpas a Matt por interrompê-lo, virou-se e saiu com toda a dignidade de uma aluna de colégio de freiras, um verdadeiro tributo a seu talento de atriz, porque através do fino tecido vermelho viam-se as nádegas nuas e a tira da calcinha entre elas.

O rosto de Barbara Walters revelava reações contrastantes, e Matt preparou-se para o inevitável bombardeio de perguntas indiscretas sobre Meryl, contrariado ao pensar que a imagem pública da atriz, tão cuidadosamente construída, estava prestes a desmoronar. Barbara, no entanto, apenas perguntou se Meryl Saunders era uma hóspede assídua em sua casa. Matt respondeu que a jovem gostava de ficar ali sempre que ele viajava, o que com frequência acontecia.

Para sua surpresa, a jornalista aceitou a explicação e voltou ao assunto que estavam discutindo antes da chegada de Meryl.

— Como você se sente a respeito do aumento de fusões de empresas que estão sendo feitas com a adoção de métodos hostis? — ela perguntou.

— É uma tendência que se manterá até que sejam tomadas medidas para controlá-la — respondeu Matt.

— A Intercorp planeja engolir mais alguma empresa? — Uma pergunta importante, mas não inesperada.

— Estamos sempre interessados em adquirir boas empresas, a fim de favorecer o nosso crescimento e o delas também.

— Mesmo que alguma *não queira* ser comprada?

— É um risco que todas as empresas correm, até mesmo a Intercorp — Matt informou, sorrindo com educação.

— Mas apenas uma corporação igualmente gigantesca poderia engolir a sua. Existe alguma empresa com imunidade contra uma fusão forçada com a Intercorp? De amigos, ou conhecidos, por exemplo? Nossa ABC poderia ser sua próxima presa? — brincou a jornalista.

— O objeto de uma tentativa de fusão é chamada de "alvo", não de "presa". Mas pode ficar tranquila que a Intercorp não está de olho na ABC por enquanto — ele arreliou.

Barbara riu e depois lhe dirigiu seu melhor sorriso de profissional da mídia.

— Podemos conversar um pouco sobre sua vida particular, agora?

— Acho que não podemos evitar isso, né — replicou Matt, sorrindo brandamente para esconder a irritação.

Ela sorriu mais amplamente, balançando a cabeça em negativa.

— No decorrer dos últimos anos, você teve casos tórridos com diversas estrelas de cinema, uma princesa e, mais recentemente, com Maria Calvaris, a herdeira de um armador grego. Esses casos, tão noticiados, foram reais ou inventados por colunistas sociais?

— Foram — Matt respondeu, sem esclarecer coisa alguma. A jornalista tornou a rir.

— E seu casamento? Quer falar sobre isso? — indagou, já séria.

A surpresa de Matt foi tão grande que por um momento ele ficou sem saber o que dizer.

— Meu o quê? — perguntou por fim, incapaz de acreditar no que ouvira.

Ninguém jamais soubera de seu curto e desastroso casamento com Meredith Bancroft, 11 anos atrás.

— Sei que nunca foi casado — Barbara esclareceu. — Mas eu gostaria de saber se planeja casar-se, algum dia.

Matt relaxou.

— Eu não descarto essa opção — ele respondeu.

# 13

## Novembro, 1989

UMA VERDADEIRA MULTIDÃO DE MORADORES DE Chicago andava devagar ao longo de um trecho da avenida Michigan, e sua falta de pressa devia-se não só ao clima ameno daquele dia de outono, como também ao obstáculo formado pelo grande aglomerado de pessoas que admiravam as vitrines da Bancroft & Company, maravilhosamente decoradas para o Natal.

A loja, que evoluíra muito desde a inauguração, em 1891, quando começara a funcionar num prédio de dois andares com toldos amarelos nas janelas, ocupava um edifício de 14 andares, de mármore e vidro, que tomava um quarteirão inteiro. Mas, apesar de todas as transformações, uma coisa não mudara: a tradição de manter dois porteiros de uniformes marrons com detalhes dourados na entrada principal. Esse pequeno toque de elegância permanecia como uma confirmação do tratamento digno e cortês oferecido pela Bancroft's.

Os dois porteiros idosos, cuja mania de competição fizera com que pouquíssimas vezes se falassem nos trinta anos de trabalho em conjunto, observaram disfarçadamente a chegada de um BMW preto, cada um esperando que parasse no seu lado da enorme porta.

O carro aproximou-se do meio-fio, e Leon, um dos porteiros, prendeu o fôlego e depois o soltou num suspiro exasperado quando o veículo passou por ele e parou diante do território do adversário.

— Velho nojento — resmungou, vendo Ernest andar na direção do carro.

— Bom dia, srta. Bancroft — Ernest a cumprimentou, abrindo a porta para Meredith sair.

Vinte cinco anos atrás, fazendo aquilo para o pai dela, vira-a pela primeira vez e saudara-a daquela mesma maneira, no mesmo tom reverente.

— Bom dia, Ernest — respondeu Meredith, sorrindo e entregando-lhe as chaves do BMW. — Você pede pro Carl estacionar o carro pra mim, por favor? Não quero carregar da garagem até o elevador tudo o que tenho para levar lá para cima.

Manobristas, como Carl, eram outra conveniência que a loja oferecia a seus clientes.

— Certamente, srta. Bancroft.

— Diga a Amélia que mandei lembranças — ela acrescentou, referindo-se à esposa do porteiro.

Tratava com intimidade muitos dos empregados que trabalhavam lá havia anos e que considerava da família. De fato, sentia-se mais em casa ali na loja, matriz de uma cadeia de sete estabelecimentos em várias cidades, do que na velha mansão onde crescera, ou no apartamento para onde se mudara.

Parando na calçada, observou a multidão reunida diante das vitrines e sorriu, quando um delicioso prazer encheu-lhe o coração. Essa era uma sensação que experimentava sempre que olhava para a elegante fachada da Bancroft's, uma mistura de orgulho, entusiasmo e desejo de preservar tudo aquilo.

Naquele dia, porém, sua felicidade era ainda maior, pois, na noite anterior, Parker tomara-a nos braços, declarara seu amor e pedira-a em casamento. Quando ela disse sim, ele pusera um anel de noivado em seu dedo.

— As vitrines estão mais lindas do que nunca — comentou com Ernest, quando algumas pessoas afastaram-se e ela pôde ver parte da estonteante decoração que o talento de Lisa criara.

Lisa Pontini já merecera o reconhecimento de todos na Bancroft's pelo trabalho que vinha fazendo, e, quando seu chefe se aposentasse, ela ficaria no lugar dele como diretora do departamento de decoração.

Ansiosa por ver a amiga e contar-lhe sobre o noivado, Meredith rodeou o carro, abriu a porta do passageiro e retirou duas pastas e várias caixas de fichas de arquivo que tinha deixado no banco. Então, encaminhou-se para a entrada da loja.

Assim que entrou, um segurança foi a seu encontro.

— Posso ajudá-la a levar essas coisas, srta. Bancroft?

Ela ia recusar, mas seus braços estavam começando a doer e, além disso, sentira o impulso repentino de dar uma volta pela loja antes de subir. Queria deliciar-se com o que lhe parecia um movimento recorde, pois um enorme número de pessoas aglomerava-se nos balcões e ao longo dos corredores entre eles.

— Obrigada, Dan — agradeceu, entregando a pilha de caixas e as duas pastas ao homem.

Quando ele se afastou na direção dos elevadores, Meredith arrumou o lenço azul que passara sob a gola do blazer branco e, pondo as mãos nos bolsos, atravessou a seção de cosméticos, dirigindo-se às escadas rolantes no meio da loja. Os clientes esbarravam nela, apressados, mas isso, em vez de irritá-la, aumentava ainda mais seu prazer.

Inclinando a cabeça para trás, olhou para a árvore de Natal, que, com seus 9 metros de altura, se erguia acima de toda a agitação, os galhos brancos exibindo luzes, laços e outros enfeites, tudo em vermelho. Guirlandas, trenós e sinos ornamentavam os pilares quadrados e espelhados que se enfileiravam naquele andar, e o sistema de som espalhava a melodia alegre de *Deck the Halls*. Uma mulher que escolhia uma bolsa cutucou a amiga que a acompanhava ao ver Meredith.

— Olha, é a Meredith Bancroft — informou. — O jornalista que disse que ela se parece com Grace Kelly quando jovem estava certo!

Meredith ouviu mas não se impressionou. Nos últimos anos, ela foi se acostumando aos olhares e comentários das pessoas. A *Women' Wear Daily* chamara-a de "a encarnação da pura elegância", a *Cosmopolitan*, de "totalmente chique", e *The Wall Street Journal*, de "princesa regente da Bancroft & Company". E, na privacidade da sala de reuniões, por trás de suas costas, os diretores chamavam-na de "uma dor de cabeça".

Era só a essa última descrição que Meredith dava importância. Pouco se incomodava com o que os jornais e revistas escreviam sobre ela, desde que suas matérias aumentassem o prestígio da loja. Mas o quadro de diretores era outra coisa, muito diferente, pois aqueles homens tinham o poder de colocar obstáculos em seus planos, de bloquear seu sonho de expandir a Bancroft & Company, levando-a para mais cidades. O presidente não a tratava tão diferente dos diretores. E o presidente era seu pai.

Hoje, porém, nem mesmo a luta que travava com Philip e com os outros por causa de seus planos de expansão seria capaz de tirar seu bom humor. Ela se sentia tão feliz que precisou conter o impulso de cantar junto com a música de Natal que tocava dos alto-falantes. Mas não refreou o desejo de fazer algo que costumava fazer quando menina: aproximando-se de um dos pilares espelhados, olhou-se e, fingindo que colocava uma mecha de cabelos no lugar, sorriu e piscou para o segurança que, ela sabia, estava sentado dentro do pilar, vigiando para impedir a ação de ladrões.

Virando-se, foi até uma das escadas rolantes. Lisa tivera a ideia de decorar cada andar com uma cor diferente, em tons que tivessem algo a ver com as mercadorias. Meredith adorou o que viu quando chegou ao segundo andar, onde ficavam os agasalhos de peles e os vestidos com etiquetas de designers famosos. Ali, todas as árvores brancas haviam recebido enfeites rosados e laços dourados. Bem na frente da escada rolante, estava Papai Noel, vestido de branco e dourado, sentado diante de sua "casa". Em seu colo, uma linda mulher, usando um luxuoso penhoar de renda francesa, apontava dengosamente para um casaco de pele de marta de 25 mil dólares.

Um sorriso pairou no rosto de Meredith quando ela percebeu que a aura de luxo e extravagância criada pelo arranjo era um sutil mas eficiente incentivo para os clientes que se aventuravam a ir àquele andar a se darem direito a luxo similar àquele. A julgar pelo número de homens que examinavam peles, e mulheres que experimentavam vestidos, o convite tinha sido bem-sucedido.

Naquele andar, cada estilista tinha o próprio espaço para expor as coleções. Meredith andou pelo corredor central, cumprimentando os empregados que conhecia. No ateliê de Geoffrey Beene, duas mulheres robustas, usando casacos de marta, admiravam um vestido azul, com bordados em pedrarias, no valor de 7 mil dólares.

— Você vai ficar igual a um saco de batatas com esse vestido, Margaret — uma delas alertou a outra.

Ignorando-a, a amiga virou-se para a vendedora:

— Você não teria esse modelo em tamanho maior?

No ateliê seguinte, de Valentino, uma mulher animava a filha, uma moça de mais ou menos 18 anos, a experimentar um vestido de veludo.

— Se gostou, compra pra você — declarou a filha, sentando-se no sofá forrado de seda. — Não vou à sua festa idiota. Eu disse que queria passar o Natal na Suíça.

— Eu sei, querida — replicou a mãe com ar contrito, olhando para a mocinha amuada. — Mas achamos que, pelo menos uma vez, seria bom passarmos o Natal todos juntos, em casa.

Meredith olhou para o relógio de pulso e viu que já era quase um hora da tarde. Encaminhou-se para os elevadores, pretendendo procurar Lisa para compartilhar as novidades. Passara a manhã no escritório do arquiteto, examinando o projeto para a loja de Houston, e tinha uma tarde movimentada pela frente.

O departamento de decoração funcionava num armazém gigante localizado no porão, abaixo do nível da rua, e era atulhado de mesas de desenho, manequins desmontados, rolos gigantescos de tecidos e toda a parafernália que fora usada para decorar as vitrines e o interior da loja na última década. Meredith abriu caminho naquele caos com facilidade, pois conhecia bem o lugar. Trabalhar em todos os departamentos tinha sido parte de seu treinamento.

— Lisa! — chamou, e todos os ajudantes da amiga olharam para ela. — Lisa!

— Estou aqui — respondeu uma voz abafada. Então, Lisa afastou a "saia" que rodeava uma mesa e pôs a cabeça para fora, sacudindo os cabelos avermelhados e crespos. — O que foi agora? Como posso trabalhar com tantas interrupções?

— Juro que não sei — respondeu Meredith, rindo e sentando-se na borda da mesa. — Nunca entendi como você consegue achar o que precisa nessa bagunça, muito menos criar alguma coisa.

— Oi — Lisa cumprimentou-a e saiu de baixo da mesa, engatinhando. — Estava firmando as pernas dessa coisa com arames. Vamos arrumar como se fosse para um jantar de Natal, no departamento de móveis. Como foi seu encontro com Parker?

— Foi bom — respondeu Meredith, mexendo propositalmente na gola do blazer para mostrar o anel de safira. No dia anterior, dissera a Lisa que estava com o pressentimento de que Parker a pediria em casamento naquela noite, o que tornava a brincadeira ainda melhor.

— A mesma coisa de sempre.

Lisa plantou as mãos na cintura.

— A mesma coisa de sempre?! Parker está divorciado há dois anos e faz nove que vocês estão namorando. Você passa um bocado de tempo com as filhas dele. É linda, inteligente, os homens se atropelam por sua causa, mas esse sujeito não se decide. Acho que está perdendo tempo com ele, querida. Se aquele idiota quisesse pedi-la em casamento, já...

— Ele pediu — anunciou Meredith com um sorriso triunfante. Lisa, porém, iniciara um de seus sermões favoritos e levou algum tempo para captar o sentido do que ouvira.

— De toda forma, ele não é o homem certo. Você precisa de alguém que a tire dessa casca de conservadora e a obrigue a fazer coisas loucas, como votar num candidato do partido Democrata, ou ir à ópera na sexta-feira, em vez de no sábado. Parker é muito parecido com você, muito metódico, estável, cauteloso... O que você disse? Está brincando! Ele pediu?

— Pediu — confirmou Meredith.

O olhar de Lisa finalmente caiu sobre a safira escura presa num engaste antiquado.

— O anel de noivado? — perguntou, pegando a mão de Meredith para olhar a joia mais de perto. Franziu a testa. — O que é isso?

— Uma safira — respondeu Meredith, sem se perturbar com a falta de entusiasmo da amiga pela peça antiga.

Sempre apreciara a franqueza de Lisa e, além disso, ela própria, que estava apaixonada por Parker, não podia dizer que o anel era lindo. Mas tratava-se de uma joia fina, herança de família, o que a deixara muito satisfeita.

— Estou vendo que é uma safira — replicou Lisa. — Mas e essas pedrinhas em volta? Não brilham, que nem os brilhantes.

— São brilhantes de lapidação antiga, sem muitas facetas — explicou Meredith. — O anel é velho. Foi da avó de Parker.

— Ah, porque ele não consegue comprar um novo, né! — Lisa brincou. — Sabe, antes de te conhecer, eu achava que os ricos viviam comprando coisas maravilhosas, e que preço não era problema.

— Só os novos-ricos fazem isso — disse Meredith. — Os velhos são moderados.

— Acho que vocês, os velhos, têm muito o que aprender com os novos, então. Usam as coisas até que fiquem gastas! Se um dia eu ficar noiva de um homem rico e ele tentar me dar o anel da avó, acabo com tudo na hora. — Lisa fez uma pausa, tornando a olhar para a joia. — De que é feito o engaste? Não tem brilho!

— Platina — Meredith respondeu, contendo uma risada.

— Eu devia ter adivinhado! Não acaba nunca! Foi por isso que quem comprou o anel, duzentos anos atrás, escolheu esse material.

— Exatamente — concordou Meredith, começando a rir. Lisa riu com ela, mas havia lágrimas em seus olhos.

— Sinceramente, meu bem, se você não achasse que precisa ser um anúncio ambulante da Bancroft & Company, ainda estaria usando as roupas dos tempos de universidade.

— Só se fossem roupas muito resistentes — comentou Meredith.

— Parker não é bom o bastante pra você — murmurou Lisa, abraçando-a com força. — Ninguém é.

— Ele é *perfeito* pra mim — afirmou Meredith, retribuindo o abraço. — Escuta, o baile beneficente é amanhã. Vou reservar entradas pra você e pro Phil. Daremos uma festa de noivado depois.

— Phil está em Nova York — Lisa informou, referindo-se ao namorado, um fotógrafo de comerciais. — Mas eu vou. Afinal, se

Parker vai ser membro de nossa família, preciso aprender a gostar dele. — Sorriu, maliciosa. — Mesmo que seu noivo goste de executar hipotecas de viúvas.

— Lisa, você sabe que Parker odeia suas piadas sobre banqueiros. Agora que nós dois ficamos noivos, será que você pode parar de implicar com ele?

— Vou tentar. Nada de implicâncias e nada de piadas sobre banqueiros.

— E vai parar de chamá-lo de sr. Drysdale?

— E também parar de assistir às reprises de *Beverly Hillbillies*, juro.

— Obrigada — Meredith agradeceu, levantando-se. Viu Lisa virar-se abruptamente e começar a alisar com força exagerada as rugas do feltro vermelho que cobria a mesa. — Alguma coisa errada?

Lisa voltou-se para ela com um sorriso amplo demais.

— Coisa errada? Como, se minha melhor amiga ficou noiva do homem dos sonhos dela? — Mudou rapidamente de assunto: — Com que roupa você vai ao baile?

— Não sei ainda. Vou dar uma passada no segundo andar, amanhã, e escolher algo deslumbrante. Posso aproveitar para dar uma olhada nos vestidos de noiva. Parker quer que a cerimônia e a festa de casamento sejam no estilo tradicional, com todas as formalidades. Acha que não posso ser privada disso, só porque ele já teve um casamento assim.

— Ele sabe daquilo... do seu outro casamento? — Lisa cochichou.

— Sabe. Ele foi superlegal e compreensivo. Parker... — Meredith calou-se de repente, quando a badalada suave de uma sineta ecoou através do sistema de som. Era um sinal de chamada para os que trabalhavam na loja, e cada departamento tinha seu código. Meredith prestou atenção. Dois toques, pausa, um toque. — Isso é comigo. Preciso correr. Tenho uma reunião dentro de uma hora e ainda não li algumas anotações.

— Acaba com aqueles diretores — recomendou Lisa, voltando para baixo da mesa.

Meredith foi até o telefone preso na parede, perto da porta, e chamou a telefonista.

— Meredith Bancroft — identificou-se. — Alguém me chamou, não é?

— O sr. Braden, da segurança. Pediu para a senhorita ir ao escritório dele o mais rápido possível. Disse que é importante.

# 14

O ESCRITÓRIO DO CHEFE DA SEGURANÇA FICAVA NO sexto andar, atrás do departamento de brinquedos, discretamente escondido por uma parede falsa. Meredith era vice-presidente da divisão de operações, de modo que o departamento de segurança estava sob sua supervisão. Andando pelos corredores, onde clientes examinavam sofisticados trens elétricos e casas de bonecas em estilo vitoriano, ela se perguntava quem havia sido apanhado roubando, para que exigissem sua presença. Devia ser algum empregado, porque, se fosse um ladrão de lojas comum, os seguranças cuidariam do assunto sozinhos. Embora oitenta por cento dos furtos fossem obra de pessoas de fora, eram os empregados desonestos que causavam maior prejuízo, pois tinham muito mais oportunidade para roubar, todos os dias. No mês anterior, haviam apanhado um vendedor que aceitava "trocas" de mercadorias, usando amigos a quem dava notas falsas de devolução. E também havia o caso do comprador de joias da loja, que fora demitido por aceitar propinas no valor de 10 mil dólares para comprar peças de qualidade inferior de três fornecedores diferentes. Meredith sempre considerara sórdido e repulsivo um empregado que roubava, porque tomava isso como uma traição.

Preparando-se para enfrentar uma situação desagradável, parou por um momento diante da porta do escritório de Mark Braden, diretor da segurança. Depois, empurrou a porta e entrou na espaçosa sala de espera. Viu duas mulheres, uma que aparentava 20 e poucos anos, e outra que devia estar com mais de 70 sentadas em cadeiras junto à parede, sob o olhar vigilante de um segurança uniformizado. A moça, obviamente pobre, apertava a barriga com os braços e parecia aterrorizada, com sinais de lágrimas nas faces. A idosa, porém, era o retrato da elegância e da serenidade. Parecia uma antiga boneca de porcelana, naquele conjunto Chanel vermelho e preto, empertigada na cadeira e segurando a bolsa nos joelhos.

— Bom dia, minha querida — dirigiu-se a Meredith. — Como você está?

— Estou bem, sra. Fiorenza — respondeu Meredith, contendo a raiva ao reconhecer a velha senhora.

O marido de Agnes Fiorenza era um dos pilares da comunidade, pai de um senador, além de membro da diretoria da Bancroft & Company, o que tornava a situação extremamente delicada.

— Como vai a senhora? — perguntou Meredith, sem pensar.

— Eu estou bem descontente, querida. Estou sentada aqui há mais de meia hora, apesar de ter explicado ao sr. Braden que não posso me demorar. Preciso estar num almoço em homenagem ao senador Fiorenza, que vai ficar muito preocupado se eu não aparecer. Pode pedir ao sr. Braden que resolva logo esse assunto?

— Verei o que posso fazer — respondeu Meredith, dirigindo-se à sala de Mark Braden.

Encostado na escrivaninha, ele bebericava um café fumegante, enquanto conversava com o segurança que vira a mulher mais jovem furtar alguns objetos. Mark, um homem atraente, de 45 anos, cabelos loiros e olhos castanhos, fora especialista em segurança na Força Aérea e levava seu trabalho na Bancroft's tão a sério quanto o fizera a serviço do país. Meredith gostava dele, além de respeitá-lo.

— Vi Agnes Fiorenza na sala de espera — ela disse com um sorriso. — Ela pediu pra te dizer que tem um almoço muito importante e que você a está atrasando.

— Dei instruções pra que deixassem você lidar com o caso, Meredith.

— O que foi que ela roubou desta vez?

— Um cinto Lieber, uma bolsa Givenchy e isso aqui.

Mostrou um par de enormes brincos de cristal azul sobre a mesa. Eram bijuterias finas, mas uma mulher tão miúda quanto Agnes ficaria ridícula com eles.

— Quanto ela ainda tem de crédito? — perguntou Meredith, referindo-se à conta que o diretor Fiorenza tinha aberto para cobrir os furtos da esposa.

— Cerca de 400 dólares. A quantia não cobre o valor disso tudo.

— Eu vou falar com ela. Mas, primeiro, posso tomar uma xícara desse café? — Meredith estava farta de encobrir os furtos de Agnes, enquanto outras pessoas, como a moça pobre, eram processadas sem compaixão. Tomou uma decisão, mesmo sabendo que o diretor Fiorenza ficaria furioso com ela. — Vou dar ordem aos porteiros para que não a deixem entrar na loja de hoje em diante. O que foi que aquela moça furtou?

— Roupas infantis. Um macacão de inverno, um par de luvas e dois suéteres. Ela nega ter roubado — informou Mark, entregando uma xícara de café a Meredith. — Mas está tudo gravado numa fita. O valor das mercadorias é de 200 dólares, mais ou menos.

Meredith tomou um gole do café, desejando que a pobre mãe lá fora tivesse confessado o roubo. Mas negara, e isso forçava a loja a provar a acusação e processá-la como medida de proteção contra um processo que a mulher poderia abrir sob a alegação de calúnia.

— Ela tem ficha na polícia, Mark?

— Entrei em contato com a polícia e disseram que não.

— Você desistiria de entrar com um processo se ela assinasse uma confissão?

— E por que eu faria isso?

— Processos são caros, e a moça não tem registro policial. Além disso, acho horrível deixar Agnes Fiorenza ir embora com uma simples repreensão, depois de ela ter roubado artigos de luxo, e processar uma mulher pobre por furtar roupas de inverno para um filho.

— Vamos fazer um trato. Você proíbe mesmo a entrada da sra. Fiorenza na loja, e eu não processo a moça, desde que ela assine uma confissão. Feito?

— Feito — respondeu Meredith enfaticamente.

— Mande a mulher mais velha entrar — Mark disse ao segurança. Agnes Fiorenza entrou instantes depois, envolta numa nuvem de perfume, obviamente apressada.

— Meu Deus, sr. Braden, como demorou para me chamar! — reclamou com um sorriso.

— Sra. Fiorenza, temos tido muito trabalho com a senhora, que insiste em levar artigos sem pagar por eles — declarou Meredith.

— Sei disso, mas não precisa falar comigo nesse tom de censura — replicou a mulher, pondo a bolsa que carregava em cima da escrivaninha.

— Tem pessoas que vão para a cadeia por furtarem objetos de valor muito menor do que esses — Meredith apontou para os artigos sobre a escrivaninha, irritada, como se estivesse lidando com uma criança malcriada. — Aquela jovem lá fora roubou roupas de inverno para uma criança e pode ser presa por isso, mas a senhora furtou coisas de que não precisa!

— Por Deus, Meredith, acha que peguei os brincos para mim? — perguntou a sra. Fiorenza, parecendo ofendida. — Não sou tão egoísta como pensa. Também gosto de fazer caridade.

Confusa, Meredith hesitou.

— Quer dizer que doa os objetos que rouba, como esses brincos, para obras de caridade?

— Credo! — a idosa exclamou, o rosto de boneca de porcelana assumindo uma expressão escandalizada. — Que instituição de caridade que se preze aceitaria esses brincos horríveis? Peguei-os para dar à minha empregada. Ela tem um gosto horrível e iria adorar. Mas você devia dizer à pessoa que adquire bijuterias para a loja que coisas como esses brincos não fazem bem à imagem da Bancroft & Company. Na verdade...

— Sra. Fiorenza, eu a avisei, no mês passado, de que, se fosse apanhada furtando novamente, os porteiros receberiam ordem para barrar sua entrada na loja — Meredith lembrou-a.

— Não pode estar falando sério!

— Estou.

— Não vou poder entrar na loja?

— Não.

— Isso é um ultraje!

— Sinto muito.

— Meu marido vai ficar sabendo disso! — Agnes Fiorenza declarou, mas sua voz assumira um tom de patética timidez.

— Só se a senhora contar a ele — observou Meredith, compreendendo que havia mais medo do que ameaça nas palavras da mulher.

Agnes ergueu a cabeça com altivez.

— Nunca mais vou comprar coisa alguma nessa loja — disse, com a voz embargada. — Só vou frequentar a I. Magnin's. Lá, eles não vendem brincos horrorosos como esses!

Pegou a bolsa, passou uma das mãos pelos cabelos brancos e saiu. Encostando-se na parede, Meredith olhou para os dois homens e tomou um gole do café, sentindo-se triste e perturbada, como se tivesse esbofeteado a velha senhora.

Afinal, o marido de Agnes pagava por tudo o que ela roubava, de modo que os furtos não representavam prejuízo para a loja, pelo menos quando os seguranças a apanhavam.

— Notou que ela ficou arrasada? — perguntou a Mark.

— Não.

— Fiz isso pelo bem dela mesma — continuou Meredith, observando a frieza no rosto dele. — Acho que lhe demos uma lição, punindo-a, em vez de ignorar seu erro. Concorda?

Mark sorriu como se estivesse se divertindo, então, sem responder, ergueu o telefone e pressionou quatro botões.

— Dan, a sra. Fiorenza está descendo — disse ao segurança do andar térreo. — Peça a ela que devolva o cinto Lieber que leva na bolsa. Certo, o mesmo que você a pegou roubando. Ela acabou de pegá-lo de cima da minha mesa.

Desligou e sorriu para Meredith, que estava atônita. Ela olhou para o relógio de pulso, pensando na reunião marcada para aquela tarde.

— Vou indo, Mark. Vejo você na reunião. O relatório sobre a situação de seu departamento está pronto?

— Está. Meu departamento vai bem. O índice de perdas baixou oito por cento nesse ano.

— Isso é maravilhoso! — elogiou ela com sinceridade.

Mais do que nunca, desejava que os departamentos sob sua supervisão se destacassem pela eficiência. O cardiologista de seu pai vinha insistindo para que ele se retirasse da presidência da Bancroft & Company, ou que pelo menos tirasse uma licença de seis meses. Philip decidira-se por uma licença e, no dia anterior, reuniu-se com os diretores para discutir quem deveria ficar como presidente interino durante sua ausência.

Meredith queria desesperadamente ocupar o posto. Outros quatro vice-presidentes desejavam o mesmo, mas ela trabalhara muito mais arduamente do que eles para alcançar esse objetivo, com obstinada diligência e inegável sucesso. Além disso, a presidência sempre fora ocupada por um membro da família Bancroft e, se Meredith não fosse mulher, sabia que assumiria o cargo automaticamente. O avô tornara--se presidente com menos idade do que ela, mas, por ser homem, não sofrera discriminação por parte do próprio pai. Tampouco enfrentara obstáculos criados por uma diretoria que exercia tamanho controle sobre certas decisões, algo que, em parte, estava acontecendo por culpa dela mesma. Para expandir a Bancroft's, ideia pela qual lutara com exaustão, fora necessário levantar um enorme capital, e para isso a empresa tivera de colocar suas ações no mercado. Dessa forma, qualquer pessoa podia comprar ações, e cada ação significava um voto. Assim, a diretoria era eleita pelos acionistas, a quem tinha de prestar contas, e os diretores haviam deixado de ser meros fantoches, escolhidos ou rejeitados por Philip Bancroft. Para agravar a situação de Meredith, os diretores eram fortes acionistas, dispondo de muitos votos, o que lhes dava poder ainda maior.

Doze deles, membros da diretoria havia anos, eram amigos do pai dela, como haviam sido do avô, e tendiam a apoiar todas as sugestões de Philip. Se ele recomendasse Meredith como sua substituta durante a licença, era quase certo que esses homens, e outros também, aprovariam. E ela *precisava* daqueles seis meses de interinidade para provar que estava preparada para as responsabilidades da presidência, quando o pai se aposentasse. Ele, no entanto, recusara-se a revelar o resultado da reunião e até mesmo a data em que divulgariam o resultado das discussões.

Pondo a xícara na mesa de Mark, Meredith olhou para o macacãozinho que a moça lá na sala de espera roubara e sentiu a mesma dor que a assaltava sempre que pensava que nunca poderia ter um bebê. Mas aprendera, havia muito tempo, a disfarçar os sentimentos diante dos colegas de trabalho.

— Vou falar com a moça que furtou as roupinhas — anunciou com um sorriso sereno. — Qual o nome dela?

Mark deu-lhe a informação, e ela foi para a outra sala.

— Sra. Jordan, sou Meredith Bancroft — apresentou-se.

— Sei. Tenho visto suas fotos nos jornais — Sandra Jordan replicou. — E daí?

— Daí que, se a senhora insistir em negar o roubo, a loja será obrigada a processá-la.

Havia hostilidade no rosto pálido da jovem, e Meredith abandonaria sua tentativa de ser generosa se não visse medo e lágrimas nos olhos fixos nos seus.

— Escute o que tenho a dizer, sra. Jordan, porque faço isso por compaixão. Pode aceitar meu conselho, ou, então, assumir as consequências. Se negar que furtou, e nós a deixarmos ir, sem processá-la e sem provar que o fez, a senhora poderá abrir um processo contra nós, alegando que foi detida e acusada injustamente. Entende o que estou dizendo? Há uma fita, gravada por uma das câmeras instaladas no teto do departamento de roupas infantis, que mostra a senhora furtando algumas peças. Nós exibiremos a fita no tribunal, se for necessário provar que nossa acusação não foi injusta.

Meredith fez uma pausa, examinando o rosto rígido da mulher, mas não poderia dizer se ela estava aceitando a tábua de salvação que lhe era oferecida.

— Devo acreditar que vocês soltam os ladrões quando eles confessam o crime? — Sandra Jordan perguntou, desconfiada e desdenhosa.

— A senhora é uma ladra de lojas? — Meredith indagou. — Tem o hábito de roubar? Mulheres de sua idade em geral furtam roupas pra si mesmas, perfumes ou joias. A senhora pegou agasalhos para uma criança e, além disso, não tem antecedentes criminais. Prefiro pensar que cometeu esse erro por desespero, para poder aquecer seu bebê.

A moça, que obviamente estava mais acostumada a enfrentar dificuldades do que a ser alvo de compaixão, desabou diante dos olhos de Meredith, começando a chorar.

— Vi na televisão que não se deve confessar nada, a não ser que um advogado esteja presente — declarou.

— A senhora tem um advogado?

— Não.

— Se não admitir que roubou aquelas coisas, certamente precisará de um.

— Vocês fariam uma declaração por escrito, dizendo que não colocarão a polícia atrás de mim, se eu confessar?

A proposta pegou Meredith de surpresa, deixando-a indecisa. Precisaria consultar os advogados da loja para saber se esse documento, mais tarde, poderia ser considerado uma forma de suborno ou causar qualquer outro transtorno.

— Está complicando as coisas desnecessariamente, sra. Jordan.

A jovem estremeceu e emitiu um longo e trêmulo suspiro.

— Bem, se eu admitir que roubei, vocês não mandarão a polícia atrás de mim?

— Aceitaria minha palavra?

Sandra Jordan examinou o rosto de Meredith atentamente.

— Posso aceitar?

— Pode.

— Está bem. Eu roubei.

Meredith olhou por cima do ombro para Mark, que abrira a porta em silêncio e observava a cena.

— A sra. Jordan admite ter roubado aquelas peças — informou.

— Ótimo — ele comentou, aproximando-se com um papel e uma caneta, que entregou à perturbada jovem.

— Não sabia que precisaria assinar uma confissão — ela protestou.

— Assim que assinar, poderá ir embora — Meredith assegurou gentilmente.

A moça olhou-a por um longo momento, então assinou o papel e devolveu-o a Mark com um gesto brusco.

— Pode ir, sra. Jordan — ele disse.

Ela se levantou e agarrou-se às costas da cadeira, como se estivesse tonta.

— Obrigada, srta. Bancroft — murmurou.

— De nada — Meredith respondeu e saiu da sala.

— Srta. Bancroft! — Sandra Jordan chamou-a, quando ela já entrava no departamento de brinquedos.

Meredith parou e virou-se para olhá-la.

— Eu queria... bem... queria dizer que já te vi nos noticiários, usando casacos de peles e lindos vestidos, mas você é muito mais bonita pessoalmente do que na televisão.

— Obrigada — Meredith agradeceu com um leve sorriso meio acanhado.

— Também quero que saiba que nunca roubei nada antes — a moça continuou. Então, tirou uma carteira da bolsa, abriu-a e retirou a foto de um bebê de olhos azuis e com a boquinha sem dentes aberta num amplo sorriso. — Olha. É minha Jenny. Ela ficou doente, na semana passada, e o médico mandou-me mantê-la aquecida, mas não posso ligar o aquecimento porque gastaria muita eletricidade. Então, pensei em conseguir roupas quentes... — Calou-se e piscou depressa para conter as lágrimas que ameaçavam se derramar. — O pai dela foi embora quando fiquei grávida, mas não faz mal, porque eu e Jenny estamos juntas e isso é o que importa. Eu não suportaria perder minha filhinha.

Girou nos calcanhares e afastou-se quase correndo. Meredith acompanhou-a com os olhos, mas via apenas o bebê com um pequeno laço cor-de-rosa nos cabelinhos ralos e um sorriso angelical no rosto.

Minutos mais tarde, quando ia sair da loja, Sandra Jordan foi detida por um segurança.

— Espera — ele ordenou. — O sr. Braden está descendo.

A jovem começou a tremer, naturalmente achando que havia sido induzida a assinar uma confissão que depois entregariam à polícia. Essa suposição tornou-se mais evidente quando Mark Braden apareceu, carregando uma grande sacola, que abriu para que ela pudesse ver o conteúdo. Ali estavam o macacãozinho e as outras peças que ela tentara furtar, mas havia também um grande urso de pelúcia em que nem tocara.

— Vocês me enganaram — ela gritou em lágrimas, enquanto Braden estendia-lhe a sacola.

— Não. Pode levar essas coisas para casa, sra. Jordan. Todos nós, da Bancroft & Company, desejamos à senhora e à sua filhinha um feliz Natal — ele declarou, o sorriso impessoal e o tom de voz deixando claro que apenas repetia as palavras que alguém o mandara dizer.

Sandra, incrédula e grata, pegou a sacola e apertou-a contra o peito. Sabia que aqueles presentes não vinham dele, nem eram doação da loja. Ergueu os olhos para o mezanino, procurando a linda jovem que havia olhado para a foto de Jenny com um sorriso tão carinhoso. Achou que viu Meredith Bancroft lá em cima, sorrindo para ela, mas não podia ter certeza, pois lágrimas escaldantes transbordavam de seus olhos, inundando-lhe as faces.

— Diga a ela que Jenny e eu agradecemos — murmurou para Braden com voz entrecortada.

# 15

⌒ OS ESCRITÓRIOS DOS EXECUTIVOS-CHEFES FICAVAM NO décimo quarto andar, ladeando dois longos e largos corredores acarpetados que partiam da área circular da recepção. Retratos dos presidentes da Bancroft & Company, em suas ornamentadas molduras douradas, pendiam das paredes dessa área, acima de sofás e poltronas em estilo vitoriano ali colocados para os visitantes. Logo no começo do corredor à esquerda da mesa da recepcionista, ficavam o escritório e a sala de reuniões particulares de Philip Bancroft.

Meredith saiu do elevador e olhou para o retrato de James Bancroft, seu bisavô, fundador da loja.

Boa tarde, senhor, ela cumprimentou-o mentalmente.

Fazia isso todos os dias e sabia que era bobeira, mas havia alguma coisa naquele homem com fartos cabelos loiros, barba cheia e colarinho duro que lhe despertava afeição. Eram os olhos, certamente. A despeito da pose de extrema dignidade de James, os olhos azuis revelavam audácia e malicia.

De fato, ele fora não só audacioso, inovador também. Em 1891, decidiu romper com a tradição e oferecer o mesmo preço a todos os clientes. Até aquela época, os habitantes de determinado lugar pagavam preços mais baixos do que os forasteiros, tanto em armazéns de secos e molhados, como em outras lojas. James colocara um aviso discreto na vitrine da Bancroft & Company, anunciando que ali o preço era um só para todos. Tempos depois, James Cash Penney, um lojista empreendedor de Wyoming, adotara o mesmo sistema e, nas décadas seguintes, ficara com a fama de tê-lo inventado. Meredith, porém, conhecia a verdade, porque encontrara, num antigo diário, a informação de que a decisão de seu bisavô, de cobrar preço único, fora anterior à de J.C. Penney.

Deu pouca atenção aos outros retratos, o pensamento já voltado para a reunião de executivos para a qual se dirigia.

A sala de conferências estava estranhamente silenciosa quando ela entrou, e a tensão que pairava no ar era quase tangível. Todos ali esperavam que Philip Bancroft desse uma pista sobre quem o substituiria durante sua licença. Sentando-se numa cadeira perto da cabeceira da longa mesa, Meredith cumprimentou nove homens e uma mulher, todos vice-presidentes, como ela. A hierarquia, na Bancroft's, era simples e eficiente. Um executivo comandava a divisão de finanças; o consultor-chefe ficava à frente do setor jurídico; cinco vice-presidentes funcionavam também como gerentes-gerais das transações comerciais, e eram encarregados de comprar toda a mercadoria para a gigantesca loja e todas as filiais. Dois outros vice-presidentes eram encarregados de promover a venda dessa mercadoria toda: o da publicidade, que supervisionava as campanhas no rádio, na televisão, em jornais e revistas, e o da apresentação visual, para quem Lisa trabalhava, e cujo pessoal era responsável pela decoração da loja e exposição da mercadoria.

Meredith, como vice-presidente da divisão de operações, cuidava de tudo o mais que envolvia o funcionamento das lojas, desde a segurança, a expansão do quadro de empregados, até o planejamento de inovações. Foi nessa última área que ela encontrou terreno propício para fazer nome na comunidade varejista. Além das cinco lojas abertas por sua sugestão, havia cinco locais selecionados para a construção de outras, das quais duas já estavam sendo erguidas.

A outra mulher à mesa de reuniões, Theresa Bishop, era responsável pela previsão antecipada das tendências da moda e orientava a compra das mercadorias.

— Bom dia — Philip Bancroft cumprimentou a todos num tom de voz forte e marcante, ao entrar na sala. Assumiu seu lugar na cabeceira da mesa, enquanto os demais o olhavam em tensa expectativa. — Se estão se perguntando se tomamos uma decisão a respeito de quem será o presidente interino, a resposta é "não". Quando isso acontecer, todos vão ficar sabendo. Agora, podemos pular esse assunto e ir pro que interessa. — Olhou para Ted Rothman, o vice--presidente encarregado do abastecimento de cosméticos, roupas íntimas, sapatos e casacos de inverno. — De acordo com os relatórios que recebemos de todas as outras lojas, a venda de casacos caiu onze por cento, comparada com a mesma época do ano passado. Tem alguma explicação para isso, Ted?

— Minha explicação é o tempo quente, nada característico da estação — respondeu o homem com um sorriso. — Os clientes ainda não estão pensando em comprar agasalhos pesados, o que é compreensível. — Levantou-se, foi até um dos monitores de computador embutidos num armário na parede e pressionou rapidamente algumas teclas. — A venda de casacos em Boston, onde a temperatura caiu, aumentou dez por cento na última semana.

— Não estou interessado na última semana! — exclamou Philip. — Quero saber por que a venda diminuiu em relação ao ano passado!

Meredith olhou para o pai, pensando na conversa que tivera por telefone com uma amiga da *Women's Wear Daily* na noite anterior.

— De acordo com a *WWD*, a venda de casacos baixou em todas as cadeias de lojas — ela aparteou. — Vão publicar uma matéria sobre isso na próxima edição.

— Não quero desculpas, mas uma explicação — Philip retrucou com aspereza.

Ela intimidou-se, mas só um pouquinho. Desde o dia em que forçara o pai a reconhecer sua eficiência como executiva da Bancroft's, ele fizera o possível e o impossível para provar a todos que não a tratava com favoritismo, muito pelo contrário.

— As jaquetas são a explicação — Meredith disse em tom calmo. — A venda de jaquetas de inverno subiu doze por cento em todo o país.

Philip ouviu-a, mas não deu demonstração disso, tornando a olhar para Ted Rothman.

— O que vamos fazer com os casacos que ficarão encalhados? — perguntou.

— Cancelamos as encomendas que havíamos feito, Philip — respondeu Ted, paciente. — E acho que não teremos sobras.

Não informou que Theresa Bishop o aconselhara a comprar grandes quantidades de jaquetas e cancelar os pedidos de casacos.

— Se não me engano, compramos jaquetas em vez de mais casacos porque Theresa avisou-nos da tendência para o uso de saias curtas, explicando que as mulheres dariam preferência a jaquetas, em vez de casacos — comentou Gordon Mitchell, responsável pela compra de roupas femininas, infantis e acessórios.

Meredith sabia que ele estava dando essa informação, omitida pelo colega, não para tornar evidente a eficiência de Theresa, mas para mostrar que a de Ted deixara a desejar. Mitchell nunca perdia uma oportunidade de fazer com que os outros vice-presidentes parecessem menos eficientes do que ele. Era mesquinho, astucioso, e Meredith não conseguia gostar dele, apesar de sua bela aparência.

— Todos nós conhecemos e apreciamos a visão de Theresa no que se refere à moda — declarou Philip com evidente menosprezo, porque não gostava que mulheres fossem vice-presidentes e não fazia segredo disso.

Theresa revirou os olhos, mas não olhou na direção de Meredith em busca de solidariedade, pois fazer tal coisa seria demonstrar uma espécie de mútua dependência, até mesmo fraqueza, e ambas evitavam dar esse prazer ao temível presidente.

Philip olhou para suas anotações e depois para Ted.

— O que nos diz sobre o perfume que aquela cantora de rock vai lançar?

— O nome do perfume é Charisma. A moça se chama Cheryl Aderly e é uma estrela do rock, um símbolo sexual que...

— Eu sei quem ela é! — Philip interrompeu-o. — A Bancroft's vai conseguir o direito de lançar o perfume, ou não?

— Ainda não sabemos — respondeu Ted, obviamente inquieto.

Perfumes estavam entre os artigos mais lucrativos de uma loja de departamentos, e lançar um deles com exclusividade era um feito e tanto. Significava publicidade paga pelo fabricante, publicidade grátis, quando a cantora fosse à loja promover o produto, e bandos enormes de mulheres rodeando os balcões para experimentá-lo e comprá-lo.

— O que quer dizer com "ainda não sabemos"? — indagou Philip, carrancudo. — Você disse que praticamente estávamos com o contrato fechado!

— Cheryl Aderly... está se fazendo de difícil — Ted admitiu, hesitante. — Pelo que entendi, ela quer livrar-se da imagem de estrela do rock e tornar-se uma atriz séria, mas...

Philip jogou na mesa a caneta que segurava.

— Pelo amor de Deus! Não me interessam os planos de carreira dela! Só quero saber se a Bancroft's vai conseguir o direito de lançar o perfume e, caso contrário, por que não.

— Estou tentando explicar — Ted defendeu-se em tom apaziguador. — Cheryl gostaria de lançar o perfume numa loja de primeira classe, para começar a ganhar uma imagem diferente, mas...

— Que loja poderia ter mais classe do que a Bancroft's? — Philip o interrompeu, franzindo a testa. — Você descobriu em qual outra ela está pensando?

— Na Marshall Field's.

— Mas isso é uma idiotice! A Field's não tem a nossa classe e não é capaz de fazer o trabalho que podemos oferecer a Cheryl Aderly!

— "Nossa classe" é que é o problema, aparentemente — observou Ted, erguendo a mão quando Philip começou a ficar vermelho de raiva. — Quando as negociações começaram, Cheryl queria uma imagem de elegância, mas o agente e os consultores estão querendo convencê-la de que vai ser um erro abandonar essa imagem de roqueira e símbolo sexual com a qual ganhou uma infinidade de fãs adolescentes. Por isso que pensaram na Field's.

— Eu quero que a Bancroft's faça o lançamento, Ted — declarou Philip, de maneira autoritária. — Se for necessário, pode oferecer uma margem de lucro maior, ou diga que dividiremos os custos da publicidade local, mas eu quero o direito de lançamento.

— Farei o melhor que eu puder.

— Não é o que tem feito até agora? — Philip o desafiou.

Virou-se para o vice-presidente sentado ao lado de Ted, olhou-o por um bom tempo, depois examinou o rosto de cada pessoa ao redor da mesa de modo escrutinador. Por fim, lançou fogo sobre Gordon Mitchell:

— Os vestidos Dominic Avanti são horríveis, parecem sobras do ano passado, e não estão tendo saída.

— Não estão tendo saída porque o pessoal do departamento de apresentação visual fez com que parecessem ridículos — Mitchell informou, olhando acusadoramente para Neil Nordstrom, chefe de Lisa. — Que ideia ótima colocar chapéus recobertos por lantejoulas e luvas nos manequins que exibiam os vestidos!

Neil fitou-o com ar de superioridade.

— Pelo menos, a Lisa Pontini e sua equipe conseguiram apresentar de modo interessante aquela mercadoria sem graça.

— Basta, senhores — ordenou Philip, antes de virar-se para o consultor-chefe do setor jurídico e perguntar: — Sam, como vai o processo que aquela mulher abriu contra nós, alegando ter tropeçado em alguma coisa no departamento de móveis, caído e machucado as costas?

— Foi tudo uma armação — Sam Green respondeu. — Nossa seguradora descobriu que essa mulher já processou quatro lojas, pelo mesmo motivo, e se recusa a pagar a indenização. Ela perderá a causa se insistir num julgamento.

Philip, então, dirigiu seu olhar frio para Meredith.

— Alguma novidade sobre a aquisição daquele terreno em Houston, que você está tão determinada a comprar?

— Sam e eu estamos cuidando dos detalhes finais. Os proprietários finalmente concordaram em vendê-lo, e logo poderemos fechar o contrato.

Philip virou-se na cadeira para falar com o vice-presidente, sentado à sua direita.

— Allen, o que tem a relatar?

O homem, responsável por tudo o que dizia respeito às finanças, inclusive o departamento de crediário da loja, olhou para o bloco de papel amarelo à sua frente. Meredith refletiu que os 25 anos de luta intelectual estressante contra o pai dela deviam ter contribuído muito para a calvície de Allen, que o deixava com a aparência de 65 anos, e não 55, sua idade real. A divisão de finanças não gerava renda. O mesmo acontecia com a divisão jurídica e a de pessoal, e Philip apenas tolerava as três, considerando-as um mal necessário. Achava extremamente irritante o fato de seus chefes estarem sempre dizendo que ele não podia fazer determinada coisa, em vez de mostrar-lhe como seria possível fazê-la. Ainda faltavam cinco anos para Allen Stanley dar entrada na aposentaria especial, e Meredith muitas vezes perguntava-se se ele aguentaria até lá.

— Tivemos uma quantidade incrível de pedidos de cartões de crédito no mês passado — Allen começou, falando devagar e com visível hesitação. — Quase oito mil.

— Quantas propostas vocês aprovaram?

— Aproximadamente sessenta e cinco por cento.

— O quê?! — Philip exclamou, furioso. — Pode me explicar por que rejeitaram três mil? — indagou, batendo com a caneta na mesa, como que para enfatizar cada palavra. — Estamos tentando atrair usuários de cartões, não enxotá-los. Acho que não preciso dizer como essa prática é lucrativa para a loja. E nem estou calculando o que deixaremos de vender a essas três mil pessoas, só porque elas não podem comprar a crédito na Bancroft's!

— As propostas rejeitadas vinham de pessoas que não têm crédito aprovado — argumentou Allen, com firmeza. — Caloteiros não pagam nem o que compram, muito menos os juros de mora. Você pode achar que rejeitar propostas significa perda de dinheiro, mas minha equipe economizou uma fortuna evitando vender pra quem não paga. Estabelecemos requisitos básicos que uma pessoa deve satisfazer para conseguir um cartão da Bancroft's, e o fato é que três mil pessoas não atenderam esses requisitos.

— Porque eles são muito altos — comentou Gordon Mitchell suavemente.

— Por que diz isso? — Philip quis saber, sempre ansioso para encontrar falhas no trabalho do chefe da divisão de finanças.

— Negaram um cartão para a *minha sobrinha*, que já está na universidade — explicou Mitchell com maldosa satisfação.

— Não consideramos os dados dela satisfatórios — retrucou Allen.

— É mesmo? Mas a moça tem cartões da Field's e da Macy's! Aqui, disseram a ela que o histórico é insuficiente, no que diz respeito a crédito. Significa que não puderam encontrar nada desfavorável ou favorável.

O vice-presidente das finanças fez que sim com a cabeça, o rosto fechado numa carranca.

— Foi o que com certeza aconteceu.

— E o que me diz, então, da Field's e da Macy's? — indagou Philip. — O pessoal de lá tem mais acesso a informações do que você e a sua equipe?

— Não, não tem — respondeu Allen. — Essas lojas usam o mesmo serviço de proteção ao crédito que nós. Os requisitos deles, porém, são mais complacentes do que os meus.

— *Seus* uma ova — rosnou Philip. — A loja não é sua.

Meredith decidiu interferir, sabendo que, embora Allen Stanley defendesse ferozmente seus métodos de trabalho, apenas em raras ocasiões tinha coragem suficiente para enfrentar Philip, apontando-lhe os próprios erros, inclusive aquela falta de discernimento no caso em questão. Se ela não fizesse alguma coisa, todos os executivos ali reunidos teriam de tolerar uma longa briga entre os dois.

— Com licença — pediu, dirigindo-se ao pai. — Na última vez em que esse assunto foi discutido, o senhor mesmo nos fez ver que é arriscado conceder crédito a universitários. E sugeriu a Allen que negasse cartões a todos eles, exceto em casos excepcionais.

O silêncio invadiu a sala, como sempre acontecia quando Meredith opunha-se ao pai. Naquele dia, porém, foi um silêncio ainda mais pesado e alerta, porque todos queriam ver se Philip mostraria alguma indulgência com a filha, sinal de que a escolhera para ser sua substituta. Na verdade, ele não era mais exigente e severo do que os presidentes da Saks, Macy's, ou qualquer outra grande loja, e Meredith sabia disso. Era ao seu modo brusco e despótico de agir que ela fazia objeções, não às exigências. Os executivos-chefes sentados ao redor daquela mesa, ao decidirem-se por uma carreira no comércio varejista, sabiam que estavam entrando num negócio frenético, onde trabalhar sessenta horas por semana era regra geral, não exceção, pelo menos para quem desejava chegar ao topo e permanecer lá. Meredith também sabia disso, além de ter consciência de que, no seu caso, teria de trabalhar ainda mais arduamente e com mais eficiência do que os outros, se quisesse a presidência, que seria sua por direito se ela fosse homem.

Entrando na discussão entre Philip e Allen, não ignorava que irritaria o pai, embora pudesse também ganhar seu respeito.

— O que você sugere, Meredith? — ele perguntou, olhando-a com ar desdenhoso, não admitindo, nem negando, que dissera a Allen para negar crédito a estudantes.

— O mesmo que sugeri na última vez. Que podemos conceder nosso cartão aos universitários com ficha limpa no serviço de proteção ao crédito, mas com um limite baixo, de, digamos, 500 dólares, durante o primeiro ano. No fim desse prazo, se o pessoal de Allen estiver satisfeito com o cliente, o limite poderá ser aumentado.

Por um momento, Philip apenas olhou-a, depois deu continuidade à reunião como se não tivesse ouvido o que ela dissera. Uma hora depois, começou a guardar as anotações na pasta de couro.

— Tenho várias outras reuniões marcadas pra hoje, senhores e... senhoras. — Ele sempre fazia essa pausa antes da palavra "senhoras", que pronunciava em tom condescendente, o que deixava Meredith furiosa. — Por isso, não há tempo para falarmos sobre os artigos mais vendidos nessa última semana. Muito obrigado pela presença. A reunião está encerrada. Allen, pode emitir cartões para universitários, com um limite de 500 dólares.

Foi simplesmente assim. Aceitou a sugestão de Meredith, sem um gesto de reconhecimento, como sempre fazia quando ela demonstrava talento e bom senso. Nunca admitia o valor das sugestões da filha, que, como todo mundo sabia, traziam apenas benefícios à loja.

Meredith juntou as anotações e saiu da sala, acompanhando Gordon Mitchell. Todos achavam que o cargo de presidente interino seria ocupado por um deles dois. Mitchell, com 37 anos, tinha mais tempo no comércio varejista do que ela, o que lhe dava certa vantagem, mas fazia apenas três anos que estava na Bancroft's. Meredith começara a trabalhar lá sete anos atrás e, mais importante, fora a grande responsável pela expansão da loja, levando-a para cidades de outros estados, depois de muita luta para fazer o pai e a diretoria concordarem com essa ideia. Ela própria escolhera os locais dos novos estabelecimentos e supervisionara todo o processo de sua criação. Por isso tudo, e pela experiência que adquirira trabalhando em todas as divisões, podia oferecer à empresa valores que nenhum dos outros candidatos possuía, nem mesmo Gordon Mitchell: versatilidade e profundo conhecimento de todos os aspectos do negócio.

— Philip me disse que vai fazer um cruzeiro, por recomendação do médico — comentou Mitchell, quando passavam diante de seu escritório, cuja porta aberta mostrava a sala de recepção. — Aonde ele planeja...

— Sr. Mitchell, um instante! — chamou-o a secretária, fazendo-o parar. — Uma chamada em sua linha particular. É a secretária do sr. Bender, e diz que é urgente.

— Eu disse pra você não atender quando a chamada for pro meu telefone particular, Debbie — ele a censurou.

Pedindo licença a Meredith, atravessou a sala de recepção e entrou na sua, fechando a porta.

Fora de sua sala, Debbie mordia o boca enquanto Meredith continuou a andar. Quando "a secretária do sr. Bender" ligava, Gordon ficava tenso e agitado e só começava a falar ao telefone depois de fechar a porta. Fazia um ano que ele prometia divorciar-se da esposa e casar-se com Debbie, mas ela começava a achar que "secretária do sr. Bender" era apenas o codinome de uma nova amante. Ele tinha feito outras promessas, que também não havia cumprido, como a de promovê-la a compradora de um dos departamentos da loja, com um bom aumento. Com o coração aos saltos, Debbie ergueu o telefone do gancho para ouvir a conversa.

— Eu já te disse pra não ligar pro escritório! — dizia Gordon, em tom baixo e nervoso.

— Calma, eu vou ser breve — um homem respondeu. — Estou com uma sobra enorme daquelas blusas de seda que você comprou e uma montanha de bijuterias. Eu te dou o dobro da comissão de costume se você tirar essa porcaria das minhas mãos.

Debbie ficou tão aliviada ao descobrir que existia mesmo um "sr. Bender" que suspirou, pensando em desligar. Então, percebeu que a proposta de Bender cheirava a negócio sujo e continuou ouvindo.

— Não posso! — exclamou Gordon. — Vi as últimas blusas e peças de bijuteria que você despachou pra cá. São uma merda! Até agora, nosso arranjo deu certo porque sua mercadoria tinha um pouco de qualidade, mas, se alguém olhar de perto o que chegou recentemente, vai querer saber quem comprou e por quê. Quando isso acontecer, os dois compradores da loja que estão sob a minha responsabilidade vão apontar o dedo pra mim e dizer que fui eu quem os mandei comprar de você.

— Se está preocupado com isso, despeça os dois — Bender o aconselhou. — Aí não poderão apontar o dedo pra você.

— Vou ter de fazer isso, mas nada mudará. Olha, Bender, nosso trato foi vantajoso pra nós dois, mas acabou. Continuar é arriscado demais. Acho que serei nomeado presidente interino e, caso seja, não terei mais nada a ver com as transações de compra e venda.

— Ouça bem o que tenho a dizer, sua besta, porque não vou repetir — recomendou Bender em tom ameaçador. — O negócio entre nós estava indo bem, e as suas ambições não me interessam. Eu te paguei 100 mil dólares no ano passado e...

— Eu disse que nosso trato acabou — Gordon declarou rispidamente.

— Só vai acabar quando eu quiser, e não quero, por enquanto. Me deixe na mão e ligarei para o chefão Bancroft.

— E o que vai dizer a ele? — Gordon zombou. — Que não aceitei suborno para comprar suas porcarias?

— Não. Vou dizer que sou um negociante honesto, e que você só deixa seu pessoal comprar minhas mercadorias depois que lhe dou uma comissão exorbitante. Isso é extorsão. — Bender fez uma pausa, talvez para deixar que suas palavras surtissem efeito, então continuou: — E existe também a questão do imposto de renda. Basta um telefonema anônimo para que comecem a investigar. Aí, vão descobrir que você não declarou que ganhou uma quantia extra de 100 mil dólares. Sonegação de impostos é crime, querido. Fraude e extorsão.

Mesmo em pânico, Gordon percebeu um ruído estranho, que parecia vir da outra sala, através do telefone.

— Espera um pouco. Preciso pegar uma coisa em minha pasta — mentiu. Foi até a porta e girou a maçaneta bem devagar. Pela fresta que se abriu, quando empurrou um pouco a porta, viu Debbie com um dos telefones no ouvido, tapando o bocal com a mão. E não estava usando outra linha, porque só havia um botão iluminado no aparelho principal. Furioso e apavorado, ele fechou a porta e voltou para a escrivaninha.

— Vamos ter de acabar essa discussão à noite — declarou, voltando a falar com Bender. — Ligue pra minha casa.

— Estou avisando...

— Tudo bem! Ligue pra minha casa e resolveremos isso.

— Assim é melhor. Sou compreensivo, portanto, não tenha medo. Como vai ter de rejeitar a presidência da Bancroft's, aumentarei sua comissão.

Gordon desligou bruscamente e apertou o botão do interfone.

— Debbie, quer vir aqui, por favor? — pediu. Então, soltou o botão e acrescentou: — Cadela intrometida!

Um instante depois, Debbie entrou, passando mal, vendo esfaceladas suas ilusões sobre Gordon, com medo de que ele, olhando-a no rosto, descobrisse o que ela fizera.

— Tranque a porta — ordenou o executivo em tom rouco, antes de rodear a mesa e dirigir-se ao sofá. — Vem aqui.

Confusa pela sensualidade que julgou notar em sua voz, Debbie aproximou-se e soltou um grito abafado quando ele a agarrou impetuosamente.

— Eu sei que você ouviu minha conversa ao telefone — Gordon declarou. — Mas estou fazendo isso por nós, querida. Quando minha mulher tirar tudo o que puder de mim, no divórcio, ficarei quase sem nada. E preciso de dinheiro, pra que você tenha tudo o que merece. Entende, não é, meu bem?

Debbie fitou o rosto bonito e viu uma expressão suplicante, que a comoveu. Sim, ela entendia. Acreditava que ele dizia a verdade. Deixou que ele tirasse o vestido, o sutiã, a calcinha. Deu-lhe o corpo, seu amor e silêncio.

Meredith estava tirando o telefone do gancho quando sua secretária apareceu à porta.

— Eu estava usando a máquina copiadora — a moça explicou. Philips Tilsher tinha 27 anos, era inteligente e intuitiva, completamente sensata, a não ser num ponto: sentia-se irresistivelmente atraída por homens irresponsáveis. Meredith sabia disso, porque ela nunca fez questão de esconder essa fraqueza.

— Jerry Keaton, do recursos humanos, telefonou enquanto você estava na reunião — Philips avisou. — Disse que há a possibilidade de um dos balconistas abrir um processo contra a loja por discriminação.

— Ele falou com o setor jurídico?

— Falou, mas quer conversar com você também.

— Preciso voltar ao escritório do arquiteto pra acabar de examinar o projeto para a loja de Houston — Meredith explicou. — Diga a Jerry que falarei com ele na segunda-feira de manhã.

— Certo. Quem também telefonou foi...

Philips parou de falar quando Sam Green bateu educadamente no batente da porta.

— Com licença — ele pediu. — Meredith, pode falar comigo, rapidinho?

Ela concordou com um gesto de cabeça.

— O que aconteceu?

— Acabei de falar com Ivan Thorp ao telefone — Sam informou, caminhando até a mesa dela. — Pode ser que tenhamos um empecilho para a compra do terreno de Houston.

Meredith havia passado mais de um mês naquela cidade, procurando um local adequado para a construção de um shopping center, onde ficaria a nova loja. Encontrara o lugar ideal e iniciara negociações com a empresa Thorp Empreendimentos, proprietária do terreno.

— Que tipo de empecilho?

— Quando eu disse que estávamos prontos pra fechar o contrato, ele respondeu que talvez já tivesse um comprador para todas as propriedades, inclusive o terreno que queremos.

A empresa possuía diversos edifícios comerciais, shopping centers e terras, e era de conhecimento geral que os irmãos Thorp tencionavam vendê-la, porque a notícia saíra no *Wall Street Journal*.

— Você acredita mesmo que eles tenham um comprador? — perguntou Meredith. — Ou estão querendo nos forçar a pagar um preço maior pelo terreno?

— Pode ser que seja isso, mas eu queria que você soubesse que talvez a gente tenha um adversário com o qual não contávamos.

— Vamos ter de resolver isso, Sam. Quero construir a loja naquele terreno. O lugar é perfeito. Houston está começando a se reerguer do colapso, o preço dos imóveis continuam baixos, mas, quando inaugurarmos a loja, a economia da cidade deverá estar bem melhor.

Meredith olhou para o relógio e levantou-se. Eram 15 horas de sexta-feira, e o trânsito já devia estar ficando engarrafado.

— Preciso me apressar — disse, desculpando-se com um sorriso. — Veja se aquele seu amigo de Houston pode descobrir se de fato Thorp tem um comprador para a empresa.

— Já telefonei. Ele vai investigar.

# 16

⟶ NAQUELA TARDE DE SEXTA-FEIRA, A LIMUSINE DE Matt abria caminho no tráfego do centro de Chicago, em direção ao prédio de sessenta andares onde funcionava a sede nacional da Haskell Electronics. Acomodado no banco traseiro, ele lia um relatório, mas, aborrecido, parou de ler quando Joe O'Hara ultrapassou um táxi com uma guinada brusca, atravessou um sinal vermelho e, buzinando sem parar, espalhou um grupo de intrépidos pedestres que atravessavam a rua. Chegando à entrada da garagem subterrânea da Haskell, Joe pisou no freio e virou o carro para a rampa.

— Desculpe, Matt — pediu com um sorriso desconfiado, olhando para o patrão pelo espelho retrovisor.

— Você está num daqueles dias — Matt replicou secamente. — Eu gostaria de saber por que insiste em querer transformar pedestres em ornamentos de capô.

O carro começou a descer a rampa, os pneus guinchando nas curvas intermináveis, a lateral quase raspando a parede, indo para o andar de estacionamento reservado aos executivos-chefes. Por mais caro e elegante que fosse o veículo, Joe sempre dirigia como um adolescente irresponsável ao volante de seu velho automóvel, com uma loira atravessada no colo e uma caixa de cerveja no banco de trás. Se seus reflexos também não fossem de adolescente, ele já teria perdido a carteira de habilitação e talvez a vida.

Mas era tão leal quanto ousado. Dez anos antes, na Venezuela, ele salvou a vida de Matt, quando o caminhão que ele dirigia perdeu o freio e despencou por um barranco e pegou fogo. Ignorando o perigo, Joe enfrentou as chamas e o tirou do veículo. Como recompensa, Matt dera-lhe uma caixa de um bom uísque e sua eterna gratidão.

Joe sempre carregava uma pistola automática calibre .45, presa ao ombro por uma tira de couro e escondida sob o paletó. Comprara a arma anos atrás, quando Matt adquiriu sua primeira empresa, uma transportadora, e teve de forçar passagem através dos piquetes dos grevistas que tentavam impedir sua entrada. Matt achava que ele não precisava andar armado, pois, embora tivesse apenas 1,75m de altura, possuía músculos poderosos, responsáveis por seus 100 quilos de peso. Além disso, o rosto feio de pugilista ficava assustador quando se fechava numa carranca ameaçadora. Mais adequado para guarda-costas do que para motorista, o homem tinha a aparência de um lutador de sumô e dirigia como um demente.

— Chegamos — Joe anunciou, conseguindo parar o carro bem perto do elevador privativo. — Lar, doce lar.

— Por um ano, ou até menos — Matt comentou, fechando a pasta.

Em geral, quando comprava uma empresa, ficava lá por no máximo dois meses, só o suficiente para acompanhar o trabalho do pessoal, enquanto eles avaliavam o desempenho dos dirigentes. Até então, porém, comprara apenas empresas bem gerenciadas, cujos problemas haviam sido gerados por vários fatores que resultavam em esgotamento do capital de giro. As mudanças realizadas nesses lugares nunca eram muito grandes e visavam apenas a colocar o gerenciamento em sintonia com os métodos de operação da Intercorp. A Haskell, no entanto, era diferente. Métodos e procedimentos antiquados teriam de ser abandonados em favor de outros, novos e mais eficientes, os salários precisavam ser reajustados, e certas alianças, alteradas. Além disso, Matt planejara construir uma enorme fábrica no município de Southville, onde já comprara o terreno. Ou seja, a Haskell precisava de uma mudança completa.

Matt também acabara de comprar uma empresa de navegação, que necessitava de seus cuidados, de modo que teria um longo período de trabalho árduo pela frente. Mas estava acostumado a isso. No começo, ele trabalhava como um desesperado, impulsionado pelo desejo de ser bem-sucedido. Então, depois de conseguir um sucesso que não imaginara nem mesmo em seus sonhos mais ambiciosos, manteve o ritmo exaustivo, não mais pelo sucesso, mas porque adquirira o hábito. Em outros tempos, nada lhe dera mais prazer do que o trabalho. Contudo, ultimamente, nem os negócios lhe proporcionavam muita satisfação, como se o tédio ameaçasse dominá-lo.

A Haskell, necessitando de total reorganização para ficar do jeito que ele queria, aparecera como um desafio estimulante. Talvez houvesse errado, formando sua corporação com empresas boas, bem organizadas, que só precisavam do apoio financeiro da Intercorp para florescer, ele refletiu, destrancando a porta do elevador que o levaria ao andar dos executivos-chefes. Deveria ter comprado algumas que precisassem de mais coisas, além de dinheiro, para mantê-lo interessado.

No sexagésimo andar, a recepcionista Valerie atendeu o telefone e ouviu o recado do guarda do térreo, que também cuidava da portaria. Quando desligou, virou-se para a secretária sentada à sua direita.

— Pete Duncan disse que uma limusine prateada acabou de entrar na garagem — cochichou. — Ele acha que foi Farrell quem chegou.

— O novo chefão deve adorar essa cor — comentou Joanna, olhando para a enorme placa prateada com o logotipo da Intercorp, que fora afixada na parede com revestimento de madeira atrás de sua mesa.

Quinze dias após a Haskell ter passado para a Intercorp, aparecera por lá uma equipe de operários dirigida por um decorador. Duas semanas depois, a sala de recepção daquele andar, assim como a de reuniões e o futuro escritório de Matt Farrell, estava totalmente redecorada. Os desgastados tapetes orientais haviam sido retirados, e um carpete prateado cobrira até o último centímetro de piso. No lugar dos móveis escuros, marcados pelo tempo, viam-se sofás e poltronas de couro cor de vinho e mesinhas com tampo de vidro. Era notória aquela idiossincrasia de Matt Farrell, que insistia em que cada empresa adquirida pela Intercorp fosse imediatamente redecorada para se tornar semelhante às outras da corporação.

Valerie e Joanna, assim como as outras funcionárias daquele andar, haviam recebido bastante informação sobre Matthew Farrell e sabiam que ele era um chefe exigente e implacável. Apenas alguns dias após a venda da empresa, seu presidente, Vern Haskell, fora forçado a aposentar-se, um tanto prematuramente, e dois vice-presidentes, um filho e um genro dele, a demitir-se. Outro vice-presidente recusara-se a pedir demissão e fora despedido. Agora, alguns dos escritórios deles, naquele mesmo andar, mas na ala oposta, estavam sendo usados por três homens de Farrell. Os outros três encontravam-se aquartelados em outro lugar do prédio, espionando, fazendo perguntas, fazendo listas, certamente de pessoas que seriam demitidas.

Não só os grandes estavam caindo, como funcionários também. A secretária do sr. Haskell tivera de escolher entre ficar e trabalhar para um executivo menos importante, ou ir embora com o seu chefe, porque Matt Farrell tinha decidido trazer da Califórnia sua própria secretária. O acontecimento criou uma onda de medo e ressentimento entre as secretárias restantes, mas isso não havia sido nada, em comparação ao que elas sentiram quando Eleanor Stern chegou. A mulher era magra, empertigada, uma tirana diligente, que as observava com olhos de falcão e ainda usava palavras como "impertinência" e "decoro". Chegava ao escritório antes de todos os outros e era a última a sair. Quando ouvia risos ou conversas das moças, aparecia na porta com a expressão de um sargento irritado e ficava olhando para elas até que, acanhadas, ficassem em silêncio. Fora por essa razão que Valerie resistira ao impulso de ligar para algumas das colegas e avisar que Farrell estava chegando, apesar de saber que elas gostariam de ir à recepção para vê-lo.

As revistas e os jornais mostravam-no como um sofisticado bonitão que saía com estrelas do cinema e mulheres da realeza europeia. *The Wall Street Journal* chamara-o de "empresário genial que tinha o toque de Midas". Mas o sr. Haskell, no dia da partida, dissera que Matthew Farrell era "um filho da mãe arrogante e desumano, com instintos de tubarão e moral de um lobo saqueador". Enquanto esperavam vê-lo, pelo menos de relance, ficou claro que Joanna e Valerie estavam predispostas a odiá-lo, sem ao menos conhecê-lo. E foi o que aconteceu.

A única campainha suave do elevador soou na área de recepção como um martelo batendo num gongo. Matt Farrell saiu e o ar pareceu estalar, perturbado pela energia que ele emanava. A pele bronzeada pelo sol, o corpo forte e atlético, com um sobretudo de casimira pendurado no braço e carregando uma pasta, ele seguiu rapidamente na direção das duas moças, lendo um relatório.

Valerie levantou-se, hesitante.

— Boa tarde, sr. Farrell.

Sua gentileza mereceu apenas um olhar frio e um aceno de cabeça como resposta. Matt passou como o vento, poderoso, perturbador e completamente indiferente a meros seres mortais, como Valerie e Joanna.

Ele já estivera antes no prédio, para uma reunião, de modo que andou sem hesitar para o conjunto de salas que pertencera ao presidente Haskell e sua secretária. Entrou e fechou a porta, só então parando de ler o relatório para lançar um olhar rápido para a mulher que trabalhava para ele havia nove anos. Nunca se cumprimentavam, nem se permitiam observações pessoais.

— Como estão indo as coisas? — Matt indagou.

— Bastante bem — respondeu Eleanor.

— Está tudo pronto para a reunião? — ele perguntou, quase ríspido, caminhando para a porta dupla que levava à sua sala.

— Tudo certo — ela afirmou no mesmo tom.

Os dois formavam um par perfeito desde o dia em que Matt a escolhera entre vinte outras candidatas, quase todas jovens e atraentes, enviadas por uma agência de empregos. Naquele dia, ele tinha visto a foto de Meredith na revista *Town and Country*, que alguém havia deixado no refeitório. Ela estava deitada na areia de uma praia jamaicana, acompanhada de um universitário, jogador de polo. A legenda dizia que ela tinha ido para lá em companhia de colegas da universidade. Então, ele ficou mais determinado do que nunca a subir na vida, e foi nesse estado de espírito que ele começou a entrevistar as candidatas. Queria uma pessoa inteligente e confiável, forte o bastante para acompanhá-lo na árdua caminhada em direção ao topo. Tinha acabado de jogar no cesto de papéis o currículo da última moça com quem falara quando Eleanor entrou na sala, parecendo marchar com aqueles sapatos de saltos largos, usando um conjunto preto e com os cabelos grisalhos presos num coque apertado. Ela entregou o currículo a ele e esperou em estoico silêncio, enquanto ele o lia. Matt ficou satisfeito ao ser informado de que ela tinha 50 anos, era solteira, datilografava 120 palavras por minuto e taquigrafava 160, no mesmo tempo. Ergueu os olhos, tencionando fazer algumas perguntas, mas não teve tempo.

— Sei que sou vinte anos mais velha do que a maioria das moças lá fora, e vinte vezes menos atraente — ela declarou, em tom gélido. — Mas, como nunca fui bonita, precisei desenvolver as qualidades que tinha.

— E quais são essas qualidades? — perguntou Matt, surpreso.

— Mente privilegiada e habilidade em várias coisas, não apenas em datilografia e taquigrafia. Entendo de leis, porque trabalhei como assistente de um advogado, e sou contadora. Além disso, conheço a fundo uma coisa que poucas jovens de hoje conhecem.

— E o que é?

— Ortografia. Sei redigir muito bem.

Matt compreendeu que ela era uma daquelas pessoas que só se contentavam com a perfeição, e gostou disso. A mulher também tinha um certo orgulho, algo que ele admirava, e dava a impressão de não deixar que nada a impedisse de terminar um trabalho. Baseado no instinto que lhe dizia ser ela a secretária certa, decidiu contratá-la.

— Terá de trabalhar longas horas por dia, e o salário, por enquanto, não será muito bom — avisou. — Estou começando agora. Se subir, a levarei junto. Aceita?

— Aceito.

— Terei de viajar muito, e haverá vezes que precisará ir comigo.

Ela apertou os olhos inesperadamente, com jeito desconfiado.

— Talvez o senhor deva ser mais claro no que diz respeito a meus deveres. Sei que as mulheres devem achá-lo extremamente atraente, mas...

Matt ficou estupefato ao perceber que ela achava que ele poderia estar planejando seduzi-la e também furioso com sua observação sobre as mulheres o acharem "extremamente atraente".

— Seus deveres serão apenas aqueles de uma secretária, nada mais — respondeu em tom ainda mais frio que o dela. — Não estou interessado em ter um caso, não quero bolo no meu aniversário, nem bajulação, como também não quero sua opinião sobre minha vida particular, que diz respeito apenas a mim. Tudo o que quero é que dedique seu tempo e suas habilidades ao trabalho.

Sabia que fora mais áspero do que o necessário, e que essa reação devera-se mais ao fato de ter visto a foto de Meredith na revista do que à atitude da mulher. Eleanor, porém, não pareceu importar-se.

— Pra mim, está ótimo — ela declarou.

— Quando pode começar?

— Agora.

Matt nunca se arrependeu de contratá-la. Dentro de uma semana, já percebera que, como ele, Eleanor era capaz de trabalhar incessantemente, sem reclamar e sem perder a energia. Jamais venceram a barreira que se erguera entre os dois quando ela se mostrara desconfiada quanto às intenções dele. No princípio, ficaram ocupados demais com o trabalho para pensar naquilo, depois o fato perdera a importância, quando entraram numa rotina que ainda funcionava de modo magnífico para ambos. Matt chegara ao topo, e ela trabalhara ao lado dele, noite e dia, sem queixar-se, tornando-se quase indispensável. Cumprindo o que prometera, ele a recompensara generosamente, e Eleanor estava ganhando 65 mil dólares por ano, mais do que um executivo de nível médio da Intercorp.

Naquele primeiro dia de Matt na Haskell, ela o seguiu até o escritório e aguardou, enquanto ele punha a pasta sobre a escrivaninha de pau-rosa e pendurava o sobretudo no armário. Geralmente, ele lhe entregava uma minifita cassete com as instruções para o dia e ditados para serem transcritos.

— Sem ditado hoje — Matt informou, voltando para junto da escrivaninha. Abriu a pasta e retirou uma pilha de fichas de arquivo.

— E não tive a chance de examinar o contrato da Simpson no avião. O Lear teve um defeito no motor e vim pra cá num voo comercial. Havia um bebê na minha frente que parecia estar com dor de ouvido e chorou o tempo todo.

Como ele havia iniciado a conversa, Eleanor achou que devia dizer alguma coisa.

— E ninguém fez nada? — perguntou.

— O homem do meu lado ofereceu-se para asfixiá-lo, mas a mãe não aprovou a solução; ela também não aprovou a minha.

— E qual era a sua?

— Dar vodca misturada com conhaque pra ele. — Matt fechou a pasta. — O que me diz sobre os funcionários daqui?

— Alguns são muito dedicados, mas outros, como essa Joanna Simons, por quem o senhor passou agora há pouco, não servem. Dizem que ela foi mais do que simples secretária do sr. Morrissey, e estou inclinada a acreditar. Como não é nada eficiente no trabalho, logicamente deve ter talento para outra coisa.

Eleanor fungou com afetação, mas Matt já estava pensando em outra coisa.

— Estão todos lá? — ele perguntou, apontando na direção da sala de reuniões, adjacente a seu escritório.

— Sim.

— Todos têm cópias da ordem do dia?

— Sim — ela repetiu.

— Vão me telefonar de Bruxelas — Matt informou, andando para a sala de reuniões. — Passe a ligação pra mim imediatamente, mas segure as outras.

Seis dos mais talentosos vice-presidentes da Intercorp estavam acomodados em dois longos sofás cor de vinho numa das extremidades da sala, no lado oposto de uma grande mesa de mármore e vidro. Os homens levantaram-se para apertar-lhe a mão quando Matt aproximou-se, olhando-o como se quisessem adivinhar, por sua expressão, qual fora o resultado da viagem à Grécia.

— É bom ver você de volta, Matt — disse o último homem que o cumprimentou.

— Não nos deixe ansiosos — acrescentou Tom Anderson. — Como estava Atenas?

— Extremamente agradável — Matt respondeu, enquanto dirigia-se para a mesa com os companheiros. — E a Intercorp, agora, é proprietária de uma frota de navios-tanques.

Uma atmosfera de triunfo, forte e deliciosa, envolveu a todos, que começaram a falar ao mesmo tempo, expondo planos para aquele novo "ramo da família".

Matt sentou-se à cabeceira da mesa e reclinou-se na cadeira, olhando para os seis executivos-chefes a quem delegava tanto poder. Eram homens dinâmicos, dedicados, os melhores em suas áreas. Cinco haviam saído das universidades de Harvard, Princeton, Yale, UCLA e MIT, e usavam ternos de oitocentos dólares, camisas de algodão egípcio e gravatas de seda. Juntos, como estavam ali, pareciam estar posando para um anúncio em quatro cores da Brooks Brothers, que poderia declarar: "Quando você chega ao topo, só o melhor lhe serve." Em contraste, o sexto homem, Tom Anderson, destoava de todos eles, com a jaqueta xadrez, marrom e verde, a calça e a gravata verdes. A paixão de Tom por roupas coloridas era uma fonte de divertimento para seus colegas de equipe, mas eles raramente o perturbavam por causa disso. O motivo era simples: não queriam abusar, zombando de um homem com 1,90 m de altura e 120 quilos.

Tom Anderson terminara o colegial, mas não fora para a universidade e mostrava-se agressivamente orgulhoso disso, dizendo que havia se formado na escola da vida. O que não alardeava era que possuía um talento fantástico que escola nenhuma podia dar: captava, por instinto, por intuição, todas as nuances da natureza humana. Sabia, depois de conversar alguns minutos com uma pessoa, o que a motivava: vaidade, ganância, ambição saudável ou qualquer outra coisa.

Era, aparentemente, apenas um grandalhão que falava de modo simples e gostava de trabalhar de camisa social. Por baixo dessa superfície sem polimento, porém, havia o dom da negociação e a habilidade para resolver problemas importantes, que surgiam especialmente quando ele lidava com sindicatos em nome da Intercorp.

Entre todas as qualidades de Tom, havia uma que Matt mais prezava: lealdade. Na verdade, ele era o único homem naquela sala que não venderia seus talentos a quem fizesse a oferta maior. Ele trabalhou na primeira empresa que Matt comprou e, quando ela foi vendida, ele escolheu se arriscar, acompanhando o patrão, em vez de ficar com os novos proprietários, apesar de eles oferecerem um excelente cargo e um salário muito melhor.

Matt pagava aos outros homens daquela equipe o bastante para que eles não ficassem tentados a se vender a uma corporação rival, mas pagava ainda mais a Anderson, por sua dedicação a ele e à Intercorp. Não havia ninguém melhor do que os seis, e eles mereciam o que ganhavam, mas era Matt quem canalizava toda aquela eficiência na direção certa. Ele traçara sozinho o plano principal para a expansão da Intercorp, e o alterava quando necessário.

— Senhores, falaremos dos navios-tanques mais tarde — disse, interrompendo a conversa dos homens sobre a frota. — Agora, vamos falar dos problemas da Haskell.

Os métodos de trabalho de Matt no período após uma aquisição de uma empresa eram únicos e eficientes. Em vez de passar meses tentando encontrar as causas e as soluções dos problemas e demitindo os executivos que não tinham desempenho satisfatório, Matt fazia algo bem diferente. Enviava aqueles seis homens para que trabalhassem com os vice-presidentes da empresa recém-adquirida. Em questão de semanas, eles se familiarizavam com o funcionamento de cada divisão, descobriam seus pontos fracos e fortes e avaliavam as qualidades do vice-presidente responsável por ela.

Matt olhou para Elliott Jamison.

— Vamos começar por você, Elliott. De modo geral, o que você achou do departamento de marketing da Haskell?

— Não é ruim, mas também não é ótimo. Eles têm muitos gerentes, tanto aqui como nos escritórios regionais, e poucos representantes correndo as praças para vender os produtos. Os clientes existentes são bem atendidos, mas os representantes não têm tempo para conseguir novos. Levando em conta a alta qualidade dos produtos, o número de clientes deveria ser três, até quatro vezes maior. Na minha opinião, deveríamos reforçar a equipe de vendas, contratando cinquenta representantes. Assim que a fábrica de Southville ficar pronta e estiver funcionando, sugiro que coloquemos mais cinquenta.

Matt fez uma anotação no bloco a sua frente e tornou a olhar para Elliott.

— O que mais?

— Nós vamos ter de mandar Paul Cranshaw, vice-presidente do departamento, embora, Matt. Ele está na Haskell há 28 anos e sua filosofia de trabalho é antiquada e imprudente. Ele também é inflexível e se recusa a acompanhar as transformações que queremos fazer.

— Quantos anos ele tem?

— Cinquenta e seis.

— Será que aceita uma aposentadoria antecipada?

— É possível. Não vai se demitir, isso é certo. O filho da puta é arrogante e não esconde o ressentimento contra a Intercorp.

Tom Anderson, que fitava a própria gravata, levantou o olhar.

— Não é de surpreender. Ele é primo distante do velho Haskell.

Elliott o olhou com espanto, obviamente admirando sua habilidade em descobrir certas coisas.

— Sério? Isso não consta da ficha dele. Como foi que você descobriu?

— Tive uma deliciosa conversa com uma encantadora senhora, lá embaixo, na sala de arquivos. Ela é a funcionária mais antiga da empresa, uma fonte ambulante de informações.

— Agora entendo a hostilidade de Cranshaw. Ele precisa mesmo ir embora — declarou Elliott. — A postura dele é um problema, mas temos outros motivos para mandá-lo embora. Bom, Matt, o que tenho a dizer é isso, no geral. Na semana que vem, examinaremos tudo mais detalhadamente.

Matt virou-se para John Lambert, responsável pela análise da situação financeira, indicando-lhe que era sua vez de falar.

— Os lucros são bons, como já sabíamos — o homem preludiou.

— No entanto, existe espaço para uma modernização e acredito que possamos fazer um corte de gastos. Além disso, metade dos clientes leva seis meses para pagar o que deve. Metade das contas deles leva mais de seis meses para quitar o pagamento, e isso porque Haskell não adotou uma política mais agressiva de cobrança.

— Vamos ter de substituir o vice-presidente financeiro, então? — perguntou Matt.

John hesitou.

— Decisão difícil de tomar. Ele alega que era Haskell quem não queria que os clientes fossem pressionados a pagar mais depressa. Diz que tentou, durante anos, adotar um procedimento mais enérgico, inutilmente. Tirando isso, ele é um bom chefe, sabe delegar responsabilidades, e os supervisores que dirige desempenham bem suas funções.

— Como ele reagiu quando você invadiu seus domínios? Mostrou-se aberto a mudanças?

— Ele é daqueles que preferem seguir um líder a liderar, mas é dedicado. Se dissermos o que desejamos que seja feito, ele fará. Mas não podemos esperar que implante inovações por conta própria.

— Dê-lhe instruções e coloque-o nos trilhos — disse Matt, depois de um momento de hesitação. — O financeiro é um setor grande e parece estar sob controle. Se o pessoal de lá está satisfeito, acho melhor que as coisas continuem assim.

— Concordo. Mês que vem estarei pronto para discutir o orçamento e a política de preços com você.

— Ótimo. — Matt olhou para o homenzinho loiro especializado em assuntos referentes ao quadro de pessoal. — David, o que me diz sobre o departamento de recursos humanos?

— Não é nada ruim. Está tudo ótimo, na verdade. A porcentagem de empregados das classes minoritárias é um pouco baixa, mas não tanto que possamos aparecer nos jornais por causa disso, ou perder contratos públicos — David Talbot respondeu. — O departamento estabeleceu bons sistemas de contratação, promoção e assim por diante. Lloyd Waldrup, o vice-presidente que comanda o setor, é perspicaz e bem qualificado para a função.

— É um preconceituoso disfarçado — comentou Tom Anderson, inclinando-se na direção de um serviço de prata e porcelana no centro da mesa, para servir-se de uma xícara de café.

— Essa é uma acusação ridícula — protestou David, irritado. — Lloyd Waldrup me deu os relatórios com o número de mulheres e representantes de minorias nos vários setores, e uma boa porcentagem dessas pessoas ocupa cargos de chefia.

— Não acredito nesses relatórios — declarou Tom.

— Meu Deus, homem, o que há com você? — explodiu David, virando-se para fitar o rosto imperturbável do colega. — Toda vez que adquirimos uma empresa, você começa a implicar com os chefes do departamento de recursos humanos! Qual é o motivo dessa aversão?

— Quase sempre são um bando de puxa-sacos, que só querem chegar ao poder.

— Inclusive Waldrup?

— *Especialmente* ele.

— E qual de seus famosos instintos fez com que você chegasse a essa conclusão?

— Ele elogiou minhas roupas por dois dias consecutivos. Nunca confiei numa pessoa que fizesse isso, principalmente em alguém como Waldrup, que usa ternos conservadores.

A risadinha de Matt aliviou a tensão que se avolumava.

— Mais algum motivo para acreditarmos que os relatórios mentem? — perguntou David, relaxando.

— Sim — afirmou Tom, tendo o cuidado de não deixar a manga da jaqueta entrar na xícara de café, enquanto estendia o braço para pegar o açucareiro. — Faz duas semanas que ando de um lado pro outro nesse prédio, e não pude deixar de notar uma coisinha.

Parou de falar enquanto punha açúcar no café, e depois ficou mexendo o líquido por longos instantes, irritando a todos, com exceção de Matt, que continuou a olhá-lo com tranquilo interesse.

— Tom! — David chamou, perdendo a paciência. — Quer, por favor, dizer logo o que notou em suas andanças pelo prédio?

— Vi muitos homens com escritórios próprios.

— E daí?

— Não vi nenhuma mulher, a não ser na divisão de contabilidade, onde sempre houve mulheres na chefia. E apenas duas delas têm secretárias. Eu fico me perguntando se Waldrup não distribuiu alguns cargos fictícios, só para deixar as damas satisfeitas e dar uma boa aparência aos relatórios. Se aquelas mulheres realmente têm cargos de chefia, onde estão as secretárias? Onde ficam seus escritórios?

— Vou verificar — David concedeu com um suspiro exasperado.

— Eu teria descoberto, mais cedo ou mais tarde, mas foi bom saber agora. — Virou-se para Matt: — No futuro, vamos ter de fazer modificações no sistema de férias e na política salarial para que satisfaçam os padrões da Intercorp. Na Haskell, os empregados podem ter três semanas de férias depois de três anos de trabalho, e quatro semanas após oito anos. Essa prática está custando uma fortuna à empresa, em termos de tempo perdido e da constante necessidade de contratar substitutos em regime temporário.

— E quanto aos salários? — perguntou Matt.

— São mais baixos do que os nossos. A filosofia de Haskell era dar mais férias e pagar menos. Voltaremos a discutir o assunto assim que eu fizer todos os cálculos.

Durante mais duas horas, Matt ouviu o que os outros homens tinham a dizer sobre os problemas encontrados em suas áreas e as possíveis soluções. Quando a discussão sobre a Haskell acabou, ele os colocou a par do que acontecia em outras divisões da Intercorp que lhes interessasse, ou naquele momento, ou no futuro; coisas que iam desde a ameaça de uma greve na tecelagem da Geórgia, até o design e capacidade de uma nova fábrica que ele pretendia construir para a Haskell no grande terreno que havia comprado em Southville.

No decorrer de toda a reunião, um homem, Peter Vanderwild, ficou tão atento quanto um brilhante e fascinado universitário que compreendia tudo o que os mestres diziam, mas que ainda estava aprendendo certos segredos que só um grupo de peritos poderia ensinar. Peter tinha 28 anos, era um prodígio de Harvard e tinha um QI de gênio; era especializado em escolher empresas para a Intercorp comprar, avaliando seu potencial de lucro. Fora ele quem havia indicado a Haskell Elextronics, e pela terceira vez consecutiva, tinha sido uma boa aposta.

Matt mandara-o a Chicago com o restante da equipe, para que ele visse de perto o que acontecia *depois* que uma empresa era adquirida, que visse o que não aparecia nos relatórios financeiros em que tanto confiava, como, por exemplo, diretores de recursos humanos que faziam discriminação, embora disfarçadamente. Ele estava lá para observar, mas também para ser observado. Apesar do sucesso de Peter até ali, Matt sabia que ele ainda precisava de orientação. O jovem era convencido, hipersensível, arrojado ou tímido, dependendo da situação, e isso era algo que Matt pretendia cortar. O talento de Peter era enorme, mas precisava ser canalizado.

— Peter, você quer falar alguma coisa sobre a sua área? — Matt perguntou-lhe.

— Eu tenho várias empresas em mente que seriam excelentes aquisições — Peter anunciou. — Não tão grandes quanto a Haskell, mas com bom potencial de lucro. Uma delas é uma pequena empresa de software no vale do silício..

— Nada de empresas de software — Matt declarou com firmeza.

— Mas a JHL é...

— Nada de empresas de software — repetiu Matt. — Representam muito risco no momento. — Viu Peter corar de embaraço, então, lembrando-se de que seu objetivo era orientar o talento extraordinário do jovem, e não acabar com seu entusiasmo, refreou a impaciência, acrescentando: — Não estou censurando sua escolha. Eu nunca disse a você a minha opinião sobre essas empresas. Qual outra gostaria de recomendar?

— O senhor mencionou que tinha vontade de expandir nossa divisão de propriedades comerciais — Peter começou com alguma hesitação. — Há três empresas do ramo à venda: uma em Atlanta, outra aqui em Chicago e a terceira em Houston. As duas primeiras possuem quase que só edifícios de escritórios, e a outra investiu mais em terras. Os donos são dois irmãos. Eles dirigem a empresa desde que o pai morreu, anos atrás, mas não se suportam. Acontece que Houston passou por um longo período de depressão, e suponho que não há razão para acreditar que o recente processo de recuperação continuará. Além disso, como os irmãos Thorp não se dão bem, acho que um negócio com eles nos daria mais problemas do que...

— Está tentando me convencer de que sua ideia é boa ou má? — Matt interrompeu-o com um sorriso. — Você faz as escolhas, usando seu discernimento. Deixe que eu as rejeite ou aprove. Esse é meu trabalho, e se você começar a fazê-lo por mim, me sentirei inútil.

Os homens riram da observação feita em tom de brincadeira, e Peter levantou-se para entregar a Matt uma pasta contendo relatórios sobre as três empresas que ele mencionara e várias outras.

Enquanto o jovem voltava a sentar, Matt abriu a pasta e notou que os relatórios eram demasiadamente longos, e as análises, muito complexas.

— Peter foi meticuloso como sempre, senhores, de modo que levarei muito tempo para ler as informações todas. Acho que já conversamos sobre tudo o que era necessário no momento. Voltamos a nos falar na semana que vem. Avisem a srta. Stern quando estiverem prontos para apresentar mais detalhes a respeito de seus departamentos. — Dirigiu-se a Peter: — Vamos ver isso aqui no meu escritório.

Instantes depois, quando mal acabara de sentar-se à escrivaninha, o interfone tocou, e Eleanor informou que iria completar a ligação de Bruxelas. Com o telefone preso entre o queixo e o ombro, Matt começou a ler o relatório sobre a situação financeira da empresa de Atlanta que Peter recomendara.

— Matt! — exclamou Josef Hendrick, a voz alegre elevando-se acima da estática. — A ligação está ruim, meu amigo, mas a boa notícia que tenho para dar não pode esperar por uma melhor. Meu pessoal está totalmente de acordo com a sociedade limitada que lhe propus no mês passado. Não fizeram oposição a nenhuma de suas exigências.

— Isso é ótimo, Josef — afirmou Matt, mas sem muito entusiasmo, porque era muito mais tarde do que imaginara, e ele começava a sentir o cansaço provocado pela viagem.

Quando pousou o telefone no gancho, olhou para o lado de fora, pelas janelas que tomavam quase uma parede inteira. O céu estava escuro, e luzes brilhavam nos edifícios vizinhos. Da avenida Michigan, subia o som insistente de buzinas, típico da hora do rush, quando os motoristas tentavam abrir caminho no trânsito pesado.

Matt acendeu a luminária em cima de sua mesa e olhou para Peter, que se levantou e acendeu as lâmpadas do teto também.

— Vou levar os relatórios para casa e analisá-los durante o fim de semana, Peter. Conversaremos na segunda-feira de manhã, às 10 horas.

# 17

SENTINDO-SE RENOVADO DEPOIS DE UMA SAUNA E UM banho, Matt enrolou a toalha em volta da cintura e pegou o relógio de pulso, que deixara na bancada de mármore preta de seu banheiro circular. O telefone tocou e ele tirou-o do gancho.

— Você está pelado? — Alicia Avery perguntou com voz aveludada, antes que ele pudesse dizer qualquer coisa.

— Que número você discou? — ele indagou, fingindo surpresa.

— O seu, querido. Você está nu?

— Seminu — Matt respondeu. — E atrasado.

— Estou tão feliz que você está em Chicago. Quando você chegou?

— Ontem.

— Tenho você nas minhas mãos, finalmente! — Ela riu. — Você nem imagina que fantasias tenho tido, pensando em hoje à noite, quando voltarmos do baile beneficente. Estava com saudade, Matt — acrescentou, direta e franca como sempre.

— Nós nos veremos dentro de uma hora — Matt lembrou-a. — Isto é, se você me deixar desligar o telefone.

— Está bem. Na verdade, foi papai quem me fez telefonar. Ele estava com medo de você esquecer o evento. Está quase tão ansioso por vê-lo quanto eu, por razões muito distintas, é claro.

— É claro — Matt concordou com uma risadinha.

— Ah, já vou avisando que ele pretende propor sua adesão ao Glenmoor Country Club. O baile vai ser a ocasião perfeita para apresentar você a alguns dos sócios e garantir os votos deles, então papai vai te arrastar por todos os cantos, se você permitir. A imprensa toda vai estar lá; pode se preparar pra ser massacrado. É uma humilhação, sr. Farrell, saber que meu acompanhante causará mais alvoroço do que eu.

Matt cerrou os dentes com força, invadido por irônica tristeza, ao ouvir Alicia falar do Glenmoor, onde ele conhecera Meredith naquele Quatro de Julho distante. Já era sócio de dois clubes de campo, tão exclusivos quanto esse, mas raramente os frequentava. Se, por acaso, se associasse a um, em Chicago, com certeza não seria o Glenmoor.

— Diga a seu pai que agradeço a atenção, mas prefiro que ele esqueça o assunto.

— Matt, você não esqueceu o baile beneficente, não é? — Stanton Avery, pai de Alicia entrou na conversa, através da extensão.

— Não, Stanton, não esqueci.

— Muito bem. Pensei em pegar você às nove horas. Podemos parar no Iate Club para um drinque e ir direto pra festa. Dessa maneira, não teremos de aturar *La Traviata*. A menos que você goste muito dessa ópera.

— Óperas, em geral, me deixam em estado de coma — brincou Matt, fazendo Stanton dar uma risadinha.

Nos anos anteriores, assistira a dezenas de óperas e apresentações de orquestras sinfônicas e também patrocinara alguns desses eventos culturais, porque no meio em que vivia isso era importante para os negócios. No entanto, continuava achando tudo aquilo muito tedioso.

— Às nove horas está ótimo — concordou Matt.

Apesar de não gostar de eventos de ópera e de ser encurralado pela mídia, ele estava ansioso pela noite. Recolocou o telefone no gancho, pôs o relógio no pulso e pegou o barbeador, pensando em seu relacionamento com Stanton Avery. Havia conhecido o homem quatro anos antes, em Los Angeles, e sempre que um visitava a cidade do outro, davam um jeito de se encontrar. Matt gostava imensamente dele, porque, ao contrário de muitos socialites de suas relações, o amigo era um homem de negócios brigão, direto, prático e realista. Na verdade, se tivesse de escolher um sogro, escolheria Stanton. Alicia era bem parecida com o pai. Apesar de sofisticada e bem-educada, agia sempre de modo direto quando queria alguma coisa. Assim, fora com prazer que Matt não só aceitara o convite dos dois para ir ao baile, como concordara em contribuir com 5 mil dólares.

Dois meses antes, quando Alicia estivera na Califórnia e sugerira que deviam casar-se, Matt não rejeitara a ideia imediatamente, mas o impulso de aprová-la passara bem depressa. Gostava de Alicia, e não só na cama, mas já se casara uma vez com uma moça rica e mimada, e não tinha a intenção de repetir a dose. Na verdade, nunca pensou em se casar de novo, porque nunca sentiu, por ninguém, o que havia sentido por Meredith. Ele nunca mais tinha conhecido a necessidade violenta, possessiva, louca, de ver uma mulher, de tocá-la e fazê-la rir, com uma paixão vulcânica e insaciável. Nenhuma de suas amantes olhara-o como Meredith, fazendo-o sentir-se humilde e poderoso ao mesmo tempo, acendendo nele o desejo desesperado de provar que podia ser melhor do que era. Casar-se com alguém que não o fizesse sentir-se assim seria casar-se com uma segunda escolha, e isso não seria satisfatório. Por outro lado, ele não queria passar por todas aquelas emoções atormentadoras, tempestuosas e esmagadoras. Quando seu casamento acabou, a mera recordação do que sentira por Meredith, uma esposa desleal a quem ele adorava, transformou sua vida num inferno que durou por muitos anos.

O fato era que, se Alicia mexesse com ele de tal forma como Meredith mexeu, ele já teria terminado com ela há muito tempo. Jamais se permitiria ficar tão vulnerável. Agora que iria passar um tempo em Chicago, talvez Alicia fosse insistir no casamento, mas, mesmo que não o fizesse, ele teria de deixar claro que isso estava fora de cogitação ou, então, terminar o relacionamento que lhe dava tanto prazer.

Matt vestiu o smoking e foi para a sala do apartamento. Ele ainda tinha 15 minutos até que Stanton e Alicia chegassem. Atravessou a sala na direção do bar, que ficava num nível mais elevado, atrás de um conjunto de sofás e poltronas arrumados de modo aconchegante. Escolhera aquele prédio para morar porque todas as paredes externas eram formadas por imensas janelas de vidro que permitiam uma visão deslumbrante da avenida Lake Shore e do horizonte de Chicago. Parou por um momento para olhar para fora, antes de subir os degraus que levavam ao recanto do bar, pretendendo tomar um conhaque. Recomeçou a andar e esbarrou numa mesinha, derrubando o jornal que a empregada deixara lá. Os cadernos espalharam-se e ele se abaixou para juntá-los.

Foi quando viu a fotografia de Meredith na última página do primeiro caderno. Ela parecia olhar para ele, com aquele sorriso perfeito, os cabelos impecáveis, a expressão serena. Ela já era bonita, aos 18 anos, e ficara linda com o tempo. Além disso, era evidente que os fotógrafos superavam-se para fazê-la ficar parecida com Grace Kelly na juventude.

Matt parou de olhar para a foto e começou a ler o artigo logo abaixo, ficando surpreso e tenso com a notícia de que Meredith ficara noiva do "namorado de infância, Parker Reynolds III" e que "a Bancroft & Company pretendia comemorar o casamento, em fevereiro, com uma fantástica liquidação em todas suas lojas".

Um sorriso irônico desenhou-se no rosto de Matt, enquanto ele jogava o jornal para um lado e andava até a janela. Ele estivera casado com aquela cadelinha traiçoeira, e ela nunca lhe falara daquele "namorado de infância". Mas, também, haviam passado tão pouco tempo juntos que seria impossível conhecerem-se bem. E o que ele conhecia era desprezível.

De repente, deu-se conta de que esse pensamento não combinava com o que ele sentia. Não, não a desprezava mais. Lembrava-se dela apenas com frio desgosto. Fazia tantos anos que tudo acontecera que o tempo corroera todas as emoções que ela provocara, inclusive o desprezo. Não restara nada, além de desgosto e piedade. Para agir como agira, Meredith tinha de ser uma pessoa fraca, dominada totalmente pelo pai. Fizera um aborto quase no sexto mês de gestação e lhe enviara um telegrama, contando isso e informando que daria entrada no divórcio. Apesar de tudo, ainda louco por ela, ele pegou um voo e foi para Chicago com a intenção de tentar dissuadi-la da separação. Quando chegou ao hospital, fora informado, na recepção da ala Bancroft, que Meredith não desejava vê-lo, e um segurança o colocou para fora. Imaginando que tal instrução fora dada por Philip, não por Meredith, voltara ao hospital no dia seguinte, só para ser barrado por um policial que lhe entregara uma declaração legal que dizia que ele não devia tentar aproximar-se dela.

Numa luta que durara anos, Matt trancara as lembranças e a angústia por ter perdido o bebê num recanto remoto e escuro da mente, porque não podia suportá-las.

Olhando para as luzes faiscantes da avenida que acompanhava a margem do lago, refletiu que as recordações não mais o magoavam, pois, para ele, Meredith simplesmente não existia mais.

Ele soube, desde o momento em que decidiu passar um ano em Chicago, que poderia esbarrar-se com ela, mas recusara-se a deixar que essa possibilidade afetasse seus planos. E acertara, porque acabara de descobrir que não havia nada a temer. Tudo ficara no passado. Além disso, os dois eram adultos, tinham traquejo social e, no caso de um encontro, saberiam tratar-se com cortesia.

Matt acomodou-se na limusine de Stanton, apertou a mão do amigo e olhou para Alicia, envolta num casaco comprido da mesma cor de seus cabelos escuros e brilhantes. Ela estendeu a mão para ele, sorrindo de modo sedutor.

— Há quanto tempo! — exclamou, com aquela sua voz suave.

— Tempo demais — afirmou ele com sinceridade.

— Cinco meses. Vai simplesmente apertar minha mão, ou vai me beijar direito?

Matt lançou um olhar comicamente desamparado para Stanton, que deu sua permissão com um sorriso indulgente. Então, puxou Alicia para o colo, sem nenhuma cerimônia.

— Até que ponto de "maneira adequada"? — perguntou.

— Você vai ver.

Só Alicia teria a audácia de beijar um homem daquele jeito na frente do pai. Mas, também, nenhum outro pai viraria o rosto para olhar pela janela, enquanto a filha beijava um homem com lânguida sensualidade, tencionando excitá-lo sexualmente. Matt ficou excitado, e ela percebeu.

— Acho que você sentiu mesmo minha falta, querido.

— Pois eu acho que um de nós dois devia pelo menos corar.

— Que coisa mais provinciana, Matt! — ela o censurou, rindo, enquanto tirava as mãos dos ombros dele. — Típica de classe média.

— Houve um tempo em minha vida que eu ficaria feliz se fosse da classe média — ele a lembrou.

— Você tem orgulho disso, não é?

— Acho que tenho, sim.

Ela deslizou do colo dele para o banco e cruzou as pernas, abrindo o casaco para mostrar o vestido longo, preto, com uma fenda do lado que ia até o meio da coxa.

— O que acha? — perguntou.

— Você pode descobrir mais tarde o que ele acha — resmungou Stanton, subitamente irritado com o fato de a filha monopolizar a atenção de seu amigo. — Matt, ouvi dizer que vai haver uma fusão da Edmund Mining com a Ryerson Consolidated? Mas, antes de responder, me diz como vai seu pai. Ainda insiste em continuar morando na fazenda?

— Meu pai está bem — respondeu Matt, e era verdade, pois fazia 11 anos que Patrick não bebia. — Consegui convencê-lo a vender as terras que restaram e mudar-se para a cidade. Ele vai ficar comigo algumas semanas, depois vai visitar minha irmã. Por falar nisso, preciso ir à fazenda, ainda esse mês, pra pegar as lembranças de família. Ele não teve coragem.

O vasto salão, com luxuosas colunas de mármore, cintilantes lustres de cristal e o teto abobadado, sempre foi esplêndido, mas naquela noite Meredith achou-o especialmente maravilhoso. Os decoradores o haviam transformado numa linda terra hibernal, onde quiosques brancos, cobertos de neve artificial, exibiam enormes arranjos de rosas vermelhas e ramos de azevinho. No centro do salão, num quiosque maior, com roseiras subindo pelos pilares e montes de "neve" ao redor, a orquestra tocava uma seleção de Rodgers e Hart. Fontes decoradas com pingentes de gelo artificial soltavam jorros de champanhe, e garçons circulavam entre os grupos, oferecendo bebidas e aperitivos para aqueles que não queriam se levantar e ir até as bandejas repletas de comida.

Perto do centro do salão, Meredith mantinha-se de pé ao lado de Parker, que lhe rodeava a cintura possessivamente com um braço, enquanto os dois recebiam os cumprimentos e votos de felicidade dos amigos e conhecidos que sabiam do noivado.

Quando ficaram sozinhos por alguns instantes, ela virou-se para ele, o rosto iluminado pelo riso.

— O que foi que você achou engraçado? — ele quis saber com um sorriso terno.

— A música que a orquestra está tocando — ela explicou. — Foi a que dançamos quando eu tinha 13 anos, na festa da srta. Eppingham, no Hotel Drake.

— Ah, sei! — ele exclamou, rindo. — A noite da tortura, para os alunos da Eppingham.

— Eu, principalmente, me senti a mais infeliz das criaturas. Derrubei a bolsa, bati com a cabeça na sua e pisei nos seus pés o tempo todo, enquanto dançávamos.

— Você derrubou a bolsa e *nós* batemos nossas cabeças — ele a corrigiu com aquela sensibilidade que ela tanto amava. — Não pisou nos meus pés e estava linda. Na verdade, foi naquela noite que notei, pela primeira vez, como seus olhos eram lindos. Você me olhava com uma expressão estranha, tão atenta...

Meredith riu.

— Talvez eu estivesse tentando decidir qual seria a melhor maneira de te pedir em namoro.

— É mesmo?

— É — Meredith afirmou, então seu sorriso desapareceu quando ela viu uma colunista social andando na direção dos dois. — Parker, vou ao toalete. Sally Mansfield está vindo para cá e não quero falar com ela até descobrir quem foi que lhe disse que a Bancroft's vai comemorar nosso casamento com uma liquidação em todas as lojas. — Fez uma pausa, desvencilhando-se do braço dele. — A pessoa que fez isso vai ter de pedir a Sally que escreva uma retratação — continuou. — Não vai haver liquidação alguma. Por favor, preste atenção para ver se Lisa chega. Ela já deveria estar aqui há muito tempo.

Então, começou a andar na direção da larga e imponente escadaria que levava ao andar superior.

— Calculamos o tempo perfeitamente — comentou Stanton, enquanto Matt pegava o casaco de Alicia e o entregava à moça encarregada dos agasalhos, numa sala contígua ao salão.

Matt ouviu o comentário, mas sua atenção estava presa às costas nuas de Alicia.

— Que vestido! — exclamou baixinho, num tom divertido que mostrava como a desejava.

Ela se virou e sorriu para ele.

— Você é o único homem que consegue dizer isso de um jeito que parece um convite pra ficarmos juntos na cama durante pelo menos uma semana.

Ele riu, e os três foram na direção do salão ruidoso e com luzes ofuscantes. Já da entrada, Matt viu dois fotógrafos e uma equipe de televisão percorrendo o salão e preparou-se para o inevitável ataque da imprensa.

— Foi? — perguntou Alicia, quando o pai parou para falar com amigos.

— Foi, o quê? — Matt pegou duas taças de champanhe da bandeja de um garçom.

— Um convite pra uma semana de sexo, como tivemos há dois meses?

— Alicia, comporte-se — ele ralhou brandamente, cumprimentando com um gesto dois homens que conhecia.

— Por que você nunca se casou?

— Vamos falar disso em outra hora, está bem?

— Você sempre foge do assunto — ela se queixou.

Aborrecido com a insistência e a falta de senso de oportunidade de Alicia, Matt pegou-a pelo braço, que o tecido da comprida luva preta cobria, e levou-a para um lado.

— Bem, suponho que queira mesmo falar sobre isso aqui e agora.

— Quero — ela confirmou, erguendo o queixo num desafio.

— Do que você quer falar?

— Casamento.

— Com quem? — ele perguntou, mesmo sabendo que estava sendo perverso.

Obviamente magoada com o insulto e talvez furiosa consigo por ter forçado a situação, Alicia examinou o rosto dele por um bom tempo.

— Acho que mereci isso — admitiu num murmúrio.

— Não, não mereceu.

Ela o olhou, parecendo confusa, então sorriu de leve.

— Bem, vamos esquecer o assunto, por enquanto.

O sorriso de Matt foi breve, frio e nada encorajador. Com um suspiro, Alicia passou o braço pelo dele.

— Você é o homem mais difícil que já conheci — declarou, quando os dois recomeçaram a andar. Tentando retomar o clima leve de antes, ela olhou sedutoramente para Matt, e acrescentou, com sinceridade:

— Fisicamente, além de emocionalmente, é claro.

Lisa entregou o convite ao homem que controlava a entrada e entrou no hall do hotel. Parando apenas o tempo necessário para tirar o casaco e deixá-lo na chapelaria, foi para o salão, onde começou a procurar por Meredith. Não a encontrou, mas depois de algum tempo viu a cabeça loira de Parker acima das outras, perto do quiosque da orquestra, e dirigiu-se para lá. No caminho, esbarrou de levar em Alicia Avery, que andava ao lado de um homem muito alto, de cabelos escuros e ombros largos, cujo rosto pareceu-lhe vagamente familiar.

Os homens viravam-se à passagem de Lisa para olhá-la, porque ela de fato chamava a atenção, com aquele corpo esbelto, os fartos cabelos arruivados emoldurando-lhe o rosto, a calça larga, vermelha, a decotada blusa preta de veludo e uma irreverente faixa preta de contas e miçangas em volta da cabeça, algo que ficaria ridículo em qualquer outra mulher.

— Oi — cumprimentou ela, parando ao lado de Parker, que enchia a taça numa das fontes de champanhe.

Ele se virou e franziu a testa, enquanto a examinava com franca desaprovação.

— Ah, não! — exclamou Lisa, irritada com a muda censura. — O sr. "juros baixos" já vai começar?

Exasperado, ele desviou o olhar do decote da blusa dela para os olhos que o fitavam com ar de desafio.

— Por que não se veste como as outras mulheres? — indagou.

— Não sei. — Lisa fingiu pensar no assunto, então anunciou com um amplo sorriso: — Talvez pelo mesmo desejo de chocar que faz você executar hipotecas de viúvas e órfãos. Onde está Meredith?

— No toalete.

Depois da troca rude de palavras, algo costumeiro entre os dois, evitaram olhar-se, fixando a atenção nas pessoas que os circundavam. Em dado momento, os repórteres de jornais e da televisão começaram a dirigir-se para um ponto à direita deles, obviamente prontos para cair sobre uma presa suculenta. Momentos depois, os flashes começaram a espocar, e Lisa viu que os fotógrafos e câmeras focalizavam o homem que ela vira em companhia de Alicia Avery.

— Quem é? — perguntou, olhando para Parker com relutância.

— Não dá para ver — ele respondeu, então ficou tenso, quando abriu-se uma brecha no aglomerado, mostrando quem causara toda aquela agitação. — É... é Farrell!

Lisa, então, soube que o homem que acompanhava Alicia era o desalmado ex-marido de Meredith. Cheia de hostilidade, observou-o responder às perguntas que lhe gritavam, enquanto Alicia sorria para os fotógrafos, sempre pendurada em seu braço. Por um momento, pensando em tudo o que Meredith sofrera por causa de Matt Farrell, sentiu o impulso de ir até ele e chamá-lo de filho da puta diante de todos. Mas conteve-se porque sabia que a amiga detestava cenas e ficaria zangada. Então, um pensamento súbito cruzou-lhe a mente, deixando-a angustiada.

— Meredith sabia que ele estaria aqui?

— Não. Vai lá avisar ela de que ele está aqui — instruiu-a Parker com uma rapidez que indicava que pensara a mesma coisa, ao mesmo tempo que ela.

Forçando passagem entre a aglomeração, Lisa viu que Matt livrara-se da imprensa, menos da colunista Sally Mansfield, que estava parada a seu lado, enquanto ele conversava com Stanton Avery ao pé da escadaria. Apressou-se, mas parou, abalada, quando viu Meredith aparecer lá no alto e começar a descer os degraus. Com nervosismo impotente, pois não chegaria à amiga a tempo de avisá-la da presença de Matt, consolou-se com o pensamento de que Meredith nunca estivera tão deslumbrante, e que era assim que seu maldito ex-marido iria vê-la pela primeira vez, depois de 11 anos! Desprezando a moda de vestidos justos, Meredith optara por um longo de cetim branco, de saia ampla e corpete sem alças. No pescoço, exibia um maravilhoso colar de rubis e brilhantes, talvez presente de Parker, o que Lisa duvidava, ou que fora tomado emprestado da joalheria da Bancroft's, algo muito mais provável.

No meio da escadaria, Meredith parou para falar com um casal idoso que subia, e Lisa prendeu a respiração, em suspense. Parker aproximara-se e olhava inquieto de Matt Farrell para Sally Mansfield e depois para Meredith.

Alicia tinha se afastado para falar com amigos, e Matt, em dado momento, olhou em volta, procurando-a. Seu olhar vagueou pelos arredores e então subiu. Ele ficou petrificado, a taça de champanhe parada a meio caminho da boca, os olhos fixos na mulher que um dia havia sido sua esposa. Compreendeu por que a imprensa insistia em compará-la a Grace Kelly. Linda, com os cabelos presos na nuca, Meredith era a própria imagem da elegância e da serenidade. O corpo assumira formas mais arredondadas, o rosto delicado exibia uma beleza fascinante.

Matt recuperou-se rapidamente do choque e conseguiu tomar um gole de champanhe, respondendo com um gesto de cabeça a uma observação de Stanton, mas sem deixar de olhar para a bela mulher no meio da escada, embora a observasse apenas com o interesse de um perito examinando uma obra de arte, sabendo que não passava de uma falsificação, cheia de defeitos.

No entanto, ele não podia endurecer o coração inteiramente, ao ver Meredith conversar com o casal de idosos. Matt lembrava-se de ela ter contado que sempre se dera bem com pessoas de muito mais idade, vira sua gentileza com os idosos, naquela noite distante, no Glenmoor, e seu coração abrandou-se ainda mais. Procurou traços da enérgica executiva, mas viu apenas um sorriso meigo, cintilantes olhos azuis e uma aura de pessoa... Ele procurou a palavra adequada e só pôde pensar em "intocável". Talvez fosse o efeito causado pelo vestido branco, de modelo recatado, diferente dos trajes sedutores das outras mulheres, com seus decotes vertiginosos e fendas nas saias que subiam quase até a cintura. Apenas os ombros de Meredith estavam expostos, mas, mesmo assim, ela estava mais provocante do que as outras. Provocante, majestosa, inatingível.

Matt sentiu os últimos resquícios de amargura desaparecerem. Ele sabia que, além de bonita, Meredith também era bondosa, mas se esquecera disso. Só um medo muito grande poderia sufocar essa bondade e levá-la a cometer algo repulsivo, como livrar-se do filho. Ela havia sido obrigada a casar-se com ele, ainda jovem demais, e nem o conhecia direito. Com certeza, Philip induzira-a a imaginar-se morando em Edmunton, aquela cidadezinha suja, onde criaria um filho praticamente sozinha, pois Matt poderia transformar-se num bêbado, como o pai era, na época. Aquele homem seria capaz de tudo para impedi-la de continuar casada com um joão-ninguém, até mesmo de obrigá-la a abortar e divorciar-se.

Olhando para Meredith, naquele momento, Matt compreendeu algo que não compreendera em 11 anos. Não fora ela quem impedira o bebê de nascer. Inexperiência, medo e um pai dominador haviam feito isso.

— Linda, não? — comentou Stanton, dando-lhe uma leve cotovelada.

— Muito.

— Venha. Vou apresentá-lo a ela e ao noivo. Você precisa mesmo conhecer Parker. Ele administra um dos maiores bancos de Chicago.

Matt hesitou, mas acabou concordando. Ele e Meredith iriam encontrar-se, num evento social ou outro, de modo que não havia motivo algum para protelar um momento que inevitavelmente chegaria.

Ela desceu as escadas e, ao chegar embaixo, parou para examinar a multidão, à procura de Parker.

Stanton tocou-a no braço para chamar-lhe a atenção.

— Pode me dar um momento? Quero que conheça uma pessoa.

Meredith virou-se, sorrindo, mas o sorriso desapareceu quando ela olhou para o homem alto e bronzeado ao lado de Stanton e reconheceu Matt.

— Meu amigo, Matthew Farrell. — A voz do velho conhecido chegou até ela como através de um túnel.

Meredith sentiu um embrulho no estômago e a mente debater-se, aflita, sob o impacto das lembranças do passado. À sua frente estava o homem que não fora vê-la no hospital quando ela perdera o bebê, e enviara um telegrama mandando-a iniciar o processo de divórcio.

E ali estava ele, fitando-a com um sorriso encantador. Algo se rompeu no íntimo de Meredith, e ela ignorou a mão que Matt lhe estendia. Apenas olhou-o com gélido desprezo por mais um momento, antes de virar-se para Stanton.

— Devia escolher melhor seus amigos, sr. Avery — aconselhou-o. — Com licença.

Dando as costas pros dois, afastou-se sob o olhar curioso de Sally Mansfield, deixando Stanton atônito, e Matt, furioso.

Eram 3 horas da madrugada quando os últimos convidados para a comemoração do noivado saíram do apartamento de Meredith, deixando-a com Parker e Philip.

— Não devia ficar acordado até tão tarde — ela disse ao pai, sentando-se numa poltrona.

Ainda estremecia ao pensar no encontro inesperado com Matt, incapaz de esquecer a fúria que vira nos olhos dele quando rejeitara sua mão.

— Você sabe muito bem por que ainda estou aqui — respondeu Philip, servindo-se de um pouco de xerez.

Ficara sabendo que Meredith encontrara-se com Matthew Farrell por intermédio de Parker, cerca de uma hora antes, e era óbvio que desejava ouvir detalhes.

— Não beba isso, pai. Os médicos proibiram...

— Os médicos que se danem! Quero saber o que Farrell disse quando você não quis apertar a mão dele.

— Não teve chance de dizer nada — ela explicou.

Contou tudo o que acontecera, então ficou observando o pai, enquanto ele tomava a bebida proibida, pensando em como seus cabelos haviam embranquecido, como ele estava velho, embora ainda mantivesse o porte imponente. Havia sido manipulada e dominada por aquele homem durante quase toda a sua vida, até que encontrara coragem para lutar contra sua vontade férrea e enfrentar seu temperamento explosivo. Apesar disso, amava-o e preocupava-se com ele, sofrendo quando olhava para o rosto desfigurado pela doença e pelo cansaço. Assim que seu substituto fosse escolhido, ele partiria para um cruzeiro, durante o qual, por recomendação médica, não deveria sequer pensar na Bancroft & Company. Também teria de desistir dos jornais e dos noticiários da televisão, evitando aborrecer-se com o que acontecia no mundo. Seria um período reservado para descansar e se divertir.

— Não precisava ter contado pro meu pai o que aconteceu na festa — ela observou, olhando para Parker.

O noivo reclinou-se na poltrona com um suspiro desgostoso.

— Sally Mansfield estava lá, Meredith — argumentou. — Teremos muita sorte se ela não contar, na coluna de amanhã, o que viu e ouviu.

— Espero que conte — Philip declarou.

— Eu, não — replicou Parker, ignorando o olhar irritado do futuro sogro. — Não quero que as pessoas comecem a perguntar por que Meredith agiu daquela forma.

Ela apoiou a cabeça no encosto da poltrona e fechou os olhos.

— Se eu não tivesse sido pega de surpresa, não agiria daquela maneira. Pelo menos, não tão abertamente.

— Nossos amigos ficaram intrigados, e vários deles já me encheram de perguntas — Parker avisou. — Temos de pensar numa explicação.

— Por favor, hoje não — ela pediu. — Agora, só quero dormir.

— Tudo bem — concordou o noivo, levantando-se.

Saiu pouco depois, e Philip acompanhou-o, sem alternativa.

# 18

ERA QUASE MEIO-DIA QUANDO MEREDITH SAIU DO banho. Vestiu um conjunto de calça e suéter de lã cor de vinho, prendeu os cabelos num rabo de cavalo e foi para a sala, olhando com renovado desgosto para o jornal que jogara no sofá depois de ler o que Sally Mansfield escrevera em sua coluna: "As mulheres, em todo o mundo, parecem sucumbir ao charme de Matthew Farrell, mas nossa Meredith Bancroft mostrou-se imune a ele. No baile de ontem, ela, sempre tão gentil com todos, tratou-o com desprezo, recusando-se a apertar-lhe a mão. Só nos resta imaginar por quê."

Tensa demais para ler os relatórios que levara para casa e muito cansada para sair, ficou parada no meio da sala, olhando em volta, observando os lindos móveis antigos, as mesas e as cadeiras, notando como eram desconhecido a ela, assim como a confusão em sua cabeça. O tapete persa tinha seus desenhos em cor-de-rosa e verde sobre fundo bege, as cortinas nas janelas, a preciosa escrivaninha francesa que comprara num leilão em Nova York, refletia que a decoração ficara exatamente como ela imaginara. Esse apartamento, com a maravilhosa vista da cidade, era a única — ele, e seu carro, um BMW, que comprara 5 anos antes — extravagância que havia se dado o luxo de comprar. No entanto, naquele dia, tudo lhe parecia estranho, como o estado de espírito em que se encontrava.

Foi à cozinha e serviu-se de café, que tomou apoiada no balcão, esperando que a bebida revigorante acabasse com aquela sensação de estar vivendo fora da realidade. As plantas que pendiam do teto acima da mesa, aninhada num canto, naquele dia não receberiam a luz do sol que normalmente entrava pelas janelas, pois o dia estava nublado. Tudo lá fora parecia cinzento e melancólico, um reflexo perfeito de como ela se sentia por dentro.

O café quente e forte fez mais efeito do que o banho, e Meredith começou a sentir a mente desanuviar-se. Então, permitiu-se pensar no que acontecera na noite anterior, no baile, e ficou muito envergonhada. Sentiu-se mal pelo modo como se comportara, mas não por temer a repercussão do que Sally Mansfield escrevera. O que mais a aborrecia era reconhecer que havia perdido o controle por causa de um homem que achava ter esquecido ou, pelo menos, parado de julgar e culpar. Fazia muito tempo que não sentia rancor por ele, para seu próprio bem, porque, se deixasse, seria consumida pela raiva e sofrimento.

Um ano após ter perdido o bebê, ela se obrigou a refletir objetivamente sobre seu desastroso relacionamento com Matt. Com isso e um psicólogo, com quem fizera um tratamento na universidade, ela conseguiu entender que o que tinha acontecido fora inevitável. Ela e Matt haviam se casado apenas porque ela estava grávida e, a não ser pelo bebê, não havia razão alguma para permanecerem juntos. Não tinham nada em comum e nunca teriam. Matt fora insensível, não indo vê-la quando ela abortara, e mais insensível ainda ao propor o divórcio num momento tão difícil. Mas como poderia ser diferente se fora criado daquele jeito, enfrentando tantas dificuldades desde cedo, arcando com a responsabilidade de um pai alcoólatra e de uma irmã mais nova, abrindo caminho à força na vida? Se não fosse duro e não tivesse uma determinação de ferro, jamais sairia de Edmunton e das usinas de aço.

No caso de Meredith, ele cumprira seu dever, casando com ela, mas talvez tenha sido parcialmente movido pela ambição. Então, Philip informara-o de que Meredith não teria acesso à herança deixada pelo avô até os 30 anos, nem depois, se dependesse dele. Assim, depois do aborto, o único motivo para manter o casamento desaparecera. Mesmo que continuassem casados, ele a faria sofrer, pois seus valores eram muito diferentes dos dela.

Meredith entendia tudo isso, ou pelo menos achava que sim. No entanto, na noite anterior, perdera completamente a objetividade e a compostura. Isso não teria acontecido se alguém a avisasse, com alguns minutos de antecedência, que ia encontrar-se com Matt, ou se ele não a olhasse com o sorriso cálido de que ela se lembrava tão bem. Naquele instante, tivera o desejo de esbofeteá-lo, mas, ainda bem, se conteve.

E se acontecesse de novo e ela não conseguisse se controlar? Não, não havia a mínima possibilidade. Pelo simples motivo de que não sentia mais nada por Matt, apesar de reconhecer que ele ficara mais bonito com o passar dos anos e ganhara um charme que nenhum homem tão inescrupuloso deveria ter. A explosão de emoções que a pegara de surpresa no momento em que ela o reconhecera fora a última e débil erupção de um vulcão extinto.

Depois de toda essa reflexão, Meredith sentiu-se bem melhor. Encheu novamente a xícara e levou-a para a sala, onde se acomodou à escrivaninha para trabalhar. Olhou para o telefone e, por um momento, sentiu o impulso de ligar para Matt e pedir desculpas, só por educação. Não, isso era absurdo, pensou, descartando a ideia. Abriu a pasta e retirou o planejamento financeiro da construção da loja de Houston.

Por que deveria pedir desculpas a Matt? Ele era tão egoísta e insensível que nada poderia feri-lo ou ofendê-lo.

# 19

⌒ Na segunda-feira de manhã, às dez horas em ponto, Peter Vanderwild apresentou-se a srta. Stern, a quem apelidara secretamente de "Esfinge". Ela o fez esperar, enquanto acabava de datilografar alguma coisa, então o fitou com seu olhar de cobra.

— O sr. Farrell marcou uma entrevista comigo para as dez horas — Peter informou.

— Ele está ocupado e só ficará livre dentro de 15 minutos.

— Acha que devo esperar?

— Não vejo por que não, se não tiver nada pra fazer nesse tempo — ela respondeu friamente.

Dispensado como um aluno rebelde repreendido pela diretora, Peter saiu e pegou o elevador, voltando para sua sala. Isso era muito melhor do que ficar no sexagésimo andar e deixar a Esfinge saber que ele não tinha mesmo nada para fazer.

Às 10:15, ela o levou ao escritório de Matt, no momento em que três vice-presidentes da Haskell estavam saindo. Mas, antes que Peter pudesse abrir a boca para dizer alguma coisa, o telefone de Matt tocou.

— Sente-se, Peter — Matt pediu. — Falarei com você em um minuto.

Com o telefone no ouvido, abriu uma das pastas com as informações sobre as empresas que o jovem indicara como boas aquisições. Todas possuíam uma grande quantidade de imóveis, e Matt examinara a situação de cada uma no fim de semana. Ficara satisfeito com várias das escolhas de Peter, impressionado com sua meticulosidade e um tanto perplexo com algumas de suas recomendações. Quando desligou o telefone, reclinou-se na poltrona giratória e concentrou nele sua atenção.

— Do que é que você mais gosta na empresa de Atlanta?

— Muitas coisas, senhor. Suas propriedades são, na maioria, prédios comerciais de porte médio, com alta porcentagem de conjuntos ocupados. Quase todos os inquilinos são empresários com contratos de locação de longo prazo, e todos os edifícios são extremamente bem cuidados e administrados.

— E a de Chicago?

— Trabalham com prédios residenciais com aluguel elevado, os lucros são excelentes e tudo é muito bem administrado.

— Pelo relatório que li, muitos desses prédios têm mais de trinta anos. O custo com reformas e consertos começará a engolir esses "lucros excelentes" daqui a uns sete anos, dez, anos, no máximo — Matt observou.

— Levei isso em conta quando fiz a projeção de lucros. Sem falar que os terrenos onde os edifícios foram construídos sempre valerão uma fortuna.

Satisfeito, Matt abriu outra pasta. Ali estava a indicação que o fizera imaginar se a aclamada genialidade de Peter e seu bom senso não haviam sido superestimados.

— Por que escolheu essa empresa de Houston? — perguntou, franzindo o cenho.

— Se Houston continuar a se recuperar economicamente, as propriedades subirão de preço e...

— Isso, eu sei — Matt interrompeu-o, impaciente. — O que quero saber é por que você indicou a Thorp como uma possível aquisição. Todos os que leem o *Wall Street Journal* sabem que faz dois anos que essa empresa está à venda e que não conseguem vendê-la porque é mal administrada e estão pedindo um preço astronomicamente alto.

Sentindo-se como se a cadeira em que estava sentado ficasse eletrificada de repente, Peter remexeu-se, pigarreando.

— Tem razão, mas, se me ouvir um momento, poderá mudar de opinião a respeito da vantagem de comprá-la — persistiu.

— Fale — Matt concedeu.

— A Thorp pertence a dois irmãos, que a herdaram do pai, falecido dez anos atrás. Desde que assumiram o controle, fizeram investimentos ruins, e, por isso, tiveram de hipotecar a maior parte das propriedades que o velho Thorp comprara. Como resultado, estão enterrados em dívidas, e o credor é o banco Continental City, em Houston. Os dois irmãos brigam como gato e rato e não entram em acordo sobre nada. Um deles quer, há anos, vender a empresa inteira, com todos os seus bens, num lote só, enquanto o outro acha melhor vender os imóveis separadamente. Agora, só lhes resta a última alternativa, e precisam ser rápidos, porque o Continental está prestes a executar a hipoteca.

— Como sabe de tudo isso? — Matt indagou.

— Em outubro, quando fui a Houston visitar minha irmã, aproveitei pra investigar a situação da Thorp e dar uma olhada em algumas de suas propriedades. Descobri, por intermédio de Max Thorp, que o nome do presidente do Continental é Charles Collins, para quem liguei quando voltei pra cá. Collins está desesperado, querendo ajudar os Thorp a encontrar um comprador, e falou pelos cotovelos durante a nossa conversa. Comecei a suspeitar que seu desespero vem da necessidade de receber rapidamente o que os Thorp devem ao banco. Na última quinta-feira, ele me ligou e disse que os irmãos estão ansiosos por fazer negócio conosco, dispostos a vender as propriedades a um preço bastante baixo. Se formos rápidos, acho que poderemos comprar qualquer uma, pagando o valor da dívida incidente sobre ela, em vez do valor real, porque Collins vai executar as hipotecas e os Thorp sabem disso.

— Por que você acha que ele vai executar?

Peter sorriu.

— Telefonei para um banqueiro de Dallas, amigo meu, e perguntei se ele conhecia Charles Collins, do Continental City. Ele disse que sim e depois ligou para Collins com a desculpa de bater um papo. No decorrer da conversa, lamentou a situação difícil dos bancos do Texas, e Collins contou-lhe que os inspetores bancários os estavam pressionando para executar as hipotecas de clientes inadimplentes, inclusive as dos Thorp.

Fazendo uma pausa, Peter esperou que seu frio patrão o elogiasse por tão cuidadosa pesquisa, mas tudo o que recebeu foi um breve sorriso e um gesto de aprovação quase imperceptível. Sentindo-se como se o próprio Deus o houvesse abençoado, inclinou-se para a frente, inflado de orgulho.

— Está interessado em conhecer detalhes de algumas das propriedades dos Thorp? Há dois terrenos excelentes, que poderão ser vendidos por uma fortuna depois de receberem infraestrutura.

— Estou ouvindo — disse Matt, embora não estivesse tão interessado em terrenos quanto em prédios comerciais.

— A melhor propriedade dos Thorp é uma gleba de terra de 8 hectacres, a dois quarteirões do The Galleria, um enorme shopping center de luxo que inclui hotéis. A Neiman-Marcus tem loja lá, a Saks Fifth Avenue, e muitos ateliês de alta-costura ficam bem perto. O terreno é o lugar ideal para a construção de uma loja de departamentos ou outro shopping.

— Vi o terreno quando estive em Houston a negócios — Matt informou.

— Então, sabe que será um negócio e tanto comprá-lo por 20 milhões, que é o valor da hipoteca. Depois, ou poderíamos fazer as melhorias, ou deixar como está e vendê-lo mais tarde com um ótimo lucro. Cinco anos atrás, valia 40 milhões. Se a recuperação econômica de Houston continuar, valerá isso novamente, no mesmo período.

Matt fez algumas anotações na pasta da Thorp, esperando uma pausa no discurso de Peter para poder dizer que preferia investir em edifícios comerciais.

— Se decidir comprá-lo, terá de ser logo — continuou o jovem. — Tanto os Thorp quanto Collins disseram que há um interessado que fará uma oferta a qualquer momento. Pensei que fosse um truque para nos apressar, mas eles acabaram por revelar que a Bancroft & Company daqui de Chicago está louca pelo terreno. Não me admira. É o melhor lugar de Houston para uma loja de departamentos. Se comprarmos agora por 20 milhões, poderemos vender aos Bancroft daqui a alguns meses por 25, até trinta. Eu acho que...

Parou de falar quando viu Matt erguer a cabeça bruscamente e fitá-lo com uma expressão muito estranha.

— O que você disse, Peter?

— Que a Bancroft & Company quer comprar o terreno. É uma empresa da categoria da Bloomingdale's e da Neiman-Marcus, antiga, elegante, com clientes das classes mais altas. Está se expandindo e...

— Conheço a Bancroft's — Matt declarou secamente, voltando a examinar a pasta da Thorp com muito mais interesse.

De fato, o terreno oferecia um grande potencial de lucro, mas não era em lucro que ele estava pensando. Com uma raiva renovada, pensava no que Meredith fizera-lhe na noite de sábado.

— Compre — disse, laconicamente.

— Não quer ouvir nada sobre as outras propriedades?

— Só estou interessado no pedaço de terra que a Bancroft's quer. Peça para o departamento legal redigir uma proposta e um contrato, leve-os a Houston amanhã e entregue pessoalmente aos Thorp.

— Proposta? Quanto vai oferecer?

— Quinze milhões. Dê a eles 24 horas para responder. Eles pedirão 25 milhões, com certeza. Ofereça 20 e diga que queremos a escritura da propriedade em três semanas, ou cancelaremos o negócio.

— Não acho...

— Há mais uma exigência. Diga a eles que essa transação deverá ser mantida em sigilo. Ninguém pode saber que estamos comprando o terreno até o negócio estar consumado. Isso deve ser incluído na proposta e no contrato.

Peter inquietou-se, porque Matt nunca antes investira em empresas, ou comprara alguma por sua recomendação, sem primeiro ouvir as opiniões dos vice-presidentes e muito menos sem verificar a situação pessoalmente. Daquela vez, se algo saísse errado, ele levaria a culpa sozinho.

— Sr. Farrell, acho...

— Compre a maldita propriedade, rapaz — Matt ordenou num tom que não admitia protestos. — Ligue pro Art Simpson, do nosso departamento jurídico em Los Angeles, passe todas as instruções a ele e diga que quero a proposta e o contrato aqui amanhã. Quando os documentos chegarem, discutiremos os próximos passos.

Assim que ficou sozinho, Matt girou a poltrona e olhou pela janela. Com certeza, Meredith considerava-o um verme desprezível e tinha o direito de pensar assim. Também tinha o direito de deixar isso claro para todo mundo, e fora o que fizera, pois o que acontecera entre os dois no sábado saíra no jornal de maior circulação em Chicago. No entanto, fazer esses direitos valerem iria custar-lhe muito caro. Para conseguir o terreno em Houston que tanto desejava, teria de pagar à Intercorp 10 milhões a mais do que pagaria se o comprasse da Thorp.

# 20

⌒ — O SR. FARRELL DISSE QUE EU DEVERIA ENTREGAR esses documentos a ele assim que chegassem — Peter explicou a Eleanor Stern, no fim da tarde seguinte.

— Nesse caso, sugiro que obedeça — ela replicou, erguendo as sobrancelhas grisalhas numa expressão altiva.

Irritado por ter sido derrotado mais uma vez pela Esfinge, ele foi até a porta do escritório de Matt, bateu e entrou. Desesperado para tentar dissuadir o patrão de agir precipitadamente em relação ao terreno em Houston, não viu Tom Anderson, que numa das extremidades do amplo aposento examinava um quadro que acabara de ser pendurado na parede.

— Sr. Farrell, preciso dizer que estou nervoso a respeito desse negócio com a Thorp — despejou.

— Trouxe a proposta e o contrato?

— Trouxe — respondeu Peter, entregando-lhe os papéis. — Mas, por favor, quer pelo menos ouvir o que tenho a dizer?

— Sente-se. Espere eu ler isso, aí você fala.

O jovem sentou-se numa das poltronas de suede cor de vinho dispostas em semicírculo à frente da mesa e, em silêncio nervoso, observou Matt ler os extensos e complexos documentos. A transação, que envolvia milhões de dólares, não parecia causar-lhe nenhuma emoção, e Peter imaginou se ele não teria nenhuma fraqueza humana, como medo e indecisão.

Já vira Matt Farrell decidir que desejava uma coisa e consegui-la, resolver facilmente situações complicadas, que haviam feito todo seu pessoal correr em círculos, sem resultado, derrubar obstáculos e fechar o negócio em uma semana ou duas. Quando ia em busca de um objetivo, Matt passava por cima de todas as barreiras em seu caminho como um tornado impiedoso, com força total e sem nenhuma emoção.

Os outros homens da "equipe de organização" eram mais hábeis em esconder o receio e a incerteza que Matt inspirava, mas Peter sabia que sentiam o mesmo que ele. Os seis haviam combinado jantar juntos, duas noites atrás, após o trabalho, que terminaria por volta das dez horas da noite, mas no último instante Tom Anderson desistira, alegando querer trabalhar mais um pouco. Peter percebeu, pelas conversas durante a refeição, que nenhum dos quatro conhecia Matt Farrell melhor do que ele. Apenas Tom parecia ter sido privilegiado com a confiança e a amizade de Matt, embora ninguém soubesse como ele havia conseguido isso.

As reflexões do jovem executivo chegaram ao fim quando Matt, depois de ler os documentos, os assinou e os passou para ele.

— Tudo certo, Peter. Bem, qual é sua dúvida quanto a esse negócio?

— Em primeiro lugar, tenho a impressão de que o senhor está indo em frente com isso porque eu o levei a acreditar que poderia obter lucro fácil e rápido vendendo o terreno para a Bancroft & Company. Ontem, eu achava que isso aconteceria, mas, daquele momento até agora à tarde, andei pesquisando o sistema operacional da Bancroft's e telefonei para amigos que tenho na Wall Street. Por fim, falei com uma pessoa que conhece Philip e Meredith Bancroft pessoalmente.

— E então? — Matt perguntou, imperturbável.

— Não estou completamente seguro de que eles têm condições financeiras para comprar o terreno. Tendo como base tudo o que descobri, acho que posso dizer que estão indo ao encontro de uma grande encrenca.

— Que tipo de encrenca?

— A explicação seria muito longa, e só estou fazendo conjeturas, com base em alguns fatos e em minha intuição.

— Continue — pediu Matt, em vez de repreendê-lo por estar fazendo tantos rodeios.

Peter sentiu-se encorajado por aquela única palavra, e seu nervosismo desapareceu. Voltou a ser o "gênio dos investimentos", como o haviam chamado as revistas sobre negócios, quando ainda estava na universidade.

— Muito bem, vou esboçar o quadro geral. Até poucos anos atrás, a Bancroft's tinha duas lojas em Chicago, e estava estagnada. Suas técnicas comerciais eram antiquadas, os dirigentes fiavam-se demais no prestígio da loja e, como os dinossauros, caminhavam para a extinção. Philip Bancroft, que ainda é o presidente, administrava a empresa do modo como seu pai fizera, como se fossem uma dinastia que não precisa preocupar-se com as tendências econômicas. Então, apareceu Meredith, que, em vez de cursar uma escola para moças e contentar-se em enfeitar as colunas sociais, decidiu ocupar na Bancroft's o lugar que é seu por direito. Foi para a universidade, graduou-se em comércio e fez mestrado. Nada disso deixou o pai dela muito contente, que tentou fazê-la desistir da ideia de fazer carreira como executiva, mandando-a ser balconista no departamento de lingerie da loja.

Peter fez uma pausa breve.

— Estou contando tudo isso para que o senhor tenha uma ideia de quem está no controle da empresa, literalmente — explicou.

— Continue — disse Matt, mas parecia entediado e pegou um relatório de cima da escrivaninha, começando a lê-lo.

— No correr dos anos, Meredith foi subindo de cargo — prosseguiu Peter, um tanto constrangido. — E aprendendo um bocado sobre o comércio varejista. Foi ela quem forçou a Bancroft's a vender produtos com a própria marca, um lance inteligente e lucrativo que deveria ter sido feito muito tempo antes. Quando isso deu certo, o pai a promoveu para o setor de móveis, não muito proveitoso para a loja. Em vez de ser um fracasso, ela incentivou as vendas, formando um "museu de antiguidades" com peças emprestadas de museus de verdade, uma atração poderosa para os clientes, que vão lá só pra olhar e acabam andando pelo departamento de móveis comuns e comprando coisas ali, em vez de nas lojas especializadas.

Parou de falar por um momento para limpar a garganta.

— Aí, o pai a transforma em gerente de relações públicas, um cargo inexpressivo, que até ali envolvera pouco mais do que uma doação ou outra para obras de caridade e a organização da festa de

Natal dos funcionários. Meredith começou a promover eventos para atrair clientes, mas não apenas os eternos desfiles de modas. Usando os contatos sociais da família, conseguiu fazer com que o Museu de Arte de Chicago fizesse uma exposição na loja e que o balé apresentasse a *Suíte Quebra-Nozes* no auditório da Bancroft's, na época do Natal. Claro que isso causou furor na mídia, que criou uma imagem elitizada da loja. Philip Bancroft transferiu a filha para o departamento de modas, onde ela também se provou bem-sucedida, provavelmente mais pela aparência física do que por talento para esse tipo de trabalho. Pelas fotos que vi nos jornais, Meredith não só tem muita classe, como é linda. E os estilistas europeus devem pensar o mesmo. Um deles concordou em permitir que a Bancroft's vendesse seus modelos com exclusividade, mas exigiu que a própria Meredith os usasse e criou uma coleção inteira só pra ela. A publicidade foi espetacular, e as mulheres afluíram em peso ao departamento de alta-costura da loja. Os lucros do costureiro europeu subiram, assim como os da Bancroft's.

Matt lançou-lhe um olhar impaciente por cima do relatório.

— Por que está me contando tudo isso? — indagou.

— Para dizer que Meredith Bancroft é uma comerciante nata, como seus ascendentes, mas seus pontos fortes são planejamento e expansão. De algum modo, conseguiu convencer o pai e os diretores, gente nada progressista, a entrar num programa de expansão que levou a loja a várias outras cidades. Para isso, precisaram de centenas de milhões de dólares, que conseguiram do jeito costumeiro, tomando emprestado de bancos e começando a vender ações da empresa na bolsa de valores de Nova York.

— Que diferença isso faz? — perguntou Matt.

— Não faria se não fossem duas coisas, sr. Farrell. Estão empenhados até o último fio de cabelo e usam a maior parte dos lucros para abrir novas lojas. Portanto, não têm bastante dinheiro para enfrentar um grande contratempo econômico. Não sei como pretendem pagar pelo terreno de Houston. Em segundo lugar, tem havido uma onda de fusões, com uma loja de departamentos engolindo a outra. Se alguém quisesse fazer isso com a Bancroft's, eles não teriam condições de lutar e vencer. Estão maduros para uma fusão e acho que alguém já percebeu isso.

Matt, em vez de se mostrar preocupado, pareceu ficar satisfeito.

— Então, as coisas estão assim?

— Estão — respondeu Peter, desconcertado com a estranha reação ao que, em sua opinião, era uma má notícia. — Alguém começou a comprar ações da Bancroft's sistematicamente, em lotes pequenos, para não alarmar a Bancroft's ou a Wall Street. — Fez um gesto na direção dos três computadores alinhados numa bancada atrás da mesa de Matt. — Posso?

— Claro.

Peter levantou-se e foi até a bancada. Dois dos computadores estavam ligados e exibiam informações sobre as várias divisões da Intercorp, de modo que Peter ligou o terceiro e digitou o código que usava no próprio escritório para ter acesso aos dados que lhe interessavam.

— Olhe para isto — pediu, quando Matt girou a cadeira para ver a tela. Duas colunas de números alinhavam-se sob o título: "Histórico Comercial da Bancroft & Company". — Até seis meses atrás, o preço das ações da empresa era de 10 dólares a unidade, mantido durante dois anos. Até então, a quantidade de ações negociadas numa semana era de 100 mil. Agora, veja, sr. Farrell. — Correu o dedo pela coluna da esquerda. — De seis meses para cá, o preço veio subindo e agora é de 12 dólares, e o volume de ações negociadas aumentou a cada mês.

Desligou o computador e voltou para seu lugar.

— É apenas uma intuição, mas acho que alguém, ou alguma entidade, está tentando obter o controle da Bancroft & Company.

Matt levantou-se, colocando um ponto final na conversa.

— Ou isso, ou os investidores descobriram que as ações dessa empresa representam um bom negócio. Ainda quero comprar o terreno de Houston.

Peter, percebendo que estava sendo dispensado, ergueu-se e pegou os documentos de cima da escrivaninha.

— Sr. Farrell, gostaria de saber por que está me mandando cuidar dessa negociação. Não é meu trabalho.

— Não será difícil fechar o negócio — Matt assegurou-lhe com um sorriso. — E vai ser bom para aumentar sua experiência. Não foi pra isso, em parte, que decidiu trabalhar na Intercorp?

— Foi — respondeu o jovem, animado e orgulhoso pela confiança que o patrão depositava nele.

— Não coloque tudo a perder — recomendou Matt, como um balde de água fria.

— Não vou — Peter respondeu, preocupado com o tom de advertência na voz do poderoso Farrell.

Saiu em seguida, e Tom Anderson, que ficara em silêncio, junto a uma janela o tempo todo, foi até a poltrona na qual ele estava antes e sentou-se.

— Você deixa esse rapaz morto de medo — comentou.

— *Esse rapaz* tem um QI de 165 — replicou Matt. — E já rendeu alguns milhões de dólares à Intercorp. É um bom investimento.

— E aquele terreno de Houston também é?

— Acho que é, sim.

— Que bom. — Esticando as longas pernas, Tom continuou: — Odiaria pensar que você está disposto a gastar uma fortuna só pra se vingar de uma socialite que o insultou diante de uma repórter.

— Por que diz isso?

— No domingo, li no jornal que uma moça de sobrenome Bancroft deu-lhe uma esnobada no evento do fim de semana. E aqui está você, pronto pra comprar algo que ela quer para si mesma. Quanto esse terreno vai custar à Intercorp?

— Provavelmente, 20 milhões.

— E quanto custará à srta. Bancroft, se ela o comprar de nós?

— Bem mais.

— Você se lembra daquele dia, oito anos atrás, quando meu divórcio foi homologado?

Matt ficou surpreso com a pergunta, mas lembrava-se muito bem. Alguns meses depois de Tom ter começado a trabalhar para a Intercorp, a esposa dele, Marilyn, anunciou que estava tendo um caso e que queria o divórcio. Arrasado, mas orgulhoso demais para suplicar que ela mudasse de ideia, Tom saiu de casa, porém, até a data do divórcio, tivera a esperança de que ela se arrependesse e concordasse em continuar com ele. No dia da homologação, não fora trabalhar e ligara para Matt às 18 horas, de uma delegacia, onde ficou retido por bebedeira e arruaça.

— Não me lembro dos detalhes, Tom, mas sei que nos embebedamos juntos.

— Isso foi depois. Eu já estava bêbado quando você foi me buscar e pagou a fiança. Então, fomos a um bar e, aí sim, enchemos a cara juntos. Mas me lembro bem de que você começou a recordar o passado e lamentar-se por causa de uma moça chamada Meredith, que o abandonou ou coisa assim. Você a chamou de "cadela mimada" e, no fim, disse que mulheres com nomes começados com "M" não prestam.

— Sua memória é melhor do que a minha — comentou Matt evasivamente, mas tencionando o maxilar.

— Bem, agora que ficou evidente que aquela Meredith é a srta. Bancroft, pode me dizer o que aconteceu entre vocês dois pra se odiarem tanto?

— Não — respondeu Matt, pegando os projetos de arquitetura da fábrica de Southville. — Vamos acabar nossa conversa sobre a nova fábrica.

# 21

O TRÁFEGO ESTAVA CONGESTIONADO PERTO DA ESQUINA da Bancroft's. As pessoas, bem agasalhadas, e com a cabeça baixa para se defender do vento gelado que soprava do lago Michigan, atravessavam a avenida de modo imprudente, ignorando o sinal que as mandava parar. Buzinas soavam num ritmo frenético, e motoristas xingavam pedestres que os impediam de seguir adiante, mesmo o sinal estando verde para eles. Do BMW preto, Meredith observava as pessoas se aglomerarem na frente das vitrines da Bancroft's e depois entrarem.

Naquele dia, porém, ela não estava interessada no número de consumidores que procuravam a loja. Dentro de vinte minutos, estaria frente à diretoria para apresentar formalmente os planos para a loja de Houston e, embora já tivesse notado alguns sinais de aprovação, não poderia dar prosseguimento ao projeto sem sua permissão oficial.

Ao entrar em seu conjunto de salas, viu quatro mulheres agrupadas ao redor da escrivaninha de sua secretária. Parando atrás, olhou por cima do ombro de uma delas, esperando ver uma cópia da revista *Playgirl* sobre a mesa.

— O que é? — perguntou. — Mais um pôster de homem bonito e nu?

— Não — respondeu Phyllis, enquanto as outras debandavam, e levantou-se para acompanhar Meredith à sua sala. — Era o novo horóscopo que Pam mandou buscar, com previsões para o mês que vem. Esse diz que ela encontrará amor, fortuna e fama.

— O último não dizia a mesma coisa? — perguntou Meredith, se divertindo, ao entrar no escritório.

— Exatamente. Eu disse a Pam que, por 15 dólares, eu faço o próximo horóscopo. — Riu, antes de avisar: — A reunião com os diretores é daqui a cinco minutos.

— Sei. A maquete do arquiteto já está na sala de reuniões?

— Já. E eu também liguei o projetor de slides.

— Você é um amor — Meredith elogiou. — Pegou uma pasta de uma das gavetas e foi para a porta, onde parou, virando-se. — Ligue para Sam Green e diga a ele para estar pronto para vir falar comigo assim que a reunião acabar. Quero revisar a proposta para o negócio de Houston que ele redigiu e enviá-la para a Thorp até o final da semana. Se tiver sorte, os diretores aprovarão meu projeto.

— Acaba com eles — Phyllis a incentivou, já pegando o telefone.

A sala de reuniões não mudara nada nos últimos 15 anos, apenas adquirira uma atmosfera de nostalgia, continuando grandiosa como sempre, com seus tapetes orientais, painéis de madeira escura revestindo as paredes e paisagens inglesas em molduras barrocas. No meio do enorme recinto, estendia-se uma mesa de mogno de nove metros de comprimento, cercada por vinte cadeiras entalhadas e com estofamento de veludo vermelho. No centro da mesa, naquele dia, uma floreira de prata ostentava um arranjo de rosas vermelhas e brancas, um aparelho de chá e outro de café, também de prata, e xícaras de porcelana pintadas à mão. Jarros com água gelada e copos de cristal haviam sido colocados a intervalos regulares, de uma extremidade à outra.

O lugar tinha a aparência de sala do trono de algum rei, e Meredith suspeitava que fora essa a intenção de seu avô quando mandara fazer a mobília, meio século atrás. Às vezes, quando ia lá, ela achava a sala feia, mas quase sempre se sentia como se estivesse entrando no passado. Naquela manhã, porém, estava pensando na abertura de uma nova loja, o que representava futuro, não passado.

— Bom dia, senhores — disse, cumprimentando os doze homens que tinham o poder de aceitar ou rejeitar seu projeto e que já estavam acomodados ao redor da mesa.

Eles responderam de modo quase frio, com exceção de Parker, que sorriu com carinho, e do velho Cyrus Fortell, que a cumprimentou com aquele costumeiro sorriso lascivo. Parte dessa reserva, quase animosidade, devia-se à cautela diante de um negócio novo, mas Meredith sabia que isso também acontecia porque ela os induzia a investir os lucros na expansão da Bancroft's, em vez de usá-los para pagar dividendos maiores aos acionistas. Alguns deles, porém, eram reservados porque a consideravam um enigma e não sabiam muito bem como lidar com ela. Todos ocupavam cargos mais altos na hierarquia, pois, apesar de ser vice-presidente, Meredith não pertencia à diretoria. Por outro lado, ela era uma Bancroft, descendente direta do fundador da loja, e isso os obrigava a tratá-la com certo respeito. O pai, que era tanto um Bancroft como presidente da empresa, dava a impressão de apenas tolerá-la. Não era segredo que ele nunca quisera vê-la trabalhando na loja, assim como não era segredo que ela conseguira dobrá-lo e alcançara sucesso em tudo o que fizera. Em consequência, aqueles homens se viam sempre numa situação que deixaria qualquer um nervoso, por mais autoconfiante que fosse, e tendiam a reagir negativamente aos planos de Meredith.

Ela sabia disso tudo e, ao ocupar seu lugar à mesa, perto de onde fora colocado o projetor, recusou-se a deixar que os rostos carrancudos abalassem sua segurança.

— Agora que Meredith chegou, podemos começar — disse Philip, insinuando que ela estava atrasada e os fizera esperar.

Durante a leitura da ata da reunião anterior, Meredith ficou olhando para a maquete enviada pelo arquiteto, e que Phyllis levara para lá numa mesinha com rodas. O magnífico shopping em estilo espanhol teria espaço para lojas também ao redor do pátio central e, ao imaginá-lo pronto, ela sentiu sua confiança aumentar. Nenhuma cidade seria mais indicada do que Houston para acolher o maior empreendimento da Bancroft & Company e, graças ao fato de o local ser bem próximo do The Galleria, a loja seria um sucesso desde o momento que abrisse as portas.

Assim que a ata foi aprovada, Nolan Wilder, presidente da reunião, anunciou que Meredith desejava submeter o projeto definitivo do shopping e da loja de Houston à apreciação da diretoria.

Ela se levantou, colocando-se atrás do projetor.

— Senhores, imagino que tiveram bastante tempo para examinar a maquete.

Dez homens moveram a cabeça afirmativamente, mas Philip fixou os olhos na maquete, e Parker sorriu para Meredith, entre orgulhoso e divertido. Isso sempre acontecia quando ele a via em ação no trabalho, como se ficasse satisfeito com sua eficiência, embora não entendesse por que ela insistia em fazer aquilo. Como banqueiro da Bancroft's, participava das reuniões da diretoria, mas Meredith sabia que não era sempre que podia contar com seu apoio, que ele só fazia o que achava que devia fazer, e respeitava-o por isso.

— Já discutimos quase todos os aspectos do projeto na última reunião — ela continuou, estendendo a mão para o interruptor e apagando as luzes. — Então, vou tentar exibir os slides de forma mais breve. — Apertou um botão no controle remoto do projetor, e uma imagem na parede mostrou uma avaliação de custos. — A construção da loja, isoladamente, ficará em trinta e dois milhões de dólares, incluindo acabamento, iluminação e pátio de estacionamento. O terreno que pretendemos comprar da Thorp nos custará entre vinte e vinte e três milhões, dependendo das negociações. Precisaremos de mais vinte para a formação de estoque e de outros dois para cobrir as despesas no período anterior à inauguração, publicidade e outras coisas.

Voltou a apertar o botão do controle remoto e um novo slide apareceu, mostrando somas muito mais elevadas do que as anteriores.

— Aqui temos a previsão de gastos para a construção da loja e do shopping center todo — explicou. — Penso que já entenderam que será muito melhor construir tudo de uma vez, embora o custo adicional seja de cinquenta e dois milhões, uma quantia que recuperaremos com o arrendamento de lojas a outros varejistas.

— Podemos recuperar, mas não imediatamente, como você insinuou, Meredith — comentou o pai, com irritação.

— Insinuei? — perguntou ela, sorrindo.

Então, ficou uns instantes em silêncio, como para repreendê-lo por sua injustiça e impaciência.

— Estamos esperando — Philip observou.

— Alguns de vocês acham que não devemos construir o shopping agora — ela prosseguiu. — Mas há fortes razões para decidirmos fazer tudo ao mesmo tempo.

— Que razões? — perguntou um diretor, enchendo um copo com água gelada.

— Teremos de comprar o terreno todo, quer construamos apenas a loja ou também o shopping. E economizaremos vários milhões de dólares fazendo tudo junto, porque todos sabem que ficaria mais barato do que fazer a ampliação mais tarde. O momento certo é este, porque os preços da construção civil em Houston subirão se a economia da cidade continuar se recuperando. Por fim, as outras lojas do shopping levarão clientes à nossa. Mais alguma pergunta?

Esperou e, como ninguém se manifestou, mostrou outro slide.

— Como podem ver por esses gráficos, nossa equipe de avaliação examinou o local em questão e seu parecer foi o melhor possível. O estudo estatístico da população demonstrou que aquela é uma área comercial perfeita. Não há barreiras geográficas e...

O velho Cyrus Fortell, de 80 anos, que fazia parte da diretoria da Bancroft's desde os 30 e tinha ideias tão antiquadas quanto sua bengala de castão de marfim e o colete de brocado, ergueu a mão, pedindo a palavra.

— Tudo isso é uma bando de asneiras pra mim, mocinha. Pra que essas coisas de "equipe de avaliação", "estudo estatístico da população", "área comercial" e "barreiras geográficas"? Nem sei o que isso significa.

Meredith experimentou um misto de exasperação pelo aparte e de afeto por Cyrus, a quem conhecia desde menina.

— Resumindo, significa que uma equipe de técnicos especializados em avaliar locais para casas de comércio foi a Houston e examinou a área onde fica o terreno que escolhi. Eles concluíram que demograficamente...

— Demo... o quê? — o velho zombou. — Essa palavra nem existia quando comecei a abrir farmácias em todo o país. Qual o significado?

— No sentido em que a usei, Cyrus, quer dizer que as características da população nas redondezas daquela área, idade das pessoas, quanto ganham...

— No meu tempo, ninguém pensava nisso — o idoso a interrompeu, irritado, olhando para os colegas, que se mostravam impacientes. — Eu, quando queria uma nova farmácia, mandava construir, comprava mercadorias e pronto, punha em funcionamento.

— Hoje, as coisas são um pouco diferentes, Cyrus — comentou Ben Houghton. — Agora escute com atenção o que Meredith tem a dizer, para que possa votar.

— Não posso votar numa coisa que não entendo — replicou Cyrus, mexendo no controle de seu aparelho auditivo, talvez para aumentar o volume. — Prossiga, minha querida, mas primeiro veja se entendi o que você está explicando. Mandou uma turma de peritos a Houston, e eles descobriram que as pessoas que moram na área da loja têm idade suficiente para irem lá sozinhas, a pé ou de automóvel, e bastante dinheiro pra gastar, certo?

Meredith e vários diretores riram.

— Certo — ela concordou.

— Então, por que não explicou desse jeito? Vocês, jovens, gostam de complicar as coisas, inventando palavras difíceis para nos confundir. Agora, me diga o que são "barreiras geográficas".

— É qualquer coisa que um cliente potencial não queira transpor para chegar à loja. Por exemplo, zonas industriais, bairros perigosos...

— E esse local de Houston não tem nada disso?

— Não.

— Então, voto a favor do projeto — anunciou Cyrus, e Meredith conteve a vontade de rir.

— Tem mais alguma coisa a dizer antes de passarmos à votação, Meredith? — perguntou Philip.

— Como já discutimos todos os outros detalhes nas reuniões anteriores, não tenho nada a acrescentar — ela respondeu, olhando um por um os rostos indecifráveis dos diretores. — Mas devo lembrá-los de que, só expandindo-se, a Bancroft's terá condições de competir com outras lojas de departamentos do mesmo nível. Acho que não preciso dizer que nossas cinco lojas novas estão dando lucros acima das expectativas. Acredito que esse sucesso se deve, em grande parte, ao cuidado com que escolhemos os locais onde as abrimos.

— O cuidado com que *você* escolheu — o pai a corrigiu, mas sua expressão era tão fria e severa que Meredith levou alguns segundos para compreender que ele lhe fizera um elogio.

Ela viu naquilo não apenas um sinal de que Philip apoiaria o projeto, como também de que pediria aos membros da diretoria para aprová-la como presidente interina da Bancroft's durante sua licença.

— Obrigada — agradeceu suavemente, acendendo as luzes e voltando a sentar-se.

Philip virou-se para Parker:

— Acredito que seu banco ainda esteja disposto a financiar a execução do projeto, se ele for aprovado.

— É o que pretendemos, Philip, mas apenas sob as condições estabelecidas na reunião passada.

Meredith conhecia essas condições, mas precisou morder o lábio para esconder o momento de pânico que experimentou. Os diretores do banco, numa revisão das enormes quantias de dinheiro emprestadas à Bancroft's nos últimos anos, haviam ficado inquietos diante das cifras astronômicas e estabelecido novos termos para os empréstimos para a construção da loja de Phoenix e, agora, daquela de Houston. Exigiam que Philip e Meredith garantissem pessoalmente os empréstimos com alguns bens, inclusive parte de suas ações da empresa. Meredith estava jogando com o próprio dinheiro e achava isso um tanto assustador. Além das ações e do salário que recebia, tudo o que tinha era a herança do avô, que o pai daria como garantia ao banco.

— Sabe o que penso dessas "condições estabelecidas", Parker — disse Philip, obviamente tão zangado quanto ficara ao saber das exigências do banqueiro e seus diretores. — Faz mais de oitenta anos que somos clientes do Reynolds Mercantile, e acho isso sem cabimento e um insulto.

— Compreendo — afirmou Parker, calmamente. — E até concordo com você. Tive outra reunião com os diretores e tentei persuadi-los a amenizar as exigências, mas foi em vão. No entanto, o fato de exigirem garantia pessoal não significa que sua opinião acerca da Bancroft & Company não seja boa, como sempre foi.

— Pelo jeito, não é mais tão boa assim — declarou Cyrus. — Parece-me que seu banco nos considera devedores inadimplentes em potencial.

— Não é nada disso! — exclamou Parker. — O clima econômico para cadeias de lojas de departamentos não é mais tão saudável. Duas delas, para ter tempo de se recuperar, pediram concordata, evitando que os credores as fechassem. Esse foi um fator que influenciou nossa decisão, mas existe outro, de igual importância. Bancos estão falindo, em um número nunca visto desde a grande depressão. Por isso, temos de ser cada vez mais cautelosos a respeito de conceder empréstimos vultosos demais. E também precisamos satisfazer os inspetores bancários, que estão examinando o que fazemos mais minuciosamente que nunca. As normas para empréstimos se tornaram muito mais severas.

— Acho que devemos procurar outro banco — sugeriu Cyrus, com um olhar cheio de maldosa vivacidade para os companheiros. — Por que não mandamos Parker pro inferno e vamos buscar dinheiro em outro lugar?

— Podíamos tentar conseguir outro financiamento — disse Meredith ao velho, lutando para separar seus sentimentos pelo noivo dos motivos daquela discussão. — Acontece, porém, que o banco de Parker está nos dando uma vantajosa taxa de juros, que não encontraremos em nenhum outro. Ele, naturalmente...

— Não há nada de natural nisso — Cyrus interrompeu-a, lançando-lhe aquele seu olhar lascivo, antes de dirigir-se a Parker: — Se eu fosse me casar com uma jovem tão linda, daria a ela tudo o que me pedisse, em vez de criar empecilhos para seus planos.

— Cyrus... — Meredith repreendeu-o brandamente, imaginando por que alguns velhos perdiam a dignidade, agindo e falando feito adolescentes impulsivos. — Negócios são negócios.

— Mulheres não devem se meter em negócios, a menos que sejam feias e não consigam um homem que cuide delas. No meu tempo, moças como você ficavam em casa fazendo coisas naturais, como ter filhos e...

— Não estamos mais no seu tempo! — Parker explodiu. — Continue, Meredith. O que você ia dizer?

Ela sentiu as faces em fogo, notando que os homens entreolhavam-se com ar divertido.

— As exigências de seu banco não nos preocupam, porque a Bancroft & Company vai fazer todos os pagamentos pontualmente.

— Isso é verdade — o pai observou, parecendo impaciente. — Agora, a não ser que alguém queira dizer alguma coisa, passaremos à votação do projeto de Houston.

Pegando a pasta, Meredith levantou-se. Agradeceu a todos a atenção e retirou-se da sala.

— E aí? — perguntou Phyllis, seguindo-a até seu escritório. — Vamos ter uma filial em Houston, ou não?

— Estão votando.

— Estou com os meus dedos cruzados.

Comovida com a dedicação da moça a ela e à Bancroft's, Meredith sorriu-lhe de modo encorajador.

— Eles vão aprovar o projeto — afirmou com segurança, refletindo que o pai mostrara-se a favor, embora de maneira relutante, e isso era bastante animador. — Resta saber se aprovarão a construção do shopping inteiro, ou só da loja. Quer dizer a Sam que já estou aqui e pedir-lhe que traga a proposta da Thorp?

Poucos minutos depois, Sam entrou. Tinha apenas 1,70m de altura e cabelos da cor e da textura de lã de aço, mas a aura de competência e autoridade que o cercava era imediatamente notada, ainda mais por aqueles que o enfrentavam em qualquer questão legal. Os olhos verdes e inteligentes brilhavam por trás das lentes dos óculos com armação de metal quando pousaram em Meredith.

— Phyllis disse que você está pronta para apresentar à Thorp a proposta para a compra do terreno — ele começou, aproximando-se da mesa dela. — Isso quer dizer que temos a aprovação da diretoria?

— Penso que a teremos dentro de alguns minutos. De quanto você acha que deveria ser nossa oferta inicial?

— Estão pedindo trinta milhões — ele observou, sentando-se numa das poltronas diante da escrivaninha. — O que me diz de começarmos oferecendo dezoito, mas não passarmos de vinte? O terreno está hipotecado, e acho que se contentarão com isso.

— Acha mesmo?

— Bem, talvez não — ele confessou com uma risadinha.

— Se for necessário, pretendo chegar a 25 — Meredith informou. — O terreno vale 30, mas até agora não conseguiram vendê-lo por essa quantia e...

O telefone tocou e ela atendeu, não completando o que ia dizer.

— Aprovamos o projeto de Houston, Meredith — o pai anunciou secamente. — Mas só em parte. A construção do shopping será adiada até que comecemos a ter lucros com a loja.

— Pessoalmente, acho que estão cometendo um erro — ela respondeu, falando em tom neutro e profissional para esconder o desapontamento.

— Foi a decisão da diretoria.

— O senhor poderia ter ponderado com eles — ela declarou ousadamente.

— Muito bem, foi *minha* decisão. Satisfeita?

— Não. Foi um erro.

— Quando você for presidente da empresa, tomará as decisões...

Meredith sentiu o coração saltar no peito.

— Vou ser presidente interina?

— Enquanto eu estiver na direção, farei o que achar melhor — ele continuou, sem responder à pergunta dela. — Vou pra casa. Não estou me sentindo muito bem. Na verdade, teria adiado a reunião se você não insistisse tanto em dar andamento nesse negócio do terreno.

Sem saber se ele estava mesmo doente, ou usando aquela desculpa para evitar uma discussão, Meredith suspirou.

— Se cuida, pai. Jantaremos juntos na quinta-feira.

Depois de desligar, concedeu-se alguns momentos de tristeza pelo fato de o shopping não poder ser construído, então fez o que fizera anos atrás, quando saíra do casamento catastrófico: encarou a realidade e procurou um objetivo pelo qual lutar.

— Temos a aprovação da diretoria para iniciar o projeto de Houston — informou num forçado tom de entusiasmo, sorrindo para Sam.

— Tudo, ou só a loja? — ele perguntou, apesar de obviamente ter ouvido a conversa dela com o pai e adivinhado a decisão da diretoria.

— Só a loja.

— Um erro.

— Em quanto tempo poderá preparar a proposta e o contrato e entregá-los à Thorp Empreendimentos? — Meredith mudou de assunto, pois adotara o sistema de guardar para si mesma suas opiniões a respeito do procedimento de Philip.

— Os documentos estarão prontos amanhã à noite, mas, se você está planejando me mandar a Houston pra tratar do negócio, precisa saber que só poderei ir daqui a uns 15 dias, porque estamos cuidando do processo contra a Wilson Toys.

— Prefiro que você vá, mesmo que tenhamos de esperar mais alguns dias. Até lá, teremos conseguido o empréstimo do banco e não precisaremos pedir à Thorp um prazo para o pagamento.

— O terreno está à venda há anos — ele comentou com um sorriso. — Não será vendido em duas semanas. Além disso, quanto mais esperarmos, mais propensos os Thorp estarão a aceitar nossa proposta. Vou tentar fazer meu pessoal dar uma acelerada no processo da Wilson. Assim que estiver pronto, parto pra Houston.

Passava das 18 horas quando Meredith ergueu os olhos do relatório que lia e viu Phyllis andando em sua direção com o jornal da tarde na mão, já de casaco, pronta para ir embora.

— Lamento muito pelo negócio de Houston — a secretária declarou. — Isto é, por não terem aprovado o shopping.

Meredith reclinou-se na poltrona e sorriu com desânimo.

— Obrigada.

— Por eu lamentar?

— Não — respondeu Meredith, pegando o jornal. — Por se importar comigo. Mas posso dizer que foi um dia bom, no geral.

Phyllis apontou para o jornal que entregara dobrado, mas já aberto na segunda página.

— Espero que isso aí não a faça mudar de ideia a respeito do dia.

Intrigada, Meredith desdobrou o jornal e viu uma foto de Matt ao lado de uma atriz de cinema qualquer. De acordo com a legenda, ela fora a Chicago no jato particular dele, para acompanhá-lo a uma festa, na noite anterior.

— Deveria ficar aborrecida, Phyllis?

— Dê uma olhada no caderno de economia antes de decidir se deve ou não se chatear.

Meredith pensou em dizer à moça que ela estava saindo da linha, mas descartou o pensamento rapidamente. Fora a primeira chefe de Phyllis, que, por sua vez, fora sua primeira secretária. Nos últimos seis anos haviam trabalhado juntas durante muitos fins de semana e até muito tarde, em incontáveis noites. Formavam uma equipe eficiente, gostavam uma da outra e respeitavam-se.

A primeira página do caderno de economia mostrava outra foto de Matt e um artigo lisonjeiro sobre a atuação dele como líder da Intercorp, suas razões para haver mudado para Chicago e a decisão de construir uma enorme fábrica em Southville. O artigo também mencionava o luxuoso apartamento de cobertura que ele comprara no condomínio Berkeley Towers. Ao lado da foto de Matt, mas um pouco abaixo, havia uma de Meredith, acompanhada de uma matéria sobre "a bem-sucedida expansão da Bancroft's, uma empresa de destaque no mercado varejista nacional".

— Eles deram muito destaque pro Matthew Farrell — comentou Phyllis, sentando-se na borda da escrivaninha. — Faz menos de 15 dias que o homem se mudou pra Chicago, e os jornais já estão cheios de notícias sobre ele.

— Os jornais também estão cheios de casos de assalto e estupro — observou Meredith, com raiva do artigo lisonjeador sobre Matt e furiosa consigo mesma porque, por alguma razão obscura, se sentia trêmula ao olhar para a foto dele.

Sem dúvida, essa estranha reação devia-se ao fato de ela saber que ele se encontrava em Chicago, e não a quilômetros de distância, como antes.

— Ele é mesmo tão bonito como parece nas fotos? — perguntou a secretária.

— Bonito? — Meredith repetiu com estudada indiferença, levantando-se para pegar o casaco no armário. — Não acho.

— Ele é muito cheio de si, não é?

— Como adivinhou?

— Li a coluna de Sally Mansfield. Para você esnobá-lo daquele jeito, na frente de todo mundo, ele só pode ser. Já vi você lidar com homens que não suporta e conseguir ser educada e até sorrir pra eles.

— Sally Mansfield entendeu tudo errado — declarou Meredith, voltando para a escrivaninha e trancando-a. — Na verdade, mal conheço Matthew Farrell. — Então, mudou de assunto: — Se seu carro ainda estiver na oficina, posso te dar uma carona.

— Não, obrigada. Vou jantar na casa da minha irmã, e ela mora na outra direção.

— Eu te levaria até lá, mas está ficando tarde e é quarta-feira.

— E o Parker sempre janta com você às quartas, né?

— Pois é.

— Ainda bem que você gosta de rotina, Meredith, porque eu ficaria louca se meu homem tivesse dias certos pra fazer isso ou aquilo, mês após mês, ano após ano.

Meredith começou a rir.

— Pare! Você está me deixando deprimida. Mas não se preocupe. Gosto de rotina, ordem e segurança.

— Eu, não. Gosto de espontaneidade.

— É por isso que seus namorados quase nunca aparecem nos dias certos, nem na hora marcada — Meredith implicou com a mulher.

— É verdade.

# 22

◠◡◠ MEREDITH GOSTARIA DE ESQUECER COMPLETAMENTE tudo o que lera sobre Matthew Farrell, mas Parker chegou a seu apartamento com o jornal na mão.

— Viu o artigo a respeito de Farrell? — ele perguntou, depois de beijá-la.

— Vi. Quer tomar alguma coisa?

— Quero, obrigado.

— O quê? — ela indagou, indo até o armário do século XIX que usava como bar.

— O de sempre.

Abrindo a porta do móvel, Meredith lembrou-se de um comentário de Lisa, associando-o ao que Phyllis dissera-lhe naquela tarde. "Você precisa de alguém que a obrigue a fazer algo louco, como votar num democrata", afirmara a amiga de tantos anos. "Eu ficaria louca se meu homem tivesse dias certos para fazer isso ou aquilo, mês após mês, ano após ano", fora a declaração da secretária.

— Tem certeza de que não quer um drinque diferente, Parker? Que tal um gim-tônica?

— Não seja boba. Eu sempre tomo uísque com água, meu bem, e você, vinho branco. É praticamente um hábito.

— Parker, minha secretária, Phyllis, e Lisa andaram me dizendo umas coisas que me fizeram pensar se nós... — parou de falar, achando--se uma tola, e preparou um gim-tônica para si mesma.

— Fez você pensar se nós, o quê? — ele quis saber, indo para junto dela.

— Se não caímos na rotina.

— Adoro a rotina! — ele exclamou, abraçando-a por trás. — Gosto de tudo o que é previsível, e você também.

— Eu sei, mas você não acha que com o passar dos anos isso vai deixar a gente entediado? Será que mudar um pouco no nosso modo de agir não seria legal?

— Não. — Ele virou-a e acrescentou com firmeza: — Se está zangada porque meu banco exigiu que você e seu pai garantam o empréstimo com bens pessoais, diz logo de uma vez. Mas, por favor, não fique implicando com outras coisas.

— Não estou com raiva — ela respondeu honestamente. — Até tirei do cofre os certificados de minhas ações pra entregá-los a você. Estão em cima da escrivaninha, naquela pasta grande.

Ele não olhou na direção da escrivaninha, continuando a fitá-la, sem dizer nada.

— Admito que é assustador entregar ao banco tudo o que tenho — ela prosseguiu. — Mas sei que você não mentiu quando disse que sua diretoria não quis abrir mão dessa exigência.

— Tem certeza de que realmente pensa assim?

— Certeza absoluta — ela garantiu, tornando a virar-se para o bar. — Por que não examina os certificados pra verificar se estão em ordem, enquanto eu arrumo a mesa e vejo o que a sra. Ellis deixou pro nosso jantar?

A governanta que fora de Philip não trabalhava mais para ele, mas ia todas as quartas-feiras ao apartamento de Meredith, para limpar e fazer compras, e nunca deixava de preparar alguma coisa para ela comer à noite.

Parker sentou-se à escrivaninha, abriu a pasta e retirou um envelope amarelo, enquanto Meredith começava a arrumar os jogos americanos de linho rosa-claro na mesa de jantar, no outro extremo da sala enorme.

— Estão neste envelope? — ele perguntou.

— Não — ela respondeu, olhando por cima do ombro. — Aí estão meu passaporte, certidão de nascimento e outros documentos.

Ele ergueu outro envelope.

— E neste?

— Os papéis do meu divórcio.

— Nunca foi aberto. Você não leu os papéis?

Ela deu de ombros, pondo os guardanapos sobre as toalhas.

— Depois que os assinei, não. Mas lembro-me bem de tudo, principalmente de uma declaração que diz que Matthew Farrell recebeu 10 mil dólares de meu pai para me conceder o divórcio e desistir do direito de reclamar qualquer bem que eu tivesse ou viesse a ter.

— Aposto como não usaram essas palavras. Importa-se se eu der uma olhada?

— Não, mas não sei por que quer fazer isso.

Ele sorriu.

— Curiosidade profissional. Não se esqueça de que sou advogado, não apenas o banqueiro chato que sua amiga Lisa me considera. Como você sabe, ela vive me alfinetando por causa da minha profissão.

Não era a primeira vez que ele reclamava das implicâncias e piadas de Lisa, e Meredith decidiu que falaria com a amiga mais seriamente, fazendo-a a ver que aquilo tinha de acabar.

— Pode olhar o que quiser — assentiu, foi até ele, beijando-o na testa. — Gostaria que você não precisasse ir à Suíça. Vou sentir saudade.

— São só duas semanas — Parker observou. — Por que não vai comigo?

Ela adoraria vê-lo fazer seu discurso na conferência mundial de banqueiros da qual iria participar, mas não podia acompanhá-lo.

— Gostaria demais, mas essa época...

— É a mais agitada do ano — ele completou. — Sei disso.

Meredith foi à cozinha e viu que a sra. Ellis preparara uma travessa de salada de palmito e outra de filés de frango com molho. Sorriu, satisfeita. Cozinhar era algo que ela já havia tentado aprender e não conseguira. O máximo que podia fazer era esquentar alguma coisa no micro-ondas ou assar pratos semiprontos no forno convencional.

A chuva batia contra as vidraças quando ela acendeu as velas na mesa de jantar e colocou a garrafa de vinho branco que acabara de abrir num balde com gelo. Então, foi à cozinha buscar o frango e a salada, que colocou no centro da mesa, ao lado de uma floreira com rosas chá. Recuando um passo, observou o efeito produzido pelos pratos de porcelana fina e talheres de prata sobre os jogos americanos cor-de-rosa.

— O jantar está na mesa — anunciou, indo na direção de Parker, que, por um momento, pareceu não tê-la ouvido, olhando com expressão preocupada para o documento à sua frente. — Alguma coisa errada, querido?

— Não tenho certeza — ele respondeu. — Quem foi que se encarregou do divórcio? Você?

Despreocupada, ela sentou-se no braço da cadeira e abraçou Parker pelos ombros, olhando para o papel que legalizava o divórcio de "Meredith Alexandra Bancroft e Matthew Allan Farrell".

— Não. Meu pai cuidou de tudo. Por quê?

— Porque esses documentos parecem muito irregulares do ponto de vista legal.

— Irregulares, como? — ela preocupou-se, notando que o advogado de seu pai escrevera errado o nome do meio de Matt. Em vez de "Allen", escrevera "Allan".

— Em tudo — ele resmungou, folheando os papéis, bastante agitado.

A tensão em sua voz contagiou Meredith, e ela, que odiava pensar em Matt e no divórcio, tentou convencer-se de que, se realmente houvesse uma irregularidade, devia ser insignificante, embora não fizesse a menor ideia do que poderia ser.

— Foi meu pai quem acompanhou o processo todo, e você sabe como ele é cuidadoso com os mínimos detalhes.

— De qualquer modo, esse advogado, Stanislaus Spyzhalski, seja lá quem for, não estava nada preocupado com os detalhes. Veja isso. — Parker mostrou uma carta do advogado para Philip Bancroft. — O homem escreveu que estava enviando a certidão de divórcio e todos os outros documentos usados no processo.

— E o que há de errado nisso?

— Não encontrei nenhum documento que prove que apresentaram a petição de divórcio a Farrell, nem que ele tenha comparecido ao tribunal para depor, ou reclamado esse direito. E não é só com isso que estou intrigado.

Meredith sentiu os primeiros sinais de verdadeiro alarme, mas esforçou-se para ignorá-los.

— Que diferença isso faz? Ele e eu estamos divorciados, não estamos?

Em vez de responder, Parker recomeçou a ler a primeira página da petição, tornando-se mais carrancudo após cada parágrafo.

Não suportando mais a tensão, Meredith levantou-se.

— O que foi agora? — indagou, obrigando-se a falar em tom calmo.

— Uma homologação de divórcio é redigida por um advogado e assinada por um juiz, mas esta aqui não se parece com nenhuma das que eu já li, escritas por advogados de competência razoável. Veja os termos: "Em troca de 10 mil dólares pagos a Matthew A. Farrell, Matthew Farrell abre mão de todo o direito de reclamar quaisquer bens que Meredith Bancroft Farrell possua ou venha a possuir no futuro. Este tribunal, por meio deste documento, concede o divórcio a Meredith Bancroft Farrell."

Mesmo depois de 11 anos, Meredith sentiu um aperto no peito ao lembrar-se do que sofrera quando soubera que Matt aceitara dinheiro do pai dela. Por ocasião do casamento, ele afirmara categoricamente que nunca tocaria num centavo sequer do dinheiro dos Bancroft. Mentira descaradamente, não passara de um hipócrita completo.

— Não acredito no que estou vendo! — exclamou Parker com raiva, arrancando-a das reflexões. — Parece mais um contrato imobiliário! Quem é esse sujeito? — Apontou para o nome do advogado. — Agora veja o endereço! Por que seu pai escolheria alguém com escritório na zona sul da cidade, próximo às favelas?

— Por discrição — respondeu Meredith, satisfeita por finalmente poder explicar algo. — Ele me contou, na época, que contratara um joão-ninguém da zona sul, que não sabia quem éramos, porque queria manter tudo em segredo. O que está fazendo? — perguntou, vendo o noivo tirar o telefone do gancho.

— Vou falar com seu pai. Fique tranquila. Não vou assustá-lo. Tenho certeza de que não há motivo para isso.

Quando Philip atendeu, Parker conversou um pouco com ele e, então, em tom natural, disse que examinara os documentos do divórcio de Meredith. Como se estivesse apenas achando engraçado o fato de ele ter procurado um advogado da zona mais pobre da cidade, perguntou quem lhe indicara o dr. Stanislaus Spyzhalski. Riu da resposta de Philip, mas, quando desligou o telefone, olhou para Meredith com expressão preocupada.

— Seu pai escolheu o advogado nas páginas amarelas da lista telefônica.

— E o que tem isso? — ela perguntou, tentando controlar o medo que ameaçava dominá-la, provocado por uma ameaça indefinida. Notou que Parker tirara do bolso uma pequena agenda e tornara a erguer o telefone do gancho.

— Para quem vai ligar agora?

— Para Howard Turnbill.

— Por quê? — ela insistiu, confusa e irritada por estar recebendo respostas tão pouco esclarecedoras.

— Estudamos juntos na Princeton.

— Parker, se quer me deixar nervosa, está conseguindo! — Meredith avisou, enquanto ele começava a pressionar as teclas. — Quero saber por que está ligando para um colega de universidade *agora*.

Para sua surpresa, ele sorriu.

— Adoro quando você fala nesse tom de voz. Me faz lembrar minha professora do jardim de infância. Estou ligando pro Howard porque ele é presidente da Ordem dos Advogados de Illinois e... — Interrompeu-se quando o amigo atendeu. — Howard, aqui é Parker Reynolds. — Fez uma pausa, ouvindo algo que o outro dizia. — Tem razão, esqueci que estou devendo um jogo de squash. Você tem direito a uma revanche. — Parou de falar novamente, riu de alguma observação do amigo e perguntou: — Por acaso você tem uma lista dos sócios da Ordem de Illinois à mão? Não estou em casa agora, e preciso saber se o nome de certo indivíduo consta da lista. — Soletrou o nome de Stanislaus Spyzhalski, sinal de que Howard dissera que podia ajudá-lo.

Enquanto aguardava, tapou o bocal com a mão e sorriu de modo encorajador para Meredith.

— Pode ser que esteja me preocupando à toa — admitiu. — O fato de Stanislaus ser incompetente não significa que ele não seja realmente advogado. No instante seguinte, voltou a falar com Howard, e seu sorriso desapareceu. — Não consta da lista? Tem certeza? Pode consultar a da Ordem americana e ver se o nome dele está lá? — Ouviu a resposta do amigo, então disse com forçada jovialidade: — Não, não é nenhuma emergência. Pode ser amanhã, claro. Ligue pro meu escritório e a gente aproveita e marca aquele jogo. Obrigado, Howard. Manda um abraço a Helen.

Pensativo, pousou o telefone no gancho.

— Não entendi por que está tão preocupado — declarou Meredith.

— Vou tomar outro drinque — ele anunciou, já na direção do bar.

— Parker, como esse assunto me diz respeito, tenho o direito de saber o que você está pensando.

— No momento, estou pensando nos inúmeros casos de impostores que se estabelecem como advogados sem ser, geralmente nos bairros mais pobres. Tiram dinheiro das pessoas que lhes confiam suas causas e, naturalmente, não resolvem nada. Há advogados formados que também fazem essas coisas. Soube de um deles que embolsou o dinheiro das taxas cobradas pelo tribunal e "concedeu" o divórcio a um casal, assinando os documentos no lugar do juiz.

— E como conseguiu?

— Como eu já disse, os advogados redigem tudo, e os juízes apenas assinam.

— E esses advogados desonestos não são desmascarados?

— É fácil cometer certas fraudes quando não há contestação de nenhuma das partes.

Meredith pegou o copo que deixara em cima da mesinha de centro e engoliu metade da bebida, sem perceber.

— Mas nesses casos, quando as partes envolvidas agiram de boa-fé, apesar da falcatrua do advogado, um juiz homologa o divórcio, não é?

— É o que você pensa.

— Não estou gostando do rumo da nossa conversa — Meredith confessou, um pouco tonta por causa do drinque. — O que os tribunais fazem quando duas pessoas descobrem que não estão de fato divorciadas?

— Não as acusam de bigamia se voltaram a casar-se.

— Ainda bem.

— Mas o segundo casamento fica anulado, e o primeiro tem de ser dissolvido legalmente.

— Meu Deus! — murmurou Meredith, deixando-se cair numa poltrona.

Mas sabia, com toda a certeza, que seu divórcio era válido. Sabia porque não podia nem pensar em outra possibilidade.

Parker afagou-lhe os cabelos, naturalmente percebendo sua perturbação.

— Mesmo que Spyzhalski não pertença à Ordem, mesmo que não seja advogado, seu divórcio ainda poderá ser considerado legítimo se, por acaso, ele conseguiu fazer com que um juiz assinasse aquela petição absurda. Amanhã, mandarei alguém ao tribunal pra verificar se o divórcio está registrado lá. Se estiver, não haverá mais motivo pra gente se preocupar.

# 23

— DORMIU MAL? — PERGUNTOU PHYLLIS NA MANHÃ seguinte, quando Meredith passou por sua mesa com um cumprimento distraído.

— Não tão bem quanto deveria. Como está minha agenda pra hoje?

— Às dez horas, você tem uma reunião aqui mesmo, com o pessoal da publicidade, para discutirem a campanha de inauguração da loja de Nova Orleans — a secretária respondeu, acompanhando-a a sua sala. — Jerry Keaton, do RH, quer falar de um aumento que você precisa aprovar e perguntou se podia ser às onze.

— Pode.

— Às 11:30, Ellen Perkvale, do departamento jurídico, virá para conversar sobre um processo que abriram contra a loja. Trata-se de uma senhora que alega ter quebrado um dente no salão Clarendon.

Meredith ergueu os olhos para o teto com um suspiro desgostoso.

— Vai nos processar porque quebrou um dente comendo na nossa área de alimentação?

— Não exatamente. Ela mordeu um pedaço de noz ao comer uma truta.

— Ah, isso muda as coisas — comentou Meredith, enquanto destrancava uma gaveta da escrivaninha, aceitando a possibilidade de precisar chegar a um acordo com a reclamante.

— Onze e meia está bem pra você?

— Está — Meredith afirmou no instante em que seu telefone começou a tocar.

— Eu atendo — disse Phyllis.

Foi assim que o dia começou, deslanchando para a atividade frenética que Meredith às vezes achava exaustiva, apesar de emocionante. Nos raros momentos de paz que teve nas horas seguintes, ela se pegou olhando para o telefone, desejando que Parker ligasse para dizer que não havia nada errado com seu divórcio.

Eram quase cinco horas da tarde quando Phyllis finalmente anunciou que ele estava ao telefone. Tomada por súbita tensão, Meredith tirou bruscamente o aparelho do gancho.

— O que descobriu? — perguntou.

— Nada conclusivo ainda — ele respondeu, mas sua voz estava diferente, tensa. Spyzhalski não pertence à Ordem Americana de Advogados. Estou esperando uma resposta de alguém do tribunal. Ele me ligará dando a informação que pedi, assim que a tiver. Dentro de algumas horas, saberei qual é realmente a situação. Você vai estar em casa à noite?

— Não — ela negou com um suspiro. — Estarei na casa de meu pai. Ele vai oferecer uma pequena festa de aniversário ao senador Davies. Ligue pra lá.

— Tudo bem.

— Assim que você ficar sabendo?

— Prometo.

— A festa acabará cedo porque o senador vai pra Washington no voo de meia-noite. Se eu já tiver ido embora, ligue pra minha casa.

— Não se preocupa. Eu te ligo.


# 24

⟲ Na casa do pai, à noite, Meredith achou impossível não se preocupar. Tentava bravamente acreditar que estava angustiando-se à toa, enquanto conversava com os convidados de Philip, sustentando o sorriso, embora com enorme esforço.

Já fazia uma hora que o jantar tinha acabado e nada de Parker ligar. Para se distrair, ela ficou no salão de jantar, enquanto os empregados retiravam os pratos, talheres e copos da mesa, depois foi à biblioteca, onde os convidados se haviam reunido para tomar um conhaque antes de irem embora.

Alguém ligara a televisão, e vários homens, de pé junto ao aparelho, assistiam a um noticiário.

— Foi uma festa adorável, Meredith — a esposa do senador Davies elogiou. — Eu...

Meredith não ouviu o resto de suas palavras, pois o apresentador do noticiário começara a falar de Matthew Farrell, dizendo que a gravação de uma entrevista com ele fora levada ao ar momentos antes, no programa de Barbara Walters.

— Agora, vamos ver alguns trechos da entrevista, durante a qual ele fez comentários sobre o aumento recente de fusões de empresas — anunciou o apresentador.

As pessoas reunidas na biblioteca, que com certeza haviam lido a coluna de Sally Mansfield, naturalmente acharam que Meredith estaria interessada em saber o que Matthew Farrell tinha a dizer. Depois de olharem para ela com curiosidade, viraram-se para a televisão no momento em que Matt e Barbara Walters apareceram na tela.

— Como encara o aumento de fusões de empresas que são feitas com a adoção de métodos hostis? — Barbara perguntou, e Meredith notou, irritada, que ela parecia fascinada por Matt.

— É uma tendência que se manterá até que sejam tomadas medidas para controlá-la.

— Existe alguma empresa com imunidade contra uma fusão forçada com a Intercorp? De amigos, ou conhecidos, por exemplo? Nossa ABC poderia ser sua próxima presa? — brincou a jornalista.

— O objeto de uma tentativa de fusão *é* chamado de "alvo", não de "presa". Mas pode ficar tranquila que a Intercorp não está de olho na ABC, por enquanto.

Os homens riram da resposta, mas Meredith não achou graça alguma.

— Podemos conversar um pouco sobre sua vida particular agora?

— Eu poderia evitar?

Barbara negou com um gesto de cabeça, sorrindo de modo exagerado para Matt.

— No decorrer dos últimos anos, você teve casos tórridos com diversas estrelas de cinema, uma princesa e, mais recentemente, com Maria Calvaris, a herdeira de um armador grego. Esses casos, tão noticiados, foram reais ou inventados por colunistas sociais que se dedicam a publicar mexericos?

— Foram.

Os convidados de Philip tornaram a rir, apreciando a presença de espírito de Matt, e Meredith experimentou uma onda de raiva ao refletir que ele tinha uma facilidade incrível para conquistar a simpatia das pessoas.

— Sei que nunca foi casado — a entrevistadora estava dizendo. — Mas eu gostaria de saber se planeja casar-se um dia.

— Pode ser — Matt respondeu, sorrindo.

Meredith apertou os dentes, lembrando que aquele sorriso já fizera seu coração disparar.

O apresentador tornou a aparecer na tela, pondo fim à exibição dos trechos da entrevista de Matt, e Meredith respirou, aliviada.

— Imagino que nós todos lemos a coluna de Sally Mansfield — o senador comentou, sorrindo para Meredith, que sentiu seu alívio evaporar-se. — Poderia satisfazer nossa curiosidade contando-nos por que não gosta de Farrell?

Ela conseguiu sorrir de modo displicente.

— Não — respondeu, fazendo todos rirem.

No entanto, notou que os convidados haviam ficado ainda mais curiosos e escapou de mais perguntas começando a arrumar as almofadas sobre o sofá.

— Stanton Avery propôs Farrell como sócio de nosso clube — o senador informou, falando com Philip.

Mentalmente amaldiçoando Matt por ter se mudado para Chicago, Meredith lançou um olhar de advertência ao pai, mas era tarde demais.

— Tenho certeza de que todos nós, aqui reunidos, temos bastante influência para não permitir que ele entre para o clube, mesmo que o restante dos sócios queira isso, e acredito que não seja esse o caso — comentou Philip, dominado por seu gênio explosivo.

O juiz Northrup ouviu esse comentário e interrompeu a conversa que estava tendo com outro homem.

— É isso o que deseja, Philip? — perguntou. — Que barremos a entrada de Farrell?

— Exatamente.

— Se você o considera indesejável, isso basta pra mim — declarou o juiz, olhando em volta para ver a reação dos outros.

Todos moveram a cabeça, concordando, e Meredith soube que, a partir daquele momento, as chances de Matt ser sócio do Glenmoor eram nulas.

— Ele comprou uma enorme gleba de terra em Southville — o juiz disse a Philip. — E agora quer que o lugar seja rezoneado, de modo que possa construir um complexo industrial de alta tecnologia.

— É? — Pelo tom da voz do pai, Meredith imaginou que ele acabaria com aquele plano também, se pudesse. Então, viu que estava certa quando ele prosseguiu: — Quem é que nós conhecemos, na comissão de rezoneamento do município de Southville?

— Muita gente. Paulson, por exemplo.

— Pelo amor de Deus! — Meredith interferiu, forçando uma risada, enquanto olhava de modo suplicante para o pai. — Não há necessidade de apontar os canhões para Matt Farrell só porque não gosto dele.

— Estou certo de que seu pai e você têm fortes razões para não gostar — comentou o senador.

— E não se enga... — Philip começou.

— Razão alguma — assegurou Meredith, interrompendo-o. Com um sorriso falsamente divertido, continuou: — A verdade é que Matt Farrell me passou uma cantada quando eu tinha 18 anos, e papai nunca o perdoou por isso.

— Agora já sei onde foi que conheci Farrell! — a sra. Foster exclamou, olhando para o marido. Então, dirigiu-se a Meredith: — Ele esteve no Glenmoor, muitos anos atrás. Eu me lembro que o achei lindo, e foi você quem nos apresentou!

— Bem, detesto sair de minha própria festa de aniversário, mas preciso pegar o avião de meia-noite para Washington — anunciou o senador, salvando Meredith da conversa difícil.

Cerca de meia hora mais tarde, ela estava com o pai no pórtico, acenando para os últimos convidados, que partiam em seus carros, quando viu um veículo subindo a alameda na direção da casa.

— Quem será a esta hora? — resmungou Philip, carrancudo. Quando o carro passou sob uma das lâmpadas, Meredith identificou o Mercedes azul-metálico do noivo.

— É Parker, pai.

— Às onze da noite?

Meredith começou a tremer, abalada por um mau pressentimento, observando Parker parar o carro, descer e subir a escadaria para o pórtico.

— Calculei que a esta hora a festa estivesse terminando e vim porque preciso falar com vocês dois — ele explicou, aproximando-se dela.

— Parker, não esqueça que meu pai está doente — ela pediu num cochicho.

— Não vou perturbá-lo desnecessariamente — o noivo prometeu, quase empurrando os dois para dentro. — Mas ele precisa saber dos fatos, para que possamos tomar providências.

— Parem de falar de mim como se eu não estivesse aqui — Philip protestou quando atravessavam o vestíbulo. — Que fatos? Que diabo está acontecendo?

Parker não disse nada até entrarem na biblioteca.

— Acho melhor vocês se sentarem — aconselhou, fechando a porta.

— Droga, Parker, nada me deixa mais irritado do que o suspense! — reclamou Philip.

— Muito bem. Ontem à noite, resolvi ler o processo do divórcio de Meredith e achei várias irregularidades. Lembra-se, Philip, do caso daquele advogado, oito anos atrás, que embolsava o dinheiro que os clientes lhe pagavam e não registrava as causas?

— Lembro. E daí?

— E daquele sujeito da zona sul, chamado Joseph Grandola, que há cinco anos levou cinquenta e dois processos por fraude, porque se fazia passar por advogado, aceitava causas, cobrava honorários e nunca sequer chegou perto de um tribunal?

Parker esperou um momento, mas Philip não respondeu, embora seu rosto ficasse rígido de tensão.

— Grandola fez apenas o primeiro ano da faculdade de direito antes de ser expulso. Alguns anos mais tarde, abriu um escritório num bairro onde a maioria de seus "clientes" era quase analfabeta. Por mais de uma década, nada aconteceu com ele, porque só aceitava causas que não precisassem de julgamento, nem envolvessem um advogado opositor, como divórcios sem contestação, redação de testamentos e assim por diante.

Meredith sentou-se no sofá, enjoada, zonza, já sabendo o que Parker iria comunicar, enquanto seu coração comprimia-se, gritando que aquilo não era verdade, que não estava acontecendo.

— Ele entendia um pouco de leis e conhecia o jargão jurídico, de modo que podia redigir uma boa imitação de qualquer documento legal. Quando um cliente o procurava, querendo um divórcio, ele primeiro certificava-se de que o outro cônjuge estava de pleno acordo ou, então, desaparecido. Depois, cobrava os honorários e fazia os documentos, que ele próprio assinava, sabendo que seria desmascarado se tentasse apresentá-los a um juiz.

— Está tentando me dizer que aquele homem que contratei há onze anos não era advogado? — perguntou Philip com voz irreconhecível de tão tensa.

— Receio que sim.

— Isso é mentira! — Philip gritou, como se, com sua fúria, pudesse afastar aquela horrível possibilidade.

— Não adianta nada ter outro ataque cardíaco — observou Parker com toda a tranquilidade do mundo.

Meredith sentiu ligeiro alívio ao notar que o pai esforçava-se para recuperar a calma.

— Continua — ele murmurou após um momento, agarrando-se ao espaldar de uma cadeira.

— Hoje, depois de descobrir que Spyzhalski não pertencia à Ordem Americana de Advogados, mandei ao tribunal um investigador muito discreto, que usamos para verificar assuntos que interessam ao banco — Parker contou. — Ele descobriu que o divórcio de Meredith não foi registrado.

— Vou matar aquele miserável! — declarou Philip.

— Se está se referindo a Spyzhalski, você vai ter que procurar muito, porque ele desapareceu. Se está falando de Farrell, sugiro que reconsidere essa atitude.

— Que reconsiderar, coisa nenhuma! Meredith pode sair dessa fácil, é só ir até Reno e pedir um divórcio rápido.

— Já pensei nisso, mas não vai dar certo — Parker informou.

— Mesmo que Meredith fizesse o que você sugeriu, esse divórcio não desataria essa complicação que é a questão dos direitos sobre propriedades. Isso teria de ser feito por um tribunal daqui do estado de Illinois.

— Meredith não precisa dizer a ele que existe uma confusão. — Além de ser algo moralmente incorreto e antiético, é também impraticável — replicou Parker com um suspiro de frustração. — A Ordem Americana já recebeu duas queixas contra Spyzhalski e repassou-as para as autoridades. Vamos supor que Meredith faça o que você aconselhou, que Spyzhalski seja preso e confesse. No minuto em que isso acontecer, as autoridades avisarão Farrell de que o divórcio dele não teve validade. Faz ideia do processo que ele pode abrir contra vocês por causa disso? Farrell agiu de boa-fé, deixando que cuidassem do divórcio, e vocês foram negligentes, deixando-o exposto a uma possível bigamia durante todos esses anos e...

— Chega! — ordenou Philip. — Parece que você já examinou todos os ângulos do problema. O que acha que devemos fazer?

— Tudo o que for preciso para apaziguar Farrell e fazê-lo concordar com um divórcio rápido e descomplicado — Parker respondeu, então se virou para Meredith: — Sinto muito, mas penso que isso terá de ser feito por *você*.

Durante a conversa toda ela ficara sentada, mergulhada em estranha apatia, da qual foi arrancada pelas últimas palavras do noivo.

— Por que ele precisa ser "apaziguado" por mim ou por qualquer outra pessoa? — indagou.

— Por causa do lado financeiro e de suas enormes implicações. Você é uma mulher rica, Meredith, e Farrell pode exigir parte de seus bens. Queira ou não, ele ainda é seu marido.

— Não diga isso!

— Mas é a verdade — replicou Parker. — Sempre existe a possibilidade de Farrell não querer concordar com o divórcio, assim como a de processá-la por negligência.

— Meu Deus! — ela exclamou, levantando-se e começando a andar, inquieta. — Não posso acreditar numa coisa dessas! — Forçando-se a pensar com lógica, analisou o assunto por alguns instantes. — Esperem! Acho que estamos exagerando. Se tudo o que li sobre Matt Farrell for verdade, ele é muito mais rico do que nós.

— Muito mais — confirmou Parker, sorrindo com aprovação ao vê-la novamente capaz de raciocinar. — E teria muito mais a perder do que você numa disputa por causa de propriedades.

— Então, não precisamos nos preocupar — ela observou. — Farrell vai querer acabar com essa coisa tão rapidamente quanto eu, e vai ficar feliz em saber que eu não quero nada dele.

— Não é bem assim — Parker alertou-a. — Você e o seu pai assumiram a responsabilidade de concretizar o divórcio e, para todos os efeitos, fracassaram. Os advogados de Farrell podem convencer o juiz de que a culpa foi de vocês e exigir que reparem os danos. Você, Meredith, por outro lado, teria muita dificuldade em arrancar alguma coisa de Farrell, porque os advogados alegariam que tramou um divórcio fraudulento para, mais tarde, poder tirar dinheiro dele.

— O canalha vai apodrecer no inferno antes de tirar mais um centavo nosso — Philip rosnou. — Já dei 10 mil dólares a ele pra sair de nossas vidas e esquecer nosso dinheiro.

— De que forma fez esse pagamento? — perguntou Parker.

— Eu... fiz o que Spyzhalski sugeriu. Dei um cheque, que só poderia ser pago a ele e a Farrell, não a apenas um deles.

— Spyzhalski é um vigarista, Philip. Acha que hesitaria em forjar o endosso de Farrell, retirar o dinheiro e ficar com ele?

— Eu devia ter matado Farrell no dia em que Meredith o trouxe aqui!

— Para com isso! — gritou Meredith. — Daqui a pouco está enfartando! Tudo o que temos a fazer é mandar um advogado entrar em contato com o advogado dele.

— Não é tão simples assim — Parker avisou. — Se você quer que Farrell colabore e que essa confusão não vire um escândalo, acho melhor começar a acertar as coisas com ele.

— Que coisas?

— Pra começar, peça desculpas pessoalmente pela desfeita que fez a ele na frente de Sally Mansfield.

Meredith sentou-se numa poltrona diante da lareira e ficou encarando as chamas.

— Estou começando a ter dúvidas a seu respeito, Parker — declarou Philip em tom alto e irritado. — Que tipo de homem é você para sugerir que ela vá pedir desculpas àquele filho da mãe? *Eu* lido com ele!

— Sou um homem prático e civilizado, isso é o que sou — respondeu Parker, indo até Meredith e afagando-lhe o ombro num gesto de consolo. — E você, Philip, é explosivo, portanto, a pessoa menos indicada para isso. Meredith contou-me tudo o que aconteceu entre ela e Farrell e que se casaram porque ela ficou grávida. O que ele fez quando ela perdeu o bebê foi cruel, mas também foi uma decisão prática, e talvez ele tenha sido mais gentil fazendo isso do que se tentasse levar adiante um casamento fadado ao fracasso desde o início.

— Gentil?! — Philip cuspiu a palavra. — Ele era um interesseiro, tinha 26 anos e seduziu uma menina de 18, uma herdeira, engravidou-a e, então, *gentilmente* casou-se com ela.

— Para, pai! — Meredith tornou a pedir. — Parker tem razão. E o senhor sabe muito bem que Matt não me "seduziu". Eu contei como e por que aconteceu. Nada disso importa agora. Vou entrar em contato com Matt, tão logo decida qual o melhor modo de fazê-lo.

— Essa é a minha garota! — Parker a aplaudiu. Olhou para Philip, ignorando sua expressão furiosa. — Tudo o que Meredith precisa fazer é se encontrar com ele de maneira civilizada, expor o problema e sugerir que entrem com um pedido de divórcio, sem exigir nada financeiramente um do outro. — Fitou o rosto de Meredith com um sorriso carinhoso. — Você já enfrentou coisas piores do que essa, não é, meu bem?

Meredith viu encorajamento e orgulho nos olhos dele, mas isso não diminuiu sua consternação.

— Não — respondeu. — Nunca.

— Mas é claro que já! — ele afirmou, então a animou: — Tudo já terá passado daqui a vinte e quatro horas, se você conseguir fazer com que ele a receba amanhã mesmo.

— Me receber? Por que não posso falar com ele por telefone?

— Seria assim que agiria se fosse um difícil assunto de negócios, de extrema importância pra você?

— Não, claro que não — admitiu com um suspiro.

Depois que Parker foi embora, Meredith e o pai ainda ficaram mais um pouco na biblioteca, olhando para o nada, como que em transe.

— Suponho que me culpe por tudo isso — observou Philip, por fim. Meredith olhou para ele, achando-o pálido, com ar derrotado.

— Não, pai. O senhor só tentou me proteger ao contratar um advogado que não nos conhecia.

— Vou ligar pro Farrell pela manhã.

— Não. Parker está certo sobre isso. O senhor fica furioso e perde a capacidade de raciocinar só de ouvir o nome dele. Se falar com ele, acabará perdendo a calma em dez segundos e ter outro ataque. Por que não vai se deitar agora e tenta dormir? — Meredith sugeriu, levantando-se. — Nós nos veremos amanhã, no trabalho. Sabe, as coisas sempre parecem menos ruins durante o dia — acrescentou com um sorriso confortador.

Saíram da biblioteca e dirigiram-se à porta da frente da mansão.

— Não sou mais uma menina de dezoito anos, pai, e não tenho medo de enfrentar Matt Farrell. Na verdade, mal posso esperar para mostrar que ele não me assusta — mentiu.

Philip pareceu estar procurando desesperadamente por uma alternativa que a livrasse daquela situação difícil, cada vez mais pálido, porque não encontrava nenhuma.

Meredith despediu-se, fingindo despreocupação, e desceu as escadas quase correndo. Entrou no carro e fechou a porta. Então, pousou a testa no volante.

— Meu Deus — murmurou, aterrorizada diante da ideia de ter que se encontrar com aquele demônio de cabelos escuros que voltara do passado.

# 25

⟶ — BOM DIA! — PHYLLIS A CUMPRIMENTOU ANIMADAMENTE, seguindo Meredith, que caminhava para a porta do escritório.

— Posso chamar esse dia de muitas coisas, menos de "bom" — respondeu Meredith, pendurando o casaco no armário. Postergando a ligação para Matt, perguntou: — Alguém ligou?

— O sr. Sanborn em pessoa, porque você não devolveu o formulário de atualização do seguro. Disse que precisa dele imediatamente — Phyllis informou, entregando-lhe o formulário.

Suspirando, Meredith sentou-se à mesa, pegou uma caneta e escreveu o nome e o endereço. Depois, leu o item seguinte, com revolta e confusão: "Estado civil." Conteve a custo o riso histérico que lhe subiu à garganta enquanto olhava para a opção "Casado(a)." Ela era *casada*. Havia 11 anos. Com Matthew Farrell.

— Está tudo bem? — Phyllis perguntou, ansiosa, ao vê-la apoiar a cabeça numa das mãos, os olhos fixos no papel.

— O que pode acontecer se a gente mentir num formulário desses?

— Acho que eles se recusam a pagar o seguro a seu beneficiário, se você morrer.

— Ótimo — observou Meredith com humor sombrio, marcando a opção "Solteiro(a)." Terminou de preencher o formulário e entregou-o a Phyllis, que a olhava, intrigada. — Por favor, feche a porta quando sair, e não me passe nenhuma ligação por alguns minutos.

Assim que a secretária saiu, ela tirou a lista telefônica da gaveta, procurou o número da Haskell Electronics e o anotou. Guardou a lista e ficou parada, olhando para o telefone como se o aparelho tivesse garras ameaçadoras, sabendo que o momento que tanto temera havia chegado. Fechando os olhos por alguns segundos, preparou-se, ensaiando mais uma vez o que faria. Se Matt estivesse zangado pelo que acontecera no baile da ópera, e certamente estaria, ela se desculparia com simples dignidade. Em seguida, diria que precisava encontrar-se com ele para tratar de um assunto urgente. Com um movimento que parecia filmado em câmera lenta, estendeu a mão e pegou o telefone.

Pela terceira vez, no espaço de uma hora, o telefone soou na mesa de Matt, interrompendo um acalorado debate entre seus executivos-chefes. Irritado, ele apontou para o aparelho.

— A srta. Stern viajou pra ver uma irmã que está doente — explicou aos homens. — Ela não nos perturbaria a todo instante. Continuem, por favor. — Apertou o botão e repreendeu a secretária que substituía Eleanor Stern. — Eu avisei pra não me passar nenhuma ligação!

— E-eu sei, senhor, mas... mas a srta. Bancroft disse que é algo extremamente importante — gaguejou Joanna Simons, a voz nervosa ecoando na sala.

— Anote o recado — Matt instruiu, brusco. Ia soltar o botão, mas, subitamente tenso, pressionou-o com mais força: — Quem você disse que quer falar comigo?

— Meredith Bancroft — respondeu Joanna em tom sugestivo, deixando claro que ficara sabendo, pela coluna de Sally Mansfield, do incidente entre os dois.

Era óbvio que os homens sentados em semicírculo diante da mesa também sabiam do caso, porque se calaram abruptamente quando ouviram o nome de Meredith. Voltaram a falar depois de um breve momento, mais alto do que antes, como se quisessem encobrir sua curiosidade e espanto.

— Estou no meio de uma reunião — Matt informou com aspereza.

— Peça a ela que me ligue daqui a 15 minutos.

Soltou o botão, sabendo que, por educação, deveria telefonar para Meredith, não pedir que ela ligasse de novo. Isso não importava. Não tinham nada para dizer um ao outro. Lançou um rápido olhar para Tom Anderson e concentrou-se na discussão.

— Não haverá nenhum problema com o rezoneamento de Southville — assegurou. — Temos um contato na comissão que nos informou que a cidade está ansiosa pra que a fábrica seja construída lá.

Dez minutos depois, acompanhou os homens até a porta, fechou-a e voltou a sentar-se à escrivaninha. Passou-se meia hora, e Meredith não ligou. Ele continuava a olhar para o telefone que não tocava, sua hostilidade crescendo a cada segundo. Era bem do feitio de Meredith telefonar-lhe pela primeira vez em 11 anos, fazer sua secretária interromper uma reunião e depois, só porque ele não atendera, deixá-lo ali plantado, à espera. Ela sempre agira como se pertencesse a alguma família real. Nascera com aquela percepção de seu próprio valor e crescera acreditando que era melhor do que todo mundo.

Tamborilando os dedos na mesa, Meredith reclinou-se na cadeira e olhou para o relógio para ver se já haviam se passado os 45 minutos que tinha decidido esperar antes de telefonar novamente para Matt. O arrogante tivera a ousadia de mandá-la ligar outra vez, o que deixava claro que a riqueza não lhe dera boas maneiras. Se fosse educado, saberia que, se ela tivera a cortesia de dar o primeiro passo para entrar em contato com ele, cabia-lhe dar o segundo. Por baixo daquela capa de polidez que exibia em público, Matt continuava o mesmo bruto ambicioso...

Meredith interrompeu essa linha hostil de pensamento, que não a ajudaria a vencer a dificuldade que tinha pela frente. Além disso, seria injusto culpar Matt por tudo o que acontecera anos atrás. Ela não se recusara a fazer amor com ele, na noite em que haviam se conhecido, muito pelo contrário, nem tomara a precaução de evitar uma gravidez. Ficara grávida, e ele, com toda a decência, assumira a responsabilidade, concordando com o casamento. Mais tarde, ela se convencera de que Matt a amava, embora ele não tivesse dito nada. Na verdade, ele nunca a enganara, e seria estupidez e infantilidade culpá-lo por não ter atendido a suas ingênuas esperanças.

Sentindo-se mais calma, Meredith pôs de lado o orgulho ferido e prometeu a si mesma que manteria a compostura, evitando tratá-lo do jeito que fizera na festa da ópera, o que fora uma tolice. O relógio marcou 10:45, e ela ergueu o telefone do gancho.

Matt estremeceu quando o aparelho tocou, e apertou o botão depressa.

— A srta. Bancroft está na linha — Joanna avisou.

Ele soltou o botão e pegou o telefone.

— Meredith? Que surpresa!

Ela notou que ele não dissera "que surpresa agradável", como o costume, e que sua voz parecia mais grave do que se lembrava.

— Meredith! — a irritação de Matt vibrou através da distância que os separava e arrancou-a de sua perturbadora reflexão. — Se telefonou para ficar respirando no meu ouvido, fico lisonjeado, mas um pouco perdido. O que espera que eu faça?

— Vejo que continua o mesmo convencido, mal-educado...

— Ah, ligou pra me criticar — ele comentou.

Ela se obrigou a pensar que seu objetivo era apaziguá-lo, não exasperá-lo.

— Não. Estou ligando porque gostaria de enterrar o machado de guerra.

— Em que parte do meu corpo? — Ela não pôde conter uma risada, e Matt lembrou-se de que um dia encantara-se com aquele riso. — O que você quer, Meredith? — perguntou em tom ríspido.

— Quero... Preciso falar com você pessoalmente.

— Na semana passada, você se recusou a apertar minha mão e deu as costas pra mim na presença de quinhentas pessoas — ele a lembrou friamente. — Por que essa mudança de atitude agora?

— Aconteceu uma coisa sobre a qual precisamos conversar, de modo civilizado. É algo que diz respeito a... nós dois.

— Não somos mais "nós dois" — ele observou, implacável. — E "conversar de modo civilizado" parece algo além de sua capacidade, a julgar pelo que aconteceu no baile da ópera.

Uma réplica furiosa subiu aos lábios de Meredith, mas ela a engoliu. Não queria uma guerra contra Matt. Queria um tratado de paz. Era uma mulher de negócios, acostumada a lidar com homens teimosos e arrogantes como ele. Deixar-se levar pela raiva só pioraria tudo.

— Eu não vi que Sally Mansfield estava perto quando tratei você daquele jeito — explicou em tom calmo. — Peço desculpas pelo que fiz e disse.

— Estou abismado — ele declarou, em tom zombeteiro. — Fez um curso de diplomacia?

Meredith fez uma careta de irritação.

— Matt, estou pedindo trégua — disse, mantendo um tom suave. — Será que não pode cooperar nem um pouquinho?

Ouvi-la falar seu nome o abalou, e ele levou alguns segundos para recuperar-se.

— Vou para Nova York dentro de uma hora — informou abruptamente. — E só volto na segunda-feira.

Meredith sorriu, sentindo-se triunfante.

— Quinta-feira é o Dia de Ação de Graças. Podíamos marcar um encontro pra antes, digamos, na terça, se você não estiver muito ocupado?

Matt abriu a agenda e viu que havia compromissos marcados para todos os dias úteis da semana de Ação de Graças. Ele estaria *muito* ocupado.

— Terça — decidiu. — Você pode vir ao meu escritório quinze para o meio-dia?

— Posso — ela concordou no mesmo instante, mais aliviada do que decepcionada que teria de esperar cinco dias para resolver aquele assunto difícil.

— Seu pai sabe que você quer falar comigo pessoalmente? — perguntou Matt, o tom de voz revelando que seu rancor contra Philip não havia diminuído.

— Sabe.

— Então, fico surpreso em saber que ele não a amarrou com correntes para impedi-la. Deve estar ficando mole.

— Não. Ele está doente. — Para abrandar a inevitável animosidade de Matt, quando ele descobrisse que o pai dela contratara um falso advogado para fazer o divórcio, Meredith acrescentou: — Pode morrer a qualquer instante.

— Quando isso acontecer, espero que alguém se lembre de cravar uma estaca de madeira no coração dele — declarou Matt sarcasticamente.

Meredith sufocou uma risadinha horrorizada ao ouvir a piadinha irreverente e despediu-se educadamente. Mas foi invadida por uma onda de melancolia quando desligou e reclinou-se na cadeira, pensando na insinuação de Matt sobre Philip ser um vampiro. Ela própria, no passado, sentira-se como se de fato o pai estivesse sugando seu sangue. Uma coisa era certa: ele lhe roubara quase toda a alegria da juventude.

# 26

NA TERÇA-FEIRA, OLHANDO-SE NO ESPELHO DO banheiro privativo junto a sua sala, Meredith disse a si mesma que seria perfeitamente capaz de ter uma conversa educada com Matt e de fazê-lo concordar com um divórcio rápido e sem complicações.

Retocou o batom, escovou os cabelos, deixando-os soltos e leves, então recuou para observar o efeito causado pelo vestido preto de lã fina, com decote rente ao pescoço e mangas compridas. Um conjunto cintilante de colar e pulseira de ouro quebrava a monotonia do preto.

Por orgulho e bom senso, queria estar com a melhor aparência possível para o encontro, pois, afinal, Matt saía com artistas de cinema sensuais e modelos glamorosas, e ela sabia que se sentiria mais autoconfiante ao lidar com ele se estivesse bem-vestida. Satisfeita, guardou a maquiagem na bolsa, pegou o casaco e as luvas e saiu.

Decidira ir de táxi para não ter de se cansar no trânsito, nem andar na chuva, se estacionasse o carro longe do prédio da Haskell Electronics. Já no táxi, observou os pedestres atravessando a avenida Michigan apressadamente, levando guarda-chuvas ou jornais dobrados na cabeça. As gotas batiam como minúsculos martelos no teto do veículo, e ela aconchegou-se no luxuoso casaco de pele com que o pai a presenteara em seu vigésimo quinto aniversário. Durante cinco dias e cinco noites, planejara sua estratégia, ensaiara o que pretendia dizer a Matt, determinada a agir com calma e tato, como se estivesse tratando de um negócio. Não iria rebaixar-se, criticando-o por suas ações passadas, primeiro porque ele não tinha consciência e, segundo, porque ela jamais lhe daria a satisfação de saber que sua traição a machucara profundamente. Nada de recriminações, repetia para si mesma. Calma e tato. Talvez, ao agir assim, estabeleceria um exemplo que Matt seguiria. Outra coisa que não podia fazer era entrar bruscamente no assunto que a levara a procurá-lo. Precisava ir devagar, preparando-o para o choque.

Percebeu que as mãos tremiam e colocou-as nos bolsos, fechando-as numa reação de nervosismo. A água escorria como uma cascata pelo para-brisa do táxi, borrando a luz do semáforo à frente, criando manchas verdes, amarelas e vermelhas quando o sinal mudou. Olhando-as, Meredith lembrou-se dos fogos de artifício daquele Quatro de Julho que mudara todo o curso de sua vida.

— Chegamos, senhorita — avisou o motorista pouco depois, tirando-a de seu devaneio.

Ela pagou e desceu, correndo para o abrigo do prédio de aço e vidro que era a mais recente aquisição de Matt.

Quando saiu do elevador, no sexagésimo andar, viu-se numa recepção espaçosa, cujo piso fora revestido por um carpete prateado. Andou até a mesa da recepcionista, uma mulher de cabelos castanhos elegante que, com mal disfarçada curiosidade, a observava aproximar-se.

— O sr. Farrell já vai recebê-la, srta. Bancroft — a moça informou, obviamente reconhecendo-a pelas fotos que devia ter visto em jornais e revistas. — Ele está em reunião no momento, mas estará livre em poucos minutos. Por favor, sinta-se à vontade.

Aborrecida, porque Matt parecia estar querendo fazê-la esperar como uma camponesa aguardando ser atendida por um rei, Meredith olhou para o relógio na parede. Chegara dez minutos adiantada. Sua raiva evaporou-se, e ela se acomodou numa poltrona de couro, pegando uma revista. Acabara de abri-la quando um homem saiu apressadamente de um conjunto de salas, deixando a porta aberta. Então, ela viu Matt numa sala adjacente à de sua secretária e, por cima do topo da revista, ficou olhando, com relutante fascinação, para o homem que era seu marido.

Ele estava atrás da mesa, reclinado na cadeira, ouvindo ao que alguns homens diziam. A despeito da postura relaxada, o rosto de feições firmes denotava autoridade, autoconfiança, e, mesmo em camisa social, Matt parecia cercado por uma aura de poder e dinamismo que Meredith achou um tanto surpreendente e estranhamente perturbadora. Naquela noite, na festa da ópera, ela ficara abalada demais para olhá-lo direito. Mas ali, podendo observá-lo sem ser notada, viu que ele não mudara muito em 11 anos, embora houvesse algo sutilmente diferente. Aos 37 anos, ele não tinha mais o ar impetuoso que ela conhecera e que fora substituído por uma expressão de força inabalável que o deixara ainda mais atraente. Os cabelos pareciam mais escuros do que ela se lembrava, os olhos, mais claros, mas a boca cinzelada ainda possuía a mesma sensualidade. Um dos homens devia ter dito algo engraçado, porque Matt sorriu de repente, e Meredith sentiu um aperto no coração. Ignorando essa inexplicável reação, ela tentou ouvir o que estava sendo discutido lá dentro. Captando palavras esparsas, deduziu que Matt pretendia fundir duas divisões da Intercorp numa só, e que estavam procurando a forma mais branda de fazer isso.

Com interesse profissional, notou que Matt conduzia uma reunião de modo bastante diferente do pai dela. Philip convocava os executivos-chefes a darem ordens e ficava irado se alguém ousasse contradizê-lo. Matt, porém, parecia preferir o sistema de falar e ouvir, pedir e conceder, permitindo uma livre expressão de opiniões. Ele ouvia, avaliando em silêncio as ideias e as objeções apresentadas. Em vez de colocar seus homens num estado de humilde submissão, era evidente que utilizava os talentos deles, beneficiando-se com o talento de cada um. Meredith achou aquele método muito sensato e produtivo.

Procurando ouvir o máximo que pudesse, ela sentiu que uma semente de admiração caía em seu íntimo, germinava e crescia rapidamente. Ergueu o braço para pôr a revista na mesinha ao lado, e o movimento chamou a atenção de Matt, que olhou diretamente para ela.

Meredith ficou paralisada, ainda com a revista na mão, enquanto os olhos cinzentos pareciam penetrar os dela. Então, bruscamente, ela desviou o olhar.

— Já é mais tarde do que eu pensava. Continuaremos a reunião depois do almoço — disse Matt, dispensando os executivos.

Os homens começaram a sair, e Meredith sentiu a garganta apertada quando o viu andando em sua direção.

Calma, tato, como se estivesse tratando de um negócio, recomendou-se numa cantilena nervosa, enquanto subia o olhar para fitá-lo no rosto. Nada de recriminações, entre devagar no assunto, não se precipite.

Matt observou-a levantar-se.

— Há quanto tempo — comentou, deliberadamente fingindo que o breve e desagradável encontro no baile da ópera não tinha acontecido.

Meredith pedira desculpas, provara sua intenção de acabar com as hostilidades, indo ao escritório dele. Nada mais natural que colaborasse com ela. Afinal, tudo ficara no passado, e seria tolice alimentar rancor por alguém que já não significava mais nada para ele.

Encorajada por sua aparente afabilidade, Meredith estendeu a mão enluvada para cumprimentá-lo, lutando para vencer o nervosismo.

— Oi, Matt — conseguiu dizer com uma calma que não sentia de forma alguma.

Ele apertou-lhe a mão rapidamente.

— Vamos para meu escritório. Preciso dar um telefonema antes de sairmos.

— Vamos sair? — perguntou ela, andando ao lado dele. — Como assim?

Entraram no escritório com vista panorâmica de Chicago, e Matt pegou o telefone.

— Comprei alguns quadros e o decorador e sua equipe estarão aqui em alguns minutos para pendurá-los — explicou. — Além disso, achei que seria bom conversarmos durante o almoço.

— Almoço? — Meredith repetiu aturdida, procurando um jeito de recusar a sugestão.

— Não me diga que já almoçou, porque eu não acreditaria — ele avisou, pressionando algumas teclas. — Você não achava incivilizado almoçar antes das duas horas?

Meredith lembrava-se de ter dito algo parecido durante os dias que passara na fazenda. Que idiotinha presumida ela havia sido aos dezoito anos! Agora, comia qualquer coisa, sentada à mesa de trabalho, isso quando tinha tempo para fazer uma refeição. De fato, almoçar com Matt num restaurante não era má ideia, pois ele não poderia xingar, esbravejar ou fazer uma cena quando ela revelasse o motivo de sua visita.

Em vez de ficar parada, enquanto ele esperava que a pessoa para quem ligara o atendesse, ela começou a andar pelo escritório, olhando as obras de arte moderna. A única peça de que gostou estava na outra extremidade da sala espaçosa, um grande *mobile* de Calder. Da parede ao lado, pendia um quadro enorme, exibindo bolhas amarelas, azuis e marrons, e ela recuou um pouco, tentando ver o que havia ali para uma pessoa gostar. Em sua opinião, as bolhas pareciam olhos de peixes flutuando em geleia de uva. O quadro seguinte representava uma viela de Nova York, e Meredith virou a cabeça para um lado, examinando-o nos mínimos detalhes. Não, não era uma viela, mas talvez um mosteiro, ou montanhas de cabeça para baixo com uma vila e um riacho que corria em diagonal por toda a tela, entre latões de lixo.

De pé junto à mesa, esperando que completassem sua ligação, Matt observava-a com o interesse frio de um conhecedor da beleza feminina. Envolta naquele casaco de pele, com um colar de ouro brilhando no pescoço, Meredith tinha uma aparência elegante, de mulher rica e mimada, uma impressão que entrava em choque com a pureza do perfil de madona, perfeitamente visível, porque ela erguera a cabeça para olhar um quadro e os cabelos loiros haviam tombado para trás, brilhando como que salpicados de ouro, à luz dos spots do teto. Ela beirava os trinta anos, mas ainda projetava a mesma aura de requinte sem artifícios e inconsciente sensualidade. Sem dúvida fora aquela combinação de beleza e pose de rainha que o atraíra tanto, aperfeiçoada por um toque de falsa meiguice e bondade simulada. Mesmo agora, onze anos mais velho, muito mais experiente, ele ainda a acharia irresistivelmente atraente, se não soubesse que não passava de uma mulher egoísta.

Quando acabou de falar e desligou o telefone, foi até onde ela estava e esperou em silêncio por sua opinião a respeito do quadro que examinava com tanta atenção.

— É... é maravilhoso — Meredith mentiu.

— Acha? O que a agradou mais?

— Ah, tudo. Gostei das cores, da sensação de entusiasmo que transmite, das imagens.

— Das imagens — ele repetiu, incrédulo. — O que você vê quando olha pra esse quadro?

— Vejo algo parecido com montanhas, ou torres góticas viradas ao contrário, ou... — Meredith parou de falar por um momento, constrangida, então perguntou: — O que *você* vê nele?

— Um investimento de duzentos e cinquenta milhões de dólares
— ele respondeu. — E que agora vale meio milhão.

Ela ficou atônita.

— Quinhentos mil dólares por isso aí? — perguntou, antes de poder conter-se.

— Por isso aí — ele afirmou.

Meredith fitou-o e poderia jurar que viu um brilho de divertimento em seus olhos.

— Eu não quis dizer que... — parou de falar, hesitante. — Bem, não entendo muito de arte moderna.

Ele apenas deu de ombros.

— Vamos?

Enquanto ele vestia o paletó do terno e pegava o sobretudo no armário, Meredith foi para perto da mesa, em cima da qual viu a foto de uma jovem muito bonita, sentada num tronco de árvore caído, uma perna estendida e a outra flexionada contra o peito, cabelos soltos ao vento e um sorriso exuberante. Ou era modelo profissional, para exibir aquele sorriso, ou, então, estava apaixonada pelo fotógrafo.

— Quem tirou essa foto? — perguntou, quando Matt virou-se para ela.

— Eu, por quê?

— Por nada. — A jovem não era nenhuma das estrelinhas de cinema ou socialites com quem ele fora visto. E sua beleza era pura, sem artifícios. — Não conheço essa moça.

— Ela não frequenta os mesmos lugares que você — ele declarou ironicamente, vestindo o sobretudo. — É só uma menina que trabalha como química pesquisadora em Indiana.

— Ela ama você — Meredith opinou. Matt olhou para a foto da irmã.

— De fato, ela me ama.

Meredith sentiu, intuitivamente, que Matt importava-se muito com a moça e que, talvez, poderia estar pensando em casar-se com ela. Quando soubesse que ainda era um homem casado, iria querer o divórcio o mais rapidamente possível.

Quando atravessaram a sala da secretária, Matt parou para falar com a mulher de cabelos grisalhos sentada à mesa da recepção.

— Tom Anderson está na audiência sobre a questão do zoneamento de Southville — disse. — Se ele voltar e eu não tiver voltado do almoço, passe o número do telefone do restaurante e pede pra ele me ligar.

# 27

〜〜〜 UMA LIMUSINE PRATEADA ESTAVA À ESPERA DELES diante do prédio, e o motorista que abriu a porta era um homem com o nariz quebrado e o físico de búfalo. Meredith sempre achara reconfortante e delicioso ser transportada numa limusine, mas, assim que se afastaram do meio-fio, agarrou-se ao braço do banco, assustada e surpresa. Percebeu que o motorista dirigia feito um louco, mas conseguiu esconder o medo, até que ele avançou um sinal vermelho e deu uma guinada para desviar de um ônibus da empresa de transportes coletivos. Então, não pôde deixar de olhar para Matt, alarmada.

Ele respondeu à sua reclamação muda dando de ombros com displicência.

— Joe ainda não desistiu do sonho de correr na Fórmula Indy.

— Não estamos na Indy — ela observou, segurando-se com mais força quando o veículo virou uma esquina em alta velocidade.

— E Joe não é motorista — ele replicou.

— Não? O que ele é, então?

— Meu guarda-costas.

Meredith sentiu-se enjoada diante do pensamento de que Matt devia ser odiado por pessoas a quem desagradara e que seriam capazes de matá-lo. Ela nunca se sentira atraída pelo perigo. Gostava de paz e segurança e achava um costume bárbaro aquele de uma pessoa andar acompanhada por um guarda-costas.

Nenhum dos dois disse mais nada, e pouco depois o carro parou com um solavanco na frente da entrada protegida por um toldo do restaurante Landry's, um dos mais elegantes e exclusivos de Chicago.

John, o maître, que também era coproprietário do estabelecimento, usava smoking e estava parado em seu lugar habitual, perto da porta. Meredith o conhecia desde o tempo em que estudara na Bensonhurst, quando o pai a levava lá para almoçar, sempre que ela ia para casa. John costumava mandar-lhe o refrigerante que ela pedisse, servido em copo especial e apresentado como se fosse um exótico drinque para adultos, "cortesia da casa", como dizia.

— Boa tarde, sr. Farrell — o homem entoou formalmente, mas depois acrescentou com um sorriso: — Vê-la *é* sempre um prazer, srta. Bancroft.

Meredith olhou disfarçadamente para Matt, tentando descobrir o que ele estaria sentindo ao perceber que ela era cliente antiga do Landry's, e estimada. Esqueceu essa infantilidade quando, no caminho para a mesa, viu muitos conhecidos que estavam ali almoçando. Por seus olhares espantados, era óbvio que haviam reconhecido Matt e perguntavam-se por que ela estaria em companhia de um homem a quem insultara publicamente. Sherry Withers, uma das maiores fofoqueiras que Meredith conhecia, acenou, olhando para Matt com um ar de franca especulação.

O garçom que os guiava levou-os a uma das mesas que ficavam atrás de uma treliça, perto o bastante do piano de cauda no centro do salão para que a música pudesse ser apreciada, mas não tanto que atrapalhasse a conversa. A não ser que uma pessoa fosse frequentadora regular do Landry's, era quase impossível reservar uma mesa com menos de duas semanas de antecedência, principalmente uma bem localizada como aquela. Meredith imaginou como Matt conseguira.

— O que gostaria de tomar? — ele perguntou, assim que se sentaram.

— Só água gelada, por favor — ela respondeu, refletindo que o momento desagradável aproximava-se. Então, decidiu que devia escolher uma bebida que lhe acalmasse os nervos, e corrigiu: — Não. Vou aceitar um drinque.

— De que gostaria?

— De estar no Brasil — ela resmungou com um suspiro.

— Desculpe, não entendi.

— Uma bebida forte — Meredith informou, sem saber o que pedir, exatamente. — Um manhattan. — Então, abanou a cabeça numa negativa, dizendo a si mesma que desejava apenas acalmar-se, não ficar tonta e ser incapaz de controlar as próprias palavras e ações. Precisava de alguma coisa que pudesse beber devagar, só até livrar-se da tensão. Algo de que não gostasse. — Um martíni.

— Só isso? — ele indagou com ar sério. — Água gelada, um manhattan e um martíni?

— Não. Só o martíni — ela respondeu com um sorriso hesitante.

Matt viu aflição nos olhos azuis e também um apelo para que ele tivesse paciência. Ficou intrigado pelos contrastes que Meredith apresentava naquele momento. Usando um vestido preto de decote alto e mangas compridas, estava tão elegante quanto atraente. Isso apenas não o impressionaria, mas um leve rubor coloria as faces lisas, e inegavelmente havia súplica nos imensos e lindos olhos. Meredith parecia uma menina acanhada, o que a tornava quase irresistível. Raciocinando que ela o procurara para desculpar-se, Matt decidiu portar-se com gentileza, esquecendo o passado.

— Teria outro ataque de indecisão se eu lhe perguntasse que tipo de martíni deseja?

— De gim — ela respondeu. — Não, vodca. Não, não. De gim. — Matt divertiu-se ao vê-la ficar ainda mais ruborizada.

— Seco ou suave? — indagou.

— Seco.

— Beefeater's, Tanqueray ou Bombay?

— Beefeater's.

— Para acompanhar, cebolas ou azeitonas?

— Azeitonas.

— Uma ou duas?

— Duas.

— Valium ou aspirina? — ele persistiu em tom severo, mas seus lábios ensaiavam um sorriso.

Meredith, então, percebeu que ele estivera brincando com ela o tempo todo. Sentiu-se grata e aliviada e conseguiu fitá-lo nos olhos e sorrir.

— Desculpe — murmurou. — Estou um pouco nervosa.

Quando o garçom afastou-se, depois de anotar os pedidos, Matt olhou em volta, pensando que uma refeição naquele restaurante custava o que ele, nos velhos tempos, ganhava por um dia de trabalho na usina de aço. Voltou a olhar para Meredith. Se ela quebrara a atmosfera impessoal entre eles, admitindo que estava nervosa, ele também podia fazer algo parecido.

— Eu costumava sonhar acordado, imaginando que um dia poderia levá-la para almoçar num lugar assim — contou.

Distraída, tentando decidir como abordaria o assunto que a fizera encontrar-se com ele, Meredith olhou em volta, observando os enormes arranjos de flores naturais em recipientes de prata, os garçons envergando smokings, as mesas cobertas por toalhas de linho, onde cintilavam os copos de cristal e os talheres requintados.

— Assim, como?

Matt deu uma risadinha.

— Você não mudou nada, Meredith. O luxo mais extraordinário ainda é coisa comum para você.

— Você não tem como saber se mudei ou não — ela declarou. — Passamos só seis dias juntos.

— E seis noites — ele acrescentou sugestivamente, tentando fazê-la corar outra vez, querendo abalar aquela compostura, ver de novo a moça confusa que não sabia o que pedir para beber.

— É difícil acreditar que já fomos casados — ela comentou, ignorando a referência velada sobre as atividades sexuais dos dois.

— Nada surpreendente, porque você nunca sequer usou meu nome.

— Tenho certeza de que há muitas mulheres mais merecedoras disso do que eu — ela replicou, forçando um tom de indiferença.

— Parece que está com ciúmes.

— Se acha isso, é porque sua capacidade de julgamento não é muito boa — ela o criticou, reprimindo a irritação. Matt esboçou um sorriso relutante.

— Eu havia esquecido esse jeito altivo de menina educada que você tem ao expressar-se quando fica zangada.

— Está tentando fazer com que eu discuta com você? — ela perguntou num tom baixo.

— Não. O que eu disse foi um elogio.

Surpresa e um pouco agitada, Meredith desviou o olhar para o drinque que o garçom colocava à sua frente. Pediram os pratos, e o homem afastou-se. Ela decidiu esperar até que Matt tomasse boa parte de sua bebida, para então dar-lhe a notícia desastrosa, na esperança de que o álcool o deixasse mais receptivo.

Matt ergueu o copo, aborrecido consigo mesmo por havê-la irritado.

— De acordo com as colunas sociais, você participa de várias atividades beneficentes e ajuda no patrocínio à orquestra sinfônica, à ópera e ao balé — ele observou com cortesia e interesse genuíno. — Com que mais ocupa seu tempo livre?

— Trabalho cinquenta horas por semana — ela informou, chateada por ele não fazer menção a seu sucesso profissional.

Matt sabia que ela havia sido bem-sucedida em vários empreendimentos na Bancroft's, mas queria descobrir se era de fato uma boa executiva, e sabia que podia formar uma opinião a respeito disso simplesmente ouvindo-a falar. Continuou a fazer perguntas, inclusive sobre seu trabalho na loja.

Meredith respondeu, hesitante a princípio, depois mais segura, prolongando-se nas explicações porque estava com medo de contar-lhe o motivo daquele encontro. Matt fazia perguntas inteligentes e parecia tão verdadeiramente interessado nas respostas que não levou muito tempo para ela começar a falar de seus objetivos, sucessos e fracassos. Ele tinha um jeito de ouvir que incentivava confidências, e Meredith, encorajada por sua atenção, falou até do problema que enfrentou quando foi acusada de subir de cargos na empresa por favoritismo do pai e da dificuldade que teve em lidar com isso, assim como com o chauvinismo de Philip, que contaminava os outros homens da empresa com sua atitude.

Quando o garçom retirou os pratos usados, ao fim do almoço, ela já havia contado quase tudo o que lhe acontecera nos últimos anos e tomado meia garrafa do excelente vinho que Matt tinha pedido. Sabia que o momento de informá-lo de que continuavam casados havia chegado, mas, apesar disso, sentia-se mais relaxada do que no início da refeição.

Em amigável silêncio, olharam-se.

— Seu pai tem sorte de poder contar com você entre seus executivos — Matt comentou, pois agora tinha certeza de que ela era realmente talentosa.

— Eu é que tenho sorte! A Bancroft's é tudo para mim, a coisa mais importante da minha vida.

Matt reclinou-se na cadeira, absorvendo aquela nova faceta que descobria em Meredith. Olhando para a taça de vinho, tentou entender por que ela falava das lojas como se fossem pessoas amadas. Por que a empresa tinha se tornado a coisa mais importante de sua vida? Onde ficava Parker Reynolds nessa história? Refletindo, ele concluiu que sabia a resposta para todas aquelas perguntas. Philip Bancroft conseguiu o que mais queria. Dominara a filha de modo tão avassalador que a fizera perder o interesse em homens quase que completamente. Ela estava noiva de Parker Reynolds, mas não devia estar apaixonada por ele. Pelo seu jeito entusiasmado de falar do trabalho, era fácil compreender que dedicara todo seu amor à Bancroft's.

Compadecido, Matt fitou-a. Compadecido e triste, como na noite em que a conhecera e a desejara com uma vontade avassaladora que anulara seu bom senso. No momento em que a viu, no Glenmoor, perdeu a cabeça. Lembrou-se, com emoção, de como ela o apresentara àquele bando de esnobes como se ele fosse um magnata de Indiana, risonha e cheia de vida e, mais tarde, tão inocente e ansiosa em seus braços. Ele quisera tirá-la do pai opressor e levá-la embora para cobri-la de carinhos e proteção. Se continuassem casados, agora ele teria imenso orgulho dela. De alguma maneira, *estava* orgulhoso. Se tivesse podido protegê-la...

Percebendo o rumo de seus pensamentos, apertou o maxilar, irritado. Meredith não precisava de que ninguém cuidasse dela. Tornara-se autossuficiente e perigosa como uma viúva-negra. O único ser humano com que ela se importava era o pai e, para satisfazer suas vontades, matou o próprio filho. Era vazia, mimada e má, uma linda marionete feita para usar roupas de luxo e ocupar o lugar de anfitriã numa bela mesa de jantar. Era só para aquilo que ela servia, e fora sua beleza que o fizera esquecer isso, naquela hora que estavam passando juntos. A culpa era daquele rosto perfeito, dos olhos azul-turquesa, franjados por cílios espessos, da boca generosa, do som melodioso de sua voz, do riso contagiante.

O antagonismo que Matt sentiu abrandou-se quando ele refletiu que ela o magoara muito, mas numa época em que era muito jovem e estava assustada. E que tudo acontecera muitos anos atrás. Não havia mais por que ter raiva dela. Girando o copo entre os dedos, encarou-a.

— Vejo que você se tornou uma executiva de sucesso. Se ainda fôssemos casados, eu tentaria convencer você a passar para minha organização.

Sem querer, ele dera a Meredith a deixa de que ela precisava.

— Então, pode começar a tentar, Matt.

Ele apertou os olhos, desconfiado.

— O que quer dizer com isso?

Ela respirou fundo e inclinou-se para a frente, cruzando os braços sobre a mesa.

— Tenho... tenho algo para te contar. Por favor, procure não ficar perturbado demais.

Ele deu de ombros, levando a taça de vinho à boca.

— Não existe mais nenhum sentimento entre nós, Meredith, portanto, nada que você me conte vai me pertubar.

— Ainda somos casados — ela anunciou.

Ele franziu o cenho.

— Nada me perturbaria, a não ser isso.

— Nosso divórcio não teve validade — ela continuou. — O advogado que cuidou de tudo era falso, e agora está sendo procurado pelas autoridades. Nenhum juiz assinou os papéis. Nenhum juiz sequer *viu* o processo.

Ele pousou a taça na mesa com alarmante brusquidão.

— Ou você está mentindo, ou é burra demais para cuidar de si mesma. Onze anos atrás, me induziu a dormir com você e não se protegeu contra uma gravidez. Ficou grávida e correu pra mim, jogando a bomba nas minhas mãos. Agora está dizendo que não teve juízo suficiente para contratar um advogado formado que fizesse nosso divórcio, e que por isso ainda somos casados. Como você é chefe de divisão de uma cadeia de lojas de departamentos sendo tão burra?

Cada palavra agressiva açoitou o orgulho de Meredith como um chicote, mas a reação de Matt poderia ter sido muito pior, e ela aceitou os golpes como se os merecesse.

— Sei como se sente — murmurou em tom suave quando ele se calou, talvez dominado pela raiva e pelo choque.

Matt queria acreditar que era uma grande mentira, que tudo não passava de uma louca tentativa de extorquir dinheiro dele, mas seus instintos diziam-lhe que ela falava a verdade.

— Se eu estivesse no seu lugar, sentiria a mesma coisa — prosseguiu Meredith.

— Quando você descobriu isso?

— Algumas horas antes de eu ligar para você, querendo marcar um encontro. Soube à noite e liguei na manhã seguinte.

— Supondo que isso seja verdade, o que você quer de mim?

— O divórcio. Rápido, discreto e descomplicado.

— Não quer pensão? — ele zombou. — Partilha de propriedades? Nada de nada?

— Não.

— Bom, porque não conseguiria nada disso.

Irritada por aquele grosseiro lembrete de que ele era muito mais rico do que ela, Meredith olhou-o com desdém.

— Você sempre pensou só em dinheiro! — acusou-o. — Eu não queria me casar com você e não quero nada seu! Prefiro morrer a deixar que alguém saiba que fomos casados.

O maître escolheu aquele momento totalmente inapropriado para aproximar-se da mesa e perguntar se eles haviam gostado da refeição e se queriam mais alguma coisa.

— Queremos — respondeu Matt. — Um uísque duplo com gelo para mim e outro martíni para minha *esposa*.

Apesar de odiar cenas em público, Meredith não escondeu a raiva ao olhar para o maître, a quem considerava um amigo.

— Eu dou mil dólares se você envenenar o uísque dele! — declarou.

Curvando-se ligeiramente, John sorriu.

— Pois não, sra. Farrell — respondeu com grave cortesia, então olhou para Matt, que parecia prestes a explodir de fúria. — Prefere arsênico, sr. Farrell, ou algo mais exótico?

— Nunca mais me chame assim, John! — Meredith advertiu-o severamente. — Farrell não é meu sobrenome.

O bom humor e o afeto desapareceram do rosto do maître, que tornou a curvar-se.

— Peço desculpas por ter tomado tal liberdade, srta. Bancroft. Seu drinque será cortesia da casa.

Meredith sentiu-se uma bruxa por desabafar a raiva em cima dele. Arrependida, observou-o afastar-se, então encarou Matt.

— Não vamos conseguir nada nos insultando — comentou. — Não podemos agir como gente civilizada? Seria muito mais fácil lidar com o problema.

Ele sabia que ela estava certa e, após um momento de hesitação, fez que sim com a cabeça.

— Não custa tentar. Como você acha que devemos "lidar com o problema"?

— Discretamente — ela respondeu e sorriu, aliviada. — E de modo rápido. A necessidade de discrição e rapidez talvez seja maior do que você pensa.

— Entendo. Os jornais anunciaram que você pretende se casar em fevereiro — ele comentou, sentindo-se mais capaz de pensar com clareza.

— Esse é um dos motivos. Parker sabe de tudo o que houve entre nós. Foi ele quem descobriu que o homem que meu pai contratou não é advogado e que nosso divórcio não é válido. Mas tem outra coisa, muito importante para mim, e que eu perderia, se o caso fosse descoberto.

— E o que é?

— Nosso divórcio tem de ser discreto, ou melhor, secreto, para que não haja nenhuma publicidade, nenhum escândalo. Meu pai vai tirar uma licença para cuidar da saúde, e eu quero mais que tudo ser nomeada presidente interina. Preciso dessa oportunidade para provar à diretoria que sou capaz de ocupar a presidência de modo permanente, quando meu pai aposentar-se. Os diretores são muito conservadores, como já disse, e fazem restrições a meu respeito por me considerarem jovem demais para ocupar o cargo e por eu ser mulher. A imprensa não tem ajudado em nada, ligando a minha imagem à de uma frívola socialite, e se descobrir nossa situação, vai ser um prato cheio. Anunciei meu casamento com um banqueiro importante e idôneo, e você tem várias candidatas a esposa. Mas somos casados, e bigamia potencial não vai me ajudar a chegar à presidência da Bancroft's. Muito pelo contrário, vai acabar com as minhas chances.

— Não acho que seria algo tão prejudicial quanto você pensa.

— Claro que seria. Pense em como você reagiu quando soube. No mesmo instante, disse que eu era uma burra, incapaz de cuidar da minha própria vida. O que me diz de cuidar de uma cadeia de lojas? A diretoria também me acharia burra, porque aqueles homens, assim como você, não gostam de mim.

— Seu pai não poderia simplesmente deixar claro que quer que você o substitua?

— Poderia, mas não adiantaria muito. Uma pessoa só é eleita para a presidência com unanimidade de votos.

Matt não fez comentários, porque um garçom chegava com as bebidas e outro se aproximava com um telefone sem fio na mão.

— Para o senhor — o homem informou, entregando-lhe o aparelho. Sabendo que era Tom Anderson, Matt pediu licença a Meredith e atendeu a ligação.

— Qual foi o resultado da audiência com a comissão de zoneamento de Southville? — perguntou sem nenhum preâmbulo.

— Nada bom, Matt. Nosso requerimento foi indeferido.

— Por que, em nome de Deus, não aprovariam um rezoneamento que apenas beneficiaria a comunidade? — perguntou Matt, mais atônito do que zangado.

— Nosso contato informou que alguém com muita influência pediu à comissão para fazer isso.

— Sabe o nome?

— Um cara chamado Paulson é quem dirige a comissão. Ele disse a vários membros, inclusive ao nosso contato, que o senador Davies consideraria o indeferimento um favor pessoal.

— Que estranho — resmungou Matt, tentando lembrar-se se doara dinheiro para a campanha de Davies, ou de seu opositor.

— Você soube da festa de aniversário que deram pro senador? — perguntou Tom com uma risadinha sarcástica.

— Não.

— De acordo com um colunista social, foi dada por um tal de sr. Philip Bancroft. Existe alguma ligação entre ele e a Meredith de quem falamos na semana passada?

Matt foi atingido por uma fúria cega. Ergueu o olhar, e a palidez que viu no rosto de Meredith só podia ter sido causada por sua menção à comissão de zoneamento de Southville.

— Existe, sim — respondeu a Tom, controlando a raiva. — Você está no escritório?

— Estou.

— Então, fique aí — Matt ordenou. — Estarei de volta às três horas, e discutiremos o assunto.

Devolveu o telefone ao garçom, que se afastou depressa, então olhou para Meredith e viu-a passar o dedo numa dobra na toalha, com ar de culpa. Naquele momento, ele a odiou com uma violência quase incontrolável. O encontro não tinha sido para "enterrar o machado de guerra", como ela alegara. O que aquela mulher desprezível queria era casar com seu rico banqueiro e ser presidente da Bancroft's e, para isso, precisava de um divórcio "rápido e discreto". Mas não teria nada disso. O que ela e o pai teriam era uma guerra, que perderiam, juntamente com tudo o que possuíam.

Fez um gesto, pedindo a conta.

Meredith percebeu que ele estava pondo um ponto final na conversa, apesar de não terem chegado a nenhum acordo sobre o divórcio, e o medo que sentira ao ouvi-lo falar da comissão de zoneamento transformou-se em pânico.

Matt tirou da carteira uma nota de 100 dólares, que colocou sobre a conta apresentada num estojo de couro, sem nem mesmo verificar o total, e levantou-se.

— Vamos — disse em tom de comando.

Rodeou a mesa e pegou Meredith pelo braço, quase arrancando-a da cadeira.

— Mas ainda não combinamos nada! — protestou ela no caminho para a porta.

— A gente conversa mais no carro.

A chuva torrencial lavava o toldo vermelho quando saíram, e um porteiro os levou à limusine, protegendo-os com um enorme guarda-chuva.

Matt mandou o motorista ir para a Bancroft's, antes de voltar sua atenção para Meredith.

— O que você deseja fazer? — perguntou.

Seu tom de voz insinuava que ele estava disposto a colaborar, e ela foi invadida por uma onda de alívio. E de vergonha, pois sabia por que a comissão havia indeferido o pedido de rezoneamento de Matt, assim como sabia que ele não seria aceito no Glenmoor Country Club. Prometeu a si mesma que *forçaria* o pai a sanar o mal que lhe causara.

— Quero um divórcio rápido e secreto, de preferência em outro estado, ou até em outro país. E quero que o fato de termos sido casados permaneça em segredo.

— Suponha que eu não concorde com o divórcio — ele disse, assustando-a. — Como você vai retaliar? Continuará a me rebaixar diante de todos sempre que nos encontrarmos nesses aborrecidos eventos sociais? Ou seu pai sabotará minha admissão em todos os clubes de Chicago?

Perplexa, Meredith percebeu que ele sabia que fora Philip quem o impedira de ser sócio do Glenmoor.

— Sinto muito pelo clube Glenmoor...

— Quero que seu clubinho se dane! O amigo que me indicou fez isso de teimosia, porque eu disse a ele que eu não queria ser membro do clube.

A despeito dessas palavras, Meredith não acreditou em Matt, pois não seria humano se não ficasse minimamente humilhado por ter sido rejeitado como sócio. Desviou o olhar, envergonhada pelas ações do pai. Percebeu que não queria que Matt fosse seu inimigo. Conversar com ele tinha sido ótimo, como se o passado nunca houvesse existido. Os dois levavam vidas diferentes, construídas com o próprio esforço. Ela estava orgulhosa dos sucessos que alcançara, e ele podia orgulhar--se dos seus.

Matt estava com os braços apoiados no encosto do banco, e Meredith olhou para o relógio delicado que brilhava em seu pulso, e depois para suas mãos. Elas eram másculas, bonitas, bem-tratadas, não mais calejadas como no tempo em que se conheceram. Precisou conter o impulso de tomar uma delas entre as suas e dizer que sentia muito pelas coisas dolorosas que haviam feito um ao outro.

— Está tentando ver se ainda tenho graxa embaixo das unhas? — Matt perguntou, zombeteiro.

— Não — ela murmurou, fitando-o nos olhos. — Estava pensando que, se as coisas tivessem acabado de modo diferente, talvez pudéssemos ser amigos.

— Amigos? — ele repetiu com ironia. — A última vez que tentei ser seu amigo, perdi minha condição de solteiro e muito mais.

Perdeu muito mais do que pensa, ela refletiu amargamente. Perdeu a oportunidade de construir a fábrica em Southville, mas vou dar um jeito de remediar o mal que lhe fizeram.

— Matt... — chamou-o baixinho, desesperada para acabar com o antagonismo que ele demonstrava. — Vamos esquecer o passado e...

— Muita gentileza sua — ele escarneceu.

Meredith ficou tensa, tentada a dizer-lhe que ela fora a parte mais prejudicada, a esposa abandonada, mas controlou-se.

— Quero esquecer o passado — repetiu. — Se você concordar com um divórcio amigável, farei tudo o que puder para que a sua situação aqui em Chicago melhore.

— E como espera fazer isso, princesa?

— Não me chame de princesa! Não estou sendo condescendente, estou tentando ser justa.

— Desculpe a grosseria, Meredith. O que acha que pode fazer por mim?

— Para começar, posso fazer com que você não seja mais tratado como um pária da sociedade. Sei que meu pai bloqueou sua admissão no Glenmoor, mas farei com que ele mude isso.

— Esquece isso — Matt sugeriu calmamente, mas estava revoltado com tanta hipocrisia.

Gostara mais de Meredith quando ela o insultara no baile da ópera. Era repugnante vê-la bajulando-o, só porque precisava de sua ajuda para o divórcio, tão desesperadamente, que ficaria arrasada quando soubesse que não a teria.

— Quer um divórcio amigável e discreto, porque quer se casar com seu banqueiro e ser presidente da Bancroft's, certo?

— Certo.

— E a presidência é muito, muito importante para você?

— Quero ser presidente mais do que qualquer outra coisa na vida — ela declarou. — Você... vai me ajudar, não vai?

Nesse momento, a limusine parou na frente do prédio da Bancroft's.

— Não, não vou — ele respondeu com tanta polidez que por um instante a mente de Meredith ficou em branco.

— Não? — ela ecoou por fim, incrédula e chocada. — Mas o divórcio...

— Pode esquecer — ele retrucou, áspero.

— Como posso esquecer? Tudo depende disso!

— Que pena!

— Então, conseguirei um divórcio à sua revelia — ela afirmou, furiosa.

— Tente fazer isso, e farei uma sujeira da qual você nunca se recuperará. Em primeiro lugar, processarei seu banqueiro por alienação de afeto.

— Alienação de... — Atônita demais para ter cautela, Meredith deu uma gargalhada sarcástica. — Ficou louco? Se fizer isso, vai ficar com a imagem de marido traído, será considerado um idiota.

— E você será considerada uma adúltera — ele contrapôs.

— Vai pro inferno! — ela gritou, descontrolando-se. — Se envergonhar o Parker, juro que te matarei com as minhas próprias mãos! Você não presta nem pra amarrar os sapatos dele! Parker é dez vezes mais homem que você! Não se sente na obrigação de levar pra cama toda mulher que conhece! Tem princípios, é um cavalheiro, mas não posso esperar que você entenda, porque, por baixo dessas roupas caras, ainda é um operário sujo, de uma cidadezinha suja, filho de um bêbado sujo!

— E você continua a mesma cadela má e presumida!

Meredith levantou a mão para esbofeteá-lo, mas Matt segurou-lhe o pulso com força, fazendo-a gemer de dor.

— Se a comissão de zoneamento de Southville não revogar a decisão que tomou, não vai ter nem mais *discussão* sobre divórcio. Se a revogação acontecer, e eu concordar em me divorciar, estabelecerei os termos, e seu pai e você terão de aceitá-los. — Puxou-a até que seus rostos ficaram a poucos centímetros um do outro. — Você entendeu, Meredith? Você e seu pai não têm poder sobre mim. Tente me contrariar e você vai se arrepender profundamente.

Meredith puxou o braço, livrando-o.

— Você é um monstro! — gritou.

Pegou as luvas e a bolsa e olhou para o motorista, que abrira a porta de seu lado e estava assistindo à altercação com o interesse entusiasmado de um torcedor num jogo de tênis.

Ernest correu a seu encontro quando ela saiu do carro, parecendo pronto para defendê-la de qualquer perigo.

— Viu aquele homem dentro da limusine? — perguntou Meredith.

— Vi, srta. Bancroft.

— Ótimo. Se algum dia ele se aproximar da loja, chame a polícia!

# 28

⌒ MATT ABRIU A PORTA DA LIMUSINE E SAIU ASSIM QUE Joe O'Hara encostou no meio-fio, diante do prédio da antiga Haskell, agora Intercorp.

— Peça a Tom Anderson que suba — ele disse à srta. Stern, momentos depois, ao passar pela mesa dela. — E traga uma aspirina para mim.

Cerca de dois minutos mais tarde, ela entrou na sala dele com um copo de água e dois comprimidos.

— O sr. Anderson está subindo — avisou, observando-o tomar o analgésico. — Sua agenda está agitada hoje. Espero que não esteja pegando uma gripe. O sr. Hursh, dois vice-presidentes e uma porção de gente do departamento de digitação pegaram. Começa com dor de cabeça.

Como Eleanor nunca mostrara o menor interesse em seu bem-estar, Matt supôs que sua preocupação era que ele continuasse inteiro para dar conta do trabalho.

— Não estou ficando gripado — declarou. — Nunca fico doente.

Passou a mão na nuca, massageando os músculos doloridos. A dor de cabeça, apenas um incômodo pela manhã, estava tornando-se intensa.

— Se for gripe, pode durar duas semanas e até virar pneumonia. Foi isso o que aconteceu com a sra. Morris, da publicidade, e o sr. Lathrup, do RH. Os dois estão no hospital. Talvez o senhor devesse pensar em descansar, em vez de ir para Indiana na semana que vem.

— Não é gripe — Matt assegurou-lhe secamente. — É só uma dor de cabeça comum.

Ela se empertigou ao ouvir seu tom ríspido, girou nos calcanhares e dirigiu-se à porta, esbarrando com Tom Anderson, que havia acabado de entrar.

— Que bicho mordeu a srta. Stern? — o homem perguntou.

— Ela está com medo de precisar remanejar meus compromissos — Matt respondeu, impaciente. — Vamos falar da comissão de zoneamento.

— Ok. O que você quer que eu faça?

— Por enquanto, peça um adiamento da demarcação.

— E depois?

Em vez de responder, Matt pegou o telefone e ligou para Peter Vanderwild.

— Qual o valor das ações da Bancroft & Company? — perguntou. Ouviu a informação e ordenou: — Compre. Use a mesma técnica que usamos para adquirir a Haskell e seja discreto. — Desligou e olhou para

Tom. — Investigue todos os diretores da Bancroft's. Um deles pode estar querendo se vender. Descubra quem, e pergunte quanto ele quer.

— Você está falando de suborno! — exclamou o amigo, perplexo, pois nunca, nos anos todos em que trabalhava com Matt, vira-o recorrer a um recurso tão drástico.

— Estou falando em derrotar Philip Bancroft no próprio jogo. Ele está usando a influência dele para comprar votos dos membros da comissão de zoneamento; nós usaremos dinheiro para comprar votos de seus diretores. Quando eu acabar com aquele infeliz vingativo, ele vai receber ordens de mim nas próximas reuniões de diretoria.

— Tudo bem — Tom concordou depois de um momento de hesitação. — Mas teremos de fazer isso de modo muito discreto.

— Mais uma coisa — Matt começou, entrando na sala de reuniões adjacente ao escritório. Apertou um botão na parede, e o painel espelhado que escondia o bar deslizou para o lado. Verteu uísque num copo e tomou um gole generoso antes de continuar: — Quero saber tudo sobre o funcionamento da Bancroft's. Trabalhe nisso junto com o Vanderwild. Vocês têm dois dias para me apresentar um relatório sobre as finanças e os executivos-chefes da empresa. O mais importante é descobrir algum ponto fraco.

— Imagino que está pretendendo fundi-la a nós.

Matt tomou outro gole.

— Verei isso depois. O que quero agora é uma quantidade suficiente de ações para assumir o controle.

— E quanto a Southville? Investimos uma fortuna naquele terreno.

Matt torceu os lábios num sorriso onde não havia alegria.

— Telefonei do carro para Pearson e Levinson e expus a situação — informou, referindo-se a seus advogados em Chicago. — Vamos conseguir o rezoneamento, e a Bancroft's vai nos dar um belo lucro.

— Como?

— Eles querem desesperadamente aquele terreno de Houston.

— E daí?

— Agora o terreno é nosso.

— Entendi. — Tom deu dois passos na direção da porta, parou e virou-se para trás. — Como vou estar na linha de frente com você nessa batalha com os Bancroft, gostaria de pelo menos saber como o conflito começou.

Se qualquer outro de seus executivos-chefes fizesse esse pedido, Matt o poria em seu lugar rispidamente. Confiança era um luxo que os homens com situação financeira igual à sua não podiam ter. Ele, como tantos outros que haviam chegado ao topo, aprendera que era arriscado, até mesmo perigoso, confiar demais em alguém. Era fato bem comum "amigos confiáveis" usarem informações para obter favores em outros lugares, e às vezes faziam isso simplesmente para provar que mereciam a confiança de homens famosos por seu sucesso. Entre todas as pessoas que conhecia, Matt confiava apenas em quatro: o pai, a irmã, Tom Anderson e Joe O'Hara. Tom estava com ele desde o começo, quando a audácia era grande, mas o capital, pequeno. Tom e Joe haviam provado sua lealdade e tinham a seu favor algo que levara Matt, instintivamente, a achá-los dignos de sua confiança: nenhum dos dois saíra das classes privilegiadas, nem frequentara elegantes escolas particulares.

— Onze anos atrás, fiz uma coisa de que Philip Bancroft não gostou — Matt explicou, após alguma relutância.

— Nossa! Deve ter sido algo muito ruim, para o velho guardar rancor por tanto tempo. O que você fez?

— Invadi o mundinho de elite dele.

— Como?

Matt tomou mais um pouco do uísque, como se quisesse lavar a amargura das lembranças.

— Casei-me com a filha dele.

— Você casou com a filha dele? Com Meredith Bancroft?

— Ela mesma — Matt confirmou. Tom ficou olhando-o, estupefato, enquanto ele prosseguia: — Ah, você também deve querer saber de mais uma coisa. Hoje ela me contou que o nosso divórcio, feito há 11 anos, não é válido. O advogado era falso e não apresentou o processo a um juiz. Pedi para Levinson verificar essa história, mas algo me diz que ela não está mentindo.

Tom ficou em silêncio por alguns instantes, sua mente ágil obviamente analisando a situação.

— E agora ela quer uma fortuna para acertar as coisas, certo? — conjeturou.

— Quer o divórcio — Matt corrigiu-o. — Meredith e o pai me arruinariam, se pudessem, mas ela alega que não quer nada de mim.

Tom deu uma risada sarcástica.

— Quando acabarmos com eles, vão lamentar ter começado essa guerra — comentou, indo em direção à porta.

Já sozinho, Matt foi até uma das janelas e olhou para fora, observando o céu nublado e melancólico como sua alma. Era possível que Tom estivesse certo sobre o desfecho da história, mas a sensação de vitória que Matt sentiu, ao pensar a mesma coisa, já tinha passado. Ele se sentia vazio. Olhando para a chuva, recordou o modo como Meredith insultara-o na limusine: "Você não presta nem pra amarrar os sapatos dele! Ele é dez vezes mais homem do que você! Não se sente na obrigação de levar pra cama toda mulher que conhece! Tem princípios, é um cavalheiro, mas não posso esperar que você entenda, porque por baixo dessas roupas caras, ainda é um operário sujo, saído de uma cidadezinha suja, filho de um bêbado sujo!"

Tentou tirar essas palavras da mente, mas elas insistiram em ficar, mostrando-lhe como tinha sido burro, feito papel de idiota por causa de Meredith. Mesmo acreditando que estavam divorciados, por anos ele não conseguiu tirá-la do coração. Trabalhou fervorosamente para construir seu império, impulsionado pela ideia insensata de que um dia poderia impressioná-la com seu sucesso.

Torceu os lábios num sorriso irônico, zombando de si mesmo. Ele teve essa chance, no almoço, de provar sua prosperidade. O terno que estava usando custava mais do que a velha caminhonete que tinha no tempo em que a conhecera. Ele a levara a um restaurante caríssimo, numa limusine dirigida por motorista particular e, ainda assim, fora chamado de "operário sujo". Tinha orgulho de sua origem, mas as palavras de Meredith haviam feito com que se sentisse um monstro pegajoso vindo do fundo lamacento de um pântano que tinha trocado as escamas por pele.

Eram quase 19 horas quando Matt deixou o prédio. Joe abriu-lhe a porta da limusine, e ele entrou, ainda com a cabeça doendo, sentindo--se extremamente cansado. Reclinou-se no encosto, tentando ignorar o perfume de Meredith, ainda impregnado no estofamento. Lembrou--se do jeito que ela sorrira para ele, durante o almoço, falando de seu trabalho na loja. Como podia ser tão hipócrita? Tentara agradá-lo para conseguir um divórcio "amigável e discreto", embora estivesse ajudando o pai, que tramava arruiná-lo. Ela teria o divórcio, mas não ainda.

O carro virou bruscamente para a direita, provocando um violento protesto de buzinas. Matt ergueu a cabeça e viu Joe observando-o pelo espelho retrovisor.

— Já pensou em olhar para os lados e para a frente quando dirige? — perguntou. — A viagem seria menos como uma aventura, e mais tranquila.

— Eu tenho hipnose de estrada se ficar olhando por muito tempo os carros em movimento — Joe defendeu-se, bem-humorado, então abordou o assunto que o devia estar perturbando desde que assistira à discussão entre Matt e Meredith: — Aquela era sua mulher, não era? Vocês estavam falando em divórcio, então, acho que vocês são casados.

— Somos.

— Ela é bem nervosinha, né? — O motorista riu, ignorando o olhar irritado de Matt. — E não gosta muito de você, né?

— É.

— O que ela tem contra operários?

— Sujeira. Ela odeia sujeira.

— Vai precisar de mim quando for pra fazenda, na semana que vem? — Joe perguntou quando ficou óbvio que Matt não lhe daria mais nenhuma informação sobre Meredith. — Senão seu pai e eu vamos entrar numa orgia de jogo de damas.

— Não vou precisar de você. Fique com ele.

Fazia mais de dez anos que Patrick deixara de beber, mas vender a casa e o resto das terras abalara-o emocionalmente, apesar de essa decisão ter sido sua. Se ficasse sozinho, poderia querer "afogar as mágoas" no álcool, principalmente sabendo que Matt fora à fazenda para buscar seus pertences e tudo o que representasse uma recordação da família, algo que ele não tivera coragem de fazer.

— Você vai sair hoje à noite? — Joe quis saber.

— Vou, mas com o Rolls Royce. Eu posso dirigir. Pode tirar a noite de folga — respondeu Matt, pensando no encontro que teria com Alicia.

— Se precisar de mim...

— Caramba, homem! Eu disse que vou sozinho!

— Matt?

— O quê?

— Sua mulher é um espetáculo — observou Joe com uma risadinha. — Pena que você fica rabugento com ela.

Matt estendeu a mão e fechou o vidro entre o passageiro e o motorista.

Com o braço de Parker carinhosamente em seus ombros, Meredith olhava para o fogo crepitando em sua lareira, diante da qual estavam sentados, pensando no infeliz encontro com Matt. Ele havia sido gentil no começo, gracejando por causa de sua indecisão na escolha do drinque, ouvindo-a falar de seu trabalho.

O telefonema a respeito da comissão de zoneamento de Southville acabou estragando tudo. Mas havia algumas coisas que ela não entendia e que a deixavam nervosa. Mesmo antes do telefonema, ela havia percebido que Matt ainda guardava certo rancor pelos acontecimentos do passado. Apesar de tudo o que fizera, 11 anos atrás, ele agiu como se ela o tivesse rejeitado e magoado profundamente, e não o contrário. Chamou-a de "cadela má e presumida"!

Irritada, Meredith afastou esses pensamentos, notando que estava procurando justificativas para as ações de Matt, tentando desculpá-lo. Na primeira noite em que o viu, no Glenmoor, ficou tão deslumbrada por sua força e seu magnetismo que o transformou num príncipe com cavalo branco. Guardando as devidas proporções, voltou a fazer a mesma coisa durante o encontro daquele dia, só porque seus sentidos haviam reagido de modo quase igual ao de 11 anos atrás.

Uma tora em brasa caiu da grelha, resultando numa chuva de centelhas douradas, e Parker olhou para o relógio.

— Sete horas. Acho bom eu ir embora.

Suspirando, Meredith levantou-se e acompanhou-o até a porta, grata por sua compreensão. O pai ficara hospitalizado a tarde toda, fazendo alguns exames, mas insistira em ir ao apartamento dela à noite, para saber com detalhes a conversa que ela tivera com Matt. O que iria ouvir certamente o deixaria furioso, e, apesar de estar acostumada a suas explosões, Meredith ficaria envergonhada se ele perdesse a razão na frente de Parker.

— Preciso que ele reverta a situação sobre a decisão da comissão de zoneamento, caso contrário, Matt não vai concordar com um divórcio amigável — comentou.

— Você vai conseguir — o noivo animou-a, abraçando-a. — Seu pai não tem muita escolha e ele vai ver isso.

Ela ia fechar a porta quando ouviu Parker cumprimentar Philip, no corredor. Respirou fundo, preparando-se para o confronto.

— O que ficou decidido com Farrell? — o pai perguntou, entrando no apartamento.

— Qual foi o resultado dos exames? O que o médico disse sobre o seu coração?

— Disse que ainda continua dentro do peito — Philip respondeu com sarcasmo, tirando o sobretudo e jogando-o numa cadeira.

Odiava médicos em geral e o seu em particular, porque o dr. Shaeffer não se deixava enganar, intimidar ou subornar, negando-se a declarar que seu coração era forte e a dar-lhe um atestado de boa saúde.

— Fala sério, pai.

— Não importa o que Shaeffer disse. Quero saber qual foi a reação de Farrell — exigiu Philip, indo até o bar.

Serviu-se de um copo de xerez e tirou um charuto do bolso.

— Está tentando se matar? — perguntou Meredith, atônita. — Você não pode beber nem fumar!

— Você está causando mais danos ao meu coração, não respondendo às minhas perguntas, do que umas gotas de xerez e algumas baforadas. Eu sou seu pai, não seu filho.

Meredith observou-o, exasperada com sua teimosia. Achou-o com melhor aparência, sinal de que os resultados dos exames haviam sido bons. E ele não se arriscaria a beber e fumar, caso fosse o contrário.

— Tudo bem, vou contar tudo — rendeu-se.

Era ótimo que ele estivesse mais forte, porque, de repente, ela se sentiu incapaz de amenizar o que tinha para dizer. O pai queria um relato fiel do que acontecera, e foi o que ela fez. De modo estranho, quando acabou, viu que Philip parecia quase aliviado.

— Isso foi tudo, Meredith? Farrell não disse nada meio... — Ele olhou para o charuto, como se estivesse tentando encontrar a palavra certa. — Meio esquisito?

— Nada além do que eu acabei de falar. Agora eu gostaria que me desse algumas respostas, pai. Por que impediu Matt de ser sócio do Glenmoor? Por que fez a comissão rejeitar o pedido de rezoneamento dele? Por que depois de tanto tempo ainda quer se vingar?

— Não quero Matthew no clube, para que você não seja obrigada a vê-lo quando vai lá. Pedi para a comissão negar o rezoneamento porque quero mais é que Farrell suma de Chicago. Mas nada disso importa. Fiz, e está feito.

— Pois você vai ter que desfazer.

Philip ignorou o comentário.

— Não quero que você volte a falar com ele, Meredith. Permiti isso, hoje, porque Parker me convenceu de que não havia outro jeito. Achei que seu noivo fosse te acompanhar, mas estou começando a acreditar que ele é um fraco. E não gosto de homens fracos.

Meredith conteve uma risada.

— Em primeiro lugar, Parker não é fraco. Ele sabia que a presença dele só ia complicar uma situação já bastante delicada. E depois, se um dia o senhor encontrasse um homem com a sua força, o odiaria.

Ele erguera o sobretudo da cadeira, mas tornou a soltá-lo e olhou para ela por cima do ombro.

— Por que está dizendo isso? — indagou, carrancudo.

— Porque o único homem que conheci, que pode ser comparado ao senhor, em coragem, energia e força de vontade, é Matthew Farrell. Em certos pontos, vocês dois são muito parecidos. Têm a mesma perspicácia, sentem-se invulneráveis e não medem esforços para conseguir o que querem. No início, o senhor o odiou porque o considerava um joão-ninguém e porque ele se atreveu a dormir comigo. Mas o odiou ainda mais por não ser capaz de intimidá-lo. Agora, descobriu que ele é o único que já encontrou tão indomável quanto o senhor, e por isso o menospreza.

— Você não gosta de mim, né? — Philip perguntou, parecendo indiferente ao que ela dissera.

Meredith ficou pensativa. Ele tinha lhe dado a vida, depois, tentado controlar todos os seus passos, dia após dia, incansavelmente. Ninguém poderia acusá-lo de não se importar com ela, pois se portara como um gavião, protegendo-a de tudo, desde a infância. Havia sido opressor e um desmancha-prazeres, mas fizera tudo por amor, um amor sufocante, mas sincero.

— Eu amo o senhor. Mas não gosto de muitas coisas que faz. Você e Matt são iguais, machucam as pessoas e não se arrependem.

— Eu faço o que acho que deve ser feito — ele replicou, pegando o sobretudo e vestindo-o.

— O que deve ser feito agora é remediar o mal que causou a Matt, tanto no caso do Glenmoor como no da comissão de zoneamento de Southville — ela lembrou-o, levantando-se do sofá para levá-lo à porta. — Assim que fizer isso, eu ligo pra ele e peço que concorde com o divórcio.

— E acha que Farrell vai concordar? — Philip zombou.

— Acho. Ele só está pensando em vingança agora, mas não é louco e não vai querer ficar casado, complicando o resto de sua vida só para se vingar de nós dois. Promete que amanhã de manhã você vai ligar para a comissão pedindo que atendam ao pedido de Matt?

— Vou pensar no assunto.

— Isso não basta.

— É o máximo que estou disposto a fazer.

Meredith decidiu que o pai estava blefando, e beijou-o no rosto, aliviada. Quando ele foi embora, ela voltou a sentar-se no sofá. Olhando para as brasas mortiças na lareira, lembrou que Parker dissera que a diretoria da Bancroft's se reuniria na manhã seguinte para eleger o presidente interino. Devia estar empolgada ou ansiosa, mas a única coisa que sentia era cansaço.

Viu o controle remoto da televisão sobre a mesinha e pegou-o, lembrando-se subitamente da entrevista de Barbara Walters com Matt, quando haviam falado do sucesso dele e das mulheres famosas em sua vida. Não, ela nunca poderia ser feliz com um homem como Matthew Farrell. O marido certo para ela era Parker, porque os dois se entendiam, vinham da mesma classe social, em que as pessoas faziam doações generosas a hospitais e encontravam tempo para se dedicar a causas beneficentes e cívicas. Pessoas que não falavam da própria riqueza na televisão, muito menos de seus casos amorosos.

Por mais dinheiro que Matt tivesse, por mais mulheres lindas que conquistasse, nunca deixaria de ser o que sempre fora, um homem rancoroso, implacável, ganancioso, arrogante, inescrupuloso... Meredith apertou uma tecla do controle remoto e ficou olhando para a tela, sem nada ver, pois lhe ocorreu que Matt, no encontro daquele dia, dera a impressão de pensar o mesmo a seu respeito. Talvez tivesse o direito, pois ela o insultara, chamando-o de operário sujo, xingara o pai dele, agira de uma forma que a fazia sentir-se envergonhada. Descontrolara-se e dissera uma porção de asneiras. Na verdade, ela admirava pessoas com ânimo e físico fortes o bastante para realizarem trabalhos pesados. Requeria muita coragem continuar num emprego que não oferecia nenhum desafio mental, apenas um salário. Atacara as origens de Matt porque esse era seu único ponto fraco.

O telefone tocou, interrompendo seus pensamentos, e ela foi atender.

— Meredith, como foi o encontro com Farrell? — perguntou Lisa, mostrando-se preocupada. — Você disse que me ligaria pra contar.

— Eu sei, e liguei, mas você não estava no departamento.

— Saí por alguns minutos. Então, o que aconteceu?

— Não foi nada bom — respondeu Meredith, sem vontade de repetir tudo pela terceira vez. — Prefiro contar os detalhes amanhã.

— Claro, entendo. Podemos jantar juntas, e você me conta tudo. Está bem, assim?

— Está, mas é minha vez de cozinhar.

— Não! — Lisa gritou, rindo. — Fiquei com indigestão na última vez que você preparou o jantar. Quer que eu pegue comida chinesa no caminho?

— Ótimo, mas faço questão de pagar.

— É justo. Levo mais alguma coisa?

— Se pretende ouvir o que aconteceu no meu encontro com Matt, acho melhor trazer uma caixa de lenços de papel — Meredith forçou-se a brincar.

— Tão ruim assim, hein?

— Foi.

— Nesse caso, vou levar uma arma. Depois do jantar, a gente caça o Matt.

— Olha que eu vou, hein! — Meredith exclamou, obrigada a sorrir.

# 29

⌒ Na tarde seguinte, por volta de 13:30, Meredith deixou o departamento de publicidade e foi para sua sala. Desde a manhã, aonde quer que fosse, olhares especuladores a acompanhavam. E ela sabia o motivo.

Apertou o botão do elevador mais forte que o necessário, pensando no que Sally Mansfield escrevera em sua coluna na *Tribune* daquele dia:

"Os amigos de Meredith Bancroft, que há duas semanas ficaram atônitos ao vê-la esnobar Matthew Farrell, o solteiro mais cobiçado de Chicago, no baile da ópera, não imaginavam que outra surpresa os aguardava. Ontem, viram o casal almoçando numa das mesas mais reservadas do Landry's! Nosso Matthew é, com certeza, um homem muito ocupado, pois, à noite, acompanhou a linda Alicia Avery à estreia de *A Megera Domada*, no Little Heather."

No escritório, Meredith abriu uma das gavetas da escrivaninha com um puxão irritado, perplexa com a mesquinha vingança da colunista, amiga íntima da ex-mulher de Parker. Escrevera sobre seu almoço com Matt simplesmente para fazer com que ele ficasse com a imagem manchada, prestes a ser trocado pela noiva.

— Meredith — Phyllis chamou-a com voz tensa. — A secretária do seu pai acabou de telefonar e disse que ele quer vê-la imediatamente.

Era muito raro Philip chamá-la a seu escritório, porque marcava hora para falar com os diretores a respeito de suas atividades, e Meredith não era exceção.

As duas mulheres olharam-se em silêncio por alguns segundos, certamente pensando a mesma coisa: a convocação inesperada devia ter algo a ver com a nomeação do presidente interino.

Meredith viu que estava certa quando chegou à sala de recepção do escritório do pai e viu todos os outros vice-presidentes ali reunidos, inclusive Allen Stanley, que saíra de férias na semana anterior.

— O sr. Bancroft disse que era para a senhorita entrar assim que chegasse — disse a secretária.

Com o coração disparado, Meredith foi até a porta da sala do pai. Como seria a primeira a saber da decisão da diretoria, era lógico que a escolhida fora ela, que finalmente ocuparia o lugar que era seu por direito. Para ser mais correta, teria a oportunidade de provar sua eficiência nos seis meses seguintes.

Achando-se uma boba por estar à beira das lágrimas, bateu à porta, abriu-a e entrou. A cadeira atrás daquela escrivaninha nunca fora ocupada por alguém que não fosse um Bancroft, e o pai não poderia ignorar uma tradição tão forte.

Philip olhava para fora por uma das janelas.

— Bom dia — ela cumprimentou-o em tom alegre.

— Bom dia, Meredith — ele respondeu, virando-se com uma expressão extraordinariamente amigável.

Ela se aproximou da mesa quando ele se sentou. Apesar de haver um conjunto de sofás na sala, ele jamais os ocupava, ou convidava alguém a fazê-lo. Preferia acomodar-se na cadeira giratória de espaldar reto, mantendo-se distante da pessoa com quem falava. Meredith não sabia se fazia isso inconscientemente, ou de modo deliberado, para intimidar quem estivesse conversando com ele. De qualquer forma, isso era enervante.

Ela notou que ele havia se sentado antes de vê-la acomodada, o que era falta de educação. Embora Philip se levantasse quando qualquer mulher entrava em sua sala, nunca tinha essa gentileza com Meredith. Permanecia sentado, mesmo que outros homens que estivessem ali fizessem o gesto ao vê-la entrar. Meredith sabia que era uma forma de criticá-la por insistir em fazer parte do corpo de diretores executivos, sendo mulher. Em qualquer outro lugar, ele a tratava com toda a cortesia exigida pelas boas maneiras e, por tudo isso, ela passara a vê-lo como duas pessoas diferentes, embora às vezes ficasse desconcertada. Se ia visitá-lo, à noite, ou se saíam juntos, sempre se despedia dele com um beijo carinhoso, mas na manhã seguinte, quando o encontrava na Bancroft's, recebia como cumprimento apenas um breve aceno de cabeça.

— Gostei da roupa que está usando — ele declarou, olhando para o vestido de lãzinha bege.

— Obrigada.

— Detesto vê-la com aqueles conjuntos que parecem ternos que você usa às vezes. Mulheres devem usar vestidos.

Meredith, que continuava de pé, sentou-se numa das cadeiras diante da mesa.

Philip inclinou-se para a frente, cruzando os braços no tampo da mesa de mogno.

— Chamei todos os executivos-chefes porque tenho algo a anunciar — disse. — Mas queria falar com você antes. A diretoria escolheu o presidente interino. — Fez uma pausa, deixando Meredith ainda mais ansiosa, antes de prosseguir: — Escolheram Allen Stanley.

— O quê?! — exclamou, sentindo-se abalada, irada e incrédula, tudo ao mesmo tempo.

— Eu disse que escolheram Allen Stanley. E não vou mentir para você. Fizeram isso sob minha recomendação.

— Allen tem estado à beira de um colapso nervoso desde que a esposa morreu! — argumentou Meredith em tom furioso, levantando-se. — Além disso, não tem conhecimento nem experiência suficientes para atuar...

— Ele é responsável pelas finanças da Bancroft's há vinte anos — interrompeu-a o pai bruscamente.

Meredith, porém, não se intimidou. Estava fora de si de raiva, não só por ter perdido a oportunidade pela qual tanto esperara, como também por saber que Allen Stanley não era uma boa escolha.

— Allen é só um contador! Escolher ele é um erro, e o senhor sabe disso! Qualquer outro teria sido melhor! Ah... — Ela parou de falar por um momento, atingida por um súbito pensamento. — Já sei por que o indicou! Porque ele não será capaz de dirigir a Bancroft's tão bem ou melhor que o senhor! Está pondo nossa empresa em risco para que o seu ego...

— Não vou tolerar que fale assim comigo!

— Não tente exercer sua autoridade paterna! — Meredith avisou-o, furiosa. — O senhor me disse mais de mil vezes que aqui dentro nosso parentesco não existe. Não sou mais criança e não estou falando como sua filha. Sou vice-presidente e uma das maiores acionistas!

— Se qualquer outro vice-presidente se atrevesse a falar assim comigo, eu o despediria na hora.

— Então me despeça! — ela retrucou. — Não, não vou te dar esse prazer. Me demito. Dentro de 15 minutos, você vai receber minha carta de demissão.

Antes que Meredith conseguisse sair dali, o pai se jogou na cadeira.

— Sente-se! — Philip ordenou. — Já que você prefere protestar num momento tão inoportuno, vamos pôr as cartas na mesa.

— Seria ótimo, pra variar! — Meredith replicou, sentando-se.

— Na verdade, você não está irritada porque eu escolhi o Allen, e sim porque eu não escolhi *você* — ele a acusou com sarcasmo contundente.

— Pelas duas coisas — ela esclareceu.

— Que seja, mas tive boas razões para não indicar você, Meredith. Em primeiro lugar, não tem idade suficiente, nem experiência para tomar as rédeas da empresa.

— É mesmo? E como chegou a essa conclusão? O senhor só tinha um ano a mais do que tenho agora quando o vovô fez de você presidente.

— É diferente.

— Claro que é — ela concordou, irônica. — Seu currículo na loja era muito pior do que o meu. A única coisa que fazia era chegar na hora, todos os dias. — Viu o pai levar a mão ao peito, como se estivesse sentindo dor, e isso a deixou ainda mais exasperada. — Não comece a fingir que vai ter um ataque, porque eu vou falar tudo o que já deveria ter falado, muitos anos atrás. O senhor é um discriminador! Não me dá uma chance só porque sou mulher!

— Você não está tão errada assim — ele resmungou, obviamente reprimindo a raiva. — Lá fora, há cinco *homens* que dedicaram décadas de sua vida à loja. Não alguns anos, mas *décadas*!

— Quantos investiram aqui quatro milhões de dólares do próprio dinheiro? E o senhor está mentindo. Dois deles começaram a trabalhar no mesmo ano que eu e, devo acrescentar, com salários mais altos.

Philip cruzou as mãos na mesa.

— Essa discussão é inútil.

— Eu sei que é — Meredith respondeu com amargura, erguendo-se. — Meu pedido de demissão ainda está de pé.

— E onde pensa que vai trabalhar se sair da Bancroft's?

— Em qualquer grande empresa varejista do país — respondeu ela, furiosa demais para imaginar a angústia que sentiria por tal ato de traição à loja, que era sua vida. — A Marshall Field's me contrataria em dois minutos, a May Company ou a Neimans também...

— Você está blefando — Philip declarou.

— Paga pra ver. — Apesar de aparentar firmeza, ela já se sentia mal com a ideia de ir trabalhar para qualquer concorrente da Bancroft's, e exausta pela convulsão de emoções. — Se eu te perguntar uma coisa, você poderia ser completamente honesto comigo, pelo menos uma vez? — Philip permaneceu em silêncio. — Nunca pretendeu passar a presidência para mim, não é? Nem agora, nem no futuro, independentemente do tempo que eu trabalhe aqui. Estou errada?

— Não.

No fundo, ela sempre soubera disso, mas ouvir a confirmação deixou-a arrasada.

— Porque sou mulher.

— Um dos motivos. Aqueles homens lá fora não trabalhariam sob as ordens de uma mulher.

— Isso é bobagem! Além de uma burrice, é contra a lei. Mas o senhor sabe que a verdade não é essa. Muitos homens trabalham nos departamentos sob minha direção, e trabalhamos bem, juntos. É seu preconceito e egoísmo que o levam a achar que não posso administrar a nossa empresa.

— Pode ser que sim. Talvez seja por isso que me recuso a ajudá-la a incentivar essa sua teimosia de querer construir a vida ao redor da Bancroft's. Se quer saber, farei tudo o que puder para evitar que faça carreira, aqui ou em qualquer outro lugar. Esses são meus motivos para que você não seja presidente, Meredith. E, quer você os aprove, ou não, eu aprovo. Sei o que eu quero. Quanto a você, nem sabe por que está tão determinada a ser presidente.

— Não sei? Quem sabe, então? O senhor?

— Exatamente.

— Por que acha que quero a presidência?

— Onze anos atrás, você se casou com um miserável que estava atrás de seu dinheiro e deixou-a grávida. Perdeu o bebê e descobriu que nunca mais poderia ter filhos. De repente, começou a sentir uma verdadeira paixão pela Bancroft & Company. Você voltou seus instintos maternais para a loja.

Meredith encarou-o com um nó de emoção na garganta.

— Amo a Bancroft's desde que era pequena. Amei antes de conhecer Matt e depois que ele saiu da minha vida. Posso dizer-lhe quando foi que decidi trabalhar aqui e ser presidente um dia. Eu tinha 6 anos, e o senhor me trouxe, deixando-me à espera, enquanto se reunia com a diretoria. — Respirou fundo, tentando controlar o tremor da voz. — Disse que eu podia me sentar na sua cadeira. Eu me sentei, rabisquei um papel com sua caneta-tinteiro, chamei a secretária pelo interfone, ela entrou e deixou que eu ditasse uma carta para o senhor. A carta dizia... — Foi obrigada a fazer uma pausa para conter as lágrimas, decidida a não permitir que o pai a visse chorar. Viu-o empalidecer, e entendeu que ele se lembrava daquela carta tão bem quanto ela. — "Querido papai, vou estudar bastante para que fique tão orgulhoso de mim que um dia me deixe trabalhar aqui, que nem o senhor e o vovô. Aí, vou poder sentar de novo na sua cadeira, né?" — recitou. Calou-se por um instante, suspirando. — O senhor leu a carta e disse:

"Naturalmente que vai, Meredith." Cumpri minha palavra, mas sua promessa caiu no vazio. Todas as outras meninas brincavam de casinha, enquanto eu brincava de dona de uma loja de departamentos! — Erguendo o queixo orgulhosamente, fez uma breve pausa, olhando para Philip com desdém. — Eu achava que o senhor me amava, apesar de desejar que eu fosse menino. Nunca percebi que pouco se importava com o que eu queria, só por eu ser menina. Ensinou-me, minha vida toda, que eu devia desprezar minha mãe porque ela tinha deixado a gente, mas agora me pergunto se o senhor não a *afastou*, exatamente como tem me afastado. Meu pedido de demissão estará em sua mesa amanhã. — Viu o ar de zombaria no rosto de Philip, causado pelo fato de antes ela ter dito que enviaria o pedido em 15 minutos e depois adiado para o dia seguinte. — Tenho alguns compromissos marcados e não terei tempo de redigir a carta — explicou em tom gélido, virando-se para a porta lateral que levava à sala de conferências, que pretendia atravessar para chegar ao corredor.

— Se não estiver presente quando eu anunciar o nome do presidente interino, os homens vão pensar que saiu daqui chorando porque não foi a escolhida — avisou o pai.

Meredith parou e voltou-se para lançar-lhe um olhar carregado de desprezo.

— Não se faça de bobo, pai. Embora me trate como uma pedra em seu caminho, na frente de todo mundo, ninguém sabe o quanto o senhor é perverso. Todos vão achar que já me contou há dias quem indicaria para presidente interino.

— Vão pensar diferente quando você entregar seu pedido de demissão — ele observou.

— Estarão ocupados demais, ajudando o coitado do Allen a dirigir a empresa, para prestar atenção nessas coisas — replicou Meredith, voltando a andar.

— Eu mesmo vou controlar Allen Stanley.

Ela parou com a mão na maçaneta e olhou por cima do ombro. Apesar de sentir-se vazia por dentro, conseguiu rir.

— Eu sei disso. Você acha mesmo que eu achei que fosse fazer o que quisesse com a empresa, sem sua interferência, mesmo o senhor estando de licença? Ou só ficou com medo de eu tentar?

Sem esperar resposta, abriu a porta e saiu para a sala de reuniões, deixando o pai para trás. A decepção de Meredith por ter perdido a chance de ocupar temporariamente a presidência foi eclipsada pela dor que ela sentiu ao descobrir que significava muito pouco para o pai. Durante anos, dissera a si mesma que ele a amava, ele só não sabia demonstrar. Estava enganada por todo esse tempo.

Enquanto esperava o elevador, sentia-se como se seu mundo houvesse virado pelo avesso e de cabeça para baixo. A porta abriu-se e ela entrou. Olhou para os números iluminados no painel, sem saber qual apertar, porque não sabia para onde queria ir. Ou mesmo quem era. A vida toda tinha sido a filha de Philip Bancroft. Esse era seu passado. Seu futuro sempre estivera ali na loja. De repente, descobriu que o passado não passava de uma mentira, e o futuro... era um vazio.

Vozes masculinas no corredor tiraram-na do torpor, e ela apertou o botão do mezanino, rezando para que a porta do elevador fechasse antes que os homens a vissem naquele estado.

O mezanino era, na verdade, uma galeria sobre o andar térreo da loja, e o lugar preferido de Meredith. Segurando-se na grade de metal dourado, olhou para baixo, onde os corredores entre os balcões estavam lotados de pessoas fazendo suas compras de Natal. Sentiu-se isolada, totalmente sozinha, mesmo olhando a multidão. Percebeu que *White Christmas* estava tocando, viu mulheres examinando camisolas e pijaminhas nos balcões de lingerie, que a sra. Hollings, gerente daquele setor, acenava para ela. Meredith fingiu não ver, porque não conseguiria retribuir nem mesmo com um breve sorriso.

Virou-se e reparou que no departamento de roupas masculinas informais o movimento era grande, e que os roupões de banho estavam atraindo muito interesse. Ouvia a música, as vozes, o ruído das caixas registradoras computadorizadas, mas não sentia nada. O sistema de comunicação da loja estava emitindo um sinal. Duas badaladas suaves, pausa, outra badalada. Era seu código, mas ela não se importou.

— Você trabalha aqui? — uma cliente perguntou-lhe de longe, parecendo impaciente.

Obrigando-se a reagir, Meredith andou até ela. A mulher jogou-lhe um robe de seda nos braços.

— Como você não está usando um casacão, achei que trabalhasse aqui — explicou.

— Trabalho — respondeu Meredith.

— Pode me dizer onde estão os robes em liquidação? Li num anúncio que custariam oitenta e nove dólares, mas na etiqueta desse aí o preço é de quatrocentos e vinte e cinco dólares!

— Você vai encontrar os de oitenta e nove no quinto andar — Meredith a instruiu.

O sinal com seu código tornou a soar, e ela continuou parada, sem saber se estava despedindo-se da loja, de seus sonhos, ou simplesmente atormentando-se.

Quando tornou a ouvir o chamado, foi até um dos balcões da seção de roupões e ligou para o número da central telefônica da loja.

— Meredith Bancroft — identificou-se. — Fui chamada?

— Sim, senhorita. Sua secretária pediu que ligue com urgência.

Quando desligou, Meredith olhou para o relógio de pulso. Tinha duas reuniões marcadas para aquela tarde, mas não sabia se poderia conduzi-las como se tudo estivesse normal. Mesmo que pudesse, de que adiantaria o sacrifício? Com relutância, ligou para o ramal de Phyllis.

— Sou eu. Você quer falar comigo?

— Desculpe incomodar — disse a secretária em tom triste, porque a reunião dos executivos certamente acabara e a moça já devia saber que Meredith não fora a escolhida para substituir Philip. — O sr. Reynolds ligou duas vezes, na última meia hora, e parece muito preocupado.

Meredith imaginou que Parker também já estava sabendo.

— Se ligar de novo, diga, por favor, que eu ligo para ele mais tarde.

Ela não iria aguentar a compaixão dele nesse momento, sem desabar. E ela não queria ouvir o que ele certamente diria: que havia males que vinham para o bem.

— Pode deixar — Phyllis concordou. — Você tem uma reunião com o diretor de publicidade daqui a meia hora. Quer que eu cancele?

Meredith hesitou, observando melancolicamente a atividade à sua volta. Não podia deixar a empresa naquele momento. Além da compra do terreno de Houston, muitos projetos ainda exigiam sua atenção. Se ela trabalhasse ainda mais, nas duas semanas seguintes, poderia concluir a maioria das tarefas e deixar o resto aos cuidados de seu sucessor. Sair sem deixar tudo o mais bem arrumado possível não seria bom para a loja. Sua loja. Prejudicar a Bancroft's seria como prejudicar a si mesma. Independente do que acontecesse, o que fizesse, aquele lugar sempre seria parte dela.

— Não, não precisa — respondeu. — Vou subir daqui a pouco.

— Meredith, se servir de consolo, saiba que a maioria de nós acha que você é quem deveria assumir a presidência.

— Obrigada, Phyllis.

Não, as palavras da secretária, apesar de carinhosas, não tinham servido de consolo.

# *30*

O TELEFONE NA SALA DE ESTAR COMEÇOU A TOCAR, E Parker olhou para o aparelho e depois para Meredith, que se encontrava perto da janela.

— Deve ser seu pai de novo.

— Deixe cair na secretária eletrônica — Meredith sugeriu, dando de ombros.

Saíra do escritório às 17 horas, e até aquele momento recusara-se a atender três telefonemas do pai e de vários repórteres que estavam ansiosos por saber como ela estava se sentindo após não ter sido escolhida para assumir a presidência da Bancroft's.

Parker estava certo. Era Philip, que começou a falar, furioso, logo após o sinal da secretária eletrônica: "Meredith, eu sei que você está aí, droga! Atende! Quero falar com você!"

Indo até ela, Parker abraçou-a pelos ombros.

— Sei que não quer falar com seu pai, mas é a quarta vez que ele liga. Por que não atende e acaba logo com isso?

— Não quero falar com ninguém agora, muito menos com ele. Por favor, tenta me entender. Eu... eu gostaria de ficar sozinha.

— Entendo, sim — Parker afirmou com um suspiro, mas não se moveu do lugar, oferecendo-lhe solidariedade, enquanto Meredith continuava a olhar para fora. — Vamos sentar no sofá — sugeriu, beijando-a na têmpora. — Eu vou preparar um drinque pra você.

— Não quero tomar nada — disse, mas acompanhou-o até o sofá, onde se sentou, aninhando-se em seus braços.

— Tem certeza de que ficará bem sozinha, Meredith? — Parker perguntou, depois de uma hora. — Preciso acertar algumas coisas se eu for mesmo pra Suíça amanhã, mas eu não vou me sentir bem em ir e te deixar nesse estado. Amanhã é Dia de Ação de Graças, e você não vai querer passar com o seu pai, como havia planejado. — Fez uma pausa, então declarou: — Olha, eu vou cancelar a viagem. Outra pessoa poderá falar em meu lugar na conferência. Eles nem vão notar...

— Não! — Meredith exclamou, levantando-se. — Pode ficar tranquilo, não vou me jogar pela janela — prometeu com um sorriso, enlaçando o noivo pelo pescoço quando ele também se ergueu. — Vou comemorar o Dia de Ação de Graças com a família de Lisa. Quando você voltar, já terei feito novos planos para a minha carreira e estarei com a vida em ordem. Então, começarei os preparativos para o nosso casamento.

— O que pretende fazer a respeito de Farrell?

Fechando os olhos com desânimo, Meredith perguntou-se como poderia lidar com tantos problemas e decepções ao mesmo tempo. No turbilhão daquele dia, esmagada pelo desapontamento, esquecera que ainda estava casada com Matthew Farrell.

— Meu pai vai ter de concordar em parar de prejudicar os planos de Matt — comentou, abrindo os olhos. — Ele me deve isso. Então, mandarei um advogado entrar em contato com Matt para discutir essa "oferenda de paz".

— Acha que consegue cuidar disso e dos preparativos para o casamento desse jeito? — Parker indagou com gentileza.

— Claro que consigo — ela afirmou, obrigando-se a fingir entusiasmo. — Vamos nos casar em fevereiro, como planejamos.

— Mais uma coisa — ele começou, tomando o rosto dela entre as mãos. — Me promete que não se comprometerá com outro emprego até a minha volta.

— Por quê?

Parker respirou fundo.

— Eu sempre entendi seu desejo de trabalhar na Bancroft's, mas, como isso não será mais possível, gostaria que você considerasse a ideia de abraçar apenas a carreira de esposa. Você teria muita coisa pra fazer. Além de cuidar da nossa casa e de organizar recepções, poderia se dedicar a instituições de caridade e outras atividades sociais.

Dominada por um desespero que não conhecia havia anos, Meredith pensou em protestar, mas desistiu.

— Boa viagem, Parker — murmurou quando ele se inclinou e beijou-a no rosto.

Estavam a meio caminho da porta quando o interfone começou a soar num ritmo agitado e familiar.

— É Lisa — explicou Meredith.

Foi até o aparelho e pressionou o botão para destravar a porta de segurança do hall do prédio, sentindo-se culpada por ter esquecido o jantar com a amiga e lamentando ter perdido a chance de ficar sozinha, algo de que tanto precisava.

Instantes depois, Lisa entrou no apartamento, sorrindo com deliberada alegria e carregando recipientes de comida chinesa, que colocou na mesa de refeições.

— Fiquei sabendo o que aconteceu hoje — contou, abraçando Meredith rapidamente, mas com força. — Achei que você fosse esquecer o nosso jantar e que não estaria com fome, mas não pude suportar a ideia de que você ficaria aqui sozinha, por isso vim assim mesmo — tagarelou, tirando o casaco. — Desculpa, Parker, mas eu não tinha como saber que você estava aqui. Vamos ter que economizar a comida.

— Ele está de saída — Meredith informou, esperando que os dois não se engalfinhassem numa luta verbal, como de costume. — Vai viajar amanhã pra Suíça, onde participará da conferência mundial de banqueiros.

— Que divertido! — a amiga exclamou, sorrindo maliciosamente para Parker. — Vai poder comparar suas técnicas de executar hipotecas de viúvas com as de banqueiros do mundo todo.

Meredith viu o rosto dele enrijecer, os olhos brilharem de raiva, e surpreendeu-se novamente com o fato de as implicâncias de Lisa o descontrolarem tanto. Mas, no momento, seus próprios problemas superavam tudo o mais.

— Por favor, vocês dois! — censurou-os. — Não vão começar a se bicar. Hoje, não. Lisa, eu sei que não vou conseguir engolir nada, por isso...

— Precisa comer, Meredith, para manter a energia.

— Eu gostaria de ficar sozinha.

— Nem pensar! Seu pai estava estacionando o carro do outro lado da rua quando entrei no prédio.

Confirmando o que Lisa dissera, o interfone tocou.

— Então ele pode ficar lá embaixo a noite toda, se quiser — Meredith disse.

— Meu Deus! — o noivo gemeu. — Eu não posso sair com ele lá. Vai querer que eu deixe ele entrar.

— É só não deixar — sugeriu Meredith, lutando para controlar as emoções.

— O que vou dizer a Philip quando ele a me pedir para segurar a porta aberta e deixá-lo passar?

— Posso fazer uma sugestão, Parker? — Lisa pediu. — Simplesmente diga "não", como faz com os pobres coitados, cheios de filhos, que te pedem empréstimos.

— Lisa, eu te odiaria tão facilmente — ele a ameaçou, carrancudo, antes de virar-se para Meredith: — Por favor, seja razoável. Além de ser seu pai, Philip é um cliente do meu banco, tem negócios comigo.

Com as mãos na cintura, Lisa dirigiu-lhe um sorriso desafiador.

— Parker, onde está a sua coragem, seu caráter?

— Cuida de sua vida! — ele retrucou. — Se tivesse alguma educação, perceberia que este é um assunto particular entre mim e Meredith e iria esperar na cozinha!

Lisa, que normalmente revidava ofensa com ofensa, corou, parecendo humilhada.

— Idiota — resmungou por entre dentes, começando a andar na direção da cozinha. — Vim aqui para ajudar você, Meredith, e não te pertubar, então vou fazer o que seu noivo sugeriu.

Na cozinha, enxugou as lágrimas que lhe haviam surgido nos olhos e ligou o rádio, aumentando o volume quase ao máximo.

— Pode continuar com o seu discurso, Parker. Não vou ouvir uma palavra sequer — declarou, enquanto uma soprano chorava aos gritos numa ária de *Madame Butterfly*.

Na sala de estar, o som insistente do interfone juntou-se aos lamentos da soprano, e Parker bufou, desejando poder quebrar o rádio e estrangular Lisa. Olhou para Meredith, que, completamente infeliz, parecia não ouvir o barulho ensurdecedor.

— Meredith, quer mesmo que eu não deixe o seu pai entrar? — ele perguntou quando o interfone silenciou.

— Quero.

— Está bem, então.

— Obrigada.

— Que praga! — A voz de Philip assustou os dois, que se viraram para a porta. Ele havia entrado na sala e os olhava, furioso. — Não acredito que precisei esperar até que um morador chegasse e abrisse a porta! O que é isso? Uma festa? — indagou, erguendo a voz para fazer-se ouvir acima da gritaria vinda do rádio. — Deixei dois recados com a sua secretária hoje à tarde, e mais quatro nessa máquina infernal!

— Não temos nada para dizer um ao outro — Meredith declarou, a raiva sobrepujando o desânimo.

O pai jogou o sobretudo no sofá e tirou um charuto do bolso interno do paletó.

— Muito pelo contrário. — Colocou o charuto entre os dentes e encarou Meredith. — Allen Stanley não aceitou o cargo de presidente interino. Disse que não estava à altura.

— Então o senhor decidiu oferecê-lo a mim — Meredith conjeturou, magoada demais com o que ouvira dele à tarde para se animar com a notícia.

— Não. Ofereci a Gordon Mitchell, o segundo na minha... isto é, o segundo na preferência da diretoria.

— Então, por que veio aqui?

— Mitchell também não aceitou.

— Mas ele é ambicioso pra caramba! — observou Parker, claramente surpreso, como Meredith ficara. — Eu podia jurar que ele estava morrendo pra agarrar essa oportunidade.

— Eu também — disse Philip. — Contudo, ele acha que pode contribuir mais para o sucesso da loja ficando onde está. A Bancroft é mais importante para ele do que uma vitória pessoal — ele comentou, olhando para Meredith, como que para acusá-la de desejar apenas engrandecimento próprio. — Você é a terceira escolha, e por isso estou aqui.

— Suponho que esteja esperando que eu agarre essa oportunidade — ela replicou, ainda magoada demais.

— Espero que você se comporte como a executiva responsável que acha que é — Philip gritou, vermelho de raiva. — Ou seja, você devia deixar de lado as nossas diferenças pessoais e aceitar essa oportunidade!

— Tem outras oportunidades por aí.

— Não seja burra! Nunca terá chance melhor de mostrar o que é capaz de fazer.

— Está me dando uma chance de provar a minha competência?

— Estou!

— O que acontecerá se eu provar?

— Quem sabe?

— Nesse caso, não estou interessada. Arrume outra pessoa.

— Que inferno, Meredith! Sabe que não temos ninguém mais qualificado para o cargo do que você!

As palavras escaparam dele numa explosão de ressentimento, frustração e desespero. Para Meredith, aquela confissão relutante do pai de que ele a considerava competente foi infinitamente mais agradável do que um elogio de qualquer outra pessoa. A empolgação que se recusara a sentir até aquele momento começou a crescer em seu íntimo.

— Se é assim, eu aceito — disse, forçando-se para parecer indiferente.

— Ótimo. A gente discute os detalhes amanhã, durante o jantar. Tenho cinco dias para cuidar dos projetos pendentes, antes da viagem — explicou, fazendo menção de pegar o sobretudo.

— Não vai embora tão depressa — ela pediu. — Primeiro quero saber qual vai ser meu salário.

— Cento e cinquenta mil dólares por ano, em vigor um mês após ocupar o posto.

— Cento e setenta e cinco mil, com validade imediata — ela argumentou.

— Tudo bem — ele concordou em tom irritado. — Com a condição de que seu salário volte a ser o que você recebe agora se... quando eu retornar da licença.

— De acordo.

— E... você deve falar comigo antes de qualquer mudança nas diretrizes da empresa.

— De acordo — ela repetiu.

— Então, está tudo arranjado.

— Ainda não. Eu quero mais uma coisa do senhor. Pretendo me dedicar inteiramente ao trabalho, mas preciso resolver dois assuntos de ordem pessoal antes.

— Que assuntos?

— Um divórcio e um casamento. Acredito que Matt concordará com o divórcio se eu mostrar a bandeira branca da paz para ele, que é a aprovação do rezoneamento de Southville. Além disso, ele precisa ter certeza de que nós não vamos mais interferir na vida dele.

— Acha mesmo que ele vai concordar?

— Na verdade, tenho quase certeza, mas o senhor parece duvidar. Por quê?

— Você disse que sou parecido com ele. Pois bem, *eu* não aceitaria uma troca dessas. Nunca. Eu faria o homem que atravessou no meu caminho se arrepender amargamente disso e, depois, proporia uma barganha nos *meus* termos, um negócio que o sufocaria.

Meredith sentiu um arrepio gelado correr-lhe pela espinha.

— De qualquer forma, antes de assumir a presidência, quero que me dê sua palavra de que a comissão aprovará o rezoneamento — persistiu.

O pai hesitou, então acenou com a cabeça, afirmando:

— Vou cuidar disso.

— Dá a sua palavra de que não vai interferir em mais nada do que Matt fizer se ele concordar com um divórcio do jeito que nós queremos?

— Dou minha palavra. — Philip pegou o sobretudo e virou-se para o futuro genro: — Parker, boa viagem.

E foi embora; Meredith olhou para o noivo, que estava sorrindo para ela. — Meu pai não conseguiu pedir desculpas, nem admitir que estava errado, mas ele concordar em fazer tudo o que pedi foi um jeito de me compensar, você não acha?

— Provavelmente — Parker respondeu, não muito convicto. Meredith ignorou a reação ambígua e abraçou-o pelo pescoço, dominada por súbita euforia.

— Vou dar conta de tudo! — ela exclamou, rindo. — Da presidência, do divórcio, dos preparativos pro nosso casamento! Você vai ver!

— Tenho certeza — ele afirmou com um sorriso, puxando-a para mais perto de si.

Sentada à mesa da cozinha, com as pernas apoiadas no assento de outra cadeira, Lisa acabara de decidir que aquela ópera de Puccini não era apenas tediosa, mas insuportável. Ergueu os olhos e viu Meredith parada no vão da porta.

— Parker e seu pai já foram? — Lisa perguntou, desligando o rádio. — Deus, que noite!

— Já foram, sim — Meredith respondeu, com um sorriso exuberante. — E essa *é* uma noite maravilhosa! Fantástica!

Lisa olhou-a com espanto.

— Alguém já lhe disse que suas mudanças de humor são alarmantes?

— Por favor, queira dirigir-se a mim com um pouco mais de respeito.

— Como assim?

— O que acha de me chamar de "senhora presidente"?

— Está brincando! — Lisa gritou, deliciada, e levantou-se.

— Não, não estou. Vamos abrir uma garrafa de champanhe! Quero celebrar!

— Vamos! — Lisa concordou, dando-lhe um abraço. — Mas depois quero saber como foi seu encontro com Farrell.

— Foi horrível! — Meredith informou com uma risada.

Então, foi à geladeira e pegou uma garrafa de champanhe.

# 31

⟅⟆ NO DECORRER DA SEMANA, MEREDITH MERGULHOU no trabalho como presidente interina. Tomou decisões com cautela e habilidade, reuniu-se com os diretores, ouvindo suas opiniões, sugerindo, e em poucos dias, eles começaram a demonstrar confiança e entusiasmo. Também conseguiu deixar em dia os compromissos que tinha como vice-presidente de operações, graças à ajuda, competência e lealdade de Phyllis, que, como ela, não se importava de trabalhar além do horário.

Teve tempo até de fazer alguns preparativos para o casamento. Encomendou os convites e, quando o ateliê dedicado a vestidos de noiva, da própria loja, ligou para avisar que tinham modelos novos, ela foi até lá para dar uma olhada. O que mais a agradou foi um de seda gelo, bordado com pérolas e um profundo decote nas costas, pois era o que ela tinha imaginado, mas até então não tinha achado nada parecido.

— É perfeito! — exclamou, rindo e abraçando o desenho contra o peito, contagiando com sua alegria o pessoal do ateliê.

Pouco depois, de volta à sua sala, sentou-se na cadeira que sempre pertencera aos Bancroft, colocando à sua frente o desenho do vestido e uma amostra do convite de casamento. As vendas atingiam níveis muito altos, ela estava resolvendo todos os problemas que passavam por sua mesa, por mais complicados que fossem, e iria casar-se com o melhor dos homens, uma pessoa a quem amara desde a adolescência.

Reclinando-se na cadeira giratória, sorriu para o retrato do fundador da loja, pendurado na parede oposta.

— O que acha, bisavô? Estou me saindo bem? — perguntou ao homem de olhos azuis brilhantes, numa explosão de felicidade e emoção.

A semana foi passando, e ela continuou alegre, apreciando os desafios e totalmente absorvida pelo trabalho. Estava sendo bem-sucedida em tudo o que fazia, menos numa coisa. Antes de partir para o cruzeiro, o pai cumprira a promessa a respeito do pedido de rezoneamento que a Intercorp apresentara à comissão, mas ela ainda não tinha conseguido falar com Matt para comunicar o fato.

Telefonava todos os dias para o escritório dele, em horários diferentes, mas ou a secretária respondia que ele não se encontrava ali ou que saíra da cidade. Na quinta-feira à tarde, Matt ainda não telefonara, apesar de Meredith haver deixado recado para que ligasse assim que fosse possível. Ela decidiu tentar de novo.

— O sr. Farrell pediu para dizer-lhe que deve entrar em contato com os advogados dele, Pearson e Levinson, e que não atenderá seus telefonemas — a secretária informou em tom gelado. — Também mandou avisar que, se a senhorita continuar insistindo em ligar para cá, ele a processará por assédio.

A mulher desligou, e Meredith afastou o telefone do ouvido e ficou olhando para ele, incrédula. Pensou em ir ao escritório de Matt e dar um jeito de vê-lo, de qualquer maneira, mas havia a possibilidade de ele mandar os seguranças expulsá-la. Dizendo a si mesma que precisava manter a calma e a objetividade, ela reviu as alternativas que tinha, exatamente como faria se aquele fosse um problema profissional. Seria inútil falar com os advogados de Matt, pois eles representavam a oposição e tentariam intimidá-la, nem que fosse apenas por diversão. Ela soubera, desde o início, que precisaria contratar um advogado assim que Matt concordasse com um divórcio amigável, mas tornara-se evidente que teria de fazer isso antes do que havia pensado. Um advogado que servisse de mediador, levando sua proposta de paz a Pearson e Levinson, que, por sua vez, a apresentaria a Matt.

Um advogado qualquer, mesmo que fosse competente, não serviria, pois Matt era representado por uma das firmas de advocacia mais poderosas de Chicago. Ela precisava de alguém do mesmo nível, que não se deixasse intimidar, nem se transformasse num peão nas mãos de Pearson e Levinson. Além disso, o advogado que contratasse teria de ser discreto, capaz de resguardar sua vida particular e proteger seus interesses. Alguém em quem pudesse confiar de olhos fechados, que não discutisse o caso com os colegas, quando se reunisse com eles para um drinque no bar da Associação dos Advogados.

Parker sugerira um amigo dele, mas Meredith queria alguém que ela conhecesse e de quem gostasse. Como não gostava muito de misturar negócios com assuntos pessoais, Sam Green estava fora de cogitação.

Pegando uma caneta, começou a fazer uma lista dos advogados que conhecia. Quando acabou, leu os nomes e riscou-os, um a um. Eram profissionais bem conceituados, mas todos pertenciam ao Glenmoor, jogavam golfe juntos e provavelmente discutiam a vida de seus clientes.

Havia apenas um homem que atendia seus critérios, embora ela detestasse a ideia de ter de contar-lhe a história que sempre mantivera em segredo.

— Stuart... — murmurou com um misto de afeto e relutância.

Stuart Whitmore fora o único que a tratara bem, que gostava dela no tempo em que ela era uma feiosa menina de 13 anos, o mesmo que a chamou para dançar no baile da srta. Eppingham. Estava agora com 33 anos e, fisicamente, continuava sem atrativos, com aqueles ombros estreitos e cabelos castanhos que começavam a ficar ralos. Mas era um advogado brilhante, um homem inteligente, que encantava as pessoas com seu papo, e, mais importante que tudo, era amigo de Meredith. Dois anos antes, ele fizera a última e mais insistente tentativa de levá-la para a cama, usando todos os argumentos, como se estivesse defendendo uma causa no tribunal, acabando por dizer que havia até a possibilidade de virem a casar-se.

Embora surpresa e comovida por ele ter pensado em casamento, Meredith rejeitara-o gentilmente, dizendo que achava sua amizade muito importante e que esperava que continuassem amigos.

— Deixaria, pelo menos, que eu a representasse numa ação legal? — ele perguntara. — Desse jeito eu posso dizer a mim mesmo que não posso me envolver com você por uma questão de ética, e não porque não existe reciprocidade de sentimentos.

Meredith sorrira, cheia de gratidão e afeto.

— Mas é claro. Vou roubar um frasco de aspirinas de uma farmácia qualquer, amanhã cedo, e você poderá pagar a fiança e me tirar da cadeia.

— Apele pro artigo quinto enquanto eu não chegar — ele recomendara com uma risadinha, entregando-lhe um cartão de visita.

Na manhã seguinte, ela obrigara Mark Braden a falar com um amigo, tenente do distrito central, chamado Reicher, e convencê-lo a participar de uma trama. Como resultado, o policial telefonara a Stuart e dissera que Meredith fora apanhada roubando numa farmácia.

Suspeitando de um trote, Stuart ligara de volta e descobrira que, de fato, existia um tenente Reicher, e que Meredith estava realmente presa.

Sentada num degrau da escada externa da delegacia, ela vira Stuart chegar, fazendo os pneus do Mercedes cantarem numa parada brusca. Ele desceu, deixando o motor ligado e a porta aberta, e correu para o prédio.

— Stuart! — Meredith o chamara, comovida ao notar que o amigo realmente importava-se com ela.

Só então ele a vira encolhida num degrau, percebendo que fora vítima de uma brincadeira. Subira as escadas, carrancudo.

— Desculpe — Meredith pedira, levantando-se e indo a seu encontro. — Eu só queria mostrar do que sou capaz para preservar uma amizade que prezo tanto.

— Deixei dois envolvidos num divórcio litigioso sozinhos na sala de reuniões, à espera do outro advogado — Stuart contou, com um sorriso, a irritação dissipada. — A essa altura, já se mataram, ou, pior, se reconciliaram, e aí eu não vou receber meus honorários.

Ainda sorrindo com a lembrança daquele dia, Meredith apertou o botão do interfone.

— Phyllis, liga para Stuart Whitmore, da Whitmore e Northbrige, por favor, e peça que me telefone?

Começou a ficar nervosa, e suas mãos tremiam ao pegar uma pilha de papéis com informações impressas pelo computador. Não vira Stuart mais do que duas vezes no ano anterior. E se ele não quisesse falar com ela? Ou, se falasse, estaria disposto a se envolver em seus problemas pessoais? E se...

O som do telefone a assustou, interrompendo suas reflexões pessimistas.

— O sr. Whitmore está na linha número um — Phyllis informou. Meredith respirou fundo e ergueu o telefone.

— Stuart, muito obrigada por me ligar tão depressa.

— Eu ia sair para uma audiência quando ouvi minha secretária receber seu recado — ele informou, parecendo apressado, mas em tom gentil.

— Estou com um problema — ela explicou. — Bem grande. Não, *grande é* pouco. Um problema enorme, e...

— Estou ouvindo — ele a incentivou quando a ouviu hesitar.

— Quer que eu diga o que é agora, por telefone, num momento em que você está com pressa?

— Não, mas poderia me dar uma pista, pelo menos para aguçar meu apetite profissional.

Ela captou o humor velado na voz dele e suspirou, aliviada.

— Trata-se do meu divórcio.

— Nesse caso, aconselho-a a casar com Parker primeiro.

— Não é outra brincadeira minha, Stuart. Estou no meio da maior confusão judicial que você pode imaginar. E preciso sair dela o mais rápido possível.

— Prefiro arrastar os processos, assim meus honorários ficam mais caros — ele gracejou. — No entanto, por uma velha amiga, acho que posso sacrificar a ganância. Aceitaria jantar comigo hoje?

— Você é um anjo!

— Sou? Ontem, um advogado, meu adversário numa causa, reclamou com o juiz, dizendo que eu era "um filho da puta manipulador"!

— Mas você não é! — ela protestou.

Ele riu.

— Sou, sim, querida.

# 32

STUART NÃO SE MOSTROU ESCANDALIZADO NEM pareceu julgar seu comportamento de uma jovem de 18 anos. Ouviu a história toda sem nenhum sinal de emoção e não deixou transparecer surpresa quando soube a identidade do homem que a engravidara.

— Deixei tudo bem claro? — ela perguntou no fim, confusa com o silêncio do amigo.

— Perfeitamente — ele afirmou, acrescentando: — Você acabou de me contar que seu pai usou o prestígio que tem para induzir o senador Davies a impedir o rezoneamento de Southville, e que agora o está usando para conseguir a liberação do projeto, com igual descaso pela lei que condena o tráfico de influências. Certo?

— A-acho que sim — Meredith gaguejou, inquieta com aquela acusação contra o pai.

— É a Pearson e Levinson que está representando Farrell?

— É.

Stuart fez um sinal ao garçom, pedindo a conta.

— Vou telefonar para Bill Pearson logo pela manhã — assegurou--lhe. — Direi que Farrell está sujeitando minha cliente favorita a uma angústia mental desnecessária.

— E aí?

— Aí, pedirei a ele que faça Farrell assinar alguns papéis que eu mesmo vou redigir.

Meredith sorriu, entre esperançosa e incerta.

— Isso bastará?

— Talvez.

No dia seguinte, à tarde, Stuart ligou para Meredith.

— Falou com Pearson? — ela perguntou.

— Acabei de falar ao telefone com ele.

— Explicou o que meu pai está oferecendo a Matt? O que Pearson disse?

— Disse que o problema entre você e Farrell é muito pessoal, e que é de maneira pessoal que seu cliente deseja resolvê-lo. E que, mais tarde, o próprio Farrell ditará os termos do divórcio.

— Meu Deus — ela murmurou. — O que isso significa? Eu não entendo!

— Nesse caso, terei de abandonar os termos legais e falar de modo corriqueiro. Pearson basicamente me mandou ir à merda.

Pelo modo direto de Stuart expressar-se, Meredith deduziu que ele estava mais aborrecido do que desejava deixar transparecer, e isso a alarmou.

— Ainda não entendi! — lamentou-se. — Quando almocei com Matt, ele estava disposto a colaborar, até receber aquele telefonema sobre o rezoneamento de Southville. Agora, que estamos prometendo que seu pedido será aprovado, ele não quer saber do assunto!

— Meredith, escondeu alguma coisa quando me falou de seu relacionamento com Farrell?

— Não, nada. Por quê?

— Porque, pelo que tenho ouvido falar dele, Farrell é um homem inteligente, capaz de tratar qualquer coisa com lógica fria e, de acordo com certas pessoas, quase desumana. E, pela lógica, homens ocupados com negócios não perdem tempo vingando-se de pequenas ofensas. Tempo, para eles, representa muito dinheiro. Mas todo homem tem seu limite, e parece que Farrell ultrapassou o dele e agora está declarando guerra. Isso me deixa *muito* preocupado.

— Por que acha que ele quer começar uma guerra?

— Só posso pensar que seja por vingança.

— Ele quer se vingar de quê? — Meredith gritou, abalada. — Por que você acha isso, Stuart?

— Por uma coisa que Pearson disse. Ele avisou que, se você insistir em dar entrada no processo de divórcio sem a aprovação de Farrell, só estará procurando mais aborrecimentos.

— Mais aborrecimentos? Que satisfação isso daria a Matt agora? Ele tentou ser gentil durante o almoço. Até brincou comigo, mesmo me odiando, e...

— Por que acha que ele odeia você? — Stuart a interrompeu.

— Não sei, eu sinto isso. Matt ficou furioso por causa daquele assunto de Southville e ofendido com as coisas que eu disse no carro, depois do almoço. Isso poderia ter feito com que ele "ultrapassasse seus limites"?

— Quem sabe?

— O que você vai fazer agora, Stuart?

— Vou pensar. Eu vou para Palm Springs no fim de semana, com Teddy e Liz Jenkins, no iate deles. A gente se fala quando eu voltar. Tente não se preocupar demais.

— Vou tentar — Meredith prometeu.

Quando desligou, fez um esforço enorme para tirar Matt da cabeça e se afundou no trabalho. Duas horas depois, Sam Green pediu para vê-la, mandando dizer que se tratava de um assunto importante. Como prometera, conseguira apressar seu pessoal, que aprontara rapidamente os documentos para a oferta de compra do terreno de Houston. Entrara em contato com Ian Thorp, três dias atrás, querendo marcar uma reunião imediata, mas o homem dissera que só poderia recebê-lo na semana seguinte.

Sorrindo, Meredith observou-o andar na direção de sua mesa.

— Pronto para a viagem a Houston na segunda-feira? — perguntou.

— Thorp acabou de ligar cancelando a reunião — ele anunciou com ar zangado, largando-se numa cadeira. — Aceitaram uma oferta de vinte milhões pelo terreno. O comprador exigiu segredo até o final da transação, por isso Thorp adiou o encontro comigo. O terreno agora pertence à divisão imobiliária de uma grande corporação.

— Entre em contato com os novos proprietários e pergunte se querem vendê-lo — disse Meredith, decepcionada, mas comprometida a não aceitar a derrota. — Já fiz isso. Estão perfeitamente dispostos a vender — Sam informou num tom sarcástico que a surpreendeu.

— Então, vamos comprar o terreno logo — ela decidiu. — Precisamos iniciar as negociações.

— Tentei. Estão pedindo trinta milhões e não aceitam uma contraproposta.

— Trinta?! Isso é ridículo! É loucura! Na situação atual da economia, o terreno vale no máximo vinte e sete milhões, e pagaram apenas vinte por ele.

— Eu argumentei isso com o diretor da divisão imobiliária, e ele disse que era pegar ou largar.

Meredith levantou-se e foi para junto de uma janela, tentando decidir o que fazer em seguida. Queria que a loja de Houston fosse construída naquele terreno, cuja localização era a melhor da cidade, perto da Galeria, e não iria se render tão depressa.

— Pretendem construir algo lá? — quis saber.

— Não.

— Que corporação é essa?

Sam Green hesitou, permanecendo calado por um instante.

— Intercorp — respondeu por fim.

— Você está brincando, né?! — Meredith explodiu.

Apesar do choque, compreendeu a relutância dele, pois Sam, como todo o restante do pessoal da Bancroft's, ficara sabendo do incidente entre ela e Matthew Farrell. Era necessário conter-se para não deixá-lo adivinhar que havia algo mais.

— Sou homem de brincar com coisas sérias? — ele perguntou.

— Vou matar Matthew Farrell! — ela ameaçou, furiosa.

— Se você fizer isso mesmo, eu não precisarei depor contra você, porque posso considerar essa declaração apenas parte de uma conversa entre advogado e cliente — Sam comentou com um sorrisinho desanimado.

Dominada por emoções violentas, Meredith ficou olhando para ele, os pensamentos atropelando-se em sua mente. O que Stuart dissera, sobre Matt estar querendo vingança, anulava qualquer possibilidade de ter sido por mera coincidência que a Intercorp comprara justamente o terreno que ela queria. Com certeza, aquele era um dos "aborrecimentos" que Pearson mencionara.

— O que você pretende fazer depois, Meredith?

— Depois de quê? De matar Farrell? Jogar o corpo no lago para os peixes comerem. Aquele nojento... — Interrompeu-se, respirou fundo e, fingindo estar mais calma, voltou para junto da mesa. — Preciso pensar, Sam. Falo com você na segunda-feira.

Começou a andar pela sala, assim que ele saiu, de um lado para o outro, procurando controlar a raiva para poder refletir com objetividade. Uma coisa era Matt transformar sua vida particular num pesadelo; isso ela conseguiria contornar com a ajuda de Stuart. Mas aquele ataque havia sido dirigido à Bancroft & Company, enfurecendo-a e assustando-a mais do que qualquer coisa que ele pudesse tramar contra ela particularmente. Aquilo precisava parar, e já!

— Por que ele está fazendo isso? — perguntou em voz alta, quando se sentiu mais capaz de raciocinar.

A resposta era clara. Ele estava se vingando do que o pai dela fizera para arruinar seus planos para Southville. Mas tudo tinha sido resolvido, e ela precisava, de qualquer maneira, falar com ele, fazê-lo entender que ele vencera a batalha, que Philip corrigira o erro que cometera. Tudo o que Matt precisava fazer era reapresentar o requerimento à comissão de Southville, e o rezoneamento seria aprovado.

Como Stuart não estava disponível para aconselhá-la, ela tomou uma decisão sozinha. Dirigiu-se à mesa, ergueu o telefone e digitou o número do escritório de Matt.

— Aqui é Phyllis Tilsher — mentiu, disfarçando a voz, quando a secretária atendeu. — O sr. Farrell está, por favor?

— O sr. Farrell já foi para casa. Só volta na segunda-feira.

Meredith olhou para o relógio, surpresa ao ver que passava das 17 horas.

— Ah, não percebi que já era tão tarde — explicou. — Não estou com minha agenda no momento. Será que a senhora poderia me dar o número do telefone da residência dele?

— Não tenho permissão para isso.

Meredith desligou, sabendo que não suportaria esperar até segunda-feira. E ligar novamente para o escritório de Matt seria perda de tempo, mesmo que usasse um nome falso, porque a secretária dele não completaria a ligação antes de saber o que ela queria. Também de nada adiantaria ir lá, pois ele simplesmente se recusaria a recebê-la, ou até mandaria os seguranças levá-la para fora do prédio.

Tomando a decisão de telefonar para o apartamento dele, ligou para o serviço de informações da empresa telefônica e pediu o número, mas a telefonista informou-a de que não constava da lista.

Desapontada, mas longe de sentir-se derrotada, Meredith desligou. Tentou pensar em alguém que pudesse saber o número particular de Matt. Alicia Avery acompanhara-o à festa da ópera, e Stanton Avery apresentara sua candidatura a sócio do Glenmoor. Sorrindo, satisfeita, procurou o número de Stanton na agenda e ligou.

De acordo com o mordomo, os Avery encontravam-se na casa que possuíam em St. Croix e não voltariam antes de uma semana. Meredith pensou em pedir o telefone de lá, mas refletiu que era pouco provável que Stanton lhe desse o número de Matt, a quem ela insultara em público e que fora impedido de tornar-se sócio do Glenmoor por obra de seu pai.

Assim que desligou, telefonou para o clube, pretendendo falar com o secretário e pedir que ele procurasse o número do telefone da residência de Matt na proposta de sócio. Mas Timmy Martin já havia ido para casa, disseram-lhe, e a secretaria estava fechada.

Mordendo o lábio, pensativa, aceitou o fato de que não lhe restava alternativa a não ser ir procurar Matt em seu apartamento, embora achasse assustadora a ideia de enfrentá-lo em seu próprio território. Sentiu um arrepio percorrer-lhe a espinha, lembrando-se da expressão de fúria que viu no rosto dele quando xingara Patrick Farrell de "bêbado sujo".

Por que o pai dela teve de intrometer-se na vida de Matt, sabotando seu pedido de rezoneamento? Por que o humilhar, não o deixando ser sócio do Glenmoor? E ela, por que perdeu a calma na limusine? Se o almoço tivesse acabado de modo tão agradável como começado, as coisas seriam muito mais fáceis.

Arrependimento e lamentações, porém, não iriam resolver seu monumental problema. Preparou-se para o que tinha de fazer. Podia não saber o telefone de Matt, mas, como todos os leitores do *Chicago Tribune*, sabia onde ele morava. Um suplemento de domingo, no mês anterior, mostrara em cores a planta do fabuloso apartamento de cobertura que "o mais novo e mais rico empresário de Chicago" comprara no condomínio Beverly Towers, na avenida Lake Shore.

# 33

O TRÂNSITO NA AVENIDA LAKE SHORE ESTAVA NUMA lentidão só e Meredith pegou-se torcendo que o tempo, com uma chuva e vento, não fosse um indício de que sua visita a Matt acabaria em desastre. O vento uivava, açoitando o carro, quando ela saiu da garagem da Bancroft's, e naquele congestionamento monstruoso, havia um verdadeiro mar de luzes vermelhas à sua frente, formado pelas lanternas traseiras dos veículos. À direita, o lago Michigan agitava-se como um caldeirão de água fervente.

Grata pelo calor no interior do carro, ela ensaiava o que diria a Matt num primeiro momento, para deixá-lo calmo e convencê-lo a ouvi-la. Precisava ser algo muito diplomático. Seu senso de humor, que não tivera muitos motivos para manifestar-se naquele dia, escolheu justamente aquele momento para subir à tona. Ela visualizou-se abanando uma bandeira branca, pedindo trégua, assim que Matt abrisse a porta.

A imagem era tão ridícula que a fez sorrir, mas o pensamento seguinte arrancou-lhe um gemido de frustração. O prédio onde Matt morava, como todos os outros de alto luxo, devia oferecer muita segurança aos moradores e para chegar ao apartamento dele ela sem dúvida teria de passar por pelo menos um segurança, que anunciaria sua chegada pelo interfone. Matt dificilmente a receberia.

Apertou as mãos no volante, ameaçada pelo pânico, mas obrigou-se a respirar fundo, várias vezes, tentando recuperar a calma. A fila de carros começou a andar, e ela acelerou um pouco. Tinha de encontrar um meio de burlar a vigilância do segurança e entrar no prédio, mas sabia que não seria fácil. Devia haver um porteiro no saguão, que pediria que se identificasse e examinaria a lista de pessoas esperadas pelos moradores. Quando não encontrasse o nome dela, talvez a deixasse usar o telefone para falar com Matt, e aí é que estava o problema. Não sabia o número e, mesmo que soubesse, era quase certo que ele se recusaria a recebê-la.

Vinte minutos depois, quando estacionou diante do edifício, ainda não sabia como entraria e subiria à cobertura, mas um plano esboçava-se em sua mente. Um porteiro foi a seu encontro com um guarda-chuva, ela entregou-lhe as chaves do carro e depois retirou da pasta um envelope grande que continha a correspondência do pai.

No momento em que entrou no vestíbulo e caminhou para a mesa de recepção, as coisas começaram a acontecer do jeito que ela previra. Um segurança uniformizado perguntou seu nome, procurou na lista de visitantes esperados e, não encontrando o nome dela, fez um gesto para o telefone de marfim e metal dourado.

— Seu nome não se encontra na lista, srta. Bancroft, mas pode falar com o sr. Farrell pelo telefone. Preciso da permissão dele para deixá-la subir e peço desculpas pelo incômodo.

Meredith notou que ele era bastante jovem e parecia ingênuo, o que já ajudava bastante. Um segurança mais velho e experiente não cairia em sua armadilha facilmente.

— Não precisa se desculpar — ela respondeu com seu melhor sorriso, olhando para o crachá no peito dele. — Entendo perfeitamente, Craig. Vou telefonar ao sr. Farrell. Tenho o número.

Consciente de que ele a olhava com admiração, abriu a bolsa, fingindo procurar o livrinho de endereços e telefones. Exibindo outro sorriso, bateu nos bolsos e finalmente olhou para dentro do envelope.

— Ah, não! — exclamou, mostrando-se desolada. — Esqueci a minha agenda! Craig, o sr. Farrell está esperando esses papéis — mentiu, sacudindo o envelope. — Você precisa me deixar subir!

— Não posso — ele negou, examinando-lhe o rosto, obviamente fascinado. — Seria contra o regulamento.

— Mas eu preciso subir! — ela suplicou e, como de fato estava desesperada, fez algo que não faria em nenhuma outra circunstância. Fitando o jovem nos olhos, tornou a sorrir. — Ei! Já vi você em algum lugar! Onde? Ah, já sei.

Na loja!

— Loja? Que loja?

— Na Bancroft's! Sou Meredith Bancroft — anunciou, dizendo seu nome completo.

Craig estalou os dedos.

— Eu sabia que eu conhecia seu rosto de algum lugar! Já vi a senhora nos noticiários da televisão, e suas fotos sempre saem nos jornais. Sou um grande fã seu!

Meredith foi obrigada a sorrir ao ver o entusiasmo ingênuo do rapaz, que estava agindo como se ela fosse uma artista de cinema.

— Bem, agora que já sabe que não sou nenhuma marginal, pode me deixar subir?

— Não. Além disso, não poderia pegar o elevador para a cobertura porque é privativo, e só dá para subir nele se tiver a chave, ou se alguém lá em cima acionar o botão pra destravar a porta.

— Entendo — ela murmurou, totalmente desanimada.

— Vou fazer uma coisa — declarou o jovem segurança, erguendo o telefone e começando a pressionar uma série de teclas. — O sr. Farrell deu ordens para não perturbá-lo por causa de visitantes não esperados, mas vou fazer isso pela senhorita.

— Não! — ela quase gritou, alarmada. — Quero dizer... ordens são ordens e...

— Pela senhorita, eu desobedeceria a qualquer uma — o rapaz afirmou, galanteador, antes de dizer ao telefone: — É o segurança do saguão, sr. Farrell. — A srta. Meredith Bancroft está aqui e deseja subir. — Não, senhor, não é Banker. É Bancroft. O senhor sabe, da loja de departamentos.

Achando-se incapaz de ver o rosto do jovem quando Matt lhe dissesse para pô-la na rua, Meredith fechou a bolsa, pretendendo ir embora.

— Sim, senhor — Craig concordou. — Com certeza. — Virou-se para Meredith, pousando o telefone. — Srta. Bancroft, ele mandou dizer que pode subir.

Tirou do bolso a chave do elevador e entregou a ela, que estava paralisada, incrédula.

Foi o guarda-costas, que também fazia o papel de motorista, que abriu a porta do apartamento.

— Por aqui, senhora — guiou-a, falando com uma voz e um sotaque que lembravam os de um gângster da década de 1930.

Tremendo de tensão, ela seguiu-o através do hall de entrada. Passaram entre dois graciosos pilares brancos, desceram três degraus e cruzaram metade da imensa sala de estar para chegar a um conjunto de três sofás verde-claros dispostos de modo a ficarem virados para uma enorme mesa de centro com tampo de vidro.

Meredith olhou para o tabuleiro de damas sobre a mesa, depois para um homem de cabelos brancos sentado num dos sofás, e então para o guarda-costas, supondo que os dois deviam estar jogando quando ela chegara.

— Vim falar com o sr. Farrell — explicou, vendo que o guarda--costas sentava-se num sofá, fitando-a com curiosidade.

— Então abra os olhos, menina — ordenou o homem de cabelos brancos, levantando-se. — Estou bem na sua frente.

Meredith encarou-o, confusa. Era esbelto, mas musculoso, tinha cabeleira farta e ondulada, bigode bem aparado e olhos azuis penetrantes.

— Deve haver algum engano, senhor. Vim falar com o sr. Farrell.

— Meu nome é Farrell — afirmou o homem de modo hostil. — E o seu não é Bancroft, mas Farrell também.

De súbito, Meredith percebeu quem ele era, e seu coração bateu mais forte.

— Desculpe, não o reconheci, sr. Farrell. Preciso falar com Matt.

— Por quê? O que você quer?

— Quero falar com Matt — Meredith insistiu, incapaz de acreditar que aquele homem alto e forte, que a olhava com raiva, pudesse ser a mesma pessoa triste e acabada que ela conhecera.

— O Matt não está.

Ela já passara por muita coisa naquele dia. Não iria deixar-se derrotar com tanta facilidade.

— Nesse caso, vou esperar até que ele volte.

— Terá de esperar muito — Patrick avisou com sarcasmo. — Ele está na fazenda, em Indiana.

— A secretária de Matt disse que ele estava em casa.

— A casa dele sempre foi aquela! — o homem declarou, avançando na direção dela. — Você se lembra, de lá, não? Pois deveria. Olhou tudo com desdenho quando esteve lá.

Meredith ficou com medo da fúria que percebia por trás das rígidas feições do pai de Matt, e começou a recuar.

— Mudei de ideia — murmurou. — Eu converso com Matt numa outra hora. Girou nos calcanhares, mas Patrick agarrou-a pelo braço e virou-a, aproximando o rosto do dela.

— Fique longe de Matt! — ele exigiu. — Ouviu bem? Quase o matou anos atrás, e agora não vai voltar para fazê-lo em pedaços novamente!

Ela tentou livrar-se mas não conseguiu, e foi dominada por uma raiva que sobrepujou o medo.

— Não quero voltar com o seu filho! — gritou. — Quero o *divórcio*, mas ele não colabora!

— Nem sei por que ele quis casar com você e, por todos os diabos, não entendo por que deseja continuar casado — Patrick declarou, soltando-a bruscamente. — Você matou o filho dele, para não carregar um Farrell qualquer nesse seu ventre oco!

Dor e ira percorreram o corpo de Meredith como facas afiadas.

— Como se atreve dizer uma coisa dessas! Eu perdi o bebê!

— Você abortou! — o homem gritou. — No sexto mês de gravidez! Então, enviou um telegrama pro Matt. Um maldito telegrama!

O sofrimento que Meredith mantivera contido no coração durante tantos anos explodiu, e ela apertou os dentes para poder suportá-lo sem gritar.

— Enviei um telegrama, sim, dizendo que tinha perdido o bebê, mas seu filho maravilhoso não foi capaz nem de me ligar! — informou, enquanto lágrimas abundantes começavam a jorrar de seus olhos.

— Não brinque comigo, menina! Estou avisando. Sei que Matt pegou um avião para ir te ver e sei o que o telegrama dizia, porque vi meu filho e li aquela mensagem.

— Ele... ele voltou pra me ver? — Meredith perguntou, atônita, percebendo que algo estranho e suave brotava em seu coração. Mas essa sensação murchou tão abruptamente quanto surgira. — É mentira. Não sei por que ele voltou, mas não foi pra me ver, porque ele não me visitou.

— Ele tentou, mas não conseguiu! — disse Patrick, em tom furioso. — Você estava na ala Bancroft do hospital e mandou que barrassem a entrada de Matt. — Parou de falar por um instante, como se houvesse esgotado toda a raiva que o impulsionara, olhando para ela com ar incrédulo. — Juro por Deus que não entendo como você pôde fazer uma coisa daquela — disse em tom baixo e amargurado. — Quando se livrou do bebê, deixou Matt desesperado, mas, quando se recusou a vê-lo, quase o matou. Ele foi para a fazenda e ficou lá, dizendo que não queria voltar para a Venezuela. Durante semanas, ele ficou bebendo sem parar, tentando amenizar o sofrimento, a mesma coisa que eu fizera durante anos. Obriguei-o a parar de beber. Depois, mandei o Matt de volta para a América do Sul, esperando que lá esquecesse você.

Meredith mal ouviu as últimas frases, tendo a impressão de que sinos cruéis badalavam em seu cérebro, ameaçando enlouquecê-la. A ala Bancroft do hospital recebera esse nome porque o *pai dela* doara o dinheiro para sua construção. As enfermeiras particulares haviam sido contratadas pelo *pai dela*. O médico era amigo do *pai dela*. Todos a quem ela vira nos dias de hospitalização eram ligados, de algum modo, a Philip Bancroft, que odiava Matt. Meredith começou a entender o que poderia ter acontecido.

Uma alegria incontrolável perfurou as camadas de gelo que haviam cercado seu coração por 11 longos anos. Com receio de acreditar em Patrick Farrell, e com receio de não acreditar, ergueu os olhos para seu rosto duro.

— Sr. Farrell... — murmurou tremulamente. — É verdade que Matt tentou me ver?

— Você sabe que sim! — Patrick retrucou.

Mas examinou o rosto de Meredith e viu que ela estava confusa, porque sua expressão mudou, tornando-se agoniada e perplexa, como se ele pressentisse que suas acusações eram injustas.

— O que dizia o telegrama supostamente enviado por mim, que o senhor leu? — ela perguntou.

— Dizia... — Patrick fez uma pausa, fitando os olhos dela, então prosseguiu: — Dizia que você tinha abortado e queria o divórcio.

Meredith sentiu o sangue fugir-lhe das faces, e uma vertigem súbita obrigou-a a agarrar-se no encosto do sofá. A raiva contra o pai martelava-lhe o cérebro, o choque corria por seu corpo em ondas geladas, e a dor quase a fez cair de joelhos quando ela pensou nos meses de angústia e solidão após o aborto, nos anos de sofrimento reprimido pelo abandono de Matt. Uma enorme tristeza pelo bebê perdido e pelas vítimas da manipulação de Philip Bancroft abateu-se sobre ela. Lágrimas ardentes derramaram-se de seus olhos, inundando-lhe o rosto.

— Eu não fiz aborto e não mandei o telegrama — declarou, olhando para Patrick através das lágrimas. — Juro que não!

— Então, quem mandou?

— Meu pai — ela respondeu entre soluços. — Só pode ter sido ele!

Patrick olhou-a longamente, então, murmurando uma praga, puxou-a para seus braços.

— Posso estar sendo um tolo por acreditar em você, mas acredito — resmungou. — Meredith abraçou-o pelo pescoço e enterrou o rosto em seu peito, chorando com desespero. — Chore, menina, chore —

Patrick ficou repetindo, mantendo-a abraçada, dando-lhe tapinhas consoladores nas costas. — Ponha tudo pra fora.

Depois de um longo tempo, ela ergueu a cabeça e, por cima do ombro dele, viu o motorista de Matt saindo da sala.

— Está melhor? — perguntou Patrick, soltando-a.

— Estou — ela afirmou, aceitando o lenço que ele lhe estendia.

— Bom. Enxugue os olhos, enquanto vou buscar alguma coisa para você beber. Depois conversaremos sobre o que deve ser feito.

— Eu sei exatamente o que deve ser feito. Vou matar meu pai.

— Se eu não o pegar primeiro — comentou Patrick em tom rude. Pegou Meredith pela mão e levou-a até um dos sofás, ajudando-a a sentar-se. Então, desapareceu na direção da cozinha, voltando minutos mais tarde com uma xícara de chocolate quente na mão.

Ela se comoveu com o gesto carinhoso e sorriu, pegando a xícara.

— Agora, precisamos ver o que você vai dizer a Matt — ele observou, sentando-se junto dela.

— Vou dizer a verdade.

— É isso mesmo o que precisa fazer — aprovou o sogro, com uma felicidade aparente. — Ainda é esposa de Matt e tem a obrigação de contar tudo o que aconteceu. E, como seu marido, ele tem a obrigação de te escutar e acreditar em você. Os dois têm outras obrigações, como perdoar e esquecer, consolar e apoiar, honrar os votos que trocaram.

Meredith entendeu o que se passava na cabeça de Patrick. Filho de imigrantes irlandeses, ele achava, como sua gente, que casamento era um laço indissolúvel. Estava querendo dizer que ela e Matt deviam ficar juntos.

— Sr. Farrell...

— Quero que me chame de *pai* — ele interrompeu-a. Esperou, e o afeto desapareceu de seus olhos quando ela se manteve calada. — Não faz mal. Não posso esperar que uma pessoa como você queira...

— Não é isso! — ela protestou, pondo a xícara na mesa. — Mas o senhor não deveria alimentar esperanças quanto a mim e Matt. — Precisava fazê-lo entender que era tarde demais para tentar salvar o

casamento, mas, depois de todo o sofrimento que acabara de infligir-
-lhe, não podia feri-lo ainda mais, declarando que não amava seu filho.
Só queria uma chance de falar com Matt e contar-lhe a verdade sobre
o aborto. Desejava pedir-lhe perdão e conceder o seu. — Sr. Farrell...
pai, sei o que está tentando fazer, mas não vai dar certo. Matt e eu
convivemos apenas por alguns dias antes de nos separarmos, não
tivemos tempo para... para...

— Para saber se havia amor? — Patrick perguntou quando ela
silenciou. — Eu soube, na primeira vez que olhei para minha esposa,
que ela era a mulher certa para mim.

— Não sou tão impulsiva assim — Meredith disse.

Então, quis desaparecer no chão quando notou o brilho divertido
nos olhos azuis do sogro e adivinhou o que ele estava pensando.

— Mas devia ser muito impulsiva, 11 anos atrás — Patrick comentou. — Esteve com Matt apenas uma noite, aquela vez em Chicago,
e ficou grávida. Pelo visto, decidiu bem depressa que meu filho era
o homem de sua vida, porque, de acordo com o que ele me contou,
nunca tivera relacionamento íntimo com nenhum outro.

— Por favor, não vamos falar disso — ela implorou, trêmula. — Não
sabe o que sinto... o que senti por Matt, durante anos. Nos últimos
dias aconteceram certas coisas entre nós e... É tudo tão complicado!

Patrick lançou-lhe um olhar contrariado.

— Não há nenhuma complicação. É tudo muito simples. Você
amou meu filho, e ele amou você. Fizeram um bebê, são casados. Só
precisam passar algum tempo juntos para redescobrir o amor que um
dia sentiram um pelo outro. Muito simples.

Meredith quase riu do modo ingênuo como ele interpretara a
situação entre ela e Matt.

— Acho bom decidir depressa o que vai fazer — Patrick aconselhou. — Existe uma moça que ama meu filho profundamente, e ele é
capaz de acabar casando com ela.

Meredith supôs que o sogro referia-se à moça cuja foto ela vira na
escrivaninha de Matt e sentiu um estranho aperto no coração.

— A que está em Indiana? — perguntou, levantando-se.

Patrick hesitou um instante, então concordou com um gesto de cabeça.

— Matt não atende minhas ligações — ela contou, mudando de assunto, enquanto pegava a bolsa. — Preciso falar com ele de qualquer modo.

— A fazenda é o lugar ideal pra isso — Patrick comentou com um sorriso, levantando-se também. — É uma viagem de apenas duas horas até lá, mas você vai ter tempo para pensar na melhor maneira de contar tudo, e Matt vai ter de te escutar.

— Está sugerindo que eu vá até a fazenda sozinha? Não, não é uma boa ideia.

— Acha que precisa de um acompanhante? — Patrick perguntou com ar incrédulo.

— Não. Acho que Matt e eu vamos precisar de um árbitro quando a gente se encontrar. Estava pensando que o senhor, ele e eu podíamos nos reunir aqui.

O velho pôs as mãos nos ombros dela.

— Meredith, vá à fazenda. Lá, você vai poder dizer tudo o que quiser. Não existe oportunidade melhor. Vendemos a casa e o resto das terras e é por isso que Matt está lá, para pegar as nossas coisas. O telefone já foi desligado; vocês não vão ser interrompidos. Ele não poderá fugir de você, porque o carro em que viajou precisou ser guinchado para a oficina por causa de um problema mecânico que apareceu no caminho. Joe vai buscar o Matt só na segunda-feira de manhã. — Patrick obviamente percebeu que ela começava a ceder, porque lhe dirigiu um sorriso de incentivo. — São onze anos de ódio e mágoa entre vocês — persistiu. — Podem acabar com isso hoje mesmo! Não é o que você realmente quer? Sei como deve ter se sentido quando pensou que Matt não se importava com você nem com seu filho, mas pense no que ele sentiu todo esse tempo! Hoje à noite, tudo isso pode ficar para trás, e vocês podem voltar a ser amigos, como foram um dia.

Meredith estava propensa a aceitar o conselho, mas ainda hesitava.

— Depois que acabarem de conversar, você pode ir pro hotel de Edmunton e ficar lá — sugeriu o sogro.

Quanto mais ela analisava os argumentos de Patrick, mais percebia que ele tinha razão. Sem telefone, Matt não poderia chamar a polícia para expulsá-la sob a alegação de que ela invadira sua propriedade. Sem carro, não poderia fugir. Seria *obrigado* a ouvi-la. Imaginou como ele se sentira ao receber o telegrama forjado por Philip, como ainda devia sentir-se, e, de repente, desejou desesperadamente colocar um fim no ressentimento entre os dois, para que pudessem separar-se como amigos.

— Vou passar no meu apartamento para pegar algumas roupas — disse simplesmente.

Patrick sorriu-lhe com ternura.

— Você me deixa orgulhoso, Meredith — murmurou, deixando claro que sabia que o encontro com Matt não seria nada fácil.

— Acho que devo ir agora. — Ela se ergueu na ponta dos pés e beijou-o.

Ele abraçou-a com força, e aquele gesto de carinho paternal quase a fez romper em lágrimas. Por mais que tentasse, Meredith não conseguia lembrar quando fora a última vez que recebera um abraço do pai.

— Joe vai te levar — Patrick anunciou ao soltá-la, e sua voz estava embargada de emoção. — Vai nevar, e as estradas ficarão escorregadias.

Meredith recuou um passo, movendo a cabeça em negativa.

— Não, obrigada. Estou acostumada a dirigir na neve.

— Ainda acho que seria melhor você ir com o Joe.

— Não se preocupe comigo — ela pediu, virando-se para sair.

Então, lembrou-se de que Lisa a convidara para jantar e ver a exposição de fotos de seu namorado numa galeria de arte.

— Posso usar o telefone? — pediu, voltando-se para Patrick.

— Sim, claro.

Aborrecida, Lisa exigiu uma explicação para o cancelamento dos planos e ficou furiosa quando Meredith contou aonde ia e por quê. Furiosa com Philip Bancroft.

— Meu Deus! — exclamou. — Você e Matt passaram todos esses anos pensando o pior um do outro! E tudo por causa do canalha do seu pai, aquele... — Parou de falar antes que se arrependesse e fez uma pausa antes de concluir. — Bem, boa sorte.

Assim que Meredith saiu, Patrick ficou em silêncio por um longo tempo, depois olhou para Joe, que estivera bisbilhotando, parado no vão da porta que levava à cozinha.

— O que achou de minha nora? — perguntou com um amplo sorriso. Joe entrou na sala, caminhando na direção dos sofás.

— Acho que seria ótimo se ela me deixasse levá-la à fazenda. Não poderia fugir, mesmo que quisesse, porque também estaria sem carro.

Patrick riu.

— Meredith pensou nisso, Joe. Por isso que ela se recusou a ir com você.

— Matt está furioso com ela e não vai ficar nada contente com ela lá. Mais do que furioso. Nunca o vi desse jeito. Toquei no nome dela, ontem, e ele me olhou de um modo que fez meu sangue gelar. Pelos telefonemas que ele dá no carro, deduzi que pretende assumir a direção da Bancroft's. Na minha opinião, por pura vingança. Ninguém mexe tanto com ele quanto Meredith.

— Nem eu — declarou Patrick com um sorriso ainda mais largo.

— Só ela tem esse poder.

— Você acha que, depois de Meredith contar o que o pai dela fez, e Matt esfriar a cabeça, ele não vai deixá-la sair da fazenda antes de segunda-feira?

— Não estou só achando. Estou contando com isso.

— Aposto cinco dólares como vai errar.

Patrick ficou sério.

— Joe, você está apostando contra os dois?

— Normalmente, eu apostaria dez dólares, não cinco, como Matt olharia para aquele rosto lindo, para aqueles olhos, que ficam maravilhosos cheios de lágrimas, e a levaria para a cama no mesmo instante. Mas, agora, se apostar, vou perder.

— Por que diz isso?

— Porque Matt está doente. Pegou aquela maldita gripe no começo da semana e ainda teimou em ir pra Nova York. Quando fui pegar ele no aeroporto, ontem, ele tossia tanto que fiquei preocupado.

— Quer aumentar a aposta para dez dólares?

— Feito.

Sentaram-se para continuar a partida de damas, mas Joe não olhou para o tabuleiro, fitando o outro homem com ar duvidoso.

— Patrick, cancelo a aposta. Não é justo eu tomar seus dez dólares. Você mal viu Matt durante a semana. Não sabe como ele está doente e furioso. Tenho certeza de que ele vai expulsar Meredith.

— Ele pode estar furioso como você está falando, mas não tão doente.

— Como pode ter tanta certeza?

Patrick fingiu concentrar-se nas peças espalhadas no tabuleiro.

— Matt esteve no médico e comprou remédios antes de ir pra Indiana. Ele me ligou do carro, no caminho pra fazenda, e disse que já estava melhor.

— Você está blefando, Patrick! Seu olho está tremendo.

— Quer aumentar a aposta?

# *34*

◠◡ Quando Meredith saiu de seu apartamento, levando uma maleta, a neve tinha acabado de começar a cair. No entanto, quando entrou no estado de Indiana, viu que iria enfrentar uma nevasca. Trabalhadores limpavam a pista, e as luzes amarelas de seus caminhões e máquinas giravam, brilhando na escuridão, como se fosse a luz de um farol. Um caminhão de mudanças passou por ela, jogando neve suja nos vidros do carro. Cerca de 3 quilômetros depois, ela viu o mesmo caminhão meio tombado numa valeta, com o motorista ao lado, conversando com outro caminhoneiro que havia parado para ajudá-lo.

De acordo com o rádio, a temperatura continuava a cair, e a neve chegaria a uma altura de 30 centímetros nas próximas horas. Meredith, porém, estava pouco preocupada com as más condições do tempo. Só conseguia pensar no passado e na necessidade de fazer Matt entender o que realmente acontecera. Quando Patrick sugeriu que fosse à fazenda, ela ainda estava chocada demais com a descoberta do que o pai fizera para pensar com clareza. Agora, mais calma, tinha pressa de esclarecer o mal-entendido que os fez sofrer por tanto tempo.

Foi maravilhoso descobrir que Matt tentou vê-la no hospital, que não tinha abandonado Meredith. Ele também precisava livrar-se da carga de amargura que carregava por pensar que ela tinha feito um aborto e o riscado de sua vida sumariamente.

Meredith tirou o pé do acelerador quando os faróis iluminaram um trecho coberto de gelo, mas já era tarde demais, e o BMW deslizou para a frente, sem tração, até chegar ao ponto em que a neve voltava a cobrir o asfalto. Assim que assumiu o controle do carro de novo, voltou a pensar em Matt. Entendia, finalmente, a hostilidade que pressentira nele. Inclusive a ameaça feroz que ele lhe fizera na semana anterior: "Tente me contrariar e você vai se arrepender profundamente."

Considerando as injustiças que Matt sofrera, era fácil entender o motivo de estar agindo de modo tão vingativo. Levando em conta tudo o que achava a respeito dela, era de admirar que ainda tivesse tentado ser gentil, tanto no baile como no almoço no Landry's. Em seu lugar, Meredith não teria sido capaz de ser educada, muito menos gentil.

De repente, um pensamento de desconfiança surgiu em sua mente. Matt poderia ter enviado aquele telegrama para si mesmo, para justificar-se perante Patrick, mostrando que fora ela quem o abandonara. Não. Ele fazia o que queria, não precisava dar satisfações a ninguém. Engravidara-a, casara com ela, enfrentara a ira de Philip sem medo e sem desculpas. Não teria se acovardado diante do próprio pai. Ele era um homem direito. Apesar de ter recebido um telegrama cruel, antes de enviar a resposta, mandando-a dar entrada no divórcio, pegou um avião e foi até Chicago para vê-la, talvez para tentar dissuadir Meredith do divórcio.

Lágrimas nublaram a visão de Meredith, e ela acelerou distraidamente. Precisava chegar até ele, tinha de falar com ele, fazer com que entendesse. A tristeza e a ternura que sentia por Matt, o desejo de fazer com que ele fosse seu amigo, não pareciam representar nenhuma ameaça a seu futuro com Parker. Ela só queria sufocar o tumulto do passado e viver em paz. Da próxima vez que Matt lhe estendesse a mão, como fizera no baile da ópera, ela a apertaria, sorrindo. A amizade entre eles também não precisaria ficar limitada a encontros durante eventos sociais. Matt era um empresário brilhante, um grande estrategista, que poderia aconselhá-la quando ela tivesse dúvidas sobre como agir nos negócios. Almoçariam juntos, ela exporia o problema, e ele a orientaria. Era assim que velhos amigos se relacionavam.

A estrada rural que saía de Edmunton estava em péssimas condições, mas Meredith nem notou direito, dominada pela ânsia de chegar à fazenda. Por fim, alcançou a ponte de madeira sobre o riacho que corria pela propriedade dos Farrell e viu que a neve havia se acumulado, formando uma camada alta. Acelerou para evitar que o carro atolasse e o poderoso veículo atravessou a ponte, derrapando perigosamente, os pneus cantando, até chegar ao caminho que levava ao pátio na frente da casa.

À luz da lua, que refletia no pátio coberto de neve, as árvores nuas do pátio erguiam-se fantasmagóricas, imagens distorcidas do que ela e Matt haviam sido naquele verão tão distante. Como esqueletos assustadores, lançando sua sombra na casa pintada de branco, pareciam estar dizendo a Meredith que fosse embora. Ela sentiu um arrepio, mas continuou em frente até parar perto da escada. Apagou os faróis e desligou o motor. Uma luz filtrava-se fracamente por uma vidraça, no andar de cima. Matt estava mesmo lá e ainda não tinha ido dormir. E ficaria furioso quando a visse.

Recostando a cabeça no encosto do banco, ela fechou os olhos, tomando coragem para encarar o que aconteceria nos minutos seguintes.

— Por favor, que o Matt acredite em mim — pediu a Deus num murmúrio.

Abrindo os olhos, endireitou-se, tirou a chave da ignição e pegou a bolsa. Onze anos atrás, suas preces para que Matt fosse vê-la no hospital haviam sido atendidas, ela só não soube na época e acabou que nunca mais rezou. Com certeza Deus devia estar zangado com ela agora. Conteve um impulso histérico de riso ao refletir que era espantoso, mas conseguira despertar a raiva de muita gente, mesmo esforçando-se tanto para ser uma boa pessoa.

Saiu do carro e, enquanto fechava a porta, viu a luz do alpendre acender-se. Qualquer resquício de riso sumiu, o coração foi parar na boca, ao ver que a porta da casa se abria. Nessa confusão toda, deixou as chaves caírem perto do pneu direito e abaixou-se para pegá-las. Mas, então, lembrou-se que tinha cópias na bolsa e decidiu que não valia a pena ficar cavando a neve. Não num momento daquele, em que estava prestes a encarar a situação mais importante de sua vida.

A luz do alpendre se estendia até o pátio, e Matt estava parado no vão da porta, olhando para a cena desconcertante à sua frente, incrédulo. Uma mulher, muito parecida com Meredith estava andando na frente do carro, depois se abaixou e desapareceu de sua vista, para reaparecer novamente e começar a andar para a escada, cercada pela neve levada pelo vento. Agarrou-se ao batente, pois se sentia fraco e tonto por causa da gripe. A febre devia estar causando alucinações. A mulher não era real. Não era possível que fosse real. Mas, quando ela afastou do rosto os cabelos salpicados de neve, ele achou o gesto tão familiar que sentiu um aperto no peito.

Ela subiu os degraus e parou diante dele, encarando-o.

— Oi, Matt.

Ele decidiu que, de fato, estava delirando. Ou, talvez, sonhando. Ou morrendo, lá no andar de cima, deixando seu espírito livre para vaguear. A aparição, imagem perfeita de Meredith, esboçou um sorriso.

— Posso entrar? — perguntou.

Um golpe de vento violento atingiu o rosto de Matt com neve, tirando-o de seu estado abobalhado. Não era nenhuma aparição, mas sim Meredith, em carne e osso. Fraco demais para agarrá-la e levá-la de volta ao carro, temeroso de ficar exposto ao frio, doente como estava, ele se virou e entrou, deixando com ela a decisão de segui-lo ou não.

Ela entrou também e fechou a porta, indo atrás dele para a sala escura.

— Você deve ter os instintos de um cão de santo-humberto e a tenacidade de um buldogue para me encontrar aqui — Matt comentou, acendendo a luz do teto.

Meredith, que havia se preparado para uma recepção muito pior e mais explosiva, respirou, um pouco aliviada.

— Tive ajuda — admitiu e, para resistir ao impulso terno de tomar o rosto carrancudo entre as mãos e pedir perdão, tirou o casaco.

— O mordomo está de folga — ele zombou. — Você mesma terá de pendurar seu casaco.

Em vez de replicar no mesmo tom, como seria de esperar, Meredith colocou o casaco no encosto de uma cadeira.

— E então? — ele perguntou. — O que você quer?

Ela riu, meio sem fôlego por causa do nervosismo.

— Quero uma bebida.

— Infelizmente, estamos sem Dom Pérignon — ele informou, sarcástico. — Vai ter de se contentar com uísque ou vodca.

— Vodca, por favor.

Matt, caminhando para a cozinha, teve a impressão de que seus joelhos haviam se transformado em geleia, mas conseguiu verter um pouco de vodca num copo e voltar para a sala.

Ela pegou o copo, que ele lhe entregou bruscamente, e olhou em volta.

— É estranho ver você aqui de novo, depois de tantos anos — observou.

— Por quê? Foi daqui que eu saí. Não passo de um operário sujo, esqueceu?

Para surpresa de Matt, o rosto de Meredith enrubesceu, sinal de que estava envergonhada.

— Sinto muito por ter dito isso — ela se desculpou. — Queria te atingir, mas não penso assim, não tem nada de errado em ser operário. Na verdade, admiro uma pessoa trabalhadora, decente, que...

— Aonde você quer chegar, Meredith? — ele interrompeu-a com violência e cambaleou quando sentiu uma forte pontada na cabeça.

Apoiou-se na parede, enquanto a sala girava à sua volta.

— O que foi? — Meredith perguntou, alarmada. — Está doente?

Matt achou que ia tombar, como um bebê aprendendo a andar, ou vomitar na frente dela.

— Saia daqui — ordenou, andando com dificuldade na direção da escada. — Eu vou dormir.

— Você está doente! — Meredith gritou, correndo até ele, quando o viu segurar-se no corrimão e oscilar como se fosse cair. Pegou-o pelo braço para ajudá-lo e sentiu o calor exagerado de sua pele. — Está queimando de febre!

— Vá embora! — Matt gritou, empurrando-a.

— Pare de falar e jogue seu peso em mim — ela ordenou, passando o braço dele ao redor dos ombros.

Ele não protestou, talvez fraco demais para isso, e, quando finalmente chegaram ao quarto, desabou na cama. Fechou os olhos e ficou imóvel. Aterrorizada, Meredith pegou-lhe o braço para sentir a pulsação e, em seu nervosismo, não captou nada. Era como se ele estivesse morto.

— Matt! Não pode morrer agora! Vim até aqui para contar certas coisas que você precisa saber, para pedir perdão! — Meredith gritou, sacudindo-o pelos ombros.

Por fim, o tom de desespero que havia na voz dela penetrou a mente entorpecida de Matt e, naquele estado de prostração, ele não foi capaz de sentir nenhuma animosidade. Só podia pensar que estava muito doente e que Meredith estava a seu lado.

— Para — pediu num murmúrio. — Para de me sacudir, droga!

Meredith soltou-o, profundamente aliviada, e tentou recuperar a calma. A última pessoa que viu tão doente tinha sido o pai, e ele quase morreu. Mas Matt era jovem e forte, não sofria do coração. Sem saber o que fazer para ajudá-lo, olhou em volta e viu dois frascos de comprimidos na mesa de cabeceira. Nos rótulos havia a instrução de que os medicamentos deviam ser tomados de três em três horas.

— Matt? Quando tomou os remédios pela última vez? — Ele ouviu a pergunta e esforçou-se para abrir os olhos, mas, antes de conseguir, sentiu que Meredith tomava-lhe a mão e inclinava-se sobre ele. — Matt, está me ouvindo? — ela perguntou, suplicante.

— Não estou surdo. E não estou morrendo. Peguei gripe e fiquei com os brônquios inflamados. Tomei os comprimidos mais ou menos há meia hora.

O colchão afundou quando ela sentou-se a seu lado, e ele podia jurar que sentia dedos macios afastando os cabelos de sua testa. Estava obviamente à beira do delírio, e viu a cena que se desenrolava diante de seus olhos fechados como se estivesse tendo um sonho. Visualizou Meredith debruçada sobre ele, preocupada, afastando seus cabelos para trás carinhosamente. Uma cena hilária.

— Tem certeza de que é só gripe? — ela perguntou, e sua voz parecia vir de muito longe.

Ele torceu os lábios num sorriso meio espasmódico.

— Queria que fosse coisa pior?

— Acho melhor chamar um médico.

— Não. Só preciso dos afagos de uma mulher.

— Essa mulher pode ser eu? — ela perguntou com uma risadinha trêmula.

— Muito engraçado.

— Bem, vou deixar você sozinho, para que descanse.

— Obrigado — ele murmurou, virando o rosto para o lado, já quase adormecido.

Meredith cobriu-o, notando, pela primeira vez, que ele estava descalço. Ajeitou os cobertores cuidadosamente à sua volta e foi até a porta, erguendo a mão para o interruptor. Antes de apagar a luz, olhou para Matt mais uma vez. Ele respirava com dificuldade, estava com olheiras e abatido, mas, mesmo doente e dormindo, ainda tinha a aparência de um temível adversário.

— Matt, por que as coisas nunca acontecem como deveriam quando chego perto de você? — ela perguntou baixinho, apagando a luz.

Seu sorriso desapareceu do rosto. Sempre odiou confusão e incerteza em sua vida pessoal, pois isso a deixava com a sensação de estar desamparada diante de um perigo. No trabalho, no entanto, essas situações eram estimulantes, desafiadoras, porque, quando ela assumia riscos e usava a intuição, quase sempre era recompensada. Se isso não acontecia, vinha a frustração, mas não era nenhum desastre.

Em toda a sua vida de adulta, correra apenas dois graves riscos pessoais, e em ambas as vezes os resultados haviam sido catastróficos: entregara-se a Matthew Farrell e depois se casara com ele. Mesmo após 11 anos, ainda tentava livrar-se das consequências.

Refletiu que Lisa vivia criticando Parker por ser um homem previsível demais, mas ele era totalmente confiável, e a amiga não entendia que ela só queria uma vida sem grandes surpresas e um homem em quem pudesse confiar.

Na sala novamente, vestiu o casaco e saiu para ir buscar a mala no carro. Quando voltou, parou um momento para olhar ao redor. Nada havia mudado. O sofá e as poltronas diante da lareira ainda eram os mesmos. Os abajures e os livros não haviam sido mudados de lugar. De diferente, só as caixas abertas no chão, prontas para receber os pertences dos Farrell. Apenas uma delas estava cheia de objetos embrulhados em jornal.

# 35

~~ AINDA NEVAVA, NA MANHÃ SEGUINTE, QUANDO MEREDITH foi ver como Matt estava. Pousou a mão na testa dele e constatou que a febre continuava, mas não estava mais tão alta.

Voltando para o quarto onde dormira, vestiu calça de lã azul--marinho e um suéter grosso, da mesma cor, com listras amarelas, e foi para a frente do espelho pentear os cabelos. Começou a rir baixinho, não conseguindo se conter. Quanto mais pensava na noite anterior, mais achava engraçado o que havia se passado. Depois de ter feito uma viagem pela neve, dominada pelo nervosismo e pela ansiedade, encontrara-se com Matt, esperando pelo pior, e ele desabara sem que pudessem trocar mais do que algumas poucas palavras! Era óbvio que alguma perversa influência sobrenatural entrava em ação sempre que os dois ficavam juntos.

Na verdade, ela devia agradecer o fato de Matt estar tão doente que não poderia pô-la para fora à força, mesmo que quisesse. À tarde, provavelmente, ele estaria sem energia para mandá-la embora, mas bastante bem para que ela abordasse o assunto explosivo, sem medo de vê-lo piorar. No caso de ele insistir em expulsá-la, ela ganharia tempo, alegando que não podia ir embora porque perdera as chaves do carro na neve, sem explicar que tinha cópias na bolsa. Não estaria mentindo, apenas omitindo parte da verdade.

Satisfeita com o plano, escovou os cabelos e ajeitou-os com as mãos, deixando-os soltos. Passou batom, escureceu os cílios com rímel e recuou um passo para analisar o efeito. Gostou da própria aparência, apesar de achar que os cabelos estavam compridos demais.

Determinada a encontrar um termômetro e aspirinas, foi ao banheiro, no fim do corredor. Abriu o pequeno armário com espelho e viu um termômetro e vários frascos, a maioria deles com os rótulos amarelados pelo tempo. Franziu a testa, indecisa. A não ser por uma rara cólica menstrual ou uma dor de cabeça, ela não ficava doente.

Em toda a sua vida, tivera apenas dois resfriados, e a última vez que ficou gripada tinha 12 anos.

O que uma pessoa gripada e com os brônquios inflamados costumava tomar? Muitos dos empregados da loja haviam contraído a gripe que atacara Matt, inclusive Phyllis, e Meredith tentou lembrar-se do que a secretária dissera sobre os sintomas. Febre, dor de cabeça lancinante, náuseas, dores musculares, tosse e peito congestionado.

Pegou o termômetro e um frasco de aspirinas. Havia um vidrinho de Mertiolate, mas isso era só para cortes, e um tubinho comprido, que ela examinou, descobrindo que se tratava de um creme para friccionar músculos doloridos. Tirou a tampinha, e o cheiro forte fez seus olhos lacrimejarem.

Continuando sua busca por remédios, encontrou um vidro grande de cor marrom, cujo rótulo dizia: Óleo de Castor Smith's. Ela não fazia a mínima ideia para o que aquilo servia, mas devia ter um gosto horrível. Rindo, pegou-o, pretendendo colocá-lo na bandeja que levaria para Matt, só de brincadeira. Ocorreu-lhe que estava muito alegre para uma mulher isolada numa fazenda, com um homem doente que a odiava, mas se justificou, atribuindo a felicidade que sentia ao fato de que logo seria capaz de dissipar aquele ódio. Na verdade, estava tão feliz que parecia ter 18 anos outra vez.

Viu um pote azul, baixo e largo, e reconheceu o rótulo. Servia para melhorar o congestionamento de odor quase tão forte quanto a do tubinho, mas ela sabia que ajudaria Matt a se sentir um pouco melhor. Olhando para o frasco de aspirinas, lembrou que o remédio podia curar dor de cabeça, mas fazia mal ao estômago. Se Matt estava enjoado, seria melhor procurar outra coisa. Gelo! Compressas de gelo eram muito eficientes.

Desceu para a cozinha, levando tudo consigo, e começou a procurar nos armários e gavetas algo que pudesse servir como bolsa de gelo, mas não achou nada adequado. Então, lembrou-se de um estranho saco de borracha vermelho no armário sob a pia do banheiro, quando o abrira enquanto procurava uma toalha depois do banho. Tornou a subir e pegou o saco, mas estava sem a tampa. Ajoelhando-se no chão, apalpou o armário no espaço atrás das toalhas e embaixo delas, e encontrou a tampa, mas havia um tubo comprido saindo dela, com uma braçadeira de metal na extremidade.

Endireitando-se, examinou o apetrecho e pensou em arrancar o tubo da tampa, mas descobriu que era tudo uma peça só. Sem alternativa, puxou a braçadeira para baixo, apertou-a e, por medida de segurança, deu um nó no tubo. Voltou para a cozinha para encher o saco com água e gelo.

Feito isso, ainda faltava preparar alguma coisa para o café da manhã, mas havia pouca escolha. Tinha de ser algo leve, fácil de ser digerido, o que eliminava quase tudo o que havia no armário, mas felizmente havia pão de forma. Na geladeira, ela encontrou um pacote de presunto fatiado, um de bacon, um tablete de manteiga, ovos e dois bifes no freezer. Era evidente que Matt não se preocupava com colesterol.

Pegou a manteiga, colocou duas fatias de pão na torradeira e foi ao armário ver o que poderia fazer para o almoço. A não ser por algumas latas de sopa, todo o restante era condimentado demais, ou oleoso: cozido, spaghetti, atum, e uma lata de leite condensado, e quase soltou um grito de triunfo.

Feliz da vida, ela achou um abridor de lata e despejou um pouco em um copo. A textura era bizarramente espessa e quando ela leu o rótulo, dizia que o leite podia ser usado puro ou diluído. Como não sabia o modo que Matt preferia, ela provou e estremeceu. Nada iria ajudar a ter um gosto melhor e ela não conseguiu entender como ele gostava daquilo, mas evidentemente, gostava.

Quando tudo ficou pronto, foi à sala e tirou o tampo removível de uma mesinha, que também servia como bandeja, de modo a poder levar todas as coisas para cima de uma só vez.

Matt acordou de um sono agitado, sentindo a cabeça latejar horrivelmente. Virando-se de lado, obrigou-se a abrir os olhos e ficou meio confuso ao ver um despertador antiquado, cujos ponteiros marcavam 8:30, em vez do radiorelógio que tinha em seu quarto. Então, lembrou-se de que estava na fazenda e que na noite anterior estava muito doente. Pelo jeito, ainda estava. A cabeça parecia que ia explodir, sentia o corpo fraco, mas a camisa estava ensopada de suor, sinal de que a febre tinha abrandado.

Tirou dois comprimidos de cada frasco sobre a cabeceira e os colocou na boca, pegando o copo de água, e esses movimentos simples custaram-lhe um esforço enorme. Depois de tomar o remédio, pensou em levantar-se e tomar um banho, mas sentia-se tão exausto que decidiu dormir mais um pouco. Voltou a ajeitar a cabeça no travesseiro e fechou os olhos, mas uma lembrança vaga percorria sua mente, algo relacionado com Meredith. No pico da febre, tivera um sonho delirante, no qual ela chegou numa tempestade de neve e o ajudou a ir para a cama. Como seu subconsciente podia ter criado imagens tão estranhas? Meredith o jogaria num rio, num precipício, ou o arruinaria financeiramente, se pudesse. Nunca o ajudaria, em nenhuma circunstância.

Ele estava quase dormindo de novo quando ouviu os degraus da escada rangerem, como se alguém estivesse subindo. Sobressaltado, sentou-se e começou a afastar os cobertores, embora o movimento brusco o tivesse deixado tonto e enjoado.

Nesse momento, bateram à porta.

— Matt?

Era a voz de Meredith, suave, melodiosa, educada, inconfundível. Ele ficou imóvel, olhando para a porta, completamente confuso.

— Matt, eu vou entrar.

A maçaneta girou, a porta abriu-se, e Meredith entrou. Não fora um sonho, afinal. Ela estava mesmo lá.

— O que está fazendo aqui? — Matt perguntou em tom tão furioso que Meredith quase derrubou a bandeja.

— Vim trazer uma bandeja com remédios e seu café da manhã — ela explicou, aproximando-se da cama, ignorando a expressão de raiva no rosto dele.

Matt olhou para a bandeja, e seus olhos fixaram-se no saco de borracha em cujo tubo ela dera um nó.

— O que pensa que vai fazer com isso?

— Pôr na sua cabeça — ela respondeu, determinada a não se deixar intimidar.

— Isso é sua ideia de piadinha? — ele perguntou em tom de maldosa zombaria.

— Não... — ela respondeu, desconcertada, pondo a bandeja na cama. — Eu precisava pôr gelo...

— Eu vou te dar cinco segundos para sair desse quarto e um minuto pra sair dessa casa — Matt gritou. — Se não fizer isso, eu mesmo vou te botar pra fora!

Inclinou-se para a frente, empurrando os cobertores, com a clara intenção de levantar-se.

— Não! — Meredith exclamou em tom de súplica. — Não adianta me ameaçar, porque eu não posso ir embora. Deixei as chaves do carro caírem na neve e elas sumiram. Mas, mesmo que isso não tivesse acontecido, eu não sairia daqui sem lhe dizer tudo o que preciso.

— Não estou interessado, seja lá o que for — ele declarou, lutando para afastar os cobertores.

— Você não se comportou assim ontem à noite — Meredith observou, levantando a bandeja antes que ele a derrubasse. — Não precisa ficar tão alterado só porque preparei um saco de gelo para pôr na sua cabeça!

Ele a fitou com evidente assombro.

— Você fez o quê? — indagou ele num murmúrio.

— Tentei explicar. Preparei um saco de gelo para você pôr na cabeça.

Assustada, Meredith viu-o cobrir o rosto com as mãos e cair para trás, notando que os ombros largos estremeciam. Então, Matt começou a tremer dos pés à cabeça, emitindo sons estranhos, abafados pelas mãos grandes. Ela achou que ele estava tendo uma convulsão e ficou apavorada.

— O que foi? Vou chamar uma ambulância! — gritou, pousando a bandeja na mesinha de cabeceira e correndo para a porta. — Tenho um telefone no carro.

Já estava fora do quarto, chegando na escada, quando a risada de Matt explodiu, alta, prolongada, quase que incontrolável. Estacou, atônita, percebendo que a "convulsão" fora na realidade um louco ataque de riso que ele tentara conter. Não entendia o que podia haver de tão engraçado num saco de gelo. Ela também achara estranho aquele tubo de borracha flexível que saía da tampa, como se o saco fosse um irrigador para higiene íntima, mas descartara a ideia ao refletir que nunca vira nada parecido entre os produtos descartáveis usados para esse fim, encontrados em farmácias.

Virou-se e voltou para o quarto, mas parou um pouco antes da porta, acanhada e indecisa. Num ponto, a bobagem que cometera fora útil, porque fizera Matt rir e esquecer a ameaça de expulsá-la. O riso devia ter acalmado sua raiva, deixando-o menos assustador. Mas, mesmo que ele continuasse furioso, ela precisava tentar conversar e promover a paz entre os dois. Decidida, pôs as mãos nos bolsos da calça e entrou no quarto.

No instante em que a viu, Matt precisou sufocar outro acesso de riso. Ela se aproximava da cama, com as mãos nos bolsos, numa pose displicente, fingindo não saber o que ele achara tão engraçado. Para completar o quadro de cômica ingenuidade, só precisava olhar para o teto e começar a assobiar.

De súbito, Matt perdeu toda a vontade de rir. Com o cérebro anuviado pela febre, levara algum tempo para atinar sobre qual o motivo que levara Meredith a procurá-lo. Ela se dera àquele trabalho todo de ir até a fazenda porque descobrira que ele era o novo proprietário do terreno de Houston e que, se quisesse comprá-lo, teria de pagar 10 milhões de dólares a mais do que previra. Com certeza, fora atrás dele para convencê-lo a baixar o preço, disposta a usar de qualquer recurso, e sujeitara-se até a servir-lhe de enfermeira.

— Como você me encontrou? — ele quis saber, enojado com aquela transparente tentativa de manipulação.

Meredith percebeu sua alarmante mudança de humor e ficou inquieta.

— Fui ao seu apartamento, ontem à noite — explicou. — Nessa bandeja...

— Esqueça a bandeja — ele ordenou em tom ríspido. — Perguntei como me encontrou.

— Seu pai me disse que você estava aqui.

— Você deve ter feito uma tremenda cena dramática para convencer o meu pai a ajudar você — Matt conjeturou com óbvio desprezo.

— Senão, ele não teria te contado nada. Meredith estava tão desesperada para obrigá-lo a ouvir o que ela tinha a dizer e acreditar em suas palavras que, sem pensar, sentou-se na beirada da cama.

— Seu pai e eu conversamos e expliquei certas coisas — começou.

— Ele acreditou em mim e me disse onde você estava, para que eu pudesse te contar as mesmas coisas.

— Então, explique — Matt concedeu sarcasticamente, recostando-se nos travesseiros. — Mas seja breve. — Meredith examinou o rosto hostil, respirando fundo para acalmar-se e conseguir fitá-lo nos olhos.

— Vai falar, ou ficar aí, me encarando? — perguntou ele com grosseria.

Ela estremeceu, mas não baixou o olhar.

— Vou falar, mas o que tenho a dizer é um pouco complicado.

— Mas convincente, pelo jeito — Matt observou.

— Espero que sim.

— Comece, então, mas vai direto ao ponto: no que deseja que eu acredite, o que oferece e o que quer em troca. Na verdade, até podemos pular o último, porque sei muito bem o que você quer, mas estou curioso para ver como planeja conseguir.

As palavras dele atingiram Meredith como chicotadas, mas ela se manteve firme, olhando-o nos olhos.

— Eu quero que acredite na verdade, em mim. O que tenho a dar são algumas ofertas de paz, e por isso fui até o seu apartamento ontem. O que quero em troca é uma trégua e um entendimento entre nós.

Ele sorriu com desdém.

— Quer apenas "uma trégua, um entendimento"? — Fez uma pausa e, como Meredith não dissesse nada, a incentivou rudemente: — Pode falar. Agora que vi que seus motivos são nobres, diga o que tem de bom para oferecer.

Meredith percebeu a ironia, pois era evidente que Matt imaginava que ela lhe ofereceria algo insignificante. Então, preparou-se para colocar o trunfo na mesa, oferecendo o que era de vital importância para ele.

— Ofereço a aprovação do projeto para o rezoneamento de Southville — declarou, vendo uma surpresa momentânea nos olhos dele. — Sei que meu pai impediu que seu pedido fosse aprovado, mas gostaria que você soubesse que nunca concordei com isso. Briguei com ele por esse motivo, muito antes daquele dia em que nós dois fomos almoçar juntos.

— Que senso de justiça você adquiriu de repente! — Matt zombou.

Ela sorriu de leve.

— Imaginei que fosse reagir assim. No seu lugar, eu faria o mesmo — admitiu. — O que importa é que seu pedido será aprovado assim que você tornar a apresentá-lo à comissão. Meu pai usou a influência dele para vetar o projeto e prometeu que tornará a usá-la para reverter a situação. Eu te dou a minha palavra de que o farei cumprir a promessa.

Matt deu uma risada desagradável.

— Se meu pedido de rezoneamento for aprovado até as cinco horas da tárde de terça-feira, *sem* ser apresentado novamente, mandarei que meus advogados cancelem os processos a que darão entrada na quarta-feira. Um deles é contra o senador Davies e seu pai, por exercício ilegal de influência sobre funcionários públicos, e outro contra a comissão de zoneamento de Southville, por deliberadamente deixar de levar em consideração os interesses da comunidade.

Meredith sentiu-se mal ao descobrir o que Matt planejara fazer para vingar-se, mobilizando forças com uma rapidez surpreendente. Lembrou-se do que a *BusinessWeek* dissera sobre as atitudes dele, chamando-as de "um retorno ao tempo em que a lei do olho por olho, dente por dente, era considerada justiça, não vingança cruel e desumana". Então, refletiu que, a despeito de sua reputação de homem implacável, apesar de ter todos os motivos para desprezá-la, Matt tentara ser amigável no baile da ópera e no almoço no Landry's. Ele só assestara seu poder contra ela e Philip quando fora atacado além de seu limite de tolerância. Esse pensamento encheu-a de nova coragem.

— O que mais? — Matt indagou, impaciente.

— Não haverá mais nenhum ato de vingança por parte de meu pai.

— Isso significa que poderei ser sócio do clube esnobe que vocês frequentam?

Meredith corou, concordando com um gesto de cabeça.

— Não estou interessado — ele informou. — Nunca estive. O que mais tem para oferecer? — Ela hesitou, mexendo as mão nervosamente cruzadas no colo. — Nada mais? — ele insistiu, perdendo a paciência. — Isso é tudo o que tem pra oferecer? Você quer que eu te perdoe e te dê o que realmente deseja?

— Como assim, o que eu realmente quero?

— O terreno de Houston — ele esclareceu em tom gélido. — Entre os motivos "nobres" que a levaram a me procurar em meu apartamento, e depois aqui, tem esse, que você não mencionou. Ou estou enganado a respeito da pureza de suas intenções, Meredith?

— Admito que decidi procurá-lo quando fiquei sabendo que você havia comprado o terreno — confessou calmamente.

— E agora que me achou, está disposta a dizer ou fazer qualquer coisa para me convencer a vendê-lo pelo mesmo preço que o comprei, certo? Existe algum limite?

— Não entendo o que está querendo dizer.

— O que mais está preparada para me dar, além do que já ofereceu?

— Eu...

— Não se dê ao trabalho de responder. Nada do que faça ou diga terá a menor importância para mim. Mesmo que banque a enfermeira, ou se ofereça para ir para a cama comigo, o preço do terreno continuará sendo de 30 milhões de dólares. Fui claro?

Matt surpreendeu-se com a expressão calma que viu no rosto dela. Ele a agredira com cada uma das palavras que dissera, ameaçara-a com processos que desencadeariam um escândalo, insultara-a até no tom de voz, falando com zombaria e desprezo, tentara intimidá-la de um modo que já assustara ou enfurecera pessoas muito mais endurecidas, mas não fora capaz de fazê-la perder o controle sobre as emoções. Muito pelo contrário, se ele não soubesse que isso era impossível, diria que Meredith olhava-o com ar de arrependimento e ternura.

— Foi bastante claro — ela concordou, levantando-se.

— Vai embora?

— Não — ela respondeu, sorrindo. — Vou te dar o café da manhã e continuar bancando a enfermeira.

— Pelo amor de Deus! — Matt explodiu. — Não entendeu o que eu disse? Eu não vou mudar de ideia sobre o terreno de Houston!

— Entendi muito bem e aceito sua decisão como uma espécie de punição por erros passados. Você não poderia ter escolhido outra melhor, Matt — ela declarou. — Eu queria aquela propriedade para a Bancroft & Company, e vai ser horrível quando você a vender a outra empresa, mas não podemos pagar 30 milhões. — Fez uma pausa, enquanto ele a olhava, atônito. — Você tirou de mim algo que eu desejava desesperadamente — prosseguiu. — Podemos, agora, nos considerar quites e fazer uma trégua?

O primeiro impulso de Matt foi mandá-la para o inferno, mas essa foi uma reação puramente emocional e, quando se tratava de negócios, ele nunca permitia que as emoções prejudicassem seu raciocínio. E, ao raciocinar, concluiu que iniciar um relacionamento pelo menos civilizado com Meredith fora o que ele esperara nas duas últimas vezes que a encontrara. E ali estava ela, oferecendo-lhe isso e, ao mesmo tempo, concedendo-lhe a vitória com elegância admirável. E quase irresistível. Parada junto à cama, com os cabelos soltos nos ombros, as mãos nos bolsos, esperando pela decisão dele, Meredith parecia mais uma estudante que tinha sido chamada à diretoria do que uma executiva de grande empresa. E ainda conseguia manter a aparência de orgulhosa mulher de sociedade, majestosa, serena, linda.

Olhando-a, Matt finalmente entendeu sua antiga obsessão por ela. Meredith Bancroft era a essência mais pura da feminilidade, mutável, imprevisível, altiva e meiga, espirituosa e solene, serena e explosiva, recatada, inconscientemente provocante.

Continuar aquela guerra com ela não levaria a nada, ele refletiu. Se declarassem a paz, cada um poderia seguir seu caminho, sem mágoas nem rancor. Era hora de enterrar o passado, algo que deveria ter sido feito muito tempo atrás. A vingança, no valor de 10 milhões de dólares, já fora executada.

De repente, ele se lembrou do momento em que a viu entrar no quarto, carregando a bandeja com várias coisas e uma bolsa de gelo improvisada, e teve de conter o riso. Meredith pareceu notar a mudança em seu humor e perceber que ele estava prestes a capitular, porque relaxou os ombros, e seus olhos mostraram um brilho de alívio. O fato de ela poder ver tão bem o que se passava em seu íntimo o desconcertou e fez com que ele decidisse prolongar o suspense.

— Não posso fazer negócios, pois estou de cama — disse, cruzando os braços no peito.

— Acho que, se você comesse alguma coisa, teria mais disposição — ela comentou, sorrindo.

— Duvido — ele respondeu, carrancudo, mas o sorriso dela era tão contagiante que ele foi obrigado a sorrir também.

— Trégua? — Meredith ofereceu-lhe a mão. Mas, antes que Matt tivesse tempo de apertá-la, puxou-a para trás. — Antes de selarmos o trato, preciso avisá-lo de uma coisa.

— O quê?

— Não quero que pense que desisti do terreno de Houston só porque disse que aceitava a derrota como uma punição. Quis dizer que, se com um processo judicial, eu não conseguir fazer com que me venda a propriedade pelo preço de mercado, aí, sim, aceitarei o fato de que perdi, sem ressentimentos. Espero que entenda que não é nada pessoal, só uma questão de negócios.

Matt precisou conter novamente a vontade de rir.

— Admiro sua honestidade e sua determinação — declarou. — Contudo, sugiro que reconsidere essa ideia de levar o caso à justiça. Um processo contra mim custará uma fortuna, e você acabaria perdendo.

Meredith sabia que ele tinha razão e, na verdade, a perda do terreno não significava tanto, no momento. Conseguira uma vitória muito mais importante ao levar aquele homem poderoso e difícil da raiva ao riso, fazendo-o aceitar a ideia de uma trégua.

Olharam-se e sorriram um para o outro. Naquele instante de compreensão, a barreira de raiva e sofrimento, erguida entre eles durante 11 anos, começou a desmoronar. Meredith estendeu a mão num gesto de paz e amizade, observando a de Matt aproximar-se, os dedos longos deslizarem pelos dela, fechando-se num aperto firme.

— Obrigada — murmurou, fitando-o nos olhos.

— De nada — ele respondeu, soltando a mão dela, soltando o passado.

Como dois estranhos que por acidente tivessem compartilhado algo mais profundo e perturbador do que esperavam, retraíram-se imediatamente para territórios mais seguros. Matt reclinou-se nos travesseiros, e Meredith voltou a atenção para a bandeja esquecida.

De soslaio, ele a viu pegar o ofensivo utensílio de borracha e colocá-lo no chão, onde não poderia ser visto.

— Achei que você não estaria com muita fome, mas preparei alguma coisa pro café — ela explicou.

— Parece tudo muito gostoso — ele mentiu, olhando para a bandeja. — Adoro óleo de castor como aperitivo, naturalmente. O que tem naquele pote azul? Mingau?

Meredith riu e pegou um prato coberto por uma tigela emborcada.

— Não! E o óleo de castor foi uma brincadeira.

Agora que a batalha emocional entre os dois terminara, Matt percebeu que não iria conseguir manter-se acordado, dominado por uma invencível sonolência que deixava as pálpebras pesadas como chumbo. Não se sentia mais doente, mas estava exausto.

— Agradeço, Meredith, mas não estou com fome — disse.

— Eu sei, mas precisa comer.

— Por quê? — ele perguntou.

Então, refletiu que ela, que 11 anos atrás não sabia sequer acender um fogão, tivera o trabalho de preparar-lhe o café da manhã. Forçou-se a endireitar o corpo, apoiando as costas na cabeceira da cama, disposto a comer um pouco.

— Porque, se não comer, vai ficar muito fraco — ela respondeu. Pegou um copo que continha um líquido branco e sentou-se ao lado dele. — Tome.

Ele pegou o copo e girou-o, olhando-o com desconfiança.

— O que é isso?

— Leite, que agora está apenas morno. Achei uma lata de leite condensado no armário da cozinha.

Ele fez uma careta, mas levou o copo aos lábios e tomou um gole.

— Coloquei um pouco de manteiga — ela acrescentou, quando ele engoliu depressa, parecendo ter achado o gosto horrível.

Matt entregou-lhe o copo, deitou-se e fechou os olhos.

— Manteiga? Por quê?

— Não sei — ela admitiu. — Mas acho que é porque minha governanta me dava leite com manteiga quando eu ficava resfriada.

Ele abriu os olhos, esboçando um sorriso.

— Não acredito que eu invejava as crianças ricas!

Meredith sorriu, erguendo a tigela que cobria o prato.

— O que tem aí?

— Pode ver.

Ele olhou para as torradas frias e suspirou, aliviado, pois não conseguiria ficar acordado tempo suficiente para comê-las.

— Prometo que como mais tarde — assegurou. — Agora, só quero dormir.

Parecia tão cansado e abatido que Meredith teve de concordar.

— Tudo bem, mas tome pelo menos uma aspirina. Se tomar com leite, não vai agredir tanto seu estômago — ela argumentou, dando-lhe um comprimido e o copo.

Matt tomou o remédio, tentando ignorar o gosto ruim do leite.

Satisfeita, Meredith levantou-se.

— Precisa de mais alguma coisa?

Ele estremeceu exageradamente.

— De um padre — respondeu baixinho.

Ela riu, e o som de seu riso permaneceu no quarto, ressoando na mente sonolenta de Matt, como uma suave melodia.

# 36

POR VOLTA DE MEIO-DIA, O EFEITO DOS COMPRIMIDOS já tinha passado, e Matt sentia-se muito melhor, embora fraco. Um simples banho e uma troca de roupa cansaram-no. A cama era um convite quase irresistível, mas ele não caiu na tentação de voltar a deitar-se. Do andar de baixo, subiam ruídos que o levaram a adivinhar que Meredith estava na cozinha, preparando o almoço. Pensativo, tirou da mala o barbeador elétrico e foi para a frente do espelho da cômoda. Ligou o aparelho e, distraído, ficou com ele na mão, olhando para o nada. Meredith estava lá embaixo...

Impossível! Inconcebível! No entanto, era verdade. Ele entendia os motivos dela para procurá-lo, mas pressentia que havia algo mais, embora sua mente se recusasse a analisar a situação com mais cautela. Talvez porque fosse muito mais agradável não fazer isso imediatamente. Lá fora, a neve caía, o vento gelado soprava, mas ali dentro estava quente, Meredith lhe faria companhia, e ele não tinha nada com que se ocupar, porque se sentia fraco demais para embalar o resto dos objetos de sua família e bem o bastante para não desejar ficar deitado, olhando para as paredes. Se analisasse a atitude de Meredith e descobrisse algo que o deixasse furioso, o prazer de ter alguém com quem conversar iria por água abaixo.

Meredith ouviu-o andar lá em cima e sorriu, enquanto punha num prato a sopa enlatada que havia aquecido. Embrulhou um sanduíche num guardanapo de papel, pensando no momento em que Matt apertara-lhe a mão. Uma paz estranha invadira-a e florescera com a doçura de rosas desabrochando na primavera. Nunca conhecera o verdadeiro Matthew Farrell, refletiu, perguntando-se se havia alguém que o conhecia de verdade. De acordo com tudo o que lera a respeito de Matt, ele era temido e odiado pelos adversários nos negócios, admirado e respeitado por seus executivos-chefes, cortejado pelos banqueiros, visto como um falcão pelos dirigentes da bolsa de valores.

Com poucas exceções, mesmo as pessoas que o estimavam, quando falavam sobre ele em entrevistas, davam a impressão de que Matt era um predador perigoso que devia ser tratado com cautela.

No entanto, deitado naquela cama lá em cima, doente, ainda acreditando que ela matara seu bebê e friamente pedira o divórcio, apertara-lhe a mão, disposto a perdoá-la. A lembrança daquele momento causava emoções incrivelmente pungentes. Era óbvio que todas aquelas pessoas que falavam dele com receio não o conheciam de fato. Se conhecessem, saberiam que ele era capaz de ser compreensivo e generoso.

Pegou a bandeja com o almoço e foi para o andar de cima. Só à noite, ou na manhã seguinte, ela lhe contaria o que acontecera com o bebê e revelaria a manipulação de Philip. Por mais que desejasse acabar de uma vez com a raiva e a mágoa que havia entre eles, dando o primeiro passo para uma possível amizade, temia o momento das explicações, porque não sabia qual seria a reação de Matt quando ele soubesse dos danos causados pelo pai dela. Precisava de um pouco de repouso, depois das 24 horas estressantes que passara, para estar preparada para uma discussão que seria arrasadoramente dolorosa para os dois.

Meredith parou diante da porta do quarto de Matt e bateu.

— Está vestido? — perguntou.

Divertido, ele imaginou que ela lhe levara outra bandeja.

— Estou, pode entrar.

Ela abriu a porta e viu-o barbeando-se diante do espelho. Matt estava de jeans, mas sem camisa, e, constrangida com a situação de intimidade, ela desviou os olhos das costas bronzeadas, onde os músculos poderosos ondulavam a cada movimento que ele fazia.

— Não é nada que você já não tenha visto antes — ele gracejou, olhando-a pelo espelho.

Repreendendo-se por estar comportando-se como uma mocinha inocente, Meredith sorriu.

— É verdade, mas sou uma mulher comprometida agora. Ele parou de correr o barbeador pelo rosto.

— É, agora você tem um marido e um noivo. Um problema e tanto.

— Estou compensando, correndo atrás do tempo perdido. Eu era feia na adolescência, e nenhum garoto queria saber de mim — ela brincou, pondo a bandeja no criado-mudo. Então se virou para ele com ar mais sério. — Pelo que seu pai me disse, não sou a única com esse problema. É óbvio que você deseja casar com a moça da foto em sua escrivaninha.

Matt ergueu a cabeça para passar o barbeador sob o queixo.

— Meu pai disse isso?

— Disse. É verdade?

— Interessa?

Ela hesitou, aborrecida com o rumo que a conversa tomara.

— Não — respondeu ela depois de um instante.

Ele desligou o barbeador.

— Posso pedir um favor? — perguntou.

— Claro.

— Tive duas semanas exaustivas e vim aqui com a intenção de ter um pouco de descanso e paz.

Meredith sentiu-se como se ele a tivesse esbofeteado.

— Sinto muito se perturbei seu sossego — murmurou.

Ele sorriu, voltando-se para ela:

— Você *sempre* perturbou meu sossego, Meredith. Toda vez que nos vemos, uma legião de demônios escapa do inferno. Eu não disse que não a quero aqui. Ao contrário, quero passar uma tarde tranquila a seu lado, sem ter de lidar com assuntos difíceis.

— Também quero isso — ela admitiu.

Ficaram se olhando por alguns segundos, até que Meredith virou-se e pegou um roupão azul-marinho com etiqueta da Neiman-Marcus do espaldar de uma cadeira.

— Por que não veste isto e come? — sugeriu.

Ele aceitou o roupão e vestiu-o, amarrando-o na cintura, então se sentou na cama.

— O que temos nesse prato coberto?

— Uma réstia de alho — ela informou com ar solene. — Para pôr em volta de seu pescoço. Afasta o mal. — Matt riu, e ela destampou o prato, acrescentando: — Até eu sei esquentar sopa enlatada e fazer um sanduíche.

— Obrigado. Muito gentil de sua parte.

Depois que Matt acabou de comer, desceram, e ele insistiu em acender o fogo na lareira. Por algum tempo, conversaram, sentados ao calor das chamas, abordando apenas assuntos inofensivos, como livros, filmes e o clima. Mesmo com a rápida melhora de Matt, Meredith notou, a certa altura, que ele parecia cansado.

— Não gostaria de voltar para a cama? — perguntou.

— Não. Gosto mais de ficar aqui embaixo — ele respondeu, deitando-se no sofá e apoiando a cabeça numa almofada.

Quando acordou, uma hora depois, teve o mesmo pensamento que lhe ocorrera assim que ele abrira os olhos, pela manhã. Apenas sonhara com Meredith, pois era impossível que ela estivesse com ele. Mas, virando a cabeça para olhar para a poltrona onde a vira sentada antes de adormecer, descobriu que não fora um sonho. Ela continuava ali, escrevendo num bloco amarelo apoiado nas pernas dobradas no assento. A luz do fogo lançava um brilho dourado nos cabelos loiros, banhava as faces levemente coradas e realçava as feições perfeitas dela.

Ele observou-a, entretido, pois ela parecia uma estudante fazendo o dever de casa, não a presidente interina de uma cadeia de lojas.

— O que está escrevendo? — perguntou, sentando-se e virando as pernas para fora do sofá.

Ela olhou para ele e sorriu.

— Um sumário das tendências do mercado que preciso apresentar à diretoria na próxima reunião. Espero convencê-los de que devemos aumentar as mercadorias que levam nossa etiqueta. Lojas de departamentos alcançam grandes lucros trabalhando com etiquetas próprias, e a Bancroft & Company não está explorando tanto isso quanto a Bloomingdale's e algumas outras.

Matt ficou intrigado por aquela faceta de sua personalidade, como ficara na semana anterior, quando a levara para almoçar, principalmente porque era uma imagem que não combinava com a da jovem que conhecera anos atrás.

— Por que não? — indagou, curioso e, de modo estranho, loucamente orgulhoso do tino comercial de Meredith, que a fazia ver coisas que os diretores, muito mais experientes, pareciam não ver. Ela explicou tudo em detalhes. — Nunca pensaram em comprar fábricas de roupas na Coreia ou em Taiwan para produzirem os próprios artigos? — Matt perguntou.

— Não poderíamos fazer isso — ela confessou.

— Por que não? Todos os seus problemas com controle de qualidade e perda de confiança dos clientes seriam resolvidos.

— Você tem razão, mas não temos dinheiro para um empreendimento desses, agora, nem mesmo num futuro próximo.

— Não estou sugerindo que usem o próprio dinheiro — ele explicou. — Façam empréstimos em bancos. É para isso que essas instituições existem. Os banqueiros emprestam aos clientes dinheiro deles mesmos, cobrando juros e exigindo garantias, e quando o empréstimo é pago, ainda fazem a pessoa pensar que tem sorte por merecer sua confiança. Bem, é claro que você sabe como isso funciona.

Meredith deu uma gargalhada.

— Você fala como minha amiga Lisa! Ela não respeita nem um pouquinho a profissão do meu noivo. Acha que Parker devia me emprestar dinheiro quando eu precisar, sem cobrar juros e sem exigir garantias.

Matt franziu a testa ao ouvi-la falar do noivo, estranhamente aborrecido.

— Estou ficando perita em empréstimos — ela declarou. — Na verdade, a Bancroft's está endividada, e eu também.

— Como assim, você também? — perguntou Matt, espantado com a confissão.

— Expandimos os negócios muito depressa. Se abrirmos uma loja num prédio ou shopping que não seja nosso, os custos caem, mas os lucros também. Dessa maneira, preferimos construir nossos estabelecimentos e temos feito muitos empréstimos para isso.

— Entendo, mas o que isso tem a ver com você pessoalmente?

— A Bancroft & Company já deu tudo o que podia como garantia. Ficamos sem fundos para isso quando construímos a loja em Phoenix — ela contou. — Queremos entrar em Nova Orleans e Houston, de modo que meu pai e eu estamos dando como garantia nossas ações e a herança que recebi de meu avô, que estará sob meu controle daqui a uma semana, quando completarei trinta anos. — Fez uma pausa, examinando o rosto de Matt para ver sua reação e viu-o franzir a testa, parecendo preocupado. — Não tem por que se preocupar — apressou-se em dizer. — A loja de Nova Orleans está conseguindo pagar o empréstimo. Enquanto isso estiver acontecendo, tudo bem.

— Não acredito que tenha garantido o empréstimo pessoalmente, com suas propriedades particulares!

— Tive de fazer isso, Matt.

— Nunca mais faça isso — ele avisou. — Nunca coloque dinheiro seu num negócio da empresa. Os bancos lucram com os juros, deixa eles correrem os riscos. Se sua loja de Nova Orleans não pudesse pagar o empréstimo, você teria de pagar e, se não conseguisse, seu banco tiraria tudo o que possui.

— Mas não havia outra maneira! Eu...

— Se seu banco não lhe deu alternativa, é uma espelunca — Matt interrompeu-a. — A Bancroft & Company é uma empresa consolidada e lucrativa. A única situação em que um banco tem o direito de pedir garantia pessoal de um empréstimo é quando o cliente não pode comprovar o que possui e não apresenta um histórico decente de crédito.

Ela abriu a boca para protestar, mas ele a impediu, erguendo a mão.

— Sei que vão tentar fazê-la assinar, responsabilizando-se pessoalmente, Meredith. Adorariam ter cinquenta assinaturas numa hipoteca comum, porque isso eliminaria os riscos que de outra forma correriam. Nunca concorde em ser fiadora de um empréstimo da Bancroft's. Você acha que um executivo da General Motors, por exemplo, seria fiador de um empréstimo da empresa?

— Não, claro que não. Mas nosso caso é um pouco diferente.

— É isso que os banqueiros sempre dizem. Com quem a Bancroft & Company trabalha, afinal?

— Com meu noivo... do banco Reynolds Mercantile — ela respondeu, vendo espanto e depois aborrecimento no rosto de Matt.

— Um grande negócio que seu noivo arranjou pra você — ele observou com sarcasmo.

— Você não está pensando direito — ela replicou em tom calmo.

— E esqueceu de uma coisa. Existem fiscais bancários, e agora, com bancos falindo por todos os lados, eles estão apertando os banqueiros que emprestam dinheiro demais para um cliente só. A Bancroft & Company deve centenas de milhões de dólares ao Reynolds Mercantile. Parker não poderia continuar a nos emprestar dinheiro, principalmente agora, que estamos noivos, sem ser censurado por isso. A menos que eu e meu pai fôssemos fiadores.

— Não havia nada que pudessem usar como garantia? — Matt insistiu. — Mais ações?

— Apenas uma acionista da família ainda não usou suas ações.

— Quem?

— Minha mãe.

— Sua mãe?

— É, eu tenho uma, embora não pareça. Recebeu um grande lote de ações no divórcio.

— Por que ela não as entrega ao banco como garantia? Nada mais lógico, já que participa dos lucros. As ações subirão de preço à medida que a Bancroft & Company for expandindo-se e prosperando.

Meredith pôs o bloco de lado e encarou-o.

— Ninguém falou com ela e pediu que fizesse isso.

— Seria constrangedor me contar por quê? — Matt perguntou, querendo ajudar, não bisbilhotar.

— Ela mora em algum lugar da Itália, e não tivemos mais nenhum contato desde que eu tinha um ano de idade — Meredith explicou, decidindo, de repente, que contaria a ele o que não contara a ninguém. — Minha mãe era... é Caroline Edwards.

Matt franziu o cenho, parecendo confuso.

— Lembra de um filme de Cary Grant, em que ele, como protagonista, encontra na Riviera uma princesa fugitiva? — Meredith ajudou-o.

Soube, ao ver o sorriso de Matt, que ele se lembrara do filme e da estrela principal.

— A atriz que fez o papel de princesa é sua mãe, Meredith?

— É.

Em silêncio, Matt observou o belo rosto à sua frente. Caroline fora linda, mas Meredith era muito mais, com aquele brilho que parecia vir de dentro, iluminando-lhe as feições. Meredith tinha um nariz perfeito, rosto delicado, boca sensual que era um convite, e uma aura de elegância e recato que era um aviso para que os homens mantivessem distância. Mesmo que um deles fosse seu marido.

Matt afastou esse pensamento no momento em que o captou. Era apenas tecnicamente casado com ela. Na realidade, os dois não passavam de estranhos. Estranhos *íntimos*, uma vozinha diabólica soprou-

-lhe ao ouvido, e ele precisou desviar o olhar dos seios de Meredith, delineados suavemente pelo suéter. Mas lembrava-se perfeitamente daqueles seios firmes, que um dia beijara com tanta paixão, da textura da pele, da rigidez dos mamilos, do perfume... Aborrecido com o rumo erótico dos pensamentos, tentou convencer-se de que sua reação era natural, a mesma que qualquer homem teria ao olhar para uma mulher que conseguia parecer inocente e provocante, mesmo usando roupas que a cobriam por inteiro, revelando apenas sutilmente as curvas do corpo esbelto. Percebendo que a olhara por tempo demais, sem dizer nada, pigarreou.

— Sempre me perguntei de quem você herdou esse rosto lindo — comentou. — Deus sabe que não poderia ser do seu pai.

Surpresa com o elogio inesperado, e feliz porque ele ainda a achava bonita, apesar de ela já estar às vésperas de completar 30 anos, Meredith sorriu e deu de ombros, porque não sabia o que dizer.

— Por que nunca me contou quem é sua mãe? — Matt perguntou.

— Tivemos pouco tempo pra conversar quando... — ela o lembrou, não completando a frase.

Era verdade, porque tinham estado ocupados demais, fazendo amor, refletiu Matt, recordando as noites ardentes em que ele se entregara completamente à necessidade de satisfazê-la e de matar o próprio desejo.

— Você já ouviu falar das indústrias Seaboard? — ela indagou, achando delicioso poder conversar com ele tão livremente.

— Há uma empresa chamada Seaboard na Flórida. Era formada por duas fábricas de produtos químicos e depois se expandiu com mineração, aviação e manufatura de componentes para computadores, além de possuir uma rede de... farmácias, eu acho.

— Supermercados — Meredith corrigiu-o com aquele sorriso maroto que sempre o fizera ansiar por tomá-la nos braços e tirar-lhe o fôlego com beijos. — A Seaboard foi fundada pelo meu avô.

— E agora é sua — Matt arriscou, lembrando-se subitamente de que era uma mulher que dirigia a empresa.

— Não. É da viúva dele e dos dois filhos dela. Meu avô casou-se com sua secretária, sete anos antes de morrer, e adotou os meninos. Deixou a Seaboard para os três.

— Ela deve ser uma excelente dirigente — comentou Matt, impressionado. — Transformou a empresa numa grande e rica corporação.

— Charlotte expandiu a empresa, mas a Seaboard já tinha interesses diversificados — disse Meredith, desgostosa com o elogio àquela mulher antipática. — A empresa reunia tudo o que nossa família conseguiu construir. A loja de departamentos Bancroft & Company representava menos de um quarto de nossos bens. Então, como você poder ver, Charlotte não tirou a Seaboard do nada.

Pela expressão de Matt, percebeu que ele notara o desequilíbrio na divisão dos bens de Cyril Bancroft. Ela talvez não fizesse tantas confidências, em qualquer outra circunstância, mas havia algo especial naquele dia, no fato de estar conversando com Matt amigavelmente, depois de tantos anos.

Ele, naturalmente por polidez, não fez perguntas sobre a herança mal dividida, mas Meredith sentiu vontade de contar o que havia acontecido.

— Meu pai e Charlotte sempre se detestaram e, quando ela se casou com meu avô, a distância entre os dois ficou irreparável. Meu avô, talvez por vingança pelo afastamento de meu pai, adotou os filhos da esposa, mas só ficamos sabendo disso na leitura do testamento. Ele dividiu o patrimônio em quatro partes iguais, deixando uma para meu pai e o resto para a Charlotte e os filhos.

— É impressão minha ou tem um pouco de cinismo em sua voz quando você fala dessa mulher?

— Não é impressão.

— Porque ela pegou três quartos do patrimônio de seu avô, quando o normal seria a metade?

Meredith olhou para o relógio em seu pulso e descobriu que precisava providenciar algo pro jantar.

— Não é por isso que não gosto dela — informou, decidindo ser rápida nas explicações. — Charlotte é a mulher mais fria, mais dura que já conheci, e acho que deliberadamente afastou mais ainda meu avô de meu pai. Não que precisasse um esforço muito grande — admitiu com um sorriso melancólico. — Os dois eram teimosos, de gênio forte, muito parecidos um com o outro para poderem manter um relacionamento pacífico. — Fez uma pausa breve, lembrando-se de um episódio entre Cyril e Philip Bancroft. — Uma vez, numa briga por causa do modo como meu pai dirigia a Bancroft's, meu avô gritou que a única coisa inteligente que meu pai tinha feito foi casar com minha mãe, mas que depois arruinara tudo, como estava fazendo com a loja — contou e olhou para o relógio no aparador da lareira, levantando-se. — Está tarde, você deve estar com fome. Vou fazer alguma coisa pro jantar.

Matt, então, percebeu que realmente estava faminto.

— E seu pai estava mesmo arruinando a loja? — quis saber, erguendo-se também e seguindo-a rumo à cozinha.

Meredith riu e fez que não com a cabeça.

— Não. Meu avô tinha um fraco por mulheres bonitas. Era louco pela minha mãe e ficou furioso com o divórcio. Foi ele quem exigiu que ela recebesse um lote de ações da Bancroft & Company. Talvez, também, como castigo para meu pai, que nunca poderia esquecer que a ex-mulher teria uma parte de cada dólar do lucro da loja.

— Acho que seu avô foi um grande sujeito — comentou Matt.

Meredith não respondeu, pois já abrira o armário à procura de algo que pudesse preparar. Ele abriu a geladeira e retirou a embalagem com os dois bifes.

— O que acha? — perguntou.

— Bifes? Está com vontade de comer uma coisa tão pesada assim?

— Acho que sim. Faz dias que não como direito.

Enquanto retirava a carne do invólucro, Matt viu, pelo canto dos olhos, Meredith amarrar um pano de prato na cintura fina, improvisando um avental. Ele não queria interromper a conversa, talvez porque falar tão à vontade com Meredith fosse uma experiência nova, quase tão incrível quanto o fato de estar ali, no papel de esposa devotada cuidando do marido convalescente.

— Seu pai costuma dizer que você está acabando com a Bancroft's?

Ela pegou o pão do armário e abriu um sorriso de menina travessa, mas a pergunta a entristecera um pouco.

— Só quando está de muito bom humor — respondeu, vendo um brilho de solidariedade nos olhos de Matt. — É humilhante quando grita comigo nas reuniões, na frente dos outros diretores, mas todos já estão acostumados com suas explosões. Além disso, eles também sofrem com esses ataques, mas não tantas vezes e não do jeito como acontece comigo. Já aprenderam que Philip Bancroft não tolera que uma coisa possa ser feita sem sua interferência e sua orientação. Meu pai contrata pessoas competentes, depois esmaga suas boas ideias, impondo as dele. Se uma delas dá certo, ele leva o crédito. Se der errado, faz de nós os bodes expiatórios. Aqueles que o desafiam são promovidos quando alcançam sucesso num projeto, mas nunca recebem um agradecimento. E a batalha recomeça cada vez que alguém deseja fazer uma inovação.

Matt encostou-se na parede ao lado do armário e cruzou os braços.

— E você, como conduz as coisas, agora que está dirigindo a empresa? — indagou.

Meredith abriu uma gaveta para pegar talheres, pensando na reunião de Matt com os membros de seu conselho a que ela assistira de longe, no dia em que fora falar com ele em seu escritório. Olhou-o, arrependendo-se em seguida, pois teve uma reação inquietante ao ver que o roupão que ele usava abrira-se, expondo boa parte do peito moreno e musculoso, coberto de pelos escuros.

— Conduzo as coisas do jeito que você faz — respondeu, fitando-o nos olhos.

— Sabe qual é meu jeito? Como?

— Fiquei observando sua reunião, no dia em que fui ao seu escritório. Sempre soube que havia uma maneira melhor que a de meu pai de lidar com os diretores, mas tinha medo de que me achassem fraca se eu optasse pelo diálogo aberto quando eu virasse presidente.

Ela parou de falar por um momento, escolhendo alguns talheres e fechando a gaveta.

— Continue — Matt a incentivou, com um leve sorriso.

— Então, vi você falando com os seus executivos, e, se tem uma coisa de que ninguém jamais pode te chamar, é de ser fraco — ela declarou, com uma risadinha meio trêmula. — Então, decidi ser igual a Matthew Farrell quando crescesse.

O silêncio caiu na cozinha, e Meredith sentiu-se constrangida com a confissão que tinha acabado de fazer.

— Me sinto lisonjeado — Matt admitiu, embora lutasse contra a satisfação causada pelo elogio. — Obrigado.

— De nada. Agora, por que não senta, enquanto eu faço o jantar?

Depois de comerem, voltaram para a sala de estar, e Meredith foi para perto da estante, onde ficou olhando os livros e jogos. Pensando em como o dia na companhia de Matt estava sendo maravilhoso, sentiu-se culpada em relação a Parker e vagamente incomodada com... com alguma coisa que não sabia definir. Então, com brutal honestidade, disse a si mesma que sabia, sim, perfeitamente. A masculinidade poderosa de Matt enchia a atmosfera da casa, envolvendo-a, despertando lembranças. Ela não esperava por aquilo. Não esperava que o charme e o físico atraente de Matt traziam de volta a recordação dos tempos que o vira nu, dos momentos em que haviam feito amor tão apaixonadamente.

Passando o dedo pelas lombadas dos livros, sem parar para ver os títulos, perguntou-se quantas mulheres teriam ido para a cama com ele e agora compartilhavam das mesmas lembranças. Dezenas, talvez centenas. Era engraçado, mas não o condenava mais por suas conquistas amorosas, tão divulgadas, nem pensava com desprezo nas mulheres que lhe ofereciam o corpo com tanta facilidade. Como adulta, conseguia compreender algo que não compreendera no fim da adolescência. Era difícil para uma mulher resistir a Matt, cuja masculinidade formava uma aura de força sexual à sua volta. Isso, por si só, já era um combo letal de atração. Quando somados à fortuna que acumulara no correr dos anos, e no poder que adquirira, ele ficava irresistível para a maioria das mulheres.

Ela, porém, não corria o risco de cair na de Matt. A última coisa que desejava na vida era envolver-se com um volúvel atleta sexual colecionador de amantes. Preferia homens confiáveis, moralmente corretos, como Parker. Mas tinha de admitir que estava gostando da companhia de Matt, talvez até mais do que devia.

Sentado no sofá, Matt observava-a, desejando que ela não pegasse um livro e começasse a ler, esquecendo-se dele. Quando a viu examinar longamente a pilha de caixas de jogos, refletiu que ela podia estar procurando o Banco Imobiliário e lembrando-se da noite em que o haviam jogado.

— Quer jogar? — perguntou.

Ela virou a cabeça para olhá-lo com uma expressão inexplicavelmente cautelosa.

— Jogar o quê?

— Pensei que estivesse procurando um jogo... o que está no topo.

Meredith, então, olhou para a pilha e viu a caixa de Banco Imobiliário. Todas as suas preocupações desvaneceram-se quando ela decidiu que seria delicioso passar as horas seguintes ocupada num jogo frívolo e inócuo com Matt.

— Você quer?

— Quero — ele respondeu, já retirando a manta de cima do sofá para que os dois pudessem sentar-se ali com o tabuleiro entre eles.

Duas horas depois, Matt era "dono" de todas as propriedades verdes, vermelhas e amarelas, das quatro ferrovias e de suas fábricas, e Meredith tinha de pagar aluguel cada vez que uma de suas fichas caía em território ocupado por seus hotéis e casas.

— Você me deve dois mil dólares por essa última jogada — Matt avisou, divertindo-se, encantado pelo fato de um simples jogo estar proporcionando-lhe uma das noites mais agradáveis que tinha em um bom tempo. — Pague.

Meredith lançou-lhe um olhar de falsa inocência que o fez rir.

— Tenho só quinhentos. Será que você me daria um empréstimo?

— Nem pensar. Pague.

— Esses proprietários de imóveis não têm coração — ela reclamou, pondo o "dinheiro" na mão que ele estendera. — Eu devia ter adivinhado, naquela noite em que jogamos e quando você comprou tudo e tirou todo o dinheiro que Julie e eu tínhamos, que iria se transformar num magnata famoso e rico.

Matt fitou-a por alguns instantes com ar compenetrado.

— Teria feito diferença se adivinhasse?

Meredith sentiu o coração disparar ao ouvir a pergunta, que fugia totalmente do terreno impessoal. Tinha de responder de um modo que não estragasse o clima de companheirismo entre eles. Olhou-o de lado, imitando comicamente a expressão de uma mulher ofendida, enquanto começava a retirar as peças do tabuleiro.

— Gostaria que não insinuasse que fui mercenária em minha juventude, sr. Farrell. Já me humilhou demais ao me derrotar no jogo e levar todo o meu dinheiro.

— Tem razão — Matt concordou no mesmo tom leve. — Acabei com você.

Mas estava atônito por ter feito tal pergunta e furioso consigo mesmo por, de repente, estar desejando saber o que poderia ter feito para que ela continuasse casada com ele. Levantando-se, foi apagar o fogo na lareira. Quando terminou, sentia-se novamente no controle das emoções.

— Falando em dinheiro, se algum dia precisar outra vez ser fiadora de um empréstimo para sua empresa, pelo menos faça o banco de seu noivo concordar em liberá-la da obrigação depois de dois ou três anos — aconselhou, enquanto Meredith guardava a caixa na estante.

— É tempo suficiente para perceberem que podem confiar em você.

— E os bancos fazem isso? — ela perguntou, virando-se para ele, satisfeita com a mudança de assunto.

— Pergunte a seu noivo — ele respondeu com irreprimível sarcasmo, detestando o ciúme absurdo que o levara a falar daquela maneira.

— Se ele disser que não, procure outro banco.

— Faz quase um século que o Reynolds Mercantile é o banco dos Bancroft — ela explicou. — Se você conhecesse a fundo nossa situação financeira, veria que Parker foi mais do que compreensivo.

Matt ficou irritado com aquela persistência de Meredith em defender Parker Reynolds e decidiu dizer algo que reprimira durante as duas horas de jogo.

— Foi ele quem lhe deu o anel que você está usando na mão esquerda? — perguntou.

— Foi.

— Tem um gosto péssimo. O anel é feio demais — declarou Matt.

Disse aquilo com tão magnífico desdém, e com tanta razão, porque a joia era realmente feia, que Meredith teve dificuldade de conter uma risada.

— O anel é uma herança de família e...

— É feio.

— Bem, algo que se herda é...

— É um objeto qualquer, com um grande valor sentimental — Matt declarou. — Feio demais para ser vendido, valioso demais para ser jogado fora.

Meredith começou a rir, em vez de ficar zangada, como ele esperava.

— É, você está certo — concordou.

Fitando-lhe o lindo rosto corado e iluminado pelo riso, Matt forçou-se a refletir que ela não significava mais nada para ele. Olhou para o relógio no aparador da lareira.

— Já passa das onze horas — anunciou secamente. — Hora de dormir.

Surpresa com a quase rispidez na voz dele, Meredith apagou a luz do abajur ao lado do sofá.

— Desculpa. Eu não devia ter mantido você acordado até tão tarde. Não vi o tempo passar.

A atmosfera de camaradagem que os unira até poucos momentos atrás desaparecera quando os dois subiram a escada juntos.

Meredith sentia isso, mas não sabia dizer o motivo.

Matt sentia isso e sabia exatamente o que acontecera.

# 37

À MEIA-NOITE, MATT AINDA NÃO ADORMECERA, obcecado pelo pensamento de que Meredith estava ali, num quarto ao lado do seu. À meia-noite e meia, cansado de revirar-se na cama, tomou um comprimido do frasco cujo rótulo advertia que o remédio causaria sonolência. À 1:15, tomou outro.

Dormiu, por fim, mas o sono provocado pelo medicamento foi agitado, e ele sonhou que fazia amor com Meredith, que as mãos delicadas percorriam seu corpo, fazendo-o gemer de prazer. Alucinado, ele a tomava, uma vez atrás da outra, até que a assustou, porque não podia parar...

— Matt, para, por favor — ela implorava.

Ele a penetrava, insaciável, ignorando sua súplica.

— Matt, por favor... Você está sonhando! Vou chamar um médico!

Médico? Não, ele não queria um médico, queria apenas ela. Meredith, porém, repeliu-o, fazendo-o rolar para o lado e pôs a mão em sua testa, oferecendo-lhe café.

— Por favor, Matt, acorde! Eu trouxe café. Que droga! Você está sonhando, sorrindo não sei de quê! Acorde!

Foi o impropério que o perturbou. Meredith nunca praguejava, nunca dizia palavrões. Havia algo muito errado com aquele sonho. Ele forçou-se a abrir os olhos e viu o lindo rosto acima do seu, notando que Meredith segurava-o pelos ombros, claramente preocupada.

— O que foi? — perguntou.

Ela soltou-o e sentou-se na beirada da cama com um suspiro de alívio.

— Você estava falando tanto que escutei do outro quarto — explicou. — Vim olhar e vi que estava tendo um sonho. Não consegui te acordar e entrei em pânico, achei que estava delirando. Mas você não está com febre. Tome o café que eu lhe trouxe — pediu, pegando uma caneca de cima da mesinha de cabeceira e entregando-a a ele.

Matt sentou-se, apoiado na cabeceira, e passou a mão pelos cabelos, tentando livrar-se dos últimos vestígios de sono.

— Foi aquele remédio — esclareceu, apontando para um dos frascos. — Dois deles já me derrubaram.

Meredith pegou o frasco e leu o rótulo.

— Aqui diz que é para tomar só um, e a cada três horas — observou.

Sem replicar, Matt tomou quase todo o café. Então, inclinou a cabeça para trás e fechou os olhos, ficando nessa posição por vários minutos, deixando a bebida forte agir sobre seu organismo.

Meredith, que se lembrava de que ele gostava de café puro e forte logo que acordava, e que não falava muito nos primeiros minutos após despertar, levantou-se e arrumou as coisas que se encontravam na mesa de cabeceira. Então, pegou o roupão dele e estendeu-o aos pés da cama. Quando tornou a olhar para Matt, ele a fitava com uma expressão tranquila, parecendo um garoto, com os cabelos revoltos.

— Está se sentindo melhor? — perguntou, sorrindo.

— Muito melhor. Seu café é muito bom, Meredith.

— Toda mulher deve ter uma especialidade culinária, algo que possa exibir, quando tiver a oportunidade.

Matt sorriu.

— Quem foi que disse isso?

— Uma revista que li no consultório do dentista — ela respondeu com uma risadinha. — Minha especialidade é café. Quer comer alguma coisa?

— Depende do que você pretende servir. Algo tirado de potes e vidros do armário do banheiro?

— Se eu fosse você pensaria duas vezes antes de insultar a cozinheira. Eu vi um detergente em pó debaixo da pia da cozinha que poderia facilmente me confundir com açúcar se eu tacasse nos flocos de cereais. Ele riu e tomou o resto do café. Parada aos pés da cama, ela parecia uma deusa de jeans, um anjo com um brilho travesso nos olhos azuis.

— Falando sério, Matt, o que gostaria de comer?

Você, ele pensou, sentindo o desejo percorrer-lhe as veias. Queria puxá-la para a cama, enterrar as mãos na cabeleira loira e possuí-la. Queria que ela o acariciasse, queria afundar-se dentro de seu corpo e ouvir seus gemidos de prazer.

— Qualquer coisa — respondeu, ajeitando o cobertor para ocultar a ereção. — Vou tomar um banho e já desço.

Meredith saiu do quarto e ele cerrou os dentes, furioso consigo mesmo e incrédulo. Depois de tudo o que acontecera no passado, ela ainda era capaz de provocar-lhe uma reação tão violenta! Se tudo o que ele sentisse fosse desejo, ainda poderia se perdoar, mas aquela ânsia de voltar a fazer parte da vida de Meredith, de ser amado por ela, era imperdoável.

Onze anos atrás, apaixonara-se pela jovem sorridente e altiva no momento em que a vira, e durante muito tempo fora perseguido por sua lembrança. Na última década, levara para a cama muitas mulheres, todas com mais experiência sexual do que Meredith. Com elas, o sexo fora um mero ato de mútua satisfação. Com Meredith, fora um ato de profunda e rara beleza, atormentador e mágico. Pelo menos, assim achou na época, provavelmente porque ficara tão louco por ela que não conseguiu distinguir a imaginação da realidade. Meredith, aos 18 anos, conquistara-o. Aos 29, representava muito mais perigo para a sua paz de espírito, porque mudara, e as mudanças intrigavam-no, atraindo-o poderosamente. Certas coisas permaneciam as mesmas, porém. Ainda havia uma expressão de fragilidade nos olhos azuis, e o sorriso ainda passava de provocante a espontâneo, de acordo com a situação. Aos 18 anos ela exibira uma franqueza que o surpreendera e, aos 29, uma mulher de negócios bem-sucedida, parecia tão natural quanto naquele tempo. Ainda mostrava-se indiferente à própria beleza, como se não tivesse consciência dela. Nem uma vez sequer, na noite anterior, se olhou no espelho da sala de jantar, nem mesmo de relance. Ao contrário de outras mulheres bonitas, não passava a mão nos cabelos, nem jogava-os de um lado para o outro para chamar a atenção das outras pessoas. Sua beleza amadurecera, o corpo adquirira formas perfeitas, que o deixavam provocante, quer ela usasse jeans e suéter, ou um vestido, como o que usara para ir almoçar com ele.

Atormentada por nova onda de luxúria, a mente de Matt apresentou-lhe uma tentadora solução. Talvez, se ele tivesse Meredith por mais uma noite, poderia saciar o desejo de modo definitivo e livrar-se daquela obsessão.

Murmurando um palavrão, saiu da cama e vestiu o roupão. Devia estar louco para pensar em ter novamente um relacionamento íntimo com ela. Percebeu então que recuperara a capacidade de pensar com clareza, que a doença o tinha prejudicado. Meredith fora procurá-lo com a desculpa de que desejava uma trégua. Ele concordara. Por que ela não tinha ido embora? Por que insistia em brincar de enfermeira, fazendo tudo o que podia para desarmá-lo com seu encanto?

A resposta atingiu-o como um balde de água fria, deixando-o atônito. Como fora burro! Ela queria o terreno de Houston, mas, de acordo com as próprias palavras, não podia pagar 30 milhões de dólares!

Incrível! Meredith era como uma droga, mexendo com sua sanidade mental. Tudo o que fizera e dissera fora com a intenção de amolecê-lo e fazê-lo ceder às vontades dela. Revoltado com tanta duplicidade, Matt andou até a janela e puxou a cortina para um lado, olhando para a neve que se acumulara na alameda, enquanto visualizava Meredith parada ao lado de sua cama, dizendo humildemente que aceitava a perda do terreno como uma punição.

Humildemente?, ele pensou com fúria. Aquela mulher não tinha uma única célula de humildade no corpo. Ela e o pai passavam por cima de todos os que ousavam cruzar seu caminho e faziam isso como que por direito divino! Se ela adquirira alguma coisa diferente em todos aqueles anos, fora tenacidade. Sem dúvida, iria para a cama com ele, se achasse que com isso conseguiria aquele pedaço de terra. A ideia o deixou enojado.

Girando nos calcanhares, Matt pegou a pasta que deixara no chão, abriu-a e retirou o celular que sempre levava consigo. Ligou para a fazenda vizinha e foi Sue O'Donnell quem atendeu. Respondeu apressadamente às perguntas que a mulher fez sobre Patrick e Julie, impaciente por expor o motivo do telefonema.

— Estou aqui na fazenda, ilhado por conta da neve — contou. — Será que o Dale poderia vir aqui limpar a alameda com a máquina?

— Claro, pode deixar — ela afirmou. — Ele não está aqui agora, e só volta à tarde, mas assim que chegar, vai direto para aí.

Irritado por saber que não tinha alternativa a não ser esperar, Matt desligou e foi, a passos firmes, para o banheiro. Antes que seu desejo o levasse a fazer algo que lhe custaria a perda do orgulho e do autorrespeito, tinha de mandar Meredith embora. Para isso, só precisava encontrar as chaves que ela perdera. Não iria aguentar mais um dia. Nem outra noite. Daria a ela cinco minutos para juntar suas coisas e sumir assim que Dale limpasse o caminho. Se não encontrasse as malditas chaves do carro, arrombaria a porta e faria uma ligação direta, e ela não teria nenhuma desculpa para ficar.

# *38*

◝◜ MATT DESCEU AS ESCADAS AINDA ABOTOANDO A camisa e levando uma jaqueta de couro no ombro. Meredith virou-se ao ouvi-lo entrar na cozinha e viu ele vestir a jaqueta

— Aonde você vai?

— Lá fora, procurar as suas chaves. Lembra onde as deixou cair?

— Perto do pneu direito da frente — informou um tanto hesitante, surpresa com o tom irritado da voz dele. — Mas não precisa ir lá agora.

— Preciso, sim — ele replicou secamente. — Essa brincadeira já foi longe demais. Você também já está de saco cheio com essa imitação ridícula de vida conjugal quanto eu. Admiro sua tenacidade, Meredith. Você quer a propriedade de Houston por vinte milhões, além de um divórcio amigável e discreto. Está cuidando de mim pra me amolecer, me fazer concordar com as duas coisas. Pois bem, perdeu seu tempo. Volte para Chicago e seja a competente diretora executiva que é. Me processe por causa do terreno, dê entrada no divórcio, mas pare com essa farsa nojenta. O papel de esposa amorosa e submissa não lhe serve e você deve estar se sentindo mal assim como eu estou.

Virou-se e saiu.

Meredith ficou olhando para o lugar onde ele estivera, o coração ameaçando explodir de mágoa, decepção e humilhação. Mordendo o lábio para conter as lágrimas, voltou-se para a frigideira sobre o fogão. Perdera as melhores oportunidades de dizer a Matt que não tinha feito o aborto e, de repente, ele se tornara hostil, sem que ela pudesse entender como. Mas ele iria ouvi-la a qualquer custo, mesmo que não quisesse, mesmo sendo pouco provável que acreditasse nela.

Num gesto decidido, pegou um ovo e quebrou-o na borda da frigideira, mas com tanta força e falta de jeito que a gema escorreu pelo lado de fora.

Matt cavou ao redor do pneu dianteiro do BMW durante dez minutos mas não encontrou as chaves. Parou quando as luvas ficaram encharcadas e as mãos começaram a gelar.

Exasperado, voltou para dentro e fechou a porta, batendo-a com violência.

Meredith ouviu o barulho e foi ao encontro dele na sala de estar.

— O café está pronto — anunciou. — Encontrou as chaves?

— Não. Tem um chaveiro na cidade, mas ele não trabalha aos domingos.

Foram para a cozinha e Matt sentou-se, carrancudo. Ela colocou a refeição na mesa e acomodou-se à frente dele.

— Pode me dizer por que concluiu, tão de repente, que o que estou fazendo é uma artimanha para conseguir o terreno e o divórcio? — perguntou.

— Digamos que minha capacidade de raciocínio voltou ao normal quando melhorei.

Nos minutos seguintes, enquanto comiam, Meredith tentou iniciar uma conversa, mas Matt retrucava a tudo com maus modos e laconicamente. Assim que acabou de comer, ele se levantou e disse que ia continuar a embalar as coisas na sala de estar.

Desanimada, ela também saiu da mesa e observou-o sair da cozinha. Então, automaticamente, começou a lavar a louça e, quando todos os utensílios estavam em seus lugares, foi para a sala.

— Tem muita coisa para você encaixotar. Quer ajuda? — ofereceu.

Matt notou a súplica em sua voz, e seu corpo reagiu com uma nova onda de desejo. Endireitou-se e olhou-a, quase dizendo que sim, que ela podia ajudar, indo para a cama com ele.

— À vontade — concedeu.

Meredith refletiu que o humor de Matt apenas pioraria se ela ficasse por perto. Foi para o andar superior, levando algumas caixas vazias, e começou pelas roupas de cama, mesa e banho que se encontravam no armário do quarto que pertencera aos pais dele e que seriam enviadas para a casa de caridade. Apenas as lembranças de família seriam conservadas, e ela teve o cuidado de não colocar nas caixas nada que pudesse ter algum valor sentimental.

Quando o armário ficou vazio, sentou-se na cama para descansar um pouco e abriu um álbum de fotografias que havia sido da mãe de Matt. A maioria das fotos era de parentes que tinham ficado na Irlanda, a julgar pelo que estava escrito embaixo de cada uma, e muitas delas estavam quase desbotadas. A última, a mais recente de todas, era a fotografia de casamento dos pais de Matt, tirada em 24 de abril de 1949.

Ao meio-dia, ela desceu e preparou sanduíches para o almoço, e, enquanto os dois comiam, tentou novamente conversar, tendo uma agradável surpresa ao ver que Matt mostrava-se, pelo menos, educado.

Depois de limpar a cozinha mais uma vez, foi para a sala, onde ele estava embalando os enfeites singelos com que Elizabeth Farrell decorara o aposento. Parou na porta, observando-o, vendo como a camisa esticava-se contra os músculos das costas e dos ombros largos quando ele se abaixava para apanhar alguma coisa do chão. Por um louco momento, sentiu o impulso de abraçá-lo por trás, enlaçando-o pela cintura estreita. Tentou imaginar o que ele faria, concluindo que provavelmente a repeliria.

Matt acabou de encher uma caixa e fechou-a, usando fita adesiva.

— Posso ajudar em alguma coisa? — ela indagou.

— Não. Já terminei — ele respondeu, sem voltar-se para olhá-la.

Meredith conteve a irritação, teimando em continuar a comportar--se com polidez.

— Vou ao quarto de Julie para empacotar algumas coisas que ela deixou lá — avisou. — Quer que eu faça um café antes de subir?

— Não.

— Precisa de mim aqui? — ela insistiu.

— Pelo amor de Deus! — ele explodiu, girando para encará-la. — Para de agir como uma mulher de casa cheia de paciência e vai embora!

Ela apertou as mãos para conter a vontade de esbofeteá-lo.

— Ótimo! Faça seu próprio jantar e coma sozinho! — declarou, lutando contra as lágrimas.

Virou-se e subiu correndo os degraus para o andar de cima.

— Que diabo você quis dizer com isso? — ele gritou, indo para o pé da escada.

Ela parou no patamar e olhou para baixo, parecendo uma deusa furiosa, com os cabelos tombando para a frente, os olhos faiscando de ira.

— Quis dizer que você é uma péssima companhia!

Matt teria rido se não estivesse com raiva de si mesmo por desejá-la tanto. Viu-a desaparecer no corredor e caminhou até a janela, de onde ficou olhando para a alameda de entrada. Notou, com espanto, que a neve tinha sido retirada. Dale devia ter feito o serviço enquanto eles almoçavam e usara uma pá, do contrário teriam ouvido o barulho da máquina. A alameda limpa significava que Meredith poderia ir embora se achasse as chaves.

Durante vários minutos, Matt ficou à janela, lutando contra o impulso de subir e descobrir se ela de fato seria capaz de fazer sexo com ele para conseguir um abatimento no preço do terreno de Houston. Seria uma boa vingança, possuí-la e depois mandá-la embora de mãos vazias. Seria, mas seus escrúpulos não permitiam que a executasse. Com um suspiro, afastou-se da janela, vestiu a jaqueta e saiu, disposto a procurar as chaves até encontrá-las.

E as encontrou, a alguns centímetros do lugar onde procurara antes.

— A alameda está limpa — anunciou momentos depois, entrando no quarto de Julie, onde Meredith estava pondo velhos álbuns de recortes numa caixa. — Pode juntar suas coisas e ir embora.

Depois de suportar durante tantas horas o sarcasmo e a frieza de Matt, ela estava com os nervos à flor da pele e quase deu vazão à raiva quando o escutou mandá-la embora. Embrulhou um álbum e o colocou na caixa para ter tempo de controlar-se, então se endireitou e fitou-o nos olhos. Agora que a hora de contar a verdade tinha chegado, ela realmente achava que a reação dele seria: "Francamente, querida, eu não ligo." Só de pensar nisso, já ficava com raiva.

— Primeiro, preciso te contar uma coisa.

— Não estou interessado — ele resmungou, dando um passo em sua direção. — Vai embora.

— Não vou até dizer o que eu vim te falar...

Interrompeu-se com um grito de susto quando Matt agarrou-a pelo braço.

— Meredith, para de enrolar e vai logo!

— Não posso! Perdi as chaves do carro, esqueceu?

Ele não respondeu, olhando perplexo para a maleta aberta numa cadeira. Como não vira Meredith carregando coisa alguma na noite em que chegara, concluiu que ela devia ter retirado a maleta do carro depois que o ajudara a deitar-se. Mas como, se perdera as chaves? Virando-se, pegou a bolsa dela de cima da cômoda, abriu-a e a virou, deixando cair todo o conteúdo no tampo do móvel. Um molho de chaves tilintou, pousando entre uma carteira de couro e um estojo de maquiagem.

— Coitadinha, perdeu as chaves — zombou maldosamente.

Em pânico e desesperada, Meredith colocou a mão no peito dele.

— Por favor, me escuta!

Matt olhou para a mão dela e, quando voltou a fitá-la no rosto, algo mudara em sua expressão. O queixo perdera a rigidez da raiva, não havia mais indiferença nos olhos cinzentos.

— Fale, meu bem — disse ele, irônico. — Estou ansioso para ouvir o que você tem a dizer.

Ela retirou a mão lentamente.

— Na sexta-feira à noite, fui ao seu apartamento e...

— Isso eu já sei.

— O que não sabe é que seu pai e eu tivemos uma discussão terrível.

— Não acredito! Uma mulher tão fina e tão educada como você rebaixou-se, discutindo com um bêbado sujo?

Embora ferida por essas palavras, ela não perdeu a coragem.

— Seu pai me mandou ficar longe de você, me acusou de ter tirado a vida de nosso bebê e de quase destruir a sua. No começo, eu não entendi por quê.

— Não entendeu? Pobrezinha!

— Para de falar assim! Estou tentando contar o que realmente aconteceu!

— Desculpe — ele pediu com sarcasmo. — O que aconteceu?

— Matt, eu não fiz aborto! Eu perdi o bebê!

— Entendo. Você perdeu. — Matt pegou-a pela nuca, olhando-a com intensidade. — Tão linda! Por que tem de ser tão bonita?

Atônita com as palavras e com o tom rouco da voz dele, Meredith ficou olhando-o, imóvel, incapaz de acreditar de que o convencera da verdade tão facilmente.

— Tão linda — ele prosseguiu, apertando-lhe a nuca. — E tão mentirosa!

Antes que ela pudesse pensar num protesto, Matt capturou-lhe a boca num beijo rudemente sensual, obrigando-a a entreabrir os lábios, enquanto enlaçava os dedos em seus cabelos, puxando-lhe a cabeça para trás.

Sua intenção era obviamente puni-la e humilhá-la, mas, em vez de lutar, Meredith abraçou-o pelo pescoço, colando o corpo ao dele, correspondendo ao beijo com toda a ternura que havia em seu coração, torcendo para que ele se convencesse de que não mentia.

Matt ficou surpreso, pois esperara que ela o repelisse, e interrompeu o beijo, pretendendo empurrá-la para longe. Mas não teve forças para isso. Com um gemido gutural, voltou a beijá-la com uma fúria que a deixou mole de desejo, pressionando-a contra o corpo, deixando-a sentir sua pulsante ereção.

Longos instantes depois, finalmente ergueu a cabeça.

— Usa algum método para evitar a gravidez, Meredith? Antes de irmos para a cama e você me mostrar como está louca pela propriedade de Houston, quero ter certeza de que não vamos fazer outro filho, nem outro aborto.

Meredith arrancou-se dos braços dele, olhando-o com raiva e mágoa.

— Foi um aborto espontâneo, Matt! Você não me escutou? Perdi nosso bebê!

— Vai pro inferno, Meredith! Não mente pra mim!

— Você precisa me ouvir, por favor!

— Não quero mais ouvir coisa alguma — ele respondeu de modo brusco, agarrando-a e tornando a beijá-la com brutal sofreguidão.

Meredith debateu-se e com muito esforço conseguiu livrar-se.

— Não! — gritou, recuando um passo, afastando as mãos que tentavam segurá-la, dominada pelo desespero. — Eu não fiz nenhum aborto! Perdi a criança e quase morri! Acha que algum médico concordaria em fazer um aborto no fim do quinto mês de gestação?

Os olhos dele, que momentos antes queimavam de desejo, examinaram-na com desprezo gelado.

— Acho que sim, quando a gestante doou o dinheiro para a construção de uma ala inteira do hospital — Matt argumentou.

— Não se trata disso! Seria perigoso demais!

— Acredito, porque você ficou internada durante 15 dias.

Meredith percebeu que ele refletira muito sobre o acontecido, na época, e que chegara àquela conclusão lógica, apesar de errônea, e que nada do que dissesse faria diferença. Ficou arrasada e virou-se para esconder as lágrimas que brotavam de seus olhos.

— Por favor! — implorou ofegante. — Me escuta! Tive uma hemorragia e perdi o bebê. Pedi a meu pai que enviasse um telegrama pra você, contando isso e dizendo que eu precisava te ver. Nunca imaginei que ele fosse mentir. Não achei que fosse proibir a sua entrada no hospital, mas seu pai disse que foi o que aconteceu. — Começou a chorar de modo incontrolável e levou as mãos ao rosto, virando-se novamente para Matt. — Eu achava que estava apaixonada por você — continuou. — Esperei sua visita, por dias. Esperei... mas você nunca apareceu.

Baixou a cabeça e começou a tremer, os soluços fazendo-a tremer. Matt continuou imóvel, recordando o que Philip Bancroft, dominado pela ira, dissera no dia em que soubera que os dois haviam se casado: "Você não me conhece. Acha que é durão, Farrell, mas ainda não sabe o que significa dureza. Não vou parar até ver minha filha longe de você."

Meredith baixou as mãos e encarou-o através de um véu de lágrimas. Matt fitou os olhos azuis e viu neles não apenas súplica, como também uma inconfundível sinceridade.

— Matt... nosso bebê era uma menina.

— Meu Deus! — ele gemeu, abraçando-a. — Meu Deus!

— Dei a ela o nome de Elizabeth, em homenagem à sua mãe — ela contou, apertando o rosto molhado contra o peito musculoso.

Matt mal a ouvia, atormentado pela visão de Meredith, sozinha num quarto de hospital, esperando ansiosamente por sua visita.

— Não — murmurou, numa revolta dolorosa. — Não...

— Nossa menininha foi sepultada, mas não pude ir ao enterro, porque estava muito mal. Meu pai disse que foi.

Será... será que mentiu também sobre isso?

Matt estremeceu sob a força da agonia que sentiu ao ouvi-la dizer aquilo. Apertou-a nos braços com mais força, afagando-lhe as costas, beijando-lhe os cabelos, como se quisesse curá-la da dor que a atormentara tantos anos atrás.

— Pedi a meu pai que comprasse muitas flores para Elizabeth. Rosas brancas e cor-de-rosa. Você acha que ele fez isso? — Meredith perguntou em tom suplicante.

— Tenho certeza que sim — Matt afirmou para confortá-la, embora não estivesse convicto do que afirmava.

— Eu não podia pensar na minha filhinha indo embora sem flores...

— Por favor, querida — Matt disse baixinho, com a voz emocionada. — Não faça isso. Não se magoe mais.

Apesar do próprio sofrimento, Meredith captou sua angústia e ergueu a cabeça para olhá-lo, vendo que ele também chorava. Uma onda de ternura invadiu-a com tanto ímpeto que se tornou dolorosa.

— Não chore — murmurou, passando os dedos pelas faces bronzeadas para secar as lágrimas. — Tudo já acabou. Seu pai me falou do telegrama que você recebeu, por isso vim aqui. Eu precisava contar a verdade e lhe pedir perdão.

Matt fechou os olhos e inclinou a cabeça para trás, tentando livrar-se do nó de emoção que lhe apertava a garganta.

— Perdão? — perguntou por fim, abrindo os olhos e fixando-os nos dela. — Por quê?

— Por odiar você durante 11 anos.

— Não pode ter me odiado mais do que odeio a mim mesmo agora — ele declarou com uma expressão de profundo remorso.

— Já passou — ela sussurrou, desejando consolá-lo. — Não pense mais nisso.

— Você sofreu muito, não é, Meredith, quando tudo aconteceu?

Ela ia pedir-lhe novamente que não pensasse mais no que ficara para trás, mas sentiu que ele desejava partilhar com ela a dor que não pudera aliviar no passado. Deixou-o aninhar sua cabeça contra seu peito e abraçou-o pela cintura.

— Eu estava dormindo quando começou. Acordei me sentindo estranha, acendi a luz do abajur e vi que as roupas de cama estavam ensopadas de sangue. Gritei igual a uma louca, até que a sra. Ellis, que tinha chegado da Flórida naquele dia, me ouviu e foi ver o que estava acontecendo. Chamou meu pai e uma ambulância. As contrações começaram e eu fiquei chorando, pedindo pro meu pai te ligar. A ambulância chegou e me levou para o hospital com a sirene ligada e em alta velocidade. — Fez uma pausa para conter novas lágrimas. — Os paramédicos me deram uma injeção e eu não me lembro de mais nada. Quando acordei, estava numa cama, com tubos ligados ao meu corpo. Já era de manhã, e havia uma enfermeira no quarto. Perguntei-lhe sobre o bebê, mas ela simplesmente afagou minha mão e disse para eu não me preocupar. Pedi para ver você e fui informada de que ainda não tinha chegado. Voltei a dormir e acordei à noite, rodeada por médicos e enfermeiras. Voltei a perguntar pelo bebê e eles me disseram que tudo ia ficar bem, mas não acreditei. Exigi que deixassem você entrar, porque sabia que não mentiriam para você. — Parou de falar, sentindo novamente o desespero daquela noite. — Eles disseram que você não estava lá e logo depois saíram, porque meu pai entrou junto com o médico que me acompanhou na minha gestação.

Recomeçou a chorar, incapaz de prosseguir com o martirizante relato.

— Continue, meu bem — Matt pediu em tom terno. — Preciso saber tudo.

— O dr. Arledge disse que o bebê era uma menina e que haviam feito o possível para salvar a vida dela, mas em vão, porque... porque ela era pequena demais — Meredith contou, chorando desesperadamente.

— Uma menininha... pequena demais... — Soluços impediram-na de falar por alguns segundos, e Matt gemeu, dominado pela mesma dor.

— Pequena demais para conseguir respirar... — Meredith forçou-se a continuar. — Então, o dr. Arledge perguntou se eu queria que o bebê tivesse um nome e... e um enterro. Comecei a gritar, chamando por você. Meu pai disse que tinha enviado um telegrama, avisando o que estava acontecendo, mas que você não tinha dado a mínima. Como eu precisava decidir sozinha, dei o nome de Elizabeth a nossa filhinha e pedi a meu pai que providenciasse o enterro e muitas rosas brancas e cor-de-rosa com cartões dizendo que seus pais a haviam amado.

— Obrigado — Matt agradeceu num fio de voz.

— Depois, fiquei esperando por você...

Permaneceram em silêncio por longos instantes, controlando as emoções, e Meredith começou a se sentir aliviada, livre de um fardo pesado.

— Recebi o telegrama de seu pai, três dias depois que ele o enviou — Matt explicou por fim. — Dizia que você tinha feito um aborto e queria o divórcio. Vim para cá mesmo assim, e uma de suas empregadas me disse onde você estava, mas no hospital fui informado de que tinham ordens suas para não me deixar entrar. Voltei no dia seguinte, determinado a ver você de qualquer jeito, mas um policial me impediu, declarando que tinha uma ordem judicial para não me deixar entrar, e que eu seria preso se insistisse.

— E nesse tempo todo, fiquei lá dentro, te esperando — ela se queixou num murmúrio.

— Juro que, se eu soubesse que você queria me ver, nenhuma ordem judicial, nenhuma autoridade, teria me impedido de entrar lá e te ver.

— Mas você não sabia. Os médicos fizeram tudo o que puderam, não tinha nada que você pudesse fazer. Além disso, depois de tantos dias, eu começava a entender os seus sentimentos por mim e pelo bebê. Pelo menos achei que sim. Você devia estar se sentindo preso, amarrado a uma esposa e a um filho que não queria. O bebê foi um acidente, porque você dormiu com uma menina burra que não soube se proteger. E se casou com ela contra a sua vontade, porque era um homem decente.

— Contra a minha vontade? Por Deus, Meredith! Eu queria muito me casar com você. E queria você. Nunca deixei de pensar em você um único dia, no correr de todos esses anos.

Meredith inclinou a cabeça para trás e fitou-o, incrédula, jubilosa e, ao mesmo tempo, esmagada pela dor.

— E você se enganou a respeito de outra coisa também — Matt informou, tomando o rosto dela entre as mãos. — Eu poderia ajudar.

— Como?

— Assim. — Ele beijou-a com doçura, na boca, nas faces, nos olhos. — E teria levado você para casa e a abraçaria, para te confortar, e te daria carinho. Depois, quando você se recuperasse, faríamos amor e outro bebê.

Meredith acreditou que tudo aquilo teria acontecido, exceto outro bebê, porque sabia que não podia mais ter filhos. Envolvida por um turbilhão de emoções, sentiu que Matt tirava-lhe o suéter, abria o jeans e puxava-o para baixo. Não o impediu. Queria, pelo menos uma vez, fingir que estavam de volta ao passado para recomeçar o que foi tão cruelmente interrompido. No entanto, uma voz interior dizia-lhe que seria um erro.

— Matt... isso não é certo — ela murmurou quando ele se inclinou para beijá-la, já exibindo o peito e os braços nus, bronzeados .

— Isso é muito certo — ele afirmou, apossando-se de sua boca.

Meredith fechou os olhos e se deixou levar pelo sonho. Mas dessa vez ela não era uma observadora passiva, estava participando dele. Hesitou, a princípio, como sempre que ficava frente à sexualidade atrevida de Matt, mas logo estava respondendo às exigências dele, abraçando-o, deixando-o aprofundar o beijo e acariciá-la com aquela ousadia que ela conhecia tão bem.

Gemeu, incapaz de conter-se, quando ele cobriu-lhe os seios com as mãos grandes, excitando os mamilos com os polegares, e perdeu o que lhe restava de inibição. Desceu as mãos para o peito dele, mergulhando os dedos nos pelos fartos e escuros, apertando os músculos rijos com a ponta dos dedos. Arqueou o corpo e acompanhou Matt na lenta descida para a cama.

Ele beijou-a no pescoço, nos ombros, nos seios, sugou um dos mamilos, depois o outro, enquanto deslizava a mão para o triângulo macio entre as coxas de Meredith, encontrando seu ponto mais sensível e atormentando-o com uma fricção que a deixou úmida e quente, fazendo-a contorcer-se e balbuciar súplicas entrecortadas. Soube que ela se entregava totalmente quando as longas pernas relaxaram e abriram-se para ele num convite alucinante. Trêmulo de emoção e desejo, deitou-se sobre ela e apoiou-se nas mãos, enquanto a penetrava devagar, dominando o impulso de enterrar-se rapidamente no corpo úmido e latejante.

Começou a perder o controle quando ela ergueu o quadril e apertou-lhe os ombros com força, murmurando seu nome. Perdeu-o completamente ao olhar para o rosto lindo, afogueado de paixão e emoldurado pelos cabelos espalhados no travesseiro. Meredith não era mais a mulher má que o havia desprezado e matado seu filho. Ela esperou por ele, sofreu com sua ausência. Foi procurá-lo ali na fazenda para esclarecer tudo entre eles, aguentou seu ódio, suas agressões, e até pediu desculpas!

E murmurou seu nome com desejo e ternura, destruindo todo seu autocontrole. Ele investiu com força, penetrando-a completamente, e começou a se mover num ritmo frenético, até os dois ficarem loucos na ânsia de chegar ao pico do prazer, alcançando-o juntos numa explosão de sensações que fez com que ele não conseguisse raciocinar direito.

Matt escorregou para o lado e os dois abraçaram-se, entrelaçaram as pernas, ainda com as sensações dos espasmos deliciosos que foram cessando aos poucos, deixando-os lânguidos e plenos de alegria e paz.

Ele fechou os olhos, saboreando o momento com um sentimento de adoração por Meredith, por tudo o que ela era, por tudo o que lhe dera. Onze anos atrás, fora expulso do paraíso. Mas estava de volta e faria tudo a seu alcance para ali permanecer. Tanto tempo atrás, não tinha nada para oferecer a Meredith. Agora, porém, poderia dar-lhe o mundo e a si mesmo.

Sentiu-a respirar suavemente contra seu peito e percebeu que ela tinha adormecido. Sorriu, um tanto envergonhado por ter sido tão afoito e deixado os dois completamente exaustos, rápido demais. Dormiria também e, quando acordassem, fariam amor de novo, com mais calma. Depois, conversariam. Precisavam fazer planos. Com certeza, Meredith hesitaria em romper o noivado, mas ele a convenceria de que pertenciam um ao outro. Sempre haviam pertencido...

Despertado por um ruído qualquer, Matt ficou olhando para o lugar vazio a seu lado. Na penumbra do quarto, ele olhou para o relógio de pulso e viu que faltavam alguns minutos para as 18 horas. Levantou-se, apoiando-se num cotovelo, surpreso pelo fato de ter dormido três horas. Por um momento, ficou imóvel, tentando escutar algum som que lhe indicasse onde Meredith estava. Surpreendeu-se quando ouviu o motor de um carro começar a funcionar.

Por um momento, refletiu que ela devia ter ficado preocupada com a possibilidade de a bateria descarregar-se e fora verificar se estava tudo em ordem. Jogou as cobertas para o lado e saiu da cama, penteando os cabelos com os dedos, enquanto dirigia-se à janela. Afastou a cortina para abrir a vidraça e dizer a Meredith que o deixasse cuidar daquilo, e o que viu foi o BMW sair em velocidade pela alameda que levava à estrada principal.

Ficou tão perplexo que só pôde pensar que ela estava sendo imprudente, dirigindo depressa demais. Então, entendeu tudo: Meredith tinha ido embora. Resmungando uma série de palavrões, voltou para junto da cama, acendeu o abajur e vestiu a calça. Sem saber o que fazer, colocou as mãos na cintura, olhando para a cama numa espécie de entorpecimento. Não podia acreditar que ela havia fugido, como se tivesse alguma coisa de que se envergonhar e não pudesse mais encará-lo.

Olhou ao redor, e foi quando viu uma folha de papel amarelo sobre a cômoda. Pegou-o, com a esperança de que Meredith houvesse escrito que fora procurar uma mercearia ou algo parecido.

"Matt, o que aconteceu esta tarde nunca deveria ter acontecido. Foi um erro. Compreensível, mas um erro. Você tem sua vida, eu tenho a minha, temos planos para o futuro, além de pessoas que nos amam e confiam em nós. Traímos essas pessoas hoje, e me envergonho disso. Mesmo assim, sempre me lembrarei desse fim de semana como algo muito lindo e especial. Obrigada."

Ele ficou olhando para o bilhete, furioso, sentindo-se usado. Fora tratado como um garoto de programa, dispensado sumariamente depois de levar para a cama uma mulher que quisera algo "especial".

Não, Meredith não havia mudado nada naqueles 11 anos. Continuava mimada, egoísta, convencida de sua superioridade, não tinha a menor consideração pelos outros. Não havia mudado. Ainda era uma covarde...

Matt interrompeu o pensamento, assombrado com o fato de ter deixado a raiva afastar de sua memória tudo o que descobrira naquele dia. Por força do hábito, estava julgando-a pelo o que achava ser verdade por muitos anos. Mas a verdade era outra, e ele a descobrira naquele quarto, ouvindo coisas dolorosas, mas libertadoras. Meredith não era covarde. Não tinha fugido dele, da responsabilidade de ser mãe, de nada, nem mesmo do pai despótico. Havia aguardado por ele no hospital, pedira flores para o enterro da filhinha, a quem dera o nome de Elizabeth... E, quando ele não aparecera, juntara os cacos de sua vida e seguira em frente.

Matt fez uma careta, desgostoso consigo mesmo, ao lembrar-se do que fizera para prejudicá-la nos últimos dias, de como a maltratara na limusine, após o almoço no Landry's. Ainda assim, ela havia dirigido numa tempestade de neve para encontrá-lo e contar-lhe a verdade e não ficou com o pé atrás quando ele a recebera com brutal hostilidade.

Meredith, sua mulher, era corajosa. Não fugia de situações que fariam muitos homens correrem para longe, em pânico.

Mas fugiu dele, poucos minutos atrás. Por que, se, depois de tantos desencontros, haviam esclarecido o passado e ficado em paz? Só existia uma resposta, ele percebeu de repente. O que aconteceu entre os dois naquela cama tinha sido tão devastador para Meredith quanto para ele. Ela entendeu que seu futuro com Parker e o resto de sua vida estavam ameaçados pela força da paixão que ainda os ligava. Cautelosa, devia ter decidido que não valia a pena arriscar tudo o que tinha por Matthew Farrell. As consequências de um envolvimento com ele certamente pareceram-lhe perigosas demais. Já se envolvera com ele uma vez, e sua vida transformara-se num inferno.

Rindo baixinho, Matt decidiu que a convenceria de que não sofreria novas decepções se ficasse com ele. Que seria recompensada de todas as formas possíveis. Mas precisava de tempo, algo que ela não lhe daria, nem que precisasse ir a Reno para conseguir um divórcio fácil, que cortaria rapidamente os laços que os uniam. Era bem capaz disso, determinada como era.

Ele, por sua vez, faria qualquer coisa para impedir a dissolução do casamento. Se perdesse Meredith... Um pensamento inesperado o alarmou. Certos trechos da estrada tornavam-se muito perigosos quando nevava, e, depois de tudo o que se passara, Meredith talvez dirigisse sem a atenção necessária.

Preocupado, ele foi para o próprio quarto, tirou o celular da pasta e deu três telefonemas. Em primeiro lugar, falou com o chefe de polícia de Edmunton e pediu-lhe que enviasse um patrulheiro para localizar um BMW preto, que logo passaria pelo viaduto, rumo à rodovia estadual, e escoltá-lo discretamente até Chicago, cuidando para que a motorista chegasse bem. O chefe, que ocupava um cargo eletivo, mostrou-se encantado em poder atender a tão extravagante pedido, pois Matthew Farrell fizera uma generosa contribuição para sua campanha.

O telefonema seguinte foi para a casa de David Levinson, da Pearson e Levinson. Matt pediu-lhe que fosse com o sócio ao escritório dele na manhã seguinte, às oito horas. O advogado concordou no mesmo instante, pois Matthew Farrell pagava duzentos e cinquenta mil dólares anuais para que seu escritório lhe desse assistência jurídica onde e quando fosse necessário.

Por último, Matt telefonou para Joe O'Hara, mandando-o ir à fazenda naquele mesmo instante para buscá-lo. O motorista protestou. Matthew Farrell pagava-lhe muito bem para tê-lo sempre à disposição, mas o homem era seu amigo e não queria que ele fugisse da fazenda e, consequentemente, de Meredith.

— Está tudo acertado entre você e sua mulher? — perguntou.

— Não, exatamente — respondeu Matt, um tanto irritado com a relutância de Joe em obedecer a uma ordem sua.

— Ela ainda está aí?

— Não. Já foi.

— Quer dizer que você deixou ela ir, hein?

Matt esqueceu a irritação ao captar a tristeza na voz de Joe, constatando mais uma vez como era profunda a lealdade do empregado e amigo.

— Vou atrás dela — respondeu sorrindo. — Agora, vem me buscar logo, O'Hara.

— Estou indo!

Matt desligou o telefone e olhou pela janela, planejando sua estratégia para o dia seguinte.

# 39

PHYLLIS FRANZIU A TESTA AO VER MEREDITH PASSAR por sua mesa na segunda-feira de manhã, com duas horas de atraso e sem cumprimentá-la.

— Bom dia! — exclamou em leve tom de censura, levantando-se para acompanhá-la ao escritório. — Aconteceu alguma coisa?

Continuara como secretária de Meredith, porque a sra. Pauley, que trabalhava com Philip Bancroft havia vinte anos, decidira gozar as férias acumuladas e fazer uma viagem durante a licença dele.

Meredith sentou-se à escrivaninha e massageou as têmporas. Não era *um* problema, mas uma montanha deles.

— Não — mentiu. — Só estou com um pouco de dor de cabeça. Algum recado para mim?

— Uma pilha — Phyllis respondeu. — Vou buscá-los e trazer uma xícara de café. Acho que você está precisando.

Meredith reclinou-se na cadeira, tendo a impressão de que envelhecera cem anos desde que saíra da loja, na sexta-feira.

Além de enfrentar um dos mais caóticos fins de semana de sua vida, ainda perdera o orgulho, indo para a cama com Matt. Traíra o noivo e para fechar com chave de ouro, fugiu de Matt e deixou um bilhete para não ter de explicar-se pessoalmente. Cheia de culpa e vergonha, fizera uma viagem péssima de volta para casa e, para aumentar sua perturbação, um patrulheiro idiota seguira-a numa viatura, reduzindo a velocidade quando ela diminuía, acelerando quando ela acelerava, e até parara no mesmo posto de gasolina. Só o perdeu de vista quando ela o despistou pelas grandes e movimentadas avenidas de Chicago.

Ela chegou em casa sentindo-se arrasada, e tudo piorou quando escutou os recados deixados na secretária eletrônica, quase todos de Parker. Na sexta à noite, ele disse que estava com saudade e queria ouvir sua voz. No sábado de manhã, reclamou porque ela não tinha ligado de volta, e à noite estava preocupado com seu silêncio e perguntou se por acaso Philip adoecera na viagem. No domingo, disse estar assustado e informou que ligaria para Lisa. Infelizmente, a amiga havia contado a ele que Meredith tinha ido falar com Matt na sexta para tentar conseguir o divórcio, porque o recado que Parker deixou no domingo à noite estava carregado de raiva e mágoa. Ele gritou, exigindo que ela telefonasse e desse uma boa desculpa para ter passado o fim de semana com Matthew Farrell, se é que foi isso o que fizera. Meredith aguentou melhor essa parte do que o final da mensagem, em que o noivo ficou mais calmo e pediu desculpas por ter pensado que ela pudesse ter ficado com Matt, além de perguntar se conseguira entrar num acordo sobre o divórcio e, mais uma vez, confessar sua preocupação.

Com um suspiro, Meredith fechou os olhos, perguntando-se como faria para chegar inteira ao fim daquela segunda-feira. Agira de modo infantil, deixando um bilhete para Matt e fugindo enquanto ele dormia. Ela ficou com medo, reconhecia, porque sempre que se aproximava dele fazia e dizia coisas estranhas, tolas e... perigosas. Ficou menos de quarente e oito horas em sua companhia e jogou os escrúpulos para o alto, esquecida da decência. Dormiu com ele mesmo sem o amar! Traiu Parker e acabou com um peso enorme na consciência.

Sentiu as faces ruborizados ao recordar como agira na cama, implorando para que ele a levasse ao orgasmo, totalmente enlouquecida de desejo, quando era tão recatada ao fazer sexo com o noivo.

Não, não era justo ficar se recriminando, nem a Matt, refletiu. Os dois haviam ficado profundamente abalados com a revelação do que de fato tinha acontecido no passado. Fazer amor foi o jeito que encontraram para consolar-se mutuamente. Ele não havia se aproveitado da situação para a levar para a cama. Bem, pelo menos, ela achava que não.

Bem, ficar sentada, à beira das lágrimas, remoendo-se de remorso não ia adiantar nada. O certo era entrar em ação, fazer alguma coisa para expulsar aquela sensação de pânico que havia começado a manifestar-se no momento em que ela saiu da cama, deixando Matt adormecido.

— Precisei esperar que acabassem de fazer o café — Phyllis explicou, aproximando-se da escrivaninha com uma caneca fumegante numa das mãos e um maço de papéis cor-de-rosa na outra. — Aqui estão os recados. Não se esqueça de que mudou a reunião com os executivos-chefes para hoje, às 11 horas.

— Está certo, obrigada — respondeu Meredith, tentando animar-
-se. — Quer fazer uma ligação para Stuart Whitmore, por favor? E
para Parker, em Genebra. Se ele não estiver no hotel, deixe recado.

— Com qual dos dois você quer falar primeiro?

— Com o Stuart.

Phyllis saiu, e Meredith começou a folhear o maço de mensagens
com total desinteresse. De súbito, quase saltou da cadeira, de tanta
surpresa. O quinto recado era de Matt, que telefonara às 9:10 daquela
manhã.

O telefone tocou, tirando sua atenção do papel. Ela olhou para o
aparelho e viu que as teclas das duas linhas estavam iluminadas.

— O sr. Whitmore está na linha 1 — Phyllis informou, quando ela
pressionou o botão do interfone. — E o sr. Matthew Farrell, na linha
2. Disse que é um assunto urgente.

A pulsação de Meredith disparou.

— Phyllis, eu não quero falar com Matt Farrell. Diga a ele que daqui
por diante nos comunicaremos por intermédio de nossos advogados.
E que vou estar fora da cidade por mais ou menos duas semanas. Seja
educada, mas firme.

— Tudo bem.

Meredith ficou olhando para a tecla da linha 2, cuja luz continuava
acesa, sinal de que Phyllis estava falando com Matt. Fez menção de
erguer o telefone, refletindo que devia ao menos falar com ele e saber
qual era o "assunto urgente". Mas decidiu que era melhor não. Assim
que Stuart informasse onde seria possível conseguir um divórcio rápido, qualquer coisa que Matt desejasse discutir se tornaria irrelevante.
Como não havia mais inimizade entre eles, Matt não cumpriria as
ameaças que fizera na limusine, dias atrás.

A tecla da linha dois apagou-se, e Meredith chamou Phyllis pelo
interfone.

— O que ele disse? — perguntou, quando a moça apareceu na porta.

— Que entendia perfeitamente.

— Só isso?

— Perguntou se essa viagem de quase duas semanas que você vai fazer já estava marcada e eu respondi que não, que foi um imprevisto. Fiz bem?

— Não sei. Ele fez algum comentário quando você falou desse "imprevisto"?

— Não, exatamente.

— Como assim?

— Ele riu, agradeceu e se despediu.

— Mais alguma coisa? — Meredith perguntou quando viu que a secretária continuava na porta.

— Eu só estava pensando — Phyllis explicou. — Você acha que ele teve mesmo um caso com a Michelle Pfeiffer e com a Meg Ryan, ou tudo não passou de fofoca dos jornais?

— Tenho certeza de que ele namorou as duas — afirmou Meredith, forçando-se a falar em tom indiferente. Phyllis apontou para o telefone.

— Esqueceu que Stuart Whitmore está na linha 1?

Horrorizada, Meredith ergueu o telefone, pedindo à moça que fechasse a porta.

— Stuart, desculpe por tê-lo feito esperar — começou, nervosa. — Estou tendo um dia daqueles!

— E eu estou tendo um dia *fascinante*, graças a você.

— O que quer dizer com isso?

— David Levinson me ligou hoje, às nove e meia da manhã, tão amável e apaziguador que qualquer um pensaria que o filho da mãe passou por uma profunda experiência mística no fim de semana.

— O que ele queria?

— Para começar, me fez um sermão sobre a santidade do casamento, e com voz de padre! — Stuart riu. — Meredith, o homem é judeu, está no quarto casamento e na sexta amante! Que atrevimento!

— O que você disse a ele?

— Que ele era muito atrevido. Não é engraçado? — Stuart fez uma pausa, esperando que Meredith risse, mas, como isso não aconteceu, continuou: — Tudo bem, isso não importa. O que interessa é que, de acordo com Levinson, Matthew Farrell de repente decidiu que concordava com o divórcio. Muito estranho, e tudo o que é estranho me deixa nervoso.

— Não é tão estranho assim — Meredith observou, ignorando o aperto que sentiu no coração ao pensar, sem nenhuma lógica, que Matt estava abrindo mão dela com demasiada rapidez, depois de terem ido para a cama juntos. — Eu me encontrei com Matt no fim de semana e conversamos muito.

— Sobre o quê? Não esconda nada de seu advogado. Essa súbita mudança de Levinson fez eu redobrar a minha atenção. Ah, ele marcou uma reunião com Farrell e nós dois, para discutirmos uma série de coisas.

Sabendo que não seria justo esconder os fatos de Stuart, ela contou que, depois de descobrir que Matt comprara o terreno de Houston, tinha ido procurá-lo em seu apartamento e tivera um confronto tempestuoso com Patrick Farrell, que, no fim, a convencera a ir à fazenda.

— Matt estava muito doente quando eu cheguei — continuou. — Mas ontem contei o que meu pai fez, onze anos atrás, e ele acreditou em mim.

Ela deixou de fora a parte em que dormiu com Matt. Era algo que ninguém precisava saber, exceto Parker, talvez.

Quando terminou, Stuart ficou calado durante tanto tempo que ela receou que tivesse adivinhado a verdade.

— Farrell é mais controlado do que eu. No lugar dele, eu iria atrás de seu pai e o fuzilaria — o advogado declarou.

Meredith deu uma risadinha, só para ser agradável.

— É óbvio que foi nossa conversa que fez Matt concordar com o divórcio — observou.

— Ele está fazendo mais do que simplesmente colaborar — replicou Stuart secamente. — Segundo Levinson, Farrell preocupa-se profundamente com o seu bem-estar, Meredith. Quer fazer um acordo financeiro com você e mandou dizer que está disposto a vender o terreno de Houston a um preço muito razoável, embora, no momento, eu não soubesse do que se tratava.

— Eu não quero nenhum acordo financeiro com Matt nem tenho direito — Meredith declarou enfaticamente. — Se ele nos vender o terreno, será maravilhoso, mas não vejo necessidade de uma reunião com os advogados dele. Decidi ir a Reno ou a algum outro lugar onde possa me divorciar sem complicações. Foi por isso que telefonei para você, para perguntar onde isso pode ser feito de modo legal e rápido.

— Nem tente — Stuart aconselhou. — Se tentar, Farrell retirará sua oferta.

— Por que diz isso? — Meredith gritou, sentindo-se como que apanhada numa armadilha.

— Porque Levinson deixou as condições bem claras. Parece que Farrell quer fazer as coisas do modo certo. Se você se recusar a se encontrar com ele, amanhã, ou tentar conseguir um divórcio rápido, a oferta de venda do terreno de Houston será cancelada definitivamente. Afinal, Matthew Farrell é o monstro que dizem, ou um homem capaz de ter sensibilidade?

Meredith largou-se contra o encosto da cadeira, a atenção momentaneamente desviada pela conversa dos executivos-chefes que atravessavam a sala de Phyllis rumo à de reuniões.

— Não sei o que pensar — admitiu. — Há anos, eu julgo o Matt, e já não sei o que ele é realmente.

— Bem, vamos descobrir isso amanhã, às quatro horas da tarde — Stuart comentou, rindo. — Farrell quer que a reunião seja no escritório dele. Posso cancelar alguns compromissos. Encontro você lá?

— Eu não vou.

— Precisa ir, querida. Farrell mandou dizer que não faria concessões.

Agitada, Meredith olhou para o relógio. Estava na hora de começar a reunião com os executivos-chefes. No entanto, precisava decidir se participaria da reunião com Matt. Se não fosse, ele poderia ficar aborrecido e retirar a oferta para a venda do terreno, mas a tensão emocional que teria de suportar ao vê-lo seria grande demais.

— Mesmo que você se divorciasse em Reno, ainda teria de lidar com a questão das propriedades quando retornasse — Stuart argumentou, quando o silêncio prolongou-se. — É uma confusão de onze anos no que diz respeito a direitos sobre bens, e que poderá ser desfeita facilmente se Farrell colaborar. Se ele decidir levar o caso ao tribunal, a situação poderá arrastar-se durante anos.

— Meu Deus, que bagunça! — Meredith lamentou-se. — Está bem, eu me encontrarei com você no saguão do prédio da Intercorp cinco para as quatro. Não quero subir sozinha.

— Entendido — afirmou o advogado com gentileza. — Até amanhã, então, e não se preocupe.

Ela se propôs a seguir o conselho de Stuart quando ocupou seu lugar à mesa de reuniões, mas era difícil não preocupar-se com a anarquia em que sua vida se transformara.

— Bom dia! — cumprimentou com um sorriso forçado. — Quer começar, Mark? Algum problema na divisão de segurança?

— Um bem grande — o homem preludiou. — Cinco minutos atrás, o pessoal de Nova Orleans foi avisado de que haviam posto uma bomba na loja. Estão evacuando o prédio e o esquadrão antibombas já está a caminho de lá.

Todos olharam para ele, espantados e curiosos.

— Por que não me avisaram? — Meredith quis saber.

— Suas duas linhas estavam ocupadas, de modo que Michaelson, o gerente da loja, me chamou.

— Tenho uma linha particular também — ela salientou.

— Nós sabemos, mas Michaelson ficou tão nervoso que não achou o número.

Eram 17:30 quando Meredith finalmente recebeu o telefonema que estivera esperando com ansiedade. O esquadrão antibombas de Nova Orleans não havia encontrado o menor vestígio de qualquer tipo de explosivo na loja e começara a remover as barreiras erguidas ao redor do prédio. Essa foi a boa notícia. A má era que a loja deixara de vender por um dia inteiro, na época mais importante do ano para o comércio.

Exausta, Meredith passou as informações para Mark, encheu a pasta com papéis para ler em casa e foi embora. Parker ainda não tinha telefonado, mas certamente entraria em contato logo que recebesse seu recado.

Ao chegar ao apartamento, jogou o casaco, as luvas e a pasta numa poltrona e foi ver se havia alguma mensagem na secretária eletrônica, mas a luzinha não estava piscando. Ao lado do telefone, encontrou um bilhete da sra. Ellis, em que a mulher explicava que fora trabalhar naquele dia porque tinha consulta médica marcada para a quarta e que fizera as compras da semana.

O silêncio de Parker começou a preocupar Meredith, que não pôde impedir-se de imaginá-lo doente, num hospital suíço, ou tentando esquecer as mágoas nos braços de uma mulher. Obrigou-se a parar de pensar aquelas coisas, dizendo a si mesma que bastara chegar perto de Matt para ficar nervosa e começar a prever desastres. Podia ser tolice, mas uma tolice compreensível, depois da triste experiência que tivera com ele no passado.

Tomou banho e acabava de vestir-se quando bateram à porta do apartamento, surpreendendo-a. Quem quer que fosse, devia ter a chave da porta de segurança lá embaixo, o que significava que só podia ser a sra. Ellis, porque Parker estava muito longe.

— Esqueceu alguma, sra. Ellis? — perguntou, abrindo a porta, ficando atônita ao ver Parker, que a olhava com ar aborrecido.

— Acho que foi *você* que esqueceu alguma coisa, Meredith — ele a censurou. — Por exemplo, que tem um noivo.

Dominada pelo remorso, porque era óbvio que ele voltara tão cedo por estar preocupado, Meredith jogou-se em seus braços, notando sua hesitação em abraçá-la.

— Não esqueci — ela lhe assegurou, beijando-o no rosto. — Desculpe, querido! Desculpe, por favor!

Puxou-o para dentro e fechou a porta, mas Parker não tirou o sobretudo, como seria de esperar, e parou após dar alguns passos, voltando-se para ela com frieza.

— Está se desculpando por que, Meredith?

— Por tê-lo deixado tão preocupado que você largou a conferência e voltou para casa. Não recebeu o recado que deixei em seu hotel hoje de manhã? Às 10:30, pelo nosso horário.

Ele pareceu menos tenso depois de ouvir a explicação, mas a frieza não abandonou seu rosto.

— Não recebi. Gostaria de um drinque — disse, tirando o sobretudo. — Qualquer coisa serve, desde que seja forte.

Meredith concordou com um gesto de cabeça, mas continuou olhando para ele, examinando as feições marcadas pelo cansaço.

— Não acredito que veio embora porque não conseguiu falar comigo, Parker!

— Essa foi uma das razões.

— E qual foi a outra?

— Amanhã a Morton Simonson vai declarar falência. Fiquei sabendo ontem à noite, em Genebra — ele informou, sentando-se no sofá.

Meredith não entendeu por que a falência de um fabricante de tintas industriais o faria antecipar a volta.

— E o que isso tem a ver com você? — perguntou, caminhando para o armário que servia de bar.

— Nosso banco emprestou a Simonson cem milhões de dólares. Se a empresa falir, perderemos a maior parte desse dinheiro. E, como parecia que eu estava perdendo também minha noiva, decidi voltar para ver se podia recuperar um dos dois, ou ambos.

A despeito de ele estar tentando brincar, Meredith compreendeu que a situação que envolvia Morton Simonson era bastante grave.

— Nunca correu o risco de me perder, querido.

— Por que não me ligou de volta? Onde estava? O que está acontecendo entre você e Farrell? Lisa me contou que você falou com o pai dele e, como descobriu certas coisas, foi para Indiana na sexta à noite para contar a verdade a Farrell e tentar convencê-lo a concordar com o divórcio.

— Contei a verdade — Meredith afirmou gentilmente, entregando-lhe a bebida. Então, sentou-se ao lado dele e continuou: — Matt concorda com o divórcio. Stuart Whitmore e eu vamos nos encontrar com ele e seus advogados amanhã.

— Ficou o fim de semana todo com Farrell?

— Fiquei. Ele estava doente demais para me ouvir na sexta-feira — ela explicou.

Contou tudo o que ela e Matt haviam conversado e, quando acabou, olhou para as mãos entrelaçadas no colo, consumida pela culpa de não ter contado o restante. Não tinha certeza se confessar ao noivo que o traíra seria um meio egoísta de livrar-se do remorso, ou algo moralmente correto. De qualquer maneira, aquele não era o momento certo para revelar que fizera amor com Matt. O caso de Morton Simonson já era uma preocupação grande demais para Parker.

— Farrell deve ter ficado furioso quando soube que seu pai o enganou, dizendo que você fizera aborto — o noivo comentou.

— Não. Agora deve estar odiando meu pai, mas na hora só ficou triste. Chorei muito quando falei do enterro de Elizabeth, e ele também chorou. Não teve muito espaço para raiva.

— Acredito — Parker murmurou.

Desviou o olhar do rosto dela, começando a girar o copo entre as mãos. No interminável silêncio que se seguiu, Meredith soube que ele adivinhara que fora traído.

— Parker... — ela chamou baixinho, pronta para confessar o erro. — Se está se perguntando se eu e Matt...

— Não me diga que você dormiu com Farrell, Meredith! Minta, se for necessário, faça-me acreditar que nada aconteceu, mas não me diga que dormiu com ele! Eu não suportaria.

O noivo já a julgara e dera a sentença. Para Meredith, que apenas queria dizer a verdade, esperando que ele entendesse e um dia a perdoasse, aquilo pareceu uma condenação à prisão perpétua no purgatório.

Parker depositou o copo na mesa e colocou o braço nos seus ombros, puxando-a de encontro ao seu corpo e tentando sorrir.

— Pelo que Stuart disse a você, parece que Farrell está sendo muito decente — observou.

— Está, sim — concordou Meredith com um sorriso trêmulo. Ele a beijou na testa.

— Está quase tudo acabado, então. Amanhã à noite vamos fazer um brinde às negociações bem-sucedidas para seu divórcio e, talvez, à aquisição do terreno de Houston que você tanto quer. — Fez uma pausa, suspirando. — Vou ter de encontrar outro banco que lhe empreste o dinheiro para a compra do terreno e a construção da loja — informou. — Simonson é nosso terceiro cliente que vai à falência, e nos deve uma fortuna. Se não recebermos dinheiro, não poderemos emprestar, a menos que tomemos emprestado do banco federal, a quem já devemos muito.

— Eu não sabia dessas falências.

— A situação econômica do país está me deixando assustado — Parker confessou, levantando-se e puxando Meredith consigo. — Mas devo estar exagerando. Não vai acontecer nada com o nosso banco. Estamos em melhor condição do que a maioria dos concorrentes. Será que você poderia me fazer um favor?

— Qualquer coisa — ela prometeu sem hesitar.

Ele sorriu e abraçou-a.

— Faça com que a Bancroft & Company nos pague todas as parcelas dos atuais empréstimos sem atraso.

— Sem dúvida! — Meredith exclamou, rindo.

Agiu com mais fervor do que nunca quando Parker beijou-a longamente, antes de sair. Novamente sozinha, recusou-se a comparar os beijos ternos dele com os de Matt, exigentes e sensuais. Os beijos de Matt ofereciam paixão, e os de Parker, amor.

# 40

⌒ MATT PAROU NO CENTRO DA ENORME SALA DE reuniões ao lado da sua sala e examinou tudo com olhar crítico. Dentro de meia hora, Meredith estaria ali e ele queria impressioná-la com todos os símbolos de seu sucesso, embora soubesse que estava sendo infantil. Chamou uma secretária e uma recepcionista, cujos nomes jamais se importara de memorizar até aquele dia, só para que elas lhe dessem sua opinião sobre o aspecto do ambiente. Telefonou para a sala de Vanderwild e pediu que subisse imediatamente, porque o moço tinha bom gosto e quase a mesma idade de Meredith, de modo que não faria mal nenhum ouvir seu parecer também.

— O que acha, Joanna? — perguntou à secretária, com a mão no interruptor do dimmer que controlava a intensidade da luz dos spots embutidos no teto. — Claro demais? Pouco?

— A-acho que está bem assim, sr. Farrell — gaguejou a jovem.

Valerie, a recepcionista, recuou alguns passos para observar o efeito produzido pelo arranjo floral no centro da mesa extensa.

— As flores naturais foi uma ideia maravilhosa — elogiou. — Posso pedir a uma floricultura que traga um arranjo todas as terças-feiras?

— Não vejo motivo para isso — Matt respondeu, esquecido de que as moças não sabiam que estava preocupado em deixar a sala bonita apenas porque desejava causar boa impressão a uma pessoa. Viu Joanna arrumar numa das extremidades da mesa o conjunto de jarra e copos de cristal no valor de 2 mil dólares. — Muito bonito — ele comentou.

Tornou a correr o olhar pela vasta sala com seu piso forrado por carpete prateado, que fazia elegante contraste com a cor vinho dos sofás e assentos estofados das cadeiras. Embora seu escritório e aquela sala ocupassem toda uma lateral do arranha-céu com paredes de vidro, que ofereciam uma vista deslumbrante de Chicago, ele preferira fechar as cortinas de um prateado opaco para quebrar a luminosidade excessiva e criar uma atmosfera tranquilizante. Os spots lançavam sua luz suave, dando um brilho acetinado à madeira da mesa e arrancando raios coloridos das facetas da jarra e dos copos. A porta deslizante do bar encontrava-se aberta, deixando à mostra elegantes garrafas de cristal que cintilavam de modo atraente.

Apesar de toda aquela beleza, Matt não se sentia satisfeito, olhando indeciso para as cortinas.

— Devem ficar abertas ou fechadas? — perguntou, indeciso, pressionando o botão do controle remoto que as fazia deslizar suavemente.

As cortinas abriram-se, e o perfil de Chicago recortado contra o céu apareceu, um cenário fabuloso para um palco requintado.

— Abertas — respondeu Joanna.

— Abertas — Valerie concordou.

Matt olhou para o céu encoberto, refletindo que o encontro com Meredith duraria no mínimo uma hora. Então, já estaria escurecendo, e a vista se tornaria espetacular.

— Fechadas — decidiu, tornando a pressionar o botão do controle. As cortinas correram silenciosamente pelos trilhos, cobrindo as paredes de vidro. — Abrirei quando estiver escuro lá fora — acrescentou, pensando em voz alta.

Afastando as abas do paletó para colocar as mãos nos bolsos da calça, refletiu que estava sendo idiota ao se preocupar com tantos detalhes. Mesmo que Meredith ficasse impressionada com tantos sinais de riqueza, detestaria a sala e o dono da sala quando a reunião começasse.

Suspirou, ansioso por iniciar a batalha, mas ao mesmo tempo desejando que pudesse dispensá-la. Lembrou-se, então, das duas funcionárias, que se mantinham em silêncio junto da mesa.

— Obrigado — agradeceu, virando-se para elas: — Vocês me ajudaram muito. — Sorriu de modo agradável, a mente voltando para a questão da estética do recinto. Distraído, perguntou a Joanna: — Se você fosse mulher, o que acharia desta sala?

— Mesmo sendo um robô insignificante, acho que é maravilhosa — a moça disse friamente.

Matt levou alguns segundos para perceber que recebera uma resposta torta. Olhou por cima do ombro, mas as duas jovens já haviam saído e cruzavam a sala de sua secretária.

— O que deu nela? — indagou, dirigindo-se a Eleanor Stern, que ficara o tempo todo em silêncio, parada perto da porta de ligação.

A mulher ajeitou o casaco do severo conjunto cinzento e pegou o lápis que colocara atrás da orelha.

— Acho que ela ficou chateada porque o chefão não notou que ela é mulher. Ela tenta chamar a sua atenção desde o primeiro dia.

— Que desperdício de tempo — declarou Matt. — Só burros se envolvem com funcionárias.

— Já pensou em se casar? — perguntou Eleanor. — No meu tempo, isso acabava com as pretensões das assanhadas.

Matt esboçou um sorriso.

— Eu sou casado — anunciou, esperando uma reação de surpresa.

A secretária nem piscou, folheando o bloco que segurava, parecendo procurar alguma anotação que quisesse discutir com ele.

— Parabéns — resmungou, obviamente não acreditando.

— Estou falando sério.

— Devo passar essa informação à srta. Avery? Ela ligou duas vezes hoje.

— Sou casado com Meredith Bancroft, há onze anos — Matt informou. — E ela vai estar aqui, às quatro horas.

Eleanor Stern olhou-o por cima dos óculos.

— Fez reserva para um jantar a dois, hoje, no Renaldo's. A srta. Bancroft vai com o senhor e a srta. Avery? Se for, preciso telefonar ao restaurante e reservar uma mesa para três.

— Cancelei meu encontro com... — Matt começou, então parou, atônito. — Será que tem censura em sua voz, ou foi impressão minha?

— Foi impressão, sr. Farrell. Deixou bem claro, desde meu primeiro dia, que censurá-lo não fazia parte de meu trabalho. Também disse que não queria ouvir minhas opiniões, nem ganhar bolo no seu aniversário, que só desejava meu tempo e minhas habilidades. Mudando de assunto, quer que eu assista à reunião para fazer anotações?

Matt engoliu o riso ao descobrir que ela estivera, durante anos, remoendo com ressentimento aquilo que ele dissera ao contratá-la.

— Acho que é uma boa ideia fazer anotações — aprovou. — Preste bastante atenção a tudo o que a srta. Bancroft e seu advogado disserem. Não pretendo deixar que esqueçam qualquer concessão que fizerem.

— Tudo bem — Eleanor disse, virando-se para sair.

— Srta. Stern! — Matt chamou, e ela voltou-se. — Posso chamá-la de Eleanor?

— Naturalmente.

— Acha que nós dois... Bem, poderíamos ser menos formais um com o outro?

— Está sugerindo um relacionamento mais descontraído, típico de secretária e patrão que trabalham juntos há muito tempo?

— Isso mesmo.

Para espanto de Matt, os olhos claros da mulher mostraram um lampejo divertido, algo que ele nunca vira antes.

— Terei de trazer bolo no seu aniversário?

— Acho que sim.

— Vou anotar, para não esquecer — Eleanor declarou, obrigando Matt a soltar uma gargalhada. Então, pela primeira vez, em tantos anos, sorriu para ele. — Mais alguma coisa?

— Mais uma, e muito importante. Na sua opinião, esta sala está impressionante pela beleza, ou parece uma ostentação de riqueza vulgar?

Ela olhou em volta, com toda a atenção.

— Tenho certeza de que a srta. Bancroft vai gostar — respondeu.

Perplexo com aquela demonstração de perspicácia, Matt viu-a girar nos calcanhares e sair apressadamente.

Peter Vanderwild andava de um lado para o outro no escritório de Eleanor Stern, esperando que ela saísse da sala de reuniões e o mandasse entrar para falar com Farrell. Ela apareceu por fim, andando com muita pressa, e ele preparou-se para ser atacado, como um estudante travesso diante do diretor.

— O sr. Farrell quer falar comigo — o jovem explicou. — Disse que *é* muito importante, mas, como não especificou o assunto, eu não trouxe nenhum...

— Acho que não precisava trazer nada, sr. Vanderwild — ela o interrompeu em tom estranhamente gentil. — Pode entrar.

Lançando-lhe um olhar surpreso, ele entrou na sala de reuniões. Dois minutos depois, saiu tão atrapalhado que colidiu com a mesa de Eleanor.

— Resolveu o assunto com o sr. Farrell? — ela indagou.

— Não sei se dei a resposta que ele desejava — Peter confidenciou, então perguntou, nervoso: — Na opinião, a sala de reuniões está impressionante pela beleza, ou parece uma ostentação de riqueza vulgar?

— Impressionante — ela respondeu. Peter suspirou, aliviado.

— Foi o que eu disse.

— Muito bem — Eleanor lhe assegurou.

Notando um brilho amigável nos olhos dela, o executivo percebeu, atônito, que havia um pouco de calor humano por baixo daquela aparência glacial, e que a mulher possivelmente o tratara com tanta frieza, no começo, por culpa de sua própria rigidez. Decidiu dar-lhe uma caixa de bombons no Natal.

Stuart já se encontrava no saguão do prédio da Intercorp quando Meredith chegou.

— Você está maravilhosa! — elogiou, apertando a mão que ela lhe ofereceu. — Linda e serena.

Depois de hesitar durante uma hora antes de escolher o que vestir, Meredith optou por um vestido de lã amarelo-claro, acompanhado por um casaco azul-marinho debruado pelo mesmo tecido do vestido. Havia lido, em algum lugar, que os homens interpretavam a cor amarela como um sinal de firmeza, e não de hostilidade. Prendeu os cabelos num coque frouxo para aumentar essa impressão.

— Farrell vai perder assim que pôr os olhos em você, e nos dará tudo o que pedirmos — o advogado brincou, enquanto iam na direção dos elevadores. — Ele não vai resistir.

— Não tenho tanta certeza — ela admitiu, entrando no elevador na frente dele.

Ficou olhando para a porta de metal dourado, que se fechou suavemente, tentando visualizar Matt sorridente e gentil, como o vira em certos momentos na fazenda. Não podia pensar nele como um adversário, depois daquele fim de semana, quando os dois haviam chorado a morte de seu bebê. Não, Matt não era seu inimigo.

A recepcionista do sexagésimo andar levantou-se ao vê-los e, logo que Stuart informou quem eram, levou-os até o escritório de Matt.

Meredith mal reconheceu o lugar. Na parede da esquerda, fora aberta uma porta larga que dava para uma sala de reuniões quase do tamanho de uma quadra de tênis. Havia dois homens, com certeza os advogados, sentados à mesa, conversando com Matt, que ocupava a cabeceira. Ele se levantou assim que a viu e foi a seu encontro com passadas decididas, um sorriso no rosto aparentemente tranquilo. Usava terno azul-marinho de corte perfeito, camisa branca como a neve e gravata estampada em tons de vinho e azul. Por alguma razão, vê-lo num traje formal deixou Meredith inquieta.

— Deixe-me ajudá-la a tirar o casaco — Matt pediu, ignorando Stuart, que se livrava do sobretudo.

Nervosa e acanhada demais para fitá-lo nos olhos, ela se virou ligeiramente para que ele a ajudasse e sentiu um arrepio quando os dedos longos roçaram em seus ombros. Com medo de deixar transparecer sua perturbação, tirou as luvas azul-marinho e segurou-as na mão esquerda, junto com a bolsa de mesma cor.

Matt afastou-se para colocar o casaco num dos sofás e, quando voltou, pegou-a pelo cotovelo e acompanhou-a até a mesa, onde Stuart cumprimentava os oponentes.

— Meredith, quero que conheça Bill Pearson e David Levinson — apresentou.

Consciente do modo protetor e possessivo com que ele se mantinha a seu lado, ela trocou apertos de mãos com os advogados, homens mais velhos do que Stuart, altos, vestidos de modo impecável. Em comparação com eles, Stuart, bem mais baixo e trajado com muito menos elegância, com os ralos cabelos castanhos e óculos de armação grossa, tinha uma aparência insignificante, e os adversários não teriam dificuldade em subestimá-lo.

— Bill e David estão aqui para cuidar tanto de seus interesses quanto dos meus, Meredith — explicou Matt, quando todos sentaram-se.

Stuart lançou um olhar sugestivo para ela, que entendeu que não devia acreditar naquilo nem por um minuto. O jovem advogado podia ser mais baixo que os outros dois, mais jovem e menos imponente, mas era esperto e dono de uma inteligência fora do comum. Esse raciocínio deixou-a bem mais tranquila.

— O que acham de tomarmos alguma coisa? — Matt sugeriu, levantando-se e caminhando para o bar. — O que preferem?

— Uísque com gelo — respondeu Levinson prontamente, fechando a pasta que acabara de abrir.

— O mesmo para mim — disse Pearson, reclinando-se descontraidamente na cadeira.

— Perrier — pediu Stuart. — Com limão, se tiver.

— Tem, sim — afirmou Matt, olhando para Meredith. — E você, o que quer?

— Nada, obrigada.

— Nesse, caso, me ajudaria a carregar os copos? — ele pediu, decidido a trocar algumas palavras com ela em particular. — Esses três homens já se confrontaram antes, e tenho certeza de que vão achar algum assunto para discutir enquanto servimos as bebidas.

Com esse comentário, indicou que seus advogados deviam manter o dela ocupado e, obedientemente, Levinson iniciou uma animada crítica ao modo como estava sendo conduzido um julgamento que fora parar nos jornais.

Meredith levantou-se e caminhou até o bar, um meio círculo embutido na parede, forrado de faixas de espelho. Matt foi para trás do balcão, mas ela recusou-se a segui-lo e ficou parada, olhando como que hipnotizada para o brilho das garrafas de cristal, que refletiam lindamente a luz projetada pelos spots.

Retirando a tampa do balde de gelo, Matt colocou cubos em cinco copos. Em seguida, verteu uísque em três deles, vodca no quarto, e olhou na direção da geladeira a seu lado, sob o balcão.

— Poderia pegar o Perrier para mim?

Meredith concordou com a cabeça, mas sem olhar para ele. Passou para o outro lado, tirou uma garrafa da geladeira, colocou-a no balcão e fez menção de virar-se para sair.

— Por que não consegue me olhar? — Matt perguntou baixinho, pondo a mão em seu braço.

— Eu... — ela começou, hesitante. Mas conseguiu fitá-lo e até esboçou um sorriso. — Bem, estou achando tudo isso muito difícil.

— Bem feito — ele brincou, numa tentativa de deixá-la menos tensa. — Não sabe que é falta de consideração abandonar um homem que está dormindo só para não falar com ele?

Ela conteve uma risadinha surpresa diante daquela demonstração de bom humor.

— Foi bobeira, admito — respondeu, sorrindo. — Não sei explicar por que eu fiz aquilo. Eu mesma não entendo.

— Acho que sei por que — ele declarou, entregando-lhe a vodca com soda que preparara para ela. — Beba. Ajudará você a suportar a reunião com mais facilidade. — Esperou que ela tomasse um gole, antes de acrescentar: — Gostaria de te pedir um favor.

Meredith captou o tom solene de sua voz e olhou-o atentamente.

— Que favor?

— Lembra-se de que me pediu uma trégua, lá na fazenda?

— Lembro.

— Quero pedir a mesma coisa, uma trégua, um cessar-fogo, do momento em que a reunião começar até o fim, quando você sair dessa sala.

Um vago receio apoderou-se dela.

— Não sei se entendi, Matt.

— Estou pedindo para você ouvir as condições que serão apresentadas e que, por mais que as ache estranhas, você se lembre que estou fazendo o que acho melhor para nós dois, de verdade. Por favor, não saia daqui, nem nos mande para o inferno, mesmo que fique muito zangada. Mais uma coisa. Peço que fique mais cinco minutos, depois que todos saírem, para eu ter um tempo de tentar te convencer a aceitar minhas sugestões. Se mesmo assim você não quiser, aí você vai embora. Pode ser?

A ansiedade de Meredith aumentou, embora Matt estivesse apenas pedindo para ela não sair no meio da reunião, manter-se calma e depois, ao final, falar com ele a sós.

— Concordei com os seus termos, lá na fazenda — ele pressionou. — Será demais pedir que concorde com os meus?

— Acho que não. Está certo, concordo com uma trégua.

Matt estendeu-lhe a mão, imitando o gesto dela naquele dia na fazenda. Depois de ligeira relutância, Meredith apertou-a, sentindo uma estranha agitação quando aqueles dedos fortes envolveram os seus.

— Obrigado — Matt respondeu simplesmente, ainda imitando-a. Meredith comoveu-se, compreendendo que o aperto de mãos que haviam trocado, quando ela lhe propusera uma trégua, também tinha sido importante para ele.

— De nada — murmurou, esboçando um sorriso.

Consciente de que Matt usara o truque das bebidas para falar em particular com Meredith, Stuart não prestou atenção na conversa dos colegas, calculando quanto tempo uma pessoa levaria para preparar cinco drinques. Quando achou que esse tempo esgotara-se, virou a cadeira giratória na direção do bar e viu Farrell e Meredith de perfil, mas numa situação que o surpreendeu, pois esperara vê-los zangados, talvez discutindo. Farrell, porém, oferecia a mão a Meredith com um sorriso que só podia ser definido com a palavra "terno". Ela apertou a mão dele com uma expressão que Stuart nunca vira em seu rosto antes, um ar de pura afeição.

O advogado desviou o olhar rapidamente e virou-se para Levinson e Pearson. Ainda não encontrara explicação para o que vira no rosto de Meredith quando ela e Farrell voltaram para a mesa com os drinques.

— Matt, posso começar? — perguntou Pearson, quando os dois sentaram-se.

Stuart notou que Farrell não voltara a ocupar a cabeceira, como seria normal, mas sentara-se junto de Levinson, de modo a ficar frente a frente com Meredith. A razão parecia óbvia. Farrell devia querer observar as reações dela sem dar muito na vista, o que seria difícil se ocupasse a cabeceira.

— Há muita coisa a ser levada em consideração neste caso — Pearson começou, dirigindo-se a Stuart. — Temos aqui duas pessoas que trocaram votos matrimoniais 11 anos atrás, sabendo perfeitamente que o casamento é um passo que jamais deve ser dado com displicência e...

— Não precisa representar uma cerimônia de casamento — Stuart interrompeu-o, meio aborrecido, meio achando graça. — Os dois já passaram por isso, há 11 anos, e é por esse motivo que estamos aqui hoje. — Voltou-se para Farrell, que rodava uma caneta de ouro entre os dedos, e acrescentou: — Minha cliente não está interessada na avaliação que seus advogados fizeram da situação. O que ela deseja saber é o que o senhor quer e o que oferece. Vamos entrar direto no assunto.

Em vez de agastar-se com a provocação, Matt olhou para Pearson e, com um gesto de cabeça, consentiu que fizesse o que Stuart sugerira.

— Muito bem — disse o advogado, perdendo o tom de mediador gentil. — Matthew Farrell tem base suficiente para abrir um processo bastante prejudicial contra o pai de sua cliente. Como resultado da interferência de Philip Bancroft em seu casamento, nosso cliente ficou privado do direito de confortar a esposa e ser confortado por ela, por ocasião da perda de sua filha, assim como de comparecer ao enterro. Além disso, foi levado a crer que sua esposa desejava o divórcio, o que não era verdade. Resumindo, foi privado de 11 anos de casamento. Bancroft também interferiu nos negócios de Matthew Farrell, influenciando ilegalmente na decisão da comissão de zoneamento de

Southville. São assuntos que, naturalmente, podem ser resolvidos numa corte de justiça.

Stuart olhou para Farrell, que olhava para Meredith, que, por sua vez, fitava Pearson fixamente, muito pálida.

Furioso por ela estar sendo submetida a uma situação embaraçosa, o advogado encarou Pearson.

— Se cada homem casado processasse os parentes da mulher por interferência, teríamos um atraso de cinquenta anos no rol das causas a serem julgadas — comentou com desdém.

O oponente olhou-o com ar desafiador.

— A interferência de Bancroft foi ardilosa e drástica. Acredito que um júri o condenaria por ações que, em minha opinião, foram maldosas e imperdoáveis. E ainda nem estamos falando da manipulação de Bancroft no caso de Southville. — Ergueu a mão para silenciar Stuart, que ensaiara um protesto. — Contudo, quer ganhássemos a causa, ou não, só a abertura do processo causaria uma tempestade de publicidade indesejável — continuou. — Algo que prejudicaria não apenas Philip Bancroft, como também a empresa Bancroft & Company. Todos sabem que Bancroft encontra-se doente, e um escândalo poderia causar sérios danos à sua saúde.

Meredith começou a sentir um nó de medo no estômago, mas sua sensação mais forte, no momento, era de que estava sendo traída. Ela contara a Matt a verdade sobre o bebê e o telegrama enviado por seu pai, e ele havia usado aquilo contra ela.

— Não fiz esses comentários para assustá-la ou perturbá-la, srta. Bancroft — explicou Pearson. — Foi apenas para lembrá-la dos fatos e deixá-la a par do nosso ponto de vista. Nosso cliente está disposto a esquecer tudo isso e a abrir mão do direito de processar seu pai se a senhorita concordar em fazer algumas concessões. — Parou de falar um instante, entregando um documento de duas páginas a Stuart e uma cópia a Meredith. — A proposta verbal que vou fazer encontra--se nesse documento, com todos os detalhes. Para que não restem dúvidas sobre a sinceridade de Farrell, ele se ofereceu para assiná-lo, no fim da reunião. Todavia, há uma exigência. A oferta deve ser aceita, ou rejeitada, antes de a srta. Bancroft sair desta sala. Se for rejeitada, daremos entrada no processo contra Philip Bancroft até o fim da semana. Gostariam de ler a proposta antes de eu resumi-la verbalmente?

Sem nem mesmo olhar para o documento, Stuart jogou-o na mesa e reclinou-se na cadeira, olhando para seu adversário com um sorriso de cáustica ironia.

— Prefiro ouvir o resumo, Bill. Nunca havia percebido esse talento dramático maravilhoso que você tem. O único motivo que me impede de mandar você para o inferno e informar que nos veremos no tribunal é que não quero deixar o teatro sem ver o último ato — recitou, escondendo a preocupação e furioso por Pearson intimidar Meredith.

A um sinal de Matt, Levinson pigarreou, preparando-se para falar.

— Talvez fosse melhor que *eu* fizesse o sumário da proposta apresentada nesse documento — sugeriu.

— Não estou entendendo — declarou Stuart com insolência. — Você é o ator principal, ou seu substituto?

— O ator principal — respondeu Levinson, imperturbável. — Fui eu quem redigiu o documento. — Focou a atenção em Meredith, sorrindo de modo agradável. — Como meu sócio explicou, srta. Bancroft, se concordar com o que seu marido pede, ele não tomará nenhuma medida legal contra seu pai. Além disso, oferece um acordo financeiro generoso, ou, se preferir julgar assim, uma pensão alimentícia no valor total de cinco milhões de dólares.

A apreensão de Meredith transformou-se em choque, e ela virou-se para Stuart.

— Devo concordar com o quê? Pode me explicar o que está acontecendo?

— É só um joguinho — Stuart afirmou. — Primeiro eles assustaram você, mostrando o que podem fazer contra você se não participar do jogo. Agora estão dizendo o que eles vão te dar se você participar.

— Um jogo?! — ela exclamou num grito abafado. — Que jogo?

— Isso, ainda não disseram. Estão guardando para o fim.

Meredith controlou-se e olhou para Levinson.

— Continue — pediu, erguendo o queixo numa atitude de dignidade e coragem.

— Além do acordo de cinco milhões, seu marido venderá o terreno de Houston à Bancroft & Company por vinte.

Meredith sentiu a sala rodar à sua volta e virou-se para olhar para Matt, confusa e grata.

— Vamos prosseguir — disse Levinson. — Se concordar com a proposta de seu marido, srta. Bancroft, ele assinará a separação de dois anos requerida pelas leis de nosso estado antes que o divórcio seja concedido. Então, o período de espera poderá ser reduzido para seis meses.

— Não precisamos que seu cliente assine coisa alguma para conseguir que o tribunal reduza o prazo — replicou Stuart, desdenhoso.

— A lei é bem clara: se marido e mulher não coabitaram por dois anos, por motivo de incompatibilidade total, o período requerido de dois anos será reduzido para seis meses. E essas duas pessoas não vivem juntas há onze anos!

Levinson reclinou-se na cadeira calmamente, e Meredith teve uma horrível premonição do que iria ouvir.

— Essas duas pessoas passaram o último fim de semana juntas — o advogado anunciou.

— E daí? — argumentou Stuart. Não estava mais irritado, mas atônito com a oferta de 5 milhões e imaginando, preocupado, que tipo de concessão Matthew Farrell pediria em troca. — Não *coabitaram*, no sentido conjugal da palavra. Simplesmente dormiram na mesma casa. Nenhum juiz do mundo achará que uma reconciliação é uma opção e não insistirá numa espera de dois anos. — Um silêncio profundo dominou a sala. Zangado de novo, Stuart virou-se para Farrell:

— Vocês ficaram sob o mesmo teto, mas não dividiram uma cama.

Matt não replicou, mas olhou sugestivamente para Meredith.

Stuart, então, entendeu a verdade. O que viu no rosto de Meredith, vermelho de vergonha e raiva, foi apenas uma confirmação.

— Tudo bem, dormiram juntos — concedeu, encarando Levinson.

— Grande coisa! Por que seu cliente se recusaria a assinar a separação de dois anos? Por que adiar um divórcio inevitável?

— Porque Farrell não está convencido de que seja "um divórcio inevitável" — respondeu Levinson com muita calma.

— Isso é ridículo! — gritou Stuart, começando a rir.

— Meu cliente não pensa assim. Na verdade, está disposto a conceder os cinco milhões, a vender o terreno de Houston por vinte, a assinar a separação, além de concordar em não processar o sr. Philip Bancroft, em troca de apenas uma concessão.

— Que concessão?

— Ele quer uma semana para cada ano de casamento que lhe roubaram. Onze semanas com a esposa, de modo que os dois possam conhecer-se melhor e...

Meredith inclinou-se sobre a mesa, olhando para Matt, estupefata.

— Você quer o... o quê?!

— Explique o que seu cliente pretende fazer para que ele e a srta. Bancroft conheçam-se melhor — exigiu Stuart.

— Acredito que isso seja algo que os dois devem resolver entre si — observou Levinson.

— Não! Não é! — Meredith explodiu, levantando-se. — Fui submetida a tudo, nesta reunião, de terrorismo a humilhação, portanto podem ser claros sobre isso também. — Apoiou as mãos na mesa, inclinando-se para Matt, furiosa: — Diga como pretende me conhecer melhor, seu... seu miserável! Sua proposta não passa de chantagem!

Matt olhou para seus advogados e depois para Stuart.

— Por favor, deixem-nos a sós.

— Sentem-se! — Meredith ordenou quando os três começaram a deixar a mesa.

Não se importava mais com quem pudesse ouvir o quê. Sentia-se encurralada e furiosa. Não esperara que a proposta de Matt fosse algo tão indecente e grotesco. Ela teria de dormir com ele durante 11 semanas para que seu pai não fosse arrastado num processo judicial escandaloso que talvez o matasse!

Olhando em volta, desesperada, viu uma mulher de cabelos grisalhos, com certeza uma secretária, sentada numa poltrona perto da porta, escrevendo rapidamente num bloco de taquigrafia. Tornando a olhar para Matt, refletindo que nunca o odiara tanto, bateu as mãos na mesa.

— Quero que todos ouçam seus termos obscenos — declarou.

— Você vai matar meu pai se levá-lo ao tribunal se eu não der meu corpo em pagamento, por onze semanas, a você, não é? Basicamente, é isso. Agora cabe a você dizer a seus malditos advogados com que frequência pretende fazer sexo comigo, e como, seu cachorro! Diga também a eles para preparar recibos, porque eu o farei assinar um, cada vez que for para a cama com você! — Olhou para a secretária.

— Está se divertindo aí no seu canto? Assunto bastante estimulante, não? Anote tudo. Esse monstro que é seu patrão vai nos dizer como pretende extrair prazer de...

De repente, todos se moveram ao mesmo tempo. Matt saltou da cadeira e começou a rodear a mesa, Levinson tentou segurá-lo pela manga, mas não conseguiu, Pearson ergueu-se. Stuart empurrou a cadeira para trás e levantou-se para colocar-se diante de Meredith.

— Sai da frente, Stuart! — ela gritou, fechando as mãos e descendo os braços ao longo do corpo numa atitude rígida, encarando Matt, que se aproximava. — Muito bem, nojento, comece a ditar seus termos, diga como...

Ele tentou pegá-la pelo braço, mas Meredith girou, erguendo um braço, e bateu com toda a força no rosto dele.

— Pare com isso! — Matt ordenou, agarrando-a pelos pulsos.

— Seu idiota! — ela xingou, começando a chorar. — Miserável! Eu confiei em você!

Matt abraçou-a, afastando Stuart, que procurava puxá-la para longe.

— Meredith, por favor, escuta. Não estou pedindo que durma comigo. Só estou pedindo uma chance, droga! Só uma chance! — Todos na sala ficaram imóveis, olhando para os dois. Meredith parou de lutar para escapar dos braços dele e cobriu o rosto com as mãos, tremendo da cabeça aos pés. Matt virou-se para os outros homens. — Saiam daqui! Fora!

Levinson e Pearson começaram a juntar os papéis, mas Stuart ficou parado onde estava, observando Meredith, que nem repelia Matt nem o abraçava.

— Não irei a lugar algum até que você a solte e ela mesma me peça para sair — retrucou.

Matt percebeu que ele não estava blefando. Como Meredith não se debatia mais, soltou-a e tirou um lenço do bolso, estendendo-o para ela.

— Meredith? — Stuart chamou. — Quer que eu espere lá fora, ou fique aqui?

Envergonhada ao reconhecer que tirara conclusões equivocadas e fizera uma cena, e irada porque fora induzida a isso, Meredith arrancou o lenço da mão de Matt.

— O que ela quer é me dar outro soco — Matt informou, numa sombria tentativa de desanuviar a atmosfera.

— Eu mesma posso decidir o que quero — Meredith resmungou, enxugando os olhos e recuando um passo. — Fique, Stuart. — Encarou Matt. — Você quis que tudo fosse feito de modo legal, com todas as formalidades, portanto explique a meu advogado esse negócio de querer uma chance, porque eu não entendi.

— Prefiro explicar a você, em particular.

— Que coisa estranha! — ela replicou em tom irônico. — Foi você quem insistiu em fazer as coisas dessa maneira, na presença de advogados. Por que não falou comigo em particular antes?

— Telefonei, ontem, exatamente pra propor isso — Matt defendeu-se. — Você se recusou a falar comigo e mandou sua secretária dizer que só se comunicaria comigo por intermédio de seu advogado.

— Por que não telefonou de novo?

— Quando? Depois que você partisse para Reno ou outro lugar qualquer para conseguir o divórcio? Não era esse o motivo da viagem imprevista?

— Eu estava certa em querer fazer isso — ela declarou.

Matt conteve um sorriso de orgulho. Meredith já estava recuperando o equilíbrio emocional, empertigara-se e erguera o queixo com altivez.

Ela olhou por cima do ombro e viu que os advogados dele já caminhavam para a porta, levando os sobretudos e as pastas. Stuart, porém, não se movera do lugar e, com os braços cruzados no peito, examinava Matt com um misto de antagonismo, suspeita e franca curiosidade.

— Meredith, poderia pelo menos dizer a seu advogado que espere no meu escritório? — Matt pediu. — De lá, ele poderá nos ver, mas não precisa ouvir mais do que já ouviu.

— Não há mais nada para esconder — ela argumentou. — Vamos acabar logo com isso. Diga exatamente o que você quer de mim.

— Muito bem — Matt concordou, decidindo que estava pouco se incomodando com o que Stuart Whitmore ouvisse. Sentou-se na borda da mesa e cruzou os braços. — Quero uma chance de nos conhecermos melhor.

— Isso já foi dito. O que faremos para nos conhecermos melhor?

— Jantaremos juntos, iremos ao teatro...

— Com que frequência? — ela o interrompeu em tom ríspido.

— Não pensei nisso.

— Acredito. Não teve tempo porque estava ocupado demais aperfeiçoando sua chantagem e inventando modos de arruinar minha vida!

— Quatro vezes por semana! Sairemos juntos quatro vezes por semana. E, Meredith, não quero arruinar sua vida. Eu...

— Em que dias da semana?

— Quarta, sexta, sábado e domingo.

— Esqueceu que trabalho e tenho um noivo?

— Não pretendo atrapalhar seu trabalho. Quanto a seu noivo, terá de ficar nos bastidores por onze semanas.

— Mas isso não é justo com Parker! — ela gritou.

— Que pena!

As palavras ásperas de Matt e sua expressão dura eram provas tão eloquentes de sua personalidade implacável, que Meredith finalmente conformou-se com o fato de que nada do que fizesse ou dissesse o faria mudar de ideia.

— Todas as coisas horríveis que dizem de você são verdadeiras, não são? — ela murmurou.

— A maioria.

— Você não se importa se machuca alguém, nem sente remorso pelo que faz, quando deseja alguma coisa. Estou errada?

— No nosso caso, não está. Passarei por cima de qualquer coisa para conseguir o que quero.

Meredith suspirou, desanimada.

— Por que está fazendo isso comigo? Que mal eu fiz para desejar acabar com a minha vida desse jeito?

— Digamos que acho que ainda existe alguma coisa entre nós... uma atração, e que desejo descobrir se é profunda ou superficial.

— Meu Deus! — exclamou Meredith. — Não acredito no que estou ouvindo! Não existe nada entre nós, a não ser um triste passado.

— E o último fim de semana — ele a lembrou, sem nenhum tato.

— Aquilo foi... sexo, só isso — ela rebateu, escondendo a vergonha e a raiva.

— Foi?

— Quem melhor do que você para dizer? Se tudo o que li for verdade, Matthew Farrell é o recordista mundial de casos sem significado e conquistas. Como conseguiu dormir com aquela cantora de rock de cabelos cor-de-rosa?

— Marianna Tighbell?

— Isso, ela. E não se dê ao trabalho de negar, porque vocês dois saíram na primeira página do *National Tattler*.

Matt engoliu o riso quando Meredith começou a andar de um lado para o outro. Adorava o jeito como ela se movia, como parecia morder as palavras quando estava com raiva... e a maneira como o agarrava, ao aproximar-se do orgasmo, como se tivesse dúvida de que pudesse chegar ao prazer máximo. Ela era linda e tinha uma natureza apaixonada, apesar da serena aparência exterior, e seria esperar demais que não tivesse ido para a cama com muitos homens, naqueles 11 anos. Ele só desejava que todos eles tivessem sido egoístas, ineptos, sem imaginação e não muito potentes.

— Você não respondeu — ela observou. — Como teve coragem de dormir com aquela... mulher?

— Só fui a uma festa na casa de Marianna. Nunca dormi com ela.

— Ah, sim, acredito.

— Pois deve, mesmo.

— Bem, isso não importa. — Ela fez uma pausa antes de tentar, mais uma vez, fazê-lo abandonar o plano maluco. — Matt, por favor, compreenda minha situação. Estou apaixonada por outro homem.

— Não estava, no domingo, quando foi pra cama comigo.

— Pare de falar nisso! Amo Parker Reynolds, juro. Desde a adolescência, muito antes de conhecer você! Mas ele se apaixonou por outra e...

— Ouviu minha proposta, Meredith. É pegar ou largar — ele replicou, irredutível.

Ela o olhou, consciente de que a discussão estava terminada. Stuart obviamente também notou, porque vestiu o sobretudo e andou até a porta, onde ficou à espera. Sentindo-se derrotada, Meredith foi buscar a bolsa que deixara na mesa, então caminhou até o sofá para pegar o casaco, sentindo o olhar de Matt acompanhá-la.

— Essa é sua resposta? — ele perguntou friamente.

Sem dizer nada, ela ainda tentava descobrir de que maneira poderia comovê-lo e fazê-lo desistir da ideia de uma convivência de 11 semanas. Sabia que era impossível. Matt não tinha coração, era dominado por paixão, orgulho e desejo de vingança. Pendurou o casaco no braço e saiu da sala, sem sequer olhar para trás.

— Vamos — disse a Stuart, com a louca esperança de que Matt, no último instante, a chamasse e dissesse que tudo não passara de um blefe, que ele não faria mal algum a ela nem a Philip.

Esperou em vão.

Era evidente que a secretária já tinha ido embora e, quando Stuart fechou a porta de ligação entre os dois escritórios, Meredith parou e virou-se para ele:

— Ele pode executar a ameaça que fez contra meu pai? — perguntou com voz sufocada.

Stuart suspirou.

— Não podemos impedi-lo de dar entrada no processo, nem de levar seu pai ao tribunal. Mas acredito que não ganhará muito mais além de vingança. De qualquer modo, no dia em que o processo for aberto, o nome de Philip Bancroft vai estampar as manchetes de todos os jornais.

— Meu pai não está bem de saúde para enfrentar um escândalo. — Meredith olhou para o documento na mão do advogado. — Não tem nenhuma falha aí que a gente possa usar contra Matt?

— Nenhuma. Nem armadilhas escondidas. A proposta foi redigida de modo simples e direto, diz exatamente o que Levinson e Pearson expressaram.

Stuart pôs o documento na escrivaninha, para que Meredith pudesse lê-lo. Ela, porém, fez que não com a cabeça, pegou uma caneta esferográfica que devia pertencer à secretária e assinou-o.

— Leve para ele assinar, agora — murmurou, jogando a caneta sobre a mesa como se estivesse suja. — Faça aquele maníaco escrever os dias em que deseja me ver e imponha uma condição: se faltar um dia, não poderá compensá-lo com outro.

Stuart quase sorriu ao ouvir aquilo, mas conteve-se e pegou o documento.

— Acho que não precisa passar por tudo isso, a menos que queira os cinco milhões e o terreno de Houston mais do que demonstrou lá dentro. Farrell está blefando a respeito de seu pai.

Meredith animou-se.

— Por que acha isso?

— Por intuição.

— Intuição, baseada em quê?

O advogado pensou na ternura que vira no rosto de Farrell quando ele apertara a mão de Meredith e no modo como aquele homem com fama de implacável comportara-se quando ela o esbofeteara, segurando-a sem nenhuma agressividade. E, embora achasse, no princípio, que Farrell desejava apenas uma orgia de 11 semanas, vira como ele ficara chocado quando Meredith fizera essa acusação.

— Se ele é mau de verdade para fazer isso com seu pai, por que foi tão generoso na proposta que lhe fez? Podia ter apenas usado a ameaça do processo para obrigar você a ceder.

— Ele está se divertindo, mostrando para a gente que pode jogar fora alguns milhões, e isso não vai fazer a menor diferença para ele — ela argumentou. — Stuart, meu pai humilhou-o terrivelmente quando ele tinha vinte e seis anos e tentou fazer a mesma coisa agora. Posso imaginar o ódio de Matt por Philip Bancroft.

— Eu aposto que ele não vai fazer nada contra seu pai, você aceitando a proposta ou não.

— Gostaria de acreditar nisso, Stuart — ela respondeu. — Dê-me uma razão sólida para crer, e jogaremos o documento no lixo.

— Estou dizendo que Farrell não vai fazer nada para te machucar. Pode achar estranho, mas o modo como ele se comportou com você me levou a pensar assim.

Meredith deu uma risada amarga.

— E como foi que ele se comportou? Usou de intimidação e chantagem, ele me humilhou!

— Não é chantagem. Farrell quer te dar dinheiro, não tirar. Quer obrigar você a pegar o que você tanto quer. Captei certas coisas, graças à tática de Pearson e a sua tendência para o drama. Vi como Matt ficou zangado quando Pearson foi duro com você. Ele escolheu os advogados errados para lidar com um assunto tão delicado. Levinson e Pearson só trabalham de um jeito: pulam no pescoço da vítima e tentam vencer a qualquer custo.

— Não posso apostar a vida de meu pai, com base em algo tão frágil — Meredith declarou, desanimada. — Matt escolheu advogados que pensam exatamente como ele. Você pode ter razão, dizendo que ele não quer me magoar, mas está errado achando que sabe o que Matt realmente quer. Não é a mim, porque ele não me conhece de verdade. O que ele deseja é se vingar de meu pai, e descobriu duas maneiras de fazê-lo: levá-lo ao tribunal, ou me usar, que é a melhor. Sua vingança será muito mais prazerosa se meu pai for obrigado a nos ver juntos, achando que existe uma chance de nos reconciliarmos. Para Matt, é sempre olho por olho. — Fez uma pausa e suspirou. — Agora, Stuart, leve o documento para ele.

O advogado tomou-lhe a mão.

— Está bem. O que eu devo dizer a Farrell?

— Diga que esse acordo e nosso casamento devem ser mantidos em segredo. Pode ser que ele não concorde, porque isso tiraria um pouco do prazer da vingança, mas tente.

— Vou fazer o que puder.

Assim que ela saiu, Stuart redigiu os termos na segunda página. Então, caminhou para a porta do escritório de Farrell e entrou sem bater. Não o vendo ali, foi para a sala de reuniões.

As cortinas haviam sido abertas, e Farrell olhava para fora, com um copo de bebida na mão. Tinha a aparência de um homem que sofrera uma grande derrota e lutava para se recuperar. Na verdade, sozinho no imenso aposento, rodeado pelos símbolos de sua riqueza e poder, parecia uma pessoa solitária, isolada do mundo.

— Com licença — Stuart pediu, para chamar-lhe a atenção.

Farrell virou-se e, por um rápido momento, seu rosto assumiu uma expressão que o advogado achou que podia tanto ser de alívio como de maldosa satisfação.

— Eu ia tomar outro drinque — informou, não parecendo ter pressa de pegar o documento. — Gostaria de me acompanhar, ou prefere ir direto ao assunto?

— Vou aceitar um drinque — respondeu Stuart, decidindo não perder a oportunidade de tentar descobrir os sentimentos de Farrell por Meredith.

— Outro Perrier? — Farrell quis saber, andando para o bar.

— Uísque puro.

— Tem certeza?

— Eu mentiria para um magnata esperto como você? — perguntou Stuart, secamente.

Farrell olhou-o com ar irônico, passando para trás do balcão.

— Você mentiria ao próprio diabo para salvar a pele de um cliente.

Surpreso e aborrecido pela verdade parcial daquela observação, Stuart pôs a pasta no chão e o documento no balcão.

— Tem razão — concordou. — Principalmente quando se trata de certos clientes, como Meredith. Somos amigos há muito tempo e, para ser franco, já fui apaixonado por ela — contou, tentando estabelecer um clima propício a confidências.

— Eu sei.

Outra vez surpreso e meio convencido de que Farrell blefava, Stuart sorriu ironicamente.

— Considerando que a própria Meredith não sabia, você está notavelmente bem informado — comentou. — O que mais sabe?

— Sobre você?

— É.

Matt entregou-lhe o copo de uísque e começou a preparar um drinque para si mesmo.

— É o mais velho de cinco irmãos. Seu avô fundou o escritório de advocacia do qual você agora é sócio majoritário, levando adiante uma tradição de família — recitou. — Formou-se com vinte e três anos pela Harvard, como primeiro aluno da classe, também uma tradição de família. Depois de graduado, quis trabalhar na promotoria pública e se especializar como acusador de proprietários aproveitadores, mas cedeu à pressão da família e juntou-se ao escritório, prestando serviço a ricos empresários, quase todos de seu círculo social. — Mexeu o drinque com uma colher de cabo comprido, parando de falar por um instante. — Odeia direito empresarial, mas tem talento pra coisa — prosseguiu. — É um negociador duro, um ótimo estrategista e bom diplomata, a menos que se envolva sentimentalmente com a causa, como aconteceu hoje. É dedicado e meticuloso, mas não trabalha bem com jurados, porque tenta influenciá-los com fatos concretos, e não com lógica emocional. Por essa razão, faz todos os preparativos que antecedem o julgamento, mas entrega a um sócio os casos que envolvem um júri. — Fez uma pausa para tomar um gole da bebida. — Quer que eu continue? — perguntou.

— Naturalmente, se ainda tiver algo mais a dizer.

— Tem trinta e três anos, é heterossexual, gosta de carros velozes, mas não os compra, e de velejar, e você veleja bastante. Quando tinha vinte e dois anos, achou que amava uma garota de Melrose Park que conheceu na praia, mas ela pertencia a uma família operária italiana e o abismo cultural entre vocês era grande demais para ser transposto. Terminaram o namoro. Aos vinte e nove, você se apaixonou por Meredith, mas não foi correspondido e contentou-se em ser seu amigo. Aos trinta e um, sob pressão da família, ficou noivo de Georgina Gibbons, mas acabou rompendo o compromisso. Seu patrimônio atual *é* de dezoito milhões de dólares, a maioria em ações, e você herdará mais quinze, quando seu avô morrer, a não ser que ele perca tudo em Monte Carlo, aonde vai só para jogar, pois raramente ganha. — Fez um gesto na direção dos sofás, saindo de trás do balcão. Entre espantado e irritado, Stuart pegou o copo, a pasta e o documento e seguiu-o. — Esqueci algo importante? — perguntou Farrell, depois que se sentaram frente a frente.

— Esqueceu — respondeu Stuart com um sorriso sardônico. — Qual é minha cor favorita?

Farrell fitou-o.

— Vermelho.

Stuart engasgou com o drinque e começou a tossir.

— Está certo sobre tudo, menos numa coisa — observou, depois que a tosse cessou. — Não sou meticuloso. É claro que você se preparou muito melhor do que eu para o confronto de hoje. Ainda estou esperando pelas informações sobre você que encomendei e tenho certeza de que nem de longe serão tão completas. Estou admirado.

Farrell deu de ombros.

— É tudo muito simples. A Intercorp tem o próprio departamento de informações sobre crédito e uma agência de investigações que presta serviços a várias corporações multinacionais.

Stuart achou estranho que ele dissesse "a Intercorp tem", em vez de "eu tenho", como se não quisesse que sua pessoa fosse associada ao império que criara. A grande maioria dos empresários com fortuna recente gostava de gabar-se de seu sucesso e tinha uma embaraçosa necessidade de alardear o que possuía. Ele esperara algo assim de Farrell, que a imprensa mostrava não só como magnata, mas também como um playboy internacional que levava a vida de um sultão moderno.

A verdade parecia ser outra. Stuart teve a sensação de que, na melhor das hipóteses, Farrell era um homem reservado e solitário, que as pessoas tinham dificuldade em conhecer. E que, na pior, era um homem frio e calculista, incapaz de ter emoções, com uma tendência para a crueldade e um autocontrole tão intenso que chegava a provocar arrepios nos outros.

— Como sabe minha cor favorita? — o advogado perguntou, intrigado. — Isso não aparece nas fichas de crédito.

— Adivinhei — Farrell respondeu. — Sua pasta e sua gravata são de uma tonalidade marrom-avermelhada, e a maioria dos homens gosta de vermelho, assim como quase todas as mulheres gostam de azul. — Olhou, então, pela primeira vez, para o documento que Stuart pusera na mesa entre os dois. — Falando em mulheres, imagino que Meredith tenha assinado o acordo.

— Assinou, mas acrescentou algumas condições — Stuart explicou. — Ela quer que você especifique os dias da semana em que se vocês vão se ver e que se você perder um encontro, não haverá reposição. — O rosto de Farrell suavizou-se, e Stuart viu um brilho divertido nos olhos cinzentos. Mas não teve tempo de captar mais nada, porque Farrell levantou-se e foi até a mesa de reuniões, voltando pouco depois com a caneta de ouro que deixara lá. — Meredith também deseja que o casamento e o acordo sejam mantidos em segredo.

Farrell abriu o documento na segunda página, leu as cláusulas acrescidas e assinou.

— A ideia de manter as coisas em segredo foi sua, ou de Meredith? — quis saber, devolvendo os papéis.

— Dela — Stuart afirmou e, como estava louco para ver a reação de Farrell, informou: — Se Meredith seguisse meu conselho, teria jogado este documento no lixo.

Farrell observou-o com enervante atenção, os olhos brilhando com uma centelha de algo que poderia ser respeito.

— Se ela fizesse isso, estaria arriscando a vida do pai e o bom nome dele.

— Não estaria arriscando nada — Stuart o contrariou. — Você blefou. Ou é um grande cafajeste, porque o que está fazendo é radical e antiético, ou louco, ou ama Meredith. Qual das três alternativas é a correta?

— A primeira — respondeu Farrell. — Ou, talvez, a segunda. Possivelmente, as três. Você decide.

— Já decidi.

— Qual é?

— A primeira e a terceira. — Stuart notou o leve sorriso de Farrell e tomou um gole do uísque, antes de indagar: — O que sabe sobre Meredith?

— Só o que li em jornais e revistas nos últimos onze anos. Prefiro descobrir o resto sozinho.

Stuart refletiu que não fazia sentido um homem investigar a vida de um advogado de modo tão minucioso e não fazer o mesmo com a vida da esposa, quando, supostamente, desejava vingança com tanto ardor.

— Então, não sabe nada sobre ela — declarou. — Por exemplo, sobre aquele verão após seu primeiro ano na universidade, quando correu o boato de que ela tivera um trágico caso de amor e por isso não aceitava sair com nenhum rapaz. Você, naturalmente, foi a causa, embora sem querer. — Parando de falar por um momento, observou a chama de intenso interesse e emoção que brilhou nos olhos de Farrell, antes que ele procurasse disfarçar o que sentia, levando o copo aos lábios. — Também não sabe que, ainda na universidade, Meredith rejeitou um rapaz que, por vingança, espalhou a mentira de que ela era lésbica ou frígida — continuou. — Foi a Lisa Pontini que ajudou pra que o boato não se espalhasse, ela estava saindo com o presidente do diretório acadêmico e tudo foi abafado. Mas a reputação de frígida pegou, e o apelido de "rainha do gelo" ficou conhecido até aqui em Chicago. Mas ela é tão linda que essa fama aumentou seu encanto, por representar um desafio, e aparecer em público com Meredith Bancroft virou uma honra.

Stuart esperou que Farrell pegasse a deixa e começasse a fazer perguntas que talvez revelassem um pouco de seus sentimentos, mas ou ele não sentia nada por Meredith ou era esperto demais para morder a isca. O advogado tinha certeza de que a última alternativa era a correta e decidiu insistir.

— Posso perguntar uma coisa, Farrell?

— Pode perguntar, mas não sei se vou responder.

— Por que trouxe dois advogados famosos pela dureza com que tratam as pessoas para lidar com Meredith?

Farrell sorriu friamente.

— Foi um erro tático da minha parte — admitiu. — Na minha pressa de que aprontassem o documento a tempo, esqueci de avisar-lhes que deviam apenas convencer Meredith a assinar, e não partirem pra cima dela.

Pondo o copo na mesa, levantou-se, deixando claro que a entrevista terminara.

Sem opção, Stuart o imitou.

— Foi mais do que um erro, foi uma catástrofe — declarou, curvando-se para pegar os papéis. — Além de coagir Meredith, você a traiu e humilhou, deixando que Levinson contasse que ela dormiu com você no último fim de semana. Ela vai odiar você por isso, e não serão as onze semanas que vão desfazer o mal. Se a conhecesse melhor, saberia disso.

— Meredith é incapaz de guardar rancor por muito tempo — comentou Farrell. — Se não fosse, odiaria o pai por estragar sua infância e sua adolescência e por colocar obstáculos em sua carreira. E o odiaria ainda mais agora, porque acabou de descobrir o que ele fez contra nós, onze anos atrás. Em vez de odiar, Meredith procura desculpas para os erros das pessoas a quem ama, os meus, inclusive, como fez quando disse a si mesma que eu a abandonara porque me casara com ela só por obrigação. — Na pausa que se seguiu, Stuart refletiu, fascinado, que tudo o que estava ouvindo confirmava sua suspeita. — Meredith não suporta ver uma pessoa sofrendo. — Farrell continuou. — Mandou flores para nossa filhinha morta, com cartões afirmando que ela tinha sido amada. Chorou nos braços de um velho porque ele, durante onze anos, acreditou que ela tinha matado o bebê de seu filho. Viajou quatro horas numa nevasca para ir me contar a verdade. É boa, prudente, astuta, inteligente e intuitiva, e essas qualidades permitiram que se sobressaísse no trabalho e evitaram que fosse devorada por executivos maldosos ou se tornasse igual a eles. — Pegou a caneta de cima da mesa e lançou um olhar frio e desafiador para Stuart. — O que mais eu precisaria saber sobre Meredith?

O advogado o encarou com triunfante satisfação.

— Ora, vejam! — exclamou com uma risadinha. — Eu não me enganei. Você está apaixonado por ela. E, para não magoá-la, não processará Philip Bancroft.

Farrell pôs as abas do paletó para trás e colocou as mãos nos bolsos da calça, sem demonstrar preocupação pelo que acabara de ouvir, o que estragou um pouco a alegria de Stuart.

— Você *acha* isso, mas não tem tanta certeza para deixar que Meredith se arrisque. Nem mesmo voltará a abordar o assunto com ela. E, mesmo que tivesse certeza, ainda hesitaria em fazê-lo.

Stuart retrucou com um sorrisinho zombeteiro, pegando a pasta.

— Por que pensa assim?

— Porque, desde o momento em que soube que Meredith dormiu comigo no último domingo, não teve mais certeza de nada — respondeu Farrell em tom calmo. — Principalmente sobre o que ela sente por mim. — Começou a andar na direção da porta, numa sugestão acintosa para que o advogado fosse embora.

Stuart, de repente, lembrou-se do que vira no rosto de Meredith quando ela apertara a mão de Farrell no bar, e a incerteza que o atingira aumentou.

— Sou advogado de Meredith — observou, escondendo o que sentia. — É meu dever dizer-lhe tudo o que penso, mesmo que seja apenas uma intuição.

— Já foi apaixonado por ela e agora é seu amigo. Está emocionalmente envolvido e, por causa disso, vai refletir, hesitar e, por fim, decidir que as coisas devem ficar como estão. Afinal, se essas onze semanas não valerem de nada, ela não tem nada a perder. Muito pelo contrário, vai ganhar cinco milhões de dólares.

Chegaram à mesa de Farrell e pararam. Stuart olhou em volta, tentando pensar em algo para dizer, algo que pudesse abalar aquele homem tão seguro de si. Foi então que viu na mesa um porta-retratos com a fotografia de uma jovem.

— Vai deixar essa foto aí enquanto estiver cortejando sua esposa? — perguntou.

— Vou.

— Quem é?

— Minha irmã.

Irritado com a calma inabalável de Farrell, Stuart deu de ombros.

— Lindo sorriso. E lindo corpo — elogiou num deliberado esforço para se mostrar ofensivo.

— Vou ignorar a segunda frase. E sugiro que nós quatro, Meredith, você, eu e minha irmã, jantemos juntos quando Julie vier a Chicago. Ah, por favor, diga a Meredith que irei buscá-la amanhã à noite, às sete e meia. Ligue para a minha secretária, pela manhã, e passe o endereço.

Percebendo que havia sido dispensado sumariamente, Stuart concordou com um gesto de cabeça e saiu, fechando a porta. Então, pensou se não faria um favor a Meredith aconselhando-a a fugir do acordo que fizera com Farrell, estivesse apaixonada por ele ou não. O homem era uma máquina fria, totalmente isento de emoções. Nem mesmo uma observação vulgar a respeito da irmã o fizera perder o controle.

Assim que se viu sozinho, Matt afundou na cadeira, inclinou a cabeça para trás e fechou os olhos.

— Deus... — murmurou com um longo suspiro de alívio. — Obrigado.

Era a primeira prece que fazia em 11 anos.

# 41

— COMO FORAM AS COISAS COM FARRELL? —PERGUNTOU Parker, ao chegar ao apartamento de Meredith, a fim de levá-la para jantar.

Ela não respondeu. Apenas moveu a cabeça negativamente, passando a mão nos cabelos.

Ele segurou-a pelos ombros.

— O que aconteceu?

— É melhor você se sentar.

— Eu aguento — ele afirmou.

Dez minutos mais tarde, quando acabou de ouvir o que se passara naquela tarde, Parker estava furioso. Com ela.

— E você concordou com uma coisa dessas, Meredith?

— Tinha escolha? Mas não foi tão ruim — ela lhe assegurou, tentando sorrir para fazer o noivo sentir-se melhor. — Pensei bastante depois que saí de lá. Fui objetiva e vi que o acordo é mais uma inconveniência, um aborrecimento, do que qualquer outra coisa.

— Sempre sou muito objetivo, mas não concordo com você.

Meredith sentia-se tão cheia de culpa e perturbação que não considerara o fato de que Parker poderia ficar menos zangado se ela demonstrasse mais desagrado por ser obrigada a sair com Matt durante 11 semanas.

— Escuta, querido — pediu, com um sorriso encorajador —, mesmo que eu tivesse ido para Reno e conseguido um divórcio rápido, a questão das propriedades continuaria, porque é algo que deve ser resolvido separadamente. Dessa maneira, tudo vai ser resolvido de uma vez. Teremos de esperar só seis meses.

— Desses seis meses, três você passará com Farrell! — retrucou Parker, em tom áspero.

— Não será um relacionamento íntimo — ela argumentou. — E sairei só quatro vezes por semana com Matt. Ainda restarão três pra gente.

— O filho da puta foi bastante justo — o noivo comentou com amarga ironia.

— Você está vendo as coisas pelo lado errado — ela alertou, percebendo que tudo o que falava deixava-o ainda mais zangado. — Ele está fazendo isso para se vingar do meu pai, não porque ele me quer.

— Não tente tapar o sol com a peneira, Meredith. Farrell não é gay, nem cego, e vai querer mais do que inocentes passeios e jantares. Você mesma disse que os advogados dele deixaram claro que ele ainda se considera seu marido. E sabe o que me deixa mais irritado nisso tudo?

— Não — ela respondeu com um nó na garganta. — Mas pode dizer, se conseguir não ser vulgar e prepotente.

— Não acredito! Farrell faz uma proposta indecente, nojenta, e *eu* é que sou vulgar e prepotente? Mas o que mais me irrita nisso tudo, o que acho mais doloroso, é que você não está muito preocupada com a situação. Farrell oferece cinco milhões para você cair na farra com ele quarenta e quatro vezes. Quer dizer que vai pagar... mais ou menos cem mil dólares por vez.

— Se é para sermos tão precisos, tecnicamente Matt ainda é meu marido! — declarou Meredith, passando da mágoa e frustração para a raiva.

— E eu, tecnicamente, sou o quê? Um apêndice?

— Você é meu noivo.

— Quanto pretende cobrar de mim?

— Vai embora, Parker — ela ordenou, sem gritar.

— Já estou indo — ele respondeu, pegando o sobretudo, que pusera no encosto de uma cadeira.

Meredith tirou do dedo o anel de noivado, lutando contra as lágrimas.

— Toma. Leva isso.

Parker olhou para a joia na palma da mão dela e suspirou, parecendo mais calmo.

— Fique com o anel, por enquanto. Estamos perturbados demais para pensar com clareza. Não, não *é* isso. *Eu* estou perturbado, você, não. Na verdade, você está muito calma, querendo que eu engula essa sujeira e ainda ache graça!

— Eu só queria amenizar a situação para que você não ficasse irritado demais.

Ele hesitou por um momento, então estendeu a mão e fechou os dedos dela ao redor do anel.

— É isso mesmo, Meredith? Eu sinto como se o chão estivesse afundando sob meus pés, e você, que vai enfrentar tudo durante três meses, está aceitando o fato muito melhor do que eu. Bem, acho que não a verei mais, até você decidir se me quer de volta, se realmente sou importante para você.

— E eu acho que você deve aproveitar esse tempo para tentar descobrir por que não pôde ser compreensivo, não conseguiu me dar apoio, em vez de encarar a situação como uma disputa sexual na qual corre o risco de perder a mulher de sua propriedade!

Ele saiu sem dizer mais nada, fechando a porta. Meredith jogou-se no sofá, vendo seu mundo, que parecera tão brilhante e promissor apenas alguns dias atrás, desmoronar à sua volta. O que sempre acontecia quando ela se aproximava de Matthew Farrell.

# 42

⌒ — SINTO MUITO, SENHOR, MAS NÃO PODE ESTACIONAR aqui — o porteiro informou quando Matt saiu do carro, na frente do prédio de Meredith.

Pensando apenas no encontro que teria com a própria esposa, Matt colocou uma nota de cem dólares na mão enluvada do homem e começou a andar na direção da entrada.

— Cuidarei do carro para o senhor — prometeu o porteiro.

A propina exagerada era também um pagamento por futuros favores, pois Matt sabia que os porteiros eram iguais, no mundo todo, e que compreendiam perfeitamente quando alguém precisava de sua complacência. Com aquele, ele não teria mais problemas.

O segurança sentado à mesa da recepção examinou a lista de visitantes e encontrou o nome dele.

— Srta. Bancroft, apartamento 505 — recitou. — Vou avisar pelo interfone que o senhor está subindo.

Meredith estava tão tensa que **sentia as mãos trêmulas enquanto** arrumava os cabelos soltos, fazendo-os flutuar ao redor do rosto. Recuando para olhar-se melhor no espelho, viu a blusa de seda verde e a saia de crepe de lã do mesmo tom. Satisfeita, ajustou o cinto estreito, debruado de dourado, e colocou pulseira e brincos de ouro. O rosto continuava pálido, de modo que ela aplicou mais um pouco de blush nas bochechas. Ia passar outra camada de batom quando o interfone tocou, sobressaltando-a de tal forma que ela deixou cair o pequeno tubo. Adivinhando que Matt chegara, pegou o batom, tampou-o e jogou-o na bolsa. Por que se dava ao trabalho de ficar bonita para Matthew Farrell, que nem tivera a cortesia de informar aonde iriam para que ela soubesse o que usar?

Pegou a bolsa e caminhou para a porta principal, ignorando estoicamente o tremor dos joelhos, abriu-a e se deparou com Matt, mas não o encarou.

— Tive a esperança de que se atrasasse — declarou com honestidade. A recepção foi desagradável, mas Meredith estava tão linda, de verde-esmeralda, com os cabelos soltos, que Matt precisou conter-se para não rir e tomá-la nos braços.

— Queria que eu me atrasasse quanto tempo?

— Três meses.

Ele riu, então, e Meredith quase o fitou no rosto ao ouvir o som profundo, mas baixou os olhos depressa, ainda incapaz de encará-lo.

— Já começou a se divertir? — ela perguntou com desdém, fixando o olhar no colarinho da camisa creme que combinava perfeitamente com o paletó esporte de cor marrom.

Viu que Matt não pusera gravata e deixara abertos os dois primeiros botões da camisa, expondo o pescoço bronzeado.

— Você está linda — ele a elogiou, ignorando a alfinetada.

Ela girou nos calcanhares e foi pegar o casaco no armário embutido numa das paredes do vestíbulo.

— Como você não teve a gentileza de me dizer o que faríamos hoje, eu não tinha ideia do que deveria usar — censurou.

Matt não disse aonde iria levá-la. Sabia que ela começaria uma briga quando descobrisse, por isso, quanto mais protelasse esse momento, melhor.

— Você está perfeita — afirmou.

— Obrigada pelo comentário esclarecedor — ironizou Meredith. Tirou o casaco do armário, virou-se e colidiu com Matt. — Quer fazer o favor de sair da frente?

— Quero te ajudar a vestir o casaco.

— Não! Não me ajude a fazer nada. Nunca mais!

— Vai comportar-se desse jeito o tempo todo? — ele perguntou, pegando-a pelo braço.

— Não — ela respondeu. — Vai ser pior.

— Sei que está chateada, mas...

Meredith ergueu os olhos para os dele, finalmente.

— Não sabe o quanto — declarou com a voz trêmula de raiva.

— Nem imagina. — Abandonando a decisão de manter-se muda e deixá-lo morto de tédio, acrescentou: — Lá no bar da sala de reuniões, pediu-me que confiasse em você, depois usou contra mim o que contei sobre o que aconteceu onze anos atrás. Achou mesmo que poderia destruir minha vida na terça-feira e vir aqui na quarta, esperando ser recebido com sorrisos? Seu hipócrita insensível!

Matt fitou os olhos azuis, faiscantes de fúria, e pensou seriamente em dizer: "Amo você, Meredith." Mas ela não acreditaria. Usaria isso contra ele, recusando-se a tornar a vê-lo, quebrando o contrato que assinara. E isso ele não podia permitir. Precisava de tempo para provar que um futuro relacionamento com ele não traria o mesmo sofrimento do passado. Estabelecera um plano de ação, cuja primeira fase era fazê-la perder o hábito de culpá-lo por tudo o que acontecera e acontecia de errado entre eles.

Tomou o casaco e abriu-o para que ela o vestisse.

— Sei que pareço um hipócrita insensível e não te condeno por isso. Mas, pelo menos, seja justa e se lembre de que não fui o vilão do drama, onze anos atrás.

Ela deslizou os braços nas mangas do casaco e fez menção de afastar-se, mas Matt segurou-a pelos ombros, virou-a e ficou esperando até que ela o encarasse.

— Pode me odiar pelo que estou fazendo agora. É seu direito. Mas não pelo passado. Fui vítima da trama de seu pai, tanto quanto você.

— Naquela época você já era insensível — ela o acusou, livrando--se das mãos dele e andando para a porta. — Quase não me escreveu quando foi para a Venezuela.

— Escrevi dezenas de cartas! — ele protestou, abrindo a porta. — Eu próprio remeti metade delas. E você não pode me censurar. Em todos aqueles meses, escreveu apenas seis vezes!

Caminharam em silêncio até os elevadores, e Meredith refletiu que Matt estava mentindo sobre as cartas para isentar-se de culpa. Mas algo lhe perturbava a mente, algo que ele dissera quando telefonara da Venezuela e que ela tomara como crítica a seu modo de escrever: "Você também não é uma correspondente muito boa."

Até o médico obrigá-la a restringir as atividades físicas, ela mesma colocava as cartas para Matt na caixa de correio do portão, para o carteiro pegá-las e remetê-las. Mas qualquer pessoa poderia tirá-las da caixa, o pai, um dos empregados. E as cinco cartas que recebera de Matt foram aquelas que ela pegara das mãos do carteiro porque ficara à espera dele.

Uma terrível suspeita surgiu em seu íntimo. Olhando rapidamente para Matt, parado a seu lado, conteve o impulso de fazer mais perguntas sobre o assunto.

O elevador chegou e, segundos depois, os dois cruzavam o saguão. Saíram para a rua e Matt levou-a até um Rolls Royce marrom-avermelhado estacionado em local proibido.

Meredith deslizou para o banco de couro e ficou olhando fixamente para a frente, enquanto Matt punha o veículo em movimento, entrando no trânsito.

— Quantas cartas minhas você recebeu? — ele perguntou, quando pararam num sinal vermelho.

— Cinco — ela respondeu secamente, olhando para as mãos.

— Quantas escreveu?

Ela hesitou, então deu de ombros.

— No começo, mandava duas por semana. Depois, como você não respondia, comecei a mandar uma só.

— Perdi a conta de quantas escrevi — ele declarou. — Imagino que seu pai interceptou nossa correspondência.

— Isso não importa agora.

— Não? Meu Deus, quando penso com que ansiedade eu esperava uma carta sua, como ficava arrasado quando não chegava nada...

A intensidade da voz de Matt surpreendeu-a quase tanto quanto as palavras. Olhou-o, perplexa, lembrando-se de que ele, no passado, nunca dera a entender que a apreciava como pessoa. Na cama, sim, mas, fora dela, nunca. À luz mortiça do painel, ela observou-lhe o perfil, o nariz reto, a boca cinzelada, o queixo voluntarioso. De repente, viu-se de volta no tempo, sentada ao lado dele no Porsche, admirando os cabelos escuros revoltos pelo vento, atraída e ao mesmo tempo repelida por aquelas feições de beleza máscula e sensualidade nua. Matt estava ainda mais bonito, pois o poder que ela pressentira nele tantos anos atrás se manifestara por completo, inegável, duro e terrivelmente potente.

— Posso perguntar para onde estamos indo? — ela perguntou, após vários minutos.

Ele sorriu.

— Chegamos — anunciou, acionando a seta e virando para a entrada da garagem subterrânea do edifício onde morava.

— Eu devia ter adivinhado que você tentaria algo parecido — ela explodiu, preparada para descer do carro no momento em que parasse e voltar para casa nem que fosse a pé.

— Meu pai quer ver você — ele informou calmamente, estacionando numa vaga diante dos elevadores. Mais tranquila, Meredith saiu do veículo.

Foi o motorista esquisito de Matt que abriu a porta do apartamento, e Meredith viu Patrick Farrell subir os degraus para o hall, com um amplo sorriso no rosto.

— Aqui está ela — Matt disse ao pai. — Como prometi, sã e salva. E furiosa comigo.

Patrick estendeu os braços para Meredith, que se aninhou entre eles, comovida. Por fim, o velho a soltou, mas envolveu-lhe os ombros com um braço, virando-a na direção do motorista.

— Meredith, esse é Joe O'Hara. Vocês já se conhecem, mas acho que ainda não foram apresentados.

Ela conseguiu sorrir de leve, envergonhada com as memórias das duas cenas intensas de que participara e à que o motorista assistira.

— Muito prazer, sr. O'Hara.

— É um prazer conhecê-la, sra. Farrell.

— Bancroft — Meredith corrigiu-o.

— Claro — o homem concordou, lançando um sorriso malicioso para Matt, antes de virar-se para Patrick e avisar: — Pego você lá na frente, mais tarde.

Saiu e fechou a porta.

Quando estivera lá da outra vez, Meredith estivera perturbada demais para notar o luxo extravagante do ambiente.

Agora estava tensa demais para encarar qualquer um dos dois homens, de modo que olhou em volta, impressionada. A cobertura ocupava o último andar inteiro, e todas as paredes externas eram de vidro, oferecendo uma visão espetacular das luzes de Chicago. Três degraus largos de mármore, ladeados por dois pilares, desciam do hall para a sala de estar dividida em vários ambientes. À direita, ela viu uma mesa e cadeiras de jantar num nível um pouco mais elevado, como o hall, e, à esquerda, um espaço aconchegante, com sofás, poltronas e um bar em estilo inglês. Todos os outros ambientes eram elegantes e harmoniosamente decorados. O lugar era opulento, com aqueles pisos em níveis diferentes, revestidos de mármore. Muito diferente da sala de Meredith, mas, mesmo assim, ela gostou de tudo o que viu.

— Está gostando, Meredith? — perguntou Patrick, sorrindo.

— Estou. É tudo muito bonito — ela elogiou com sinceridade.

De súbito, ocorreu-lhe que a presença do pai de Matt era a resposta a suas preces. Ele não devia saber que o filho estava usando táticas tão pesadas para alcançar o objetivo de vingar-se, e se ela conseguisse falar com ele a sós e contar-lhe o que se passava, Patrick talvez concordasse em intervir.

— Matt adora mármore, mas não me sinto à vontade com essas lajes brancas. Parece que já morri e fui enterrado — o velho brincou.

— Imagino como deve se sentir nas banheiras dele, que as revistas dizem ser de mármore preto — Meredith comentou com um leve sorriso.

— Numa tumba! — exclamou Patrick.

— Querem alguma coisa pra beber, vocês dois? — Matt ofereceu, indo para o bar.

— Cerveja sem álcool pra mim — respondeu o pai, levando Meredith até um sofá.

— Um refrigerante — Meredith pediu, sentando-se.

— Você vai tomar xerez — declarou Matt, arbitrariamente.

— Fique à vontade, Meredith. Não me importo nem um pouco de ver os outros beberem — explicou Patrick, que permanecera de pé.

— Quer dizer que as revistas estão comentando sobre as banheiras de Matt?

— Comentaram, tempos atrás. E vi fotos desse apartamento no suplemento de domingo de um jornal.

— Eu sabia! — exclamou Patrick, piscando para ela. — Cada vez que saía alguma matéria sobre Matt em jornais ou revistas, eu dizia a mim mesmo que esperava que Meredith Bancroft visse. Você o acompanhou a distância, não é?

— Não! — Meredith protestou. — Nunca fiz isso!

Foi Matt quem a salvou da situação embaraçosa.

— Já que o assunto é notoriedade, quero fazer uma pergunta. Seu advogado disse que você quer manter nossos encontros em segredo. Como pretende conseguir isso? — indagou, olhando-a, enquanto abria uma garrafa de xerez.

— Em segredo? Por que, Meredith? — Patrick quis saber.

— Porque ela ainda está comprometida com outro homem, pai — Matt antecipou-se, impedindo-a de responder. Tornou a fitá-la. — Suas fotos também já saíram em jornais e revistas, de maneira que as pessoas a reconhecerão em qualquer lugar.

— Acho que vou ver se o jantar vai demorar para ficar pronto — disse Patrick, dirigindo-se depressa para a porta além do ambiente de jantar.

— Mesmo que eu não seja reconhecida, você será — observou, falando com Matt, assim que o velho desapareceu. — Matthew Farrell é um símbolo sexual, além de poderoso empresário. Leva para a cama qualquer coisa que use saia, dorme com estrelas do cinema e cantoras de rock, depois seduz as empregadas delas. — Parou de falar quando notou que Matt começara a rir. — Está rindo de mim? — perguntou, irritada.

— De onde tirou essas besteiras sobre empregadas? — Ele destampou uma garrafa de cerveja sem álcool, esforçando-se para ficar sério.

— Várias secretárias da Bancroft's são suas admiradoras — ela explicou com desdém. — E leem muitas coisas sobre você no *Tattler*.

— No *Tattler*? — ele ecoou, mal podendo conter o riso. — Naquele jornalzinho sensacionalista que publicou que fui levado para bordo de um disco voador e que lá um clarividente alienígena me fez revelações e me ensinou a dirigir meus negócios?

— Não. Esse foi o *The World Star*! — ela respondeu bruscamente. — Li num exemplar que alguém deixou no balcão da mercearia.

— Também li, nem sei onde, que você estava tendo um caso com um escritor de roteiros teatrais — Matt contra-atacou.

— Foi no *Chicago Tribune* — Meredith esclareceu. — E a colunista não disse que eu estava "tendo um caso" com Joshua Hamilton, só que estávamos sendo vistos juntos com bastante frequência.

Matt carregou uma bandeja com os copos até a mesa diante do sofá onde ela se sentara.

— Você teve um caso com ele? — insistiu, pousando a bandeja. Meredith levantou-se e pegou o copo de xerez.

— Nem que quisesse. Joshua está apaixonado por Joel, filho da mulher de meu avô.

— Joshua está apaixonado por quem? — perguntou Matt, obviamente confuso.

— Pelo filho da segunda mulher de meu avô. Joel e eu temos quase a mesma idade. O outro filho de Charlotte chama-se Jason.

— Entendo. Esse Joel é gay?

Meredith fitou-o, estreitando os olhos ameaçadoramente.

— É, mas não se atreva a fazer comentários sobre ele! Joel é a pessoa mais bondosa e mais gentil que conheci. Jason, que não é gay, é um canalha completo.

— Quem diria! A jovenzinha altiva e recatada com quem me casei tinha seus segredinhos! — Matt comentou, segurando-a pelo braço.

Meredith livrou-se sem nenhuma elegância.

— Pelo menos não dormi com metade da população! — exagerou.

— Muito menos com gente de cabelos cor-de-rosa!

Patrick, que voltara para a sala sem ser notado, deu uma risada.

— Quem é que tem cabelos cor-de-rosa? — indagou.

Matt olhou na direção da mesa de jantar, onde uma ajudante colocava uma travessa de porcelana.

— É muito cedo para jantarmos — comentou, franzindo a testa.

— A culpa é minha — confessou o pai. — Pensei que meu avião partisse à meia-noite, mas, depois que você saiu para ir buscar Meredith, fui olhar a passagem e vi que o voo sai às onze horas. Então, pedi à sra. Wilson para aprontar o jantar uma hora mais cedo.

Meredith, que mal podia esperar para ir embora, ficou deleitada com o que ouviu, decidindo pedir a Patrick que a deixasse em casa, no caminho para o aeroporto.

Mais confortada por essa ideia, conseguiu manter-se calma durante toda a refeição, no que foi ajudada por Patrick, que se encarregou de quase toda a conversação, falando de trivialidades. Mesmo sentada à direita de Matt, que ocupava a cabeceira, deu um jeito de não falar com ele, nem mesmo olhá-lo.

O fim do jantar, porém, estabeleceu um novo rumo para a reunião. Meredith julgava que Patrick não sabia das medidas extremas que o filho adotara para coagi-la a sair com ele por 11 semanas. Estava enganada.

— Você não dirigiu uma palavra sequer a Matt, desde que nos sentamos para comer — o velho observou, quando saía da mesa. — Isso não a levará a lugar algum. Vocês dois precisam de uma boa briga, para pôr tudo em pratos limpos. Podem começar o vale-tudo assim que eu sair daqui. Não precisa me acompanhar até lá embaixo, Matt, porque Joe estará à minha espera.

Meredith levantou-se o mais depressa que pôde.

— Não vamos ter nenhuma briga — declarou. — Também estou indo embora, sr. Farrell. Será que poderia me deixar em casa, no caminho para o aeroporto?

— Nada disso, Meredith. Fique aqui com Matt, e ele te leva para casa mais tarde.

— Por favor, sr. Farrell!

— Pai — ele a corrigiu.

— Desculpe... pai — ela murmurou. Então, percebendo que aquela seria sua última chance de conseguir o apoio do sogro, confidenciou:

— Acho que não sabe por que estou aqui. Só vim porque seu filho me chantageou, forçando a me encontrar com ele por um período de onze semanas!

Esperou que Patrick ficasse surpreso e exigisse que Matt desse uma explicação, mas nada disso aconteceu.

— Matt fez o que era necessário para impedir você de fazer algo de que se arrependeria pelo resto da vida.

Meredith recuou, como se levasse um tapa no rosto.

— Eu nunca deveria ter contado a nenhum dos dois o que aconteceu anos atrás — lamentou-se. — Sr. Farrell, o tempo todo hoje, achei que o senhor não sabia como foi que Matt conseguiu me trazer aqui e até estava pensando em pedir que intercedesse por mim.

Patrick ergueu a mão num apelo mudo para ser compreendido, antes de virar-se para Matt, que se levantara também e ficara imóvel e calado durante toda aquela troca de palavras.

— Preciso ir agora.

— Está bem, pai.

— Quer mandar algum recado para Julie? — Patrick perguntou a Meredith.

— Diga que mandei minhas condolências. Deve ser horrível ter um irmão e um pai sem coração — ela respondeu, olhando em volta à procura do casaco e da bolsa.

Patrick colocou a mão no ombro dela, mas Meredith não se virou para olhá-lo. O velho retirou a mão e afastou-se.

No momento em que a porta se fechou, o silêncio invadiu a sala, pesado, sufocante.

— Vou pegar minhas coisas e ir embora — Meredith anunciou por fim.

Matt pegou-a pelo braço.

— Nós vamos conversar — informou, naquele tom frio e autoritário que ela detestava.

— Só se me amarrar — ela replicou. — E, se tentar, conseguirei uma ordem de prisão contra você, por violência física.

Matt percebeu que não iria conseguir nada, a não ser aumentar a animosidade de Meredith, de modo que decidiu fazer a última coisa que gostaria.

— Assinamos um trato! Ou você já não se importa com o que possa acontecer a seu pai? — perguntou, numa clara ameaça.

O olhar que recebeu estava tão carregado de desprezo e hostilidade que, pela primeira vez, ele imaginou se não se enganara ao pensar que Meredith era incapaz de odiar.

— Precisamos conversar — observou, abrandando o tom da voz. — Aqui, ou na sua casa. Você escolhe.

— Em minha casa.

Fizeram o percurso de 15 minutos em silêncio completo. Quando ela abriu a porta do apartamento, a atmosfera entre os dois vibrava de tensão.

Meredith acendeu um abajur, depois andou até a lareira, para ficar o mais longe possível de Matt.

— Disse que queria conversar. Pode falar. — Cruzou os braços e encostou-se na lareira, esperando que ele começasse a dizer coisas destinadas a intimidá-la.

Parado perto de uma mesinha, Matt pôs as mãos nos bolsos da calça e olhou em volta, parecendo fascinado pelo ambiente aconchegante. Em certo momento, tirou as mãos dos bolsos e pegou o porta-retratos com a foto de Parker, que ficava na mesinha. Recolocou-o no lugar, e seu olhar vagueou da escrivaninha antiga para a mesa de jantar com seus candelabros de prata, pousando finalmente no sofá e nas poltronas forrados com chita estampado agrupados perto da lareira.

— O que está fazendo? — Meredith indagou, confusa.

Ele a encarou.

— Satisfazendo muitos anos de curiosidade.

— Curiosidade, sobre o quê?

— Sobre você, o modo como vive.

Se não soubesse que era impossível, Meredith diria que vira um brilho de ternura nos olhos cinzentos quando Matt começou a andar em sua direção.

— Você gosta de chita — ele comentou com um sorriso, parando diante dela e colocando novamente as mãos nos bolsos. — E de antiguidades. Sua sala é aconchegante e muito bonita. Gostei.

— Ótimo. Agora posso morrer feliz — ela disse com sarcasmo. — Mas vamos ao que interessa. O que quer me dizer?

— Gostaria de saber por que parece mais zangada hoje do que ontem.

— Vou lhe contar por quê. Ontem, concordei em me submeter à sua chantagem, mas de modo algum participarei da farsa que você está querendo encenar.

— Que farsa?

— Você está fingindo que quer a reconciliação. Fez isso na frente dos advogados, ontem, e hoje, com o seu pai. Quer apenas vingança e encontrou um jeito mais sutil e barato do que processar meu pai.

— Mais barato? Eu podia massacrar uma porção de gente no tribunal com os cinco milhões de dólares que vou te dar. Não é vingança, Meredith. Eu já te disse por que pedi para passar algum tempo com você. Existe algo entre nós, sempre existiu. Onze anos de separação não acabaram com isso, seja lá o que isso for, e quero uma chance de descobrir o que é.

Meredith ficou assombrada, com raiva de ouvi-lo dizer tal mentira e à beira de um acesso de riso, porque ele queria que ela acreditasse.

— Está querendo me fazer crer que sentiu alguma coisa por mim, durante todos esses anos?

— Acreditaria se eu dissesse que sim?

— Só se eu fosse burra! O mundo inteiro sabe que teve centenas de casos, a maioria com mulheres famosas.

— Um grande exagero. Droga, Meredith! — ele exclamou, passando uma das mãos pelos cabelos, enquanto se virava e dava alguns passos. — Acreditaria se eu dissesse que sua lembrança me perseguiu durante anos, após o divórcio? Quer saber por que quase me matei de trabalhar, por que me arrisquei em empreendimentos loucos, tentando triplicar cada centavo que possuía? Quer saber o que eu fiz no dia em que meu patrimônio chegou a um milhão de dólares? — Confusa, incrédula, fascinada, Meredith moveu levemente a cabeça numa afirmativa. — Abri uma garrafa de champanhe e fiz um brinde a você, porque a força que me impulsionou foi a determinação insana, obsessiva, de te provar que eu era capaz. Não foi um brinde amigável, mas bastante expressivo. Eu disse: "A você, minha esposa mercenária. Espero que se arrependa amargamente do dia em que me abandonou." Sabe o que senti quando descobri que toda mulher que levava para a cama era loira de olhos azuis, como você, e que, inconscientemente, era com você que eu fazia amor?

— Isso é repugnante — Meredith murmurou, chocada.

— Exatamente! Fiquei com nojo — Matt declarou, voltando para perto dela. — E, como estamos na hora da confissão, é sua vez.

— Como assim?

— Vamos começar por sua incredulidade quando eu disse que existiu alguma coisa entre nós esse tempo todo.

— Não existe nada entre nós!

— Nenhum de nós dois voltou a casar-se. Você não acha estranho?

— Não.

— Na fazenda, quando você me pediu uma trégua, não estava sentindo nada por mim?

— Não — Meredith mentiu.

— E na minha sala de reuniões, quando *eu* pedi uma trégua?

— Não senti nada, a não ser um sentimento de amizade superficial.

— Você ama Reynolds?

— Amo.

— Então, por que foi para a cama comigo, no último fim de semana? Meredith respirou fundo.

— Simplesmente aconteceu. Estávamos tentando consolar um ao outro. Foi... legal, só isso.

— Não minta pra mim! Ficamos loucos de paixão naquela cama! — Como ela permaneceu muda, ele pressionou: — E você não tem o menor desejo de fazer amor comigo novamente, não é?

— Não, não tenho.

— Me daria cinco minutos para provar que está mentindo?

— Não.

— Acha que sou tão ingênuo que não percebi, aquele dia na cama, que você me queria tão desesperadamente quanto eu a desejava?

— Estou certa de que tem experiência suficiente para avaliar o que uma mulher sente no primeiro suspiro que ela der — Meredith retrucou, percebendo tarde demais que estava admitindo o que ele dissera. — Mas, correndo o risco de destruir essa sua desgraçada autoconfiança, vou dizer exatamente como me senti naquele dia. Como sempre me senti na cama com você: inexperiente e desajeitada.

— O quê?! — ele exclamou, obviamente atônito.

— Você ouviu.

Para seu espanto, em vez de enfurecer-se, como ela esperara, Matt apoiou uma das mãos no aparador da lareira e começou a rir.

— Desculpa — ele pediu, contrito, quando finalmente conseguiu controlar-se.

Estendeu a mão e acariciou o rosto dela, deliciado por perceber que, apesar de toda a sua inata sensualidade, Meredith não tivera muitos amantes. Se tivesse ido para a cama com vários homens, em vez de sentir-se desajeitada com ele na cama, saberia que com um simples toque era capaz de incendiá-lo de paixão.

— Meredith, você é linda, por dentro e por fora — murmurou. Inclinou-se para beijá-la, mas ela virou a cabeça, e seus lábios pousaram na orelha delicada.

"Se me beijar, os cinco milhões viram seis — prometeu em tom rouco, deslizando a boca pelo rosto macio. — Se for pra cama comigo, hoje, eu te dou o mundo — continuou, aspirando extasiado, o doce perfume que emanava dela. — Mas, se for morar comigo, darei muito mais que isso."

— Seis milhões de dólares e o mundo! — ela disse baixinho, em tom desdenhoso, tentando ignorar o excitante contato dos lábios de Matt em sua pele. — O que mais poderia me dar se eu fosse morar com você?

— O paraíso. — Erguendo a cabeça, ele tomou o queixo dela entre o polegar e o indicador e forçou-a a virar o rosto e encará-lo. Então, continuou em tom solene e emocionado: — O paraíso. Você vai ter tudo o que quiser, a mim, inclusive.

Meredith engoliu em seco, hipnotizada pela expressão terna dos olhos cinzentos e o timbre harmonioso da voz profunda.

— Seremos uma família — ele prosseguiu. — Teremos filhos. Gostaria que tivéssemos seis — brincou, beijando-a na têmpora. — Mas fico feliz com um. — Ela exalou um suspiro entrecortado, e Matt reconheceu que forçara demais a situação. — Pense nisso — ele pediu com um sorriso, soltando-lhe o queixo.

Desnorteada de tão surpresa, Meredith viu-o virar-se, ir para a porta e sair, sem dizer mais uma única palavra. Ficou olhando para a porta fechada, tentando absorver tudo o que ouvira. Apoiando-se no encosto de uma poltrona, pois sentia as pernas bambas, rodeou-a e sentou-se, sem saber se ria ou chorava.

Matt só podia estar louco. Só isso explicaria aquela teimosia em alcançar um objetivo que evidentemente estabelecera 11 anos atrás, e que era provar que se tornara bom o bastante para ser marido de uma Bancroft.

Com uma risadinha histérica, Meredith percebeu que Matthew Farrell a via como um objeto de tentativa de fusão, um "alvo", como se ela fosse uma empresa.

Ela não devia, não podia acreditar que de fato ele ficara preso à sua lembrança durante anos, após o rompimento. Matt nunca dissera que a amava, enquanto estavam casados, nem mesmo nos momentos mais ardentes de paixão.

No entanto, acreditava em certas coisas que ele dissera. Acreditava que ele havia trabalhado como um desesperado para provar a ela, e a Philip Bancroft, que podia fazer fortuna. Isso era bem característico de Matt, assim como o brinde que ele fizera no dia em que completara seu primeiro milhão de dólares. Vingativo até a medula. Obstinado. Não por acaso, adquirira tanto poder no mundo dos negócios.

Ele também disse outra coisa verdadeira. Sempre existiu algo entre os dois. Uma espécie de atração inexplicável que explodira na noite em que se viram pela primeira vez e formara um laço que os aproximara de modo tão íntimo nos poucos dias de convivência por ocasião do casamento. Ela sempre tivera consciência disso, mas foi um choque saber que Matt também sentia a mesma coisa.

E essa atração misteriosa surgira novamente durante o almoço no Landry's e depois, de modo incontrolável, no último domingo, na fazenda.

Com um suspiro desanimado, ela se levantou, apagou a luz e foi para o quarto. Estava desabotoando a blusa quando algumas palavras de Matt, nas quais ela estivera evitando pensar, forçaram passagem por sua mente. "Se for para a cama comigo, hoje, eu te dou o mundo. Mas, se for morar comigo, darei muito mais que isso. O paraíso. Você vai ter tudo o que quiser, a mim inclusive."

Sacudindo a cabeça para livrar-se da recordação indesejável, acabou de desabotoar a blusa. O homem tinha um mortal poder de sedução. Não era de admirar que tantas mulheres caíssem a seus pés. A mera lembrança da voz dele murmurando aquelas palavras deixara-a com as mãos trêmulas.

Um pensamento súbito a fez sorrir. Matt nunca havia morado com outra mulher, do contrário todos ficariam sabendo. Portanto, nunca oferecera o paraíso a ninguém. Só a ela. Esse raciocínio, estranhamente, a fez sentir-se muito melhor.

Quando se deitou, pensou em Parker. Ficou o dia todo esperando uma ligação dele. A despeito do modo como se haviam separado na noite anterior, sabia que nenhum dos dois queria romper o noivado. Talvez ele tivesse esperado um telefonema seu. No dia seguinte, ela ligaria e tentaria, mais uma vez, fazê-lo compreender.

# 43

— BOM DIA, CHEFE — JOE O CUMPRIMENTOU QUANDO Matt acomodou-se no banco traseiro da limusine, às 8:15 da manhã seguinte. — Tudo bem? Entre você e sua esposa.

— Não — Matt respondeu, secamente.

Não abriu o *Chicago Tribune* que tinha na mão. Esticou as pernas e olhou pela janela, sorrindo ligeiramente ao pensar em Meredith. Levou vários minutos para perceber que Joe não estava dirigindo como louco e seguia o fluxo do tráfego, sem jogar o carro de um lado para o outro a fim de se desviar dos outros veículos. Intrigado, ergueu os olhos e viu o motorista observando-o pelo espelho retrovisor.

— Está doente?

— Não, por quê?

— Perdeu a oportunidade de ultrapassar esse caminhão de entregas.

Sem replicar, Joe desviou os olhos do espelho e pisou no acelerador. Matt voltou a olhar pela janela e ainda pensava em Meredith quando entraram na garagem subterrânea do prédio da Intercorp.

Pouco depois, passando pela mesa de sua secretária, sorriu amigavelmente.

— Bom dia, Eleanor. Está com ótima aparência.

— Bom dia — ela respondeu, obviamente espantada, seguindo-o quando ele entrou no escritório.

Parou perto da escrivaninha com um bloco de anotações numa das mãos e a correspondência de Matt e os recados telefônicos na outra.

Matt viu-a olhar ansiosa para o jornal quando ele o jogou sobre a mesa, mas voltou a atenção para o volumoso maço de recados que ela estava segurando.

— Recebemos muitos telefonemas, pelo jeito — comentou. Eleanor pousou o bloco e começou a folhear os papéis de recados.

— De jornais — ela explicou com ar aborrecido. — Quatro telefonemas do *Tribune* e três do *Sun-Times*. Um correspondente da UPI está à espera ao telefone e o pessoal da Associated Press plantou-se lá embaixo, no saguão, juntamente com repórteres da televisão local e de várias emissoras de rádio. Todas as quatro grandes redes de televisão telefonaram, a CNN também. A revista *People* quer falar com você, mas a *National Tattler* quis falar comigo, explicando que desejavam ver a sujeira do ponto de vista da secretária. Desliguei na cara do sujeito. — Eleanor fez uma pausa e pigarreou. — Houve também dois telefonemas anônimos, de gente dizendo que o senhor é homossexual, e um da srta. Avery, que o xingou de "traidor nojento". Tom Anderson ligou, perguntando se podia ajudá-lo em alguma coisa e o segurança do vestíbulo pediu reforço para impedir a imprensa de fazer confusão lá embaixo.

Franzindo a testa, Matt tentou adivinhar o motivo de tal furor, imaginando se houvera algum problema com uma de suas empresas.

— O que aconteceu que eu não fiquei sabendo?

Eleanor apontou com ar compenetrado para o jornal sobre a mesa.

— Não leu ainda?

— Não — Matt respondeu, pegando o *Tribune* e desdobrando-o com movimentos bruscos. — Mas, se aconteceu alguma coisa à noite, Tom Anderson deveria ter ligado para minha... — Interrompeu-se ao olhar para a primeira página, e ficou imóvel, momentaneamente incapaz de superar o choque, olhando para as fotos dele próprio, de Meredith e Parker Reynolds abaixo de uma manchete impressa em letras garrafais: "Falso Advogado Confessa Ter Enganado Gente Famosa." Procurou a página indicada ao lado e começou a ler.

"Ontem à noite, a polícia de Belleville, Illinois, deteve Stanislaus Spyzhalski sob acusação de fraude e prática ilegal da profissão de advogado. De acordo com a polícia, Spyzhalski confessou ter enganado centenas de clientes ao longo dos últimos 15 anos, falsificando assinaturas de juízes em documentos que nunca foram apresentados num fórum, inclusive um processo de divórcio, uma década atrás, envolvendo a herdeira Meredith Bancroft e o empresário Matthew Farrell. Meredith Bancroft, cujo noivado com o banqueiro Parker Reynolds foi anunciado este mês..."

Soltando um palavrão, Matt ergueu os olhos do jornal, rapidamente calculando as consequências de tudo aquilo, então olhou para a secretária.

— Ligue pro Pearson e pro Levinson e diga que quero falar com eles — instruiu. — Encontre meu piloto e chame Joe O'Hara, avise-os pra ficar de prontidão. Depois, ligue para Meredith.

— Está bem — ela respondeu, saindo da sala. Matt continuou a ler o artigo.

"A polícia disse que recebeu a denúncia contra Spyzhalski de um morador de Belleville que tentou obter, em vão, uma cópia dos papéis de anulação de seu casamento, que supostamente estariam no fórum da comarca de St. Clair. A polícia de Belleville já encontrou alguns dos processos *conduzidos* por Spyzhalski, mas o falso advogado recusa-se a entregar o restante antes de sua audiência amanhã. Não conseguimos entrar em contato com Farrell, com os Bancroft, nem com Reynolds, para ouvir seus comentários. Detalhes do divórcio Bancroft-Farrell não foram divulgados, mas um porta-voz da polícia de Belleville disse que certamente Spyzhalski os fornecerá."

Matt sentiu-se gelar ao imaginar os detalhes do caso sendo divulgados. Meredith pedira o divórcio sob a alegação de abandono e crueldade mental, o que a faria parecer uma pobre vítima indefesa, ela que era tão orgulhosa e forte. Nada poderia ser mais devastador para sua imagem de presidente interina de uma grande empresa, principalmente quando ela almejava o posto de modo permanente após a aposentadoria do pai.

Continuando a ler, Matt ficou enjoado com a insinuação de que ele, Meredith e Parker formavam um triângulo amoroso. O artigo mencionava também o incidente entre ele e Meredith no baile da ópera e fornecia longas informações sobre os envolvimentos românticos de ambos. Furioso, Matt socou o botão do telefone, e Eleanor entrou quase correndo.

— Que diabo está acontecendo? Por que você ainda não me deu resposta sobre as ligações que a mandei fazer?

— Pearson e Levinson só chegam no escritório às nove horas — ela explicou. — Seu piloto está fazendo um voo para testar o novo motor, e deixei recado para ele ligar assim que aterrissar, o que deverá acontecer dentro de vinte minutos. Joe O'Hara está voltando para cá e pedi pra esperar na garagem, para evitar os repórteres.

— E Meredith?

— A secretária disse que ela ainda não chegou, mas que tinha instruções para dizer que qualquer contato entre a srta. Bancroft e o senhor deve ser feito por intermédio dos advogados.

— Coisa antiga. Isso mudou. — Matt massageou a nuca rígida de tensão, sabendo que precisava falar com Meredith antes que ela tentasse lidar sozinha com a imprensa. — A secretária deu a impressão de que estava tudo normal por lá?

— Não. Parecia alguém preso numa cidade sitiada.

— Isso quer dizer que ela recebeu os mesmos telefonemas que você, e que a loja deve estar rodeada de repórteres. — Matt pegou o sobretudo, que pusera nas costas da cadeira, e foi em direção à porta, onde parou e virou-se. — Mande o piloto e meus advogados ligarem para o escritório de Meredith. Estarei lá. Chame nosso departamento de relações públicas e diga ao encarregado para manter sob controle os representantes da imprensa, evitando despertar antagonismo. Quero que os trate bem, que lhes sirva um lanche e prometa uma declaração, que farei à uma da tarde.

— Quer mesmo que sirvam lanche? — Eleanor estranhou, sabendo que o método de Matt lidar com os repórteres, quando eles queriam invadir sua vida particular, era evitá-los, ou mandá-los para o inferno com palavras ligeiramente diferentes.

— Quero — ele resmungou. — Entre em contato com Parker Reynolds, peça-lhe para dizer à imprensa exatamente o que estamos pedindo e que telefone para o escritório de Meredith.

Às 8:35, Meredith saiu do elevador e dirigiu-se ao escritório, satisfeita com a ideia de que o trabalho a impediria de continuar pensando em Matt.

— Bom dia, Kathy — disse à recepcionista, olhando em volta, achando estranho que não houvesse ninguém ali. Os executivos-chefes chegavam às 9 horas, mas normalmente, àquela hora, secretárias e outros funcionários transitavam pelo local. — Onde está todo mundo? O que aconteceu?

Kathy encarou-a, parecendo nervosa.

— Phyllis desceu para falar com o chefe de segurança, e os outros estão na sala do café, eu acho.

Meredith franziu a testa ao ouvir o toque insistente de telefones ao longo dos corredores.

— É aniversário de alguém? — perguntou.

Era praxe os empregados dos dois andares do setor administrativo reunirem-se na sala do café para comer bolo quando um deles fazia aniversário, mas nunca acontecera de as pessoas abandonarem o trabalho de maneira tão irresponsável.

Meredith lembrou-se, então, de que completaria 30 anos dentro de dois dias, no sábado, e imaginou que poderiam estar preparando uma festa-surpresa antecipada.

— Não, srta. Bancroft. Ninguém está fazendo aniversário.

Perplexa, Meredith foi para a sala dela, onde deixou a pasta e o casaco, depois se dirigiu à sala do café. No instante em que entrou, encaminhando-se para o balcão onde ficavam as cafeteiras, 24 pares de olhos voltaram-se para ela.

— Reunião do conselho, senhoras e senhores? — perguntou com um sorriso indeciso, pois estranhara o silêncio repentino e os olhares francamente curiosos. — Ninguém vai atender aqueles telefones?

Nem precisaria ter feito essa última pergunta, porque todos já estavam saindo apressados, murmurando pedidos de desculpas.

Voltou para sua sala e tinha acabado de sentar quando Lisa entrou correndo, com uma pilha de jornais nos braços.

— Eu sinto muito, Meredith! Comprei todos os exemplares do *Tribuna* da banca aí da frente, para que eles não tivessem mais nenhum para vender! Não pude pensar em outra maneira de te ajudar.

— Me ajudar?

Lisa olhou-a boquiaberta, apertando os jornais contra o peito.

— Você ainda não leu o jornal?

Um arrepio de apreensão percorreu a espinha de Meredith.

— Perdi a hora e não tive tempo. Por que, Lisa? O que aconteceu?

Com visível relutância, a amiga pousou a pilha na escrivaninha. Meredith pegou um exemplar, desdobrou-o e inclinou-se para a frente, horrorizada.

— Meu Deus! — exclamou, olhando para as fotos e a manchete alarmante. — Folheou o jornal rapidamente, procurando a página três, e leu o artigo. Quando acabou, olhou para Lisa, tomada de pânico. — Meu Deus! — repetiu num sopro de voz.

As duas assustaram-se quando Phyllis entrou correndo, pálida e despenteada.

— Já falei com o chefe de segurança. Havia um batalhão de repórteres na frente das portas da loja, esperando a hora de abrir. Então, começaram a invadir o prédio pela entrada de serviço, e Mark Braden mandou-os reunirem-se no auditório. Os telefones não param de tocar. É gente dos jornais, das rádios e da televisão, e dois diretores nossos também ligaram para dizer que querem falar com você imediatamente. O sr. Reynolds telefonou três vezes, e o sr. Farrell, uma. Mark Braden quer saber o que deve fazer. E eu também!

Meredith tentou refletir, mas tremia por dentro, sentindo um medo terrível. Não levaria muito tempo para que algum repórter descobrisse o motivo de seu casamento com Matt, e o mundo todo saberia que ela fora uma adolescente idiota que ficara grávida e fora obrigada a se casar com um homem que não a amava. Seu orgulho estaria arruinado, sua vida particular, devassada. Muitas pessoas cometiam erros e saíam ilesas. Ela, não. Precisava pagar indefinidamente por um deslize.

E os detalhes do divórcio, quando fossem revelados, completariam o trabalho destrutivo. O pai dela não optara por algo inócuo, como incompatibilidade de gênios. Tivera de apelar para algo forte, como abandono e crueldade mental. Todos a veriam como uma pobre vítima, imagem nada condizente com sua posição de presidente interina da Bancroft's.

E Parker? Era um banqueiro respeitável, e a imprensa arrastara-o para a sujeira!

Matt! Pensando no que toda aquela publicidade perniciosa causaria a ele, ficou enjoada. Quando as pessoas soubessem que Matthew Farrell submetera a jovem esposa grávida a crueldade mental, sua boa reputação seria destruída.

— Por favor, diga o que devo fazer — implorou Phyllis. — Meu telefone está tocando outra vez.

— Dê um tempo — Lisa a aconselhou. — Ela acabou de ler o artigo alguns segundos antes de você entrar.

Meredith recostou-se com um suspiro.

— Vamos fazer o que sempre fazemos quando acontece alguma coisa na loja que chama a atenção da imprensa. Instrua as telefonistas a passarem todos os chamados de repórteres ao departamento de relações públicas e diga a Mark Braden para continuar levando o pessoal da imprensa para o auditório.

— Tudo bem, mas o que quer que o departamento de relações públicas diga aos repórteres?

Meredith suspirou.

— Ainda não sei. Que esperem... — Ela parou de falar quando a recepcionista apareceu na porta.

— Desculpe perturbá-la, srta. Bancroft, mas o sr. Farrell está aqui e diz que não vai embora sem vê-la. Devo chamar um segurança?

— Não! — Meredith gritou, preparando-se para enfrentar a justificável fúria de Matt. — Phyllis, você pode trazer o Matt aqui, por favor?

Parado na área de recepção, Matt ignorou os olhares de fascinado interesse dos funcionários que passavam e dos executivos-chefes que saíam dos elevadores. Viu a recepcionista sair da sala de Meredith acompanhada por uma jovem morena e deu um passo à frente, pronto para passar por elas à força e entrar no escritório, caso tentassem impedi-lo.

— Sr. Farrell, sou Phyllis Tilsher, secretária da srta. Bancroft — apresentou-se a morena atraente. — Desculpe pela espera. Venha comigo, por favor.

Matt seguiu-a, a moça indicou-lhe a sala de Meredith, esperou que ele entrasse e entrou em seguida. Em qualquer outra circunstância, o que ele viu teria feito seu peito inchar de orgulho. Sentada atrás de uma mesa gigantesca, na outra extremidade da sala com paredes recobertas por painéis de madeira, os lindos cabelos loiros presos num coque, Meredith parecia uma jovem rainha num trono de espaldar reto e alto. Uma rainha pálida e obviamente muito perturbada.

Ele forçou-se a desviar o olhar e virou-se para a secretária:

— Vão telefonar para cá querendo falar comigo — informou. — Me avise quando isso acontecer. A todos os outros que telefonarem, diga que a srta. Bancroft está em reunião e não pode ser interrompida. Outra coisa, não deixe ninguém entrar aqui!

Phyllis concordou e saiu, fechando a porta.

Matt começou a andar na direção de Meredith, que se levantou e rodeou a mesa.

— Quem é? — ele perguntou, fazendo um gesto de cabeça na direção da jovem de cabelos avermelhados parada perto da janela, que o olhava com indisfarçável atenção.

— Lisa Pontini — Meredith respondeu. — Ela pode ficar, é amiga de muitos anos. Quer dizer que eu estou em reunião?

Matt lembrou-se de ter ouvido Meredith falar de Lisa Pontini, 11 anos atrás. Cumprimentou-a com um gesto de cabeça e voltou a olhar para Meredith, contendo o desejo de abraçá-la e confortá-la, pois sabia que seria repelido.

— Nada melhor do que a desculpa de uma reunião para afastar gente inoportuna — ele respondeu, sorrindo.

Ela esboçou um sorrisinho.

— Tem razão.

— Meredith, com um pouco de sorte, sairemos dessa com apenas alguns arranhões — ele afirmou, ficando sério. — Você acha que consegue confiar em mim e fazer tudo o que eu pedir?

Meredith fitou-o, só então descobrindo que ele não fora lá para culpá-la e a seu pai por aquela calamidade, mas para ajudar. Sentiu que recuperava um pouco das forças e começava a raciocinar direito.

— Posso. O que quer que eu faça?

Matt tornou a sorrir, satisfeito com aquela demonstração de confiança e por notar que Meredith não perdera a coragem.

— Muito bem. Presidentes de empresas nunca se acovardam.

— Fingem coragem — ela acrescentou, tentando sorrir.

— Certo.

O telefone tocou. Meredith atendeu e, em seguida, estendeu o aparelho para Matt.

— David Levinson na linha 1 e Steve Salinger na 2.

Matt não pegou o aparelho.

— Há um telefone viva voz aqui? — perguntou.

Meredith pressionou um botão, acionando o sistema que permitiria a todos na sala ouvirem o que a pessoa do outro lado dizia. Era evidente que Matt desejava que ela ouvisse tudo, para que não ficassem dúvidas.

Ele, então, apertou a tecla iluminada da linha 2.

— Steve? O Lear está pronto para voar?

— Com toda certeza, Matt. Acabei de aterrissar, depois de um voo de teste, e está tudo perfeito.

— Ótimo. Só um instante — Matt pediu, deixando-o à espera e apertando a tecla da linha 1. — Leu os jornais, Levinson?

— Lemos, eu e Bill. É uma desgraça, Matt, e vai piorar ainda mais. Quer que a gente faça alguma coisa?

— Quero. Vocês vão para Belleville para tira aquele canalha da cadeia, apresentando-se como seus advogados.

— O quê?!

— Você ouviu. Paguem a fiança do homem e tratem de convencê-lo a entregar-lhes todos os processos. Quando ele entregar, façam tudo o que precisar para impedir que meu processo de divórcio caia nas garras da imprensa. Isto é, se o filho da puta já não o jogou fora. Se for o caso, façam com que ele prometa ficar de boca fechada a respeito dos detalhes. Consigam isso de qualquer jeito.

— Que detalhes? Sob que alegação pediram o divórcio?

— Abandono e crueldade mental. Meredith está aqui. Vou perguntar a ela se lembra de mais algum detalhe. — Matt virou-se para olhá-la: — Lembra de algo mais que possa ser prejudicial para nós dois?

— O cheque de dez mil dólares que meu pai deu a você como pagamento por me deixar.

— Que cheque? Eu não sei de nada. Na minha cópia do processo não tem nenhuma menção sobre isso.

— Na minha tem, assim como uma declaração de que você o recebeu.

Levinson, naturalmente, ouviu a conversa toda.

— Mas isso é mesmo fantástico! — intrometeu-se, em tom irônico. — A imprensa vai deitar e rolar, tecendo conjeturas sobre o que havia de tão errado com sua mulher que você não pôde suportá-la, mesmo sendo pobre, e ela, tão rica.

— Não seja burro! — Matt interrompeu-o, furioso, antes que ele dissesse mais alguma coisa para aumentar a perturbação de Meredith. — Vou parecer um caçador de dotes que abandonou a mulher. Mas nada disso vai acontecer se vocês forem a Belleville agora mesmo e calarem a boca de Spyzhalski.

— Pode não ser tão fácil. De acordo com as notícias, ele não quer advogado, porque pretende apresentar a própria defesa. Pelo jeito, ele é um demente, determinado a dar um show no tribunal, diante da imprensa.

— Façam com que mude de ideia e consigam que a audiência seja adiada! Levem-no para um lugar onde os repórteres não o encontrem. Depois, eu mesmo cuidarei do homem.

— Os processos, se ele ainda os tiver, serão apresentados como provas, no julgamento. E as outras vítimas terão de ser notificadas.

— Vocês darão um jeito nisso, mais tarde, com o promotor — Matt replicou, impaciente. — Meu avião está à espera de vocês no Midway. Me liguem quando tudo estiver resolvido.

— Certo.

Sem incomodar-se em dizer "até logo", Matt encerrou a conversa e voltou a falar com o piloto.

— Esteja pronto para partir para Belleville, Illinois, dentro de uma hora. Vai levar dois passageiros, mas na volta virão três, e você terá de descer em algum lugar para deixar um deles. Os dois que embarcarão daqui vão dizer onde.

Meredith o olhou, quando ele acabou de falar, pasma com seus métodos e rapidez.

— Como pretende "cuidar" de Spyzhalski? — perguntou, com uma risadinha.

— Deixa isso comigo. Agora, ligue para Reynolds. Ainda não saímos da confusão.

Meredith ligou para Parker e, no momento em que ele atendeu, ficou claro que também achava a situação muito grave.

— Meu Deus, Meredith! Estou tentando falar com você, mas não estou conseguindo!

— Sinto muito pelo que está acontecendo, Parker. Mais do que possa imaginar.

— Não é culpa sua — ele respondeu com um suspiro ruidoso, fazendo uma breve pausa. — Temos de decidir o que faremos. Estão me bombardeando com conselhos e sugestões! O filho da puta com quem você se casou teve a petulância de mandar a secretária ligar pra mim e dar instruções sobre como eu devia me comportar! A secretária! Então, minha diretoria decidiu que eu devo declarar publicamente que não tinha conhecimento de nada disso e...

— Não! — ordenou Matt, em tom furioso.

— Quem disse isso? — indagou Parker.

— Eu, o filho da puta com quem Meredith se casou — Matt anunciou, olhando espantado para Lisa, que, encostada na parede, curvara-se toda, dominada por um ataque de riso que tentava abafar, apertando a mão contra a boca. — Se fizer essa declaração, todos vão ter impressão de que você está atirando Meredith aos lobos.

— Não tenho a mínima intenção de fazer isso com ela! É minha noiva!

Meredith sorriu, cheia de gratidão. Pensara que Parker estivesse disposto a romper o noivado, mas ele não a abandonara quando as coisas ficaram realmente ruins.

Matt notou o sorriso e franziu a testa, mas continuou concentrado no problema do momento.

— À uma hora de hoje, nós três, Meredith, eu e você, vamos dar uma entrevista coletiva — informou. — Não podemos esquecer que, se tudo vir à tona, Meredith vai sair como vítima de abandono e crueldade mental.

— Sei disso — Parker afirmou em tom áspero.

— Bom, porque assim você vai entender o resto do que vou dizer. Durante a entrevista, daremos um show de solidariedade. Vamos neutralizar antecipadamente os detalhes do divórcio, se eles forem divulgados.

— Como?

— Vamos encarar todo mundo, agir como se fôssemos membros de uma pequena família unida, solidários, principalmente com Meredith. Quero que todos os representantes da imprensa tenham bastante com que encher os olhos e ouvidos para que fiquem satisfeitos por algumas semanas, deixando a gente em paz. Quero que saiam da sala convencidos de que não tem nada de errado entre nós três. — Matt olhou para Meredith e perguntou: — Onde podemos acomodar todos os repórteres? O salão dos acionistas da Intercorp não é muito grande e...

— Nosso auditório é — Meredith disse depressa. — Já foi arrumado para a festa de Natal, então está pronto para receber muita gente.

— Você ouviu? — Matt perguntou a Parker.

— Ouvi.

— Então, venha para cá o mais rápido possível para a gente preparar uma declaração — Matt ordenou, desligando em seguida.

Olhou para Meredith, e o modo como ela o fitava baniu completamente o ciúme que o assaltara quando a vira sorrir por causa do que Parker dissera. Os olhos azuis brilhavam de admiração, respeito e gratidão. Mas neles também havia muito medo.

Ele ia dizer alguma coisa para acalmá-la quando Lisa afastou-se da parede e aproximou-se, rindo baixinho.

— Eu costumava me perguntar como Meredith pôde jogar a cautela para o alto, ir para a cama com um estranho, ficar grávida, se casar e quase ir para a Venezuela com o marido, tudo em questão de dias. Agora sei o que aconteceu. Você não é um simples magnata, Matthew Farrell. É um tufão! A propósito, já votou alguma vez num democrata?

— Já — Matt respondeu, intrigado. — Por quê?

— Só queria saber. — Lisa riu, notando a carranca da amiga. Ficou séria e estendeu a mão para Matt. — Estou muito contente por finalmente conhecer o marido de Meredith.

Matt sorriu e apertou-lhe a mão. Gostara muito de Lisa Pontini.

# 44

POR SUGESTÃO DE MATT, MEREDITH CONVIDOU TODOS os diretores e chefes de departamentos da Bancroft's para assistirem à entrevista coletiva. Era uma tentativa de eliminar as especulações dos empregados, que ouviriam de seus superiores a explicação, embora um pouco distorcida, dos fatos. A fim de acalmar os representantes da imprensa, Matt também sugeriu que o setor de alimentação da loja servisse um lanche aos repórteres, que haviam saboreado alimentos importados e vinhos finos antes de ocuparem seus lugares no amplo auditório.

Enquanto esperava nos bastidores do palco, juntamente com Matt e Parker, Meredith não só se sentia grata aos dois, como experimentava uma reconfortante sensação de bem-estar. Não pensava mais no acordo que Matt a forçara a aceitar, nem na briga que tivera com Parker. O importante era que ambos estavam ali quando ela precisava. Apesar do nervosismo natural causado pelo iminente encontro com a imprensa, ela estava confiante de que tudo acabaria bem.

Um pouco distantes um do outro, Matt e Parker liam mais uma vez suas cópias da declaração que os três haviam elaborado e que seria lida pelo chefe do departamento de relações públicas, e Meredith sabia que faziam isso para não conversarem um com o outro, o que era bastante compreensível. Tinha ficado combinado que, assim que pisassem no palco, dariam um show de união e solidariedade, mas ela duvidava que os dois homens conseguissem uma atuação convincente, porque era óbvio que não se suportavam.

Olhando-os, percebeu que havia certas similaridades entre ambos. Os dois eram altos e inegavelmente bonitos, bem-vestidos, tinham um porte elegante. Parker, com os cabelos loiros e olhos azuis, sempre a fizera pensar em Robert Redford, enquanto Matt era moreno, tinha cabelos escuros e fartos, feições fortes e boca bem desenhada. Não, ela concluiu de repente, não havia muita semelhança entre eles. Parker era a imagem do homem educado, refinado, e Matt... não era nada disso, pois 11 anos de polimento social não haviam conseguido disfarçar sua natureza impetuosa e explosiva. E, na verdade, seu rosto atraente não podia ser considerado bonito pelos padrões artísticos de beleza, mas os olhos eram magníficos, cinzentos, orlados por aqueles incríveis cílios longos e espessos.

De repente, o barulho no auditório diminuiu, as luzes ficaram mais fortes, um microfone guinchou, e Meredith sentiu o coração disparar.

— Senhoras e senhores — começou o chefe de relações públicas, chamando a atenção dos presentes. — Antes que a srta. Bancroft, o sr. Reynolds e o sr. Farrell venham ao palco para responder a suas perguntas, vou ler uma declaração sobre os fatos envolvidos no incidente que causou esta reunião.

Em seguida, leu as explicações e, quando terminou, chamou os três, que aguardavam atrás da cortina.

Matt e Parker ficaram lado a lado de Meredith.

— Preparada? — perguntou o noivo.

— Sim — ela respondeu, ajeitando nervosamente a gola do casaco do conjunto cor-de-rosa.

— Relaxa — Matt aconselhou-a. — Somos vítimas, não criminosos, então não se mostre indecisa nem acanhada, do contrário vão começar a cavar tudo para ver se escondemos algo. Seja natural e sorria. Não posso fazer tudo sozinho! Preciso da sua ajuda.

Aquela observação, vinda de um homem forte, corajoso, que passara por cima de tantos obstáculos, fez Meredith rir.

— Boa menina — ele a aplaudiu.

Flashes ofuscantes espocaram no instante em que os três entraram no palco, e as câmeras das emissoras de televisão assestaram suas lentes sobre eles, acompanhando-os até os microfones.

Conforme o combinado, Matt abriu a entrevista, anunciando com bom humor que estavam contentes pelo fato de a imprensa ter comparecido "à festa imprevista" e que, se soubessem o que iria acontecer, teriam providenciado uma recepção melhor. Ele parou de falar e ficou calado até os risos cessarem.

— Ficaremos aqui apenas cinco minutos, de modo que as perguntas precisam ser breves e diretas — continuou. — Eu tenho todo o tempo do mundo para ficar aqui com vocês, mas Meredith tem uma rede de lojas para cuidar, e Parker, um banco para administrar — brincou.

Os repórteres tornaram a rir, e o pandemônio começou, com perguntas chovendo de todos os lados.

— Sr. Farrell, por que seu casamento com a srta. Bancroft foi mantido em segredo? — perguntou um repórter da CBS, que gritava mais do que os outros e estava sentado na primeira fileira.

— Se está perguntando por que vocês não souberam, a resposta é simples: naquele tempo, Meredith e eu não despertávamos o interesse do público — Matt respondeu.

— Sr. Reynolds, seu casamento com a srta. Bancroft vai ser adiado? — um representante do *Sun-Times* indagou.

Parker sorriu de leve e friamente.

— Como já foi dito, Meredith e... Matt terão de divorciar-se — explicou. — É claro que até que isso seja feito não poderemos nos casar, ou Meredith seria acusada de bigamia.

A palavra *bigamia* foi um erro. O clima entre os repórteres, que Matt conseguira deixar descontraído, mudou, e uma excitação quase palpável envolveu a todos.

— Sr. Farrell, o senhor e a srta. Bancroft já deram entrada no novo processo de divórcio? — um homem perguntou. — Sob que alegação? Onde?

— Não, ainda não fizemos isso — Matt respondeu.

— Por quê? — uma mulher da WBBM quis saber.

Matt fez uma cômica careta de desamparo.

— Perdi a confiança nos advogados. Algum de vocês pode me indicar um bom?

Meredith sabia que estava sendo difícil para ele manter um ar de displicência e, quando a próxima pergunta foi dirigida a ela, jurou que o ajudaria, desempenhando bem seu papel.

— Srta. Bancroft! — berrou um gordo do *USA Today*. — Como se sente a respeito de tudo isso?

— Para ser sincera, nunca me senti tão em evidência desde o dia em que, na sexta série, participei de uma peça sobre nutrição, vestida de ameixa!

A resposta inesperada arrancou risos da plateia, e novos flashes espocaram quando Matt olhou-a com um amplo e surpreso sorriso.

— Sr. Farrell, onze anos atrás, vocês pediram o divórcio baseados em quê? — uma repórter gritou, fazendo a pergunta que Meredith mais temia.

— Não temos certeza — respondeu Matt, sorrindo para a mulher. — Descobrimos que os documentos que nós dois recebemos de Spyzhalski não batem. O primeiro diz uma coisa, o segundo, outra.

— Esta é para a srta. Bancroft — esclareceu uma jovem do *Tribune.*
— Pode nos dizer por que seu casamento acabou?

— Naquele tempo, eu achava que a vida com Matt seria... monótona — Meredith declarou com súbita inspiração, provocando uma risada geral. — Eu era muito jovem e uma garota de cidade grande, e Matt partiu para as matas da Venezuela, poucas semanas após o casamento. Nossas vidas tomaram rumos diferentes.

— Existe alguma chance de reconciliação? — um homem da NBC indagou.

— Claro que não — Meredith respondeu automaticamente.

— Seria ridículo, depois de tantos anos — acrescentou Parker.

— Sr. Farrell! — o homem da NBC o chamou. — Não vai responder a essa pergunta?

— Não.

— "Não" significa que não vai responder, ou que não há chance de reconciliação? — o jornalista persistiu.

— Significa o que você quiser — Matt disse com um sorriso.

As perguntas continuaram, rápidas e maliciosas, mas as piores já haviam sido feitas. Meredith ouvia o barulho, via a agitação da plateia, mas sentia-se estranhamente calma.

— Nosso tempo está quase acabando — Matt avisou pouco depois.
— Parker, gostaria de acrescentar alguma coisa? — perguntou, com uma admirável simulação de jovialidade.

Parker sorriu.

— Acho que já falamos tudo o que era necessário. Vamos sair daqui e deixar que Meredith volte ao trabalho.

— Esperem! — pediu uma mulher em tom imperativo, ignorando a tentativa deles de encerrar a entrevista. — Gostaria de dizer que vocês três estão lidando com essa situação com muita elegância. Principalmente o sr. Reynolds, que foi apanhado de surpresa pelas consequências de algo de que não participou. Seria compreensível se sentisse algum antagonismo pelo sr. Farrell, causador, em parte, do adiamento de seu casamento com a srta. Bancroft.

— Não há razão para antagonismo — assegurou Parker, com um sorriso devastador. — Matt e eu somos homens civilizados e estamos lidando com tudo isso do modo mais amigável possível. Nós três enfrentamos um problema que pode ser, e será, facilmente solucionado.

Lisa esperava nos bastidores e, assim que Meredith apareceu, foi a seu encontro e abraçou-a.

— Suba também — Meredith cochichou-lhe ao ouvido, com a esperança de que a presença dela obrigasse Matt e Parker a se portar de forma civilizada.

Subiram no elevador lotado de clientes.

— Essa é Meredith Bancroft, com o noivo e o marido — disse uma mulher, falando com a do lado, em tom não muito baixo. — Matthew Farrell, o marido, namora estrelas de cinema!

Meredith sentiu que corava, mas nem ela nem os companheiros disseram coisa alguma até descerem do elevador e entrarem no escritório.

— Você foi perfeita! — Lisa quebrou o silêncio, rindo e tornando a abraçar Meredith.

— Nem tanto.

— Foi, sim! Quase morri de rir quando você falou que se vestiu de ameixa na sexta série! — Virando-se para Matt, Lisa comentou: — Você produz um efeito admirável sobre ela!

— Não tem nada para fazer no seu departamento, srta. Pontini? — perguntou Parker, mal-humorado.

— Trabalho tantas horas extras que posso ficar à toa de vez em quando — a moça respondeu, olhando-o com desdém.

— Bem, eu tenho muito o que fazer — observou Meredith. Parker adiantou-se e beijou-a no rosto.

— Vejo você no sábado à noite — disse sorrindo.

Matt esperou que ela respondesse ao noivo que não poderia encontrar-se com ele, mas viu-a hesitar.

— Receio que não será possível — informou, friamente.

— Escute aqui, Farrell! Todos os outros sábados poderão ser seus, mas esse é meu! Meredith completará trinta anos e combinamos, semanas atrás, que iríamos ao Antonio's.

— Já fez planos para o sábado? — Matt perguntou a Lisa.

— Nada que não possa ser mudado — ela respondeu.

— Ótimo. Sairemos os quatro — ele decretou. — Mas não iremos ao Antonio's. É muito movimentado e iluminado demais. Seríamos reconhecidos em poucos segundos. Eu escolho o lugar.

Despedindo-se com um aceno de cabeça, saiu. Parker foi embora instantes depois, mas Lisa ficou.

— Meu Deus, Meredith! — ela exclamou, rindo, sentando-se no braço de uma poltrona. — Não é de estranhar que você tenha aceitado fazer aquele trato com Matthew Farrell. É o homem mais surpreendente e impressionante que eu já conheci!

— Não vejo graça nenhuma, Lisa. Meu pai está proibido de ler jornais e assistir a noticiários durante o cruzeiro, mas, se decidir desobedecer às ordens do médico e souber o que está acontecendo, ele pode ter outro infarto. Aí, terei de mandar um avião-hospital buscá-lo.

— Se eu fosse você, mandaria um avião de bombardeio atacá-lo. O que ele fez há onze anos não tem perdão.

— Não me faça pensar nisso agora, Lisa. Quando ele voltar, vou pôr tudo pra fora. Mas pensei muito e acho que meu pai agiu daquela maneira pra me proteger de um caçador de fortunas, que partiria meu coração.

— Então, ele mesmo partiu!

Meredith hesitou.

— É — admitiu depois de um instante. — Algo assim.

# 45

╾╼ Às 16:30 do dia seguinte, Matt interrompeu a reunião que estava tendo com três de seus executivos-chefes para atender Eleanor, que tocara o interfone.

— Se não for uma emergência, não quero saber, até concluir o que estou fazendo — declarou, antes que ela dissesse alguma coisa.

— A srta. Bancroft está ao telefone — a secretária informou, em tom malicioso. — Isso pode ser considerado uma emergência?

— Pode — Matt respondeu, erguendo o telefone e apertando a tecla iluminada da linha 1.

Não se sentia muito satisfeito com a ideia de falar com Meredith. No fim da tarde anterior, ligara para ela para dizer que Spyzhalski estava sob controle e num lugar onde os repórteres não poderiam encontrá-lo. Fora a secretária dela que atendera, explicando que Meredith encontrava-se numa reunião que demoraria para acabar. Ele, então, deixara um recado detalhado. Esperou até tarde da noite na expectativa de que Meredith retornasse, mas, como isso não aconteceu, pensou, cheio de raiva, que ela decidira comemorar a boa notícia indo para a cama com Reynolds, o que deve tê-la deixado ocupada demais.

— Oi, Meredith — ele disse ao telefone, lançando um olhar de desculpa para os companheiros.

— Matt, sei que nosso encontro é hoje à noite, mas tenho uma reunião às cinco horas da tarde e estou atolada em trabalho.

— Correndo o risco de parecer inflexível, devo dizer que trato é trato — ele a lembrou friamente.

— Eu sei! — ela replicou com um suspiro exasperado. — Mas, além de ficar na loja até tarde, vou levar trabalho pra terminar em casa. Não estou disposta a sair, mas também não quero brigar com você — acrescentou em tom suave.

— O que sugere, então?

— Achei que você poderia me pegar aqui e jantarmos cedo, num lugar próximo.

O aborrecimento de Matt evaporou-se.

— Está bem — ele concordou. — Também estou com uma pasta cheia de papéis que preciso analisar. Depois do jantar, nós dois podemos passar juntos umas horas produtivas. Na sua casa, ou na minha?

Ela hesitou.

— Promete que de fato vamos trabalhar? — perguntou, após alguns segundos. — Você não vai... não vai...

Matt sorriu quando ela não concluiu a frase, da qual era fácil adivinhar o resto. Meredith receava que ele tentasse levá-la para a cama.

— Só trabalho. Prometo.

— Tudo bem, então. Dá para você me pegar às seis horas? Tem um restaurante bom no outro lado da rua. Depois do jantar, podemos ir pra minha casa.

— Ótimo — Matt concordou, disposto a se adaptar ao ritmo dela para poder ficar a seu lado. — Os repórteres estão perturbando muito ainda?

— Não. Recebemos algumas ligações, mas fomos tão convincentes na entrevista que acho que o assunto deixou de ser interessante e vai morrer de morte natural. Falei com Parker, ontem e hoje cedo, por telefone. Ele também não foi assediado.

Matt estava pouco se importando com o que a imprensa pudesse fazer com Parker, e ficou irritado quando soube que Meredith falara com o noivo duas vezes, desde a entrevista, e estava falando com ele só porque queria mudar o esquema do encontro. Por outro lado, era bom saber que ela não estivera com Parker, como imaginara.

— Isso é muito bom. Até as seis horas, então.

Depois de abrir caminho na ruidosa multidão de clientes que lotava o andar térreo da loja, foi um alívio para Matt chegar à área de recepção de Meredith, muito mais silenciosa. Numa sala à sua direita, duas secretárias trabalhavam fora do horário, mas a recepcionista já havia ido embora. Na ponta do corredor da esquerda, a porta do escritório de Meredith estava aberta, e ele viu alguns homens e uma mulher sentados ao redor da mesa dela. Ao entrar na sala da secretária, notou que não havia nada na escrivaninha e que o computador tinha sido coberto, sinal de que a moça também tinha ido embora. Satisfeito com a oportunidade de observar Meredith trabalhando, tirou o sobretudo e encostou-se na escrivaninha, de onde podia ver o interior da outra sala, sem expor-se completamente, de modo que seria difícil alguém vê-lo.

Meredith olhou para a fatura que Gordon Mitchell, encarregado da compra e venda de vestidos e acessórios, entregara-lhe.

— Comprou trezentos dólares de botões dourados? — perguntou com um sorriso. — Por que está me mostrando a fatura? Claro que deve estar dentro do orçamento de seu departamento.

— Porque esses botões foram responsáveis pelo aumento da venda de vestidos e blusas durante a semana.

— Você comprou os botões e mandou pregá-los nas roupas, substituindo os originais?

— Isso mesmo — ele respondeu com ar de satisfação. — É uma loucura, mas tudo o que tem botões dourados está saindo.

Meredith fitou-o com expressão séria, evitando olhar para Theresa Bishop, a vice-presidente cujo trabalho era prever as tendências da moda.

— Não posso ficar tão satisfeita quanto você — informou. — Theresa nos disse, muito tempo atrás, assim que voltou da viagem a Nova York, que botões dourados iam entrar na moda, e você a ignorou. Deixamos de vender muita coisa por causa disso, mas talvez o prejuízo seja compensado, agora que você trocou os botões de plástico ou madrepérola por outros de metal dourado. Algo mais a relatar?

— Pouca coisa — Gordon resmungou.

Meredith estendeu o braço e pressionou uma tecla do computador que mostrava o movimento de vendas nas últimas quatro horas, localizando o departamento dele.

— A venda de acessórios aumentou cinquenta por cento, em relação ao mesmo dia do ano passado. Bom trabalho!

— Obrigado, senhora presidente — ele agradeceu com ironia.

— Parece que você contratou um novo gerente para o setor de acessórios e que ele admitiu um novo comprador de mercadoria. Estou certa?

— Perfeitamente. Aliás, como sempre.

— O que me diz da linha DKNY, de Donna Karan, cujos produtos você comprou em grandes quantidades?

— Ela está fazendo o maior sucesso, exatamente como previ.

— Bom. E o que pretende fazer com todas aquelas saias e blusas recatadas demais que comprou tempos atrás?

— Colocá-las em liquidação.

— Tudo bem — Meredith concordou, um tanto relutante. — Mande tirar nossa etiqueta daquelas coisas horríveis. Passei pelo terceiro andar, hoje, e vi blusas com a etiqueta da Bancroft's a um preço exagerado, oitenta e cinco dólares, quando não valem quarenta e cinco.

— Valem por causa do nome Bancroft's! — Gordon Mitchell argumentou. — Os clientes dão muito valor à nossa etiqueta, e não achei que fosse necessário lembrá-la disso.

— Não darão mais se continuarmos a grudá-la em mercadorias de mau gosto. Tire aquelas blusas do terceiro andar amanhã e coloque-as nos cabideiros de artigos em liquidação. Comprou aquelas bijuterias baratas?

— Comprei. Tem peças muito bonitas.

— Pode ser, mas deixe-as nos balcões próprios. Não quero vê-las misturadas com as bijuterias caras.

— Mas eu disse que tem peças bonitas — ele teimou. Meredith reclinou-se na cadeira e observou-o longamente.

— Gordon, por que estamos divergindo sobre o que a Bancroft's deve, ou não, vender? Você sempre foi rigoroso na questão de manter a alta qualidade das nossas mercadorias. E, de repente, começa a comprar coisas mais próprias de uma loja de departamentos de baixa categoria do que da nossa.

Como ele não se dignou a responder, Meredith inclinou-se abruptamente para a frente, deixando morrer o assunto, e virou-se para Paul Norman, gerente-geral do setor de artigos domésticos:

— Como sempre, seus departamentos estão com ótimo desempenho — elogiou-o, sorrindo. — A venda de eletrodomésticos e móveis subiu vinte e seis por cento, em comparação com a mesma semana, no ano passado.

— Vinte e sete — ele a corrigiu com um sorriso. — O computador acertou a porcentagem pouco antes de eu vir para cá.

— Bom trabalho — ela declarou com sinceridade, então riu, lembrando-se dos encartes publicitários que haviam colocado nos jornais, oferecendo aparelhos de som a preços extraordinariamente baixos. — Os eletrônicos estão saindo de nossas lojas como se tivessem pernas. Está querendo tirar a Highland Superstores do negócio?

— Eu adoraria isso.

— Eu também — ela admitiu, ficando séria ao correr o olhar pelo grupo reunido em volta da sua mesa. — Estamos indo bem em todos os lugares, menos em Nova Orleans. Deixamos de vender no dia em que houve o boato sobre uma bomba, e o movimento foi muito fraco nos quatro dias seguintes, naturalmente porque as pessoas ficaram com medo. — Virou-se para o vice-presidente de publicidade: — Poderíamos colocar mais comerciais nas emissoras de rádio de Nova Orleans, Pete?

— Não num horário que valesse a pena. Mas aumentamos a quantidade de publicidade impressa, e isso nos ajudará a recuperar um pouco do que perdemos.

— Bem, acho que por hoje é só — Meredith observou, sorrindo. — Ah, já ia me esquecendo. Estamos comprando o terreno para a loja de Houston, e acredito que começaremos a construção em junho. Bom fim de semana a todos.

Antes que executivos saíssem, Matt voltou para a área de recepção, sentou-se e pegou uma revista, fingindo que a lia, mas estava tão orgulhoso de Meredith, depois de vê-la conduzir a reunião, que não podia parar de sorrir. A única coisa que não aprovara fora seu modo de lidar com o executivo arrogante que bateu boca com ela. O homem devia ter sido tratado com mais severidade e colocado no seu devido lugar.

O grupo passou por ele e ninguém o olhou, pois todos falavam ao mesmo tempo, comentando a reunião e desejando um bom fim de semana uns aos outros. Matt pôs a revista no lugar, e caminhou para o escritório de Meredith, mas parou ao ver que dois homens ainda se encontravam lá. E ela não sorria, ao ouvir o que eles estavam dizendo.

Curioso, Matt colocou-se perto da escrivaninha da secretária, com o sobretudo no braço.

Sem perceber que já era bastante tarde, Meredith pegou o papel que Sam Green entregou-lhe. Era um demonstrativo da situação das ações da Bancroft & Company postas no mercado e que estavam sendo compradas regularmente e em número sempre maior, algo que nunca havia acontecido antes.

— O que você deduz disso? — Meredith perguntou.

— Odeio dizer, mas andei investigando, hoje, e há boatos na Wall Street de que alguém quer assumir o controle da nossa empresa.

Ela se esforçou para aparentar calma, mas por dentro estava apavorada com a ideia.

— Mas isso não faz sentido! — exclamou. — Que rede de lojas de departamentos, ou outra empresa qualquer, haveria de querer isso, quando estamos com dívidas até o pescoço por causa da expansão?

— Uma coisa é certa, Meredith. Não temos dinheiro pra entrar numa longa batalha contra essa tentativa de fusão.

— Eu sei, Sam. Mas essa tentativa não tem lógica no momento atual. Só pegariam uma montanha de débitos que teriam de pagar. — No entanto, ambos sabiam que, como investimento a longo prazo, a Bancroft & Company era bastante atraente. — Quando acha que vamos ficar sabendo quem está comprando nossas ações com tanto empenho?

— Dentro de algumas semanas, receberemos notificações de todos os corretores de ações que trabalham com transações individuais, mas só descobriremos a identidade de nosso comprador se ele tiver os certificados em seu nome. Se os certificados estiverem em poder dos corretores, nunca saberemos.

— Você poderia preparar uma lista dos novos acionistas cujos nomes conhecemos?

— Claro — respondeu Sam, saindo do escritório.

Meredith ficou sozinha com Mark Braden, com quem precisava discutir um assunto que exigia sigilo, de modo que se levantou para fechar a porta e olhou para o relógio de pulso, surpreendendo-se ao ver que eram 18:20. Quando ergueu o olhar, viu Matt na sala de Phyllis, e seu coração deu um salto, tomado de agitação.

— Faz muito tempo que está esperando? — perguntou, andando em sua direção.

— Não muito. Pode terminar o que está fazendo, Meredith. Eu espero.

Ela não disse nada por um momento, refletindo se havia motivo para não deixá-lo ouvir sua conversa com Mark Braden sobre Gordon Mitchell.

— Pode entrar — disse por fim. — E feche a porta, por favor. Matt entrou, e Meredith apresentou-o ao outro homem.

— Mark, você ouviu as explicações de Gordon e notou sua atitude — ela começou. — Ele está falando e agindo de maneira completamente diferente de uns tempos para cá. O que acha disso?

Mark lançou um olhar indeciso na direção de Matt, mas Meredith fez um gesto indicando que ele podia falar.

— Acho que ele está aceitando suborno.

— Você vive dizendo isso, mas onde estão as provas?

— Eu não tenho provas. Gordon não comprou veleiros, aviões nem imóveis. Tem uma amante, mas é coisa antiga. Não usa drogas, nem joga. Ele, a esposa e os filhos estão levando a vida que sempre levaram. Ou seja, nada indica que a renda dele tenha aumentado.

— Talvez ele seja inocente — comentou Meredith, sem acreditar no que dizia.

— Não. Ele é muito cauteloso e esperto, isso sim. Trabalha há muito tempo no ramo varejista, sabe como as coisas funcionam e como apagar as pistas — Mark argumentou. — Vou continuar investigando.

Despediu-se dos dois com um gesto de cabeça e saiu.

— Desculpe, Matt — Meredith pediu. — A reunião demorou mais tempo do que eu esperava.

— Gostei de ouvir — ele afirmou.

Meredith, que fechava a pasta de couro, olhou-o, surpresa.

— O que ouviu, exatamente?

— O que vocês disseram durante vinte minutos.

— Alguma pergunta a respeito? — ela gracejou, desviando os olhos dos dele, que pareciam cheios de ternura e a perturbavam.

— Uma. Por que está evitando me encarar? — Matt indagou, imaginando quando ela confiaria nele, quando pararia de fugir e se renderia. — Na verdade, tenho outra pergunta, Meredith. Gostaria de saber quando vai parar de fugir de mim.

— Quando você parar de me perseguir — ela respondeu com um olhar divertido.

— Acho que está começando a gostar dessa perseguição.

— Sempre gostei da sua companhia, Matt. Só não gosto dos motivos que você tem para me perseguir agora.

— Eu lhe disse quais são meus verdadeiros motivos.

Ela saiu do escritório e ele a acompanhou.

— Não gosto dos motivos que existem por trás desses motivos — insistiu Meredith quando atravessavam a área de recepção rumo aos elevadores.

— Não existe nenhum!

— Talvez, mas tem gente atrás de vocês — comentou uma voz masculina.

Os dois viraram-se e viram Mark Braden, que sorria, observando o casal.

Meredith entendeu que o chefe de segurança agira daquela maneira para alertá-los de que havia mais pessoas ouvindo. De fato, três secretárias caminhavam atrás dele, dirigindo-se à sala do café.

— Bom fim de semana a todos — ela desejou com um sorriso artificial, entrando com Matt no elevador que acabara de chegar.

No andar térreo, começaram a atravessar com dificuldade a multidão que ocupava todos os espaços. Em dado momento, Meredith parou junto de um dos balcões.

— Gostaria que conhecesse a sra. Millicent — disse a Matt. — Ela já se aposentou, mas vem nos ajudar na época do Natal. — Vai adorar te conhecer. Tem uma lista de todas as pessoas famosas que conheceu durante mais de vinte e cinco anos e em sua coleção tem muitos nomes de artistas de cinema.

— Não sou artista de cinema, Meredith.

— Não, mas é famoso e, além disso, namorou uma porção de celebridades, e ela vai achar que morreu e foi pro céu quando apertar sua mão.

Um tanto aborrecido pela observação de Meredith a respeito das mulheres com quem supostamente ele dormira, Matt acompanhou-a por um corredor largo, lotado de gente, entre duas fileiras de balcões de vidro.

Sua pasta bateu num traseiro volumoso, e ele ergueu-a, enganchando-a numa alça de bolsa, mas Meredith, com a prática que tinha de mover-se na loja, mesmo cheia, caminhava sem dificuldade à sua frente.

Enquanto ele soltava a pasta, a dona da bolsa virou-se e obviamente tomou-o por um batedor de carteiras, porque soltou um grito de susto.

— Minha pasta prendeu-se em sua bolsa, senhora — Matt explicou, encarando-a.

A mulher, que puxava a bolsa contra o corpo, soltou-a, arregalando os olhos de espanto.

— Você... você não é Matthew Farrell?

— Não — ele mentiu, afastando-se.

Meredith, parada junto de um balcão, olhou por cima do ombro e acenou para ele, indicando onde estava, antes de virar-se para a mulher com quem conversava.

Dos alto-falantes, saía a melodia de *Jingle Bells*, o sistema de chamados internos bimbalhava, mulheres falavam, gritavam e riam. Cada vez mais incomodado com o barulho, Matt suspirou, aliviado, quando se aproximou do balcão. Meredith apresentou-o a uma senhora que aparentava sessenta e poucos anos e que o olhava como que fascinada.

— Muito prazer — ele disse, apertando a mão que a mulher ofereceu-lhe.

— Meredith! — a sra. Millicent exclamou. — Ele lembra Cary Grant!

Pouco depois, os dois voltavam pelo mesmo caminho, tencionando chegar à porta, quando a cliente que confundira Matt com um ladrão viu-o e apontou em sua direção.

— Olhem! É Matthew Farrell, o marido de Meredith Bancroft! — a mulher anunciou aos gritos. — Ele já saiu com a Meg Ryan e a Michelle Pfeiffer!

— Pode me dar um autógrafo? — pediu uma jovem à direita de Matt, abrindo a bolsa e tirando uma caneta.

Ele pegou Meredith pelo braço e forçou passagem entre as pessoas que os cercavam, ignorando a moça.

— Eu é que não quero seu autógrafo, na verdade! — ouviu-a gritar com irritação. — Acabei de me lembrar que você teve um caso com uma atriz de filmes pornográficos!

Por fim, passou atrás de Meredith pelas portas giratórias e respirou, aliviado, o ar frio da noite.

— Não é o que você está pensando — declarou, notando que ela estava tensa. — Não costumam pedir meu autógrafo por aí. Mas nossas fotos saíram em todos os jornais, e nossa história agitou as pessoas.

Meredith lançou-lhe um olhar duvidoso e não disse nada.

A situação, no restaurante em frente, foi ainda pior do que na loja. Havia uma fila dupla de pessoas à espera de uma mesa, atravessando o saguão e chegando à rua.

— Acha que devemos esperar? — Meredith perguntou.

Antes que Matt pudesse abrir a boca para responder, o tumulto à volta deles começou.

— Você não é Meredith Bancroft? — uma mulher indagou, então se virou para Matt: — E você é Matthew Farrell!

— Não. A senhora está enganada — ele afirmou, pegando Meredith pelo braço e puxando-a quando começou a andar.

Foram para a garagem privativa da loja, desistindo do jantar.

— Vou pedir uma pizza por telefone — ela decidiu, parando ao lado do BMW.

Furioso com o destino cruel que fazia tudo aquilo com ele, Matt viu-a abrir a porta do carro e entrar.

— Meredith, eu nunca saí com nenhuma atriz pornográfica.

— Tirou um peso do meu coração — ela ironizou com um sorriso, virando a chave na ignição. — Mas acabei de me lembrar que Meg Ryan e Michelle Pfeiffer são loiras.

Matt notou que ela não estava zangada e suspirou, aliviado.

— Eu só conheço a Michelle Pfeiffer, e nunca vi a Meg Ryan pessoalmente.

— Não, mesmo? — replicou Meredith, fechando a porta. — A sra. Millicent me disse que ela fez um cruzeiro no seu iate.

— Fez, mas eu não estava junto.

# 46

COMERAM PIZZA, ACOMPANHADA DE VINHO, SENTADOS no chão, na frente da lareira. Não começaram a trabalhar logo em seguida, descansando um pouco, enquanto acabavam de tomar o vinho que ainda havia nas taças.

Matt observou Meredith disfarçadamente, adorando o modo como ela olhava para o fogo, abraçando seus joelhos flexionados. Ali estava uma mulher linda, cheia de contradições. Poucas semanas atrás, no baile da ópera, ele a vira descer a escadaria com majestosa pose de rainha. No escritório dela, aquela tarde, rodeada por seu pessoal, Meredith mostrara-se uma perfeita executiva. E ali, diante da lareira, usando jeans e um largo suéter de tricô em tom cru que lhe chegava quase aos joelhos, era a garota que ele conhecera 11 anos antes.

Viu-a sorrir, distraída.

— Qual é a graça, Meredith?

Ela olhou para ele e começou a rir.

— E então? Não vai responder? — Matt a pressionou.

— Estou rindo de você — ela confessou. — Você se atrapalhou todo pra passar pela multidão, lá na loja, e estava com cara de assustado quando me alcançou. Cary Grant, hein? A sra. Millicent deve estar caducando. Você se parece tanto com Cary Grant quanto uma pantera com um gato!

— Qual dos dois eu sou? — ele perguntou, rindo. — Não, não precisa responder. Sei que sou a pantera.

Deitou-se e cruzou as mãos sob a cabeça, sorrindo para o teto, contente com o que a vida lhe dera.

— Acho que devemos começar a trabalhar — ela sugeriu depois de um tempo. — Já são quinze pras nove.

Matt levantou-se com relutância, ajudou-a a fazer o mesmo e a levar para a cozinha o resto da pizza, a louça e os talheres. Retornando à sala, sentou-se no sofá junto à lareira e abriu a pasta que deixara lá, retirando um contrato de trinta páginas que precisava ler.

Meredith acomodou-se numa poltrona à sua frente com um maço de papéis na mão. A despeito de ter brincado com Matt, sentia-se inquieta com sua presença, pois aquele seu jeito descontraído e calmo não a enganava. Matt era uma pantera, esperando com paciência pelo momento de atacar a presa, um animal fascinante, perigoso e predador. E exercia sobre ela uma poderosa atração que aumentava a cada hora que passavam juntos.

Olhou-o por cima do papel que fingia ler. Ele dobrara as mangas da camisa até acima dos cotovelos, cruzara as pernas e colocara óculos de armação de metal dourado, que lhe davam um ar incrivelmente sensual.

Como se sentisse seu olhar, Matt fitou-a.

— Vista cansada — explicou, obviamente notando que ela olhava para seus óculos.

Voltou a ler, e Meredith percebeu, admirada, que ele era capaz de atingir instantaneamente um estado de profunda concentração. Olhando para o fogo, ela pensou no que Sam Green lhe dissera sobre a venda incomum de ações da Bancroft & Company. Em seguida, pegou-se recordando o alarme provocado pela ameaça de uma bomba na loja de Nova Orleans, e daí seu pensamento flutuou para o problema com Gordon Mitchell e depois para o telefonema de Parker, no dia anterior. O noivo anunciara que teria de conseguir de outro banco o empréstimo de que ela precisava, porque o seu não poderia atendê-la. Tudo isso ficou se repassando em sua mente, e os minutos foram se passando. Quinze, vinte, trinta.

— Quer falar sobre o que está perturbando você, Meredith? — perguntou Matt, arrancando-a das reflexões.

Ela ergueu os olhos e viu que ele pousara o contrato no colo.

— Não — respondeu automaticamente. — Não é nada. Pelo menos, nada que possa interessar a você.

— Pode falar — ele ofereceu calmamente.

Matt parecia tão competente, decidido e invencível, olhando para ela, que Meredith achou que seria bom ouvir o que ele teria a dizer sobre seus problemas.

— Estou com a estranha sensação de que alguma coisa terrível vai acontecer — admitiu em tom desanimado.

— Pode detectar o motivo dessa sensação?

— Pensei que fosse rir do que eu disse — ela comentou.

— Por quê? Você está pressentindo algo que inconscientemente já percebeu. Isso se chama instinto, e é bom segui-lo. Por outro lado, essa sensação pode ter sido provocada por estresse ou mesmo pelo fato de eu ter voltado à sua vida. Da outra vez, quando apareci em seu mundo, fiz dele um inferno. Talvez esteja com medo de que isso aconteça de novo.

Ela encolheu-se intimamente diante daquela precisa análise de seus sentimentos, mas não aceitou a ideia de que a volta dele fosse a causa de sua estranha inquietação a respeito de algo que poderia acontecer.

— Não acho que o motivo seja estresse, ou você. Mas não sei o que é que está me perturbando.

— Tente lembrar-se de quando isso começou. Quando foi que começou a se sentir vagamente inquieta, confusa, ou...

— Tenho me sentido assim durante quase todo o tempo, ultimamente — ela interrompeu-o, sorrindo.

Matt sorriu também.

— Espero que a causa seja eu — brincou. Então, continuou, já com ar compenetrado: — Estou falando da sensação de achar alguma coisa estranha, mesmo que pareça algo bom e promissor.

Meredith, de repente, lembrou-se de como se sentira quando o pai dissera que ela seria a presidente interina só porque Gordon Mitchell não aceitara o cargo. Disse isso a Matt, que ficou pensativo por alguns instantes.

— Era seu instinto, avisando-a de que a decisão de Mitchell havia sido imprevisível e insensata. Veja o que aconteceu desde então: ele passou a ser um executivo em quem você não pode mais confiar, que pode estar aceitando suborno. Além disso, o homem está violando os padrões de qualidade estabelecidos pela loja e se opondo a você abertamente nas reuniões.

— Tem muita fé nos seus instintos, não é?

Matt pensou em quanto estava apostando por acreditar no instinto que lhe dizia que Meredith ainda sentia alguma coisa por ele. Era como soprar as cinzas de uma fogueira extinta em busca de uma centelha que voltasse a acender um fogo brilhante. Se falhasse, sua derrota seria devastadora, porque ele contava desesperadamente com a vitória.

— Não faz ideia de como é grande essa fé — respondeu. Meredith ficou em silêncio por alguns instantes.

— Talvez a fonte dessa sensação de que vai acontecer um desastre seja mais fácil de localizar do que parece — comentou por fim. —

Uma ameaça de bomba na loja de Nova Orleans, na segunda-feira, reduziu o volume de vendas, e perdemos muito com isso. É nossa filial mais nova e está apenas começando a manter-se sozinha. Bem, se der prejuízo, no início, as outras lojas cobrirão a diferença, naturalmente.

— Então, por que está preocupada com isso?

— Porque expandimos o negócio tão depressa que o total das nossas dívidas é muito grande. Mas não tínhamos escolha. Ou íamos em frente e entrávamos na concorrência, ou nos tornávamos obsoletos. O problema é que não temos dinheiro disponível para cobrir o déficit se, de repente, houver uma baixa no lucro das outras lojas.

— Não poderia tomar dinheiro emprestado se isso acontecesse?

— Não seria fácil. Temos empréstimos pesados para pagar. Mas tem outra coisa me preocupando. Um número recorde de ações da Bancroft & Company está sendo vendido, todos os dias. Notei isso, lendo os jornais, mas achei que os investidores começavam a acreditar que nossas ações eram um bom investimento a longo prazo. E são, mas... — Meredith fez uma pausa, respirando fundo. — Sam Green, nosso advogado, chefe do departamento legal, acha que outra empresa as está comprando porque planeja assumir o controle. Ele tem contatos na Wall Street e soube que correm comentários sobre estarmos sofrendo uma tentativa de fusão. Parker ouviu algo a respeito, em outubro, mas não prestamos muita atenção no fato. Mas pode ser verdade. Saberemos os nomes dos compradores daqui a algumas semanas, mas isso não fará grande diferença. Se uma empresa quer manter uma tentativa dessa em segredo, não compra ações em seu nome. Você sabe como tudo isso é feito, não é?

Ele riu.

— Sem comentários.

— Uma empresa que você queria controlar, alguns meses atrás, pagou-lhe cinquenta milhões pra ser deixada em paz — ela observou. — Não temos dinheiro pra fazer o mesmo. Deus! Eu não suportaria ver a Bancroft's virar uma simples divisão de alguma grande corporação.

— Você pode tomar medidas para se proteger — declarou Matt.

— Eu sei, e a diretoria vem discutindo isso há anos, mas não fizeram nada até agora. — Inquieta, ela se levantou e foi atiçar o fogo.

— Essas são todas as suas preocupações, ou tem mais alguma coisa? — ele perguntou.

— Mais? — Ela deu uma risadinha sem alegria. — Infelizmente tem, mas tudo se resume nisto: estão acontecendo coisas que nunca aconteceram antes e que me deixam com essa sensação de estar à espera de uma catástrofe. Possibilidade de uma tentativa de fusão, bombas, e agora Parker dizendo que seu banco não pode nos emprestar dinheiro para a loja de Houston...

— Não pode, por quê?

— O Reynolds Mercantile está procurando dinheiro, não emprestando grandes somas a clientes já sobrecarregados de débitos, como nós. Eu não ficaria surpresa se o pobre Parker estivesse se preocupando com a possibilidade de não podermos pagar os empréstimos atuais.

— O "pobre" Parker está bem crescidinho e pode aguentar o tranco. Se ele emprestou mais dinheiro do que podia, a culpa é dele mesmo, mas tenho certeza de que ele vai dar um jeito de minimizar as próprias perdas — Matt replicou, irritado. Cada vez que ela falava em Parker, o ciúme o corroía como ácido. Com movimentos bruscos, tirou os óculos, guardou-o na pasta juntamente com o contrato e levantou-se.

— Você está precisando de uma boa noite de sono, Meredith.

Surpresa com seu tom áspero e por ver que ele se preparava para ir embora, ela se ergueu da poltrona.

— A que horas vamos nos reunir amanhã, para comemorar seu aniversário? — Matt indagou.

— Às sete e meia?

— Ótimo — ele aprovou, caminhando para a porta.

Parou no hall para vestir o paletó e o sobretudo, e Meredith o alcançou.

— Como amanhã é meu aniversário, gostaria de pedir um favor — ela disse, abrindo a porta.

— Que favor?

— Procure conversar com Parker. Vai ser péssimo se vocês dois ficarem mudos como peixes. Gostaria que se comportassem como fizeram na entrevista coletiva. Pode ser?

Mais aquela menção a Parker pôs o sangue de Matt em ebulição. Ele deu um passo na direção dela, parou e fitou-a nos olhos.

— Por falar em Parker, vocês ainda dormem juntos?

— O que quer dizer com isso? — ela perguntou, atônita.

— Presumo que andou dormindo com ele, porque é seu noivo, e pergunto se *ainda* está.

— Quem você pensa que é pra...

— Sou seu marido. — Por alguma razão, a solene gravidade com que ele disse aquilo perturbou Meredith, que sentiu o coração disparar desagradavelmente. — "Marido" é uma palavra bonita quando a gente se acostuma com ela — Matt observou com um leve sorriso.

— Não, não é — ela negou, mas não estava sendo sincera.

— Não é? Então, deixe-me ensinar-lhe uma ainda mais feia. Se continuar dormindo com Reynolds, estará cometendo *adultério*.

Ele soltou a pasta no chão e, agarrando Meredith pelos ombros, beijou-a com aspereza. Suavizou o beijo, por fim, e, quando o interrompeu, correu os lábios pelo rosto aveludado numa carícia sensual que a fez arrepiar-se.

— Eu sei que você quer me beijar — murmurou em tom rouco.

— Não...

— Quer, sim. Por que não se dá esse prazer? Estou aqui, disponível, louco para satisfazer o seu desejo.

Meredith percebeu que sua raiva dissipara-se sob a força das sugestões provocantes, deixando no lugar uma absurda vontade de rir. E de beijar Matt até que ambos ficassem sem fôlego.

— Se eu morrer num acidente, no caminho pra minha casa, você ficará com remorso por não ter me beijado — ele a pressionou em tom dramático.

Ela tentou encontrar algo engraçado para dizer, mas não teve tempo, porque Matt voltou a beijá-la, dessa vez mais avidamente, pressionando-a contra o corpo, forçando uma coxa entre as dela. Dominada pelo contato da língua em sua boca, dos músculos rijos em sua carne, rendeu-se, admitindo a derrota vergonhosa. Começou a acariciar-lhe o peito largo, retribuindo o beijo com o desespero da paixão.

Sentindo que ela se entregava, Matt tornou-se mais exigente, beijando-a tão profundamente que parecia querer devorá-la.

Meredith, porém, ainda não perdera totalmente a lucidez. Refreando o desejo que ameaçava levá-la a fazer loucuras, afastou a boca com um movimento repentino e soltou-se do abraço. Recuou, ofegante, cerrando os punhos, com raiva de si mesma.

— Como pode *pensar* em dormir com Reynolds se é capaz de me beijar desse jeito? — Matt perguntou, em tom acusador.

— Você quebrou sua promessa de se comportar! — ela revidou, furiosa.

— Não. Não tentei te levar pra cama. Só beijei você — ele argumentou, saindo.

Contendo a vontade de bater a porta com violência, Meredith fechou-a e encostou-se nela, angustiada. Como podia ser tão fraca? Depois da proposta indecorosa que ele a obrigara a aceitar, ela ainda encontrava dificuldade em resistir a seu charme!

Desprezando a si mesma, começou a andar de volta para o sofá. Parou para olhar para a foto de Parker. Ele era bonito, equilibrado, decente e amoroso. Dissera centenas de vezes que a amava, enquanto Matt nunca pronunciara uma só palavra de amor. Mas isso a impediria de perder o orgulho, o respeito próprio, de render-se ao fascínio de Matthew Farrell? Ao que tudo indicava, não.

Stuart afirmara que Matt não desejava magoá-la. Ela estava inclinada a acreditar, mesmo naquele instante, sacudida por emoções que não conseguia controlar. Matt correra para ajudá-la, no dia anterior, quando a história do falso divórcio viera à tona, e ela sentia que, por razões incompreensíveis, ele de fato a queria de volta. Era isso que machucava. Ela não podia voltar. Mulherengo e imprevisível, Matt tornaria a partir seu coração.

Sentando-se no sofá, escondeu o rosto nas mãos. Não... ele não queria magoá-la. Queria protegê-la. Moveu céus e terra para ajudá-la a sair da confusão criada pela imprensa, deu força durante a entrevista. Por um instante, ela acalentou a ideia insensata de chamá-lo e implorar sua compreensão, pedir que desaparecesse de sua vida, que a deixasse seguir o caminho que já traçara, fazê-lo ver que ele não a amava, que estava movido pelo desejo de conquista, que tudo não passava de uma obsessão passageira.

Mas seria perda de tempo. Ela já dissera tudo aquilo, mas fora em vão. Matt pretendia lutar até o fim e sair vitorioso.

Erguendo a cabeça, olhou para o fogo, lembrando que ele lhe prometera o paraíso, declarando que gostaria de ter seis filhos, mas que se contentaria com um. Um súbito pensamento cruzou-lhe a mente. Se ela dissesse que não podia ter filhos, talvez Matt desistisse de suas ideias loucas. No momento em que chegou a essa conclusão, sentiu o coração apertar-se dolorosamente, reconhecendo que não queria que ele desistisse.

— Maldito! — exclamou numa explosão de desespero. — Maldito seja por me deixar outra vez tão vulnerável ao sofrimento!

Não conseguia acreditar que ele desejasse de fato uma família. O que o poderoso Matthew Farrell queria era experimentar o sabor da novidade que seria morar com ela por algum tempo. Ficaria entediado em poucos dias. Perderia o interesse sexual por ela. Como perdera por todas as mulheres, lindas, famosas e cobiçadas com quem dormira.

Ela era sexualmente reprimida, inepta, e sabia muito bem disso. Depois do divórcio, levara dois anos para recuperar um pouco da autoestima para voltar a sentir algum desejo. Lisa tinha dito que o melhor remédio seria dormir com um homem, e ela tentara. Fora para a cama com um campeão de atletismo da universidade, que a perseguira durante dois meses, e a experiência fora desastrosa. Ele arquejava demais e seu modo de apalpá-la deixou-a revoltada. Ela se mostrou reticente e sem habilidade para fazer sexo, o que o irritara. Ainda se lembrava das palavras do atleta para incentivá-la, mandando-a mexer-se, fazer alguma coisa, chamando-a de fria. Quando ele tentou consumar o ato, ela começou a lutar, saiu da cama, pegou as roupas e saiu correndo. Então, decidiu que não precisava, não gostava de sexo.

Parker fora seu único amante depois daquilo. Era terno, delicado, não exigia nada, mas também se decepcionava com seu desempenho. Nunca a criticara de modo claro, mas ela sentia que não o satisfazia completamente.

Deitando-se no sofá, Meredith ficou encarando o teto, recusando-se a derramar as lágrimas que lhe apertavam a garganta. Parker nunca a deixaria tão infeliz. Apenas Matt tinha o poder de causar-lhe sofrimento e, apesar disso, ela o queria.

Essa verdade atingiu-a sem aviso, inaceitável, aterradora. Inegável.

Em poucos dias, Matt levara-a à capitulação mais completa e humilhante. Por fim, lágrimas de vergonha e desamparo rolaram de seus olhos. Ele nem precisava dizer que a amava para fazê-la desejar jogar fora todos os planos que fizera para a vida.

No outro lado da sala, o antigo relógio de carrilhão deu a primeira badalada das 22 horas. Para Meredith, marcava o fim da serenidade.

Matt manobrou rapidamente para ultrapassar dois caminhões que bloqueavam seu lado da rua e estendeu a mão para o telefone. O relógio no painel acusava 22 horas, mas ele não hesitou em fazer a ligação.

Peter Vanderwild atendeu ao segundo toque, parecendo espantado mas honrado com a chamada do chefe àquela hora da noite.

— Minha viagem à Filadélfia foi um completo sucesso — contou, assumindo que fora para perguntar sobre isso que Matt ligara.

— O assunto é outro. Acha que poderia ter havido um vazamento de informação a respeito de nós estarmos comprando ações da Bancroft's? Um vazamento que pudesse provocar rumores na Walll Street sobre uma tentativa de fusão?

— De modo algum, senhor. Tomei todas as precauções para ocultar nossa identidade. Mas está havendo uma grande demanda dessas ações, que estão subindo de preço. — Então, acho que há outro apostador nesse jogo.

— Descubra quem é!

— Alguma outra empresa estaria querendo assumir o controle da Bancroft's? Também já pensei nisso, então me perguntei por quê. É um péssimo investimento, agora, a menos que haja algum interesse pessoal, como no seu caso.

— Peter, não meta o nariz em meus assuntos particulares — Matt alertou. — Caso contrário, terá de procurar outro emprego.

— Eu não quis... É que tenho lido os jornais e... Desculpe, senhor.

— Tudo bem. Comece a averiguar os rumores de que lhe falei. Procure saber se há outro jogador e, se houver, descubra quem é.

O luxuoso navio subia e descia suavemente, levado pelas ondas do Atlântico, num movimento que Philip Bancroft considerava a coisa mais tediosa que já tivera de suportar. Sentado à mesa do capitão, entre a esposa de um senador e um texano dono de poços de petróleo, ouvia com fingido interesse o que a mulher lhe dizia.

— Devemos aportar depois de amanhã, no fim da tarde — ela comentou em dado momento. — Está gostando do cruzeiro, até agora?

— Imensamente — ele mentiu, lançando um olhar disfarçado para o relógio de pulso.

Eram 22 horas, em Chicago. Ele podia estar em casa, assistindo ao noticiário, ou no clube, jogando cartas, e não naquele hotel flutuante onde se sentia um prisioneiro.

— Visitará amigos enquanto estivermos na Itália? — ela perguntou.

— Eu não tenho amigos lá — Philip respondeu.

Apesar do tédio, sentia-se melhor e mais forte a cada dia. O médico estava certo ao dizer que tudo o que ele precisava era afastar-se por uns tempos das preocupações e do trabalho.

— Nenhum? — a esposa do senador persistiu, tentando corajosamente manter a conversação.

— Não. Só uma ex-esposa — ele explicou, distraído.

— E não vai visitá-la?

— Não.

De repente, Philip ficou imóvel, chocado por ter mencionado a mulher de quem nunca falava, que expulsara de sua casa e de sua vida tantos anos atrás. Aquele descanso forçado estava anuviando seu cérebro.

# 47

MEREDITH FICARA APREENSIVA QUANDO MATT DECIDIRA que ele e Lisa participariam da comemoração de seu aniversário com ela e Parker. Mas, quando o noivo e a amiga chegaram em seu apartamento, um logo depois do outro, estavam tão animados que sua preocupação diminuiu.

— Feliz aniversário, Meredith! — Lisa abraçou-a com força e entregou-lhe uma caixa lindamente embrulhada.

— Feliz aniversário, querida — Parker ecoou, beijando-a no rosto e dando-lhe um pacotinho oval, bastante pesado. — Farrell ainda não chegou?

— Não. Ah, abri uma garrafa de vinho e estava arrumando salgadinhos numa bandeja, quando vocês chegaram.

— Pode deixar que eu acabo de arrumar e trago tudo pra cá — Lisa ofereceu-se. — Estou morrendo de fome.

Foi para a cozinha, rodeada por uma nuvem de flutuante crepe cor de ameixa.

— Por que ela tem de se vestir de modo tão espalhafatoso? — Parker censurou quando Lisa desapareceu. — Por que não pode se vestir como todo mundo?

— Porque ela é uma pessoa especial — respondeu Meredith com um sorriso. — E a maioria dos homens acha Lisa deslumbrante.

— Eu, não. Gosto do jeito como *você* se veste — ele declarou, examinando o vestido de veludo vermelho sem alças, complementado por um bolero curto do mesmo tecido. — Por que não abre meu presente enquanto Farrell não chega?

Uma caixinha azul apareceu quando Meredith retirou o papel prateado. Ela abriu-a e viu uma linda pulseira de safiras e brilhantes.

— É maravilhosa — murmurou, acariciando com a ponta de um dedo a joia em seu ninho de cetim.

No mesmo instante, sentiu lágrimas nos olhos e uma estranha sensação de aperto no estômago, porque ela havia acabado de descobrir que não podia ficar com Parker, nem com a pulseira. Traíra o noivo, não só indo para a cama com Matt, como também no coração e no pensamento, dominada pela obsessão que conhecera 11 anos atrás e que voltara a atormentá-la. Obrigando-se a erguer a cabeça e fitar Parker nos olhos, estendeu a caixa para ele.

— É maravilhosa, mas... não posso aceitar — disse com voz sufocada.

— Por quê? — Parker fez uma pausa. — Eu sei a resposta. Farrell venceu.

— Não completamente. Mas, aconteça o que acontecer entre mim e Matt, não posso me casar com você. Você não merece uma mulher que não consegue controlar os sentimentos por outro homem.

Ele ficou em silêncio por longos instantes.

— Farrell sabe que você ia romper o noivado? — perguntou por fim.

— Não! E não quero que saiba que rompi. Isso faria com que ele ficasse ainda mais persistente.

Parker tirou a pulseira da caixa e prendeu-a ao redor do pulso dela.

— Não vou desistir — declarou com um sorriso triste. — Vou tomar isso como um pequeno revés. Nem imagina como odeio aquele miserável!

O interfone soou, Parker ergueu os olhos e viu Lisa parada no vão da porta da cozinha com uma bandeja nas mãos.

— Há quanto tempo está aí, espionando? — ele perguntou com grosseria, enquanto Meredith ia atender o interfone.

— Não muito — Lisa respondeu em tom calmo, entrando na sala.

— Quer uma taça de vinho?

— Uma taça? Não. Preciso de uma garrafa inteira.

Lisa pousou a bandeja na mesinha de centro e pegou uma taça, que levou para ele, fitando-o com um brilho diferente nos olhos.

Meredith foi abrir a porta e Matt entrou pouco depois, dando-lhe a impressão de que dominava a tudo e todos com a força de sua presença.

— Feliz aniversário, Meredith — ele desejou, sorrindo. — Você está linda — elogiou, olhando-a dos cabelos presos num coque frouxo até os sapatos vermelhos.

— Obrigada — ela agradeceu num fio de voz, contendo o desejo de dizer que ele também estava esplêndido, com aquele terno cinza, colete, camisa branca e gravata cinza-pérola.

— Oi, Matt! — Lisa cumprimentou-o alegremente, com a óbvia intenção de desanuviar a atmosfera. — Hoje você está com mais aparência de banqueiro do que Parker.

— Não, não sou membro da Phi Beta Kappa — Matt brincou, estendendo, relutante, a mão para Parker.

— Lisa odeia banqueiros — Parker comentou, apertando-lhe a mão com igual relutância.

Então, foi até a mesinha e tornou a encher a taça com vinho, que tomou de uma só vez. Só então se virou novamente para o grupo.

— Bem, Farrell, hoje é aniversário de Meredith. Onde está seu presente? — indagou com uma falta de educação que não era de seu feitio.

— Não trouxe.

— Esqueceu de comprar, não é?

— Eu disse que não trouxe.

— Acho melhor sairmos — sugeriu Lisa com uma risada.

Meredith lançou-lhe um olhar de gratidão. Num lugar público, os dois homens teriam de controlar-se.

— Meredith vai receber meu presente mais tarde — Matt explicou em tom claramente provocante.

A limusine os aguardava diante do prédio, e Joe abriu a porta traseira. Lisa entrou primeiro, seguida de Meredith, e as duas ocuparam o assento de trás, não deixando aos homens alternativa a não ser acomodarem-se no banco virado para o delas. De todos os ocupantes do luxuoso veículo, apenas Joe O'Hara não parecia tenso.

Duas garrafas de Dom Pérignon aninhavam-se em baldes de prata, no aparador do pequeno armário de bebidas.

— Vamos tomar champanhe? — propôs Lisa. — Eu adoraria... — interrompeu-se quando a limusine atirou-se para o meio da rua com um movimento tão brusco que a jogou contra o encosto.

Pouco depois, entravam na via expressa, e Joe abriu caminho no trânsito, desviando-se dos outros carros em velocidade incompatível com o local e o horário, passando de uma faixa para outra.

— Jesus Cristo! — exclamou Parker, agarrando-se no braço do assento. — Esse motorista é louco?

— Não. E é muito competente — respondeu Matt, erguendo a voz para se fazer ouvir acima das buzinadas furiosas dos carros ameaçados pela limusine. — Tirou a garrafa de champanhe de um dos baldes e abriu-a. — Feliz trigésimo aniversário, Meredith — entoou, entregando a ela a primeira taça. — Lamento ter perdido onze anos iguais a este.

— Meredith fica enjoada quando toma champanhe — Parker avisou, virando-se para ela com um sorriso íntimo. — Lembra-se daquela vez que enjoou, no aniversário de casamento dos Remington?

— Só fiquei tonta, não enjoada — Meredith corrigiu, nada satisfeita com o assunto.

— Muito tonta — o banqueiro insistiu. — Tive de ficar com você na sacada, congelando ao vento, porque tirei meu paletó para pôr em suas costas. Depois, Stan e Milly Mayfield juntaram-se a nós, fizemos uma tenda com nossos agasalhos e ficamos lá fora. — Olhou para Matt com fria altivez e perguntou: — Você conhece os Mayfield?

— Não — respondeu Matt, entregando uma taça a Lisa.

— Claro que não. Os dois são amigos meus e de Meredith há muito tempo — Parker informou, com a clara intenção de deixá-lo constrangido.

Meredith mudou rapidamente de assunto, ajudada por Lisa. Parker tomou quatro taças de champanhe e deu um jeito de contar mais duas histórias sobre pessoas da alta sociedade.

O restaurante que Matt escolhera era encantador, e Meredith, que nunca estivera lá, nem sabia de sua existência, adorou-o logo que entrou. Decorado como um bar inglês, com vidraças lavradas e painéis de madeira nas paredes, o Manchester House possuía um enorme salão de estar que ocupava toda a parte do fundo. As salas de jantar, alinhadas dos dois lados do saguão central, eram pequenas e aconchegantes, separadas umas das outras e do saguão por treliças cobertas de hera. A julgar pelo movimento, pelos risos alegres e brindes ao Natal, havia muita gente divertindo-se.

Os quatro foram levados pelo maître até o salão de estar, onde esperariam que a mesa reservada ficasse livre, pois haviam chegado cedo.

— De jeito nenhum eu escolheria um lugar desses para comemorar o aniversário de Meredith — Parker observou em tom de escárnio, sentando-se numa poltrona.

— Eu também não — replicou Matt, contendo a irritação por amor a Meredith. — Mas, para comermos em paz, tive de escolher um lugar meio escuro e um tanto afastado da cidade.

— Vai ser divertido, Parker — Meredith afirmou, deliciada com a atmosfera inglesa e a música tocada por uma banda.

— A música é boa — comentou Lisa, ecoando seus pensamentos. Então, arregalou os olhos, incrédula, ao ver Joe entrar no salão e aboletar-se numa das banquetas do bar. — Matt! Seu motorista resolveu fugir do frio e vir tomar um drinque — observou, rindo.

— Joe só toma Coca-Cola quando está trabalhando — ele afirmou.

Meredith não viu necessidade de dizer à amiga que o motorista era também guarda-costas de Matt.

Instantes depois, um garçom apareceu para anotar os pedidos de bebidas.

— Só isso, pessoal? — ele perguntou informalmente e, depois de receber uma resposta afirmativa, afastou-se.

O garçom caminhou para o bar e entregava o papel ao barman quando um homem baixinho, usando um enorme sobretudo, o abordou.

— Ei, cara, o que acha de ganhar cem pratas, fácil, fácil?

O garçom girou nos calcanhares.

— Como?

— Apenas me deixe ficar atrás de uma daquelas treliças por alguns minutos.

— Por quê?

— Vocês têm gente importante aqui, hoje à noite, e tenho uma câmera embaixo do sobretudo.

O homem estendeu ao garçom a credencial de repórter de um conhecido jornal especializado em fofocas, juntamente com uma nota de 100 dólares.

— Não deixe que o vejam — o garçom ordenou, pegando a nota disfarçadamente.

O proprietário do Manchester House parou junto à mesa do maître, no saguão de entrada, ergueu o telefone e discou o número da casa de Noel Jaffe, que fazia comentários sobre restaurantes em sua coluna de jornal.

— Noel, aqui é Alex, do Manchester House — identificou-se, virando as costas para a porta para não ser ouvido por um grupo que acabava de chegar. — Você lembra de que eu disse que algum dia pagaria a você pela ótima avaliação que fez do meu restaurante? Chegou a hora. Adivinhe quem está aqui. Meredith Bancroft, Matthew Farrell e Parker Reynolds.

— Está brincando! — Noel Jaffe riu. — Talvez sejam mesmo uma pequena família unida, como fizeram crer, na entrevista coletiva.

— Hoje, isso não parece ser verdade. O noivo está com uma carranca dos diabos e já bebeu bastante.

— Já estou indo pra aí com um fotógrafo. Separa uma mesa que a gente consiga ver, mas não ser vistos.

— Tudo bem. E não esqueça. Quando fizer o artigo, escreve o nome do restaurante corretamente e coloca o endereço.

Alex desligou, e estava tão entusiasmado com a ideia de conseguir publicidade grátis e de poder mostrar a Chicago que seu estabelecimento era procurado por gente rica e famosa que ligou também para emissoras de rádio e de televisão.

Meredith notou que Parker estava bebendo demais e muito rápido. Isso não seria tão grave se ele não insistisse em continuar com as recordações de coisas que fizera com ela. E se Matt não estivesse ficando zangado.

Matt não estava ficando zangado. Já se encontrava furioso com o evidente empenho de Parker em deixar claro que ele era socialmente inferior, apesar de todo o dinheiro que tinha. O banqueiro desenterrara até histórias do tempo em que Meredith era adolescente, como aquela em que, no baile de encerramento de um curso de boas maneiras, ela deixara cair a bolsa e um colar.

Meredith levantou-se abruptamente quando Parker começou a contar que ele e ela haviam trabalhado juntos num leilão beneficente.

— Vou ao toalete — anunciou, interrompendo-o.

— Eu também vou — disse Lisa.

Quando entraram no espaçoso toalete, Meredith andou até a pia e, apoiando as mãos no tampo de granito, curvou a cabeça, sentindo-se completamente infeliz.

— Não aguento mais — lamentou-se. — Nunca imaginei que seria tão ruim.

— Quer que eu finja que estou passando mal para obrigá-los a nos levar pra casa? — a amiga prontificou-se, inclinando-se para o espelho com um batom na mão.

— Parker pouco se importaria, mesmo que nós duas desmaiássemos a seus pés — observou Meredith, irritada. — Está ocupado demais, fazendo tudo o que pode para arrastar Matt para uma briga.

Lisa parou de aplicar o batom e olhou-a de esguelha.

— Matt está provocando.

— Como? Ele nem abre a boca!

— Pois é. Quer provocação maior? Fica sentado, observando Parker como se olhasse um palhaço num picadeiro. Parker não está acostumado a perder e perdeu você!

E Matt tripudia sobre ele, mesmo calado, porque sabe que será o vencedor.

— Não entendo você! — Meredith declarou, zangada. — Sempre criticou Parker quando ele agia certo, e agora que está errado, falando bobagens e bêbado, você toma o partido dele? E Matt não vai ser vencedor coisa nenhuma. Olhe, não se iluda com aquele jeito impassível. Matt está furioso porque Parker tenta fazê-lo sentir-se um pária da sociedade.

— Quem não entende você sou eu, Meredith. Percebeu tudo o que disse? Como pôde sequer pensar em casar com um homem por quem não sente nem simpatia? Não gosta de Parker, nem um pouquinho.

Pouco depois, as duas saíram do toalete, e Matt, que já fora avisado que a mesa estava liberada, levantou-se, observando-as atravessar o salão lotado.

Parker imitou-o, sem muita firmeza nas pernas. Parara de contar coisas sobre ele e Meredith e começara a crivar Matt de perguntas sobre suas origens.

— Que universidade frequentou, Farrell?

— Estadual de Indiana.

— Eu fui pra Princeton.

— E daí?

— Praticava algum esporte?

— Não.

— Fazia o que, então? — Parker insistiu.

— Trabalhava.

— Onde?

— Numa usina de aço e como mecânico.

— Eu jogava pólo e pratiquei um pouco de boxe. Ah, sabia que o primeiro homem que beijou Meredith fui eu?

— E eu tirei a virgindade dela — Matt informou, olhando para Meredith e Lisa, que se aproximavam.

— Seu filho da puta! — Parker rosnou, erguendo um braço e fechando o punho, jogando-se contra ele para socá-lo.

Matt percebeu a tempo de evitar o soco. Reagindo automaticamente, ergueu o braço esquerdo e o golpeou com a mão direita.

Um verdadeiro pandemônio começou. Homens levantaram-se rapidamente, derrubando cadeiras, mulheres gritaram, Parker esparramou-se no chão e luzes brancas de flashes espocaram. Lisa xingou Matt de cafajeste e deu-lhe um soco no olho, enquanto Meredith curvava-se para ajudar Parker a levantar. Matt recuou ao ser golpeado, bateu com o cotovelo em algo atrás dele, e Meredith gritou. Joe correu para eles, abrindo caminho entre as pessoas que fugiam, enquanto Matt segurava Lisa pelos pulsos, com apenas uma das mãos. Fotógrafos apareceram de todos os lados.

Com a mão livre, Matt afastou Meredith de Parker e empurrou-a para Joe, que os alcançara.

— Tire-a daqui! — ordenou, tentando protegê-la, colocando-se entre ela e as câmeras. — Leve-a para casa.

De repente, Meredith viu-se erguida do chão e carregada para a cozinha.

— Tem uma saída pelos fundos — Joe explicou, ofegante, passando entre cozinheiros e ajudantes que os olhavam, atônitos.

Abriu a porta dos fundos com um dos ombros, percorreu a passagem que rodeava o prédio e, chegando ao estacionamento, abriu a porta da limusine e jogou Meredith para dentro, no chão carpetado.

— Fique abaixada — recomendou, batendo a porta e correndo para a do motorista.

550

Achando que aquilo não podia ser real, ela ficou olhando para o carpete azul-escuro a poucos centímetros de seu rosto. Recusando-se a fazer papel de covarde, tentou sentar-se no banco, mas nesse instante o veículo disparou para fora do estacionamento e virou a esquina em duas rodas, jogando-a novamente no chão.

As luzes da rua passavam num torvelinho, e logo ela descobriu que não estavam fazendo a volta para retornar ao restaurante e pegar Lisa.

Desajeitadamente, subiu no banco que ficava de costas para o do motorista, tencionando mandar o demente empregado de Matt voltar, e mais devagar.

— Por favor, Joe...

Mas, ou ele estava ocupado demais, quebrando os limites de velocidade e as regras de trânsito, ou não podia ouvi-la no barulho infernal de buzinas provocado por sua maneira imprudente de dirigir.

Meredith ajoelhou-se no banco e debruçou-se no encosto, passando a cabeça pela janelinha de conexão.

— Joe! Por favor, estou com medo!

— Não se preocupe, sra. Farrell — ele respondeu, olhando-a pelo espelho retrovisor. — Não vão nos pegar e, mesmo que nos alcancem, tudo bem também, porque estou preparado.

— Preparado?

— É. Tenho um pacote embaixo do braço.

— Como? Não estou vendo nada!

Joe deu uma gargalhada e, virando-se meio de lado, abriu o paletó.

Meredith, horrorizada, viu a coronha de uma arma num coldre preso a uma correia que cruzava o ombro dele.

— Ai, meu Deus! — murmurou, sentando-se no banco, voltando a pensar em Lisa, preocupada com o que poderia ter-lhe acontecido.

Quanto a Matt e Parker, até seria bom que passassem a noite na cadeia. Ela viu que Parker fora o primeiro a atacar, mas Matt não era menos culpado. Estava sóbrio, desviara-se do golpe, então por que tivera de socar o outro, criando tal confusão? E Lisa também agira de modo incompreensível, virando-se contra Matt em defesa de Parker, a quem sempre desprezara. Recordando a cena toda, Meredith teria rido se não estivesse tão desgostosa com todos eles, que se haviam portado como reles arruaceiros. Não tinha visto se a amiga acertara Matt quando armara o soco, porque se abaixara para ajudar Parker a levantar-se e, ao erguer-se, fora atingida no olho pelo cotovelo de Matt. Lembrando-se daquilo, percebeu que sentia algo estranho ao redor do olho e apalpou-o, notando que havia um inchaço.

Mergulhada em pensamentos, deu um salto quando o telefone tocou, um som que parecia deslocado na limusine em alta velocidade, dirigida por um sujeito que podia ter sido um mafioso.

— Para a senhora — Joe anunciou, depois de atender no aparelho do painel. — É Matt. Saíram do restaurante sem problemas e estão todos bem.

Meredith tirou o telefone do suporte ao lado do banco e levou-o ao ouvido.

— Joe disse que você está bem — Matt começou. — Peguei seu casaco e...

Meredith não ouviu o resto. Recolocou o aparelho no suporte, com um sorriso de vingativa satisfação.

Dez minutos depois, Joe brecou a limusine com um solavanco violento diante do prédio dela. Saiu e abriu a porta de trás com um sorriso, indiferente ao fato de quase ter matado Meredith de susto durante todo o percurso.

— Chegou, sra. Farrell. Sã e salva.

Ela pensou em dar-lhe um soco no nariz, mas trinta anos de educação e treinamento social foram mais fortes, fazendo-a desistir da ideia. Saiu do carro, sentindo as pernas bambas e trêmulas.

— Boa noite, Joe — despediu-se polidamente. — Obrigada.

Ele insistiu em acompanhá-la até o saguão e, quando entraram, Meredith notou que todos, o segurança, o porteiro, moradores que saíam dos elevadores, olhavam-na com espanto e curiosidade.

— Bo-boa noite, srta. Bancroft — gaguejou o segurança, fitando-a boquiaberto.

Meredith deduziu que sua aparência não devia ser das melhores, mas, orgulhosamente, ergueu o queixo.

— Boa noite, Terry — respondeu, puxando o braço, que Joe segurava de modo protetor.

Instantes depois, porém, quando abriu a porta do apartamento e olhou-se no espelho do pequeno hall, estacou, atônita. Então, começou a rir, de pura tensão. Parte dos cabelos soltara-se do coque e pendia de um lado em total desalinho. O bolero, repuxado para trás, estava todo amassado, e o olho inchado ainda não ficara roxo por pura sorte.

— Você está linda — ironizou, falando com seu reflexo.

— Preciso ir para casa — declarou Parker, esfregando o queixo dolorido. — É tarde, e você...

— Sua casa deve estar rodeada de repórteres — observou Lisa. — Acho melhor passar a noite aqui.

Foi para a cozinha e voltou pouco depois com uma segunda xícara de chá, que entregou a ele.

— E Meredith? — o banqueiro perguntou.

Lisa sentiu um aperto no coração ao vê-lo tão preocupado com uma mulher que não o amava e nunca amaria.

— Parker, seu noivado acabou.

— Eu sei.

— Não é o fim do mundo — Lisa lhe assegurou, sentando-se ao lado dele no sofá. — Seu relacionamento com Meredith era... confortável. Você sabe o que acontece com esse conforto depois de alguns anos?

Ele olhou para ela, notando, pela primeira vez, que os cabelos avermelhados ficavam magníficos ao serem banhados pela luz.

— Não — respondeu.

— O conforto vira tédio.

Sem dizer nada, Parker tomou o chá e colocou a xícara na mesinha. Então, olhou em volta, observando a sala, porque, de modo estranho, relutava em encarar Lisa. A decoração do aposento era surpreendente, misturando estilo moderno com antigo. Havia uma máscara asteca na parede, acima de um pedestal espelhado de arrojadas linhas atuais, que ficava junto de uma poltrona de couro cor de pêssego. O espelho acima da lareira era em estilo americano moderno, as estatuetas de porcelana no aparador eram inglesas. O ambiente refletia a personalidade de Lisa, versátil, ousada, perturbadora.

Parker levantou-se e aproximou-se da lareira para examinar as estatuetas mais de perto.

— São lindas — comentou com sinceridade. — Do século dezessete, não?

— Isso mesmo — Lisa respondeu.

Ele voltou e parou diante dela, fitando-a, mas evitando olhar para o decote do vestido cor de ameixa.

— Por que você esmurrou Farrell? — perguntou.

Lisa levantou-se depressa e pegou a xícara.

— Não sei — mentiu com a voz trêmula.

Durante muito tempo e sem esperança, desejara vê-lo ali, em seu apartamento. Seu desejo realizara-se, causando-lhe uma emoção que precisava esconder.

— Lisa, você não me suporta, mas foi me ajudar — ele persistiu.

— Por quê?

Engolindo em seco, ela imaginou se devia dizer a verdade, mas sabia que Parker não esperava e certamente não queria ouvi-la declarar que o amava.

— Por que acha que não suporto você? — perguntou baixinho.

— Você só pode estar de brincadeira! Sempre fez a maior questão de deixar claro que menospreza a mim e minha profissão.

— Ah, provocação pura — ela explicou, desviando o olhar dos penetrantes olhos azuis. — Foi para a cozinha, surpreendendo-se quando Parker a seguiu.

— Por que, Lisa?

— Por que eu sempre provoquei você daquele jeito?

— Não, estava me referindo ao que fez contra Farrell, hoje, mas pode começar pela "provocação".

Ela deu de ombros, começando a lavar os utensílios que usara para o chá. Tinha duas opções: blefar, inventando qualquer coisa, mas isso dificilmente funcionaria com um homem inteligente como Parker, ou contar-lhe a verdade, desse no que desse. Decidiu ser sincera. Como fazia muito tempo que o amava, sem nenhuma esperança, ele não poderia partir seu coração se a rejeitasse. Apenas feriria seu orgulho.

— Você se lembra de quando tinha dez, onze anos? — perguntou, enxugando as mãos num pano de cozinha.

— Lembro.

— Naquela época, gostou de uma menina e tentou chamar a atenção dela?

— Gostei. Tentei de tudo.

Lisa virou-se e encostou-se na pia, cruzando os braços.

— Não sei como eram as coisas na escola de rico onde você estudou, mas na minha, quando um garoto queria chamar a atenção de uma menina, jogava bolinhas de papel nela, ou a provocava sem dó nem piedade.

Esperou que Parker dissesse alguma coisa, mas ele continuou em silêncio. Sentindo um nó no estômago, ela se virou de novo para a pia.

— Você faz alguma ideia do que sinto por Meredith? — perguntou tremulamente. — Tudo que sou, tudo que tenho, devo a ela, a pessoa mais bondosa que já conheci. Amo Meredith mais do que minhas próprias irmãs. Pode imaginar como foi horrível eu me apaixonar pelo homem que pediu minha melhor amiga em casamento?

— Com certeza bati com a cabeça quando caí, e agora estou tendo alucinações — Parker comentou em tom incrédulo. — Preciso consultar um psiquiatra e contar esse sonho nos mínimos detalhes. Lisa, você disse que está apaixonada por mim?

Ela começou a rir e chorar ao mesmo tempo.

— Você é tão burro que nunca percebeu — murmurou. Ele a segurou pelos ombros.

— Lisa, pelo amor de Deus! Não sei o que dizer. Sinto...

— Não diga nada! — ela implorou. — Principalmente que sente muito.

— O que devo fazer, então?

Ela inclinou a cabeça para trás, fitando o teto, deixando as lágrimas correrem livremente por seu rosto.

— Como pude me apaixonar por um homem tão sem imaginação?

— Deixou que ele a virasse e encarou-o. — Numa noite assim, quando nós dois estamos precisando de conforto, e somos um homem e uma mulher, não é óbvio o que devemos fazer? — Sentiu que o coração perdia o compasso, enquanto esperava pela resposta, e que depois disparava quando Parker acariciou-lhe o rosto.

— É óbvio — ele concordou. — Mas uma péssima ideia.

— A vida é um grande jogo — ela murmurou, rindo entre lágrimas.

Parker parou de pensar quando ela enlaçou-o pelo pescoço e o beijou na boca com extrema doçura. Abraçou-a, puxando-a de encontro ao corpo, retribuindo o beijo com ardor.

Lisa aprofundou o beijo, como se o estivesse desafiando a recuar. Mas ele não recuou.

# 48

ENVOLTA NUM ROUPÃO DE BANHO, MEREDITH SENTOU-SE no sofá diante do aparelho de televisão e pegou o controle remoto. Logo descobriu que a maioria dos canais locais exibia desenhos animados naquela manhã de domingo. Impaciente, pressionou o botão, à procura do canal de notícias, que naturalmente repetiria os noticiários levados ao ar tarde da noite. Sabia que estava sendo impulsionada por um estranho desejo de torturar-se, porque tinha certeza de que iria rever a ridícula cena no restaurante. Já tinha lido a respeito no *Tribune*, que dedicara a primeira página a fotos da briga e comentários excitantes sobre os quatro envolvidos. O jornal citou uma frase que Parker disse na entrevista coletiva, sobre ele e Matt serem homens civilizados que tentavam conduzir a situação da maneira mais amigável possível. Numa página interna, havia fotos de Parker tentando atingir Matt e de Matt socando-o e jogando-o no chão, sob o título: "Farrell e Reynolds põem as cartas na mesa." Também havia uma foto de Meredith agachada, ajudando Parker a levantar-se.

Tomando um gole de café, ela tornou a pressionar o botão do controle e o canal sintonizado exibia a reprise de um noticiário da madrugada.

"Janet, parece que houve um novo incidente envolvendo o triângulo Farrell, Reynolds e Bancroft — o comentarista disse à colega com um sorriso malicioso."

"Não *parece*, Ted. Houve mesmo — a mulher afirmou em tom divertido. — E, como todos os telespectadores devem se lembrar, Parker Reynolds, Matthew Farrell e Meredith Bancroft, numa recente entrevista à imprensa, agiram como se fossem uma família. Bem, hoje à noite, os três foram jantar no Manchester House e envolveram-se numa briga, como costuma acontecer entre parentes. Briga, mesmo, não discussão! Luta de boxe! Matthew Farrell contra Parker Reynolds, noivo contra marido, Universidade de Princeton contra a Estadual de Indiana. — A jornalista parou de falar por um momento, para rir da própria tirada. — Adivinhem quem ganhou? Façam suas apostas, senhoras e senhores, porque já vamos mostrar as excitantes imagens. — A gravação posta no ar mostrou Parker avançando para Matt, sem conseguir atingi-lo, e depois Matt dando-lhe um soco que o jogou no chão. — Quem apostou em Matthew Farrell, caros telespectadores, ganhou! — a mulher declarou, rindo, quando as câmeras voltaram a focalizá-la. — O segundo lugar nesse torneio ficou com a srta. Lisa Pontini, amiga de Meredith Bancroft, que acertou um murro em Matthew Farrell. A srta. Farrell não pôde ficar para cumprimentar o vencedor, ou consolar o derrotado, porque foi levada embora às pressas na limusine do marido. Os outros três dividiram um táxi para voltar para casa e..."

— Que droga! — Meredith exclamou, desligando a televisão.

Levantou-se e foi para o quarto. Ao passar pela penteadeira, automaticamente ligou o rádio.

— Estamos iniciando nosso noticiário das nove horas — anunciou o locutor.

"Ontem à noite, no Manchester House, Matthew Farrell, o famoso empresário, e o banqueiro Parker Reynolds envolveram-se num incidente de franca hostilidade. Farrell, que é casado com Meredith Bancroft, e Reynolds, noivo dela..."

Meredith deu um soco no botão no topo do rádio, desligando o aparelho.

— Incrível! — resmungou, furiosa.

Desde o dia em que Matt voltou a cruzar seu caminho, no baile da ópera, sua vida havia virado de cabeça para baixo. Sentando-se na cama, pegou o telefone e ligou novamente para Lisa. Tentara, em vão, falar com a amiga até tarde, na noite anterior, mas, ou ela não quisera atender, ou não fora para casa. Ligara para Parker também, mas sem sucesso.

O telefone no apartamento de Lisa tocou cinco vezes, e Meredith ia desligar quando Parker atendeu.

— Parker?! — ela exclamou, aturdida.

— Eu mesmo.

— Você está bem?

— Estou ótimo — ele engrolou em tom irônico. — Com uma ressaca do inferno.

— Que pena! Lisa está por aí?

— Está.

Um instante depois, a amiga bocejou no telefone.

— Quem é? — perguntou com a voz sonolenta.

— Meredith.

Era óbvio que os dois haviam sido acordados pelo telefone e estavam tão próximos um do outro que Parker passara o aparelho para Lisa em questão de segundos. Fácil deduzir o que acontecera.

— Você está na cama, Lisa? — perguntou Meredith, chocada.

— Estou.

Com Parker, refletiu Meredith, segurando-se na cabeceira da cama, porque o quarto começou a girar à sua volta.

— Desculpa tê-los acordado — murmurou, desligando.

O quarto continuou a virar loucamente, e ela se sentiu presa em um pesadelo. Sua melhor amiga estava na cama com seu noivo! Chocante. Mas também não deixava de ser chocante descobrir que não se sentia traída, nem estava sofrendo. Ficara apenas surpresa. Olhando em volta, como para certificar-se de que não estava sonhando, captou seu reflexo no espelho da penteadeira e viu um rosto transtornado.

Uma hora depois, saiu do apartamento, usando enormes óculos escuros, com a intenção de ir ao escritório e passar o dia trabalhando. Isso a ajudaria a readquirir o controle sobre as emoções. Matt não ligara, e ela nem se surpreendera, pois tudo parecia surreal.

Saiu do elevador na garagem, no andar subterrâneo, e dirigiu-se à vaga que lhe pertencia, com as chaves do carro na mão. Virando um canto, estacou, atônita. O BMW desaparecera, e em seu lugar haviam colocado um Jaguar esportivo, novo em folha.

Só podia ser um pesadelo! Seu carro tinha sido roubado! Alguém usurpara sua vaga!

Já bastava! Olhando para o Jaguar azul-marinho, sentiu o impulso histérico de começar a rir, quando, na verdade, estava com vontade de dizer uns desaforos ao destino, que parecia determinado a enlouquecê--la. Mas ela lutaria, com unhas e dentes, para fazer aquilo parar.

Voltou para o elevador, apertou o botão do térreo e, momentos depois, caminhava na direção da mesa do segurança diurno.

— Robert, puseram um Jaguar azul-marinho na minha vaga. Por favor, mandem tirá-lo de lá. Imediatamente!

— Pode ser que um morador novo, que não saiba...

— Não me interessa. O carro tem de sair de lá, agora! — ela exigiu, pegando o telefone e passando-o para o homem. — Ligue para o departamento de trânsito e mande trazerem um reboque. Não esperarei mais do que quinze minutos!

— Tudo bem, srta. Bancroft — o segurança concordou. — Calma. Tudo bem.

Meredith dirigiu-se para a porta principal com a intenção de ir para o escritório de táxi e de lá chamar a polícia para denunciar o furto do BMW.

Assim que saiu do prédio, viu um táxi que virava a esquina e correu para a beira da calçada para fazer sinal. Parou abruptamente ao perceber a multidão de repórteres que se aglomeravam na calçada.

Dois fotógrafos tiraram fotos dela. O táxi parou na frente do prédio, e um homem, usando óculos escuros, desceu. Sem perceber que se tratava de Matt, Meredith tornou a entrar, correndo para o elevador, que continuava parado e com a porta aberta. Ficaria prisioneira em seu próprio apartamento? Não. Ligaria, pedindo um táxi, que a pegaria na entrada de serviço. Nenhum problema.

Acabara de entrar no apartamento e estava erguendo do gancho o telefone do vestíbulo quando bateram à porta. Completamente perturbada por tantas tribulações, ela abriu sem perguntar quem era, e viu-se frente a frente com Matt, cujos óculos escuros refletiam seu rosto abatido.

— Bom dia — ele cumprimentou com um sorriso hesitante.

— Muito bom! — ela exclamou com sarcasmo.

— Não parece — Matt comentou, tentando ver seus os olhos através das lentes marrons dos óculos enormes que ela usava.

— Não é! — ela explodiu. — Se hoje está assim, acho que devo me trancar num armário, porque, se as coisas piorarem, não sei como vai ser amanhã.

— Você está nervosa.

— Por que estaria? Só porque sou prisioneira em minha própria casa, porque não posso ligar a televisão, o rádio, nem ler um jornal, sem descobrir que somos o assunto principal?

Matt apertou os lábios para conter um sorriso ao ouvir o tom alterado da voz geralmente calma.

— Não se atreva a rir! — Meredith avisou, indignada. — É tudo culpa sua. Toda vez que se aproxima de mim, coisas ruins começam a me acontecer!

— E o que está acontecendo? — ele perguntou, sorrindo, contendo-se para não tomá-la nos braços.

— Tudo! É uma loucura! No trabalho, estou enfrentando coisas que nunca aconteceram antes, até uma ameaça de bomba! Meu carro foi roubado, um vizinho apoderou-se de minha vaga, e descobri que minha melhor amiga e meu noivo dormiram juntos a noite passada.

Matt riu.

— E você acha que tudo isso é culpa minha?

— Se não é, como você explica?

— Coincidências.

— Catástrofes, isso sim! — ela declarou, fincando as mãos na cintura, furiosa. — Um mês atrás, minha vida era boa, tranquila, digna! Frequentava festas beneficentes, dançava e conversava com gente educada! Agora, vou a restaurantes na periferia da cidade e me envolvo em brigas! Ando numa limusine dirigida por um doido que, para me acalmar, informa que carrega um "pacote embaixo do braço". O pacote é uma arma!

— Isso é tudo? — perguntou Matt, tornando a rir.

— Não. Há mais uma coisa.

— O quê?

— Isto! — ela anunciou e, num gesto dramático, tirou os óculos. — Um olho roxo! Um hematoma! Causado por...

Segurando o riso, Matt passou um dedo pela pequena mancha arroxeada no canto de um dos olhos azuis.

— Não tem a dignidade de um verdadeiro olho roxo — brincou. — É só uma manchinha de nada.

— Ah, ótimo! Uma manchinha de nada!

Fingindo seriedade, Matt observou o pequeno hematoma.

— Quase não dar pra ver. Ei, passou alguma coisa para disfarçar?

— Corretivo — ela explicou, confusa. — Por quê?

Com uma risada que tentara em vão reprimir, ele tirou os próprios óculos.

— Pode me emprestar um pouco?

Meredith olhou para o hematoma idêntico ao seu e, de modo incontrolável, sua raiva transformou-se em hilaridade. Começou a rir. Tapou a boca com a mão, mas o riso dominou-a, e ela encostou-se na parede, gargalhando.

Matt entregou-se e riu também, até os olhos lacrimejarem. Abraçou-a, enterrando o rosto nos cabelos loiros, deliciando-se com o contato. A despeito de sua atitude displicente diante das acusações que ela lhe fizera, era obrigado a concordar que a maioria tinha fundamento. Ele também ficara horrorizado quando lera os jornais. De fato, estava virando a vida dela pelo avesso. Meredith tinha todo o direito de voltar-se contra ele, cheia de fúria. Mas estava rindo em seus braços, o que o inundava de alegria e gratidão.

Quando controlou o ataque de riso, Meredith inclinou-se para trás, fitando-o nos olhos.

— Foi Parker quem lhe deu esse olho roxo? — quis saber, engolindo uma risadinha.

— Eu ficaria menos envergonhado se fosse ele — Matt brincou. — Foi sua amiga, Lisa. Ela me deu um soco! E você? Como conseguiu o seu?

— Foi você.

— Eu, não!

— Foi, sim! — ela teimou, sorrindo. — Você deu uma cotovelada no meu olho quando me abaixei pra ajudar Parker a levantar-se. Mas, se fosse hoje, em vez de ajudá-lo, eu pisaria nele com os dois pés!

— É mesmo? Por quê?

— Eu já contei — ela respondeu com um suspiro. — Telefonei para Lisa, hoje, para saber se estava tudo bem, e ela estava na cama com Parker!

— Estou decepcionado — Matt declarou sorrindo. — Achei que Lisa tivesse bom gosto.

Meredith mordeu o lábio para não recomeçar a rir.

— Minha melhor amiga na cama com meu noivo! Não é horrível?

— Um ultraje! — Matt reforçou com fingida indignação. — Você precisa se vingar.

— Não posso.

— Por quê?

— Porque Lisa não tem noivo! — explicou Meredith, recomeçando a rir.

Desabou em cima de Matt, escondendo o rosto no peito dele, enlaçando-o pelo pescoço tão instintivamente quanto fizera nas longas noites de paixão, tantos anos atrás. Seu corpo sabia que ainda pertencia a ele.

Matt também tomou consciência disso e apertou-a ainda mais entre os braços.

— Mas ainda pode se vingar — insistiu ele em voz baixa e sugestiva.

— Como?

— Indo para a cama comigo.

Ela ficou tensa, endireitou-se e recuou um passo, ainda sorrindo, mas de acanhamento.

— Pre-preciso chamar a polícia para dar parte do furto do meu carro — disse nervosamente, livrando-se dos braços dele e caminhando para a escrivaninha num canto da sala de estar. Parou junto da janela e olhou para fora. — Ótimo. O reboque já chegou — comentou, falando consigo mesma, enquanto erguia o fone do gancho. Olhou para Matt, que a seguira. — Mandei o segurança chamar o departamento de trânsito para tirar o intruso da minha vaga.

Digitou o número da polícia, mas, antes que alguém pudesse atender, Matt tirou-lhe o telefone da mão e recolocou-o no gancho.

Ela o fitou, refletindo que ele não mudara de ideia sobre irem para a cama juntos e reconhecendo que não resistiria se ele tornasse a abraçá-la. Matt, porém, tornou a erguer o aparelho.

— Qual o número para chamar o segurança? — perguntou.

Ela deu a informação e, confusa, observou-o fazer a ligação.

— Aqui é Matt Farrell — ele disse ao segurança. — Por favor, vá à garagem e diga ao pessoal do reboque que o carro de minha esposa deve ficar onde está.

Fez uma pausa, ouvindo o homem explicar que o carro da srta. Bancroft era um BMW preto, ano 84, e que o veículo estacionado em sua vaga era um Jaguar azul-marinho, novo.

— Eu sei. Dei o Jaguar a ela como presente de aniversário.

— O quê?! — Meredith espantou-se.

Matt desligou e virou-se para ela com um sorriso.

Meredith não sorriu, estupefata com a generosidade do presente, quase em pânico, sentindo-se apanhada numa teia, e assustada com o salto que seu coração dera, emocionado com o tom terno de Matt quando ele pronunciara as palavras "minha esposa".

— Onde está meu carro? — conseguiu perguntar.

— Foi levado para a vaga do porteiro da noite, no lado da garagem reservada aos empregados do prédio.

— Mas... o alarme não disparou!

— Um alarme não é problema para Joe O'Hara.

— Eu sabia! Logo que vi seu motorista, achei que ele devia ser um marginal.

— Não é — Matt negou secamente. — É perito em fiação elétrica.

— Matt... Não posso aceitar o Jaguar.

— Pode, sim, minha querida.

Ela se sentiu novamente envolvida pela sensualidade da voz máscula. Precisava fugir daquele encantamento.

— Vou ao meu escritório — informou com voz trêmula, recuando um passo.

— Acho que não — Matt contrariou-a suavemente.

— Como assim?

— Temos coisas mais importantes para fazer.

— O quê?

— Eu lhe mostrarei. Na cama.

— Matt, não faz isso comigo — ela suplicou, recuando ainda mais.

Ele avançou, aproximando-se.

— Nós nos desejamos, Meredith. Sempre foi assim.

— Preciso mesmo ir ao escritório. Tenho muita coisa pra fazer.

— Renda-se com elegância, minha querida.

— Por favor, não me chame de querida! — Meredith gritou.

Matt percebeu que ela estava realmente apavorada.

— Por que está com medo?

Meredith refletiu que não podia responder que tinha medo porque não queria amar um homem que não a amava, não queria ficar vulnerável ao sofrimento, como ficara 11 anos atrás, não suportaria quando ele enjoasse dela e a deixasse.

— Matt, pare onde está e me escuta, por favor.

Ele ficou imóvel, perplexo com a nota de desespero na voz dela.

— Estou ouvindo, Meredith.

— Você disse que queria filhos. Não posso ter mais nenhum! Há alguma coisa errada comigo, e os médicos disseram que não devo me arriscar.

— Podemos adotar — ele declarou, sem se abalar.

— E se eu disser que não quero filhos? Nem meus, nem adotados?

— Não adotaremos então.

— Não quero desistir da minha carreira.

— Nunca achei que fosse fazer isso.

— Por que está dificultando tanto as coisas? — ela perguntou, angustiada. — Não pode poupar um pouco do meu orgulho? Estou querendo dizer que não pretendo continuar casada com você, que não suportaria viver como sua esposa, debaixo do mesmo teto.

Viu Matt empalidecer, atingido pela sinceridade de suas palavras.

— Posso saber por que não?

— Não, não pode.

— De qualquer forma, quero saber — ele declarou em tom duro.

Ela cruzou os braços numa atitude de autoproteção.

— É tarde demais pra gente, Matt. Você mudou, eu mudei. Não pretendo fingir que não sinto nada por você. Sinto. Sempre senti. —

Parou de falar por um momento, olhando-o nos olhos em busca de uma centelha de compreensão e vendo apenas frieza. — Se tivéssemos ficado juntos, talvez o casamento desse certo, mas agora não existe a mínima possibilidade. Você gosta de atrizes sensuais e de sedutoras princesas europeias, e eu não sou nada disso!

— Só quero que seja você mesma, Meredith.

— Isso não seria suficiente! Eu não suportaria viver com você sabendo que um dia começará a querer coisas que não posso dar.

— Se está falando de filhos, acho que já esclarecemos o assunto.

— Acho que não. Você está apenas usando todos os recursos para me fazer concordar com o que quer. Mas não estou falando de você querer filhos, e sim de querer outras mulheres! Eu nunca seria o suficiente!

— O que foi que disse? — ele perguntou, parecendo atônito.

— Já tentei dizer uma coisa antes, mas... Bem, Matt, as pessoas... isto é, os homens... me acham frígida. Até os meus colegas de universidade diziam isso de mim. Não acho que eu seja, mas... não sou como a maioria das mulheres.

Parou de falar, notando que Matt a fitava com um estranho brilho no olhar.

— Continue — ele pediu gentilmente.

— Dois anos depois que nos divorciamos, tentei ir para a cama com um rapaz da universidade e detestei a experiência. Ele também. As outras moças dormiam com todo mundo e pareciam gostar, mas eu não. Não conseguia.

— Elas não passaram pelo que você passou, Meredith. Não seriam tão fogosas se tivessem sofrido tanto — Matt comentou com evidente ternura.

— Pensei isso, na época, mas Parker não é mais um universitário desajeitado que só pensa em sexo, e eu sei que ele não me acha muito... muito boa na cama. Não parecia se importar, mas você se importaria.

— Desculpe, meu bem, mas você está louca.

— Não, não estou. Você ainda não percebeu, mas não tenho habilidade, não sei ser excitante.

Matt mordeu o lábio para não rir.

— Não sabe?

— Não.

— É só isso que a impede de recomeçar comigo o que paramos onze anos atrás?

— Essas são as razões mais importantes — ela respondeu de modo desonesto, porque não acrescentou que o principal motivo era o fato de que ele não a amava.

— Bem, não é nada que não possamos remediar. A questão de filhos já foi acertada, a de sua carreira também. Quanto às mulheres que tive, é algo um pouco mais complexo. Se eu soubesse que um dia teríamos a oportunidade de voltar a viver juntos, me comportaria de modo bem diferente. Mas não se pode mudar o passado. No entanto, posso dizer que minha vida não foi tão devassa como parece. E posso prometer que você sempre será o suficiente. Em todos os sentidos.

Profundamente afetada pelo timbre enrouquecido da voz de Matt, pela sensualidade que brilhava nos olhos bonitos e pelas palavras incríveis que ele estava dizendo, Meredith sentiu-se indefesa, enquanto observava-o tirar a jaqueta de couro e atirá-la nas costas do sofá.

E isso de frigidez é um absurdo — Matt prosseguiu. — A lembrança de você na cama comigo me atormentou durante anos. Se acha que foi a única que se sentiu insegura naqueles momentos, querida, tenho algo a lhe dizer. Houve vezes que me senti desajeitado e, por mais que tentasse ir devagar, protelando o momento do clímax para que nós dois tirássemos o maior prazer possível da relação, não conseguia, porque você me enlouquecia de desejo.

Lágrimas quentes de alívio e alegria formaram-se nos olhos de Meredith. O presente de aniversário que ele lhe dera podia ser muito lindo e caro, mas o que lhe estava dando naquele momento não tinha preço.

— Por muito tempo, fiquei me torturando, achando que, se tivesse sido um amante mais habilidoso, você teria continuado casada comigo — Matt confessou com um leve sorriso. — Acho que isso coloca um ponto final nessa história de frigidez. — Viu o rubor que coloriu as faces de Meredith, sinal de que ela fora afetada. — Agora resta apenas uma das objeções que apresentou para não viver comigo — continuou. — E essa é de menor importância.

— Qual?

— A alegação de que se acha sem habilidade sexual — disse Matt, tirando a gravata e começando a desabotoar a camisa.

— O que está fazendo?

— Me despindo.

— Não abra mais nenhum botão. Estou falando sério.

— Tem razão, Meredith. Você é quem deve fazer isso. Nada dá maior sensação de poder a uma pessoa do que tirar as roupas de outra.

— Você deve saber. Deve ter feito isso dezenas de vezes.

— Centenas — ele corrigiu.

— *Centenas?*

— Estou brincando. Vem aqui.

— Não foi uma brincadeira engraçada.

— Não pude evitar. Quando fico nervoso, faço piadas.

Ela o olhou, duvidosa.

— Está nervoso?

— Apavorado. Estou fazendo a maior aposta da minha vida. Se essa experiência não for perfeita, acho que terei de aceitar o fato de que não fomos feitos um para o outro, afinal.

Meredith sentiu que os últimos vestígios de sua resistência transformavam-se em pó. Ela o amava, sempre o amara. E o desejava com a mesma intensidade com que desejava que ele a amasse também.

— Nós fomos — murmurou, quase sem sentir.

O rosto de Matt iluminou-se de alegria e ternura.

— Venha para a cama comigo, querida. Prometo que, depois disso, nunca mais terá dúvidas a respeito de você, ou de mim.

Após um instante de hesitação, ela foi para os braços dele.

Momentos depois, no quarto, Matt fez quatro coisas para ter certeza de que cumpriria a promessa. Serviu champanhe, que os ajudaria a relaxar, disse a Meredith que tudo o que ela achasse excitante ele também acharia, deixou-a acariciá-lo do modo que quisesse e, por último, não escondeu as reações de prazer causadas por suas carícias e beijos.

As duas horas seguintes foram de delicioso tormento, em que o clímax foi perseguido, mas não atingido, em que Meredith soltou-se, perdendo a timidez, quase enlouquecendo Matt com sua ousadia.

— Você gosta disto? — ela perguntou em dado momento, correndo os lábios pelo peito largo, descendo-os até abaixo do umbigo.

— Sabe que sim — ele murmurou. — Mas para, querida.

— Por quê?

— Você vai ver por que se não parar.

Ela soltou uma risadinha rouca e sugou de leve um dos mamilos escondidos entre os pelos fartos.

— E disto?

Matt gemeu, contorcendo-se.

— Gosto — respondeu com voz estrangulada.

Agarrou-se à cabeceira e fechou os olhos quando Meredith o montou, possuiu-o e começou a mover-se lentamente.

— Foi isso que eu ganhei por me apaixonar por uma mulher de negócios — ele brincou, numa tentativa de conter o desejo cada vez mais exigente. — Devia adivinhar que ela faria questão de ficar por cima.

Levou alguns segundos para perceber que ela ficara imóvel.

— Não pare agora, querida. Se não me der um orgasmo, eu morrerei.

— O que você disse? — ela perguntou baixinho.

— Que morrerei...

— Você disse que está apaixonado por mim? — ela o interrompeu.

— O que pensou que tudo isso significa? — Matt abriu os olhos e viu lágrimas escorrendo pelo rosto dela. — Por favor, Meredith, não me olhe assim, não chore! — Pediu, puxando-a para baixo, contra o peito e beijando-lhe as faces molhadas. — Desculpe. Sei que é muito cedo para falar de amor...

— Cedo? — ela ecoou, rindo e chorando. — Cedo? Faz onze anos que espero você dizer que me ama! — Afundando o rosto na curva do pescoço de Matt, o corpo ainda intimamente ligado ao dele, murmurou: — Amo você, sempre amei.

Ouvindo aquelas palavras, Matt não mais se controlou e atingiu o clímax, derramando-se dentro dela, abraçando-a com fúria, sentindo-se onipotente, porque finalmente ouvira o que desejara por tanto tempo.

— Sempre te amei — ela repetiu. — E te amarei pra sempre — afirmou, chegando ao clímax.

O orgasmo de Matt, que já deveria estar quase extinto, explodiu com nova força, sacudindo-lhe o corpo espasmodicamente. Atingira o momento mais arrebatador de toda a sua vida, e não fora levado a isso por estímulo físico, ou técnicas sexuais rebuscadas, mas por palavras. Pelas palavras de sua mulher.

Meredith rolou para o lado e aninhou-se nos braços dele, saciada e feliz.

Em Nova Orleans, um homem bem-vestido entrou num dos provadores da loja Bancroft's, que estava lotada, naquele domingo. Na mão direita carregava um terno, que ia experimentar, e na esquerda, uma sacola da Saks Fifth Avenue, onde levava um explosivo. Saiu do provador cinco minutos depois, levando apenas o terno, que devolveu ao cabideiro.

Em Dallas, uma mulher entrou num dos compartimentos do toalete de senhoras da Bancroft's, carregando uma bolsa Louis Vuitton e uma sacola da Bloomingdale's. Quando saiu, levava apenas a bolsa.

Em Chicago, um homem pegou a escada rolante e desceu no departamento de brinquedos da Bancroft's, os braços cheios de pacotes da loja Marshall Field's. Prendeu um pacote pequeno embaixo do beiral da casa de Papai Noel, diante da qual crianças formavam uma fila, esperando para serem fotografadas com o querido velhinho.

No apartamento de Meredith, muitas horas depois, Matt olhou para o relógio, levantou-se e ajudou-a a juntar os restos do jantar que haviam comido diante da lareira, após fazerem amor novamente.

Haviam saído para testar o Jaguar e comprado a comida num restaurante italiano, voltando depressa para o apartamento, porque queriam ficar sozinhos.

Meredith acabava de pôr a louça na lavadora quando Matt a abraçou por trás, pressionando-a contra seu corpo.

— Feliz? — ele quis saber, beijando-a na nuca.

— Muito.

— São dez da noite.

— Eu sei — ela respondeu hesitante, sabendo o que viria a seguir.

— Minha cama é mais larga, meu apartamento, maior. Posso mandar um caminhão de mudanças buscar suas coisas amanhã?

Respirando fundo, ela se virou nos braços dele e pousou a mão numa das faces bronzeadas para amenizar o golpe que iria desferir.

— Não posso ir com você, Matt. Ainda não.

— Não pode, ou não quer?

— Não posso.

Ele moveu a cabeça afirmativamente, como se concordasse, mas deixou pender os braços, soltando-a.

— Diga por que não pode.

Pondo as mãos nos bolsos fundos do roupão, ela recuou um passo, suspirando.

— Pra começar, na entrevista coletiva, deixei Parker declarar que ele e eu nos casaríamos assim que o processo de divórcio fosse concluído. Se eu for morar com você agora, ele será visto como um otário, e eu, como uma idiota volúvel que não sabe o que quer. Ou, pior, como uma mulher que vai com o homem vence uma briga.

Esperou que Matt argumentasse, ou concordasse, mas ele permaneceu calado, encostando-se na mesa e cruzando os braços com ar impassível.

Meredith percebeu que, como ele não se importava com a opinião pública, estava achando seus argumentos irrelevantes. Decidiu, então, apresentar outro, mais forte.

— Matt, tenho tentado não pensar nas consequências do incidente de ontem, no restaurante, mas tenho quase certeza de que vou ser chamada perante a diretoria para dar uma explicação. Entende o que isso significa? A Bancroft & Company é uma empresa antiga e bem-conceituada, os diretores são rígidos e, pra piorar, eles nem me queriam como presidente. Eu disse a eles, numa reunião, que você e eu fomos casados, mas mal nos conhecíamos, e que não havia chance de reconciliação. Se formos morar juntos agora, minha credibilidade como líder da Bancroft & Company vai sofrer tanto quanto minha honestidade como pessoa. E não é só isso. Ontem, participei, na verdade fui a causa, de uma briga em público, e poderíamos ter sido presos, todos nós, se alguém chamasse a polícia. Terei muita sorte se a diretoria não recorrer à cláusula sobre comportamento moral que há no meu contrato para me depor do cargo.

— O que aconteceu não é motivo para fazerem isso — Matt objetou, parecendo mais irritado do que alarmado.

— Mas podem fazer e talvez façam.

— Se eu fosse você, mudaria o quadro de diretores.

— Bem que eu gostaria! — ela exclamou com um sorriso desanimado. — Sua diretoria faz o que você quer, ou estou enganada?

— Faz.

Ela suspirou.

— Infelizmente, nem meu pai nem eu temos o poder de controlar a nossa. Mas a questão principal é que sou mulher, jovem, e os diretores não gostaram nada de me ver ocupando o cargo de presidente interina. Entende por que estou preocupada com o que eles possam pensar de tudo isso?

— Eles só tinham de se importar em saber se você é competente, ou não. E você é. Se a chamarem para uma explicação ou se quiserem tirá-la do cargo, não fique na defensiva. Ataque. Você não trafica drogas, nem dirige uma casa de prostituição. Só assistiu a uma briga num local público.

— Era isso que você diria? Que não é traficante, nem dono de bordel? — ela perguntou, fascinada por seu modo de pensar.

— Não. Eu mandaria todos eles à merda — respondeu Matt bruscamente.

Meredith conteve uma risada, imaginando-se na frente de 12 homens conservadores, mandando-os fazer tal coisa.

— Não está sugerindo que eu diga isso, está? — perguntou com um sorriso.

Matt continuou sério.

— Estou. Pode mudar as palavras se achar necessário, mas o fato é que você não pode viver em função de outras pessoas. Quanto mais tentar, mais restrições elas vão impor, só pelo prazer de vê-la ultrapassando os obstáculos.

Ela sabia que ele estava certo, de modo geral, mas não naquela situação. Não estava disposta a incorrer na ira da diretoria e, além disso, não queria precipitar-se, tomando imediatamente a decisão de ir morar com Matt. Amava-o, mas os dois ainda eram estranhos, em muitos aspectos. Não estava pronta para entregar-se por inteiro. Antes, precisava certificar-se de que o paraíso que ele lhe prometera realmente existia.

Olhou para Matt e teve a impressão de que ele suspeitava que ela protelava deliberadamente o momento de concordar em segui-lo.

— Mais cedo ou mais tarde, Meredith, você vai ter de assumir o risco e confiar em mim, sem ressalvas — ele declarou, confirmando o pensamento dela. — Enquanto isso não acontecer, você só vai estar me enganando e enganando a si mesma. Não pode ser mais esperta do que o destino e ficar em cima do muro, fazendo pequenas apostas sobre os rumos da vida. Ou entra no jogo e aposta tudo, ou não joga, mas, se não jogar, não poderá ganhar.

Uma filosofia muito bonita, Meredith pensou, mas também assustadora. E mais adequada para Matt do que para ela.

— Eu posso apostar, mas primeiro preciso de um tempo pra me acostumar com o jogo — informou.

— Quanto tempo?

— Um pouquinho mais.

— E o que devo fazer enquanto você se acostuma? Ficar esperando, temendo que seu pai convença você a prosseguir com o processo de divórcio, em vez de ir viver comigo?

— Tenho muita coragem para lidar com o meu pai, quer ele passe a ver as coisas do nosso ponto de vista, ou não. Se ele não se intrometer mais, Matt, você vai fazer um esforço pra conviver com ele por mim?

Ela esperou por uma resposta afirmativa, mas julgara mal a profundidade do ódio de Matt.

— Seu pai e eu temos velhas contas a acertar — ele respondeu. — E o acerto vai ser feito do meu jeito.

— Meu pai está doente, Matt — ela argumentou. — Não aguenta muita pressão.

— Vou ficar com isso em mente — ele replicou e mudou de assunto, sorrindo ligeiramente: — Quem vai dormir onde, hoje?

— Acha que os repórteres ainda estão lá embaixo?

— Talvez um ou dois, mais tenazes do que os outros.

Meredith mordeu o lábio, detestando a ideia de vê-lo ir embora, mas sabendo que ele não devia ficar.

— Então, não poderá passar a noite aqui, não é?

— Claro que não. Só me resta ir para casa e dormir sozinho, como castigo por ter me portado como um moleque, me metendo naquela briga. Falando nisso, gostaria que soubesse que, apesar de eu ter dito algo que fez Parker querer me esmurrar, eu não o ataquei. Estava olhando para você e desferi aquele soco instintivamente, quando, pelo canto dos olhos, vi um punho fechado vindo em minha direção.

Meredith conteve um estremecimento, pensando na rapidez, na brutalidade com que ele derrubara Parker, em seu olhar selvagem, naquela fração de segundo em que percebera que estava sendo atacado. Afastou o pensamento, refletindo que Matt não era, nem nunca seria, igual aos homens refinados e tediosos que ela conhecia. Ele havia crescido num ambiente que exigia dureza e tornara-se duro.

Mas não com ela. Com um sorriso, estendeu a mão e afastou-lhe da testa os cabelos escuros.

— Se pensa que sorrindo desse jeito pode me fazer concordar com quase tudo o que diz, está certa — ele admitiu. — No entanto, embora esteja disposto a ser discreto sobre nosso relacionamento, exijo que passe comigo o maior tempo possível, inclusive algumas noites inteiras. Vou providenciar pra que você possa entrar no meu prédio e também usar uma vaga na garagem a qualquer hora. Se for preciso, ficarei na rua, distraindo os repórteres, enquanto você entra.

— Faria mesmo isso? — ela perguntou com uma risadinha.

Em vez de rir, Matt puxou-a para si num abraço apertado.

— Você não sabe o que eu seria capaz de fazer por você — respondeu. — Beijou-a de modo violento, roubando-lhe o fôlego e a capacidade de raciocinar. Quando o beijo acabou, ela estava agarrada a ele. — Apesar de você estar quase tão infeliz quanto eu por não podermos ficar juntos até de manhã, vou embora, antes que os repórteres decidam ir dormir e inventem que passei a noite aqui.

Meredith acompanhou-o até a porta, frustrada. O beijo de despedida havia despertado novamente o desejo, e não havia nada que ela quisesse mais do que dormir nos braços de Matt.

— O que foi? — ele indagou, depois de pôr a gravata e vestir a jaqueta.

Ela não respondeu com palavras. Pegou-o pela gravata e obrigou-o a curvar a cabeça. Então, pondo-se na ponta dos pés, abraçou-o pelo pescoço e beijou-o com paixão.

Assim que ficou sozinha, fechou a porta, sorrindo sonhadoramente. Seus lábios estavam sensíveis, magoados pelo último beijo desenfreado. Ela se olhou no espelho do hall de entrada, vendo que os cabelos tombavam revoltos ao redor do rosto, e que as faces coradas pareciam brilhar. Era o reflexo de uma mulher que fizera amor até saciar-se.

Recordou as palavras que Matt sussurrara, possuindo-a, e teve a impressão de ouvir novamente a voz profunda dizendo em seu ouvido: "Amo você. Nunca deixarei ninguém te machucar".

Sessenta quilômetros ao norte de Belleville, Illinois, uma viatura policial brecou abruptamente atrás das outras já paradas ao longo de um pequeno bosque na margem de uma estradinha isolada. A luz ofuscante do holofote de um helicóptero iluminava o caminho das equipes de busca, movendo-se sem cessar sobre os pinheiros.

Numa vala rasa junto à estrada, o médico-legista encontrava-se ajoelhado ao lado do corpo de um homem de meia-idade.

— Você está perdendo tempo com essa busca, Emmett — disse ao xerife, gritando para se fazer ouvir acima do barulho do helicóptero. — Nem mesmo durante o dia você encontraria pistas, porque não há nenhuma. Esse cara foi atirado pra fora de um carro em movimento e rolou pra valeta.

— Você está errado! — gritou o xerife em tom triunfante, dirigindo o facho de luz da lanterna para um objeto caído na vala.

— Uma ova! — replicou o legista. — Estou dizendo que moeram o sujeito de pancadas e depois o jogaram pra fora de um veículo em movimento.

— Não estou falando disso, mas de pistas. Encontrei uma carteira — explicou o xerife.

— Dele?

O xerife abaixou-se, pegou a carteira e abriu-a.

— Vamos ver.

Iluminou a foto na carteira de habilitação e, indo até o cadáver, puxou o cobertor para baixo para olhar o rosto.

— É dele, sim. O cara tinha um nome estrangeiro, daqueles que a gente quase não consegue pronunciar. Stanislaus... Spy-Spyzhalski.

— Nossa! — exclamou o legista. — Não é aquele advogado falso que prenderam em Belleville?

— Por Deus! Bem lembrado! É ele mesmo!

# 49

⌒⌒ COM A PASTA NA MÃO E O SOBRETUDO NO BRAÇO, Matt parou junto da escrivaninha da secretária que o ajudara a arrumar a sala de reuniões no dia da visita de Meredith.

— Bom dia, sr. Farrell — a moça cumprimentou-o em tom hostil.

Aborrecido, Matt decidiu que mandaria que a transferissem para outro andar, desistindo de perguntar como fora o final de semana dela, como pretendera.

— Eleanor Stern ligou para minha casa, bem cedo, avisando que não está se sentindo bem. Quero que a substitua.

— Claro — afirmou Joanna Simons, dirigindo-lhe um sorriso tão brilhante que Matt julgou ter se enganado sobre seu tom de voz quando o cumprimentara.

Assim que ele desapareceu, entrando no escritório, ela correu para a mesa da recepcionista.

— Val, você guardou o nome e o número de telefone daquele repórter do *Tattler*? — perguntou num cochicho.

— Aquele que queria informações sobre Farrell?

— Guardei, por quê?

— Porque Farrell acabou de me convocar pra substituir a coruja velha, hoje. Diga de novo o que era que aquele repórter queria saber.

— Perguntou o que achávamos de Matthew Farrell e respondi que não o suportávamos. Depois, quis saber se Meredith Bancroft ligava pra ele ou vinha aqui, e estava interessado em descobrir se os dois são tão amigos como fizeram crer na entrevista coletiva. Eu disse que ela não telefonava e que veio aqui só uma vez para uma reunião com Farrell e três advogados. Perguntou se ficou mais alguém na sala e eu respondi que a coruja estava, certamente anotando tudo o que acontecia. Pediu para eu dar um jeito de pegar as anotações e entregar a ele, prometendo que me pagaria, mas não disse quanto.

— Isso não tem importância. Eu faria o serviço de graça — Joanna declarou com raiva. — Farrell terá de abrir as gavetas do morcego velho para eu poder trabalhar. Talvez abra também as do arquivo. As anotações devem estar numa delas.

— Se quiser minha ajuda, é só pedir — Valerie ofereceu-se.

Quando Joanna entrou na sala de Eleanor Stern, viu que Farrell já abrira as gavetas da escrivaninha, mas que as do arquivo continuavam fechadas. Depois de uma busca cuidadosa, constatou que as anotações não se encontravam em lugar nenhum da escrivaninha.

— Droga! — murmurou, girando a cadeira para olhar através da porta que ligava o escritório ao de Farrell.

Ele estava de pé, diante do monitor de um dos computadores na bancada atrás de sua mesa. Olhando-o, Joanna refletiu que odiava aquele bruto que nem conseguira memorizar seu nome, que despedira os antigos chefes e mudara toda a estrutura de salários e férias dos empregados.

— Bom dia! — Phyllis cantarolou, seguindo Meredith, que se dirigia para seu escritório. — Como foi o fim de semana? Ah, desculpe.

Calou-se, mortificada, naturalmente porque também ficara sabendo do escândalo no Manchester House. Mas Meredith estava feliz demais e não se sentiria melindrada, mesmo que quisesse.

— Como você acha que foi? — perguntou com um sorriso, pondo a pasta na mesa e começando a abri-la.

— Ótimo — a secretária arriscou, sorrindo também.

— Uma boa definição — disse Meredith, pensando nos momentos ardentes que passara com Matt. Então, forçou-se a focalizar a atenção no trabalho. — Algum telefonema?

— Só um, de Nolan Wilder. Pediu para você ligar assim que chegasse.

Meredith sentiu-se gelar. Nolan Wilder era o presidente da mesa diretora, e com certeza queria explicações sobre o incidente de sábado à noite. Só que o homem não podia atirar a primeira pedra, porque seu próprio divórcio, que havia sido litigioso, envolvendo coisas muito feias, arrastara-se durante dois anos no tribunal, antes de ser concluído.

— Faça a ligação, Phyllis, por favor.

A moça saiu e, alguns segundos depois, tocou o interfone.

— Wilder na linha — avisou.

Meredith ergueu o telefone.

— Bom dia, Nolan — saudou-o em tom claro e firme. — O que aconteceu?

— Eu é que devia estar te perguntando isso — ele respondeu em tom irônico. — O domingo todo, recebi telefonemas de diretores que queriam explicações sobre o que aconteceu no sábado. Devo lembrá-la, Meredith, de que a imagem da Bancroft's e a dignidade desse nome são a base de nosso sucesso.

— Não precisa me lembrar disso — ela respondeu, tentando parecer mais divertida do que zangada. — É... — Interrompeu-se, quando Phyllis entrou correndo.

— Chamada de emergência de MacIntire, da loja de Nova Orleans, na linha 2.

— Um minuto, Nolan — Meredith pediu. — Recebi uma chamada urgente.

— Outra ameaça de bomba, Meredith — Adam MacIntire anunciou assim que ela atendeu. — A polícia recebeu um telefonema anônimo, minutos atrás. O informante disse que a bomba vai explodir daqui a seis horas. Mandei evacuarem a loja, e o esquadrão antibombas já está a caminho. Acho que a pessoa que telefonou é a mesma da outra vez.

— Provavelmente. Assim que for possível, faça uma lista de todos os que podem ter algum interesse em nos prejudicar: ladrões apanhados pelos seguranças, pessoas a quem negamos crédito. Mark Braden, responsável pelo nosso departamento de segurança, vai pra aí amanhã para trabalhar com seu pessoal. E saia da loja também. Pode não ser um trote.

— Tudo bem.

— Ligue de onde você estiver quando sair daí e me dê um número que eu possa chamar para manter contato.

— Certo — ele repetiu. — Sinto muito, Meredith. Não posso entender por que escolheram esta loja como alvo de atos terroristas. Nós...

— Adam, saia já daí!

— Estou saindo — ele disse e desligou.

Meredith apertou a tecla da linha 1 para voltar a falar com Nolan.

— Agora não tenho tempo para falar de uma reunião com a diretoria — declarou. — Tem outra ameaça de bomba na loja de Nova Orleans.

— Isso vai acabar com os lucros do Natal — ele comentou, furioso.

— Mantenha-me informado, Meredith. É só me ligar.

Ela despediu-se rapidamente e desligou.

— Mande o operador do sistema de chamados acionar o código de emergência — instruiu, olhando para Phyllis, que ficara parada na porta, olhando-a com ar assustado. — E segure todos os telefonemas, menos os realmente importantes, pode transferir esses pra sala de reuniões.

A secretária saiu, e ela se levantou, começando a andar de um lado para o outro, dizendo a si mesma que era outro alarme falso. O sinal de emergência já soava pelo sistema de comunicação, três toques curtos e três longos, avisando todos os chefes de departamentos de que deviam dirigir-se imediatamente à sala de reuniões. O código de emergência fora usado pela última vez dois anos antes, quando um cliente tivera um infarto e morrera na loja. A razão para usá-lo, convocando os chefes, era dar informações corretas, de modo que se evitassem rumores histéricos entre os empregados.

Meredith não suportava a possibilidade de que uma bomba pudesse explodir na loja de Nova Orleans e ferir pessoas, até mesmo matar. A ideia de uma explosão depois que a loja ficasse totalmente vazia era menos horripilante, mas horrível, de qualquer modo. A loja era linda, elegante e nova. Meredith visualizou-a, brilhando ao sol, majestosa em sua brancura, e depois explodindo e desabando. Estremeceu, nauseada. Não, não podia ser verdade. Tinha de ser alarme falso.

Os executivos-chefes começaram a passar correndo diante de sua porta, dirigindo-se à sala de reuniões, mas Mark Braden, de acordo com o procedimento estabelecido, entrou no escritório.

— O que está acontecendo, Meredith?

Ela contou, e ele xingou baixinho, consternado.

— Vou pegar um avião para lá o mais rápido possível. O chefe de segurança da loja é competente. Nós dois vamos trabalhar com a polícia, e talvez possamos encontrar alguma pista que aponte para um suspeito.

A atmosfera na sala de reuniões, lotada, estava pesada devido às pessoas tensas e curiosas. Em vez de sentar-se à mesa, Meredith colocou-se no centro do recinto, de onde poderia ser vista por todos os homens e mulheres ali reunidos. Contou o que se passava em Nova Orleans e avisou que seriam assediados por repórteres, mas que ninguém deveria fazer o menor comentário a respeito do assunto.

— Ben, nós dois vamos redigir uma declaração para a imprensa — disse, dirigindo-se ao chefe de relações públicas e...

O telefone na mesa de reuniões tocou, interrompendo-a, e ela foi atender. Era o gerente da loja de Dallas.

— Recebemos um aviso de que há uma bomba na loja, Meredith! — o homem gritou, frenético. — O informante disse à polícia que vai explodir dentro de seis horas! Estamos evacuando a loja, e o esquadrão antibombas já está vindo pra cá.

De maneira automática, Meredith deu-lhe as mesmas instruções que dera ao gerente da loja de Nova Orleans e desligou. Por um instante, ficou num estado entorpecido, então se obrigou a encarar o grupo.

— Outra ameaça de bomba — anunciou. — Na loja de Dallas. Assim como em Nova Orleans, foi um anônimo que informou a polícia, dizendo que a explosão seria dentro de seis horas.

Um coro de exclamações e impropérios elevou-se no ar e silenciou de repente quando o telefone tornou a tocar.

Com o coração na boca, Meredith atendeu.

— Alô.

— Srta. Bancroft, sou o capitão Mathison, do Primeiro Distrito de Chicago. Acabamos de receber um telefonema anônimo, e o homem disse que uma bomba foi colocada em sua loja e que explodirá dentro de seis horas.

— Só um instante, por favor — ela pediu. Estendeu o telefone para Mark Braden, explicando: — É o capitão Mathison.

Ficou esperando, paralisada de fúria e agonia, enquanto Mark fazia perguntas a Mathison, a quem conhecia bem. Assim que desligou, ele virou-se para o grupo silencioso.

— Senhoras e senhores, existe a possibilidade de ter uma bomba nesta loja — disse com voz distorcida pela raiva. — Vamos adotar o mesmo método usado para incêndios. Sabem o que fazer e o que dizer a seu pessoal. Vamos começar a tirar todo mundo daqui. — Encarou Gordon Mitchell, que estava resmungando descontroladamente. — Você está em pânico, mas contenha-se até que seu pessoal tenha saído!

Olhou os rostos tensos e acenou com a cabeça, deixando a sala para dar instruções aos seguranças, que organizariam a evacuação da loja.

Dez minutos depois, Meredith era a única pessoa naquele andar. Parada junto à janela do escritório, ouvia os uivos das sirenes e observava a chegada de mais cinco caminhões do esquadrão antibombas, que se juntaram às viaturas já paradas na avenida Michigan. Policiais estendiam cordões de isolamento ao redor do prédio, e os clientes saíam da loja aos bandos. O aperto que ela sentia no peito intensificou-se de tal forma que respirar estava difícil. Embora tivesse ordenado aos gerentes das duas outras lojas que saíssem de imediato, não tinha a menor intenção de fazer o mesmo, até que fosse absolutamente necessário. A loja era sua vida, sua herança, seu futuro, e ela não a abandonaria precipitadamente. Nem por um momento sequer acreditara nas ameaças, mas, mesmo que ficasse provado que não havia nenhuma bomba, tanto naquela loja como nas outras, os prejuízos seriam grandes. Como a maioria das lojas de departamentos, a Bancroft's dependia da época do Natal para garantir mais de quarenta por cento das vendas anuais.

— Vai ficar tudo bem — disse a si mesma em voz alta.

Foi até um dos computadores na bancada e digitou um código. Na tela apareceram números que comparavam o volume de vendas das lojas de Phoenix e Palm Beach com o do mesmo dia no ano anterior. Os dois estabelecimentos estavam indo muito melhor do que um ano atrás, e isso lhe deu algum alento.

De repente, ocorreu-lhe que Matt podia ficar sabendo do que estava acontecendo e preocupar-se. Pegou o telefone e ligou para ele.

Matt não sabia de nada e ficou preocupadíssimo quando ela lhe contou.

— Meredith, saia já daí — ordenou. — Querida, desligue, e saia correndo.

— De jeito nenhum — ela respondeu suavemente. — É um alarme falso, Matt, igualzinho ao que tivemos semanas atrás.

— Se você não sair desse prédio, eu mesmo irei aí e a carregarei pra fora — ameaçou em tom autoritário.

— Não posso abandonar a loja. Sou tipo um capitão de navio, que só o deixa depois que todo mundo está em segurança. — Parou de falar por um momento, ouvindo-o praguejar contra sua teimosia. — Não me dê ordens que você mesmo não seguiria. Em menos de meia hora, o prédio vai estar vazio, e aí, então, eu saio.

Matt bufou, mas parou de tentar dissuadi-la, porque sabia que seria inútil. E, por causa do trânsito infernal, não poderia chegar à Bancroft's em menos de trinta minutos para tirá-la de lá à força.

— Tudo bem — rendeu-se. — Mas promete que você vai me ligar assim que sair, porque não vou sossegar enquanto não souber que está segura.

— Prometo — ela murmurou, então acrescentou em tom de brincadeira: — Meu pai deixou o celular no escritório e vou levar ele comigo. Quer o número, se você não se aguentar de preocupação?

— É claro que eu quero!

Meredith abriu uma gaveta da escrivaninha, tirou o telefone e olhou o número, que passou para ele.

Assim que acabaram de conversar, Matt começou a andar pela sua sala como uma fera enjaulada, agitado demais para ficar sentado, esperando que ela desse notícias. Foi até a parede de janelas e tentou, em vão, distinguir o topo do prédio da Bancroft's no amontoado de arranha-céus. Refletiu que, se tivesse um rádio, poderia acompanhar os acontecimentos, não só na loja de Chicago como nas outras também. Lembrou-se, então, que Tom Anderson tinha um na sala dele.

Afastando-se depressa da janela, foi para a sala da secretária.

— Vou falar com Tom Anderson — informou à moça. — Ramal 4, 1, 1, 4. Se Meredith Bancroft telefonar, passe a chamada pra lá. Fui claro? É uma emergência — concluiu, desejando desesperadamente que Eleanor Stern estivesse ali.

— Perfeitamente, senhor — ela respondeu com hostilidade.

Matt, porém, nem percebeu, preocupado com Meredith. Tão preocupado que esqueceu de tirar a chave da fechadura da gaveta da escrivaninha, presa num chaveiro juntamente com as chaves do arquivo.

Joanna esperou até que a porta do elevador se fechasse atrás dele e correu para o outro escritório, onde viu o chaveiro pendendo da fechadura da gaveta. Pegou-o e voltou para sua sala. A terceira chave que experimentou destrancou o arquivo. Ela não demorou para encontrar a pasta com o nome de Meredith Bancroft. Nervosa, com as mãos úmidas de suor, puxou-a para fora e abriu-a. Dentro, havia algumas anotações escritas à mão e um contrato de duas páginas assinado por Meredith Bancroft. Joanna arregalou os olhos e sorriu com maldosa satisfação quando leu os termos. O homem que a revista *Cosmopolitan* chamara de "um dos mais cobiçados solteirões do país", que saía com top models, princesas e atrizes famosas, oferecera à própria esposa a quantia de cinco milhões de dólares só para que ela concordasse em encontrar-se com ele quatro vezes por semana, durante onze semanas! Também se comprometera a vender-lhe um terreno que ela queria desesperadamente.

— Preciso de seu rádio — Matt avisou sem preâmbulos, entrando no escritório de Tom Anderson. Viu o aparelho no parapeito da janela, foi até lá e ligou-o. — A Bancroft's está sob ameaça de uma bomba — explicou. — E Meredith quer ser a última a sair do prédio.

— Meu Deus! — exclamou o outro homem, levantando-se da cadeira giratória. — Por quê?

Pouco depois, um telefonema de Meredith foi transferido para o escritório de Tom, e ela disse que já havia saído do edifício. Os dois ainda conversavam quando o locutor da rádio anunciou uma edição extraordinária de notícias e informou que uma bomba tinha sido encontrada na loja de Nova Orleans, e que o esquadrão antibombas estava tentando desarmá-la. Matt contou isso a Meredith.

Uma hora depois, outra bomba foi descoberta na filial de Dallas e, em seguida, mais uma, no departamento de brinquedos da loja de Chicago.

# 50

⌒⌒ PARADO DIANTE DO PORTÃO DE FERRO, PHILIP BANCROFT ficou olhando para a vila simples e pitoresca, onde Caroline Edwards Bancroft morava havia quase trinta anos. No topo de uma colina rochosa, a casa dominava o porto, lá embaixo, onde o navio em que ele viajava ancorou no início da manhã. Flores coloriam canteiros bem cuidados e desabrochavam em grandes vasos. A cena, banhada pelo sol de fim de tarde, tinha uma aura de beleza e serenidade, e Philip achou difícil imaginar sua frívola ex-mulher vivendo naquela relativa reclusão.

Ela ganhara a propriedade de Dominic Arruro, o italiano com quem tivera um caso antes de casar-se, e devia ter gasto até o último centavo do que recebera por ocasião do divórcio para sujeitar-se a viver ali. Caroline recebia dividendos do grande lote de ações da Bancroft & Company que possuía, mas havia uma cláusula que a proibia de vendê-las ou transferi-las para qualquer pessoa que não fosse Philip. Tinha o direito de votar, como qualquer outro grande acionista, e votava, mesmo a distância, sempre de acordo com as recomendações da diretoria. Disso, Philip tinha certeza, porque no decorrer dos anos fizera questão de observar como Caroline usava seus votos.

Ainda olhando para a residência, ele deduziu que ela estava sendo obrigada a viver apenas dos dividendos, pois de outra forma não se isolaria daquele modo. Com um suspiro, refletiu que não havia tido a intenção de ir até ali, e que a ideia germinara quando a esposa idiota do senador perguntara-lhe se ele visitaria a ex-mulher. Uma vez germinada, não permitira que ele a ignorasse, levando-o a considerar que estava muito mais velho e não sabia quanto tempo ainda viveria. De repente, parecera-lhe algo bom fazer as pazes com a mulher que um dia amara. Ela fora uma adúltera, e ele a castigara, mantendo-a longe da única filha e forçando-a a concordar em nunca procurá-lo ou a Meredith. Na época, isso parecera justo. Agora, sabendo que a morte podia chegar a qualquer momento, achava que havia sido um pouco cruel. Talvez.

No entanto, depois de ver o modo simples como Caroline vivia, desistiu da ideia de entrar no pátio além do portão e bater à porta da casa. Por mais estranho que fosse, o motivo disso era compaixão. Sabia que a ex-mulher era excessivamente vaidosa e que sofreria muito se ele a visse levando uma vida tão pouco sedutora. Sempre que pensara em Caroline, durante todos aqueles anos, imaginara-a vivendo em grande estilo, ainda linda e com uma vida social intensa, algo que sempre adorara. Mas a mulher que morava ali com certeza transformara-se numa ermitã, não tendo mais nada para fazer a não ser observar os navios entrando e saindo e comprar o necessário na pequena aldeia que cercava o porto.

Curvando os ombros sob o peso de uma sensação de tristeza pelos sonhos esquecidos e vidas estraçalhadas, Philip virou-se para a trilha que contornava a colina e descia para o porto.

— Veio de muito longe, Philip, para agora ir embora sem falar comigo.

Ele se virou bruscamente ao ouvir a voz inesquecível e viu Caroline parada sob uma árvore na encosta do outro lado, com uma cesta de flores pendurada no braço.

Ela começou a andar em sua direção com passadas longas e graciosas, os cabelos loiros presos num lenço de camponesa. Não estava usando o mínimo traço de maquiagem, parecia muito mais velha e, de alguma maneira, mais bonita. O desassossego que sempre houvera em seu rosto desaparecera, e em seu lugar surgira uma serenidade que ela nunca possuíra na juventude. Lembrava muito Meredith, e suas pernas ainda eram fantásticas.

Ele a encarou, quando ela parou à sua frente, sentindo o coração bater mais rápido, sem saber o que dizer.

— Você está velha — disse por fim, tolamente.

Ela riu de modo suave, não demonstrando rancor.

— Que comentário gentil, Philip!

— Eu estava aqui perto — ele informou constrangido, fazendo um gesto de cabeça para o lado do porto.

— O que foi que conseguiu arrancar você da loja? — ela perguntou, pondo a mão no portão, mas sem abri-lo.

— Uma licença para tratamento de saúde. Meu coração não anda bom.

— Eu sei que esteve doente. Ainda leio os jornais de Chicago.

— Posso entrar? — Philip perguntou de súbito, então se lembrou de que sempre havia algum homem perto dela. — Ou está esperando alguma visita? — acrescentou, com sarcasmo descarado.

— É bom saber que, enquanto tudo e todos no mundo mudam, você continua o mesmo, ciumento e cheio de suspeitas.

Ela abriu o portão, já arrependida de tê-lo deixado entrar, e os dois subiram pelo caminho até a casa.

O piso da sala era de pedra, mas havia tapetes coloridos, espalhados harmoniosamente, e o ambiente tornava-se alegre com a presença de vasos com flores do jardim.

— Sente-se — Caroline disse, apontando para uma das poltronas.
— Gostaria de tomar alguma coisa?

— Gostaria, sim — ele respondeu, mas não se sentou.

Foi até uma grande janela e ficou olhando para fora, até que foi obrigado a virar-se para pegar o copo de vinho que ela lhe oferecia.

— Você... está bem? — perguntou, desajeitado.

— Muito bem, obrigada.

— Acho estranho Arturo não lhe ter dado algo melhor do que isso. Essa casa é um pouco maior do que um chalé de montanha.

Caroline não respondeu, e, irritado, Philip sucumbiu à tentação de mencionar o último amante dela, aquele que causara o divórcio.

— Spearson não conseguiu subir um degrau na vida. Sabia disso, Caroline? Ainda treina cavalos e dá aulas de equitação.

De modo inacreditável, ela sorriu e, indo até uma mesa de canto, onde deixara a garrafa e os copos, serviu-se de vinho. Em silêncio, tomou um gole, os grandes olhos azuis fitando Philip por cima da taça.

Desconcertado, sentindo-se um bobo, ele sustentou-lhe o olhar.

— Vejo que não perdeu a mania de me ofender — ela observou depois de um longo momento. — Continua a me jogar no rosto deslizes imaginários. É espantoso que eles ainda o perturbem, depois de quase trinta anos.

Respirando fundo, Philip inclinou a cabeça para trás e exalou o ar num suspiro ruidoso.

— Desculpa — pediu com sinceridade. — Não sei por que falei isso. O que você faz não é da minha conta.

Ela dirigiu-lhe um sorriso sereno.

— Você falou isso porque continua ignorando a verdade.

— Que verdade? — ele perguntou com sarcasmo.

— Não foi Dennis Spearson quem arruinou nosso casamento, Philip, nem Dominic Arturo. Foi você. Nunca deixou de ser um garotinho assustado, que morre de medo que alguém roube suas coisas e as pessoas de quem gosta. Mas não fica esperando, impotente, pelos acontecimentos. *Força* as coisas a acontecerem, para, então, odiar e sofrer. Começa impondo restrições insuportáveis às pessoas a quem ama e, quando elas lhe desobedecem, sente-se traído e fica furioso. Então, se vinga, punindo-as pelos erros que as forçou a cometerem. Como não é realmente um menino, mas um homem rico e poderoso, sua vingança contra imaginários culpados é terrível. Seu pai fez a mesma coisa com você.

— De onde tirou essas baboseiras de psicologia barata? Teve caso com algum psiquiatra?

— Não. Li muitos livros a respeito, tentando entender o que aconteceu entre nós — ela respondeu calmamente.

— Quer que eu acredite que essa bobagem que disse foi a causa de nosso rompimento? Que você era inocente, e que eu era doentiamente ciumento e possessivo?

— Se você achar que está bem pra me ouvir.

Ele franziu a testa, confuso com a calma e a beleza do sorriso gentil de Caroline. Aos vinte anos, ela fora maravilhosa. Agora, com cinquenta, e algumas linhas de expressão ao redor dos olhos e na testa, mostrava um rosto que tinha personalidade, ainda mais atraente. E irresistível.

— Conte o que acha que é a verdade — Philip concedeu secamente.

— Está bem. — Ela deu alguns passos e parou não muito longe dele. — Vamos ver se já é maduro e sensato o suficiente para acreditar. Estou com a sensação de que sim.

— Por quê?

— Porque vai perceber que não tenho nada a ganhar, nem a perder, contando tudo a você — Caroline respondeu, aproximando-se da janela. — Acha que tenho?

— Imagino que não — ele admitiu, depois de alguns instantes.

— Então, aqui vai a verdade. Quando nos conhecemos, fiquei fascinada por você, pois não era um daqueles homens falsificados de Hollywood, e muito diferente de todos os que eu conhecera fora do mundo do cinema. Você era bonito, educado, estiloso e tinha classe. Eu me apaixonei no segundo encontro, Philip. Eu te amava tanto, era tão insegura, me sentia tão inferior, que quase não respirava direito quando estávamos juntos, com medo de cometer algum erro. Em vez de ser sincera e contar a verdade sobre meu passado e os homens com quem já dormira, contei a história inventada pelo estúdio, de que eu cresci num orfanato e tive apenas um caso, quando ainda era uma adolescente boba.

Caroline fez uma pausa, mas Philip não disse nada.

— Na verdade, minha mãe foi uma prostituta, que nem sabia quem era meu pai — ela continuou. — Fugi de casa quando tinha 16 anos, fui para Los Angeles e arrumei emprego num restaurante de segunda categoria. Foi lá que um mensageiro de uma companhia de cinema me descobriu, e fiz um "teste" com ele, no sofá do escritório de seu chefe. Duas semanas depois, fui apresentada a esse chefe e fui testada, do mesmo jeito. Eu não sabia atuar, mas era fotogênica, e o homem mandou-me para uma agência de modelos, onde comecei a ganhar dinheiro posando para anúncios de revistas. Entrei numa escola de atuação e consegui alguns pequenos papéis em filmes, naturalmente depois de dormir com alguém. Com o tempo, foram me dando papéis melhores, e, então, conheci você. — Parou de falar novamente, permitindo que Philip se manifestasse.

— Sei de tudo isso, Caroline — ele declarou. — Mandei investigar sua vida, um ano antes do divórcio. Não está me dizendo nada que eu não tenha descoberto ou adivinhado.

— Ainda não, mas vou dizer. Quando nos conhecemos, eu já adquirira alguma autoconfiança e um pouco de amor-próprio, de modo que não ia mais para a cama com homens só porque era fraca demais para dizer "não".

— Você ia porque gostava! — ele exclamou com desprezo. — Foi com centenas deles!

— Centenas, certamente não — ela protestou com um sorriso triste. — Mas com muitos. Fazia parte da profissão, algo assim como os apertos de mãos que os homens trocam no mundo dos negócios.

Não se abalou quando viu Philip torcer os lábios num trejeito de repugnância.

— Quando me apaixonei por você, senti vergonha, pela primeira vez na vida, do que eu era e das coisas que fizera — prosseguiu. — Então, tentei anular meu passado, inventando outro que satisfizesse a seus padrões, o que foi um esforço inútil.

— Inútil — ele concordou.

— Mas eu podia mudar o presente, e foi o que fiz — ela declarou com um olhar tranquilo que confirmava a sinceridade em sua voz. — Philip, nenhum homem me tocou depois do dia em que nos conhecemos.

— Não acredito em você! — ele gritou.

Caroline, porém, apenas sorriu.

— Tem de acreditar, porque já concordou em que não vou ganhar absolutamente nada mentindo para você. Que motivo eu teria para me humilhar deste modo? Pensei que pudesse apagar meu passado sujo se vivesse um presente limpo. Meredith é sua filha, Philip. Sei que pensou que ela fosse de Dominic, ou de Dennis Spearson, mas tudo o que fiz com Dennis foi aprender a cavalgar. Todas as mulheres de seu círculo social sabiam montar, e eu queria ser igual a elas, de modo que decidi tomar aulas às escondidas.

— Foi essa a mentira que me contou na época.

— Não, meu amor — ela respondeu sem pensar. — Era a verdade. Não vou mentir, dizendo que não tive um caso com Dominic, mas foi antes de conhecer você. Ele me deu essa casa para resgatar-se do erro estúpido que comete, aquela vez que estava embriagado e você o pegou...

— Eu voltei mais cedo de uma viagem de negócios e peguei o miserável em nossa cama!

— Mas eu não estava lá com ele! — ela replicou. — E Dominic estava quase desmaiado de tão bêbado!

— Não, você não estava com ele — Philip concordou sarcasticamente. — Tinha ido se encontrar com Spearson, deixando a casa cheia de hóspedes, que ficaram comentando a sua ausência.

Para sua surpresa, ela riu.

— Não é irônico que eu nunca tenha sido apanhada numa mentira a respeito do meu passado? Quero dizer, o mundo todo acreditou que eu era órfã e que, como num conto de fadas, alcançara o sucesso. E os casos que tive antes de nos casarmos nunca foram divulgados. — Caroline fez que não com a cabeça, e os cabelos pesados, cortados na altura dos ombros, brilharam à luz do sol poente. — Fui absolvida, quando era culpada, mas, quando era inocente, você me condenou. Acho que podemos chamar isso de justiça poética.

Philip não sabia o que dizer, incapaz de acreditar no que ouvira, mas também incapaz de duvidar completamente. Não fora tanto o que Caroline contara que quase o fizera crer em sua inocência, mas o jeito de ela encarar tudo aquilo, a serena aceitação de seu destino, a ausência de rancor, a franqueza que brilhava nos olhos azuis.

— Sabe por que me casei com você, Philip? — ela perguntou, arrancando-o das reflexões.

— Talvez porque quisesse segurança financeira e prestígio social, duas coisas que eu podia oferecer.

Ela riu mansamente.

— Você se subestima. Já disse que fiquei fascinada por sua aparência e educação e que me apaixonei. Mas jamais teria me casado se não fosse por uma coisa.

— O quê? — Philip perguntou, sem poder conter-se.

— Eu acreditava, sinceramente, que também tinha algo para te dar, algo de que você precisava. Sabe o quê?

— Não faço ideia.

— Achei que pudesse te ensinar a rir e aproveitar a vida. — O silêncio pairou sobre eles por um longo momento. — Você aprendeu a rir, querido? — ela perguntou por fim.

— Não me chame de querido! — ele esbravejou, mas emoções que não desejava sentir apertavam-lhe o peito. — Preciso ir.

— Eu sei. Arrependimentos são cargas pesadas. Quanto antes você for, mais depressa pode se convencer de que estava certo, trinta anos atrás. Mas, se ficar, quem sabe o que pode acontecer?

— Não aconteceria nada — ele lhe assegurou.

— Até logo, Philip. Gostaria de mandar lembranças a Meredith, mas você não daria o recado, não é?

— Não.

— Ela não precisa de nada meu, também — Caroline comentou com um sorriso triste. — Por tudo o que tenho lido, é uma jovem maravilhosa. E, goste você ou não, tem um pouco de mim — acrescentou com orgulho. — Meredith sabe rir.

— Como assim, "tudo o que tem lido"? — Philip perguntou, confuso. — Do que está falando?

Caroline fez um gesto de cabeça, indicando uma pilha de jornais de Chicago, e deu uma risadinha gutural.

— Falo do modo como ela está lidando com o fato de ser casada com Matthew Farrell e estar noiva de Parker Reynolds.

— Como é que você sabe disso? — ele indagou, empalidecendo.

— Saiu em todos os jornais.

Philip caminhou na direção da mesinha onde ela havia empilhado os jornais e pegou o de cima. Seu corpo todo pareceu vibrar de raiva quando ele viu as fotos de Meredith, Parker e Farrell na primeira página, e a manchete que anunciava a prisão de Stanislaus Spyzhalski. Jogou o jornal no chão e pegou outro, que continha trechos da entrevista coletiva concedida pelos três e a foto de Farrell sorrindo para Meredith. O terceiro jornal, que falava da ameaça de bomba na loja de Nova Orleans, escorregou lentamente das mãos dele.

— Onze anos atrás, Farrell me avisou do que ia fazer contra mim — Philip murmurou, mais para si mesmo do que para Caroline. — E está fazendo! Onde fica o telefone mais próximo?

# 51

⁓ Matt já andava impaciente pelo apartamento quando Meredith chegou, às 19 horas, com trinta minutos de atraso.

— Droga, Meredith! — reclamou, tomando-a nos braços. — Se ia se atrasar, podia ter telefonado avisando. Como posso ficar tranquilo com tantas bombas por aí?

— Desculpa — ela pediu, parecendo exausta. — Não pensei que fosse ficar imaginando tragédias.

— É evidente que minha imaginação é fértil demais quando se trata de você — Matt comentou com um sorriso contrito.

Guiou-a até os fundos do apartamento e subiram um lance de degraus que levava a uma sala íntima, o mais aconchegante de todos os aposentos, de onde se descortinava uma vista maravilhosa da cidade.

— Fiquei quase a tarde inteira na delegacia — ela contou, sentando-se num sofá de couro. — Dei todas as informações que tinha para tentar ajudá-los a descobrir quem está cometendo os atentados contra as lojas. Quando cheguei em casa para me trocar, antes de vir para cá, recebi um telefonema de Parker, e conversamos durante quase uma hora.

Meredith parou de falar, lembrando-se da conversa. Nenhum dos dois comentara o fato de ele ter passado a noite com Lisa. Como Parker não mentia, a falta de explicações confirmou que não fora platônico o que acontecera entre eles. Antes de desligar, o ex-noivo desejara-lhe felicidades com Matt, embora parecesse em dúvida sobre se isso seria possível. Lamentara ter iniciado a briga, mas declarara que teria adorado acertar um soco no rosto de Matt. O resto do tempo, falara de negócios, o que não fora agradável nem tranquilizante para Meredith.

— Eu me distraí, desculpa — ela murmurou, percebendo que se perdera em pensamentos. — Mas o dia foi estressante, do começo ao fim.

— Não quer desabafar? — Matt perguntou, sentando-se a seu lado. — Meredith olhou-o, mais uma vez admirada com a aura de poder e absoluta competência que o cercava. No entanto, aquele homem poderoso e ousado gemia de desejo na cama, possuindo-a com desespero, e Meredith sentia-se feliz por isso, amando-o cada vez mais. — Ou prefere esquecer esse dia horrível? — ele perguntou quando ela permaneceu em silêncio.

— Não quero sobrecarregar você com meus problemas, Matt.

— Mas pode me sobrecarregar com outra coisa — ele informou com um sorriso sensual. — Fiquei acordado até de madrugada, imaginando você na cama comigo. — Sério novamente, acrescentou: — Vamos ver como foi seu dia.

Com esforço, ela se livrou das imagens eróticas que as palavras dele haviam lhe provocado.

— Na verdade, é fácil resumir os acontecimentos — disse, aconchegando-se naquele corpo musculoso. — O último, mas não menos importante, foi que nossas ações baixaram três pontos, esta tarde.

— Vão voltar a subir quando essa história das bombas for esquecida — ele assegurou.

— É o que eu espero. De manhã, o presidente da mesa diretora me ligou, dizendo que os diretores querem uma explicação sobre a briga de sábado à noite. Eu estava falando com ele quando recebi o aviso sobre a primeira bomba, de modo que a conversa parou por aí.

— Os atentados vão ser uma distração por algum tempo.

— Acho que sim — ela murmurou, desviando o olhar para a janela.

— O que mais a está perturbando?

Meredith hesitou, constrangida.

— Preciso conseguir financiamento para a compra do terreno de Houston — disse após alguns instantes. — Você me daria mais algum tempo? Parker falou com outro banco e estava tudo acertado, mas hoje, depois das notícias sobre as bombas, um dos diretores telefonou a Parker e disse que o empréstimo estava cancelado.

— Muita gentil de Reynolds jogar tudo isso em cima de você, logo hoje — Matt observou sarcasticamente.

— Ele telefonou para saber se eu estava bem e para se desculpar por sábado à noite. O assunto do dinheiro surgiu porque tínhamos uma reunião marcada para amanhã, para negociarmos os termos do empréstimo com o outro banco. Parker tinha de me dizer que fora tudo cancelado.

O bipe que Meredith sempre levava consigo começou a emitir sinais e ela o tirou da bolsa. Leu a mensagem e, com um suspiro desanimado, olhou para Matt.

— Era só o que faltava para completar o dia — comentou.

— O que foi?

— Meu pai quer que eu ligue para ele, e são duas ou três horas da madrugada na Itália! Ou quer apenas perguntar como estou, o que é pouco provável, ou leu algum jornal e ficou sabendo o que se passa aqui. Posso usar seu telefone?

Philip encontrava-se no aeroporto de Roma, esperando pelo voo que o levaria para casa, e quando sua voz explodiu no telefone, até Matt ouviu, franzindo a testa, desgostoso, enquanto Meredith mordia o lábio nervosamente.

— O que diabo você está fazendo, Meredith? — Philip berrou.

— Calma, pai, por favor!

— Perdeu a cabeça? Fica sozinha por duas semanas e começa a sair nos jornais, envolvida em escândalos, aparecendo ao lado daquele filho da puta! E o que me diz dessa história de uma bomba na nossa loja?

— Não precisa se preocupar com isso — ela implorou, contendo a raiva. — As três foram encontradas e removidas. Não...

— Três?! — Philip rugiu. — Três bombas? Do que está falando?

— Pensei que soubesse.

— Sabia de uma, a de Nova Orleans. Foram três? Quando? Onde?

— Hoje. Em Nova Orleans, Dallas e aqui em Chicago.

— As vendas...

— Caíram, naturalmente — ela contou, interrompendo-o. — Mas voltarão a subir. Já estou organizando uma promoção especial.

— E as nossas ações?

— Caíram três pontos hoje.

— E Farrell? O que está acontecendo entre vocês dois? Fique longe dele! Nada mais de entrevistas coletivas!

Matt ouvia a conversa sem grande esforço, porque Philip falava aos gritos. Como Meredith não se rebelou contra as ordens do pai, ele se dirigiu às janelas que formavam a parede e ficou olhando para fora.

— Escute o que vou dizer, pai — Meredith pediu com voz suave. — Não vale a pena ficar tão descontrolado e correr o risco de ter um ataque cardíaco.

— Não fale comigo como se eu fosse inválido — ele avisou e fez uma pausa, provavelmente para tomar um dos comprimidos de efeito imediato que o médico receitara. — Estou esperando uma resposta sobre Farrell.

— Acho que não é um assunto para discutirmos por telefone.

— Pare de me enrolar, Meredith!

Ela refletiu que talvez fosse melhor deixar de ser tão evasiva, porque incerteza era algo que o pai nunca suportara.

— Está bem. Já que quer assim... — Parou de falar por um momento, tentando achar a melhor forma de explicar a situação. Então, continuou: — Sei que o senhor me ama e que fez o que acreditou ser o melhor para mim, onze anos atrás. Estou falando do telegrama mentiroso que enviou para Matt. Sei de tudo.

— Onde você está? — Philip perguntou, obviamente assaltado por uma repentina suspeita.

— No apartamento de Matt.

— Estou indo pra casa — disse o pai com raiva e também com algo mais, que parecia pânico. — Meu avião sai daqui a três horas. Fique longe de Farrell. Não confie nele. Você não conhece esse homem! E garanta que a gente não entre em falência — finalizou com sarcasmo, desligando abruptamente.

Meredith pousou o telefone no gancho, olhando para Matt, que continuava de costas para ela em muda acusação.

— Que dia! — exclamou. — Ficou chateado que não fui mais clara contando tudo sobre nós?

Sem se virar, ele esfregou os músculos da nuca.

— Não estou chateado, Meredith. Só estou tentando me convencer de que você não se dobrará à vontade de seu pai, que não começará a ter dúvidas, pesando os prós e os contras de ficar comigo.

— Que bobagem é essa que você está dizendo? — ela protestou, caminhando até ele.

Matt lançou-lhe um olhar de esguelha.

— Faz dias que tento imaginar o que Philip Bancroft fará quando chegar e descobrir que você quer ficar comigo. Agora já começo a adivinhar.

— Repito: Que bobagem é essa?

— Seu pai vai jogar o trunfo na mesa, fazendo você optar entre ficar comigo ou ir para o lado dele. Se o escolher, você estará garantindo a chance de vir a ocupar a presidência da Bancroft & Company. — Matt suspirou. — Não tenho certeza de que serei o escolhido.

Meredith estava cansada e estressada demais para lidar com um problema que ainda não aparecera.

— Não acredito que cheguemos a isso — declarou com sinceridade, porque acreditava que poderia fazer Philip aceitar o fato de que ela amava Matt. — Sei que meu pai vai ficar furioso e fazer um escândalo, mas acabará se rendendo, porque me ama. Tenho pensado muito no que ele nos fez. Por favor, Matt, coloque-se no lugar dele. Imagina que tivesse uma filha de dezoito anos, a quem protegesse ferozmente de todas as coisas ruins, que ela conhecesse um homem muito mais velho, e que você tivesse todos os motivos para julgá-lo um caçador de fortunas. Suponha que esse homem tirasse a virgindade de sua filha e a engravidasse. Como é que você se sentiria?

Matt ficou em silêncio por alguns instantes.

— Eu o odiaria — admitiu por fim. — No entanto, daria um jeito de aceitá-lo, por amor à minha filha. E estou certo de que não a faria sofrer, tramando algo sórdido para fazê-la acreditar que tinha sido abandonada. Muito menos tentaria subornar o homem para que a deixasse. — Olhou-a e sorriu, abraçando-a. — Seu pai tentou, mas respondi que ele não devia intrometer-se em nossa vida. Não com essas palavras, exatamente.

Era meia-noite quando Matt acompanhou Meredith até o carro. Exausta, após tantas tribulações, totalmente relaxada depois das longas horas de amor, ela se acomodou atrás do volante do Jaguar.

— Tem certeza de que está bem para dirigir? — ele indagou, segurando a porta aberta do carro.

— O suficiente — ela respondeu com um sorriso lânguido, virando a chave na ignição.

— Vou oferecer uma festa ao elenco de *O Fantasma da Ópera*, na sexta-feira — Matt informou. — Convidei muita gente que você conhece. Minha irmã vai vir, e estou pensando em convidar aquele seu advogado. Acho que os dois vão se dar bem.

— Se me convidar também, eu venho — Meredith gracejou, ligando o rádio.

— Não ia te convidar.

— Não? — ela murmurou, embaraçada e confusa.

— Gostaria que fosse a anfitriã.

Matt estava pedindo algo que constituía uma declaração quase pública de que os dois formavam um casal.

— Traje a rigor? — perguntou.

— Claro. Por quê?

— Porque uma anfitriã precisa estar vestida de acordo.

Com uma risada, Matt tirou-a do carro e abraçou-a, tomando-lhe os lábios num longo beijo de gratidão e alegria.

Ainda se beijavam quando do rádio veio a notícia de que Stanislaus Spyzhalski, falso advogado, que enganara muitas pessoas, inclusive

Matthew Farrell e Meredith Bancroft, fora encontrado morto numa vala, nos arredores de Belleville, estado de Illinois.

Ela interrompeu o beijo, olhando assustada para Matt.

— Ouviu isso?

— Já tinha ouvido antes de você chegar — ele respondeu.

Sua total indiferença e o fato de não ter contado a ela pareceram um pouco estranhos a Meredith, mas o cansaço a impedia de raciocinar, e a boca de Matt voltou a apossar-se da sua.

# *52*

⌒ A INQUEST, AGÊNCIA DE INVESTIGAÇÕES PERTENCENTE à Intercorp, tinha sede na Filadélfia e era dirigida por um ex-agente da CIA, Richard Olsen.

Na manhã seguinte, às 8:30, quando Matt saiu do elevador para dirigir-se ao escritório, encontrou Olsen à sua espera.

— É bom ver você de novo, Matt — disse o homem quando os dois se cumprimentaram.

— Digo o mesmo. Pode me dar cinco minutos? Antes de começarmos, preciso dar um telefonema.

Deixando Olsen na área de recepção, Matt foi para o escritório e fechou a porta. Sentou-se e ligou para o número privativo do presidente de um dos maiores bancos de Chicago.

— Aqui é Matt — identificou-se, quando o banqueiro atendeu. — O Reynolds Mercantile cancelou o empréstimo que faria à Bancroft & Company, exatamente como achamos que aconteceria. Parker Reynolds arranjou para que outro banco emprestasse o dinheiro, mas esse também cancelou a transação.

— A economia não está muito estável, e os bancos ficaram cautelosos — o banqueiro observou. — O Mercantile sofreu um sério revés nesse semestre, com a falência de dois clientes a quem concedera empréstimos astronômicos.

— Eu sei disso tudo — Matt afirmou, impaciente. — O que não sei é se o fato de três lojas da Bancroft & Company terem sido ameaçadas com bombas vai fazer com que o banco decida vender os empréstimos que fez à empresa por considerar arriscado mantê-los.

— Devo tentar descobrir?

— Deve, hoje mesmo.

— O procedimento será aquele que já combinamos? — o banqueiro perguntou. — Em nome da financeira Collier, compramos os empréstimos feitos à Bancroft & Company, e você dá um jeito de tirá-los de nossas mãos dentro de sessenta dias?

— Exatamente.

— Não vai ser ruim mencionar o nome Collier ao falar com Reynolds? Ele não vai fazer a ligação com você?

— Era o nome de solteira de minha mãe — explicou Matt. — Ninguém o associará a mim.

— Se esse negócio das bombas acabar sem causar danos sérios à Bancroft & Company, podemos ficar interessados em conservar os empréstimos — o banqueiro comentou.

— Discutiremos os termos se isso acontecer — Matt afirmou, mas estava pensando em assuntos mais imediatos. — Depois que se oferecer para comprar os empréstimos, diga a Reynolds que a Collier também deseja financiar o projeto da Bancroft's em Houston. Peça a ele para dizer isso a Meredith Bancroft. Quero que ela saiba que conseguiu os fundos de que precisa.

— Vamos cuidar de tudo.

Assim que desligou o telefone, Matt pediu a Eleanor que fosse buscar Richard Olsen e ficou à espera, ansioso. O investigador entrou e tirou o sobretudo, entregando-o a Eleanor, que saiu, deixando os dois a sós.

— O que a polícia sabe a respeito das bombas? — Matt perguntou, enquanto o homem ainda ajeitava-se numa das cadeiras diante da mesa.

— Não muito — respondeu Olsen, tirando da pasta um dossiê que abriu no colo. — Mas chegou a algumas conclusões interessantes, assim como eu.

— Vamos ver.

— A polícia acha que quem fez isso providenciou para que as bombas fossem descobertas antes de explodir. Essa teoria faz sentido, porque os avisos anônimos foram feitos várias horas antes do momento marcado pra explosão, e as bombas estavam escondidas em lugares onde foi muito fácil encontrá-las. Não eram bombas caseiras, mas feitas por um profissional, o que me leva a crer que não estamos lidando com um lunático que quer se vingar da Bancroft's por alguma ofensa imaginária. Se a polícia estiver certa, e acho que está, a intenção não era danificar as lojas, nem machucar ou matar pessoas. Resta um único motivo lógico: alguém quer prejudicar as vendas, assustando os clientes. Sei que o movimento caiu em todas as lojas Bancroft's do país, ontem, e que o valor das ações despencou. Agora, só resta saber quem teria interesse em prejudicar as vendas e por quê.

— Não sei responder — Matt admitiu. — Ontem, por telefone, eu falei pra você que parece que tem mais alguém, além de mim, planejando uma tentativa de fusão com a Bancroft & Company. Alguém que está comprando ações da empresa por baixo dos panos, como se diz. Quando entrei no jogo e comecei a comprar ações da Bancroft & Company, elevei o preço delas. É possível acreditar que uma corporação predadora esteja tentando me assustar e me tirar da jogada, bancando a terrorista, ou, então, queira forçar a queda do valor das ações para que possa comprá-las a um preço mais baixo.

— Faz alguma ideia de qual possa ser essa corporação?

— Não. Seja qual for, os dirigentes devem querer tanto essa fusão que nem estão raciocinando direito. A Bancroft & Company está endividada, e não representa um bom negócio a curto prazo.

— Mas você também a quer — o investigador salientou.

— Quero, mas não estou pensando nos lucros.

— Por que está comprando ações da Bancroft & Company, Matt? — Olsen perguntou, direto como sempre. Como não obteve resposta, ergueu as mãos num gesto de desamparo. — Estou procurando motivos. Se conhecer o seu, talvez encontre alguém com um motivo similar, e isso nos dará algumas pistas.

— Quero me vingar de Philip Bancroft — Matt declarou quando o desejo de privacidade foi derrotado por sua vontade de ver tudo aquilo terminado.

— Sabe de mais alguém que tenha motivo para querer vingar-se dele e, naturalmente, muito dinheiro?

— Como é que vou saber? — Matt resmungou, levantando-se e começando a andar pela sala. — Bancroft é um filho da puta arrogante. Não devo ser seu único inimigo.

— Vamos começar por aí, procurando inimigos de Philip Bancroft, que possam querer se vingar e vejam na fusão um investimento que dará lucros, a longo prazo.

— Isso é absolutamente ridículo.

— Nem tanto quando se considera que uma corporação predadora que só visasse os lucros nunca recorreria a bombas para enfraquecer a presa — o investigador argumentou.

# 53

NO MEIO DA TARDE, AS VENDAS NÃO HAVIAM AUMENTADO em nenhuma das lojas, e Meredith lutava contra a tentação de analisar os dados fornecidos pelos computadores a cada cinco minutos. A qualquer instante Mark Braden chegaria de Nova Orleans, e ela continuava esperando, desde cedo, que o pai aparecesse para tomar satisfações de seus atos.

Phyllis anunciou que Parker estava ao telefone, e foi uma interrupção bem-vinda, pois Meredith precisava de algo que a fizesse esquecer, mesmo que por pouco tempo, tantas preocupações. Como ele já ligara para animá-la, ela supôs que se tratasse de outro telefonema amigável. Estendendo a mão para o aparelho, refletiu que seus sentimentos por ele nunca haviam sido de profundo amor, mas os dois podiam passar facilmente de noivos a grandes amigos. Lisa sempre dissera que faltava fogo no relacionamento deles, e era óbvio que estava certa. Também era óbvio que a amiga tinha seus motivos para suas objeções quanto ao noivado, e isso doía um pouco, mas se Meredith não estivesse mergulhada em problemas, teria ligado para falar com ela. Por outro lado, achava que era Lisa quem devia dar o primeiro passo para que as coisas se esclarecessem.

Meredith dispensou as reflexões, erguendo o telefone.

— Oi, beleza! — Parker saudou-a. — Seu coração vai suportar uma boa notícia no meio de tanta coisa ruim?

— Não sei, mas vamos tentar — ela respondeu sorrindo.

— Encontrei uma pessoa que vai fornecer o dinheiro pra compra do terreno de Houston, e eles querem financiar também a construção da loja. Entraram no meu escritório igual a anjos, hoje de manhã, pedindo pra tirar os empréstimos de nossas mãos.

— Que notícia maravilhosa — ela concordou, mas seu entusiasmo seria maior se não fosse a preocupação de como fariam para pagar, dali a seis meses, os três empréstimos já existentes, com os negócios indo tão mal.

— Não me parece muito animada — Parker comentou.

— Estou preocupada com o movimento fraco das nossas lojas. Acho que não devia dizer isso pro meu banqueiro, mas você é também meu amigo.

— A partir de amanhã serei apenas seu amigo.

Meredith sentiu-se enrijecer de tensão.

— O que está querendo dizer, Parker?

— Estamos precisando de dinheiro — ele começou com um suspiro. — Fomos obrigados a vender os empréstimos da Bancroft & Company aos mesmos investidores que vão emprestar o dinheiro para o projeto de Houston. De agora em diante, vocês farão os pagamentos a uma financeira, a Collier.

Meredith franziu o nariz, confusa.

— Financeira o quê?

— Collier. Trabalha com o banco Criterion, aí pertinho de você. E foi o pessoal do Criterion que me procurou para fazer o negócio. A Collier é uma sociedade privada, com um capital muito grande, e está procurando empréstimos para comprar. Só para me certificar, usei minhas fontes de informação e não há dúvida de que se trata de uma empresa sólida e absolutamente idônea.

Meredith sentiu-se inquieta. Alguns meses atrás, tudo era estável e previsível, tanto no relacionamento do banco Reynolds Mercantile com a Bancroft & Company como em sua vida pessoal. Agora, as coisas pareciam ter sido apanhadas por uma correnteza que poderia tomar qualquer rumo.

Conversou mais um pouco com Parker e agradeceu por ele ter conseguido financiamento para a loja de Houston, mas, quando desligou, o nome Collier continuou a perturbá-la. Nunca o ouvira antes, mas estava achando-o estranhamente familiar.

Mark Braden entrou em seguida, abatido e com a barba por fazer, e ela se preparou para lidar com o problema das bombas.

— Vim direto do aeroporto pra cá, como me pediu — ele explicou, como se estivesse pedindo desculpas por sua aparência.

Tirou o sobretudo e acabara de jogá-lo numa cadeira quando um coro de vozes femininas elevou-se na área de recepção, chamando a atenção dos dois.

— Boa tarde, sr. Bancroft! Seja bem-vindo de volta à loja!

Meredith levantou-se, pronta para enfrentar o momento que tanto temia.

— Muito bem, vamos ver o que anda acontecendo por aqui! — Philip ordenou, entrando e batendo a porta com força. — A droga do avião teve problemas mecânicos, senão eu estaria aqui há muito tempo. — Andando na direção da mesa, tirou o sobretudo, olhando para Mark Braden. — O que descobriu a respeito das bombas? Quem está por trás disso? Por que não está em Nova Orleans? A loja de lá parece o alvo principal.

— Acabei de voltar de lá, e tudo o que temos são teorias — Mark respondeu pacientemente.

Philip marchou para os computadores, clicou em algumas teclas de um deles e seu rosto tornou-se cinzento quando ele viu as colunas de números que informavam o volume de vendas em todas as lojas.

— Meu Deus! — murmurou. — É pior do que eu pensava!

— Vai melhorar — Meredith disse, tentando consolá-lo, quando finalmente ele a beijou distraidamente no rosto. — Se a situação não fosse tão grave, teria rido da aparência do pai. Nunca o vira daquele jeito, com o terno amassado, com a barba por fazer e os cabelos revoltos. — As pessoas estão com medo de entrar nas nossas lojas agora, mas isso vai passar — comentou, começando a afastar-se da escrivaninha para que Philip pudesse ocupá-la.

Para sua surpresa, ele fez um gesto com a mão, indicando que ela ficasse, e ocupou uma das cadeiras destinadas aos visitantes.

— Comece pelo dia em que eu fui pro navio — sugeriu. — Sente-se, Mark. Antes de ouvir suas teorias, quero saber de algumas outras coisas. Meredith, o negócio do terreno de Houston foi concluído?

Ela ficou ainda mais nervosa com a menção àquele projeto em particular. Olhou para Mark.

— Você se importaria de esperar lá fora por alguns minutos, enquanto discuto esse assunto com meu pai?

— Não seja ridícula, Meredith — Philip ralhou. — Braden é de confiança. Ou você ainda não sabe disso?

— Claro que sei — ela respondeu, irritada. — Mark, por favor, nos dê cinco minutos?

Esperou até que o chefe da segurança saísse e rodeou a escrivaninha, parando ao lado do pai.

— Se vamos falar do projeto de Houston, teremos de falar de Matt. Está bastante calmo para ouvir tudo sem explodir?

— Nós vamos falar de Farrell, com certeza, mas primeiro preciso salvar a minha empresa.

O instinto de Meredith dizia-lhe que aquele era o momento certo para contar tudo, inclusive seu envolvimento com Matt. O pai estava preocupado com os negócios e, além disso, Mark encontrava-se à espera para fazer um relatório do que descobrira em Nova Orleans. Philip não teria muito tempo para entregar-se à raiva, nem para estender demais cada assunto.

— Como temos pressa, vou resumir a história e colocar os fatos em ordem cronológica — ela explicou. — Primeiro, quero avisar que Matt está envolvido em alguns deles.

— Vai logo, Meredith.

— Ótimo. — Ela pegou a agenda em que registrara todas as instruções que ele dera antes de partir para a viagem e folheou-a rapidamente. — Estávamos tentando comprar o terreno de Houston, mas, no meio da transação, a Intercorp o comprou. — Philip quase se levantou da poltrona, os olhos cintilando de fúria e espanto. — Sente-se e fique calmo — Meredith pediu em tom tranquilo. — A Intercorp, ou melhor, Matt, comprou o terreno por vinte milhões e queria vendê-lo por trinta. Seria uma retaliação, porque descobriu que o senhor embargou o projeto de rezoneamento de Southville. Ele pretendia processar o senhor, o senador Davies e a comissão de Southville, mas já acertamos isso. Não haverá nenhum processo, e Matt nos venderá o terreno por vinte milhões. — Olhou para o pai, que a fitava, rígido e pálido, e virou mais algumas folhas da agenda. — Sam Green informou que o interesse por nossas ações aumentou bastante no mercado. O preço delas começou a subir, mas caiu depois dos atentados. Saberemos a qualquer hora quem são os novos acionistas e quantas ações possuem.

— Por acaso, Sam mencionou a palavra "fusão"? — perguntou Philip com voz tensa.

— Mencionou, mas concluímos que não deve ser isso, porque somos um alvo ruim, no momento. As ameaças que sofremos em três lojas assustou os clientes e não estamos vendendo praticamente nada.

Ela continuou a contar ao pai tudo o que se passara em sua ausência, inclusive que Parker telefonara naquela manhã para dizer que encontrara uma financeira que lhes emprestaria o dinheiro para o projeto de Houston.

— A respeito dos negócios, é só — disse por fim, observando Philip, preocupada. — Ele parecia uma estátua de pedra, mas recuperara um pouco de cor. — Agora vamos falar de assuntos pessoais, mais especificamente de Matthew Farrell. Acha que consegue falar sobre isso, pai?

— Consigo.

Falando em tom gentil, Meredith contou o que acontecera desde o dia em que fora procurar Matt em seu apartamento e encontrara Patrick Farrell, até a briga no restaurante Manchester House, no dia de seu aniversário. No entanto, não contou que estava mantendo um relacionamento íntimo com Matt.

— Você rompeu o noivado com Parker, não é? — Philip perguntou.

— Rompi.

— Por causa de Farrell?

— Por causa dele. Eu amo Matt.

— Porque você é uma boba!

— E ele me ama.

O pai levantou-se lentamente, torcendo os lábios num trejeito de desprezo.

— Aquele monstro não ama você! O que ele quer é se vingar de mim!

— O fato, pai, é que vocês dois vão ter de suportar um ao outro. Não vou dizer que Matt não está furioso pelo que o senhor fez, porque está, mas ele me ama e, por causa disso, com o tempo o perdoará e até tentará ser seu amigo.

— Ele disse isso, Meredith?

— Não, mas...

— Então, deixe-me contar o que ele me disse, onze anos atrás. Aquele miserável me ameaçou, na minha própria casa! Disse que dentro de alguns anos teria dinheiro para me comprar e me revender, e que, se eu interferisse no casamento de vocês, ele me mataria! Na época, ele não tinha nada, e foi só uma ameaça, mas agora ele tem muito mais do que eu!

— O que foi que o senhor fez, ou disse, para ele ameaçá-lo desse jeito?

— Não vou mentir. Tentei dar dinheiro a ele pra que deixasse você em paz, mas ele não aceitou! Então, tentei dar-lhe um soco.

— Matt o esmurrou?

— Não seria tão burro. Estávamos em minha casa, e eu chamaria a polícia. Além do mais, não ia aborrecer você, batendo em seu pai, porque queria o dinheiro de sua herança. Mas me avisou de que um dia me deixaria sem nada.

— Não foi um aviso, pai, mas uma ameaça sem sentido. O que o senhor esperava que ele fizesse? Que ficasse parado, de boca fechada, ouvindo suas ofensas, e que no fim ainda lhe agradecesse? Ele é tão orgulhoso quanto o senhor, e tem a mesma determinação. É por isso que não se toleram! São parecidos demais!

Philip a olhou meio atônito, e a raiva desapareceu de seus olhos.

— Meredith, você *é* uma jovem inteligente, mas, quando se trata de Farrell, é tão burra — disse em tom quase gentil. — Acontecimentos terríveis estão ameaçando nosso negócio, e ainda não lhe ocorreu que tudo começou depois que esse homem tornou a entrar na sua vida?

— Não seja ridículo, pai! — ela exclamou, não podendo conter uma risada.

— Vamos ver quem vai ser ridículo. — Philip inclinou-se sobre a escrivaninha e apertou o botão do interfone. — Mande Mark Braden entrar e avise a Sam Green e Allen Stanley que quero que se reúnam a nós imediatamente.

O chefe da segurança entrou, e logo depois chegaram o advogado e o contador encarregado do departamento de finanças.

— Vou pôr as cartas na mesa, sem esconder nenhuma — Philip declarou, assim que todos se acomodaram. — O que for dito aqui não é para ser comentado daquela porta para fora. Fui claro?

Os três homens concordaram com um gesto de cabeça.

— Vamos ouvir sua teoria a respeito das bombas — Philip dirigiu--se a Mark Braden.

— A polícia acredita, e estou de acordo, que quem mandou colocar as bombas não tinha a intenção de danificar as lojas. Muito pelo contrário, houve denúncias por telefone, várias horas antes do momento marcado para as explosões, de modo que o esquadrão antibombas teve bastante tempo para encontrar as bombas, que foram colocadas em lugares fáceis de achar. Era como se o perpetrador do crime quisesse evitar danos materiais a todo custo. Muito esquisito.

— Não acho nada esquisito — Philip disse, em tom zombeteiro. — Tudo isso faz muito sentido pra mim.

— Como assim? — perguntou Mark, parecendo confuso.

— Muito simples. Pode ser que alguém queira assumir o comando da Bancroft & Company, alguém bastante canalha para fazer uma coisa dessas, e por isso mandou colocar as bombas, sabendo que as vendas cairiam e que o preço das ações baixaria, facilitando muito a compra de grandes lotes. — Um silêncio profundo pairou na sala por alguns instantes. — Quero uma lista dos nomes de todas as pessoas, empresas e instituições que nos últimos dois meses compraram mais de mil ações da Bancroft's de uma vez — Philip ordenou a Sam Green.

— Posso entregar a lista amanhã — respondeu o advogado. — Já havia começado, a pedido de Meredith.

Philip virou-se para Mark Braden:

— Você vai começar a investigar Matthew Farrell.

Traga-me todas as informações que puder obter.

— Informações de que tipo, especificamente?

— Quero os nomes de todas as empresas das quais ele é sócio majoritário. Além disso, descubra se ele faz negócios usando nomes de outras pessoas, que bancos usa, quantas contas tem, sob que nomes. Nomes! Eu quero nomes.

Meredith sabia o que o pai iria fazer com os nomes. Queria ver se algum deles aparecia na lista de novos acionistas que Sam estava preparando.

Philip olhou para o vice-presidente da divisão de finanças.

— Allen, você vai trabalhar com Sam e Mark. Não quero mais ninguém envolvido nessa caçada, para que os mexeriqueiros não espalhem que estamos investigando o canalha com quem minha filha se casou.

— É a última vez que insulta Matt! — Meredith explodiu, furiosa.

— A menos que apresente provas de que ele não presta.

— Combinado — o pai replicou.

Assim que os três homens saíram, ele pegou um peso de papel e ficou examinando-o, evitando encará-la, como se estivesse acanhado.

— Temos nossas diferenças, Meredith. Brigamos muito e, na maioria das vezes, a culpa é minha — começou a falar, hesitante. — No navio, tive bastante tempo para pensar no que você me disse quando eu declarei que não queria você na presidência. Acusou-me de não amar você, mas estava enganada. — Fitou-a rapidamente, então fixou o olhar no peso de papéis em sua mão. — Estive com sua mãe por algumas horas, na Itália.

— Minha mãe? — Meredith repetiu sem emoção, como se tal pessoa fosse um mito, não uma realidade.

— Não foi uma reconciliação, nem nada parecido — ele se apressou em informar. — Na verdade, discutimos. Ela disse que eu a condenei por infidelidades que nunca cometeu. — Fez uma pausa e, pelo ar preocupado de seu rosto, era óbvio que achava aquilo possível. — Sua mãe disse outra coisa também, que me fez pensar durante todo o voo para cá. — Respirou fundo, erguendo os olhos para Meredith. — Caroline falou que eu era ciumento e possessivo e que eu tentava manipular as pessoas a quem amo, impor restrições rígidas porque tenho medo de perdê-las. Talvez no seu caso, filha, eu tenha mesmo agido assim.

Meredith sentiu um repentino e doloroso nó de emoção na garganta.

— No entanto, o que sinto em relação a Farrell, no momento, não tem nada a ver com ciúme ou sentimento de posse — Philip continuou, e seu tom tornara-se frio e agressivo. — Ele está tentando destruir tudo o que construí, tudo o que tenho, tudo o que vai ser seu um dia. Mas não vou deixá-lo fazer isso! Usarei todos os recursos para impedi-lo. Não duvide disso. *Todos!*

Ela abriu a boca para defender Matt, mas o pai ergueu a mão, silenciando-a.

— Quando perceber que tenho razão, você vai ter de fazer uma escolha, Meredith. Terá de escolher entre mim e Farrell. E estou certo de que fará a escolha certa, a despeito da atração que sente por esse homem.

— Não terei de escolher porque Matt não está fazendo o que senhor disse.

— Você sempre foi cega a respeito de Farrell, mas desta vez vou obrigá-la a enxergar a verdade! Não vou deixar que finja que nada está acontecendo. Vai permanecer na presidência enquanto a investigação não terminar. A Bancroft & Company é sua, por direito de nascimento, e eu estava errado em tentar proibir que a dirigisse. Pelo que Sam e Allen disseram, você agiu com eficiência e rapidez e só errou num ponto. Descartou a possibilidade de estarmos sob a ameaça de uma fusão, porque não via motivo lógico para alguém querer assumir o comando da empresa. O motivo não é muito lógico, nem tem nada a ver com negócios. É desejo de vingança. Quando conhecermos todos os fatos, você terá de optar entre ficar do lado do inimigo ou lutar contra ele para defender seu direito de ser presidente da Bancroft & Company. Depois, informará sua escolha à diretoria.

— Meu Deus! Como o senhor se engana a respeito de Matt!

— Só espero não me enganar a respeito de você. Acredito que não o avisará de que o estamos investigando, dando-lhe a chance de apagar as pistas.

Levantando-se, Philip pegou o sobretudo, parecendo muito cansado e velho.

— Estou exausto. Vou para casa descansar. Amanhã virei trabalhar, mas vou ocupar a sala de reuniões. Me liga se Braden aparecer com alguma novidade ainda hoje.

— Tá bem — ela concordou. — Gostaria que me prometesse uma coisa, pai.

— O quê?

— Quando ficar provado que Matt é inocente das acusações que você acabou de fazer, promete que pedirá desculpas a ele e que tentará ser seu amigo? Além disso, queria que falasse com Mark, Sam, Allen e a todos os outros que o ouviram difamar Matt que estava completamente errado. — Philip deu de ombros, como se não valesse a pena fazer uma promessa a respeito de algo tão improvável. — Promete ou não? — ela pressionou.

— Prometo — ele resmungou.

Ela se afundou na cadeira quando o pai saiu e fechou a porta. Não via motivo para contar a Matt que Philip ordenara uma investigação de seus negócios, porque sabia que não descobririam nada, mas sentia que calar-se era o mesmo que colocar-se contra ele. Tinha a sensação de estar sendo sutilmente manipulada.

Ficara emocionada quando o pai admitira que a amava e que aprovava o trabalho que ela fizera durante a sua ausência. E ficou toda esperançosa. Se ele a amava, concordaria em pedir desculpas a Matt quando tudo fosse resolvido. E Matt, por sua vez, também por amor a ela, seria generoso e o perdoaria. A possibilidade de ver os dois homens a quem amava tornarem-se amigos, ou pelo menos deixarem de ser inimigos, era inebriante.

Naquela noite, Meredith jantou com Matt num pequeno restaurante discreto, pouco iluminado. Quando ele perguntou como havia sido o confronto com Philip, ela contou quase tudo, omitindo a absurda suspeita do pai de que ele estava por trás dos atentados contra as lojas, e que seu motivo era assumir o controle da Bancroft & Company.

Voltaram para o apartamento dela, fizeram amor, e só então Meredith decidiu falar com Matt sobre algo que Philip dissera e que a estava perturbando. Ele, porém, não lhe dava chance, inclinado sobre ela, beijando-a e insistindo para que fossem morar juntos.

— Não posso te dar o paraíso que prometi se você continuar morando em dois lugares, fingindo que não somos casados.

Meredith sorriu distraidamente, sem dizer nada.

— Qual é o problema? — ele perguntou, notando que algo a estava preocupando.

— Uma coisa que meu pai me contou.

Matt estreitou os olhos, exasperado.

— O que foi?

— Que, onze anos atrás, você disse que um dia o compraria e depois tornaria a vender. E que o mataria se ele interferisse no nosso casamento.

— É verdade. Seu pai estava tentando me subornar pra que eu a abandonasse. Então, ataquei, fazendo ameaças.

— Mas você não estava falando sério, né? — Meredith quis saber, olhando-o com ansiedade.

— Na ocasião, estava — ele admitiu. Sorriu e beijou-a, antes de prosseguir: — Não costumo falar por falar, mas às vezes mudo de ideia.

— Pensou mesmo em matar meu pai?

— Falei aquilo no sentido figurado, querendo dizer que eu iria acabar com ele. Mas confesso que naquele momento precisei me segurar pra não dar um soco nele.

Mais calma, mas não inteiramente satisfeita, Meredith pousou os dedos nos lábios dele para impedi-lo de distraí-la com beijos.

— Deve ter ficado muito irritado para fazer ameaças tão fortes — comentou.

— Fiquei possesso. Ele tinha acabado de tentar me subornar, me acusando de querer apenas seu dinheiro. Respondi que não precisava do dinheiro de vocês, que um dia teria tanto que o compraria e tornaria a vender. Acho que usei essas mesmas palavras.

Meredith sorriu, tranquilizada, e puxou-o pelo pescoço.

— Agora pode me beijar o quanto quiser — murmurou, em tom sensual.

# 54

A RECORDAÇÃO DA NOITE ANTERIOR AINDA FAZIA Meredith sorrir, na manhã seguinte, quando ela pegou o jornal do chão, na porta do apartamento. Mas o sorriso morreu, e ela experimentou uma sensação de vertigem quando viu a principal manchete na primeira página: "Matthew Farrell foi interrogado sobre o assassinato de Stanislaus Spyzhalski."

Com o coração martelando loucamente, leu o artigo, que começava lembrando que o homem falsificara os documentos do divórcio deles e terminava com a informação de que Matt tinha sido interrogado pela polícia no fim da tarde anterior.

Em estado de total perplexidade, ela ficou olhando para o jornal, refletindo que estivera com Matt e ele não lhe contara nada, nem sequer dera a impressão de que estava enfrentando algum problema. Chocada com essa inegável prova da capacidade de Matt de esconder as emoções, de enganar até a ela, arrumou-se para ir trabalhar, decidindo telefonar para ele do escritório.

Lisa estava na sua sala, andando de um lado para o outro, quando ela chegou.

— Meredith, preciso falar com você — disse nervosamente, fechando a porta.

— Eu estava me perguntando quando você ia me contar — replicou Meredith com um sorriso hesitante, pois duvidara da lealdade da amiga.

— Como assim?

— Estou falando do que houve entre você e Parker.

Uma expressão de desespero passou pelo rosto de Lisa.

— Ai, meu Deus! Tenho tentado criar coragem pra conversar com você sobre isso, mas... — Interrompeu-se, erguendo as mãos num gesto de súplica e baixando-as em seguida. — Sei que deve achar que sou a maior mentirosa, a mulher mais falsa do mundo, porque sempre zombei de Parker, mas juro que não fazia isso para tentar impedir que se casasse com ele! Eu tentava parar de desejá-lo para mim, tentando me convencer de que ele não passava de um emproado, de um chato. E você não estava realmente apaixonada por ele, porque caiu nos braços de Matt assim que ele voltou a entrar em sua vida. Por favor, Meredith, não me odeie por isso! — implorou com voz entrecortada. — Amo você mais do que a minhas próprias irmãs, e me odiei por amar o homem que você queria...

De repente, era como se elas fossem novamente duas adolescentes que se confrontavam depois de uma briga, no pátio da escola St. Stephen's. Mas eram adultas, estavam mais experientes, e sabiam o valor de uma verdadeira amizade.

— Por favor, não me odeie! — Lisa pediu com lágrimas nos olhos. Meredith suspirou.

— Não posso odiá-la — confessou com um sorriso trêmulo. — Também amo você, e não tenho nenhuma outra irmã.

Com uma risada sufocada, Lisa jogou-se nos braços dela e, como nos tempos de colégio, as duas abraçaram-se, rindo e tentando não chorar.

— Não achou um pouco incestuoso? — perguntou Lisa, quando se separaram. — Isto é, eu ficar com Parker?

— É, acho que sim. Foi esquisito descobrir que você, minha irmã, estava na cama com o meu noivo.

Lisa riu, mas logo em seguida ficou séria.

— Na verdade, não subi aqui pra falar de Parker, mas pra perguntar sobre essa história de Matt ter sido interrogado pela polícia. Li o jornal e fiquei apavorada. A polícia acha que Matt matou Spyzhalski?

— Por que achariam isso? E você, por que acha isso?

— Eu não acho! — Lisa protestou. — É que me lembrei do dia da entrevista coletiva, quando Matt falou com o advogado dele pelo telefone viva voz. Estava furioso com Spyzhalski, qualquer um podia perceber. E queria desesperadamente proteger você de um escândalo. Ele disse uma coisa estranha... ameaçadora.

— Do que está falando?

— Do que Matt respondeu quando o advogado avisou que Spyzhalski parecia disposto a dar um show no tribunal. Mandou-o fazer Spyzhalski mudar de ideia e tirá-lo da cidade e, então, disse: "Eu mesmo cuidarei do calhorda." Matt não seria capaz de mandar que batessem no sujeito até o matar e depois jogassem o corpo numa vala, seria, Meredith?

— Essa foi a coisa mais absurda, mais ultrajante, que já ouvi em toda minha vida! — Meredith exclamou em tom baixo e furioso.

— Não acho que a polícia considere tão absurda assim — Philip comentou da porta, sobressaltando as duas. — E é seu dever, Meredith, contar isso às autoridades.

— Não! — ela quase gritou, sabendo o que a polícia deduziria. Então, uma súbita inspiração a fez sorrir de alívio. — Sou esposa de Matt, portanto, não tenho a obrigação de contar o que ouvi. Nem mesmo numa corte de justiça.

Philip olhou para Lisa.

— Você também ouviu e não é esposa do miserável.

— Acontece, sr. Bancroft, que não sei se foi isso mesmo que Matt disse — ela mentiu descaradamente. — Acho que não foi. O senhor sabe como a minha imaginação é criativa, algo essencial na minha profissão — acrescentou, recuando para a porta.

Saiu, e Philip dirigiu a Meredith um olhar de furiosa frustração.

— Pai, no seu desespero para incriminar Matt, o senhor está agindo igual a um doido — ela ponderou. — Está acusando ele de não sentir nada por mim e de estar me usando como instrumento de vingança. Se acredita mesmo nisso, como pode achar que ele mandou matar Spyzhalski pra me proteger de um escândalo?

Philip não teve o que responder. Murmurou uma praga e saiu da sala.

Meredith respirou aliviada, mas, no instante seguinte, lembrou-se de algo mais que Matt dissera e sentiu-se gelar. Na noite em que o corpo de Spyzhalski fora encontrado, ele dissera que ficaria na rua, distraindo os repórteres, para ela poder entrar com o carro na garagem de seu prédio.

"Você faria isso por mim?", ela perguntara em tom de brincadeira, mas a resposta de Matt fora muito séria e firme: "Não imagina o que eu seria capaz de fazer por você."

— Para com isso! — Meredith ordenou a si mesma num cochicho, caminhando para a escrivaninha. — Está deixando se influenciar pelas suspeitas dos outros!

— Aqui estão as duas primeiras provas de que eu não estava errado, Meredith — declarou Philip, entrando no escritório dela com Mark Braden, às 18 horas.

Jogou dois relatórios na escrivaninha, e Meredith, tomada por um mau pressentimento, pôs de lado o orçamento de uma campanha publicitária que estivera analisando. Puxou os relatórios para perto e abriu o de cima, que continha uma longa relação de tudo o que Mark descobrira sobre as atividades de Matt como empresário, exibindo os nomes de todas suas empresas, descrevendo todos os negócios em que ele se encontrava envolvido, e havia dezenas deles. Oito nomes de companhias estavam grifados com lápis vermelho. Ela examinou o outro relatório, que continha nomes de pessoas, instituições e empresas que haviam adquirido mais de mil ações da Bancroft's nos últimos dois meses. Os oito nomes assinalados no relatório anterior também apareciam na lista de acionistas recentes. Juntando tudo, Matt era dono um lote gigantesco de ações da Bancroft & Company.

— Isso é só o começo — Philip avisou. — Essa lista de acionistas não está atualizada, e o relatório sobre as atividades de Farrell é incompleta. Só Deus sabe quantas ações mais ele comprou, e em nome de quem. Quando o preço delas começou a subir, ele forçou-o a baixar, mandando colocar bombas em nossas lojas. Admite agora, Meredith, que ele está por trás de tudo o que tem nos acontecido?

— Não. Tudo o que isso prova é que Matt decidiu comprar nossas ações. E ele pode ter vários motivos. Talvez tenha percebido que somos um bom investimento a longo prazo e também tenha achado divertido ganhar dinheiro com a empresa de seu inimigo. — Ela se ergueu, sentindo as pernas trêmulas, e olhou para os dois homens. — Não quer dizer que seja o responsável pelo incidente das bombas, nem pelo assassinato do falso advogado.

— Não sei por que achei que você tinha juízo! — o pai exclamou.

— Aquele maldito já possui o terreno de Houston que queríamos comprar, um lote imenso de nossas ações e sabe-se lá mais o quê! É um acionista tão forte que pode exigir um lugar em nossa diretoria e...

— Já está tarde — Meredith interrompeu-o, pondo um volumoso maço de papéis na pasta. — Vou embora e tentar trabalhar em casa. O senhor e o Mark podem continuar essa caça às bruxas sem mim.

— Fique longe de Farrell — Philip a alertou, quando ela começou a andar para a porta. — Se não fizer isso, vai acabar parecendo que é cúmplice dele. Até sexta-feira, teremos provas suficientes para entregá--lo às autoridades.

Ela parou e virou-se para encará-lo:

— Que autoridades? — perguntou, tentando pôr sarcasmo na voz.

— À Comissão de Títulos e Ações, por exemplo. Se ele tiver cinco por cento de nossas ações, e estou certo de que tem, ele está violando as regras da CTA, porque não a notificou disso. E, se foi capaz de in-fringir essas regras, a polícia começará a vê-lo de outra maneira, no que diz respeito ao assassinato de Spyzhalski e às bombas.

Meredith saiu e fechou a porta. Conseguiu sorrir para os fun-cionários que encontrou no caminho para a garagem, mas perdeu a compostura quando se acomodou no carro que ganhara de Matt. Apertando as mãos ao redor do volante, fixou o olhar na parede de cimento à sua frente, tremendo incontrolavelmente. Tentava conven-cer-se de que estava entrando em pânico sem necessidade, que Matt teria uma explicação lógica para tudo aquilo. Não ia, de modo algum, condená-lo, com base em provas tão frágeis. Ficou repetindo isso, como se fosse uma prece, até que o tremor diminuiu, permitindo-lhe colocar o veículo em movimento. Sabia que Matt era inocente e não o desonraria, duvidando dele por mais um segundo sequer.

Apesar dessa sincera resolução, não conseguiu banir totalmente o medo e as dúvidas. Mais tarde, de banho já tomado, vestiu o roupão e estava se preparando para começar a trabalhar quando descobriu que não conseguia concentrar-se.

Abriu a pasta e retirou o orçamento da campanha publicitária, mas colocou-o de lado, rendendo-se à evidência de que não estava em condições de pensar com clareza. Se pudesse ver Matt, falar com ele, ouvir sua voz, recuperaria a confiança abalada, ficaria certa de que as acusações do pai não tinham o menor fundamento.

Decidiu ir ao apartamento dele.

Matt já incluíra o nome dela na lista de visitantes permanentes que ficava na mesa do segurança, de modo que ninguém a impediu de subir à cobertura sem ser anunciada.

Foi Joe O'Hara quem abriu a porta dupla quando ela tocou a campainha.

— Oi, sra. Farrell! — saudou-a o homem com um grande sorriso. — Matt vai ficar contente. Nada o deixaria mais feliz, a não ser que a senhora viesse para ficar, com as malas.

— Não trouxe — ela declarou, sem poder conter um sorriso diante de tão ousada observação.

Joe era um faz-tudo na casa de Matt. Além de motorista e guarda-costas, atendia o telefone, abria a porta para as visitas e até cozinhava, de vez em quando. Mais acostumada com ele, Meredith parara de achá-lo com jeito de mafioso e passara a vê-lo como um urso amigável e desengonçado.

— Matt está na biblioteca — ele informou. — Trouxe um monte de trabalho pra casa, mas não vai se importar com a interrupção. Não, mesmo. Quer que a leve até lá?

— Não, obrigada — ela respondeu com um sorriso, atravessando a sala de estar. — Sei onde é.

Parou no vão da porta da biblioteca, momentaneamente tranquilizada ao ver Matt. Acomodado numa poltrona de couro, as pernas cruzadas, ele lia um documento, fazendo anotações nas margens. A mesa baixa à sua frente estava coberta de papéis.

Matt ergueu os olhos, viu-a, e seu sorriso charmoso fez o coração de Meredith pular.

— Meu dia de sorte — ele comentou, levantando-se e indo ao encontro dela. — Pensei que não fôssemos nos ver, hoje. Você disse que tinha trabalho para pôr em dia e que precisava de uma longa noite de sono. Mesmo estando com sorte, acho que é demais esperar que tenha trazido as malas.

Meredith riu.

— Joe falou quase a mesma coisa.

— Eu devia mandar ele embora, por ser tão impertinente — Matt brincou, tomando-a nos braços para um beijo faminto, e ela tentou retribuir, mas não conseguiu. Ele percebeu no mesmo instante e interrompeu o beijo, olhando-a, intrigado. — Por que tive a impressão de que você está pensando em outra coisa?

— Você é muito mais intuitivo do que eu — ela observou.

— O que quer dizer com isso? — Matt perguntou, soltando-a e recuando um passo.

— Quero dizer que nunca consigo ler o que se passa no seu íntimo — Meredith replicou em tom mais seco do que pretendera.

Percebeu, surpresa, que não fora exatamente para sentir-se mais confiante e tranquila que fora procurá-lo. O verdadeiro motivo, que até aquele momento não se revelara, era outro.

— Vamos pra sala, onde é mais confortável, e aí você me explica o significado de sua observação — Matt sugeriu.

Meredith seguiu-o, mas estava agitada demais para sentar-se. Ficou parada perto do sofá, deixando o olhar vaguear pelos quadros nas paredes, pelos móveis e pelos porta-retratos arrumados numa esplêndida mesa de mármore, onde se viam fotos do pai, da mãe e da irmã de Matt.

Ele também permaneceu de pé, naturalmente captando sua tensão.

— O que está te perturbando, Meredith?

Ela o encarou, por fim.

— Por que não me disse que a polícia interrogou você, ontem, sobre a morte de Spyzhalski? Como passou horas comigo e escondeu o fato de que o consideram suspeito?

— Não contei porque você já tinha muito com que se preocupar. Além disso, a polícia está interrogando todos os "clientes" de Spyzhalski. Não sou suspeito. Ou sou?

— Como?

— Sou suspeito de assassinato, a seus olhos?

— Claro que não! — Passando a mão nos cabelos, num gesto de confusão e desânimo, ela desviou o olhar do dele, odiando-se pela falta de confiança que a fez querer interrogá-lo. — Desculpa, Matt, mas eu tive um dia péssimo — explicou, voltando a olhá-lo. — Meu pai está convencido de que alguém está planejando uma tentativa de fusão com a gente. A mesma pessoa, ou empresa, teria colocado as bombas nas lojas para forçar o preço das ações para baixo.

— Pode ser que ele esteja certo — Matt concedeu com expressão inalterada, mas em tom áspero e frio.

Meredith compreendeu que ele começava a perceber que ela suspeitava dele, e que iria desprezá-la por isso. Triste, olhou para a mesa de mármore e observou a foto dos pais dele, sorrindo um para o outro, no dia de seu casamento. Ela vira uma igual no álbum de Elizabeth Farrell. As fotografias... os nomes escritos abaixo de cada uma delas... De repente, Meredith lembrou-se. O sobrenome de solteira da mãe de Matt era Collier! E uma financeira com o nome Collier comprara os empréstimos da Bancroft & Company! Se ela não estivesse tão sobrecarregada de problemas, teria feito a associação muito antes.

Olhou novamente para Matt, enquanto a dor da traição percorria--lhe o corpo como lâminas afiadas.

— O sobrenome de solteira de sua mãe era Collier, não era? Você é um dos sócios da financeira Collier!

— Sou — ele confirmou.

— Ai, meu Deus! Você está comprando as nossas ações e comprou os nossos empréstimos! O que está pretendendo fazer? Assumir o comando da Bancroft & Company se atrasarmos um pagamento?

— Que coisa ridícula! — ele exclamou, aproximando-se dela. — Eu estava tentando te ajudar, Meredith!

— Como? — ela perguntou, cruzando os braços e recuando abruptamente. — Comprando nossos empréstimos, ou nossas ações?

— As duas coisas.

— Mentiroso! — ela gritou, enquanto todas as peças encaixavam-se nos lugares certos, e sua cega obsessão por Matt dava lugar à visão de uma torturante realidade. — Você começou a comprar nossas ações um dia depois do nosso primeiro almoço, no Landry's, logo que descobriu que meu pai tinha interferido na decisão do seu pedido de rezoneamento. Vi as datas. Você não estava tentando me ajudar!

— Naquela época, não — ele admitiu. — Comecei a comprar as ações com a firme intenção de acumular o bastante para poder ocupar um lugar na diretoria, ou, talvez, até conseguir o comando da empresa.

— E continuou a comprar, mesmo depois — ela o lembrou. — Só que agora está pagando mais barato, porque o preço caiu depois do episódio das bombas! Me fala a verdade, Matt, pelo menos uma vez. Você mandou matar Spyzhalski? Mandou colocarem bombas nas minhas lojas?

— Não, droga!

Tremendo de fúria e angústia, ela ignorou a resposta.

— A primeira bomba apareceu na mesma semana em que almoçamos juntos e você descobriu que meu pai interferira para que a comissão de Southville negasse seu pedido de rezoneamento! Não é uma coincidência grande demais?

— Não sou responsável por nada disso! — ele afirmou com veemência. — Se quer a verdade, eu vou te contar tudo. Quer me ouvir, querida?

O coração traiçoeiro de Meredith agitou-se quando ela ouviu Matt chamá-la de querida, com uma expressão intensa nos olhos cinzentos.

— Quero.

— Já admiti que comecei a comprar as ações pra me vingar do seu pai. Depois que estivemos juntos na fazenda, percebi como a loja é importante pra você. Além disso, eu sabia que, quando seu pai voltasse da viagem e nos visse juntos de novo, faria qualquer coisa pra nos separar, que mais cedo ou mais tarde faria você escolher entre eu e a presidência da Bancroft's. Decidi continuar comprando ações pra que ele não pudesse fazer isso, disposto a comprar quantas fossem necessárias pra ficar no comando da diretoria e impedi-lo de tentar negar-lhe a presidência.

Meredith encarou-o, a confiança destruída por tudo o que ele mantivera em segredo, por sua incrível capacidade de dissimulação.

— Por que não me confiou suas *nobres* intenções? — indagou com irreprimível desdém.

— Não sabia qual seria sua reação.

— Ontem me fez passar de boba. Eu te contei que a Collier nos emprestaria dinheiro, e você é a Collier!

— Tive medo de que visse o empréstimo como... caridade!

— Não sou tão burra quanto você acha — ela declarou com voz trêmula e lágrimas nos olhos. — Não veria como caridade, mas como uma brilhante jogada! Você disse a meu pai que um dia seria dono dele, e agora é. Com a ajuda de algumas bombas e minha inconsciente cumplicidade.

— Parece que é assim, mas...

— É assim! — ela exclamou num grito. — Desde o dia em que fui atrás de você na fazenda, você vem usando tudo o que lhe conto pra manipular a situação e conseguir o que quer. Mentiu pra mim!

— Não, Meredith, não menti!

— Me fez acreditar em coisas diferentes, o que dá no mesmo. Seus métodos são todos desonestos, como quer que eu acredite que seus motivos são louváveis? Muito bem, não acredito!

— Não faça isso com a gente! — ele pediu com a voz enrouquecida.

— Está deixando que onze anos de desconfianças e ódio deturpem as minhas ações.

Ela não pôde deixar de pensar que talvez ele tivesse razão. Mas também não podia esquecer que o falso advogado que se atravessara no caminho de Matt estava morto, e que seu pai, que incorrera em sua ira, logo não seria mais do que um fantoche, dançando na ponta de um cordel manejado por ele. Assim como ela.

— Diz que eu estou errada! — gritou, quase chorando. — Quero provas.

O rosto de Matt tornou-se rígido.

— Tenho que provar que não sou um louco que anda bombardeando lojas, nem um assassino, é isso? Tenho que provar que não sou culpado de todo o resto e, se não puder, você vai acreditar no pior?

Abalada pela força das palavras dele, Meredith olhou-o em silêncio, sentindo como se o coração estivesse se partindo.

— Tudo o que precisa fazer é confiar em mim por mais algumas semanas, até que as autoridades descubram a verdade — ele explicou em tom emocionado, estendendo a mão para ela. — Confia em mim, querida.

Dominada pela incerteza, Meredith olhou para a mão estendida em sua direção, mas não conseguiu mover-se. A ameaça das bombas acontecera num momento bastante conveniente para ele... A polícia não estava interrogando *todos* os clientes de Spyzhalski, porque ela não fora interrogada...

— Ou você me dá a sua mão, Meredith, ou acaba com tudo agora, e nós dois ficamos infelizes.

Meredith desejava, mais do que tudo no mundo, pôr a mão na dele, oferecendo-lhe sua confiança, mas não podia.

— Não posso — murmurou. — Eu quero, mas não posso.

Matt deixou pender a mão, e seu rosto ficou totalmente inexpressivo. Incapaz de continuar a fitá-lo, Meredith virou-se para ir embora. Pôs a mão no bolso e pegou as chaves do carro que ele lhe dera. Parou e voltou-se, o chaveiro pendurado entre dois dedos.

— Desculpa, mas não posso aceitar presentes acima de vinte e cinco dólares de uma pessoa com quem minha empresa tem negócios.

Matt não fez o menor gesto para pegar as chaves. Com a impressão de que morria por dentro, ela as colocou na mesa de mármore e saiu correndo do apartamento.

No final da manhã seguinte, surpresa e aliviada, Meredith viu que as vendas nas lojas de Dallas, Nova Orleans e Chicago haviam subido bastante, mas não ficou particularmente alegre por isso. O que sofrera 11 anos antes, quando perdera Matt, não podia ser comparado à angústia que estava experimentando. Da primeira vez, não poderia fazer nada para mudar a situação, mesmo que quisesse. Agora, teve a chance de dar outro rumo aos acontecimentos, mas deixou-a passar, e por isso não podia livrar-se da terrível sensação de que havia cometido um erro irreparável por não ter confiado em Matt.

Não conseguiu afastar a incerteza sobre se agira bem, ou mal, nem mesmo quando Sam Green entregou-lhe um relatório atualizado, que mostrava que Matt comprara mais ações da Bancroft's do que haviam calculado.

Por duas vezes, durante o dia, fez Mark Braden telefonar para os esquadrões especializados em bombas de Dallas, Nova Orleans e Chicago, com a esperança de que tivessem descoberto uma pista do criminoso. Procurava por alguma coisa, qualquer coisa, que lhe permitisse ligar para Matt e dizer que acreditava nele, mas os esquadrões antibombas não haviam descoberto nada.

Depois disso, passou o resto do dia dominada pela inquietação e com dor de cabeça por haver passado uma noite completamente insone.

Quando chegou em casa, por volta das 18 horas, encontrou o jornal da tarde diante da porta. Pegou-o e entrou, começando a folheá-lo ansiosamente, antes mesmo de tirar o casaco, à procura da seção policial. Decepcionada, não encontrou nenhuma referência ao assassinato de Spyzhalski, sinal de que a polícia ainda não descobrira o culpado, ou, pelo menos, uma pista. Ligou a televisão para assistir ao noticiário das 18 horas, com a mesma intenção, e o mesmo resultado.

Num esforço para impedir-se de mergulhar em total aflição, decidiu montar a árvore de Natal. Havia acabado de pendurar os enfeites e estava arrumando o pequeno presépio sob a árvore quando o noticiário das 22 horas entrou no ar. Com o coração cheio de esperança, sentou-se no chão e dedicou toda sua atenção à tela da televisão.

Mas, embora o assassinato de Spyzhalski e o caso das bombas tivessem sido mencionados, nada foi dito que pudesse acabar com suas suspeitas sobre Matt.

Desalentada, continuou sentada no chão, olhando para as luzes pisca-pisca da árvore. Queria ter confiado em Matt, mas não teve coragem suficiente para assumir o risco.

Pensou na promessa que ele lhe fizera, de dar-lhe o paraíso numa bandeja de ouro, e a lembrança provocou-lhe um aperto doloroso no coração. Imaginou o que ele estaria fazendo àquela hora, se estaria esperando que ela telefonasse. A resposta estava nas últimas palavras que Matt pronunciara na noite anterior: "Ou você me dá sua mão, Meredith, ou acaba com tudo agora, deixando nós dois infelizes." Não, ele não esperaria por um telefonema seu, nunca mais.

Quando o deixara, pouco depois, Meredith não compreendera claramente que sua decisão não poderia ser mudada, que Matt não tinha a intenção de recebê-la de volta, quando, ou se, ficasse provado que ela estava errada a seu respeito. Mas a dura verdade era essa. No entanto, mesmo que compreendesse, no momento em que ele lhe estendera a mão, ela não poderia apertá-la, oferecendo sua confiança. Todas as evidências estavam contra ele.

Matt nunca a aceitaria de volta...

As pequenas imagens do presépio pareceram oscilar quando ela as fitou através das lágrimas.

— Por favor, não deixem que isso aconteça comigo — rezou, desatando num choro convulsivo.

# 55

⌐⌐ Na tarde seguinte, às 17 horas, Meredith foi chamada à sala de reuniões, onde os diretores encontravam-se reunidos desde as 14. Ao entrar, surpreendeu-se ao notar que a cadeira à cabeceira da mesa tinha sido reservada para ela e, tentando não se deixar intimidar pelos rostos carrancudos, sentou-se.

— Boa tarde, senhores.

No coro de vozes que se ergueram em resposta, apenas a de Cyrus Fortell pareceu realmente amigável.

— Meredith, você está mais linda do que nunca — declarou o velho, no silêncio que se seguiu.

Ela sabia que estava com péssima aparência, mas, mesmo assim, agradeceu o elogio, forçando um sorriso.

Aquela era uma reunião extraordinária, e Meredith imaginava que havia sido convocada para explicar seu envolvimento com Matt e tudo o que decorrera disso, além de outros assuntos.

O presidente da mesa, sentado à sua direita, apontou para a pasta diante dela.

— Preparamos esses documentos, Meredith, que estão prontos para receber sua assinatura — informou, surpreendendo-a. — Ao fim da reunião, serão encaminhados às autoridades competentes. Leia tudo, sem pressa. Como a maioria de nós participou da redação deles, acredito que não precisamos ler.

— Eu não participei de nada — reclamou Cyrus, abrindo sua pasta.

Por um momento, Meredith não pôde acreditar no que estava lendo, mas, quando aceitou que não era uma alucinação, sentiu-se nauseada e com a boca amarga. O primeiro documento era uma queixa formal à Comissão de Títulos e Ações, declarando que ela sabia que Matthew Farrell estava manipulando a comercialização das ações da Bancroft's, e que ele usava informações sigilosas que arrancava dela, para fazer suas transações. O documento terminava com a exigência de que Matthew Farrell fosse detido e investigado. A segunda queixa era dirigida ao FBI e aos chefes de polícia de Dallas, Nova Orleans e Chicago e declarava que ela acreditava, e tinha fortes razões para isso, que Matthew Farrell era o responsável pelas bombas encontradas nas lojas Bancroft's daquelas três cidades. O terceiro documento, também para a polícia, informava que ela ouvira Matthew Farrell ameaçar Stanislaus Spyzhalski de morte, durante uma conversa telefônica com o advogado dele, e que abria mão do direito de calar-se, por ser sua esposa, para fazer uma declaração pública de que acreditava que Matthew Farrell fora o mandante do assassinato de Spyzhalski.

Meredith ficou olhando para os documentos cuidadosamente redigidos, que continham tão perversas acusações e verdades distorcidas, e começou a tremer. Uma voz gritava em sua mente, dizendo que ela seria uma traidora e uma tola se acreditasse que havia uma gota de verdade naquela pilha nojenta de provas infundadas contra seu marido. A sensação de desamparo e o peso da suspeita que a haviam mantido num estado de torpor desde que deixara Matt, dois dias atrás, evaporaram repentinamente, e ela viu tudo com clareza absoluta: seus erros, os motivos da diretoria, a trama do pai.

— Assine, Meredith — Nolan Wilder pressionou-a, empurrando uma caneta em sua direção.

Naquele momento, ela fez sua escolha, embora tarde demais. Levantou-se lentamente.

— Assinar? Não vou assinar nada!

— Esperávamos que aproveitasse essa oportunidade para eximir-se de qualquer culpa e desvencilhar-se de Farrell, além de cumprir seu dever, fazendo a verdade aparecer, para que a justiça seja feita — Wilder recitou gelidamente.

— É só nisso que estão interessados? Na verdade e na justiça? — Meredith questionou, apoiando as duas mãos na mesa e encarando-os um a um.

Vários dos diretores desviaram o olhar, dando a entender que não estavam totalmente de acordo com os documentos que haviam pedido para ela assinar.

— Então, vou dizer a verdade a vocês — Meredith continuou com desdém. — Matthew Farrell não tem nada a ver com as bombas, nem com o assassinato de Spyzhalski, e não violou nenhuma regra da CTA. A verdade é que vocês todos morrem de medo dele. Em comparação com os triunfos que Matthew Farrell alcançou, seus sucessos nos negócios são ninharias, e a ideia de vê-lo como um grande acionista da Bancroft & Company, ou ocupando um lugar nesta diretoria, faz com que vocês se sintam insignificantes, porque são vaidosos e medrosos. E se pensaram realmente que eu ia assinar esses papéis, também são idiotas.

— Sugiro que reconsidere sua decisão imediatamente, Meredith — disse um dos diretores, obviamente ofendido com o que ela dissera. — Ou você assina os documentos, atendendo aos interesses da Bancroft & Company, seu dever como presidente interina, ou só poderemos deduzir que passou para o lado de nosso adversário.

— Vocês falam de meu dever com nossa empresa e ao mesmo tempo me pedem para assinar esses documentos? — ela desafiou, contendo a vontade de rir de alegria por ter tomado uma posição, a correta. — Então, são incompetentes e representam um perigo para a Bancroft & Company, porque não pensaram no que Matthew Farrell pode fazer contra nós, em retaliação pelas acusações contidas nesse monte de lixo! Ele será dono da Bancroft's e de todos nós quando os processos que abrir contra nossa empresa estiverem terminados! — acrescentou em tom quase orgulhoso.

— Correremos o risco. Assine os papéis.

— Não.

Nolan Wilder pareceu não perceber que vários diretores começavam a mostrar-se indecisos sobre se seria sensato provocar Matthew Farrell.

— Está sendo desleal, não querendo cumprir seu dever como dirigente desta empresa — Nolan a censurou. — Dessa forma, tem duas alternativas: ou assina os papéis, ou peça sua renúncia, aqui e agora.

Meredith o encarou.

— Vai pro inferno!

— Essa foi boa, menina! — Cyrus aprovou, batendo na mesa, entusiasmado. — Eu sempre soube que você tinha muito mais do que apenas essas pernas lindas.

Meredith mal o ouviu, porque já saía da sala. Fechou a porta com uma batida violenta, sabendo que estava deixando para trás uma vida inteira de esperanças e sonhos.

Andando depressa para seu escritório, lembrou-se do que Matt dissera quando ela lhe perguntara o que ele faria se sua diretoria o pressionasse a tomar uma medida insensata. Ele respondera: "Eu diria a eles que fossem se foder." Sorrindo, ela refletiu que não dissera isso a seus diretores, porque nunca usara tal palavreado, mas mandou Nolan para o inferno, o que dava no mesmo. E, ao mandar Nolan, mandou todos os outros junto.

Estava com pressa de ir para casa e arrumar-se, pois a festa de Matt seria naquela noite, mas o telefone na sua mesa estava tocando e ela foi obrigada a atender, porque Phyllis já fora embora.

— Srta. Bancroft, aqui é William Pearson, advogado do sr. Farrell — uma voz arrogante e fria informou. — Tentei entrar em contato com seu advogado, Stuart Whitmore, o dia todo e, como não consegui, tomei a liberdade de ligar para a senhorita.

— Tudo bem — Meredith respondeu, prendendo o telefone entre o ombro e o ouvido, enquanto abria a pasta e começava a colocar dentro os objetos pessoais guardados na escrivaninha. — O que deseja?

— O sr. Farrell pediu-nos que a avisasse de que cancelou o trato que fizeram de encontrar-se durante onze semanas. Instruiu-nos também para dizer-lhe que deve dar entrada no pedido de divórcio dentro de seis dias, do contrário nós faremos isso em nome dele, no sétimo dia.

Meredith já chegara ao limite de resistência no que dizia respeito a sofrer coerção e ameaças, e o tom autoritário de Pearson foi a gota que fez a água do copo transbordar. Ela disse três palavras bastante enfáticas ao advogado e pousou o telefone no gancho.

Foi só quando começou a escrever sua carta de renúncia que o impacto do que o advogado dissera atingiu-a realmente, e ela sentiu-se à beira do pânico. Matt queria o divórcio, imediatamente! Não, não podia ser verdade!

Acabou de escrever rapidamente, assinou a carta e releu-a, sentindo-se, pela segunda vez em poucos momentos, esmagada pela força da realidade. O pai entrou na sala naquele instante, e Meredith refletiu que estava se separando de tudo, inclusive dele.

— Não faça isso — Philip pediu em tom áspero quando ela entregou-lhe a carta.

— O senhor me obrigou. Convenceu os diretores a redigirem aqueles documentos, para que eu os assinasse, e fui forçada a escolher.

— E escolheu aquele homem, em vez de escolher a mim e sua herança.

— Não precisaria haver uma escolha — ela replicou com voz angustiada. — Pai, por que fez isso comigo? Por que me despedaçou desse jeito? Por que não posso amar o senhor e também a Matt?

— Não se trata disso — ele protestou com raiva. — Ele é culpado do que o acusamos, mas você não enxerga. Prefere acreditar que o culpado seja eu, julgando-me ciumento, manipulador e vingativo. Mas...

— O senhor é ciumento, manipulador e vingativo — ela declarou. — Não me ama, pai, pelo menos não o suficiente para desejar que eu seja feliz. E esse tipo de amor não passa de um desejo egoísta de possuir outro ser humano.

Pegou a pasta, a bolsa e o casaco e foi em direção à porta.

— Meredith, não!

Ela parou e virou-se, fitando, através das lágrimas que ameaçavam tombar, o rosto devastado do pai.

— Tchau, pai — murmurou.

Atravessava a área de recepção quando Mark Braden alcançou-a e acompanhou-a até os elevadores.

— Preciso que vá a meu escritório agora — ele avisou. — A secretária de Gordon Mitchell está lá, se matando de chorar. Peguei o safado. Você tinha razão. Mitchell está aceitando suborno.

— Esse é um assunto confidencial da empresa — ela comentou. — E eu não trabalho mais aqui.

Mark olhou-a com tanto espanto e consternação que Meredith comoveu-se e precisou de muito autocontrole para não perder a compostura.

— Entendo — ele murmurou apenas, em tom amargurado.

— Tenho certeza de que sim — ela afirmou, tentando sorrir. Ia afastar-se quando Mark segurou-a pelo braço.

— Mitchell tem aceitado grandes quantias, de vários fornecedores, e um deles o chantageou, obrigando-o a desistir do cargo de presidente interino — ele contou, quebrando a própria regra de não dar informações a pessoas estranhas à empresa, algo que acontecia pela primeira vez em 15 anos de rígida disciplina no trabalho de manter a Bancroft's em segurança.

— E a secretária dele descobriu e entregou-o?

— Não, exatamente. Faz tempo que ela sabe. Os dois têm um caso, e ele prometeu à moça que se casariam, mas nunca decidiu a cumprir a promessa.

— E foi por isso que ela denunciou ele — Meredith conjeturou.

— Não. Porque Mitchell se negou a promovê-la a assistente de compras, conforme prometera. Ela já desistira de casar com ele, mas estava determinada a ser promovida.

— Obrigada por me contar — murmurou Meredith, beijando-o no rosto. — Se não contasse, eu ficaria sempre imaginando o que tinha de errado com Gordon Mitchell.

— Meredith, gostaria que soubesse como eu sinto muito...

— Por favor, Mark, não precisa dizer nada — ela pediu, sabendo que começaria a chorar se ouvisse palavras amigas. Olhou para o relógio e apertou o botão do elevador. Com um sorriso forçado, explicou: — Vou a uma festa importante e não posso me atrasar. Na verdade, não fui convidada e sei que não serei bem-vinda. — O elevador chegou e ela entrou. — Deseje-me sorte, Mark.

— Boa sorte, Meredith — ele recitou com ar de tristeza, um instante antes de a porta se fechar.

# 56

⌒ OLHANDO-SE NO ESPELHO, MATT PRENDEU NO PESCOÇO a gravata que complementava o smoking, do mesmo modo automático e eficiente com que fizera tudo nos últimos dois dias. Sonhara em receber os convidados com Meredith a seu lado, mas não queria mais pensar naquilo. Não se permitiria recordar os momentos que tivera com ela, nem sentir qualquer emoção. Arrancara-a da mente e do coração para sempre. Dera o passo mais difícil quando instruíra Pearson a pedir a Meredith que desse entrada no processo de divórcio. Os passos seguintes seriam muito mais fáceis.

— Matt, uma pessoa quer falar com você — o pai dele avisou, entrando na suíte principal do apartamento. — Eu deixei ela subir. — É Caroline Bancroft, mãe de Meredith.

— Não tenho nada a dizer a qualquer pessoa que se chame Bancroft.

— Só a deixei subir porque ela disse que sabe quem mandou colocar as bombas nas lojas — Patrick explicou, enfrentando a gélida irritação do filho.

Matt ficou tenso, mas depois de um instante deu de ombros e pegou o paletó do smoking de cima da cama.

— Diga a ela para dar essa informação à polícia.

— Tarde demais. Ela já entrou e está aqui.

Xingando baixinho, Matt girou nos calcanhares e, assombrado, viu que o pai levara a mulher até a porta da suíte. Sentiu um aperto no coração ao notar que havia muita semelhança entre ela e Meredith. Apesar de não possuir a mesma finura de traços, Caroline Bancroft tinha os mesmos olhos azuis, os mesmos cabelos loiros e fartos. Ele precisou conter-se para não pegá-la pelo braço e pessoalmente jogá-la para fora do apartamento.

— Percebi que vai dar uma festa e sei que estou sendo inoportuna — ela disse cautelosamente, entrando no quarto e cruzando com Patrick, que já se retirava. — Acabei de chegar da Itália e não tive escolha a não ser vir aqui. Philip não me receberia e, mesmo que recebesse, não acreditaria em mim. Quanto a Meredith, não posso imaginar como ela reagiria. Além disso, não sei onde ela mora.

— E como descobriu onde eu moro? — perguntou Matt, secamente.

— Não foi difícil. Leio os jornais daqui e vi fotos de seu apartamento num suplemento de domingo, que também informava o nome do prédio e da rua. Como sei que é marido de Meredith...

— Quase ex-marido — ele corrigiu.

— Sinto muito ouvir isso — ela murmurou, observando-o abertamente.

— Muito bem, vamos ao que interessa. Agora que me descobriu e conseguiu entrar aqui, diga o que tem a dizer — Matt replicou com impaciência.

Ela sorriu, de repente, e seu rosto pareceu muito mais jovem.

— É fácil perceber que esteve envolvido com Philip. Ele fez, e faz, muita gente reagir negativamente ao nome Bancroft.

Matt permitiu-se um sorriso irônico.

— O que quer me dizer? — perguntou, fazendo um esforço para ser cortês.

— Philip esteve na Itália, na semana passada, e foi me visitar — ela começou, tirando a echarpe do pescoço e começando a desabotoar o casaco vermelho de lã. — Ele acha que as bombas foram colocadas nas lojas por ordem sua, e que você está tentando assumir o comando da Bancroft & Company, mas sei que isso não é verdade.

— É bom saber que alguém pensa assim — ele comentou com sarcasmo.

— Não penso, apenas. *Sei.* — Enervada pela atitude fria de Matt e querendo desesperadamente que ele acreditasse nela, Caroline começou a falar mais depressa. — Seis meses atrás, Charlotte Bancroft, segunda esposa do pai de Philip, me telefonou, perguntando se eu gostaria de me vingar de meu ex-marido por ter se divorciado de mim e me separado tão completamente de minha filha. Charlotte é presidente da corporação Seaboard, na Flórida — acrescentou, desajeitada.

Matt lembrou-se do que Meredith contara sobre a esposa do avô.

— Sei. Ela herdou do marido — disse, entrando na conversa com relutância.

— É, e transformou a empresa num enorme grupo que abrange vários ramos de negócios. Agora... — Caroline calou-se, hesitante.

— Agora? — Matt a incentivou.

— Está preparada para tomar a Bancroft & Company e fundi-la ao grupo. Como sabe que eu tenho um grande lote de ações, perguntou se eu votaria a seu favor quando ela tivesse ações suficientes para se candidatar a um posto de comando. A Charlotte odeia Philip, embora nem imagine que eu saiba o motivo desse ódio.

— Estou certo de que ele deu milhares de motivos — comentou Matt ironicamente, vestindo o paletó.

A campainha estava tocando sem cessar, e as vozes dos convidados chegavam até a suíte quando eles paravam no vestíbulo para entregar os agasalhos a uma empregada.

— Charlotte queria Philip, não o pai dele — prosseguiu Caroline. — Fez de tudo para levá-lo para a cama, mesmo depois de estar noiva de Cyril, e Philip rejeitou-a sempre, até que um dia fez mais do que isso. Contou ao pai, alertando-o de que ela não passava de uma prostituta mercenária, que só queria seu dinheiro. Era verdade, mas Cyril estava apaixonado por ela e, mesmo acreditando em Philip, censurou-o por suas palavras. No entanto, desfez o noivado, e Charlotte, que era sua secretária, precisou esperar muitos anos até que ele finalmente decidisse se casar com ela. — Fez uma breve pausa, pensativa. — Bem, o fato é que, quando Charlotte me perguntou se eu votaria nela, respondi que ia pensar, mas, quando tive tempo para refletir, resolvi que não lhe daria meu voto. Philip pode ser insuportável, mas aquela mulher é o diabo em pessoa. Não tem coração. Algumas semanas atrás, ela tornou a me telefonar e contou que havia alguém comprando grandes lotes de ações da Bancroft & Company, e que por isso o preço delas estava subindo.

Matt não disse que esse "alguém" era ele, esperando que Caroline acabasse sua história.

— Charlotte estava em pânico — ela continuou. — Disse que ia fazer alguma coisa para forçar o preço a baixar. Depois, li que as vendas de Natal da Bancroft's estavam sendo arruinadas e que o preço das ações tinha caído, tudo por causa de bombas colocadas nas lojas.

Matt encontrara as peças que faltavam no quebra-cabeça que estivera tentando montar: o motivo das bombas prejudicarem os negócios, mas não causarem danos às lojas, o motivo de alguém querer tomar uma empresa que representava um mau investimento a curto prazo.

Charlotte Bancroft tinha, além dos motivos, o dinheiro necessário para executar a fusão de uma empresa endividada e esperar até que ela fosse novamente lucrativa.

— Você vai ter que contar isso à polícia — ele decretou, indo até sua mesinha de cabeceira, onde ficava o telefone.

— Eu sei. Está ligando para a delegacia?

— Não. Para um homem chamado Olsen, que tem contatos na polícia local. Ele vai te acompanhar, amanhã, para que a senhora não seja tratada como uma lunática mentirosa, ou, pior, seja considerada suspeita.

Caroline ficou imóvel, observando-o fazer uma ligação interurbana e ordenar ao homem chamado Olsen que pegasse o primeiro avião da manhã para Chicago, refletindo que ele fazia tudo aquilo para ajudá-la a atravessar uma situação difícil da melhor forma possível.

Logo que o vira, julgara-o um homem duro, arrogante e inatingível, mas isso mudara. O fato era que Matthew Farrell simplesmente não queria mais nem ouvir falar de ninguém que tivesse o sobrenome Bancroft, Meredith inclusive, pois declarara com perfeita frieza que estava prestes a se tornar seu ex-marido.

Matt desligou, anotou dois números de telefone num bloco ao lado do aparelho e arrancou a folha.

— Aqui está o número do telefone da casa de Olsen. Ligue para ele hoje à noite para marcar o lugar de encontro de vocês. Anotei também o meu, caso seja preciso — explicou, entregando-lhe o papel, sem nem um traço da hostilidade que demonstrara no início.

— Obrigada.

— Meredith me contou que a senhora foi atriz. O elenco da peça O *Fantasma da Ópera* vai estar aqui hoje, e mais cento e cinquenta pessoas, muitas das quais talvez conheça. Se quiser ficar pra festa, meu pai vai te acompanhar e fazer as apresentações.

— Prefiro não ser apresentada — Caroline declarou. — E não tenho a menor vontade de rever os socialites da velha guarda. Mas gostaria de ficar um pouquinho. — Exibiu um sorriso lindo, que lhe iluminou o rosto. — Já gostei muito de festas assim e seria bom participar de outra, para tentar descobrir, mais uma vez, por que houve um tempo em que as achei tão maravilhosas.

— Se descobrir o motivo, pode me contar — Matt pediu, revelando igual indiferença por tais eventos.

Quando entraram na sala de estar, a festa já estava animada. Garçons passavam entre os grupos de homens e mulheres bem-vestidos, servindo bebidas, alguém tocava piano, e a música sincopada misturava-se às vozes e aos risos.

— Por que dá festas se não gosta delas? — perguntou Caroline.

— A peça estreia amanhã, e resolvi promover essa reunião porque a renda de bilheteria vai pra instituições beneficentes — Matt explicou, em tom displicente.

Levou-a até um canto afastado e quase vazio, onde a irmã conversava com Stuart Whitmore, e apresentou-a como Caroline Edwards. Notou que Julie e Stuart pareciam estar entendendo-se muito bem e arrependeu-se de tê-los apresentado. Se os dois começassem a sair juntos, o jovem advogado seria um lembrete indesejável da existência de Meredith, a quem ele desejava esquecer completamente.

A falta de confiança de Meredith em sua honestidade, em seu caráter, tinha sido um golpe que ele não perdoaria. Ela não suspeitaria de Parker, julgando-o um criminoso, nem de nenhum outro homem que pertencesse à sua classe social. Mas, para ela, uma Bancroft, Matthew

Farrell continuava um joão-ninguém desclassificado que tivera a sorte de ganhar muito dinheiro. Aceitara dormir com ele, mas não viver em sua companhia, como sua esposa.

Matt começou a se afastar, mas Caroline pôs a mão em seu braço, fazendo-o parar.

— Não vou ficar muito tempo, de modo que acho que devemos nos despedir agora.

— Como quiser — ele concordou, achando que devia mencionar Meredith, nem que fosse apenas para agradar a mulher que viera de tão longe para ajudá-lo. — Stuart Whitmore é um velho amigo de sua filha e também seu advogado. Talvez consiga induzi-lo a falar um pouco sobre ela. Isto é, se estiver interessada.

— Obrigada — Caroline agradeceu com voz embargada. — Estou muito interessada.

Entrando no hall de entrada do prédio de Matt, Meredith não tinha certeza se seria sensato tentar falar com ele na festa, no meio de tanta gente. Afinal, Matt estava tão irritado com ela que exigira um divórcio imediato. Intransigente como era, ele talvez não hesitasse em fazer com que a expulsassem na frente de todo mundo.

Ela escolhera o mais provocante vestido de noite que possuía, na louca esperança de que isso a ajudasse a vencer a resistência de Matt quando fosse falar com ele. O vestido de crepe preto, longo, reto, tinha as costas nuas e era preso no pescoço por uma tira estreita. Contas da mesma cor, imitando pérolas, formavam um delicado desenho no contorno do profundo decote que revelava o início dos seios. Ela deixara os cabelos soltos, como ele gostava, apesar de saber que o traje exigia um penteado mais sofisticado. Mas teria feito tranças se soubesse que Matt iria gostar!

O segurança examinou a lista, e Meredith suspirou, aliviada, quando descobriu que Matt ainda não mandara retirar seu nome. Com as pernas bambas e o coração descompassado, tomou o elevador para a cobertura.

Pouco tempo depois, deparou-se com um obstáculo com o qual não contara quando tocou a campainha.

Joe O'Hara abriu a porta, olhou-a e deu um passo à frente, bloqueando sua passagem com o corpo de pugilista.

— Não devia ter vindo, srta. Bancroft — observou friamente. — Matt não quer ver a senhorita. Só quer o divórcio.

Meredith sentiu um aperto no coração. Pela primeira vez, desde que se conheciam, o homem não a chamara de sra. Farrell.

— Ele pode achar que quer o divórcio, mas eu não quero — declarou enfaticamente. — Por favor, Joe, deixa eu entrar para que eu possa convencer Matt de que ele também não quer.

O homem hesitou, obviamente dividido entre sua lealdade a Matt e o desejo de acreditar na sinceridade dela.

— Acho que não deve entrar. Hoje não é o momento certo para falar com ele — ponderou por fim. — Tem um monte de gente lá dentro, e repórteres também.

— Ótimo! — ela exclamou, aparentando mais confiança do que sentia. — Eles dirão ao mundo que o sr. e a sra. Farrell estavam juntos na festa.

— É mais fácil eles dizerem ao mundo que Matt pegou a esposa pela orelha e jogou-a para fora e que me deu um tiro na bunda por a ter deixado entrar — Joe resmungou, mas recuou, deixando espaço para ela passar.

Meredith abraçou-o com força.

— Obrigada, Joe! — exclamou ao soltá-lo, notando que ele tinha ficado vermelho e que havia um brilho de prazer em seus olhinhos espertos.

— Você acha que estou bem? — perguntou, mostrando o vestido.

— Está linda — Joe afirmou. — Mas Matt não vai amolecer por causa disso.

Tentando ignorar o comentário alarmante e deprimente, Meredith entrou no hall e atravessou-o. Assim que começou a descer os degraus para a sala imensa, viu as pessoas virando-se para observá-la.

O vozerio diminuiu, para logo em seguida aumentar, tornando-se mais alto do que antes. Ela ouviu seu nome ser pronunciado muitas vezes, mas não se acanhou, olhando ansiosamente em volta, até que seu olhar pousou no piso elevado, no outro lado, onde ficavam o bar e o recanto aconchegante formado por alguns sofás e poltronas. Matt estava lá, num grupo, e ainda não a vira. Ela começou a andar naquela direção, forçando as pernas trêmulas a obedecer-lhe. Ele ouvia o que a estrela da companhia teatral dizia-lhe, muito animada, mas fitava o rosto bonito com total indiferença.

Meredith subiu os dois degraus e estava a poucos passos do grupo quando Stanton Avery a viu e cochichou algo para Matt, obviamente avisando-o de sua presença. Matt virou-se abruptamente e encarou-a, os olhos cinzentos gelados, a expressão tão sombria, que ela hesitou um momento, antes de obrigar-se a ir em frente.

Talvez por cortesia, as pessoas que o rodeavam debandaram, deixando os dois a sós no recanto do bar. Meredith parou, esperando que ele dissesse ou fizesse alguma coisa. Longos instantes escoaram-se, enchendo-a de agonia.

— Oi, Meredith — Matt cumprimentou-a por fim, em tom frio.

Uma semana atrás, ele a aconselhara a sempre seguir os instintos, e foi o que ela fez.

— Oi, Matt. Deve estar imaginando o que vim fazer aqui.

— Não, não estou.

Aquilo doeu, mas pelo menos ele não se afastou, e Meredith sentiu, por instinto, que não estava tudo perdido.

— Vim aqui para contar como foi meu dia, Matt.

Ele não disse uma palavra sequer.

Trêmula de nervosismo, ela reuniu toda a coragem que tinha, decidida a ir em frente.

— Fui chamada perante a diretoria, hoje à tarde. Os diretores me acusaram de estar em conflito, de não saber se oferecia minha lealdade a você ou à nossa empresa.

— Que idiotas! — exclamou Matt com desprezo. — Você não disse a eles que a Bancroft & Company é seu único interesse na vida?

— Não, exatamente — ela respondeu, reprimindo um sorriso incerto. — Eles queriam que eu assinasse umas acusações formais, declarando que você foi o responsável pela morte de Spyzhalski e pelas bombas colocadas nas lojas e que usou sua ligação comigo para tomar medidas que lhe permitissem assumir o comando da Bancroft's.

— Só isso? — ele perguntou com sarcasmo.

— Não, exatamente — ela repetiu, examinando-lhe o rosto, procurando um sinal de que ele ainda se importava com tudo aquilo. Não viu nada. — Eu disse aos diretores... Calou-se, notando que as pessoas na sala os observavam.

— Disse o quê? — Matt indagou com expressão impassível.

Meredith tomou a pergunta como uma espécie de encorajamento.

— O que você sugeriu que eu dissesse quando me pressionassem — contou, ignorando os olhares curiosos.

— Mandou eles se foderem?

— Não. Mandei irem pro inferno.

Matt não replicou.

Ela começava a perder a esperança quando viu um brilho divertido nos olhos dele e um esboço de sorriso nos lábios firmes.

— Depois o seu advogado me telefonou — continuou, sentindo-se como que invadida por um raio de sol. — Ele disse que, se eu não pedisse o divórcio dentro de seis dias, eles o fariam, em seu nome. E eu mandei...

— Ele pro inferno — Matt completou, interrompendo-a.

— Não. Mandei ele se foder.

— Você fez isso?

— Fiz.

— O que mais tem a me dizer?

— Estou pensando em fazer uma viagem — ela anunciou. — Vou ter muito tempo livre.

— Pediu um afastamento da empresa?

— Não. Renunciei.

— Entendi — ele murmurou, em tom suave. — Pretende viajar pra onde, Meredith?

— Se você ainda quiser me levar... eu gostaria de ir ao paraíso.

Matt não se moveu, nem falou. Por um momento horrível, Meredith pensou que se enganara, e que realmente tudo estava perdido. Então, ele estendeu-lhe a mão.

Com lágrimas de alegria nos olhos, ela deu-lhe a sua. Matt entrelaçou os longos dedos fortes nos seus e puxou-a gentilmente, tomando-a nos braços e apertando-a contra o peito.

— Amo você, Meredith — murmurou, apossando-se de sua boca num beijo desesperado.

Um flash espocou, depois outro e mais outro. Uma pessoa começou a bater palmas, outras imitaram, o aplauso cresceu, misturado com gritos de incentivo e risos.

No entanto, os dois não se separaram, continuando a se beijar como se estivessem sozinhos.

Meredith ouvia vagamente a algazarra, pois já se encontrava a caminho do paraíso.

# 57

MEREDITH ACORDOU NA CAMA DE MATT, COM UM sorriso nos lábios. Tornou a fechar os olhos, deixando que as lembranças da noite maravilhosa permeassem sua mente como música suave. Depois do longo beijo, os dois haviam socializado com os convidados, ouvindo observações bem-humoradas sobre sua óbvia reconciliação, e Meredith adorou desempenhar, pela primeira vez, o papel de anfitriã na casa de Matt.

Depois da festa, na cama com ele, ela adorara mais ainda desempenhar o papel de esposa e amante. Fazer amor com Matt tornara-se muito mais esplendoroso, sob o efeito da confiança e do entendimento entre os dois.

Ela abriu os olhos e sorriu para os raios de sol que entravam pelas cortinas. Voltara a adormecer, depois que Matt a despertara com um beijo, para avisar que ia sair e comprar croissants para o café da manhã. Sentando-se na cama, pegou a xícara de café que ele deixara na mesa de cabeceira e tomou um gole, embora o líquido já estivesse quase frio.

Pousava a xícara quando Matt entrou com um saquinho branco de confeitaria numa das mãos e um jornal dobrado embaixo do braço.

— Bom dia — Meredith entoou, notando que havia um estranho ar de tensão no rosto dele. — O que foi?

Na noite anterior, Matt prometera a ela que nunca lhe esconderia nada, mas, naquele momento, ele refletiu que preferia ser açoitado em praça pública a deixá-la ver o que havia naquele jornal.

— Comprei o *Tattler* por causa de uma manchete que me chamou a atenção — informou por fim, estendendo-lhe o jornal sensacionalista. — Descobriram os termos do nosso acordo sobre as onze semanas e deram ao fato uma de suas interpretações inimitáveis.

Observou-a pegar o jornal e abri-lo, lembrando o desagrado que ela demonstrara pela publicidade escandalosa que o cercara durante anos, sabendo que no futuro teriam de suportar muito daquilo. Esperando por algum tipo de censura ou mesmo uma explosão de raiva justificável, prendeu o fôlego quando a viu correr os olhos pela manchete.

— "Herdeira cobra do marido cento e treze mil dólares por uma noite de sexo" — ela leu num murmúrio.

— No começo, não entendi o cálculo que haviam feito, mas depois descobri — Matt comentou. — Multiplicaram quatro noites semanais por onze semanas e, então, dividiram cinco milhões de dólares por quarenta e quatro. Desculpa, Meredith. Se eu pudesse ter controle sobre essas...

Ela escondeu o rosto com o jornal e começou a rir, interrompendo o pedido de desculpas.

— Cento e treze mil dólares por... por... — repetiu às gargalhadas, escorregando na cama até deitar-se.

Inundado por profundo alívio, Matt sorriu, admirando o fato de ela ter encontrado um meio de enfrentar algo que odiava, sem criar mal-estar entre eles.

— Eu já disse como tenho orgulho de você? — perguntou, inclinando-se e segurando-a pelos ombros.

— Não — respondeu Meredith, ainda rindo.

Matt sentou-se na borda da cama e tirou o jornal do rosto dela, beijando-a nas faces afogueadas e na boca, silenciando-lhe o riso.

— Você acha que... que poderia me oferecer mais cinco milhões? — ela provocou, recomeçando a rir, quando o beijo terminou.

— Acho que está dentro do orçamento — Matt murmurou, deitando-se a seu lado.

Meredith abraçou-o, sabendo que ele queria fazer amor novamente.

— Mas agora é um emprego permanente — lembrou-o, acariciando-lhe o rosto. — Quero aumentos anuais, assistência médica e bonificações. Está de acordo?

— Plenamente — ele afirmou, virando o rosto para beijar a palma da mão dela.

— Não! — ela exclamou. — Se me der tudo isso, vou entrar numa faixa mais alta de rendimentos, e o imposto...

Matt calou-a com um beijo, e passaram a hora seguinte entregando-se ao amor e prazer.

# 58

⌒ A PRINCIPAL NOTÍCIA DO JORNAL DA TELEVISÃO, NA noite de domingo, foi a prisão de Ellis Ray Sampson, acusado de ter assassinado Stanislaus Spyzhalski. De acordo com a polícia do município de St. Clair, Spyzhalski não fora morto por um "cliente" revoltado, mas pelo marido de uma mulher de Belleville, que se sentira ultrajado quando descobrira que a esposa tinha um caso com o falso advogado.

Sampson entregara-se voluntariamente e confessara ter espancado Spyzhalski, mas jurara que o homem estava vivo quando o jogara na vala. Como o laudo do legista comprovara que Spyzhalski tivera um ataque cardíaco naquela mesma noite, havia a possibilidade de a acusação contra Sampson ser amenizada, passando de assassinato premeditado para homicídio culposo.

Matt e Meredith assistiram juntos ao noticiário, e ele comentou sarcasticamente que Sampson deveria receber uma medalha por livrar o mundo de um parasita desprezível. Meredith, que sabia muito bem o que significava ser vítima de um inescrupuloso como Spyzhalski, disse que esperava que Sampson se saísse da melhor maneira possível daquela situação.

Para ter certeza de que isso aconteceria, Matt telefonou a Pearson e Levinson, mandando que fossem a Belleville cuidar do caso.

Na terça-feira, Charlotte Bancroft e seu filho, Jason, foram interrogados pelo promotor público de Palm Springs, estado da Flórida, a respeito das bombas colocadas nas três lojas e da manipulação das ações da Bancroft & Company. Os dois negaram tudo, inclusive que tinham a intenção de fundir a empresa dos Bancroft à Seaboard.

Mas, na quarta-feira, Caroline Bancroft apresentou-se ao promotor e testemunhou contra Charlotte, afirmando que ela de fato planejara tomar a Bancroft & Company e que até insinuara que faria alguma coisa para forçar o preço das ações a cair.

Joel Bancroft, ex-tesoureiro da Seaboard, que passava férias nas ilhas Cayman com o amante, ficou sabendo das suspeitas que pairavam sobre a mãe e o irmão. Ele havia renunciado ao cargo seis meses antes, quando os dois ordenaram-lhe que abrisse contas fantasmas com um determinado corretor de ações que estava disposto a colaborar e começasse a comprar ações da Bancroft & Company, depositando-as nas tais contas.

Deitado de bruços na areia, olhando para o mar, Joel pensou na mãe, que planejara vingar-se de Philip Bancroft durante trinta anos. Uma loucura, uma obsessão. Também pensou no irmão, que, como a mãe, o desprezava por ser homossexual.

Depois de muito refletir, tomou uma decisão. Voltou para o hotel e deu um telefonema.

No dia seguinte, Charlotte e Jason foram presos sob a acusação de envolvimento em várias atividades ilegais, graças a um telefonema anônimo que informara à polícia os nomes falsos sob os quais as contas fantasmas haviam sido abertas. Charlotte declarou que não tinha conhecimento dessas contas. Jason, que as abrira, e que também contratara a pessoa que fizera as bombas, a mando da mãe, logo começou a desconfiar que se transformaria em bode expiatório. Não hesitou em se oferecer para testemunhar contra ela, em troca da garantia de que não seria condenado.

Os diretores da Seaboard, diante da necessidade urgente de salvar a imagem da empresa, e por sugestão de Charlotte, nomearam Joel presidente.

Em Chicago, Meredith assistia a tudo isso pela televisão, e a dor que sentia quando mencionavam a Bancroft & Company era grande, mas o choque que experimentara ao saber que Charlotte e Jason haviam sido os responsáveis pelos atos condenáveis que ela atribuíra a Matt foi muito maior.

Na quinta-feira à noite, sentado ao lado dela no sofá, Matt via que os olhos azuis nublavam-se de tristeza sempre que a Bancroft & Company era mencionada.

— Já decidiu o que pretende fazer, agora que tem tanto tempo livre? — perguntou, apertando a mão dela carinhosamente.

Meredith sabia que ele se referia a uma nova atividade que substituísse a que ela perdera, mas relutava em dizer o que decidira fazer, pois sabia que Matt ficaria preocupado e até mesmo alarmado.

Olhou para as mãos entrelaçadas, de novo admirando o lindo anel de brilhantes que ele colocara em seu dedo juntamente com uma aliança de platina.

— Pensei em ocupar o tempo fazendo compras todos os dias — brincou. — Mas você já me deu joias e um carro de luxo. O que mais eu poderia comprar?

— O que acha de um jatinho, ou de um iate? — ele sugeriu, beijando-a no nariz.

— Ficou louco? — Meredith olhou-o, assombrada, fazendo-o rir.

— Deve ter alguma coisa que você queira, querida.

— E tem — ela afirmou em tom grave.

— Diga o que é, e seu desejo será realizado.

Ela hesitou, passando o polegar pela aliança de ouro que ele usava, então fitou-o nos olhos.

— Quero ter um bebê.

— Não! — ele respondeu no mesmo instante. — De jeito nenhum. Você não se arriscaria se casasse com Parker, e não vai arriscar-se por mim.

— Parker não queria filhos — ela argumentou. — E você prometeu que me daria tudo o que eu quisesse.

— Tudo, menos isso — Matt respondeu com firmeza. — Sabe que pode abortar novamente, e quase morreu, da outra vez. — Por favor, Meredith, não faça isso comigo.

— Uma gravidez de alto risco pode ser acompanhada por médicos especializados, com sucesso — ela teimou. — Ontem fui à biblioteca pública e comecei uma pesquisa sobre o assunto. Apareceram novas técnicas, novos remédios, de onze anos para cá, e...

— Não! — Matt interrompeu-a em tom brusco. — Não insista. Eu morreria de preocupação.

— Conversaremos sobre isso mais tarde — ela disse com um sorriso que era ao mesmo tempo obstinado e sereno.

— Minha resposta vai ser a mesma — respondeu Matt.

Naquele mesmo instante, o repórter da televisão anunciou que havia uma notícia de última hora sobre a Bancroft & Company, e Meredith voltou a olhar para a tela.

"Philip Bancroft convocou a imprensa para uma entrevista coletiva no fim da tarde, a fim de esclarecer o que foi publicado sobre a sua filha, Meredith Bancroft, que, segundo as informações divulgadas, foi deposta do cargo de presidente interina por causa de sua ligação com o magnata Matthew Farrell", o homem explicou.

O rosto fechado e abatido de Philip apareceu na tela, e Meredith apertou a mão de Matt, apreensiva.

"Em resposta à notícia de que minha filha foi obrigada a renunciar ao cargo de presidente interina da Bancroft & Company por estar casada com Matthew Farrell, os diretores da empresa, inclusive eu, negamos categoricamente tal alegação", o pai de Meredith começou e fez uma pausa, olhando diretamente para a câmera, antes de continuar: "Minha filha está em lua de mel, algo que deveria ter feito há muito tempo, mas em breve reassumirá suas funções."

Ela percebeu que o pai estava lhe dando uma ordem e estremeceu de surpresa e emoção.

Philip parou de falar por um momento e pigarreou, parecendo constrangido.

"Bem, respondendo aos rumores de que há uma longa história de antagonismo e mesmo rancor entre mim e Matthew Farrell, gostaria de dizer que só muito recentemente tive a oportunidade de conhecer meu... hã... genro", continuou, hesitante.

— Matt! — exclamou Meredith, rindo, incrédula. — Meu pai está pedindo desculpas a você!

Ele lançou-lhe um olhar duvidoso e voltou a atenção para a tela da televisão.

"Como todos já sabem, Matt Farrell e minha filha foram casados durante alguns meses, muitos anos atrás", Philip disse. "Pensávamos que tudo estava acabado quando recebemos os documentos que atestavam o divórcio, sem saber que não tinham validade. Agora, os dois voltaram a ficar juntos, e só posso dizer que ter um homem da qualidade de Matt Farrell como genro é..." Pigarreou outra vez, então franziu a testa, obviamente irritado, antes de disparar: "É algo que qualquer homem consideraria uma honra!"

Começaram a exibir os resultados de competições esportivas, mas Meredith continuou a olhar para a tela, como que hipnotizada.

— Eu fiz o meu pai prometer que lhe pediria desculpas quando fosse provado que você era inocente — ela contou por fim, comovida, e pousou a mão no rosto dele, murmurando: — Faria uma coisa por mim? Tentaria esquecer o passado e ser amigo dele?

Matt refletiu que nada do que Philip Bancroft fizesse poderia resgatá-lo dos terríveis erros que cometera. Não, não seria possível considerá-lo seu amigo. Pensou em dizer isso a Meredith, mas fitou os suplicantes olhos azuis e não teve coragem.

— Posso tentar. — Percebendo que sua voz deixara transparecer a amargura e a revolta que sentia, forçou-se a comentar: — Ele fez um discurso muito bom.

Caroline Edwards Bancroft, sentada à frente de Philip, na sala de estar da casa onde um dia vivera com ele, esperou até que o bloco dedicado a esportes começasse, antes de apertar o botão do controle remoto para desligar o aparelho de videocassete. Então, ergueu-se e removeu a fita onde gravara a declaração do ex-marido.

— Foi um belo discurso, Philip — elogiou, voltando a sentar-se. Ele entregou-lhe um copo de vinho e olhou-a sem muita convicção.

— Acha que Meredith vai achar também?

— Acho, porque eu achei.

— Mas é claro! Foi você quem escreveu o que eu devia dizer!

Tomando seu vinho calmamente, Caroline observou-o levantar--se e começar a andar de um lado para o outro na frente da lareira.

— Será que ela viu o noticiário? — ele conjeturou.

— Se não viu, você pode mandar a fita pra ela. Melhor ainda, vá até lá agora, e veja a gravação com ela e Matt. Essa foi uma boa ideia, não?

Philip empalideceu.

— Não, não foi. Meredith deve me odiar agora, e Farrell me expul-saria. Ele não é ingênuo e não vai me perdoar pelos erros que cometi, só por causa de meia dúzia de palavras.

— Vai, sim — afirmou Caroline. — Sabe por quê? Porque ele ama Meredith. — Esperou que ele passasse por ela e obrigou-o a pegar a fita. — Vá. Quanto mais esperar, mais difícil vai ficar pra você e pra eles.

Philip parou à sua frente e suspirou.

— Você iria comigo, Caroline? — pediu em tom rabugento.

— Não — ela respondeu, sentindo um aperto no estômago ao pensar em defrontar-se com a filha pela primeira vez. — Meu avião sai em três horas.

— Você podia ir comigo — Philip insistiu em tom suave. — Para se encontrar com a nossa filha.

Caroline viu nele, por um instante, o homem gentil e persuasivo por quem se apaixonara, mais de trinta anos antes. Comovida com o jeito como ele dissera "nossa filha", riu baixinho.

— Você ainda é o maior manipulador que já conheci — acusou ternamente.

— E o único homem com quem se casou — ele observou com um de seus raros sorrisos. — Devo ter algumas boas qualidades.

— Pare com isso, Philip — Caroline advertiu.

— Podíamos ir ver Meredith e Farrell e...

— Comece a chamá-lo de Matt — ela sugeriu.

— Tudo bem. Matt. Depois de falar com eles, voltaríamos para cá. Você poderia ficar mais uns dias, para que nos conhecêssemos melhor.

— Já conheço você, Philip. E, se você quiser me conhecer, terá de fazer isso na Itália.

— Caroline... por favor. Pelo menos, vá comigo à casa de Meredith e... Matt. Pode ser sua última chance de ver a nossa filha. Você vai gostar dela. São muito parecidas, em alguns aspectos. Meredith é muito corajosa.

Fechando os olhos, ela tentou ignorar as palavras dele e o apelo do próprio coração, mas não foi forte o bastante.

— Liga pra eles, antes — pediu, sentindo-se trêmula. — Depois de trinta anos, não vou surgir na frente de Meredith sem avisar. Não fique surpreso se ela se recusar a me ver.

Tirou da bolsa o papel onde Matt anotara o número de seu telefone e o do investigador e entregou-o a Philip.

— Talvez não queira ver nem a mim — ele comentou. — E eu não poderia culpá-la.

Foi até a sala ao lado para telefonar e voltou tão depressa que Caroline imaginou que Meredith havia desligado ao ouvir-lhe a voz.

— O que foi que ela disse, Philip?

Ele parecia incapaz de falar. Pigarreou duas vezes, como se alguma coisa lhe obstruísse a garganta.

— Disse que está esperando a gente — respondeu por fim, com voz rouca.

# 59

∽— MEREDITH SAIU DO PRÉDIO ONDE SEU GINECOLOGISTA tinha consultório e conteve o desejo de começar a rodopiar na calçada. Ergueu o rosto para o céu, oferecendo-o à brisa de outono e sorrindo para as nuvens.

— Obrigada — murmurou.

Depois de quase um ano, e de longas consultas com o médico especializado em gestações de risco, tinha conseguido fazer Matt aceitar que, se seguisse religiosamente os tratamentos, o risco de abortar seria apenas um pouco maior do que numa gravidez normal. Então, tivera de esperar nove meses antes de ouvir do médico as palavras que ouvira naquele dia: "Parabéns, sra. Farrell. Está grávida."

Obedecendo a um impulso repentino, atravessou a rua e comprou um enorme buquê de rosas numa floricultura. Então, andou dois quarteirões, até chegar onde Joe a esperava com a limusine.

Ela mesma abriu a porta traseira e deslizou para o banco, sem esperar que ele a ajudasse.

Joe estendeu o braço no encosto do banco da frente e virou-se para ela.

— E então? O que foi que o médico disse?

Meredith apenas fitou-o com um sorriso.

— Matt vai ficar muito feliz! — ele exclamou, rindo. — Depois que se recuperar do susto, claro. — Girou no assento e pôs o veículo em movimento.

Meredith preparou-se para ser atirada para trás quando ele se afastasse do meio-fio e entrasse no trânsito do jeito a que estava acostumado, mas Joe deixou passar cinco carros, antes de levar a limusine para o meio da rua tão suavemente como se estivesse empurrando um carrinho de bebê.

Meredith começou a rir.

Matt estava aguardando-a, indo e vindo ao longo das janelas da sala de estar, nervoso, arrependido de haver concordado com aquela ideia de terem um bebê. Meredith achava que estava grávida, e ele torcia para que ela estivesse enganada, porque não sabia como suportaria o medo, caso a gravidez fosse confirmada.

Girou nos calcanhares quando a porta abriu-se. Viu Meredith entrar e ficou observando-a caminhar em sua direção com uma das mãos atrás das costas.

— O que o médico disse? — perguntou, não aguentando mais o suspense.

Com um sorriso luminoso, ela mostrou as rosas de hastes longas que estivera escondendo.

— Parabéns, sr. Farrell! Estamos grávidos!

Matt abraçou-a, esmagando as rosas entre eles.

— Que Deus me ajude! — murmurou.

— Ele vai ajudar, querido — ela lhe assegurou, beijando-o no queixo.

# Epílogo

⁓ — EU DISSE QUE CHEGARÍAMOS A TEMPO — COMENTOU Joe O'Hara, parando a limusine bruscamente diante do prédio da Bancroft & Company.

Daquela vez, Matt não reclamou de sua maneira de dirigir, pois Meredith atrasara-se para uma importante reunião com a diretoria. Estavam chegando da Itália, onde haviam parado para visitar Philip e Caroline, na volta da Suíça, depois de uma temporada de esqui, e o avião não aterrissara no horário previsto. Joe fora buscá-los no aeroporto e levara a pasta de Meredith, com todos os documentos de que ela ia precisar.

— Tome. — Matt entregou a pasta ao motorista. — Você leva isso e eu levo Meredith.

— O que você disse? — ela perguntou, enquanto pegava a muleta que teria de usar até que o tornozelo deslocado sarasse.

— Você não tem tempo pra ir mancando até os elevadores — respondeu Matt, erguendo-a nos braços.

— Mas isso é uma vergonha — ela protestou, rindo. — Não pode andar pela loja me carregando no colo!

— Vamos ver se não posso — Matt resmungou.

Levou-a através do andar térreo, sob os olhares curiosos de clientes e empregados. Duas mulheres de meia-idade encontravam-se junto ao balcão de cosméticos, e uma delas apontou para eles.

— Aqueles não são Meredith Bancroft e Matthew Farrell?

— Não, não pode ser — a outra respondeu. — Li no *Tattler* que eles estão se divorciando. Ela vai se casar com Kevin Costner, e Matt Farrell está na Grécia, com uma atriz de cinema.

Meredith escondeu o rosto no peito de Matt com uma risadinha embaraçada. Quando chegaram aos elevadores, ergueu a cabeça para olhá-lo com ar de fingida censura.

— Outra estrela de cinema? — brincou. — Você não toma jeito!

— E você? — Matt replicou. — Eu nem sabia que gostava do Kevin Costner!

No escritório, ele a colocou no chão, para que ela entrasse dignamente na sala de reuniões, andando sozinha.

— Lisa e Parker disseram que nos encontrariam aqui, trazendo nosso bebê, e que iríamos almoçar juntos — Meredith lembrou-o.

— Vou ficar esperando por eles — Matt respondeu, entregando-lhe a pasta.

Alguns minutos depois, viu Lisa entrar com um bebê adormecido nos braços.

— Parker nos deixou na frente da loja e foi estacionar o carro. Daqui a pouco estará aqui — ela explicou.

— Não dá para esconder que está grávida, sra. Reynolds — ele gracejou, sorrindo, mas já estendia as mãos para pegar a menininha de 6 meses que ela segurava.

— Vou esperar Parker lá na recepção — Lisa avisou, entregando-lhe a criança.

Assim que ela saiu, Matt olhou para a garotinha que Meredith trouxera ao mundo, pondo em risco a própria vida. Marissa acordou naquele instante e começou a chorar. Com um sorriso terno, Matt acariciou-lhe o rosto com a ponta de um dedo.

— Quietinha, meu amor. Futuras presidentes de grandes empresas não choram. Precisam manter a compostura. Pergunta à sua mamãe.

—O bebê acalmou-se e logo estava sorrindo para ele, balbuciando alegremente. — Eu sabia! — Matt exclamou, rindo baixinho. — Tia Lisa andou ensinando você a falar italiano, não é?

Como teria bastante tempo até que Meredith terminasse a reunião, levou a filha ao décimo primeiro andar para mostrar a ela o novo departamento que Meredith havia criado em todas as lojas, e onde eram vendidos artigos do mundo todo, desde joias e roupas até brinquedos feitos à mão. Ela exigia que fossem coisas bonitas e de ótima qualidade, dignas do novo logotipo exclusivo, que já estava se tornando famoso por ser um símbolo de perfeição.

Com Marissa nos braços, Matt olhou para o logotipo acima da entrada do departamento e sentiu um nó na garganta, coisa que acontecia sempre que ele fazia isso. O desenho representava a mão de um homem e de uma mulher, tocando-se pela ponta dos dedos.

O nome do departamento era Paraíso.

Este livro foi composto na tipografia Minion Pro,
em corpo 11/16, e impresso em
papel off-white no Sistema Cameron da
Divisão Gráfica da Distribuidora Record.